Bibliografische Information der Deutschen Nationalbibliothek:
Die Deutsche Nationalbibliothek verzeichnet diese Publikation in
der Deutschen Nationalbibliografie; detaillierte bibliografische
Daten sind im Internet über http://dnb.dnb.de abrufbar.

TWENTYSIX – Der Self-Publishing-Verlag
Eine Kooperation zwischen der Verlagsgruppe Random House
und BoD – Books on Demand

© 2018 Sula Mahlberg

Herstellung und Verlag:
BoD – Books on Demand, Norderstedt

ISBN: 9783740745271

Die Fühlfäden des Herzens
reichen weiter als die tastenden Finger des Verstandes

Gerhard Ouckama Knoop
deutscher Chemiker und Schriftsteller;
1861 bis 1913

Sula Mahlberg

Zuckerbäckerei

1. JULI

Mit einem Mal kam ihr die Frage ihrer Enkelin, des Mädchens, des noch mehr Kindes als Frau, in den Sinn: „Die Katze, wann hast du sie gemocht und wann nicht?" Sie wusste nicht mehr, was sie ihr geantwortet hatte. Heute würde sie wohl sagen, mögen sei leicht gewesen beim Spielen ohne Kratzen. Beim Arbeiten in ihrer Gesellschaft, jedoch ohne dass sie sich auf die Tastatur legte oder versuchte, das Schneidbrett, auf dem Florah gerade mit Obst oder Gemüse hantierte, zu erreichen. Es war einfach gewesen, diese Katze so richtig zu mögen, wenn sich beide wie meist in dem Bedürfnis nach Nähe und Ferne trafen und wenn Florah rechtzeitig registrierte, dass Matta genug vom Streicheln hatte, und ihre Hand fortnahm, bevor sie als „Schluss jetzt!"-Zeichen eine gewischt bekam. Es war ihr leicht, die Katze so richtig gern zu haben, wenn sie zwischendrin vergessen war und dann plötzlich ihre Augen, grün wie eine tropische Lagune, oben vom Küchenschrank blickten, interessiert, doch noch nicht eingreifend beobachteten, was geschah. Das Spielen hatte sie ebenfalls oft gern gehabt.
Diese Antwort würde sie heute geben und auf das, was ihr nicht so lieb gewesen war, nur kurz eingehen. Beispielsweise Füße unter einer Decke fangen. In Koffer pinkeln, als Kommentar zu Florahs Reiseplan.
Diese Katzenstreuschlepperei und Massen an im Sonderangebot gekauften Dosen, während die Graue kurz entschlossen ihren Geschmack änderte und diese mit Missachtung strafte, bis die Fliegen mit den grünlich schimmernden Flügeln kamen.
Sollte Luna fragen, warum sie mehr Positives als Negatives erzählt bekam, gäbe sie zurück: „Wenn du weg bist, erzähl ich auch viel mehr von den schönen Sachen, als wenn du mir auf den Geist gegangen bist. Normal, oder?"

Sie hatte geträumt von Menschen in ihrer Umgebung, die dieses Leben lebten in einer aberwitzigen Geschwindigkeit und gefesselt waren im Funktionieren nach alten gesellschaftlichen Regeln und Haben-Wollen von all dem kaufbaren Luxuszeug. Das waren weiß Gott keine dummen Menschen. Sie hatten einfach aus schlauen Zeitschriften oder späten Fernsehsendungen ein Bild übernommen und hielten es für die universelle Wahrheit. Glaubten, wer nach dieser scheinbar tiefen, universellen Wahrheit lebt, hat schon den Schlüssel zu einem erfüllten Leben, ist am Kern von allem.

Ich beobachte, wie die Menschen, die alltäglich leben, im Zentrum von Lärm, Getöse, Gewusel, bewusst für diese schlau verbreitete Wahrheit, fast keinen Raum haben, keine Zeit, keine Geduld. Denn wie eine Zwiebel hat sie mehrere Häute und wie ein Kaleidoskop tausende Dimensionen. Klar, das System mochte sich nicht erlauben, auf die Sinnfragen aller Menschen nur mit Plattitüden zu antworten, daher präsentierten sie vorgebliche Wahrheit von einfachen Slogans, bitte sehr, bis hin zu vielschichtigen mit Professorinnen und Professoren bestückten Elaboraten. Sich einen fachlichen Anschein geben in informativen „Formaten".

Dennoch war mir in meinem Traum, als läsen Menschen den Klappentext auf einem Buch über ein bestimmtes Land und glaubten dann, das Land zu kennen, das Wichtigste zu wissen. Nur wenige machten das auf eine davon unterschiedene Weise. Immer noch erkenne ich die, die anders damit umgehen, weiter und inniger in Tiefen tauchen, an den Augen. Gerade so, wie ich früher in Augen lesen konnte, ob jemand gekifft hatte oder gedrückt; in der Zeit vor dem eigenen und in der Umgebung immer mehr ausuferndem Drogenwirrwarr.

Ach, und neben dieser universellen Wahrheit gibt es noch die persönliche – ähnlich beschaffen, nur ein bisschen kleiner. Sie ist in diesen Nachtbildern ein Bällchen, das gern im Schatten, in der Ecke, hinter den Dingen, unter einem Möbel liegt. Oft wird sie achtlos behandelt oder verwechselt und darum einfach weggestaubsaugt. Wunderbarerweise konnte ich doch mein Bällchen erkennen und aufnehmen, und zunehmend gelang das auch anderen. Ferner war es mir im Traum möglich, alles zu begreifen. So ergab zusammen mit meinem persönlichen Bällchen, und auch nur in dieser Kombination, was in mir, genauso wie als Energie in dieser Welt, heilsam sein kann.

Ich stehe immer wieder in dem „Wer am eindringlichsten, lautesten spricht, setzt sich durch". Und merke, dass mir in diesem Wettkampf schon die Stimmlagen unangenehm klirren und poltern.

So viele sprechen neben ihrer ureigenen Stimme, sie flöten zu hoch, dröhnen zu tief und merken gar nicht, wie ihre Stimmlagen sich verschoben **haben**, wie die eigene auf eine für sie unnatürliche, aggressive oder auf eine falsche Flöt-Ebene gegangen ist.

Ich bin oft traurig, dass sich in Umgebungen, wo ich mich aufhalten mag, die Welt zu teilen scheint, in diese Menschen und andere. Auf der einen Seite leben die offen-kanaligen, die weicher, für sich und alle gesünder, gelassener, mit einer Art von Zuversicht darauf bauen, dass alles schon richtig ist, wie es ist, und recht sich fügen wird. Auf der anderen funktionieren und streben all jene, die so aggressiv, konkurrierend, rechthaberisch weiter wollen – höchstens Reförmchen in Betracht ziehen. Auch die stummen Wegducker sind da, ob weiblich oder männlich. Sie wirken wie „Geht halt nun mal nicht anders", und was anderes auch nur zu träumen macht keinen Sinn.

Ich sehe sie alle so stark, überdeutlich. Die da auf Tauchstation gingen oder das leben, was sie als Ziele sehen, die immer schon erstrebenswert waren, die weiter rennen und gegen das Licht schauen wollen. Es bewusst oder unbewusst tun. Sämtlich machen sie mich seltsam traurig. Ich möchte so gerne alle und alle mitnehmen in das einzige Licht, das hier keinen Gesetzmäßigkeiten von Tag und Nacht gehorcht.

Schwitzend erwachte sie, wie es schien von ihrem schweren Atem, vielleicht auch von dem Herzrasen. Dieser Traum war einer, der ihr unangenehme Gefühle bescherte. Hatte sie Adrian damals in ihrer lebenshungrigen Dramazeit genug mit Ruhe und Zuversicht gefüttert? Hatte sie Jahrzehnte später dann Luna alles, alles gegeben, was sie nur konnte? Das Kind vor seiner großen Reise von allzu viel Ablenkung und Versinken in kapitalistischen Warenwelten, Forderungen nach Mithalten und Funktionieren abgehalten?

Warum musste sie beim Aufwachen so intensiv denken an „ihre" Auswanderer für immer oder auf Zeit? Vielleicht ist ja in Neuseeland alles nicht so wild, das Räderwerk nicht so brutal und häufig verschlingend wie hier?

Sie versuchte, sich zu beruhigen, und sagte sich, es sei schon alles gut, so oder so. Hilfreich war, den eigenen Blick noch stärker zu richten auf die angenehme Gesellschaft, die gerade einfacher zu haben war, das Vertrauen, die Liebe, die Gelassenheit. Schauen, auf all das, was schon da war oder mühelos weiter hervorgeholt werden kann … „Leicht gesagt", höhnte etwas in ihr.

Verdammt, was taumelte sie unsicher durch diesen Tag? Dabei hatte er durchaus friedlich angefangen, mit recht gutem Ausschlafen trotz der Unmöglichkeit, auch gegen Morgen noch relativ entspannt und schmerzfrei zu liegen. War denn der Beginn des Ungemachs möglicherweise das Zu-lange-noch-Liegenbleiben statt zum Beispiel einer Meditation im restlichen Nachtdunkel des trüben Tages? Mit ein paar Atemübungen vorweg und einer schön aufrechten Körperhaltung wäre sie vielleicht imstande gewesen, lästige Gedanken aus sich zu atmen, aus sich zu kehren und der Stimmung ein netteres Lichtlein anzuzünden. Wenn die Trägheit sie nicht unter der warmen Decke festgehalten hätte, hätte sie gar eine kluge Meditation mit Worten und Musik sich angeln können und so noch leichter in eine angeregt positive Stimmung gleiten. Angst versuchte stattdessen Raum zu greifen, alte Beschwerden und Verdrängungen könnten wieder über sie kommen.

Florah hörte ihren Körper jammern, den Wind Bäume und Büsche zausen in diesem kühlen Juli, irgendein deplatziertes Windspiel zum Klappern bringen, eine Tüte oder etwas Fortgeflogenes aus Plastik knistern und blähen. Dann begann es Regen an die Scheiben zu dreschen, und die paar Sorten Vögel verstummten. Aus der Ferne erst ein Krankenwagen, ihm folgend eine Polizeisirene – anscheinend doch nichts ganz Kleines, denn es handelte sich um eine von diesen importierten kreischenden US-Sirenen. Sie durchschnitt schrill den Morgen, die Laute der Natur. Aus den umliegenden Häuserwänden kamen heute nicht so viele Geräusche wie sonst, offenbar hatten die meisten Menschen wegen der Kühle und des Regens Fenster schnell geschlossen oder gar nicht erst aufgemacht.

Es war erstaunlich, wie man doch immer wieder träg liegen bleiben konnte, komplett wider des besseren Wissens, das schon bei nur ein wenig Lebenserfahrung glasklar sagte: „Es wird dir nicht guttun, dich nicht frischer machen, sondern schwerer und dumpf, es wird dir keine netten Träume mehr bescheren, sondern vielmehr unerwünschte Fetzen zeigen aus Altem, das noch nicht gut verdaut ist, in wildem Wechsel mit Zeugs, das dich gerade in deinen Alltagen belastet." Sie hörte diese ihre kluge und vernünftige innere Stimme und rührte sich nicht oder bewegte bloß kurz eine Hand, um die Zudecke besser im Genick hochzuziehen.

Bis sie sich später dann, dumpf wie selbst vorhergesagt, in den Tag zwang, bei Tee und Vollkornhonigbrot in düster windiges Regenwetter sah. Fast schon die Weiche gestellt für so einen Tag, wie man ihn sich nicht unbedingt wünscht. Früher hätte sie wohl gesagt: Ein Tag, den man halt vergessen kann – das kam ihr eigenartigerweise nicht mehr über die Lippen. Es mochte zu tun haben mit ihrer nun schon eine ganze Weile in ihr wohnenden Überzeugung, dass man einfach keinen Tag abhaken und vergessen sollte, gar nicht erst darüber unken. Jeder von ihnen war ein Geschenk und auch aus so einem würde es irgendetwas zu lernen geben. Oder?

Jedenfalls kriegt sie heute, was auch immer sie beginnt, eben nur angefangen, dann treibt es sie woandershin. Fast hat sie das Gefühl, einzig die aus Verlegenheit gekochte kreative Rotkrautsuppe (die Dose aus dem Bioladen hat die Mindesthaltbarkeit bereits leicht überschritten) gelingt ihr eigentümlicherweise. Ohne darauf zu achten, war sie kreativ gewesen, mit Knoblauch, Zwiebel, Lorbeer, Ingwer und zerkrümelter Printe sowie Sojasahne gegen Schluss. Schließlich passiert, das Ganze, aber mehr wusste sie nicht mehr davon. Gleich gar nicht von Mengen. Also würde sich wie üblich das Geschmackserlebnis niemals absichtsvoll nachkochen lassen. Komisch war auch, dass die Suppe schmeckte, als hätte man Zwiebel und Knoblauch für ihren Grund in reichlich Gänseschmalz glasig gedünstet, dabei ist Gänseschmalz seit geschätzten fünfzehn Jahren keines mehr an ihr vorbeigekommen, und das Einzige, das sonst an Gans noch erinnern könnte, ist ihr eigenes „Dumme Gans"-Gefühl des Tages.

Warum vermisste sie die Katze Matta immer noch oft und schmerzlich? Es war so lange her, dass der Nachbar in ihrer damaligen Hinterhauswohnung das Tor offen gelassen hatte, und weg war sie gewesen, die neugierige, eigenwillige Madame. Sie erinnerte manchmal die Sucherei in Einfahrten, Gärten, Gassen, Parks der Umgebung, allein oder mit dem noch jugendlichen Adrian im Schlepptau, rufend, lockend, lauschend an Garagentoren, klappernd mit Trockenfutterleckerchen in der Dose, denn dieses Geräusch kannte die Katze gut, es hatte sie immer angezogen. Wieder lauschen. Nichts. Die vielen kopierten Suchzettel mit der schlanken grauen Majestät, ihrem geteilten Gesicht, den braunen und weißen Schecken und an wenigen Stellen auch zarten Streifen.

Es gab viel streichelzartere Katzentiere.

Viel freundlichere auch.

Viel weniger zickige.

Viel harmonischere.

Nur sie mit Augen wie Smaragd. Nur sie, die ganz schön lange ihren Menschen und Dosenöffnern herausfordernd und ohne Zurückweichen in die Augen starren konnte.

Nur sie, die Florahs damalige Verreisereien nicht hatte leiden können und in einen offen stehenden Koffer schon mal gerne hineingemacht hatte. Während ihrer Abwesenheit sich bei Fütterern nicht sehen ließ – wohl aber fraß, wenn sie selbst nicht gesehen wurde. Die ihre „Geschäfte" in Blumenpötte in der Wohnung machte und danach ausführlich über Ränder hinwegscharrte, wenn man sie zu lang alleine ließ.

Florah fand diese Katze immer irgendwie mutig – so eine Art Wächterkatze, die auf die ganze Wohnung Acht gab – lass Handwerker kommen, und statt abzuhauen, wie die meisten, setzte sie sich neben die irritierten Menschen und beobachtete scharf, was sie taten. Ähnlich verhielt sie sich mit seltenen Besuchern. Immer damenhaft skeptisch, beim Wohnung-Abgehen kontrollierend, ob auch niemand Veränderungen und Durcheinander in ihr Reich brachte. Neben Übernachtungsgästen lagerte sie sich gern, im Sitzen eine Pfote dauerhaft erhoben. Manchen war es regelrecht unheimlich, weil es zu sagen schien: „Keine falsche Bewegung, sonst wisch ich dir eine!"

Na ja, die Katzenmadame zog ihre Krallen auch schon mal ihren wenigen Lieben rasch ausholend über Hände und Arme, etwa wenn sie keine Lust mehr hatte, sich streicheln zu lassen. Majestätisches, langsames Wegtänzeln folgte. Keine schuldbewusste Fluchtbewegung.

Die ersten Monate war es nervig gewesen mit Matta auf ihrer Computertastatur, doch erwies sie sich als nicht komplett unerziehbar. Sie war bereit gewesen, ein Stückchen zu rücken, besonders nachdem unter die bei Bedarf wärmende Lampe ein samtiges Deckchen gelegt worden war. Dummerweise zog es Massen dieser grauen Fellhaare an. Ohne ihre Aufmerksamkeit zu verlieren, konnte die Katze Florah stundenlang beim Schreiben Gesellschaft leisten, auch mit geschlossenen Augen. Doch hellwach und prüfenden Blicks, lauernd, sobald diese mehr als nur ihre Hände bewegte.

Wirklich hingerissen war sie von diesem seltsam anarchischen Tier in einer schwierigen Zeit. Sie musste nicht weinen, noch nicht einmal seufzen, und doch wusste die Katze anscheinend von tiefer Traurigkeit oder Melancholie ihrer Menschenfrau, schaute auf, näherte sich, legte eine fellige Seite ihres kleinen Gesichts an die Wange ihrer Menschenfrau und rieb sich dort. Manchmal fühlte es sich an wie Trost, dann wieder öffnete es ihre zuvor verstockten Tränenkanäle. Eines war so gut wie das andere.

Und in den langen Zeiten, als sie mit dieser Begleiterin lebte und noch nicht gelernt hatte, sich in der Arbeit auch einmal zu stoppen, vor allem, wenn sie in diesen rauschartigen Schaffenszustand geraten war oder der Ehrgeiz in ihrem Genick hockte und antrieb, da legte die Gute ihr auch schon mal ihre Pfoten auf den Unterarm oder ganz in die Quere, nahm eben doch auf ihren tausend Notizblättern Platz – nicht nur, wenn sie Hunger hatte.

Ihr Vermissen kam eigentlich immer an dem Punkt: „Meine Katze hat oft besser als Menschen in meiner Nähe gemerkt, wie es mir eigentlich ging." Also nicht, dass sie den nahen Mitmenschen etwas vorwarf, sie hatte schon immer ihren Teil dazugetan, gute Miene zum bösen Spiel gezeigt. Wollte stetig stark sein und kleinreden, was sie bedrückte. Spätestens im Vergleich zu anderen, für die ihr das Leben schwerer schien. Als sei es ein Grund, sich zu geißeln.

Matta hatte Derartiges gespürt und Florah sie nicht hinters Licht führen können.

„Eigentlich sollt ich dem Smaragdauge einfach nur dankbar sein für die Zeit, die sie in meinem Leben war." Dies gedacht, wandelte sich ihre kleine Melancholie sehr langsam in ein kleines Glück ...

Wenn es bloß so einfach schiene mit Luna.

Es war nicht einfach gewesen mit Matta.

Wer sagte denn, dass es schnell gehen würde?

Es konnte heute einfacher sein als zu früheren Zeiten des Lebens. Wenn sie die in den letzten Jahren gelernte Leichtigkeit wieder zu sich heranziehen kann, statt sie mit dramatischer Geste von sich zu stoßen.

Ein wenig nach draußen gehen, wenigstens in den Garten. Danke sagen, dass sie es überhaupt irgendwann wieder ohne Hilfe und Mühen nach draußen schaffte. Oder, so fragte sie sich, sollte es ihr etwa lieber sein, sich derartiges Vergnügen zu vergällen?

Es hatte aufgehört zu regnen. Die Holzbank unter dem Dachvorsprung war an dieser Seite fast trocken geblieben. Sie mochte die Luft nach dem Regen, schwer, würziger. Der Duft der Wiesenblumen war nicht völlig verschwunden und vielleicht kitzelten ihn die paar zwischenzeitlichen Sonnenstrahlen wieder stärker heraus. Florah hörte damit auf, ihren Atem immer wieder anzuhalten; sie ließ ihn tief in sich kommen und aus sich fließen. Loslassen, gehen lassen, was in diesem Moment nicht in sie gehörte.

Sie beobachtete zwei Häuschenschnecken am unteren Teil der Staude ihrer froh blühenden rot-lila changierenden Clematis. Durchaus hatte sie mitunter ihre Freude an der Langsamkeit. Ihr kam in den Sinn, wie sie als Kind die Häuschenschnecken liebte und eher nicht

„totspielte", sondern den Zauberkitzel auf dem Arm liebte, setzte sie eine von ihnen dorthin. Die sehr langsam sich verlängernde Schleimspur, die sich später auch schwer nur abseifen ließ. Und wie sie die Schnecke, wenn sie des Beobachtens leid war, vorsichtig auf ein Grün außerhalb viel befahrener oder belaufener Regionen setzte, bitte sehr mit dem Häuschenausgang nach unten, weil sie gehört hatte, das Wundertier mit den fragenden Augen und langen Fühlern konnte sich nicht selbst drehen und sonst austrocknen. Sterben.

Und auch heute noch ihre Neigung, Schnecken auf Abwegen, trockenen Langstrecken und aus Gefahrenzonen wegzuklauben und ihnen bei einer grünsaftigeren Platzwahl gut zureden.

Sie liebte auch die „Bilder vom Hasen und der Schildkröte", war ohnehin völlig davon überzeugt, mit der geringeren Eile eher anzukommen. Keine Ahnung, warum wir hier eher den Hasen und Igel kennen, überlegte sie, doch schon knapp über die Grenze – in Verviers, am halb historischen und halb unschön verbauten Bahnhof, ein Relief, auf dem die Schildkröte sicherlich schneller sein wird, nimmt sie doch die belgische Bahn, während der Hase rennt. Und das 1880.

Florah wusste es von Grund auf genau: Nur wenn sie losließ, konnte sie Platz für Neues schaffen. Es gehörte dazu, Luna loszulassen. Auch damit sie unbeschwert den eigenen Weg finden konnte. Mag sein, sie scharrte sogar in dem Kies unter ihren Füßen, um so manches, das sie schon länger an der Hand hatte, näher zu locken. Neues oder was schon in ihrem Leben war und sich erst in größerer Nähe oder Innigkeit entwickeln konnte, wenn Raum dafür geschaffen war.

Sie wollte noch nicht einmal die Möglichkeit ausschließen, eine neue Stufe ihres Seins in Reichweite zu haben, wenn sie nur erst wirklich losließ, was ihr so lieb, nah und vertraut war. Sie bekam es mit den Füßen nicht wieder schön hin, nahm die Finger zu Hilfe, das erdige, bis zu einem Erdbett Freigescharrte wieder mit den winzigen, uneinheitlichen Kieseln zu füllen. Dachte, hoffte, das alles könne am Ende etwas Gutes mit ihr anstellen. Sie hatte es als Wahrheit gelernt, sie zweifelte es nicht wie früher an. Dennoch schienen in diesem Moment die Wolken, aus denen vermutlich bald der nächste Schauer niedergehen würde, ein weiteres „Oder?" mitzubringen. Sie sah noch keinen Weg in eine für sie stimmige Richtung. Dachte vielmehr an den kleinen Sohn einer Freundin und wie er monatelang alle zu tyrannisieren wusste, indem er zu jeder Aussage eines anderen Menschen und ganz besonders seiner Mutter den fragenden Kommentar einschob: „Weißt du's oder glaubst du's bloß?"

Sie wusste es eigentlich. In dem „eigentlich" lag der Haken.

Es faszinierte sie, als sie erst nicht verstand, dann immer deutlicher doch begriffen hatte, was Cadmo meinte, als er einmal schrieb, es sei ihm nach langer Zeit endlich gelungen, sich für sich selbst einen sehr sicheren Platz zu schaffen, die stetige Möglichkeit, sich dort zurückzuziehen. Als er noch ergänzte, wie er den Zusammenhang herausgefunden habe zu herkömmlich als monoton definierten Gegebenheiten und dass es darum ging, eben darin Vielfalt zu empfinden, war die Sache Florah zunächst noch verrätselter.

Es brauchte seine Zeit, bis sie begriff, dass ihre Angst vor Monotonie und Langeweile ihr genauso im Weg stand wie dieses laute Hören all der Stimmen, die in Medien und auch sonst um sie herum Vielfalt priesen. Bei all der Ablenkung und dem erlernten Glauben daran, was man verpassen würde, wenn man nicht mittue, war es zunächst einmal nicht so einfach, die mögliche Wirklichkeit so einer Aussage zu begreifen. Es schien unmöglich, die Vielfalt in der Monotonie zu erkennen.

Unendlich leichter, auch zu kaufen und zu haben und zu konkurrieren, zu reisen, zu erleben, mit dem Strom.

Obwohl sie das natürlich abgestritten hätte, weil sie schließlich „eigen" war, hatte sie mitgehalten und ihre unterhaltsamen Scheibchen und besonderen Erlebnisse herausgeschnitten, solang es eben ging. Bis die damalige Verschlimmerung ihres Zustandes es eben nicht mehr zuließ. Man könnte sagen, die Wolken erst erklärten ihr die Aussage. Hininschauen, und du siehst stetig andere Wesen am Himmel sich abzeichnen. Sie hätte es auch begreifen können am Meer. In dem kleinen Garten, den Sternen und tausenderlei noch.

Und irgendwann gab es unerwartete kleine Geschenke. Lachen wie Aufatmen. Das Glätten von Sorgenfalten keine kosmetische Frage, sondern vielmehr eine der Lebensentscheidungen für das halbvolle oder das halbleere Glas, genau genommen sogar das Glas, in dem labendes Getränk war.

Eine Zwiebel wurde während des Häutens und des Schneidens zu einem Gesamtkunstwerk. All die Farben, selbst in ihrer unmittelbaren Umgebung zu den Regenbogengeschichten, bei denen man wusste, am Anfang und am Ende des Bogens Schatzkörbe. Die mitleidsvollen Blicke von außen, weil sie nicht an allem mitmachen und -tun konnte und in deren Vorstellung also verpasste und versäumte. Es gab keine andere Vorstellung, wollten sie ihr Mitmachtempo und das Recken nach schöner, weiter, mehr ... nicht selbst aufgeben.

Und nun Florahs Gefühl der großen Vielfalt, wenn sie in sich selbst suchte. Während gemeinhin kommentiert wurde: „Immer dasselbe, nichts mehr los und sie macht doch auch Tag für Tag dasselbe, wie langweilig." Lange, bis sie es begreifen konnte: die Welt in einem Tropfen. Das Meer in ihr.

Sie schrak auf, als es klingelte. Es war manchmal so schneidend, zerbrach ihren Rhythmus derart, dass sie geneigt war zu denken: „Eines Tages sterbe ich noch vor lauter Schreck." Dabei war es nur der wohlmeinende Postbote gewesen, und er kam nicht mit einem blöden Reklameblatt, einer Rechnung. Er hatte geklingelt, weil dieser gepolsterte Umschlag definitiv zu groß war, ihn in den kleinen Kasten zu stopfen. Und das Wetter auch in dieser Einsamkeit zu nass und zu schroff, zu windig, um ihn gefahrlos abzulegen, darauf zu drapieren, das Geschenk der Freundin, die in einem anderen Land lebte.

Weich, biegsam, nicht schwer. Sie vermutete etwas Gestricktes darin, einen Pullover, ein großes Tuch, eine Stola? Würde es später auspacken. Erst einmal die Vorfreude noch eine Weile erhöhen, den Schreck und das zusammengefallene Bild von vorher überdauern, denn natürlich … war der wohlwollende Mensch unabsichtlich in eine ihrer Versenkungen gekommen. Und ihr Herz schlug gerade überall zwischen Bauch und Hals in einem ungeheuerlichen rasenden Tempo. Das Bild von eben, irgendwie ging es doch um das Meer?, war weg, zerfallen, und es machte ihr zu schaffen, die Enttäuschung über dieses Fortfliegen zu überwinden, obwohl man in einer stillen Meditation Bilder nicht absichtsvoll erzeugt. Es gar nicht kann, wusste sie noch, dass eine Schönheit, etwas Ergreifendes, sie Tragendes darin gelegen hatte.

Die Störungen kamen ihr manchmal vor wie Versuche ihrer Großeltern, in einer sehr frühen Kinderzeit, eine Telefonleitung ins Ausland aufzubauen. Mit Knistern und Knacksen ein teures Hallo, ein paar Worte und … Schreck, Rufen, Hallo, hallo. Stille. Nichts. Wieder weg.

Das Telefon klingelte, obschon seit langer Zeit sanfte Töne eingestellt waren. Früher hatte sie halb verlacht, halb daran geglaubt, wer so schreckhaft sei wie sie, müsse doch ein schlechtes Gewissen haben. Inzwischen war viel von diesem idiotischen, viel gehörten Spruch weggefegt und im Kehricht entsorgt. Erschrecken grub und wühlte nicht mehr so tief.

Infos auf dem Display anstelle von Überraschungen wusste sie neuerdings zu schätzen, zog es vor, wenn jemand seine Rufnummer sichtbar machte. Es bot häufig den Sekundenbruchteil von Vorfreude. Gerade war es so, weil „Britta" aufleuchtete.

Die Freundin erzählte von ihrem Urlaub, von dem Meereskoller, der sie trotz all der Schönheit und der Natur, die sie doch sonst so sehr liebte, überkommen hatte. Sie sprach über ihre Fassungslosigkeit, dass dergleichen sie immer noch unverhofft ergreifen und in seine Zangen nehmen konnte, wie ein Riesenkrebs. Britta beschreibt ihre Stimmungen als etwas Kippeliges: von einem glücklichen Hingerissensein im Naturrausch, wenn sie morgens alleine unterwegs ist, spazieren geht, bis hin zu dem bohrend bedrohlichen Gefühl nach einer Nacht mit seltsamen Träumen, die sie jedoch nicht habe festhalten können. Sie ziehen einfach tagsüber Zerschlagenheit nach sich und das berühmte Infragestellen so vieler Dinge, auch ganzer Lebensbezüge und -entwürfe.

Sie macht die Unsicherheit deutlich, nicht zu wissen, ob es etwas nutzen konnte, das Meer zu meiden. Sie mutmaßte: „Wohl eher nicht", als ob Lebensthemen sich für sie an diesem Ort einfach nur wie durchs Vergrößerungsglas zeigten.

Sanft erinnerte sie Britta an das Vorjahr und wie sie da das rebengesegnete Volk in Bernkastel, das zu feiern verstand oder einfach nicht aufhören konnte zu trinken, auch nicht so recht glücklich und zufrieden gemacht hatte – wie sie „menschliche Heiterkeitsbekundungen und sinnfreie Unterhaltungen", wie sie es nannte, nicht gut vertrug, alles zu weinselig fand und überhaupt zu viele Weinberge.

Jede hat ihren Schatten und jeder hat seinen.

Britta hält „Anpassung" für ihren Lieblingsschatten. Sie käme allerdings drum herum in einem Gewusel von

Menschen mit unterschiedlichstem Hintergrund, diesen überhaupt wahrzunehmen, geschweige denn ihm zu folgen. Schließlich wüsste sie dann nicht, in welche Richtung überhaupt sich anpassen, wenn doch viele es anscheinend verschieden auslegten. Florah meinte, man könne es ja ein wenig runterbrechen, wenn man das ganz große Bild der Anpassung nicht sähe, dann vielleicht doch die sichtbare Anpassung innerhalb der Schicht, der Gruppen, in denen man sich überwiegend bewegte. Und da sei es nun schon so, dass man in den jeweiligen Gruppen eher unauffällig aufgehen oder vielmehr anecken könne.

Die Freundin fragte, wie es sich anfühlte nach der relativ kurzen Zeit des Weggangs ihrer Enkeltochter und der ganzen Familie.

„Es ist manchmal schlimm", gab Florah zu, um dann gleich darauf zu korrigieren, dass sie nur beschrieb, wie es sich gerade anfühlte. Subjektiv und heiß. Weil diese Situation noch jung war. Wenig Zeit gewesen, sich dran zu gewöhnen und vielleicht auch andere Seiten davon zu sehen. Sie hörte sich ihren nächtlichen Traum dazu vorlesen: Mir träumte von Vergebung. Ich war verzweifelt, weil ich wollte, dass meine Suppe von Vergebung schön cremig wird, aber da waren Teile aus dem, was ich getan hatte und heute nicht mehr richtig fand für mich und vielleicht auch für andere nicht gut, die lösten sich einfach nicht auf. Ich rührte und rührte. Zum Heulen! Dann hörte ich, wie eine Stimme zu mir sagte: „Es ist alles in Ordnung. Sei doch nicht weiter so streng und fordernd dir gegenüber, das kannst du nicht brauchen. Es will eben seine Zeit, vergiss das nicht. Und ab und zu schaust du halt nach dieser Suppe und rührst. Sie wird schon gut werden. Dir wird es gut gehen. Es braucht so lang, wie es braucht. Und alles, was in deiner Macht steht, ist auf dem Weg."

Biss auf ihre Unterlippe, von der schon Fädchen hingen. Stierte aus dem Fenster. Wollte nicht einmal ihrer

Freundin gegenüber sich schwach zeigen. Hörte sich. Der Traum zeige vielleicht ganz gut, was gerade war. Sie hätte das Gefühl, es gehe noch eine Runde darum, sich selbst zu vergeben, als müsse sie sich verzeihen, dass sie sich in dieser Zeit so berühren ließ und schlingerte. Als dürfe man nicht, wenn man doch schon einmal weiter war im Leben, so schlimm zurückfallen.

„Ist es so schlimm?", fragte Britta, aufmerksame Zuhörerin. Und sie wollte sich schon ganz empört geben. Dinge rufen wie „Selbstverständlich!" und dass sie wirklich nicht gut fand, ihr, der Leidtragenden, eine solche Frage zu stellen. Und pfiff sich dann selbst zurück. Gab zu, darüber müsse sie erst einmal genauer nachdenken.

Siedend heiß und so, dass sie jetzt darauf hätte schwören können, diese Tomatenbäckchen im Gesicht zu haben, war ihr nämlich die Frage eingefallen, ob neben dem puren Fortsein des Gazellchens und der Aufgabe der mit der Zeit geliebten Riten, für sie selbst vielleicht auch entsetzlich war, das Mädchen so sehr weit aus ihrer Einflusssphäre zu entlassen ...

Sie hätte die Tapeten abkratzen können und mit jedem ohne erkennbaren Grund streiten, sich selbst sicherlich nicht ausgenommen. Nichts war einfach. Nichts klappte leicht.

Mach langsam, trink Wasser und Tee. Verschiebe, was auch immer sich verschieben lässt. Lass dich in Ruh. Hör auf, heute für was auch immer zu kämpfen.

Immer noch leichter gesagt als getan. Doch tausendfach einfacher als vor Jahren.

Manchmal ist nichts als Entspannung und Ruh förderlich. Es ist dumm und umso schädlicher, je mehr Schwachstellen du schon hast. Falsch, sich in voraussehbarer Vergeblichkeit abzumühen und die innere Stimme, die es eigentlich besser weiß, zu übergehen.

Bedanke dich, hatte sie gelernt. Immer. Nichts geschieht unsinnigerweise. Sie hatte gut Lust, es wegzuwischen und trotzig heiligen Zorn zu zelebrieren. Nichts geschah ohne Grund. Für alles sollte man dankbar sein. Luna geht. Melodramatisch zerkratze ich mein Gesicht. Ich leide. Was soll daran gut sein?

Alles kann im Leben weiterbringen, auch Krankheit, Schicksalsschläge, Schmerz und Verlust. Eine Binsenweisheit, die mittlerweile jeder vorbeten kann! Das zu fühlen, sinnlich zu erfahren, in diesem Bewusstsein da durchzugehen, und zwar über hinnehmendes „Vielleicht ist es ja auch für etwas gut" hinaus; das gelang am Anfang mit einer Diagnose, einer Trennung, einem Schmerz kaum. Den größten, erfahrensten Lebenskünstlern vielleicht. Meist dauert es Wochen oder Monate, bis Blütchen hervorkommen, die, wenn sie aufbrechen, erzählen, wozu und warum und was soll ich lernen, was soll ich tun, ändern vielleicht. Sie hatte nicht das Gefühl, immerhin jedoch die vage Vorstellung davon, sie könne auch bei Lunas Fortgehen irgendwann besser begreifen, welche Veränderung, welche Wachstumsmöglichkeiten für sie darin lagen.

Oh Himmel, lass mich eine Weile suhlen in meinem Schmerz, auch das muss sein. Es darf sein. Sie wollte nicht daran denken, es störte und verstörte sie, dass sie mittlerweile fast mitverfolgen konnte, wie unschöne Gedanken unschöne Ereignisse nach sich zogen.

Das hier war doch bitte eine Ausnahmesituation. Und schließlich muss man durch den Schmerz gehen. Auf ihrer Stirn stand Schweiß. Wie Fieber. Sie hörte in sich die Stimme: „Stell dir vor, wie es sein soll mit Lunas Abschied, und dann lass los. Lass die Erwartungen an andere los. Es ist, wie es ist. Und das, was ist, ist auch die Knetmasse, die du in diesem Moment in deinen Händen hast, mit der du Neues schaffen kannst." Sie hatte noch immer diesen trotzigen Zorn in sich, mit dem sie beschied: „Vorläufig keine Ahnung, was ich kneten soll!"

Frau Frieden kam ihr manchmal vor wie eine Nymphe. Diese Sorte der wässrigen Wesen, die keinen Fischschwanz, sondern sehr wohl Beine haben, die im Wasser leben kann und auch auf Land. Sie sah, dass diese Frau Frieden in der Lage war, auch in ihr zu leben, zumindest in den weitläufigen und tiefen, oft unbewussten Wassern. Ihr war aber, als könne diese Wasserfrau außerhalb des wässrigen Elements nur bestehen, wenn sie geliebt wurde, einen Menschen oder mehrere fände. Einen, der sich mit ihr vermählte. Ihr schien mitunter, als solle sie selbst dieser Mensch sein oder war es.

Und dann Freiheit. Frei sein, mit Freude in diesen Wassern und auch außerhalb zu leben. Ja, obschon sie dem Anschein nach mehr ein Wasserwesen war, ließ sie mich wissen, dass ich es sein könnte, die Frieden und Freudiges in diese überirdische Welt bringt. Sie konnte Eine sein und Unzählige. An einem Ort und überall. Einmalig wie vielfältig. Zur gleichen Zeit kam sie mir uralt und unvorstellbar jung vor. Offenbar hatte sie wirklich dunkle Zeiten durchlebt, war jedoch unsterblich. „Unsterblich bin ich", sie wiederholte es.

Und das, wo meinen Beobachtungen nach zu einem immer bunteren und erfüllteren Leben man nur dann kommen konnte, wenn immer mehr Werte wie Frieden erkannten und sich zu dieser Verbindung mit ihr entschlossen. Sie schließlich befreiten.

Es wäre mir nicht gelungen, sie zu beschreiben, allein sah ich in dieser Vollmondnacht, wie schön sie war! Und endlich verstand ich auch, dass es also nicht darum gehen konnte, ihre Hand mal zu nehmen, dann wieder loszulassen. Ich sollte also eine eheliche Verbandelung, wie sie denn wirklich gemeint war, eingehen. Mich erinnernd wissen, „in guten wie in schlechten Zeiten" oder durch Dick und Dünn, durch alle Auf und Ab. Nicht diese Verbindung loslassen, wenn die Sonne ohnehin schien, nur dann war die Befreiung und auch ihr Erstarken möglich.

Hörte beim Aufwachen in sich die Frage, wie es denn damit sei, sich zunächst einmal eine Runde liebevolle Selbstfürsorge angedeihen zu lassen. Ein Bad beispielsweise. „Seife, streichle, bürste, spüre deinen Körper dabei, und spüre genau, wie wohl es dir tut, wie es sich anfühlt, wie es riecht, wie deine Atemzüge gleichmäßiger werden." An diesem Tag war sie bereit aufzustehen, war auch das Bett so schön warm, fast magnetisch, wo ausnahmsweise keine körperlichen Bedürfnisse drängten, nichts zwackte oder wehtat.

Warum so oft nur in der Hinterhand halten, das Wohlsein wie eine Verheißung zelebrieren? Hatte sie nicht gelernt, wie angenehm es sein konnte, sich selbst ein wenig zu verzärteln?

Weg von dem unsinnigen, selbstmitleidigen Kampf, der sich anfühlte wie ein Rückfall in ungezügelte pubertäre Verhaltensweisen. Florah streifte ihre Gedanken ab, sich zu betrinken, um nichts mehr zu spüren, oder sich zu verletzen, um den gegenteiligen Effekt zu erzielen. Diese wirren, am heutigen Tag anscheinend weder aufzuhaltenden noch steuerbaren Gedankenfetzen beeindruckten sie immerhin. Was haben wir denn da heute? Eine Werksschau? „Du kannst erst aus deiner Haut, wenn du dich getraut hast, weit, sehr weit in deine Tiefe zu schauen." Sie hatte eine deutliche Erinnerung daran, wie das war, sich endlich diese in ihr wohnende Sehnsucht zu erfüllen. Vor den eigenen inneren Biestern nicht mehr zu fliehen, vielmehr sich umzudrehen, stehen zu bleiben, ihnen in die Augen zu sehen. Es war nicht unbedingt, was sich jede und jeder wünschte, doch es war ihr persönlicher Wunsch gewesen, für den sie zuvor jahrzehntelang keine Erfüllung finden konnte. Und dann doch. Harte Arbeit. Sie kam einige Male an ihre Grenzen. Doch die andere Seite in ihr, der Wille zu leben und zu lieben, statt immer Racheengel und Krieg und Drama zu spielen, auf Habtacht und im Widerstand zu sein, diese Seite hatte sich als so stark erwiesen, dass nach Monaten und Monaten die kämpferische, widerständige Seite als Staubpartikelchen sich weit unten in den Tiefen des Unterbewusstseins verkroch. Vielleicht waren diese gar weggewischt wie Staub im Frühjahrsputz. Andere Biester, die nun auftauchten?

Gemein jedenfalls, fand sie, wie Ungeheuer sich nun vereinzelt wieder zeigten. Nach all dem Ringen und Versöhnen und Verstehen damals! Wie war es, mit Erfolg liebende, friedliche, versöhnliche, schöne Seiten an sich zu polieren? Warum noch einmal? Solche Lust, diesen Lappen aus den Fingern zu legen und einfach ein für alle Mal damit fertig zu sein!

Sie sagte sich, es gäbe immerhin ihren einmaligen und wunderbaren Vorteil, nach langem Ringen verstanden zu haben, wie es ging mit dem Leben am Licht.

Das verlernte man doch nicht, oder?

Von einer anderen Seite kamen so wunderschöne Brief- oder Mailabschlusszeilen auf sie zu: „Ich wünsche mir, dass meine Küsse sicher auf deiner Haut und in deinem Herzen landen."

Dann, wie nicht erwartete Ohrfeigen, der frühere Verdacht, sie könnte alle in die Zukunft aufgeschobenen schönen Möglichkeiten mehr lieben als eine Erfüllung, Veränderung und Erleichterung im jetzigen Leben. Es war vor vielen Jahren stark um die pure Verheißung einer möglichen Lösung ihrer gesundheitlichen Probleme gegangen. Und sie hatte sich lange im Verdacht, dass ihr diese besser schmeckte als jegliche Besserung und Befreiung im Jetzt. Es könnte doch die Verheißung, die da in der Zukunft als schöner Traumschleier liegt, schöner sein als das, was kommt, wenn es ihr wirklich gelänge, mit viel Einsatz und Disziplin ihre Schwierigkeiten zu überwinden oder gravierende Verbesserungen ihrer Gesundheit zu erreichen. Man konnte eine Verheißung ins Endlose verschieben, ja sogar bis hin zu einem nächsten Leben oder dem Paradies, und ihr Geschmack schien unvergleichlich süß auf der Zunge, süßer als der Salzgeschmack von Üben, Machen, Tun und Disziplin auf ihrer Haut. Oder der Bittergeschmack von viel Geduld und langem Atem.

Die Verheißung mochte sich ganz unschuldig zeigen wie eine gute Fee, während das aufrichtige, disziplinierte Ringen um gesundheitliche Verbesserung im Jetzt eher wie eine wackere Arbeiterin, manchmal auch so eine Sisyphosarbeiterin, eine nicht wahrgenommene Putzfrau scheint.

Es war seinerzeit eine unglaubliche Einsicht, die auch er kennt, die auch ihn vor langen Jahren gefangen gehalten hatte, auch er musste erst sich von solchen Verlockungen (denn es verlockt ja durchaus auch den inneren Schweinehund) befreien, um an sich selbst heilen zu können. Manchen schmeckt die pure Idee oder Phantasie besser, ganz gesund zu sein, denn kämen sie zu dieser Gesundung in sich, dann müssten sie plötzlich anders leben, anderes tun, vielleicht weniger sich Hilfe und Betüdeltwerden überlassen und tatsächlich viel mehr die Verantwortung für sich und ihr Leben übernehmen. Florah ist ganz klar, dass ihr Wieder-gesund-Werden, ihre Arbeit an einem ganz eigenen Weg viel damit zu tun hatte, wie ihr persönlich, ihrem Eigensinn und Freiheitsdrang, dieses Sich-Überlassen widerstrebte. Sie mochte es nicht, sich ausgeliefert zu fühlen.

Und tatsächlich kam das Gefühl, dass es zur Vermeidung dieses abhängigen Ausgeliefertseins schlicht notwendig war, mit aller Kraft und Disziplin zu heilen, zuerst. Später gesellte sich die Lust an all dem, was sie sich Gutes tun konnte, dazu, dann die Einsicht, dass Selbstfürsorge und Eigenliebe Voraussetzungen sind für tiefe und gesunde Liebe insgesamt, und noch viel später fühlte es sich besser und besser an, ganz die Verantwortung für sich selbst zu übernehmen. Da hat uns doch üblicherweise das Leben von klein auf Angstschulungen übergestülpt, deren Inhalte manche ihr Leben lang nicht abschütteln können oder mögen.

Solange sie mit sich selbst nicht fürsorglich umging, konnte sie sich auch nicht wirklich nachhaltig entwickeln und mit dem nähren, was gut für sie war. Nicht bloß Lebensmittel betraf das. Und erst wenn sie sich mit Selbstachtung begegnete, folgten dem Liebe für sich selbst und Heilung, ein umfassendes Heil-Werden, wie automatisch nach.

Und auch er gab ihr recht: Es sei die Wahrheit, dass wir nicht wirklich wissen und empfinden können, was wichtig, liebevoll und schön ist, hätten wir nicht alle möglichen Auswüchse von Lieblosigkeit, Brutalität, Missachtung, Übergriffen und negativen Erfahrungen sonst erlebt. Ohne die Dunkelheit und Negativität wirst du nicht die ganze Schönheit der Liebe und des Lichts erfassen. Einig sind sie sich.

Sie wischte sich die Stirn, zwang sich, Wasser zu trinken, und diese Neigung, tiefer in Dunkelheit, damit auch in Kopfschmerz zu versinken, zu besiegen. Die Gedanken anzuhalten, schien ihr momentan unmöglich. Sie verstand nur, dass diese lange Zeit später erneut und lockend der Verheißungsgedanke sich über sie hermachte. Wieder hatte er den Honigtopf dabei, wie viel leichter doch alles wäre, wenn sie nun ordentlich litte, habe sie das Mitleid vieler Menschen auf ihrer Seite, und wenn sie darüber wieder kränker wurde, doch erst recht. „Gib die Verantwortung ab und lass dich fallen", flötete es und signalisierte ihr, die Mehrzahl der Menschen könne das gar besser verstehen, als wenn es ihr gelänge, ihr eigenwilliges Wohlergehen wieder zu stabilisieren.

Immer wieder schlich sich dieses früher missachtete Thema der Selbstliebe an. Sie hatte es verachtet, weil es stets genügend anderen viel schlechter ging. Und weil diejenigen, die sie liebte, doch ganz natürlich zuerst dran waren.

Als sie richtig heftig krank war und sich anscheinend mit sich beschäftigen musste oder ausliefern, war es eine große Aufgabe, zunächst zu verlernen, solcherlei als überflüssigen Luxus zu fühlen, verlernen, einem alten Muster zu folgen, als sozial denkender Mensch der Lüge aufzusitzen, es zähle nur, was sie für andere selbstverständlich tat. Verstehen, dass es nun angesagt war, auf sich selbst zu hören, sich all diese Zeit von Stille zu gönnen, um mehr aus dem Innen wahrzunehmen. Sie erinnerte sich, wie sie damals sich durchaus als vom Schicksal begünstigt wahrnahm, in einem Land, das einen nicht verhungern ließ und mit einem Dach über dem Kopf ausstattete. Im Vorteil auch, weil sie es konnte, mit sich allein sein und zulassen, immer mehr zu hören. Sie wusste, wie viele es gab, und darunter auch Menschen, die ihr nahestanden, wie die liebe Lydia, die lieber vermieden, sich selbst zu nahe zu kommen. Wer war das doch bloß, der gesagt hatte, man könne vor Angst vergehen in der Räuberhöhle des Selbst?

So dachte sie und fand sich fast im Licht, im Durchatmen, schöne Seiten des Lebens sehen, da kam mit Macht der nächste negative Gedanke angerauscht, teilte sich in viele, umzingelte sie. Seine Arme griffen nach ihr, und manche quetschten sie so sehr, dass sie ihr schier den Atem nahmen.

Zwischen Wegdämmern und Wachsein spukten nun die Stimmen, die sie noch treffen konnten, die sie jetzt erwischten. In allen Stimmlagen zwischen Hohn, Fragendem und Ironie schleuderten sie ihr Dinge entgegen wie: „Ich wundere mich, dass ...", „Es erstaunt mich, wie ...", „Ich bin irritiert von deinem Verhalten", oder: „Ich hätte nicht von dir gedacht ...", und dergleichen mehr. Zwanghaft, sich begründend und verteidigend reagiert sie darauf. Statt sich einfach nicht drum zu kümmern, vielleicht auch ruhig etwas dazu sagen ohne diese Rührung und den schiefen Rechtfertigungston. Die Pfeile trafen sie anscheinend auf ihrer Florah-Ferse (als hätte sie davon nicht mehrere), denn sie hoben darauf ab, sie habe für Luna nicht genug ... nicht alles, was möglich war ... vielleicht nicht das Richtige ... getan.

In diesem Dämmerbild fühlte sie sich unendlich traurig und ermüdet, wagte es mit letzter Kraft, die Frage zu stellen, was denn die nachhaltige Belohnung wäre, nachdem sie sich durch diesen Dschungel gekämpft hatte. Trotzte, sie sei ja nun offenbar nur bedingt weitergekommen. Oder gab es etwa keine Belohnung und sollte es auf immer so weitergehen? Und sie bekam als Antwort: „Ja, musst du dich denn nicht erst mal durch das Unterholz schlagen, damit fertig werden, was entfernen, einen Weg frei machen, wenn du weiterkommen magst?" Ob sie im Übrigen keinen Unterschied in sich merke, im Vergleich zu vor einem Jahrzehnt oder so. Blöderweise konnte sie beim Halb-Aufwachen nicht wirklich ausmachen, ob die Stimme in der Vergangenheit sprach oder in der Gegenwart. Das ärgerte sie doppelt, denn könnte sie es begreifen, müsste sie daraus wissen, ob sie nicht doch insgesamt, als Mensch, ein ganzes Stück weitergekommen war! Sie glaubte es schon, aber sollte sie tatsächlich einen großen Weg schon gegangen sein, wäre es nun unmöglich zu sehen: „Was liegt nun eigentlich vor und was hinter mir?" Dummerweise verhielt sich das mit einem kurzen Weg genauso. Wenn sie nicht so müde wäre, könnte sie sich darüber zumindest empören. Stattdessen der Verdacht, die Belohnung wäre vielleicht „nur", was jetzt ist, man weiß es nicht. Kann sein, das Jetzt und wie du es fühlen kannst, ist alles.

Sie fand erst wieder einen Anker, als ihr die Natur von Selbstgesprächen in den Sinn kam und welche Kraft daraus erwachsen kann, mit den Stimmen in mir, aus mir zu spielen, ihnen jedoch sehr ernsthaft Raum zu geben und aufmerksam zuzuhören. Jede einzelne zu hören und ernst zu nehmen. Und wie es sein kann, dass das am besten gelingt, wenn ich laut mit mir spreche. Dann entstehen die Bilder, dann ebnen sich die Wege. Sie hörte sich lachen. Zum ersten Mal an diesem Tag lachen! Ihr Anlass war der Gedanke, dass all die verführerischen dusteren Stimmen vermutlich geglaubt hatten: „Ha, mit dem leidigen Thema Selbstgespräche machen wir Florah für heute erst einmal völlig ein!" Ihr kam der Spruch in den Sinn, da hätten wohl welche die Rechnung ohne den Wirt gemacht, die Wirtin in diesem Fall. Sie besaßen offenbar nicht die Macht zu wissen, Selbstgespräche verunsicherten sie nicht mehr wie früher, als all diejenigen Zweifel in ihr säten, die ihr eintrichtern wollten, dieses Reden ohne sichtbares Gegenüber sei verrückt, daneben, auffällig, absonderlich, seltsam, unpassend und was auch immer. Sie verfügten nicht über die geringste Ahnung davon, wie sehr sie inzwischen gelernt hatte, Selbstgespräche vielmehr als einen Schatz zu sehen.

Florah stand auf und bereitete einen Salat zu. Eine Senfmarinade mit roten Zwiebelwürfelchen. Eine Karotte, eine schon gekochte Kartoffel. Ein wenig Radicchio und grüner Salat. Ja, es gab auch noch Sprossen. Und von dem winzigen Olivenholzschäufelchen ein wenig von diesen und jenen Körnern, geschälte Hanfsamen, zwei geschnippelte Walnüsse. In dieses Tun vertieft entwarf sie dennoch den ersten Teil einer Mail oder mag sein eines Briefes an Luna. Die Botschaft schien ihr wichtig. Sie würde so in etwa lauten:

„Und wenn jemand, den du liebst, in deine Gedanken kommt, Luna, dann lass dich von nichts und niemandem davon abhalten, tief in dich zu gehen, ob du in der Schule bist oder im Bus, drinnen oder draußen, Augen offen oder zu, das sind die Augenblicke, in denen eure Verbindung funkt, ihr euch viel schönes Gefühl und Wünsche füreinander schicken könnt – du sendest deine Botschaft, und die klopft an eine Herzkammer des anderen Menschen, und wenn er wach und offen ist, wird er hineinlassen, was zu ihm geflogen kommt. Ich hab jetzt „er" gesagt, aber es kann auch eine „Sie" sein, jeder geliebte Mensch, alt oder jung.

Sei nicht traurig, wenn du nicht immer so eine direkte Antwort bekommst oder verstehst, es gibt keine liebende Botschaft, die völlig im Kosmos verloren geht. Und schon, wenn du auf den Weg gebracht hast, was du wolltest, ist da eine Sternenbahn, über die Schönes in das Universum kommt. Das ist immer etwas wert!"

Sie spürte, wie viel von dem, was aktuell trug und zuvor einige Jahre schon getragen hatte, auch durch die sehr verdunkelten Zeiten damals mit der Verbindung zu diesem Mann zu tun hatte. Die Frage, die sie sich schon sehr oft gestellt hatte und die ihr auch jetzt in den Sinn kam, war unsinnig. Aber in der Verwunderung, die sie nach wie vor nicht selten spürte, tauchte sie doch auf: „Wie habe ich sein Buch gefunden? Wie konnte sein Buch mich finden?"

In seinem Buch ging es um die weite und tiefe Sehnsucht nach einer verwandten Seele, die schlussendlich nicht mehr in Erfüllung ging. Darin war es das Sehnen eines nicht mehr jungen Mannes, die Lebensmitte überschritten. Wohl kaum hatte er zu bieten, was ihn vielen besonders attraktiv gemacht hätte: kein gesellschaftlich als besonders begehrenswert geltendes Aussehen, nichts mit beruflich strahlendem Erfolg, einer ohne Auto, das besonders viel hermachte, und schmuckes Eigenheim mit Sauna, Fitness-Area oder Pool. Und die besondere Liebenswürdigkeit blieb zwischen den Zeilen lange verborgen. Dieser Mann benahm sich auch noch echt und fehlerhaft, schien also indiskutabel, uninteressant für „die normale Frau", schon gar für die Prinzessinnen und Sternchen aus Frauenzeitschriften, Soaps und Castings. Dies waren jedoch ohnehin eher selten diejenigen lebendigen weiblichen Wesen, die ihm begegneten.

Das Tosen der Konkurrenz, des Sich-Messens, der Drang, all dies „Etwas-Gelten" und materielles Haben hinter sich zu lassen, wurde immer mehr zu der Sehnsucht, die in ihm wohnte. Als sei das nicht schon ein unbescheidener Wunsch an das Leben, wollte er sich obendrein gut aufgehoben fühlen. Traurig, als er die Aussichtslosigkeit seiner zunächst hoffnungsfrohen, wenngleich in gewisser Weise absichtsvollen Suche begriff. Dieses Absichtsvolle schien der Fehler. Es war dem Autor wohl irgendwie recht schnell klar oder dem Protagonisten dieses Romans, Florah konnte sie nicht wirklich gut auseinander halten. Da war diese seltsame Gemengelage, in der Sehnsucht, alle Absicht beherrschte.

Der Romanheld war durchaus klug, denn ihm leuchtete vollkommen ein, wie alles in einem selbst zuhause sein musste, dass es notwendig war, sich ganz zu fühlen und mit sich im Reinen zu sein, wenn man so eine Liebe finden wollte. Es gehörte zu seinen Überzeugungen, eine Art Gewissheit, letztlich alles in sich selbst finden zu können. Im Innen, nicht im Außen. Auch nicht in einem anderen Menschen. Und dennoch, es reichten ihm für sein Ausgefüllt- und Zufriedensein anscheinend nicht die wenigen Freunde. Sie waren entweder mit anderem beschäftigt oder in anderer Weise noch sehr verwoben in dieser Welt, die er loslassen wollte. Die Welt von irgendwelchen Clubs und Vereinen, die Welt der schöneren Autos und nach Möglichkeit gestählten und trainierten, gesunden Körpern; der Verkleidung in Mode und entsprechende Frisuren, sofern die Männerhaare es überhaupt oder noch hergaben. Sonst eben polierte Glatzen zur Schau gestellt, die man auf unterschiedliche Art und in verschiedenen Düften behandeln konnte, mehr mattieren, wenn man es lieber hatte; man konnte Dellen und Hautunreinheiten kaschieren oder diverse Kopfbedeckungen tragen. Beschrieben waren nicht nur die üblichen weiblichen Tricks, Trainings, Tarnungen und Camouflagen.

Es war witzig in Teilen, weil sie sich nie an die Erforschung männlicher Probleme dieser Art gemacht hatte. Andererseits schwer und melancholisch, tief.

Dieser Paolo im Buch beschrieb seine Umgebung als eine, die nicht grundsätzlich unfreundlich war. Aber voller Menschen, die er mochte, die in ihrem Leben jedoch nicht vorrangig Freude, stattdessen viel Stress empfanden. Er schilderte seine eigenen Unlust, sich dort sehen zu lassen, wo man sich eben sehen ließ: bei vielerlei kulturellen Veranstaltungen und überhaupt bei Events aller Art, die meist eine Person wie ein Werbeschild vor sich hertrug. Die Spektakel. Beispielsweise zerfloss alles, wie in Bildern von Dalí, wenn er dachte an all das, was man tat oder eben nicht tat. Falls er an solchen Orten der vielen so genannten Dos und Donts war, wie sie sich auch in die italienische Sprache gedrängt hatten, kam er sich fehl am Platz vor. Die Bekleidung mitsamt Accessoires, die unendlich wichtiger schien als alles, was in jedem einzelnen Wesen liegen mochte.

Diese männliche Hauptfigur des Romans hörte irgendwann auf zu suchen, mutlos, mitten in seinem Misserfolg, hatte sie nicht losgelassen. Offenbar hatte er in jungen Jahren eine Frau gehabt, jedoch war sie einfach gegangen durch Tod nach einer schweren Krankheit. Dieser Mann zeigte auch nicht besonders viel Lust, über das Drama zu erzählen, das am Ende nicht wirklich ein klassisches Drama gewesen war, sondern beiden Zeit gegeben hatte, sich voneinander zu verabschieden. Mit dem Leben ausgesöhnt zu sein. In der Liebe zufrieden, die sie hatten teilen dürfen. Vieles durchstehen miteinander. Offenkundig vermisste der Romanheld besonders das Verstehen ohne Worte und das reichliche Lachen zusammen, das er mit ihr hatte teilen dürfen.

Der Stoff wäre vermutlich leichter zu verkaufen gewesen, hätte ihm mehr die Frau im Bett oder die Köchin und die Kinderbespaßerin gefehlt. „Paolo" ließ diese Punkte nicht aus und doch schienen sie dem stummen Einvernehmen, wie auch dem Lachen gegenüber, eine untergeordnete Rolle zu spielen.

Und nun rings um ihn dieses Signal, es sei Gold wert, richtig angezogen, an den richtigen Orten zur rechten Zeit zu sein. Wichtig, sich sehen zu lassen. Auf derlei Genüsse wie die Vielfalt der Weine konzentrieren. Die Gute wohlschmeckender Speisen, die man nicht versäumen durfte, kennen lernen.

Außerdem all dies Geschwätz um das Bloß-nicht-alleine-Sein. Nur war sein Thema gar nicht diese Art, Gesellschaft zu finden, um diesen und jenen Preis. Er wähnte, es musste wohl bei anderen Suchenden viel damit zu tun haben, sich ja nicht so sehr selbst zu fühlen. Paolo gefiel ebenso wenig die Art mitteleuropäischer, privilegierter kleiner Vergnügen. Außer im Auto und allem, was man angeblich so brauchte an Wohnungsluxus, Interieur und Exterieur, Technik und Neuestem sonst, Schinken und edlen Getränken mit und ohne Alkohol, beispielsweise Zufriedenheit und Erfüllung zu suchen in regelmäßig konsumierter „Kultur", vielleicht einem Hobby, das man sich zulegte. Der Mann im Roman hatte es mit Tennis probiert, doch es war nicht gut für seine vorgeschädigte Schulter. Golf schlug man ihm vor, es stieß auf entschieden zu viel inneren Widerstand in ihm. Auf ferngesteuerte Drohnen hatte er so gar keine Lust, alles, was sonst so ferngesteuert war, zog ihn nicht wirklich magisch an, und außerdem war es, sobald er sich damit befasste, schon wieder out. Er ging gerne fischen mit Angeln und Netzen – aber das war ein verlachtes Vergnügen einsamer Kauze, sagte man und machte ihn auf seinen nur mäßigen Marktwert als Mann und obendrein als Vater aufmerksam.

Schließlich gab es noch individuelle Reisen, das einsame Sitzen an natürlichen oder städtischen Plätzen, wo er es vorzog, einfach zu sehen und zu spüren, was sich drum herum so bewegte und tat, ohne selbst was auch immer machen zu müssen. Man konnte Kontakt aufnehmen oder es vollkommen sein lassen und sich doch mitten in diesem Leben fühlen, daran fand er Gefallen. Und das, obwohl andere ihm lauthals wunderbare organisierte Reisen anempfahlen und dabei immer in der Reisegruppe die Augen offen halten und nette Kontakte knüpfen.

Das war es nicht für ihn, und wieder brachte es Florah dem Romanhelden näher, denn er schien ihre eigenen Empfindungen spiegeln zu können.

Wohl hatte dieser Paolo ein sehr persönliches Gefühl von der vielleicht angemessenen Zeit, eine Frau, eine Liebe kennen zu lernen. Die durchaus wohlmeinenden Einflüsterungen waren: „Eine, die was hermacht, wirst schon sehen!", begleitet von Schulterklopfen. „Die Lücke" sollte sie füllen. Es gelang ihm nicht zu erklären, dass er die so genannte Lücke am Tisch und im Bett nicht akut fand, sich durchaus auch in der Lage fühlte, das kleine Haus und den ebenso kleinen Garten so weit in Ordnung zu halten, wie es ihm angemessen schien. Ebenso war er in der Lage einzukaufen, was notwendig war, und zu kochen. Wünschte sich, wenn dann eine Verbindung, die nicht „Ersatz" war, sondern eine ganz andere Blüte. „Es macht doch keinen Sinn, eine neue Frau an der Hand zu halten und dabei an Lucia zu denken." „Das vergeht schon", wollten ihn die anderen ermutigen. Paolo gab es nach einer Weile auf zu erwidern, wie es so doch gleich in eine ganz falsche Richtung gehen würde. Er brauchte nicht wirklich eine, die, bei welchen Aktivitäten auch immer, „mitzog", ihn und die „Kinder" bekochte, ablenkte, unterhielt und mitunter begehrte oder wenigstens so tat. All das, was nach vorherrschender Meinung dazugehörte.

Keine, die einzog oder eben nicht.

Es gab amüsante Stellen in diesem Buch, in denen suchende Frauen sich nach Kräften und auch gar nicht ungeschickt interessant zu machen trachteten. Sie kannten sich in der Kunst aus oder in der Poesie. Sie kochten beachtlich oder hatten erhebliche Weinkenntnisse einzubringen. Sie waren schön gekleidet und gebildet. Eine besaß einen Hund, der sie zu bewachen schien, nicht von ihrer Seite wich.

Florah gefiel, dass der Autor diese Suchenden immer mit Respekt und Liebe behandelte. Er machte sich nicht lustig, über welches suchende Gebaren auch immer. Er tat nicht so, als wäre sein Paolo besser. Nur anders war er.

Diese Frauen schienen nicht mehr von großen Lieben zu träumen, allerdings doch von wohlschmeckenden und die Seele streichelnden Kompromissen.

Er aber träumte eine große Liebe zu teilen. Es war nicht die große Liebe, in der sich zwei Menschen ineinander verschlingen und in der die alles, was um sie ist, lange von nebensächlicher Bedeutung scheint. Es war die große Liebe in etwas Allumfassendem: die Menschen zu den Tieren, zu der Natur, Frühling, Sommer, Herbst und Winter, zu all dem, was wuchs und gedieh an Wesen und Pflanzen, sogar jenem, was eher als „unbelebt" galt. Das Aufgehen in einem Tautropfen, einem Tropfen auf Wellenkämmen des Meeres.

Der Mann in dem Buch begehrte die Liebe einer Gefährtin, die ihm ähnlich war in diesem großen, runden, roten Gefühl. Er beschrieb es wie ein Aufgehobensein unter einer weiten Decke, die beide bedeckte, ohne dass man zusammen in einem Bett sein musste.

Die Idee, dass man räumlich weit entfernt voneinander sein konnte und doch diese Liebe teilen, mit Freude, die in alle Sinne sprang …

Was Florah gefesselt hatte, war wohl auch, wie er innerhalb dieser vielleicht dreihundert Seiten zwar vieles erlebt hatte, eine solche Bindung aber letztlich nicht zustande gekommen war. Es schien, als hätten sie alle, auch die Liebsten und Nettesten, schlussendlich den immer real Anwesenden gesucht. Den Präsentablen, Vorzeigbaren, sich offiziell zu ihnen Bekennenden.

Florah selbst hatte „Die wirklich Liebenden" zufällig in einer italienischen Buchhandlung gefunden, als sie Lesestoff suchte für ihre letzte langsame Zugreise mit viel Zeit, auf der sie dann doch nur wehmütig die Umgebung in sich aufnahm. Es war eine Abschiedsreise gewesen. Nicht nur wegen ihrer körperlichen Verfassung. Auch weil das langsame Reisen und Sich-einem-Ziel-Nähern immer weniger diskutabel und möglich wurde. Selbst normale Flüge von einem Flughafen in der Nähe kosteten mittlerweile nicht einmal ein Viertel so viel wie die wenigen verbliebenen Langstreckenzüge.

Das Buch war, wie sie nun wusste, nie über eine bestimmte Auflage hinausgekommen. Erst gar nicht als Taschenbuch veröffentlicht, was man ja immer noch gern mit den Verkaufsrennern tat. Wir sprechen hier nicht von den Gesetzmäßigkeiten, nach denen eine Übersetzung in andere Sprachen diskutabel war.

Nur: Es hatte sie magisch angezogen, neugierig gemacht.

Ob es diesen Mann gab, ob es diese Idee gab? Sich tatsächlich so anfühlen konnte, wie er es beschrieb?

Sie erinnerte sich daran, wie sie damals über den Verlag, den nicht sonderlich großen, der mittlerweile gut auch hätte pleite sein können, einen Brief an ihn schrieb. Erst nachdem sie keine wunderprächtige Schriftsteller- oder Autorenhomepage hatte finden können. Ihr Schreiben, mit dem Zweck auszudrücken, wie sie selten, aber wahr zugegriffen hatte, bei einem Roman eines männlichen Autors. Sie las normalerweise lieber, was Frauen schrieben. Ließ ihn wissen, dass schließlich ihr das alles inhaltlich plötzlich zu kostbar war für eine Reiselektüre in einem Zug und so nichts wurde aus oberflächlichem Lesen und dann Liegenlassen; die Lektüre weiter reisen lassen. Wahrscheinlich war es ohnehin eine mittlerweile müßige Vorstellung, denn die Migranten mit den großen braunen Mülltüten sagten sich berechtigterweise: „Müll ist Müll, warum sollen wir es trennen, und dann auch noch bei diesem lachhaften Stundenlohn?"

Es hatte sie gefesselt: ein männlicher Autor, der in der Lage war, so genau etwas zu beschreiben, das auch sie als Sehnsucht kannte. Sie fand gut, wie Paolo seine Menschenliebe ausdrückte, ohne sich je über die Charaktere, die in ganz anderen und häufigen Filmen lebten, zu erheben oder gar sie zu verlachen. Und es hatte ihr ehrlich leidgetan, dass er diese spirituelle Liebe nicht hatte finden können. Eine inspirierende Seelengefährtin, die einen ewigen Dialog mit ihm führen mochte, der beide beschwingte. Mit leiser Ironie hatte sie hinzugefügt: „Wie schade, dass Paolo mich nicht kennen lernte, gerne hätte ich mich daran versucht, diesen Weg mit ihm zu gehen."

Eintüten, fortschicken. Um den Akt, dem Schriftsteller einfach dieses zu schenken, ging es ihr. Sie wusste, dass es sich schön anfühlte, eine solche Rückmeldung zu bekommen, ohne Erwartung.

Sie dachte an ihren roten Kopf zwischen Erwartungsfreude und Scham, als sie Wochen später einen Brief von irgendwo aus der Nähe von Mantua bekam. Sein Name stand drauf. Die Schrift gefiel ihr. Keine aufgedruckten Computerlettern. Luft holen. Es konnte immer noch ein Literaturagent, eine stundenweise auftauchende Hilfe, eine Ehefrau geschrieben haben. In zwei Sätzen und danke und adieu, nicht auf Wiedersehen. Etwas in ihr wusste damals, es würde sich nicht so verhalten, bei dem Inhalt dieses netten Umschlags in Eierschalenfarbe.

Und jetzt in all diesen Jahren, wo viele nichts davon wussten, und die wenigen, die doch teils etwas verstanden, mal mehr, mal weniger, genauso wie andere es für „daneben" oder unwirklich, weil nicht greifbar hielten –

nun also, halb lag sie, halb saß sie auf ihrer Couch, würde sich weisen, wie diese Beziehung war. Ob das Gefühl dem standhielt, was in ihrem Leben geschah?

Luna geht. Luna ging. Luna war gegangen. Mit ihren Eltern um den halben Erdball und es fühlte sich dramatisch an! Es riss eine Lücke in das Leben, das sie die letzten Jahre gerade wieder so richtig gemocht hatte.
Nun stand sie auf dem Prüfstand, ihre unsichtbare, materiell weit entfernte Liebe. Und ob sie immer noch sagen konnte: Es umhüllt mich, es macht mich froh. Dieses Gefühl wohnt in mir, ist stetig da?
Er und Florah, das ist so eine Art des vollkommenen Sich-Durchdringens, mag es auch ein wenig unanständig klingen, das scheint beiderseits eine ungeheure Freude …
Keine Ansprüche, keine Erwartungen, einfach nur Freude – was für ein schöner Satz. Wohlklingend. Wohlschmeckend. Zumindest diesen beiden.
Wie einfach es ihr für frühere Zeiten vorkam, enttäuscht zu werden, Und dennoch: Man musste sich erst einmal getäuscht haben. Nach zwei Jahren vielleicht hatte sie das Vertrauen und sichere Gefühl, sich in ihm nicht zu täuschen.
Und es ist dieses noch da, glomm ein Licht auf. Nicht verlöscht. Wie wollte und konnte sie es hegen? Ein Gedanke der Vergangenheit, schalt sie sich. Dass so etwas üblicherweise irgendwann verlöscht, die um sich herum beobachtete Fast-Zwangsläufigkeit.
„Was ist so besonders? Sogar die Aufgabenstellungen, die aus dieser Verbindung erwachsen, erscheinen mir ein Geschenk – vielleicht weil jegliches, das passiert, etwas auslöst in mir? Weil ich schon so lange bereit bin, wenn das Input von ihm kommt, oder von Britta oder von Paul, von Evalina … zu überprüfen und infrage zu stellen, was ich immer geglaubt hatte? Ich war krank, ich konnte nicht weiterrennen, und auf der Suche nach

meinem eigenen Weg darin schmeckte alles erst anstrengend, doch bald stand eine Morgenröte am Himmel und groß stand da Veränderung. Monate später, mein Körper immer noch matt, meine Beine immer noch mir nicht kraftvoll gehorchend, meine plötzliche Abhängigkeit von Hilfe auf allen Wegen und beim Einkaufen enorm – und doch mein Seelchen im Aufwind, weil ich mir Zeit gab. Also nach Monaten stand da im Morgenrot Lust auf Veränderung. Lust, mein Leben eigenverantwortlich in die Hand zu nehmen. Neugierde leuchtete auf. Nicht zu fassen! Mochten es aus meiner Umgebung auch viele nicht fassen können, das Leben schmeckte mir. Das Leben war schön. Meistens jedenfalls war es schön. Am Anfang hasste ich die Menge und die Heftigkeit der Herausforderungen. Oft drohte ich einzuknicken. Schaff ich nicht, alles zu schwer. Und dann kam meine unsichtbare Liebe ins Spiel. In meinem Morgenrot stand, wie sehr ich Lust hatte, alles zu erfahren. Ich habe Lust, wenn schon nicht mit meinen Beinen, dann doch mit Geist und Seele über Berge und Täler zu gehen, Flusslandschaften zu erkunden, Wind und Wetter zu fühlen, mit allen Sinnen für mich da zu sein. Und lange schon, bevor ich wusste, dass es wirklich so ist, hatte ich begonnen, daran zu glauben, dass ein Mensch seine Herausforderungen lieben muss, seine Zweifel und Ängste und Wut und Enttäuschung umarmen, mit ihnen freundlich sprechen und tief in Kontakt gehen. Sie zu Komplizinnen und zu Komplizen machen, sich von den brennenden Feindbildern verabschieden.

Und mir schwante, dass nichts zufällig sei, was im Leben eines Menschen geschah. Also auch kein Zufall, als ich später dann dem Mann hinter dem Buch, Cadmo, schrieb. Wie mir seine völlig unerwartete Antwort zugefallen war und aberwitzigerweise nicht nur ein Sternschnüppchen sein sollte. Womit hatte ich das verdient? Das wusste ich nun überhaupt nicht! Ja, solche Fragestellungen beherrschten mich damals noch: Alles musst du dir verdienen und die einzige Möglichkeit, etwas zu verdienen, ist Leistung. An allem anderen, das dir das Leben schenken könnte, ist wahrscheinlich etwas faul. Das Leben macht keine Geschenke. Zumindest dir nicht! So fühlte ich es. So bewertete ich mich. Anscheinend gab es neben einem Tunnelblick auch noch Tunnelgefühle und Tunnelglaubenssätze, die die weiten Landschaften und Flussauen links und rechts verbargen. In den schweren Tagen, jetzt, gab ihr ein Traum den Eindruck davon, wie schön es sein konnte, auf dieser Erde zu leben, ohne das Gazellchen in der Nähe, ohne die unsichtbare Liebe zu überfordern mit allzu vielen Fragen und Klagen. Sie träumte einfach eine gewisse Selbst-Verständlichkeit, Erleichterung und Freude, dass es solche Orte gab. Sie sitzend auf einem Sandstein, warm, rot, außer von ihrem Po noch bevölkert von winzigem käferartigem Getier, die eine Oma hatte es in ihrer Kinderzeit als Steinläuse bezeichnet. All das spielte sich ab an einem erdig riechenden Ort, an einem Hang mit feinkörnigem Schottersteinweg, großen roten Sandsteinflächen und -blöcken und fast menschenhohem Farn. Mit Genuss lässt sie den Blick schweifen, fühlt den Wind in Haar und Härchen, auf der Haut. Schaut immer wieder neue Wolkenformationen an und -aufrisse, aus denen die Strahlen kommen, Sonnenepisoden ... sehr grün der Farn, alles so klar und wohltuend, sie räkelt den Körper wohlig auf dem Stein.

Am schwülheißen vergangenen Mittwoch war sie den ganzen Tag durch die Wallonie gejuckelt, so über die Dörfer. Mit Hilfe von belgischen Bussen, in denen man noch ordentlich Fenster öffnen kann. Für Anstrengungen war es zu heiß, die Luft zu dicht, und so genoss sie den Ausflug mit einem Stündchen Fahrt, zwei Stunden sitzen, essen, trinken, ein bisschen wandeln, wiederum einer ausufernden Rückfahrt ... Sie kam durch Orte, von denen hatte sie noch nicht einmal je den Namen

gehört! Und stieg in einem dieser, wie es schien verwunschenen, Käffer aus, betrat neugierig die Kirche, bei der sie nicht gewundert hätte, ein eingebrochenes Dachschiff mit starrenden und gurrenden Tauben vorzufinden und auf dem Blausteinboden Taubenkot. Fand stattdessen ein Bleiglasfenster mit einer leidend und doch lebendig schauenden Maria Magdalena. Man hatte ihren Namen unter ihr platziert. So richtig anziehend und erstaunlich fand sie allerdings den lateinischen Spruch auf dem Flatterband im Glas:
„Kann sich vielleicht in der Liebe alles auflösen und alles in sie münden?"
Es schien ihr die Frage und die Antwort auf alles, zur gleichen Zeit.

Wenige Tage später, bei schönen Wetter, packte Paul sie in Erinnerung an ihren Bericht von aufkeimendem Wohlsein kurz entschlossen ein, organisierte seinen Laden über einen flexiblen Freund. „Auf andere Gedanken kommen", sagte er, sie wisse doch selbst, die Gedanken und die Wirklichkeit, wo sie eine solche Gestaltungsmacht haben. Trübsal blasen und wie es logischerweise bloß Trübsal anzieht und gar schafft. Stellte einfach fest, sie liebte es schließlich, im Wallonischen durch die Gegend zu fahren. Immerhin schafft sie es nicht, Ausblicke zu versäumen, in Täler und Auen, auf zunehmend von Plastik befreite Bäche und Flüsschen, zu den Kühen, die keine Holsteiner sind, zufrieden wirken.
In der kleinen Stadt, am „großen Platz", hat die Bibliothek heute für alle Bücher zum Mitnehmen ausgelegt. Und tatsächlich, obwohl viele nicht gerade aussehen wie die großen Leser, herrscht Gewusel von Alt und Jung an den Ständen.
Es zwackt sie erfolgreich, gegen ihre sonst vegetarischen Essgewohnheiten zu verstoßen, für ein geteiltes Merguez, das Lammwürstchen mit einer Ladung frischer, nun

durchsichtig gebratener, teils auch brauner Zwiebel und „Bitte, scharfe Sauce", verlangte sie auf Französisch. Dann zurück und auf den Treppen am Fluss abwechselnd essen. Es ist lustig, denn es geht nicht wirklich ohne Sauerei, tropft, droht zu fallen. Wird von ihr aufgefangen mit der, nun fettglänzenden, Hand. Was kann frau schon anderes tun, um Fettflecken auf ihrem grünen T-Shirt zu vermeiden, Mann an anderen Stellen, auf die sonst später irritierenderweise gestarrt wird?

Schüler beobachten, hatten sie so lange Pause oder war das Wetter zu schön, um in die Schule zu gehen? Und wilde Enten scheinbar unkoordiniert umherfliegen sehen, sogar zweimal einen Greif mit weiten Schwingen.

Später ein nettes Bistro, nah am unverzichtbaren Engel zum Gedenken an die Gefallenen der Weltkriege. Wieder Sünde, doch so wunderbar, ein belgischer Kaffee, die kleine Köstlichkeit und Baguette mit Ziegenkäse, Honig und Apfelscheibchen.

„Gib es zu", sagte sie sich später, „du hast den Ausflug genossen und obendrein die philosophischen Unterhaltungen, die du immer noch mit ihm haben magst." Sie wand sich noch ein wenig, allerdings stimmte es schon so: Luna war räumlich weit entfernt. Dennoch, wie auch immer, schien ihr das Leben schön. Freundschaft ist schön und die Liebe ist schön. Die Luft, der Wind auf der Haut.

Später rüttelten erneut die Zweifel. Machten ihr vor, umgeben zu sein von Dingen, die sich ihrer Kontrolle entzogen. Winkten mit angeblich wissenschaftlich fundierten Wahrscheinlichkeitsrechnungen zur Wiederkehr ihrer schweren Krankheit. Die Gewalt da draußen, die anscheinend nicht aufhören wollte. Aggression, flirrend in der Luft. Ratlosigkeit, viel geäußert. Welche Unbill auch immer. Eine Enkelin, die fortging.

Ihr schien, Cadmo hatte recht, wenn er sagte, ein Akzeptieren davon, dass es Dinge gibt, die sich unserer Kontrolle entziehen, sei hilfreich. Und nur, wenn uns

das wirklich klar ist, können wir unsere Aufmerksamkeit darauf konzentrieren, dass es in unserer Macht liegt zu bestimmen, wie wir uns damit fühlen. Wir bestimmen, welchen Einfluss es auf uns hat. Sie konnte dies auch als Gelassenheitsgebet und als Sinnspruch – ohne Gott – auf einer Vielzahl von Karten finden, was darum doch nicht weniger wahr war. „Gott, gib mir die Gelassenheit, Dinge hinzunehmen, die ich nicht ändern kann, den Mut, Dinge zu ändern, die ich ändern kann, und die Weisheit, das eine vom anderen zu unterscheiden."
Und er beschrieb es als eine Entscheidung: So also konnte man leben. Sie wusste es doch! „Sag kein Eigentlich-jetzt!", forderte etwas in ihr.

„Der Geist fliegt frei. Ich bin frei, solange dieses ausdauernde mit mir fühlende Selbstgespräch anhält", sagte sie sich. Und hob, ehrlich gesagt in einem gewissen Flehen, die Augen zum Himmel, wie ein Kind: „Lieber Gott, mach, dass mir immer etwas einfällt und nicht ein Schweigen oder Kreisen um dunkle Nebel beginnt." Im selben Moment schon war ihr klar, dass nicht jemand, auch nicht Er, für sie Derartiges tat, und es war ein Gefühl zwischen dem leichten Unwillen, immer für alles selbst zuständig und verantwortlich zu sein, und einer Freude darüber, was jeder Mensch selbst in der Hand hatte.

Immer noch fühlte sie sich weinerlich. Es fiel ihr ein, was Cadmo so alles geschrieben hatte. Oh weh, so viele Seiten für Florah. All diese auf sie, die „sehr spezielle Seele" herabregnende Liebe. Sie schüttelte sich, wie um etwas abzuwehren. Nein, nein und nochmals nein, sie brauchte nicht das uralte Köfferchen aufzumachen, ob sie dieses und jenes wirklich und überhaupt verdient hatte.

Selbst jetzt? Wo es möglich war und eine schöne Begründung auf der Hand zu liegen schien dafür, unglücklich zu sein. Eine Entscheidung für Licht und Freude am Leben? Fast wollte man aufmüpfig nennen, wie ihr in den Sinn kam, dass ohnehin keine lang gehorteten Kisten, Koffer, Boxen und was sonst noch mehr unter ihrem Bett lagen. Die Wackersteine einer nicht einfachen Vergangenheit.

Ihr fiel ein, wie sie sich aus einem Artikel den Satz unterstrichen hatte: „Negativität kann einer dankbaren Grundhaltung gegenüber nicht bestehen." Es hatte sie angesprochen. Florah erwog, die Pastellstifte aus der Schublade zu kramen und es einfach an die Wand dem Tisch gegenüber zu schreiben.

Obendrein hatte sie inzwischen angefangen, ihm zu glauben, wie er sie einfach nur für ihr Sein mochte. Es war auch möglich geworden, sich nicht dafür einzumachen, dass sie bis dahin besonders gern ein paar Worte flugs überlesen hatte, denn die hatte er so besonders liebend formuliert, die konnten doch nicht für sie sein. Die bessere Version war, diese Worte heute, teils sehr viel später, für sich zu entdecken.

„Bleib dir selbst treu", hieß es in der letzten Mail „sieh durch all das Schwierige hindurch die Sonne scheinen." Aus einem sehr alten Impuls heraus wollte sie sich empören: „Na, du hast gut reden!" Da fiel ihr ein, wie oft sie in diesen Jahren darüber gesprochen hatte, zu wissen, wie die Sonne, das Licht im Dunkel nur unseren Augen verborgen ist, am Morgen wiederkommt.

Auf eine seltsame Art war es ihr, selbst wenn sie es gewollt hätte, nicht mehr möglich, sich ganz in die dramatischen, schmerzlichen Gefilde zurückfallen zu lassen. Sie erinnerte sich gut an die Unterwelten, bevölkert mit dem Getier eines Hieronymus Bosch und seiner gotischen, wohl auch seiner späteren Konsorten. Der Topf ihres Lebens schaukelte dramatisch, absturzgefährdet über Hexenfeuer. Sie war bereit gewesen, die Brühen zu essen, was auch hineingerührt worden war, Fliegenpilz und Spinnenbein. Sie hatte daran geglaubt, nur wenn sie es tat, könnte es für eine Zeit weder Taumel und Zweifel noch Zaudern und Zagen geben.

Das vollendete Drama weigerte sich, Florah völlig aufzunehmen. Sie rüttelte an den Toren, doch die blieben verschlossen.

Sie schrieb Cadmo: „Ich hatte das mich beherrschende Gefühl vergessen. Ich hab es nicht ganz vergessen. Ich könnte es vielleicht noch einmal schaffen, selbst wenn ich erneut am Anfang stehen müsste. Ich möchte da nicht noch einmal stehen. Ich muss da auch nicht mehr stehen. Oder in jedem Fall arbeite ich mich rascher dazu vor, wieder ganz überwiegend von Positivem und oft Freudigem beherrscht zu sein. Ich höre auf mich. Ich höre auf die Stimme, die mir gut ist. Wahrscheinlich handelt es sich dabei um meine Intuition. Ich falle nicht zurück. Es wird mir schon etwas einfallen. Was es mir wert ist. Wie ich es mir wert bin!"

Nach einer Meditation ein witziges Bild: Erst das unbestimmte Gefühl, als könne es ihr erneut gelingen, sich irgendwie aufrappeln. Dann sah sie eine Katze, die man im Genick nimmt und ins Leben zurücksetzt. Bis sie schließlich begriff, sie selbst war es, die das mit der Katze tat und gleichzeitig selbst die Katze war …

2. August

Sie versucht, es Luna zu erklären. Einem Teil der Generation Smartphone, wenn auch das italienische Lied mit der Klage „Alles sofort", tutto subito, aus den Siebzigern des vorherigen Jahrhunderts war.
Also das Unsichtbare und was so schön daran sein konnte.
Erst ein Schluck Wasser und daran denken, dass interessanterweise auch bei diesen Kindern, Jugendlichen, jungen Erwachsenen, denen weiterhin aus allen Medien vorgegaukelt wurde, sie könnten in wunderbarer Ablenkung und im Überfluss machen und tun, so manches aufbrach.
Ein großer Schluck Wasser und dann die These: „Also ich glaube, wenn man es schafft, nicht gleich am Anfang, zum Beispiel beim Telefonieren, zu denken: Da fehlt was, zeig dich, ich will dich sehen, dann kann das klappen, dass so eine unsichtbare Liebe entsteht." Sieht das ungeduldige Herumruckeln und die skeptischen Blicke der Enkelin und beeilt sich, in Gedanken nochmals um den See zu rudern. „Na ja, in etwa so." Wenn allerdings alle gewohnt waren, über TelPlus, jeden, den sie am Telefon hatten und vielleicht erst gerade kennen lernten, sofort zu sehen, zeig dich, zeig mir … dann hatten sich die inneren Schalter verändert. Man mochte dem anderen signalisieren: Mach deine Kamera an, sonst fehlt was, sonst kann ich dich nicht kennen lernen. Jedenfalls dachten schon viele so. Oder wer das gleichzeitige Sich-und-seine-Umgebung-Abfilmen weglässt, der hat wohl was zu verbergen, der hat nichts, der muss hässlich sein oder sonst wie schräg.
Eigentlich ist es noch schlimmer, denn viele haben ja schon gar kein Telefon oder Handy mehr ohne mitlaufendes Bild. Nur noch diese Minicon. Ein kleiner Schauder löste eine sichtbare Welle in ihren Schultern aus: „Wenn ich die Reklame schon höre, ‚Für Ihr Kind

nur Minicon, damit Sie sich jederzeit rückversichern können, wo, mit wem, in welcher Verfassung …'.'"
Obschon Luna nun deutlich aufmerksamer bewirkte, das Gesagte anscheinend einen Gedankenzirkus in ihrem Kopf. „Ich weiß auch nicht, warum die Leute glauben, wenn sie einen durch so einen Apparat grinsen oder besonders seriös gucken sehen, wissen sie schon was über sein Wesen oder wie er sich im nächsten Moment verhält", erklärte Florah in leicht resigniertem Ton.

Ihr war es fremd. Nur die großen Menschenkenner, die Gesichter und Ausdruck gut lesen konnten, und auch die bloß beim persönlichen Sehen, in persönlicher Begegnung, konnten recht weitgehend in ihrem Gegenüber lesen, wie sie oder er wirklich drauf war, was als Nächstes geschehen könnte, ob in diesem Menschen gerade friedliche Ebbe oder innerlich brandende Flut war. Und auch bei denen, die sich so gut auszukennen schienen mit ihren Mitmenschen, war viel Täuschung möglich. Böse Überraschungen, seltener schöne.

Sie mochte jetzt nicht sagen: „Es ist dumm, die Interpretation der Welt auf Äußerlichkeiten aufzubauen." Und wie sehr wir es oft taten, entgegen dem, was wir besser hätten wissen können, weil Sein und Schein offenbar über Jahrtausende getäuscht hatten.

Es schien ihr sogar, dass ihr bei zugewandtem und ausschließlichem Lauschen eine Stimme mehr erzählen, mehr verraten konnte.

Luna meinte, ihre Eltern würden jetzt, kann sein, kommentieren, das sei vielleicht Omi Florahs Meinung oder ihre Spezialität mit den Stimmen. „Ja, ja", entzog ihr dieselbe das Wort, oder: „Es ist ein bisschen altmodisch und man soll doch ruhig alle Möglichkeiten nutzen, wenn man sie schon hat." Aber was machst du, liebe Luna, wenn es mal gar nicht out, sondern vielmehr super in und neu ist, in einer speziellen Wahrnehmungsform ganz viel über Menschen zu erkennen. Wir können ja nicht immer alles auf einmal. Und nicht alle können alles gleich gut.

So für sich dachte sie, dass vielleicht eine die Stimmung, die Freude, den Schmerz, die Klarheit oder das randvolle Angefülltsein mit Fragen gut aus der Stimme hören konnte, selbst dann, wenn die Worte noch vom anderen so ausgewählt waren, dass sie täuschen sollten. Wenn einer sagte: „Mach dir mal keine Sorgen", und in der Stimme schwang es ganz anders.

Ein anderer Mensch mochte viel lesen in der Berührung, dem leisen Strömen durch die Poren, dem Kalt, Warm. Trocken oder Feucht. Was die Organe unter der Hautoberfläche erzählten.

Oder im Geruch, wenn er nicht vollkommen übertriebener Hygiene geopfert worden war, unter Schichten wegdeodoriert, wegparfümiert, dann gab es doch den individuellen Geruch und auch in ihm Nuancen von Wohlsein, von Stress, von Angst und tausenderlei.

Wettergerüche, Kochgerüche, Jahreszeitengerüche, schnuppern an Blumen, Obst, Gemüse … endlose Geruchswelten.

„Ja", dachte sie, „das Sehen ist einfach am verführerischsten, heute die schnellste Möglichkeit, etwas zu erfassen, und so unendlich praktisch, um Gelüste zu erzeugen, prachtvoll geeignet auch für Warenverkauf und jede Art, den Menschen über Lust und Dressur in Schach zu halten."

„Ge-mein-sam-keiten", Luna zog das Wort mit einem etwas unnachsichtig genervten Gesichtsausdruck so richtig in die Länge – „wenn man so etwas wie eine Beziehung hat, muss es doch Gemeinsamkeiten geben!"

Na gut, mit zwölf hätte vielleicht auch Florah anderes nicht gut sehen und sich erfüllend vorstellen können. Irgendwie fing es bei ihr an mit dem Sterben von Menschen, an denen sie ganz besonders hing. Auf Friedhöfen und nachts im Bett. Wenn sie nicht zuließ, dass die Trauer über den Verlust dieser Person sie völlig überrollte, wenn sie es schaffte, mit mehr Kraft und Intensität ein buntes Kaleidoskop an Schönem und Innigem hervorzuholen, das zusammen mit diesem Menschen hatte erblühen können, früher vorhanden gewesen war. Dann war die Verbindung und die Dankbarkeit für das Erlebte und das Gefühl schneller als der machtvolle Schmerz.

„Ge-mein-sam-keiten", griff Florah auf. „Also du meinst nicht nur, was wir über das Leben denken, über die Menschen, über die Liebe." Sie holte genüsslich einen tiefen Atemzug, weil sie gerade im Sprechen und Denken das Gemeinsam spürte. Kehrte dann doch zum Profanen zurück: „Ich glaube, wir haben beide eine Zitatensammlung, die wir anregend finden."

„Na toll! Schlaue Sprüche von schlauen Menschen." Mit leiser kindlicher Verachtung kam diese Äußerung. Und Florah beschloss, sie einfach bierernst zu nehmen, erklärte: „Genau! Und zwar schlaue Sprüche über Jahrhunderte und Jahrtausende."

Sie zog es vor, sitzen zu bleiben und Luna mitsamt Eimerchen schauen zu lassen, ob es noch allerallerletzte Johannisbeeren gab. Sie horchte auf das Rascheln im Gebüsch, auf den Wind, der, wenn er aufkam, hier immer machtvoll zu hören war, und in die hügelige Landschaft schauend hing sie ihren Gedanken nach.

Es war gleichzeitig herzerwärmend und herzerfrischend, irgendwann der unsichtbaren Liebe recht zu geben: Egal was eine alles im Kreuz hat, wie viele Berge du hochkraxeln musstest, um doch wieder irgendwo abzurutschen und noch mal von vorn, oder du erreichst den Gipfel, und bevor du noch wirklich durchatmen kannst, siehst du, dass der nächste Berg schon lauert und keine Schleichwege daran vorbeigehen. Und doch, es kommt die Zeit, da hört es auf mit den Bergen in deinem Weg. Es kommen Hügel hie und da. Hügel kriegen wir alle auf unseren Lebenswegen, aber sie fühlen sich viel schneller überschaubar und bewältigbar an.

Du kannst in das tiefe Seufzen in Anbetracht all der Probleme einstimmen und dir sagen, dass es wohl nie aufhören wird, den Kopf hängen lassen. Alternativ deine Sichtweise verändern und es als Abenteuer sehen. Auf die Freude, das Erlebnis schauen und deine Möglichkeit, es zu leben.

Die persönliche Haltung hat die Macht, eine echte Geheimwaffe zu sein. Aber erst, wenn man sie gewandelt hat, nicht wenn sie schwarz, grau, blutrot, kriegerisch und aggressiv ist. Sie muss freundlich geworden sein. Und das auch noch sich selbst gegenüber.

Schrecklich war es, obwohl sie sich doch nur schrieben und selten einmal telefonierten, als er das erste Mal zwei Wochen in die Unerreichbarkeit verreiste. Irgend so eine Mischung zwischen wenig lukrativer Lesereise und ein wenig Urlaub in anderen Gegenden des Landes, wenn er nun schon unterwegs war. Will heißen, er war ja noch nicht einmal aus der Welt, nur eben vom Internet abgeschaltet in diesen paar Tagen. Völlig nachvollziehbar, dass er keine Lust hatte in technisch schlecht abgedeckten Gegenden Internetcafés oder gar nicht vorhandene Hotspots zu suchen.

Dennoch konnte sie ihn damals noch nicht genügend einschätzen, oder es fehlte ihr an grundlegendem Vertrauen in das ganze Leben, und das machte der Angst, die sich auf alten dramatischen Erfahrungen breitgemacht hatte, Tür und Tor auf.

Ja, sie hörte diese und jenen sagen, sie sei auch wirklich ein bisschen arg „phantasiebegabt", manche nannten es auch „schräg drauf". Abwechselnd streuten sie Hinweise darauf, dass es doch gar keinen Grund gab, sich verrückt zu machen, und Zweifel daran, dass so ein ominöser Unsichtbarer überhaupt eine derartige Bedeutung haben könnte. Es war die Zeit, wo manche bezweifelten, dass es so einen überhaupt geben könnte außer in ihrer Phantasie, während sie trotzig jeglichem Wunsch von außen widerstand, irgendwelche Beweise für seine pure Existenz zu führen.

Es quälte sie einfach am helllichten Tag dieses mächtige Bild von sich selbst als kleinem Mädchen, das ihre Hand in eine große und warme andere Hand gelegt hatte, sich so geschützt fühlte auf ihrem Weg. Und dann zog der in ihrem Gefühl nicht Sichtbare seine Hand einfach weg. Entzug. Noch bevor Cadmos Flieger überhaupt in der Luft war, Zug oder Bus abgefahren, war ihr seine Hand entzogen! Das kleine Mädchen in ihr heulte, tobte und stampfte. Das wollte sie nicht! Einfach verlassen. Alles, was er vorher von sich gegeben hatte und versichert und an Brücken gebaut, sie hatte fühlen lassen – alles taugte doch nichts. Sämtliche Beschwichtigungen von Kopf und Verstand, die sie sich als erwachsene Frau vorsagte und mit denen sie versuchte, doch auch dieses kleine Mädchen in sich zu beruhigen, gingen ins Leere. Sie schlug um sich, in ihrem Selbst, und wütete, dass es ihr bestimmt nicht und nie wieder gelingen würde, Verbindung zu ihm aufzunehmen. Bestimmt war sie zu allem Überfluss selbst schuld daran, kein Gegenbeweis, das Warum nicht zu begreifen.

Der erwachsenen Frau flüsterten, zischten und brüllten, schlimmer noch als die von außen, innere Stimmen ins Ohr: „Wie gewonnen, so zerronnen, na klar!" Und sie wusste nichts gegen dieses scheinbar alles beherrschende Gefühl zu tun.

Zudem die verräterischen Träume …

Hinter dieser schwachen und daher ausgehungerten Angst, hinter der machtvollen und raumgreifenden Angst war sie bestimmt von der Befürchtung, er würde „weg" sein. Eine absurde Vorstellung damals, er könnte seine Hand noch einmal in ihre legen, einfach nur um ihrer selbst willen. Oder gar die Hand ihr wiedergeben aus einem Gefühl von Liebe, Interesse, Wertschätzung. Lohn dafür, wie sie sich getraut hatte, ihm ihre Liebe zu zeigen. Bestimmt bekäme sie diese Hand bestenfalls wieder, wenn dem eine Verpflichtung oder eine ganz dringende Notwendigkeit zugrunde lag. Falls sie zum Beispiel kränker würde und er es erführe, an dem Wissen nicht vorbeischauen konnte. Was sollte er sonst auch für einen Anlass haben, ihr erneut so viel Zuwendung zu zeigen, wenn sie etwa gesünder werden würde, also sozusagen gar nicht mehr so bedürftig schien?

„Meine Güte", riss sie sich aus den Gedanken, stand auf, hielt aus der offenen Terrassentür heraus nach Luna Ausschau, „hab ich etwa den Faden verloren? Und was soll das jetzt überhaupt?" Meine Güte! Möchte man dazu sagen, in dem entnervt mütterlichen Ton, der von früher in Hirnwendungen surrt und das Gegenteil von zu erwartender Großherzigkeit meint. Meine Güte, mach doch schneller, stell dich nicht so blöd an oder verpiss dich einfach. Noch besser: Mach dich unsichtbar und beobachte so lange, bis du vielleicht doch den einen, den allzeit gesuchten Ansatzpunkt hast zu genügen.
„Omi!"
„Nei-hein! Komm du lieber her, Mondscheinchen, du hast es leichter! Oder willst du was Riesenschweres zeigen? Oder was, das es nur bei dir dahinten zu sehen gibt?"
„Na klar", mault sie, „wieder eine Doppelfrage, über die ich erst mal nachdenken soll. Meine Lehrerin hat gesagt, Doppelfrage gilt nicht, Doppelfrage ist blöd, vor allem, wenn es auch einfach geht."
„Mh", tönte sie zurück, die Möglichkeit des Rufens in dieser Einsamkeit hier genießend, „das Leben steckt blöderweise voller Doppelfragen, vielleicht ist es gar nicht so schlecht, wenn man die bei einer netten Omi schon mal üben kann."
„Ui, hast du jetzt echt nette Omi gesagt? Woher weißt du denn, dass du nett bist?", maunzt das Mädchen. In-

zwischen hereingekommen mit magerer, staubiger Beerenausbeute.

„Darüber muss ich nachdenken", gibt sie zurück, „aber wolltest du mir nicht grade irgendwas Wichtiges zeigen?"

„Hab ich vergessen!", ruft es. „Ist das Essen bald fertig? Ich hab Hunger!"

„Halbe Stunde!", schallte sie zurück und freute sich über die vielleicht gewonnene kleine Zeitoase zum Denken über die Güte. Nur nicht zu sehr von dem Kartoffelgratin mit Sonnenblumenkernen und Cheddar überbacken ablenken lassen!

Schon spürte sie den kleinen Sog, hinein ins Sinnieren: Kommt nicht Güte von gut und muss also etwas Schönes sein?

Mh. Die Güte von Waren und Produkten bezeichnet ein so genanntes Qualitätsmerkmal, Gütesiegel allüberall. Damit du weißt, dass dein Drucker erst drei Tage nach Ablauf von Gewährleistung und Garantie den Geist aufgibt. Die Eier, Bio oder nicht, haben Gütesiegel, also die Güte wird per Stempel aufgedruckt und den Hühnern der Schnabel versiegelt, damit sie nicht protestieren oder Sätze mit „trotzdem" anfangen können.

Güte ist offenbar vielfach verknüpft mit ironischem, selbstherrlichem Ton: Meine Güte, machen die irgendwo schon wieder Krieg! Liebe Güte, ist der doof!

Der Auflauf verbrennt!

Das ist kein Auflauf, das ist ein … hebt sie an, um dann misstrauisch die Nasenflügel zu weiten und dunkle Witterung von verkohlendem Käse wahrzunehmen.

Gute Güte, das Kind hat recht! So schnell wie möglich strebt sie dem Backofen zu, vor dem sich das Mädchen schon aufgebaut hat.

Da, guck, noch nix passiert! Weist an, die Salatsauce noch mal zu rühren, in der fröhliche Radieschenscheiben schwimmen.

„Poh, alles richtige Scheiben", stellt Luna anerkennend fest, „anscheinend war diesmal kein Wurm drin. Oder hast du etwa keine Bioradieschen gekauft?"

Essen ist einvernehmlich wichtig und gut fürs Seelchen. Das ist durchaus ein gütiges Geschenk, das ihnen beiden der Himmel macht; so gar nicht beneidet sie all diejenigen mit den Zickereien am Esstisch, den Extrakochereien, Extrawürzereien und Extrawürsten ... Das größte Geschenk ist aber, dass das Kind meist erst bei ihr anlandet, wenn es körperlich schon möglichst ausgepowert ist, so dass ihr der unvergleichlich leichtere Teil bleibt, den kleinen großen Geist zu fordern, zu reizen, im Idealfall für eine kleine Zeit zufrieden und satt zu machen.

Sie will wissen, ob der Opa heut noch kommt, und äfft Florah frech vorausschauend nach, haha, das weiß sie wie immer nicht – das sei aber nicht das, was sie in der Schule jetzt erstmalig als offene Kommunikation kennen gelernt habe!

Herrje, was hat dieses geliebt, wertkonservativ, rational und straight aufwachsende Mädchen für eine Ahnung, wie das damals so war, Generation sechziger Jahre? Schon nicht mehr so ganz echt Protest und neue politische Ansätze, Hippietum? Das war albern und Love and Sex and Rock 'n' Roll, auch schon fast vergangen. Ich seufze schwer und halte den Mund. Luna seufzt noch schwerer mit einem verschwommenen Blick, der wohl meinen darstellen soll, das heißt, sie hält die Klappe und hält sie doch nicht.

Und ob eine meiner sonstigen Lieben heute noch kommt, sichtbar oder unsichtbar ...? Mir ist nach Jammern. Was kann Luna in ihrem Alter für einen herausfordernden, impertinenten Blick haben! „Hexenbrut!", sage ich und kitzle sie nach meinen Kräften, also ohne mehr als mal grade ein bisschen Kreischgefahr bei diesem Wesen in all ihrer Lebenskraft auszulösen.

Als wir uns beide, über den Bratapfelnachtisch gebeugt, vom Giggeln erholen, möchte sie Auskunft darüber, wie das sei mit den unsichtbaren Lieben. Die könnte man doch nicht anfassen, wie doof. Nicht einmal echt sehen und wüsste daher nicht, ob sie vielleicht ganz hässlich oder blöde seien. Man könnte sie nicht wenigstens riechen. Sie wiederholt eindringlich „riechen", als ob ich zu dusselig zum Verstehen sein könnte, und dann wisse man zum Beispiel nicht, ob einer am Morgen geduscht habe. Schlimm, das stelle sie sich schlimm vor!

Mh, ich meine, dass wir dieses Thema für ein andermal aufheben sollten – nein, sie ist nicht zu klein für dieses Thema, aber das Thema ganz einfach zu groß für sie. Für mich heute auch, wenn ich ehrlich bin.

Und überhaupt würde an diesem Abend, so erkläre ich, vermutlich auch sonst niemand mehr kommen, bevor sie ins Bett geht, wahrscheinlich noch nicht einmal anrufen. Bestenfalls ihre Eltern, aber die hätten doch wahrscheinlich genug mit den Windpocken ihres kleinen Bruders zu tun.

Am nächsten Morgen bleibt nur wenig Zeit vor einem Schultag. Adrian vorbeigeflogen, bevor er zu seiner Arbeit musste, ein Kuss rechts, einer links, dann die Klamotten suchen. Hast du alles? Turnzeug? Handy? Der kurze Austausch, wie es dem kranken Jungen geht. Ach ja, schlapp, aber alles im Griff. Er schlafe jetzt, der Opa, also nicht Paul, sondern Caras Vater, sei mal vorsichtshalber in der Wohnung, denn wenigstens diesen einen Besprechungstermin wolle sie heute wahrnehmen, den Rest versuche sie dann von zuhause zu regeln. Das Streifen: „Na, was hast du mit der Omi gemacht?" Nichts. Keine Ahnung. Sieht Florah fragend an. Sagt dann: „Gegessen."

War schön? Bejaht mit einem Lachen. „Da hab ich ja noch mal Glück gehabt!", ist ihr aufatmendes Gefühl.

Und aus der Zauber, alle weg. Sie durfte sich erneut in den nächtlichen Traum versenken, in dem das Wort Zärtlichkeit zentral war, hinreißend und gleichzeitig auf eine Art unschuldig und rein. Darumgruppiert, wie um ein Universum Sternchen, die strahlten vor „Pass gut auf dich auf", „Kümmer dich um dich selbst", „Schüttle gute Gedanken über allen anderen aus, bewahre den Planeten und gehe pfleglich mit deiner Erde um. Achte die Natur. Lachen ist gesund!" „Erschaffe Glück in dir." „Spür Liebe." „Lass das Licht erstrahlen."

So war sie gestern dankbar und beglückt in diesen eigentümlichen Wonnegefühlen schlafen gegangen und hatte einen Traum in dessen Zentrum, wie ein großer Planet das Wort „carezza" stand, das viele Arten von Zärtlichkeiten, Liebkosungen, Berührungen, ein Streicheln ausdrücken kann. Um dieses Große kreisten viele kleine Sterne, die alle mit dem accarezzare zu tun hatten, jeglichem Kosen bezogen auf mich, ihn, andere, die Menschen um mich, die Menschheit, die Natur …

Es fühlte sich schön an. Sie dachte an die idealistische Vorstellung mit allem, jeder und jedem achtsam umzugehen. Das gefiel ihr. Statt nur auf Klos zu schreiben, wie man sich wünschte, sie nach Benutzung vorzufinden, und eigentümliche Sex-Litaneien, als sei diese oft als Sportart praktizierte Vereinigung Möglichkeit, vorherrschende Einsamkeitsgefühle zu besiegen. Ihr würde gefallen, stattdessen die Spruchthemen anders auszuweiten. Nicht nur nach dem Motto: „Was du nicht willst …" Wünsche an ein Umgehen miteinander und mit allem definieren, statt des noch üblichen immer und immer wieder positiv ausdrücken, was der Idealvorstellung eines Miteinander und einer umsichtig behandelten Welt entsprach. So ausdrücken, als geschehe es allerorten schon.

Nachmittags Adrian, der zu Besuch kommt. Da stand er nun, im Blick etwas zwischen kritischer Einnordung seiner Mutter, in mehrheitsgesellschaftsübliches Verhalten und Liebe zu ihr genau dafür, dass sie war, wie sie nun einmal war. Sie sah, dass er diesen Zwiespalt auch innerlich trug und nur schwer auflösen konnte, allerdings einen Auftrag bekommen hatte, ihr zu sagen, dass sie wohl irgendetwas lassen sollte oder anders machen, als sie es tat. Und vermutlich ging es um die Enkelin Luna, das verträumte Elfchen zwischen Kind und Pubertät. Schwer atmete sie, seinem Blick begegnend, hätte es Adrian so gern leichter gemacht und wollte doch auch der Gefahr entgehen, irgendetwas zu sagen oder zu versprechen, womit sie sich, was ihr wichtig war, was sie liebte und genoss, verraten würde.

Gleichzeitig verfielen Mutter und Sohn auf die Idee, doch erst einmal herein und sich warm in die Arme schließen. Ein Lächeln flog zu Florah, als sie einfach so fühlte, nach diesen Jahrzehnten nun nehm ich ihn immer noch gern in den Arm, schau ihn gern an, hör ihn gern reden, lerne an ihm, wie man also auch leben und denken kann, liebe ihn ohne Wenn und Aber.

Auf die Frage nach Lust auf Tee nickte er, machte sich für egal welchen Tee bereit, indem er zu ihrem üblichen „Was soll er denn können, der Tee?" schwieg.

„Kommst du nur so oder hast du was Bestimmtes auf dem Herzen", fragte sie, doch ein Versuch, es ihm leichter zu machen, während sie von der Kräutermischung namens „Himmelsglück" in einen Papierfilter stopfte und das Wasser anstellte.

„Also Luna erzählt uns manchmal so Geschichten, da wissen wir echt nicht so recht, woher sie die hat", begann er.

„Ja, sind es denn irgendwie schlimme Geschichten", fragte sie in harmlosem Ton, „etwas, das euch Sorgen macht?"

Er druckste. „Eigentlich Sorgen so wirklich nicht", brachte er heraus. „Es ist nur … manches ist halt so abgefahren in dem, was sie erzählt und wo sie uns dann sagt, es ist von dir."

Florah, die ihm immer noch, auf das Kochen des Wassers wartend, den Rücken kehrte, hoffte, er möge das kleine Huch-ich-bin-erkannt-Zucken in ihrem Rücken nicht wahrgenommen haben. – Lieber Gott, gib mir etwas Zeit, nette, vernünftige, sanftmütige Fragen zu dieser lauernden Aussage zu erdenken!

Adrian sprach weiter, dass Cara wie auch ihm selbst aufgefallen sei, im Deutschheft oder im Kommentar bei Klassenarbeiten stehe schon mal gern „Ausgefallene Sichtweise" oder „Vom Ansatz interessant, jedoch realitätsfern" beziehungsweise „Nicht präzise auf die Fragestellung zugeschnitten" und dergleichen.

Der Tee war in der Glaskanne aufgegossen. Polternd, weil in der Bewegung schlecht gezielt, stellte sie den Wasserkessel auf seinen Platz zurück. Offene Empörung schwang in ihrer Stimme mit: „Und so was schreiben die heutzutage einer gerade mal Zwölfjährigen auf ihre Deutschsachen!?"

Ihr Sohn, wie immer um Ausgleich bedacht, warf ein, dass schließlich die meisten Mädchen in dem Alter auch nicht über spirituelle Welten oder gar spirituelle Lieben sinnierten, sondern bestenfalls im World Wide Web in Parallelwelten Teile von Bauernhöfen oder Pferde und dergleichen kauften.

„Ah so", seufzte sie, „das wär dir also lieber." Und sofort ging er in Verteidigungshaltung, das habe er nicht gesagt und auch nicht gemeint, das wisse sie genau! Cara und er seien einfach nur der Meinung ... – noch stand sie von ihm abgewandt und konnte es sich leisten, die Augen kurz zu rollen, doch biss sie sich auf die Zunge, um ihm nicht herausfordernd entgegenzuhalten, ob jeder von ihnen beiden wohl noch gelegentlich mit einer, mit der eigenen Stimme spreche? – Mit der Kanne kam sie zu ihm an den Tisch: „Also Cara und du, ihr seid der Meinung ... Und weiter?"

„Wir würden uns wünschen, dass sie sich mehr verhält wie die anderen Mädchen in ihrem Alter ..."

Selten unterbrach sie ihn, aber gerade war die Verlockung doch zu stark.

„Also dass sie langsam immer mehr Barbie werden mag, nicht weil sie es will, sondern einfach mit den anderen konkurrierend, endlich mal einen ersten Kuss von dem Typ aus der Schule ergattern will, den ‚alle‘ so toll finden? Oder dass sie sich im Internet präsentiert zwischen Kindchen-Elfe und bereitwilligem weiblichem Wesen …?“

„Mama!“, empörte sich ihr Sohn und erklärte, um all dies gehe es natürlich nicht. Selbstverständlich seien ihm persönlich alle möglichen Phantastereien lieber als der Gedanke, es könnten irgendwelche „tatsächlichen“ Dinge mit Jungs oder gar Männern jetzt schon losgehen.

Florah zündete ein Teelicht an und fand nett, wie sein Licht den Tisch mit einem Strahlenkranz aus dem durchbrochenen Glastövchen heraus überzog, pustete rasch das Streichholz aus und fragte: „Na, was hat sie denn nun diesmal erzählt? Irgendwas muss dich dazu gebracht haben, genau jetzt damit zu kommen.“

Er benannte es nicht genauer, lenkte ein, zögerte und bat sie dann, eben nur mit darauf zu achten, das Mädchen nicht den Realitätsbezug verlieren zu lassen.

So ein Wort wie Realitätsbezug hätte früher unweigerlich ihre Kampfeslust, Ironie und Freude am Spiel mit Worten herausgelockt. Stattdessen erkannte sie momentan nur die Zwickmühle ihres Sohnes, legte ihm begütigend eine Hand auf den Unterarm und sagte: „Ich werde es versuchen.“

In seinem Atem hörte sie Erleichterung. Er hatte es vorgebracht. Schuldigkeit getan, er musste es nicht vertiefen.

Besser, wenn sich nun beide an dem Tee freuten. Er zwischendrin kurz in den Garten schaute.

Unstet war Adrians Aufwachsen nach allen herkömmlichen Kriterien gewesen, die einzig stete Komponente, Mama, Florah, irgendwie doch immer da, absurderweise gelang ihr das. „Bin ich selbst unstet?“, fragte sie sich.

Na, jedenfalls hatte ihre Mutter das gerne gesagt. Nur, wenn sie das so in sich betrachtete, war einmal eine Aufgabe übernommen, stellte sie so ziemlich die steteste Eselin dar, auf die man sich immer verlassen konnte. Hatte sie sich eine Meinung gebildet, erst einmal um sich schauend, Indizien sammelnd für deren Wert, hielt sie diese Einstellung fest, bis vielleicht nach Jahren oder Jahrzehnten Beiträge, Stein auf Stein Zweifel in ihr säten, bis sie sich durch Erlebnisse und Beobachtungen, Einsichten und kleine Lichter, die nach und nach aufgingen, eventuell zu einer neuen Meinung kam. Und noch, wenn ein solches Weltbild oder Teile davon zusammenbrachen, unter seinem Mantel sich zeigte, was unschön oder faul daran war, verursachte ihr dieses Loslassen einer alten Überzeugung Schmerz.

Sie hatte nicht besonders viele Freundinnen und noch weniger Freunde, aber wenn jemand freundschaftlich in ihr Herz geschlossen war, dann musste dieser Mensch schon über lange Zeit, sprechen wir besser von Jahren als von Monaten, anderes Leben und Tun, Interessenlagen und Vorlieben entwickelt haben als sie selbst. Zudem noch dauerhaft aufhören, wenigstens sporadisch mit Lust und Interesse ihren Entwicklungen zuzuhören. Dann vielleicht ließ sie langsam los, in der Einsicht, dass diese Freundschaft „möglicherweise" ausgedient hatte, den Platz in ihr räumen sollte, damit eventuell etwas Neues entstand.

Noch seltener konnte es bei dem Abhandenkommen von Freundschaften auch geschehen, dass eine Enttäuschung, mag sein über die nachhaltige Starrheit der einen, das häufige Beklopptsein der anderen, zu einem zähen Zerwürfnis oder einer messerscharfen Durchtrennung eines freundschaftlichen Bandes führte. Und selbst wenn dann ein Anteil Erleichterung in dem Auseinandersein lag, wirkte in ihr lang und traurig auch ein Geschmack von Bitternis und der Frage, ob nicht vielleicht doch alles ihre Schuld gewesen war, mit ihrem Versagen verknüpft.

Nein, sie ließ nicht leicht los.

Menschen nicht und Weltbilder auch nicht.

Unstet, hatte die Mutter sie genannt und Florah eine lange Zeit an diese Zuschreibung glauben lassen. Denn vierzig Jahre oder so waren schließlich in diesem Leben hier eine lange Zeit. Wahrscheinlich hatte sie dabei einfach die töchterlichen, ihr selbst unverständlichen Lieben gemeint? Sie wägte. Unstet? Noch nicht einmal in der Jugend, dem jungen Erwachsenenalter hatte sie doch zu denen gehört, die kaum getrennt schon ein neues Verliebtsein mit sich führten ... Im Gegenteil, Trennen tat weh, und solange dieser Schmerz da war, konnte kein neues Flämmchen für eine andere Liebesbeziehung von wem auch immer entzündet werden. Selbst wenn so ein Schmerz viele Monate dauerte, in jungen Jahren eine Ewigkeit, waren schon damals ihre Versuche selten gewesen, durch Ablenkung oder weil einer besonders nett um sie warb, vom Kopf her gesehen doch so gut zu passen schien, nett hätte passen können, eine neue Liebesbindung einzugehen. Sie hatte sich vereinzelt anstiften lassen zu tun, was die meisten von einer Liebe oder einem Verliebtsein Entzauberten dann eben taten – schau nach dem nächsten aus, aber da war kein Funke, und lange, bemüht zugewandte Unterhaltungen gestalteten sich als Krampf. „Ein bisschen bemühtes Getändel" schmeckte fad, und bevor einer meinte, sie ins Bett zu kriegen, war sie auf der Flucht. Denn diesen Fehler, nach dem es dann nicht mehr nur fad, sondern bös, berechnend, sich verrechnend und traurig schmeckte, mühsam war, sich sozusagen aus der Affäre zu winden, das musste sie nicht wirklich häufiger haben.

Überhaupt, nach diesen seltsamen Ausflügen, die offenbar zur persönlichen Entwicklung gehören, ja dann kam Paul mitten in ihre Anfangszwanziger. Paul, so gar nicht klassisch gut aussehend, eher speziell. Paul, mit keinen von den Eigenschaften, die gerade irgendwie so richtig angesagt waren. Paul, ohne Statussymbole, dafür mit Massen an Philosophie über Gott und die Welt. Paul, der oft auf eben diese Ebenen auswich, wenn er so richtig über sich selbst hätte erzählen können. Paul, dem dann eben doch in Sternstunden ab und zu etwas über sich selbst aus den Poren drang. Paul, der eigentlich in dieser Zeit so gar keinen Raum hatte, weil Florah da tatsächlich erstmalig eine relativ friedlich zwischen zwei Städten dahinplätschernde und durchaus anspruchsvolle Partnerschaft pflegte.

Aber Paul kam eben in ihr Leben in der Stadt, in der sie auch studierte und die halbe Zeit war, er stand da einfach herum in dieser Mensa und sah sie an und schnell wieder weg ... Wie manche Vögel das tun, hin-weg, hin-weg, nur dass er nicht so Perlenaugen hatte, sondern wasser-silber-blaue, von der Sorte, die sie noch nie angewärmt und in irgendeiner Weise angezogen hatten. Na gut, sie konnte sich ja derzeit nicht irgendwo spiegeln, also wer weiß, wie das war mit ihren offenen oder verhuschten, herausfordernden oder schamhaften, noch anders gearteten Blicken. Paul war unvorhergesehen und unvorhersehbar. Er formulierte noch nicht einmal etwas wie Ansprüche und war rätselhafterweise unumgänglich. Nichts passte, außer vielleicht, dass er wie sie, sie wie er sich in ihrer Kindheit teils ungeliebt, teils ungesehen, teils unverstanden, teils ungewollt und Erwartungen nicht erfüllend erlebt hatten. Vielleicht fanden sich zwei tiefe Wasser, zwei mit innerem, dunklen Meer, auf dessen oberirdischen Wellenkämmen Außenseiter stand.

Und nach kurzer Zeit schon, in der sie durchaus die Regeln ihrer inneren Moralität verletzte, sprach ihre lauteste innere Stimme: Das ist „der" Mann. Sprach, wie er eingestand, seine innere Stimme: Das ist „die" Frau.

Gut, es lief dann nicht immer und zu jeder Zeit alles in eitel Sonnenschein, und überhaupt war die Phase ihres klassischen Zusammenseins eine kurze, die nicht einmal bis zu Adrians Schulzeit reichte. Doch niemals hat einer von beiden die Stimme von damals vergessen. Sie seufzte – dieser große Wunsch nach einem Kind mit ihm. Und dass dieses für sie so besondere Kind dann kam. Immer wieder in ihren bewegten Leben, auf ihren getrennten Lebens- und Beziehungsbahnen bewegten sich Paul und Florah in tiefer Verbundenheit aufeinander zu, und auch wenn sie viele Jahre schon nicht mehr körperlich miteinander verschmolzen, war da eine Vertrautheit und ein Seelenband, das sie aufeinander achten und sich gegenseitig unterstützen ließ, wie sie es eben vermochten.

Damals, vor Jahren, hatte sie Adrian einen Brief geschrieben, als sich ihre körperlichen Probleme, ihr schwaches Laufen, das sie so schnell völlig erschöpfte, nicht mehr verleugnen ließ. Komischerweise hatte es in ihren Augen zwar immer diese bedauernswerten und geprüften und geplagten Geschöpfe gegeben, die Krebs bekamen, aus unerfindlichen Gründen war sie jedoch sehr sicher, diese Krankheit selbst nicht anzuziehen. Andere hatte sie nicht auf dem Schirm. Eigenartig fand sie die Ähnlichkeit mit ihrer Mutter, fest zu denken: „Was nicht sein kann, darf nicht sein", und ehrlicherweise auch: „So etwas ist in unserer Familie noch nie vorgekommen." Deswegen war ihr auch die Diagnose zwischen unwirklich und schrecklicher Scham vorgekommen. War sie also die Mutantin. Keine Chance mehr auf ein Überspielen. Bei allem Krafteinsatz nicht.

Der Brief war ihr wie eine schwere Beichte. Darin lag zwischen den Zeilen: „Vergib mir, dass ich dich belaste." Und dann auch noch zur Unzeit. In so einem Alter, wo die meisten mit Macken rechnen, doch nicht mit ernsthaften Widrigkeiten. Oder sie hatten sie angezogen durch Fehlverhalten, die armen Geschöpfe. Welch eine

Arroganz und Überheblichkeit, davon auszugehen, dass ihr das nicht passieren würde.

Bestimmt nicht.

War sie auch denkbar schlecht in Selbstfürsorge und hatte es zu jener Zeit, die ihr nun unwirklich weit schien, mit allen anderen Menschen und wichtigen Dingen, um die sie sich kümmerte, so viel leichter!

Obzwar gemerkt, dass sie Kraft und Energie, die in ihr wohnten, nicht mehr wie früher bewusst einsetzen, alles mit ihrem Willen reißen konnte, war sie überlang geneigt, das auf jenes „Mittelalter", wie sie ihre Generation nun beschrieb, und vor allem auf diese rasanten und schwierigen Zeitentwicklungen zu schieben.

Es war ihr ein Anliegen, ihm in dem Brief zu sagen – warum er ihr über eine lange Zeit, in der die Krankheit wohl schon rumorte, ein Kraftquell gewesen war: Sie mochte für den damals Jugendlichen da sein, für ihn sorgen, ihn begleiten, einen Hafen bilden, irgendwie. Und anders, als sie es für sich selbst empfunden hatte, sollte er sich immer geliebt fühlen.

Vor ihr stand das Ziel, eine Mutter mit einem gewissen Verwöhnaroma zu sein, neben ihrer Arbeit und der damaligen Ehe, die nicht ohne war. Bekochen, Salate basteln, mit Obst zaubern. Das Essen war abendliches Highlight der gemeinsamen Unterhaltung. Der Pfeiler ihrer Wünsche für „das Kind". Ausgiebig, er sollte sich möglichst optimal und ganz eigen entfalten und entwickeln dürfen.

Erst langsam begriff sie das „feurige Drama", das sie über ellenlange Lebenszeiten in ihrem Lebensstil entfachte und dass es tatsächlich so in etwa das genaue Gegenteil war von dem verpönten „Gedöns, Rumgemache, Getue" und wie sonst noch sich liebevolles Um-sich-selbst-Kümmern schimpfte. Ja, immer noch schimpfte es sich mehr, als dass man es mochte, wenn auch Sprecherinnen und Sprecher von Gesundheitsorganisationen ebenso wie moderne Marketingleiter in Worten schon lange anderes predigten.

Sie schrieb Adrian, ein wenig wohl auch, damit er bloß nie einen solchen Fehler begehen würde, dass man kaum glauben könnte, aber vielleicht glaubte er es doch, wie sich eine kluge, phantasiebegabte Frau – das immerhin gestand sie sich zu – im Kopf und in kleinen Taten auf so ein Thema einlassen konnte und doch meilenweit vom Kern entfernt bleiben. Wie diejenige, die sonst ganz gut kombinieren konnte, hier zunehmende körperliche Symptome nicht wirklich in Bezug zu diesem Rennen und der Selbstverleugnung setzte, sondern vielmehr mit aller Macht zu kompensieren suchte.

Was für ein Glück, was für ein beseligendes Glück hatte sie, dass sie doch auch damals das Gefühl hatte, ihr Leben sei auch bisher vollmundig und voller Erlebnisse gewesen.

Einfach dann ein Punkt der Überfüllung an Eindrücken, an Aufgaben, an „alltäglichen Baustellen" erreicht. Es ging so nicht weiter.

Vielleicht hatte sie oft versucht, ihm den Freiraum zu geben, den sie sich selbst wünschte?

Während er ihn nicht so nutzte, wie sie glaubte, sie selbst hätte das getan. Ein weitgehend Braver war. Sei's drum, ihr schien, er habe sich so etwas Unschuldiges, ohne Hintergedanken, bewahrt.

Später fühlte sie es manchmal so, dass Cara und er, wie überhaupt so manche Menschen aus deren Generation, gewissermaßen in ihrem Bewusstsein weiter waren und so einige wilde Erfahrungen schon deshalb erst gar nicht mehr machen brauchten. Es hatte nach ihrem Gefühl damit zu tun, was die Elterngeneration mit hoher Anstrengung, das Leben irgendwie zu meistern, vorgekaut hatte. Und nun diese jungen Menschen, die auch langsam älter wurden. Es vorzumachen schienen, aus Fehlern, anstrengenden Übungsfeldern, Versuchen vorheriger Generationen zu lernen. Am Ende vermochten sie

noch zu zeigen, was sie selbst dem halb französischen, halb kubanischen Expressionisten bloß nachredete, seit Jahrzehnten: „Der Kopf ist rund, damit das Denken seine Richtung ändern kann."
Sie erinnerte sich wohl, dass sie im Grunde mit vierzig viel schon gewusst hatte. Entsann sich schwach eines Traums, den sie dann auch in ihrem Buch fand. Ein Leuchtturmtraum.

„Eine Frau geistert herum, begegnet einem scheint's auch geisternden Mann, mit kleinem Bündel, auf der Suche nach … weiß nicht was, Unterschlupf erst einmal finden! Sie gehen an einem Meeresarm. Dichte Vegetation reißt Dünenlandschaft teils auf. Dörfer dazwischen. Sie zeigt ihm einen Leuchtturm – die meisten sind jetzt verlassen und somit ein guter Platz zum Unterkriechen – zeigt ihm darin sogar ein Geheimversteck, in dem alte Päckchen gebunkerter Kippen liegen.
Schläft dort mit ihm. Schlafen die Nacht eng umschlungen, warm.
Sie will morgens los, etwas zu essen besorgen, pirscht durch das Schilf auf die kleine Straße. Holt Brot in einem Ort. Dann zurück zu ihm. Hat sich die Wege gemerkt, glaubt sie. Aber mit einem Mal wirkt alles gleich. Schließlich spiegelverkehrt. Täuschend ähnlich, verwirrend. Sie findet so nicht zurück. Kann den Turm auch schlecht beschreiben. Wenn sie Menschen fragt, muss sie vorsichtig fragen, denn sie versteckt sich ja auch selbst.
Eine Siebzigjährige erzählt die alte Geschichte von der Gefahr, dort mit einem Mann zu sein und sich zu verlieben. „Geht eine nur kurz fort, kann sie weder Turm noch Mann wiederfinden, und er hat alles, was du zurückgelassen hast, und ward nie wieder gesehen …"
Aber nein, du glaubst an ihn – es ist nur einfach so, dass du nicht in der Lage bist, genau diesen Turm zu finden, weil sich ständig perspektivisch alles verschiebt und er,

du hast ihm ja ein Geheimnis der verlassenen Leuchttürme gezeigt, kennt vielleicht genauso wenig wie du das zweite, das der Täuschungen, des Nichtwiederfindens. Sonst hätte er es dir doch gesagt, oder? Sonst wärt ihr zusammen von dort weggegangen.

Tja, es sei denn, er wollte doch deine „So zieh ich durch die Welt"-Geschichten mehr als dich und mag ansonsten nicht gefunden werden.

Du hast ihn als einen kennen gelernt, der entweder sich verbarg oder etwas zu verbergen hatte – weißt du's?

Suche. Suche.

Gilt nicht: „Wie gewonnen, so zerronnen"?

Verzweiflung. Nur ihn will ich finden. Meine Sachen sind mir nicht so wichtig.

Und immer sieht alles ganz kurz richtig aus und dann kehrt es sich in verkehrt. Hoffnungsschimmer von richtig, aber es stimmt nicht, wenn ich mich nähere.

Soll ich es aufgeben? Soll es nicht sein?

Ich laufe und strauchle. Ich habe inzwischen so viel gesehen, dass ich es nicht mehr in das eine Richtige fassen kann.

Dabei hätte ich gerne gewusst, wie's ausgeht mit uns.

Aber dämlich war ich doch: Hatte ich nicht nur die Geschichte, eine Geschichte, die mir innerlich eigentlich tief bekannt ist, verdrängt: dass – verlassen hin oder her – alles, was in den Leuchttürmen war, aus uralter Zeit bloß darin sein konnte, weil sie keiner wiederfand?

Heißt das, du findest einen Leuchtturm immer nur zufällig? Sobald du mal eben weggehst, ist dir der bisherige immer verloren?

Es war ihr doch damals schon klar, dass man gute Wege mit langem Atem und Ausdauer finden kann. Sogar gegebenenfalls zurückfinden. Nein, nicht zurück auf Start, wenn auch ihr witzelnder Herr Geist ihr das signalisierte.

Um all das ging es vielmehr, was irgendwann einmal kurz hervorlugt aus sonst trüben Ecken des Unterbewussten und dann lange wieder verloren geht. Manchmal für Tage, Wochen, Monate. Dann wieder sind es Jahre oder Jahrzehnte, bis es sich erneut zeigt.

Ganz kurz hatte sie damals schon gewusst, dass jedes einzelne Leben seinen Sinn und seine Aufgabe hatte, sein Leuchten. Seinen Leuchtturm. Und dass man ihn finden konnte, früher oder später.

Oft dachte sie auch darüber nach, wie ihr wahrscheinlich in Pauls Augen immer wieder etwas fehlte oder etwas nicht so richtig passend war, weil er sich selbst nicht ganz und gar lieben und akzeptieren konnte. Wie sollte das gehen, einen anderen vollkommen anzunehmen, wenn es bei einem selbst nicht gelang? Und nein, sie würde sich nicht mehr von verlockenden Bildern von Yin und Yang täuschen lassen, die da falsch verstanden herangezogen wurden ...

Paul und die zusätzliche Überraschung, dass er sie als so tief wahrnahm. Sie hatte sich viele Jahre lang für die Flachere und durchaus auch für die weniger Kluge gehalten. Und da kam dieser Mann zum Tee und erzählte ihr, wie er manchmal eifersüchtig auf ihr pures Fühlen, ihre völlige Konzentration auf nur eine Sache war. Wo er tausend Argumentationslinien drum herum sah.

Sprach von dem Neid und dem Versuch zu erkunden, wie das eigentlich gehen kann, sich voll und ganz bloß auf eines zu konzentrieren und scheinbar unabgelenkt darin aufzugehen. Wie es ihr gelang, selbst wenn dieses und jenes noch anstand, immer wieder an diesen Ort zurückzukehren, anderes dann, so wie es von außen aussah, nicht zuzulassen.

Stimmt, das konnte sie – er hatte ausgeleuchtet, was Florah aufgrund eines blinden Flecks nicht selbst hatte sehen können. „Danke", sagte sie, „ich glaube, es hat damit zu tun, dass ich es an diesen Orten einfach so schön finde. Ich habe sie schon als Kind geliebt. Wahrscheinlich bist du einfach anderer Wege gegangen und auch anderen Lüsten nach."

Beide lachten und knabberten am Keks, den sie neben dem Tee aufgetischt hatte.

Es regnete, regnete, regnete, war taghell und dennoch düster dabei. Sie dachte an die Zeit, als sie mitten in der Stadt lebte. Hier und da sparsames Grün, aber wenn sie in viel zu heißen Augusttagen aus dem Fenster sah, schien das einzige Grün Efeu, bräunlich gilbender Rasen, hier und da Grünspan in vermoosten Mauerritzen, an ihren Säumen, und dieses algenartige Grün auf ihrem hölzernen Balkon. Obwohl sie Regen mochte, früher sogar liebte, besonders den Regenduft, die Regenluft, waren diese Vorhänge von nass und grau nicht gut für ihre Stimmung. Schlecht, weil sie der schäbige Zustand des Balkons daran erinnerte, an dieses Wollen und nicht können: Zwar hatte sie früher nie eine Schwäche für derlei körperliche Arbeiten gehabt, doch liebend gern hätte sie mit der Drahtbürste und Seifenlauge geschrubbt, Fleck für Fleck, bis zur Erschöpfung, denn die Erschöpfung nach so einer Arbeit – und dann auch noch an der frischen Luft – erinnerte an etwas beglückend Erfreuliches, sogar inklusive des Muskelkaters. So eine recht einfache Art, einiges spürbar geschafft zu kriegen. Doch in den herausfordernden Jahren verbot es ihr der Körper, er war imstande, sie bereits bitter zu bestrafen bei viel kleineren Überlastungen. Zeigte es ihr, indem sie die nächsten Tage kaum gehen konnte oder nach einer kleinen haltlosen Fehlbewegung mit einem kurzen Schwankschwindel, wie das so schön heißt, fiel. Hindernisloses Fallen auf den Boden, wenn sie relatives Glück hatte, gegen blöde Kanten und dergleichen, wenn das nicht so war.

Immerhin, so sagte sie sich, bei normalem Regenwetter war es ihr vergönnt, zaghaft und nicht riesenhaft ausufernd, aber eben doch, wieder hinauszugehen und

herumzulaufen. Das galt zwar schulmedizinisch als nicht
möglich bei ihrer Sorte einer chronischen Nervener-
krankung, aber was war schon die Schulmedizin gegen
Menschen, die an sich und ihre Kräfte glaubten? Oder
was war sie ohne diese Menschen? Kein Erfolg ohne
Glauben daran und Vertrauen, dass richtig sei, was sie
da tat. Mit enorm viel Geduld warf sie damals ihr altes
Leben über den Haufen. Aushalten die Leere, bis sich
Neues, Sinngebendes zeigt. Unendlich viel wurde von
ihr losgelassen, Dinge, von denen sie sich niemals hätte
träumen lassen, sie wegzugeben, fortzuwerfen, zu zerstören. Persönliche Werte!
Unbrauchbar, gar störend, wenn es darauf ankam,
Wunder an sich schaffen, wenigstens wenn Gott da
mitspielen mochte, oder welche höhere Kraft auch immer.
Wieder kam ihr die erste Zeit der großen, positiven
körperlichen Veränderung in den Sinn. Ihre Selbstgespräche damals: „Wir werden es nicht übertreiben, nicht
überreizen, nicht überfordern das Glück. Also nicht weit
nach draußen heute, denn es geht ein Wind, ein Sturm
ist es fast, der mich glatt umpusten könnte." So war es
fast nur möglich, in den Mantel gehüllt, einen Wenige-
Schritte-Ausflug zu dem Bänkchen in der Nähe zu machen.
Was für ein so gar nicht selbstverständliches Glück auch
das: mitten in der Stadt ein Balkon nicht nur mit Mauer
– und teils schäbigem, doch bunten Häuserschluchten-
blick, sondern bis hin zum Kirchturm mit den fast
zweihundertjährigen Zinnen, hinter denen seit ein paar
Jahren sogar immer wieder zwei Falken brüteten. Sie
waren zwar laut, die Scharfschnäbel, die lauernden, dann
leisen Flieger, wenn sie erst bei der Brutpflege sind und
schließlich die zwei bis fünf Jungvögel selbst Flugversu-
che machen, aber nicht jeder hat so eindrucksvolle Vo-
gelnachbarn. Florah erinnert sich an das erste Jahr, in
dem die Falken kamen. Noch gähnend, sich reckend

und streckend stand sie eines Morgens an ihrem Schlaf-
zimmerfenster und sah, wie ein großer Vogel in irgendetwas zu hacken schien.

Still war sie da verharrt und wollte mehr von dem da
unten sehen, doch Genaueres erlaubten ihre Augen
nicht. „Ach", dachte sie, „wozu hab ich eine großbür-
gerliche Großmutter gehabt, deren Opernglas ich geschenkt bekam, als sie schon lang nicht mehr in die
Oper ging und die Menschen schon lang nicht mehr
durch solcherlei Höhere-Töchter-Spielferngläser einzelne Sänger oder Musiker zu sich heranzoomten?"

Durchs Opernglas, nach dem sie fischen konnte, ohne
den Vogel durch ihre Bewegungen zu stören, offenbarte
sich schließlich ein blutiges Taubenschlachtfeld und sie
erschauderte einen Augenblick, Gänsehaut im eigenen
Genick und Kitzel in der Magengrube, nicht wegen der
dicken Stadttaube, sondern weil die scharfen Perlenaugen sie in diesem Moment zu fixieren schienen und sie
den blutigen Krummschnabel als Hackwerkzeug erkannte. Dennoch schaute sie dem Mahl zu, bis ihre
Augen hinter dem Gerätchen schmerzten. Und als sie
später noch einmal hinunterschaute, der Falke – sie
hatte ihn in ihrer Internetrecherche erkannt – längst
fortgeflogen war, gab es da unten nur noch einen beein-
druckenden Federkranz und einen blutig ausgefransten
Taubenkopf.

Das war in der Stadt gewesen. Kirchturmnähe. Jetzt auf
dem Land sah sie alle Arten von wilden, majestätischen
Beutevögeln. Manchmal verirrte sich auch ein Reiher bis
zu ihr und dem winzigen Brunnen im Garten.

Sie dachte an die ersten, wüsten Tage, nachdem ihre
Krankheit einen Namen bekommen hatte. Wie die Diagnose urteilsgleich immer wieder über sie geschwappt
war. Ihr war klar, viele verlangten nach einer „rationalen
und wissenschaftlichen" Bezeichnung für ihre bis dahin
im Unklaren wirkenden Beschwerden. Sie gehörte nicht

dazu, hatte sich nicht wehren können dagegen, wie es in ihr schrie. Schleichend, hatten die Mediziner konstatiert, chronisch, es geht nur in eine Richtung, und zwar unweigerlich in eine Lähmung und was für Ausfälle auch immer noch kommen mochten. Und doch war von irgendwoher die Kraft zu ihr gekommen, sich selbst spüren zu lassen, dies war nicht ihres. Aufgeben und sich ausliefern, alle Selbstbestimmung fortgeben und den Weg der Angst gehen, das konnte es nicht sein. Sie wollte der Welt noch so viel geben. Sie wartete damals auf ihre Enkelin, mit der sie manches erleben und erforschen wollte. Sie wollte lieben. An einer neuen, schöneren Welt mitbauen. Schon früh in diesen Auseinandersetzungen besuchte sie eine Ahnung, dass sie nicht kämpfen wollte. Nicht mehr durchfechten, aushalten und sich zusammenreißen. Die Ahnung hatte sie somit früh, die Handlungen dazu noch lange nicht. Ihr schwante auch, dass es nicht um das „Gegen" gehen konnte, sondern nur noch um ein „Für". Für sich selbst in diesem Falle. Und um Liebe – die berühmte Selbstliebe, über die sie jahrzehntelang andere aufgeklärt hatte, ohne viel davon auf sich zu verschwenden.

Es war ihr endlos lange so viel einfacher erschienen, andere zu lieben, am besten noch sie zu retten – leichter als sich selbst innig zu mögen. Diese Lernaufgabe war ihr schwergefallen.

Das Neue damals ein sehr umfassendes Hinnehmen, das Leben sortieren, weggeben, was sie selbst nicht brauchte, wegtun, loslassen, was hässliche Spuren aus der Vergangenheit bis in ihr Jetzt zog. Es hatte sowohl zu tun mit Eigenverantwortung wie auch mit dem Lernen von mehr Vertrauen. Daran glauben, dass genau geschieht, was nun richtig für einen ist. Mochte sie im herkömmlichen Sinne heilen oder ganz einfach an sich heil werden. Wie sehr es auch darum gehen konnte, wurde ihr erst im Verlauf von Monaten klarer.

Es sagte sich alles recht leicht in der Rückschau. In Wirklichkeit hatte es Jahre gar gedauert, bis sie all das erfühlen und erkennen konnte. Eine sehr lange Zeit, in der sie intensiv und meist dranblieb oder zurückkam, fühlte, sich einließ. Rückschläge erlitt, all diese monströsen Einflüsterungen hatte, zweifelte, böse auf sich war, beinahe fiel, mehrfach fast aufgab.

Aber das war nur die eine Seite: Selten hatte sie so viel von sich begriffen. Nie sich so intensiv um sich selbst gekümmert. All dieses Wohl- und Aufgehobenfühlen, das sie mindestens so sehr überraschte wie ihr sich verstärkendes Lachen, das von tief innen kam. Es gab keine Logik, die der allergrößte Teil der Außenwelt verstanden hätte. So viel Liebe gerade in so einer Zeit zu bekommen und zu fühlen! Die meisten nahmen es als spinnerte „Wunschbilder" wahr.

Völlig unverhofft erzählte sie nach Langem einem immer kleineren Kreis von Menschen davon, wie sich etwas gelockert hatte, wie sie mit wesentlich weniger Anspannung und ohne diese Mühsal wieder ging.

Sie war so überwältigt von noch kaum zu fassender Glückseligkeit, sie mochte ihm am liebsten sofort berichten, dem, der ihr vordem so viele Botschaften zukommen hatte lassen. Es kam ihr dermaßen ungewöhnlich vor, es sollte zunächst erneut auf ihrer Zunge zergehen. Cadmo, einmal sie ins Herz geschlossen, ihn lieb gewonnen, verlor nicht die Geduld mit ihr. Florah begriff nicht, warum das so war, griff jedoch erstaunlicherweise nach dem Geschenk.

In einem der vorangegangenen Augustmonate träumte sie einen Traum, der ihr sehr weitreichend schien und an den sie immer wieder gerne dachte, nicht nur, weil sie das Gebäck zu einem ganz wahrhaften Nachmittagstee einmal gerne wirklich gekostet hätte.

„Verbindung, sie ist immer da, es sind mondsilberne Fäden von einem zum anderen. Ganz fein fließt darin

Energie von Wärme, Gedanken, Gefühlen, Inspiration, Gemeinschaft. Dann gibt es Sternstunden oder -minuten oder -zeiten, wo diese Leitungssilberfäden weiter werden, weil einer in Gedanken bei dem anderen ist, oder im Gefühl, diese Energie leise oder laut an der Aura, wenn die ihre Tür öffnet an den Poren der Haut des anderen und schließlich in seinem Innen anklopft.

Ich knete diesen Hefeteig, es hat etwas sehr Sinnliches, der Duft, und wenn die Zutaten erst störrisch, bröckelig noch, dann mit Fett und Ei schließlich geschmeidiger zusammenkommen, schon nicht mehr auseinanderfallen. Ein wenig Kakao, Zimt, Safran, Zitronenschale Farbadern bildet, bis es unter meinen geduldigen Händen alles in einer Masse aufgeht.

Und während ich den Teig noch mit Rosinen und Nüsse füttere, Brötchen daraus forme, denke ich:

„Ja sind denn meine Träume eine Zuckerbäckerei?'"

Sie hatte sich getraut, dieses Cadmo zu schreiben. Und tatsächlich gefiel es ihm, und darüber hinaus stellte er fest, was sie nicht selbst identifiziert hatte: überall verbundene Energien am Werk. Es streichelte ihn, dass sie in der Berührung fühlte, es geht um ihn, und er genießt selbst, wie die Zutaten etwas zu tun haben, mit den schönen und wohltuenden Dingen, die zwischen ihm und Florah liegen. Eine sehr süße Freundschaft oder Liebe war das!

Florah räumte, wenn es auch niemals so aufgeräumt sein würde, dermaßen hell, glänzend, übersichtlich und sauber wie bei Bahaar und ihrem Mann zuhause. Sie freute sich, dass ihre Freundin, Caras Mutter, die „andere Oma", zum Frühstück kommen wollte.

Bahaar möchte noch mehr über die Liebe wissen. Über Geheimnisse der Liebe. Sie beschreibt sich als Realistin, Sehnsucht hin oder her. Elternliebe, Mutterliebe, Geschwisterliebe, in manchen Bereichen auch Menschenliebe, bis eben dahin, wo Zweifel ausweichen lassen, auf einen anderen Weg schicken. Das kenne sie aus sich heraus. Aber die Liebe eines Paares, das irgendwie miteinander tanzt, findet sie immer noch verrätselt. Vielleicht läge das daran, wie das Abendland in dieser gänzlich unromantischen Zeit Liebe immer noch idealisiert und Sinnlichkeit zu einem angeblich hohen Gut macht? Eigentlich aber nur von Sexualität spricht und davon, was man mit Geld kaufen kann? Sie frage sich, ob es Florah in der Liebe nicht um Sexualität ging oder zumindest nicht vorrangig – was wisse sie schon!? Es mochten auch Sinnlichkeit und Sexualität, wie die Freundin schon öfter versucht habe ihr weiszumachen, nicht dasselbe sein. Bloß sei zum Beispiel bei den meisten Filmen, die sie sich ansah, kein Unterschied für sie auszumachen. Verlegen und doch mit einem in gewisser Weise fordernden, hungrigen Ausdruck in den Augen, knabberte Bahaar an ihrem Laugengebäck. „Früher habe ich immer gesagt", kam aus ihrem Mund, „alles überbewertet. Es geht am Ende darum, hübsche und möglichst kluge Kinder zu machen, und genau die bilden auch den Hauptlebensinhalt. Alles andere im Idealfall freundliches Beiwerk. Romantisches existiert nicht wirklich. Die Europäer romantisieren, weil sie sich den Luxus leisten können. Im Osten, im Orient romantisieren viele, um die krasse Realität des Lebens zu ertragen. Alles Traumbilder im Kopf. Wozu?"

Florah fühlte sich irritiert, ja, sie wusste auch so einiges von den hässlichen Seiten der Lebenswirklichkeiten in Ländern, die irgendwie zum Orient gezählt werden. Sie gehörte nicht zu denen, die aufgrund der Wohlgerüche in einem Gewürzbasar, der Schönheit mancher Bauten und oft auch der Natur, wegen der Musik, die ihr gefiel, inklusive des Rufes des Muezzin, das ganze Land und wie die eine mit dem anderen, der andere mit der einen umgehen würde, idealisierte. Sich etwas vorstellte, das sich schöner anfühlen würde als grüne, kühlere Täler des Abendlandes.

Und dennoch war Florah schleierhaft, wie eine von einem Fleck Erde kommen kann, der all die Märchen aus Tausendundeiner Nacht hervorgebracht hat und zu einer Mitteleuropäerin sagt: „Erzähl mir über die Liebe, die Liebe eines liebenden Paares möchte ich noch besser begreifen, ich kenne sie nicht wirklich."

Bahaar möchte nichts von der Liebe aus der Vergangenheit wissen, die in einer ihr unangemessenen scheinenden Spur weiter Bahnen zieht. Dieser Paul, der ihrer Freundin eben doch auch Wärme und Halt ist, bleibt ein Rätsel. Sie versucht auch nicht mehr, es zu lösen, weil sich nach ihrem Dafürhalten nur Absonderliches und dieses und jenes, was nicht sein soll und darf, dahinter verbirgt. Und im Grunde möchte sie auch nichts von den Begegnungen und dem Schatz einer unsichtbaren Liebe hören, denn das sei ja nichts Rechtes. „Da hat man doch auch nichts in der Hand", wiederholt sie, und in ihrem Blick steht so ein Schimmer von Verdacht, es könnte doch nicht allzu gut bestellt sein mit Florahs Geisteszustand, oder war es der übliche Verdacht, es mochte diese vorübergehend zum Lächeln bringen, konnte aber nicht von Bestand sein oder müsste einem Phantasiereich entspringen. Bloß Hirngespinste eben.

Bahaar ist mehr eine Anhängerin von „Träume sind Schäume", während dieser anderen, so Nahen, so Fernen, Träume mitunter Aufgaben geben oder sie in Schrecken versetzen, manchmal allerdings auch als ein so vollmundiger Teil ihres Lebens scheinen, dass sie alles darin Lebende geradezu schmecken und fühlen kann, kaum die Augen öffnen mag aus Angst vor ihrem Verfliegen.

„Einen dieser feinen Sorte hatte ich vor Jahren", berichtet sie. Du kannst ihn hören oder auch nicht ... Ein schöner Geschichtenanfang, dachte sie und sah, hörte

keine Widerrede. Legte den kleinen Rest ihrer Laugen-
brezel aus der Hand.

„Wir gehen Arm in Arm, reden über Gott und die Welt,
über das Wasser, wie es früher wohl mit dem Heilwasser
und den eher hochherrschaftlichen Gästen an dieser
kleinen Promenade war. Wir nehmen einen Schluck,
beide, denn es ist blöd, wenn nur einer oder eine vom
Schwefelgeruch gleich im Atem hat. Wir debattieren
darüber, was so durch die Adern fließt.
Wir besichtigen mit zärtlichen Gefühlen einen mondäu-
gigen, fröhlichen Säugling, der auch in dieser Verbindung steht.
Wir können uns nicht sattsehen aneinander, dabei ist
das Aussehen weder deutlich, noch hat es irgendeine
Bedeutung.
Sind dann in einem Café, palavern und schauen weiter.
Spazieren. Werden plötzlich aufmerksam auf ein Schau-
fenster, darin eine Skulptur mit in sich verschlungenen
Körpern, Armen, Händen. Sie hat eine sehr schöne
Ausstrahlung. Da nehme, verschränke ich seine Hände
in meine, schau weiter tief und mit Liebe in seine Augen, küsse die Hände, die Fingerglieder, die Knöchel,
die Handoberfläche, streife auch mit meinen Wangen
darüber. Die Hände sind ein warmes gemeinsames
Knäuel ohne Dein und Mein, und ich sage alles mit
meinen Lippen, brauche keine gesprochenen Worte.
Nichts fehlt. Alles ist da.“

Bahaar schluckt. Und reklamiert dann doch die fehlende
tatsächliche Körperlichkeit. Florah nippt an ihrem Kaffee. Sie wird es nicht wieder und wieder zu erklären
suchen. „Schau, die Sonne, sollen wir die Tassen
schnappen und in den Garten gehen?“

Bevor sie Cadmo begegnete, hatte sie mehr Angst, mitunter auch ein Meer voller Angst.

Mach sie zu deiner Gefährtin, hatte sie sich zwar damals schon gedacht. Fühlend, noch bevor sie mit Cadmo darüber sprach, sich dieses zu Herzen zu nehmen und nicht oberflächlich damit umzugehen; erspürend, dass Frau Angst nicht gekommen war, sie um jeden Preis zu plagen. Eher wollte sie auf etwas aufmerksam machen, ihr etwas sagen, das sie damals nicht verstand. Bereits mehrfach in den letzten Jahren, bevor es körperlich so richtig schwierig wurde, war Frau Angst vorbeigekommen, und immer wieder hatte Florah achtlos, sie zu wenig beachtend jedenfalls, gegen sie kämpfend zugelassen, dass dunkle innere Wasser sie kürzer oder länger völlig verschlangen.

Sie hatte den Eindruck, andere konnten so viel wunderbares Einfühlungsvermögen besitzen, wie sie wollten, das tiefe Wesen der Angst verstand nur, wer selbst eine Weile in ihrem Besitz gewesen war und alle Register kannte, die sie zog. Umso feinsinniger, je mehr man mit ihr rang. Die pure Angst, wie sie da lockte und ihr schmeichelte: „Überlass dich doch, dann wird alles viel einfacher!" Die pure Angst konnte alle Nerven besetzen und mit allen Stimmen sprechen.

„Komm, Liebchen, es macht doch gar keinen Sinn, dass du dich wehrst, komm, komm …"

Und erst als Florah sie, Frau Angst in ausuferndem Purpur, das Feld völlig beherrschend spürt, dürfen ein paar Tränen fließen.

Ihr Herr Geist, wie sie ihn später nennen wird, ist gerade nur ein Vortuner, der in weiter Ferne winkt: „Huhu, es geht auch anders, hallo, du hast auch kleine andere Erfahrungen gemacht …" Inmitten der Angst machen seine Zeichen scheinbar gar keinen Sinn, auch nicht, dass er ihr weit dahinten Schilder in die Höhe hielt, auf denen steht: „Ruhig atmen", „Es geht vorbei", „Du findest ‚deine' Lösung!"

Irgendwann nimmt das Pochen und Tosen ab und der Atem ist nicht mehr gefangen.

Frau Angsts Purpur verblasst, und sie wird, wie auch immer, in den Hintergrund gezogen, sie droht mit Grimasse und Fäusten, sie grollt: „Du wirst schon noch sehen, was du davon hast!!!" Aber nur wenige von den Fäden aus ihrem Mund, von den Fäden, die sie wirft und die winzige Ankerhaken an ihren Enden haben, nur ein kleiner Teil verhakt sich in Florahs Kleidern.

Durch!

Sie ist durch, Stille und Erschöpfung, unglaubliche Stille nach diesem Brausen und Tosen.

So lange hatte sie keine Panikattacke gehabt oder zumindest keine identifiziert. Manches war anders und Weiteres hatte sie zum ersten Mal erkennen und sehen können. Zugreifen auf ihr Wissen, dass die eigentliche Attacke wirklich nur zehn, zwölf Minuten dauerte, und sie durfte zu ihrem Beginn tatsächlich die Kirchturmuhr wahrnehmen und einen Glockenschlag mehr in die totale Stille hinein.

Als alles vorbei war, meinte sie, in die Erschöpfung atmend, dass der Sturm nicht das Schlimmste war, sondern das Zusammenbrauen. Sie hatte es – rückblickend – empfunden, seit dem Vorabend, wenn sie es auch da noch niederrang und irgendwie doch in trügerisch ruhigem Schlaf versank.

Diese Frage, wozu sie überhaupt gesund oder gesünder sein wollte, schien ihr damals das A und O. Wozu? Was ist mein Ziel im Leben, mein Sinn? Immer wieder hatte sie diese Fragen in sich. Wenn ihr eine Antwort erneut verschwamm, kam stattdessen das Gefühl, den Grund zu verlieren, den Boden unter den Füßen. Nicht mehr fühlen, was ihre Gedanken weiterhin als gut oder gesund ausgaben.

Allein zu begreifen, dass es sich bei diesem Grund für ihr Leben und Ziel nicht um die einigermaßen schnell greifbaren Wünsche des Lebens handelte. Es ging nicht darum, möglichst körperlich zu gesunden und wie vordem leben zu dürfen. Hatte auch nicht wirklich damit zu tun, möglichst viel mit ihrer derzeit noch sehr kleinen Enkelin machen und unternehmen zu dürfen. Nur bedingt war ihr nützliches Dasein für alle möglichen Menschen das Thema. Verschwunden, Bezüge zu dem, was sie gerne noch als „Sinn" gesehen hätte. Offenbar mochte oder konnte ihr Geist auch dieses abstrakte Mitbauen-Wollen an einer neuen, besseren und friedlicheren Welt nicht gut fassen und als ihr Ziel speichern.

Vielmehr musste sie, um ihn zu überzeugen, erst einmal eine gänzlich neue Sprache lernen. Noch nicht einmal die damals schon vorhandene eigene Sprache ihrer Träume, in denen es letztlich auch darum ging, durch das eigene Sein am Schaffen einer neuen, einer friedlicheren und liebevolleren Welt beteiligt zu sein, konnte Herr Geist verarbeiten. Florahs Definition, ihr Begehr, sich selbst in Liebe und Dankbarkeit nach außen zu verströmen, erwies sich als nicht klar genug. Sie fand ihre Spurensuche anstrengend, herausfordernd. Verrätselt. Anscheinend hatte es damit zu tun, überhaupt erst einmal im Sein anzukommen. Und endlich ganz sinnlich zu erfahren, wie sich das anfühlte, die eigene Kraft für sich selbst einzusetzen. Es schien ihr unangemessen, „so viel Brimbramborium um mich". Schließlich untersuchte sie, ob es nicht andere Gründe in ihr dafür geben konnte; was passierte, wenn sie an ein wenig mehr Selbstfürsorge dachte, wie laut große Alarmglocken sie beschallten, läuteten: „Ego", und: „Wo kommen wir denn hin, wenn jeder sich selbst immerfort der Nächste ist?"

Noch war sie weit entfernt von der Erkenntnis, dass alles mit allem verbunden sei.

Sie wunderte sich über die vielen Fäden, die aus ihrem Mund und ihrem Nabel nach außen zeigten, die, so empfand sie es, etwas säen und erzählen wollten, in dieser Welt.

Was sie am ehesten noch mit sich und den ganz persönlichen Eigenheiten verband, entsprang der Neugierde, die in ihr wohnte: in dem Hexentopf, den sie nah bei sich sah, wollte sie immer wieder Neues anrühren, experimentieren, kosten.

Sie kann es sich – Gott sei Dank, Kopf und Erinnerungen funktionieren gut – selbst vor Augen halten, was mit ihr innerhalb der letzten fünfzehn Jahre passiert ist. Vielmehr, was sie in dieser Zeit aus sich gemacht hat, indem sie einfach immer mehr ins Sein gekommen war. Viele Monate war es alles andere als einfach gewesen – „Florah, mach doch neue Verharmlosungen niemandem vor!". Es hatte allerdings besser geschmeckt als alles andere zuvor. Ja, es hat ihr erst einmal gefallen, die über Jahrzehnte gewohnten Wege zu verlassen. Sich nicht ausliefern, Gewohnheiten und Systemen, der großen Anzahl angelegter Muster für alle Lebenslagen. Alle alten Muster führten ihr bei näherem Hinsehen vor, was bei ihr selbst und sogar in den Generationen zuvor geschehen war: angepasste leise Menschen, Kämpfernaturen, Revolutionärinnen, Exoten, Selbstzufriedene, Malocher und Schaffer, Krankenschwestern, Hausmänner, Mütter und unendlich mehr. All diese haben alte Erdensysteme in Grenzen doch irgendwie lieb. Angst, es könnte ihr passieren, in einem Anderssein erst recht nicht gemocht zu werden!
Unendlich leichter, im Altbekannten zu bleiben. Menschen fühlen sonst leicht die Erschütterung ihres Lebenszuges, der aus seinen üblichen Geleisen entgleist, nicht mehr in das alte Gleisbett passt und noch keine Vorstellung hat, wie das bloß gehen soll; das alte Vehikel kaputt, von einem neuen Lebensplan am Anfang gerade mal drei von unzähligen Puzzlesteinchen. Und zunächst waren es auch nur so wenige menschliche Wesen, die sie finden konnte und die Vergleichbares wenigstens ein bisschen vorzumachen schienen.

Mit Büchern dasselbe Spiel, die eingefahrenen Wege, oder es schien Florah zu abgefahren und schräg. Realitätsfern, Phantasterei, unmöglich, bekloppt – all das kam auch in ihrer Wahrnehmung schlecht weg.

Was ihr heute süß klingen mag, bekam zuerst Verachtung oder Schimpfworte. Sie waren aus der Kategorie traumtänzerisch, himmlisch, grenzenlos, spirituell. Taugten ihr nichts. Wunder an sich selbst, die möglich sein sollten und Heilung gar erst recht. Mit einem bitteren Beigeschmack verlacht.

Auf der anderen Seite eine ganze Armada von meist durchaus wohlmeinenden Menschen. Säumten ihre verunsicherten Wege und riefen: „Da lang!", „Nimm diese Pille, sonst …", „Mach diese Untersuchung, sie hilft Gefahr eingrenzen", „Verlass dich auf uns, wir wissen, wo's langgeht!", „Nein, da sind keine anderen Wege! Na, vielleicht so kleine, ein wenig unterstützende, die parallel zu den Wegen laufen, die wir dir zeigen. Es sind keine eigenständigen Wege, aber vielleicht gibt's da das eine oder andere Blümchen, wenn du halt das Gefühl hast, dass es dir irgendwie guttut. Man wisse ja, der menschliche Wille … Aber du weißt ja, da wohnt auch die Scharlatanerie, also geh nicht so ganz nah ran, denn unmöglich kannst du selbst erfühlen, welche die weiblichen und männlichen Scharlatane sind! Sie richten großen Schaden an, und es ist auch schon brandgefährlich, wenn du nur einmal zum Falschen gehst, um dir ein eigenes Bild zu machen. Außerdem kosten die ja auch immer, musst selbst zahlen und hast nicht so viel Geld, davor wollen wir dich nur bewahren."

Puh, was waren die laut, wie sie da den Weg dicht an dicht säumten und ihr Innerstes ebenso besetzten! Und am allerlautesten wurde ihr Angstmachergetöse, wenn sie versuchte, zwischen ihren Schultern in die Ferne zu schauen, auf die Wiesen bis zum Waldrand, ungezähmtem Bach, See oder Meer. Den eigenen Blick zu weiten stieß nicht auf Wohlgefallen.

Da hatte Britta das Bild vor sie hingelegt, dass sie ihren Gefühlen keine Absicherungsfesseln anlege, und sie fand es schön, so richtig vollmundig leben eben. Nicht wahllos, ebenfalls jedoch auch nichts und niemandem, den gefühlt als wichtig, spannend oder begehrenswert, links liegen lassen, umschiffen oder umgehen, vorsichtshalber oder aus vorauseilender Angst, es könnte sich rächen.

„Heute sehe ich es so, dass nichts umsonst war und nichts sich rächt, weil einfach keine Erfahrung dieses Lebens je umsonst gemacht wird", so viel zu lernen, gerade in Plänen, die nicht aufgehen, in sozialen oder politischen Anliegen, die nicht zu dem ins Auge gefassten Ziel geführt haben. Dinge zu verstehen aus traurigen Begegnungen oder unerfüllten Lieben. Wirklich daneben ist einzig und allein der Spruch, den sie uns noch eingetrichtert haben: „Alles, was dich nicht umbringt, macht dich nur stärker", denn diese Spur führt von jeder möglichen Form weg, mit sich selbst auch nur ein bisschen nett umzugehen und dieses Weiche, Annehmende auch zu anderen Menschen in dieser Welt zu tragen. Dieser Satz ist nur trotziger Kampf.

Florah ist sich sehr sicher, dass sie dergleichen „Weisheiten" bei Luna nie zum Besten geben will: Aushalten! Stärker werden! Was dir selbst nicht Überwindung abverlangt, taugt nichts! Und sie wünscht sich so sehr, dem Mädchen mögen auch möglichst viele Pädagogen, und was für Weggefährten auch immer, erspart bleiben, die jene kalten und mit rein gar nichts sättigenden Glaubenssätze verbreiten. „Gib, dass sie solche nicht anzieht." Zum Himmel schaut sie.

Britta hatte sie vor vielen Jahren noch ein wenig traurig erwidert, sie sei so einige Male mit diesem mutig anmutenden Lebensstil auch nicht gerade dahin gekommen, worauf sie es in dem Moment abgesehen hatte. Gab allerdings zu, es fühlte sich doch für sie besser an, na, nehmen wir als Beispiel die Liebe, einer erfüllte ihren Wunsch nicht so, wie von ihr zunächst gedacht, oder gebe ihr gar eine völlige Abfuhr, als wäre sie von vornherein verzagt. Besser als ein Verschwinden in der Versenkung, um gleich vorsichtshalber Risiken zu vermeiden. Es passte nicht zu ihr, sich unsichtbar zu machen. Nichts Besonderes. Es wäre ihr einfach blöd vorgekommen, in ihr entstandene Botschaften gar nicht erst zu schicken. Sie hätte sich ja dann alles vielleicht doch mögliche Ausleben abgeschnitten. Und davon abgesehen bedeute ihr eben immer auch schon das liebevolle Umkreisen, der Flug ihrer Phantasien, das mutige Abtasten, was wie machbar sein könnte, ziemlich viel. Es gehörte bereits zu einem starken Ausleben ihres Wesens in allen seinen Ausdrucksmöglichkeiten.

Überhaupt, wenn sie etwas ungerecht fand oder wenn ihr etwas ganz besonders wichtig war, sei ihr erstaunlicherweise schon in ihrem schüchternen Mädchenalter alles andere bedeutungslos geworden. Florah schilderte, wie sie vor vielen Jahren aufgestanden war und in der Schule, die mit allen Mitteln ihre altbackenen Muster zu verteidigen suchte, hochroten Kopfes ausgerufen hatte (ja, Hand hoch, sie hatte sich gemeldet) bei der Verurteilung Einzelner und Strafarbeitenverteilung einer Schülergruppe: „Das find ich aber ungerecht!" In solchen Momenten war ihre Schüchternheit vergessen und egal, wenn das Lehrerschlüsselbund an ihren Kopf flog.

Sie fuhr fort, möglicher Schmerz hin oder her, es hatte schon etwas, die Gefühle in Worten herauszulassen. Und in Taten. Wobei es mit den Taten schwieriger sein konnte. Besonders in der Liebe. Eine Liebkosung zum Beispiel zärtlich zu geben, nachdem sie schon ausgesprochen war, konnte ganz vertrackt gehemmt werden, als gäbe es gleich nach dem Aussprechen einen krassen Abfall des Mutpegels. Und da ist bloß die Rede von Zärtlichkeit, von Sexualität wollen wir gar nicht erst sprechen!

Britta lachte ihr Lachen, so eines wie der dunklere, volle Ton, der von einem ganz bestimmten Die-Glocke-Anschlagen der benachbarten Kirche kam. „Egal", gab sie zu verstehen, „erst mal wagst du was, und das meine ich mit ‚keine Absicherungsfesseln anlegen'. Das Sich-Trauen, auf etwas zugehen oder auf jemanden, wenn wir also bei der Liebe bleiben, das ist doch die Grundvoraussetzung dafür, dass etwas in die Gänge kommen kann. Der andere Mensch weiß von ein paar Dingen, mit denen du in deiner Phantasie spielst, und kann sich überlegen, was er damit tut. Solange du nichts sagst, passiert nichts. Es sei denn, er ist Hellseher oder hat sich sowieso vorher auch schon irgendwie überlegt, dass er versuchen will, dich kennen zu lernen."

Gut, da war was dran, aber Florah fand es nicht irgendwie besonders, wie sie versuchte, ihr Ding zu leben. Sie musste bei ihrer Freundin nachfragen, den Unterschied verstehen.

Britta würde, sobald sie in der Liebe ein mögliches größeres Risiko blinzeln sah, lieber ausweichen. Sie konnte sehr schön vielerlei Möglichkeiten des Ausweichens beschreiben: Weggehen. Sich mit jemand anders unterhalten, unverbindliche Themen hervorkramen, Gründe finden, warum das Thema Liebe mit dieser Person nicht infrage kam (die bestehende Partnerschaft zum Beispiel), mutmaßen, warum diese Person ohnehin nicht geeignet war, worin der Mann eher unsympathisch sein könnte ...

„Manchmal bin ich neidisch auf die Fülle, mit der du es lebst."

„Ist auch einfach möglich, ohne langjährige Beziehung", wischte Florah rasch Teile der Aussage weg. „Hättet ihr geheiratet, könntet ihr den Tag der ‚Goldenen Hochzeit' absehen."

Britta seufzte, holte tief Luft. „Vielleicht ist es auch vergleichsweise langweilig. Obwohl, du weißt ja, unsere Höhen und Tiefen haben wir auch. Es ist nur irgendwie nicht so riskant. Man kann es einschätzen ... glaube ich ..."

Die letzten Worte brachten beide zum Lachen.

Florah hatte es niemals langweilig gefunden, wenn sie bei den beiden zu Besuch war. Auch sie hatte oft ein kleines, neidisches Ziehen in der Magengegend gespürt. Beim zusammen Essen, beim Geplänkel über dies und das und sogar bei den kleinen schrägen Spielchen mit den Schwächen und roten Knöpfen, die den Partner scheinbar unweigerlich so oder so reagieren ließen. Am neidischsten war sie auf Nächte im gemeinsamen Bett. Das betraf nicht in erster Linie Sex. Es war mehr so ein unweigerlich auftauchendes Bild von Wärme und Schutz. Die Wärme des anderen. Sicher hatte sie, wenn dieses eigene Sehnsuchtsgefühl nach Geborgenheit auftauchte, vielfach überhört, wenn Britta über Schnarchen sprach und ihr Wachliegen mit den langsam, aber sicher stärker werdenden Brandungswellen von Unwillen oder Überdruss, wenn es ganz schlimm kam. Weggeschaltet die Phasen, in denen Britta Versuche unternommen hatte, auf Lagern anderswo im Haus „besser zu schlafen". Ausgeblendet, die immer wieder neuen Diskussionen der Partner über getrennte Betten in getrennten Räumen. Sie hatten sie, zumindest scheinbar, nur deswegen nie umgesetzt, weil die Raumaufteilung in der Wohnung „eine solche Lösung nicht hergab".

Selbstverständlich habe auch ich in meinem Leben Paare gesehen, wo mir schon die Ausstrahlung der unzufriedenen Alltagsroutinen der beiden und dann noch der Anblick des Schlafzimmers Enge und Beklemmungsgefühle entstehen ließ, nichts von einem Eindruck, es könnte da angenehm warm und geborgen sein. Aber erstens war das ja dann immer noch mein Film von deren Leben, und zweitens konnte dergleichen sich doch niemals bei meiner Freundin Britta und ihrem sympathischen Gefährten einschleichen! Oder?

„Vielleicht", so schlug Florah vor, „ist auch blöd, dass man uns anerzogen hat, all das, was im Leben mit Gefühl verbunden ist, in so einer Art System von alten Apothekerschränken unterzubringen. Du weißt, diese enormen Schränke mit den tausend Schubladen. Das System gibt's ja heute noch, nur ausgeklügelter, farblos und auf Weiß getrimmt für die noch bessere Ordnung bei den immer mehr Mitteln. Kann sein, wir müssen neu lernen, viel freier zu denken, und unsere Ergebnisse dann schön offen in uns haben. Es war doch bei uns eigentlich meist so, dass die Eine eine leise kleine Sehnsucht nach dem hatte, was die andere lebte. In meinem Drama wünschte ich mir den ruhigen Fluss, den ich bei dir vermutete, und du dir ein scheinbar pralles Leben im Drama."

Massiv drang es in ihr Gefühl ein, obwohl diese Frau, die sie ja irgendwie mochte und doch weder Freundin noch schlicht und irgendwie leblos „Bekannte" nennen wollte, lieb und wohlwollend auf sie zukam, sie so gerne nach draußen, unter Leute, in die Gesellschaft schleppen will und gar nicht gut findet, dass sie einen Termin hat verstreichen lassen, und nachdem sie sich dazu durchgerungen hatte, statt sich wie damals üblich zu zwingen, sich schließlich kleinmädchenhaft entschuldigend absagte, dachte: „Zu irgendwas wird es wohl gut sein."

Sie, die Florah also in irgendeiner Weise mochte, fokussierte sich, wie ihr dann erst klar wurde, nur auf das, was ihr selbst und persönlich schrecklich vorkam: Florah versäumte den Termin, weil sie an dem Tag nicht rauswollte, nicht das Gefühl hatte, rauszukönnen, weil sie in der Tat befürchtete zu fallen. Ja, ihr Grundvertrauen in einen Taxifahrer, den sie doch hätte ansprechen können, war auch nicht groß genug, oder sie hatte keinen Bedarf, keine Lust, das Absicherungsblabla möglichst geschickt und halb entschuldigend anzubringen, ihn zu instruieren, sie in jedem Fall wohlbehalten bis zur Treppe zu bringen und später wieder bitte sehr oben abzuholen. Dann in der Behandlung die ganze Zeit die Unsicherheit, ob es denn klappen würde? Das war es dann gewesen, mit dem Lockerlassen, Entspannen. Kein Bedarf, an diesem Tag was auch immer zu erklären und zu begründen, damit ein Fremder auf sie achtete, mit verstohlenen Seitenblicken vielleicht auf die Idee verfiel, so schlimm sei sie doch gar nicht dran oder, noch schlimmer, auf sie fürsorglich aufpasste und, mag sein, bemitleidende Reden schwang.

Florah gab ja selbst zu, dass es verwunderlich anmutete, war sie doch mindestens fünfundvierzig Jahre ihres Lebens so stark und phänomenal gut im Bezwingen ihrer Angst gewesen. Es gelang ihr mitunter, die Panikattacken nicht einmal an ihrer Oberfläche zu spüren, sondern manche Dinge mit anderen Deckmäntelchen weiter weg in Unwohlsein, Erschöpfung oder seltsame Zustände zu verbannen. So ist es etwa nicht beachtlich schwer, tausend gute Gründe gegen das Autofahren zu finden, von ihr aus auch noch unspezifisches Unwohlsein, keine Wünsche, je ein Auto selbst fahren zu können, und Missbehagen. Deutlich einfacher jedenfalls als trotz der Angst, Fahrerin zu sein. Besonders gut ist das Metier der Angstverleugnung zu beherrschen, wenn man noch etwas zu bieten hat, das andere oft empfinden wie ein Durch-Feuerreifen-Springen. Pseudoheldentaten, um die jene aus ihrem Lebensgefühl heraus eher einen Bogen machten. Beispielsweise für eine Rede vor eine größere Menschenmenge sich hinstellen und tatsächlich mit interessanten Worten den Mund aufmachen.

Nun war noch möglich, der Wohlmeinenden all ihre Verteidigungs- und Rechtfertigungsthesen darzubieten. Wie üblich ausholen damit, sie hätte sich vermutlich viel zu lange Gewalt angetan und zu viele Widerstände niedergerungen. Schließlich war sie gut darin gewesen, gegen sich selbst zu entscheiden. Ihr war begreiflich-wichtig, dazu zu stehen und sich so ein widersinniges Verhalten zu verzeihen. Es galt, sich langsam, umsichtig von dem zu verabschieden, das ihr nicht mehr entsprach. Zu unterscheiden, wo sie sich wieder so verhielt, in eigene alte Fallen tappte, und wo sie aus dem Weg ging, weil sie etwas anders fühlte, hatte sie als Kunststück empfunden. Keine Übung darin. Musste es ganz neu lernen.

Sie erinnerte sich an die Jahre der Panikattacken – alle verleugnete Angst, die sie nicht hatte sehen wollen, suchte sich offenbar ihren Weg. Bei ihr in Schwelbränden im Kopf, so sagte es zumindest moderne bildgebende Technik. Es schien ihr mittlerweile ähnlich wie Krebs, eigens für die vehement Begriffsstutzigen, die ohne einen solchen Schlag nicht aufhören wollten, zu viel zu rennen und es nach Möglichkeit allen recht zu machen.

Denen das Leben viel zu lernen offerierte und eine grundlegende Veränderung, die aber zunächst wenigstens stärkere Hilfsmittel aus der medikamentösen Chemie, Ersatzteilen für den Körper und Hilfen, um sich noch irgendwie fortzubewegen, vorzogen. Auf Wegen, die mit noch mehr Angst gepflastert waren.

Obwohl sie immer alles getan hatte, um ihre große Empfindsamkeit zu überspielen und nach allen Regeln der Kunst zu verbergen, konnte sie es allerdings überhaupt nicht leiden, in ihrer hohen Sensibilität nicht wahrgenommen zu werden.

Die Brände im Körper, die sie mitunter ahnte und sogar beschrieb. Das Sich-abspeisen-Lassen mit „Kann nicht sein und psychosomatisch" – es sei nur ihre Empfindung. Leicht hinzunehmen, wenn es tatsächlich genug Gründe für innerlich Desaströses, aus dem Lot Geratenes gab. Schließlich die Steigerung.

Die Angst im Herzen und in jeder Pore – wie in einem Baum, in den Wurzeln, in denen es eiskalt war, und egal, wie viel Wasser sie sich gab, ihre Wurzeln schienen es nicht mehr wirklich aufzunehmen. Im Stamm eine Habtacht-Erstarrung und gefangenes Lodern besonders in Bauch, Herz und Kehle. In den Ästen schließlich bricht sich das Feuer Bahn, steigert sich in den Armen, im Kreisen um den hoch schlagenden Puls kurz vor den Händen, dem Blattwerk, das kalt erschaudert vor der Hitzewelle. Und überhaupt war es ihr Erstarren, das Frau Angst ihre rot wallende Macht bis zum Ende dieser Feuerwelle gab. Die empfundene Ohnmacht, das Ausgeliefertsein.

Und die tiefe Erschöpfung danach schien damals nur zu fragen: „Wie kann ich sie, wenn sie unweigerlich wiederkehrt, das nächste Mal besiegen, niederringen, austricksen, ertragen oder bezwingen?"

An der Weggabelung des nicht mehr zu Ertragenden fluteten wir dann so einige Monate das Hirn mit angstlösenden Chemikalien. Das schien für ihren Baum die Möglichkeit weiterzuleben, also hilfreich, effektiv und rettend. Doch erzählte auch der rettende Ritter Pharmaindustrie nur seine heldenhafte Geschichte, verschwieg geflissentlich die Parallelgeschichte von abdressiertem Körpergefühl und notleidenden Schreien aus demselben. Nur manchmal so etwas wie das Zirpen einer weit entfernten Grille, und wer versteht schon die Sprache der Grillen?

Gleichermaßen verunsichernd war es, immer rechtzeitig an diese Pillen zu denken und sie stets dabeizuhaben. Keine Tabletten im Zusammenhang mit dem festen Glauben, ohne sie verloren zu sein, das hatte eine infame Auswirkung auf sie, es kam der Garantie für das Aufbäumen der sie beherrschenden Angst gleich. Alles, erklärte Florah, versuchte es in diesen und jenen Bildern, Worten.

Die Andere verstand sie nicht. Es entstand Schweigen zwischen beiden. Das hatte ihr damals einiges zu schlucken gegeben. Eine Herausforderung zu begreifen, wie nicht jeder alles begreifen konnte und wollte.

Trotz, denn Florah übte seit Monaten und Jahren, sich präzise auszudrücken! Konnte nach Langem sehen, wie falsch es war, sich zu verdrehen, vor lauter Sehnsucht danach, anerkannt und verstanden zu sein.

Es schmerzte, bis sie schließlich erkannte: Die Andere ging einen vollkommen anderen Weg, und sie selbst war allein damit, tief in sich gehen zu wollen.

Wenn am Ende dieses bisherigen Lebens schon mehrfach die Axt angesetzt war, heftige Kerben geschlagen hatte, die ihr Baum kaum noch mit seinem Harz versorgen konnte, entdeckte dieser all seine Baumgeister in der Krone und überall. Sie zeigten sich ebenso wie Frau Angst in ihren roten wallenden Kleidern, und Florah brauchte wieder Zeit, um zu entdecken, dass sie mit ihr sprechen konnte und sie fragen, was sie ihr sagen wolle. Einige Monate bevor Cadmo auf wundersame Art in ihrem Leben auftauchte, war das.

Auch ihren Herrn Geist lernte sie mit der Zeit viel besser kennen. Und die weise Königin ihres Herzens versuchte sich häufiger zu zeigen: „Wie wäre es, ganz du selbst und einfach nur in Liebe zu sein, die du freigiebig auch in diese Welt geben magst?" Sie hatte geseufzt, denn sie konnte so eine Idee schön finden, aber damals noch keine Chance sehen, so etwas Angenehmes in ihr Leben zu ziehen. Im Gegenteil, viele Hindernisse waren aufgebaut. Steine lagen herum. Entkräftet sollte sie ringen. Und alles selbst tun. Niemand hätte das sonst für sie getan oder wäre auch nur aus dem Weg gegangen. Das ging ihr auf den Senkel. Sie hatte noch nicht gewusst, wie sich mit Liebe und Fürsorge für sich selbst füllen. Dass es nicht von außen kommen konnte. Die große Sehnsucht, gerettet zu werden, stand ihr im Weg.

Manchmal verkleistern sich noch heute all die Stimmen, die der Wind von außen zu ihr trug oder die an ihrem Stamm und ihren Ästen rütteln. Verklebt sich ihre Gewissheit, gut auf ihrem sehr eigenen Weg zu sein, stetig ihrem Gefühl zu sich selbst zu folgen. Es geschieht jedoch viel seltener als früher. Ist von kürzerer Dauer. Einfacher überwindbar.

Sie übte, was ihr nicht immer leichtfiel, ihnen allen dankbar zu sein. Danke auch für die Überprüfungsschleifen und zwischenzeitliche Verunsicherung! Wie könnte sie sonst merken, dass es noch viel zu tun gab, sie sich mitunter weiterhin noch zu wenig Zeit gab, noch immer zu selten sagte, wenn sie ganz alleine und ungestört auf ihrer Wiese sein wollte, weil es halt so Seelchen wie sie gibt, die viel Kraft, Zuversicht, neues Behagen aus dem Alleinsein zu schöpfen gelernt haben und die dann Ablenkung, Zerstreuung nicht gut vertragen.

Schon damals konnte sie die Frage nicht beantworten, wie lang nun ihr Baum brauchen mochte, um sich nachhaltig gut zu fühlen, in seiner Ruhezeit, in seinem Saft und seiner Frühjahresblüte, seinem Fruchtstand, seiner Erntezeit mit ihrem Herbstlaub. Das war sein Geheimnis, und das ist völlig in Ordnung so, denn was wäre das Leben, wenn alle Geheimnisse vor ihrer Zeit gelüftet würden?

Ob es berechtigt war, von einer Zeitrechnung vor und nach bestimmten Erkenntnissen und Begegnungen zu sprechen? Diese und jene, zusammen mit unflätigen inneren, zweifelnden Stimmen, stellten ihr die Frage. Es schien ihr eine der „alten Florah", die versuchte, mit dem Verstand zu scannen.

Sie hatte Cadmo einmal gefragt: „Warum eigentlich versteckst du dich, obwohl die Menschen deine Romane mögen?" Daran glaubte sie, selbst wenn sich die Bücher nicht besonders verkauften. So war das eben, wenn man nicht Rosalinde Hilcher war oder das italienische Pendant dazu. Sie ergänzte, er könnte sicher schöne Auftritte haben, sich in kleinem Rahmen feiern lassen, mehr als bisher. Manche würden ihm doch bestimmt verständnislos sagen, er koste seine Möglichkeiten und sein Glück nicht voll aus.

Ein rotbraunes Pigmentmal beginnt unter dem linken Auge und zieht sich über die ganze Wange, bis zur Nase, bis zum Kinn.

Sie begreift zunächst die Bedeutung nicht. „Eine geheimnisvolle Landkarte in deinem Gesicht, na und?"

Viel später erst vor ihrem inneren Auge die Bilder der äußerlich immer schönen und auf makellos zurechtgemachten Flaneure in Verona zwischen Piazza Erbe und Piazza Bra, dem großen Wandelareal an der Arena.

Was nicht in deren Augen schön ist, ist ein Makel. Kurzes Mitleid für das Missgestaltete – und vieles wird schnell so definiert – gleitet in Verachtung und ach, man möchte es am liebsten aus den Augen haben.

„Oder du kultivierst, was sie hässlich finden, zu einer Art Markenzeichen, und wenn es dir wert ist, das lange und auf immer wieder originelle, für dich einigermaßen schmerzfreie Art durchzuhalten, dann hast du eine ganz kleine Chance, etwa als hässlicher Talentierter wahrgenommen zu werden oder als komischer, jedoch unterhaltsamer Vogel." Er machte eine Pause und ergänzte schließlich mit einem bitteren Unterton: „Das ist dann allerdings auch die Rolle, in die sie dich am liebsten lebenslänglich sperren."

Er erinnert sich an Mailand und Partys. „Er hat diese Entstellung, der Arme", sagte man gern, „aber eigentlich ist er ein toller Typ."

Erzählt ihr, wie seine Eltern sich geschämt hatten, wegen der Aussichtslosigkeit, das Mal wegzukriegen. Zu groß für eine Operation. Zu gefährlich für die Gesichtsnerven, man kann es nicht rausschneiden. Dann alle möglichen Cremes und Pasten. Doktoren, die im Beisein des Kindes sagten, es sei schon ein Fluch, so ein verdammtes und hässliches Hexenmal zu tragen und auch noch an exponierter Stelle, einfach nicht zu verstecken. Und die Mutter zuckte, denn mal sagten sie Hexenmal oder Teufelsmal, mal Muttermal, und also schien sie eine Mitschuld zu treffen ...

Cadmo deutete nur die Hatz der anderen Kinder an.

„Und die Frauen?", wollte sie wissen. Er lacht. Das, was später allen als Berlusconiland diesen Pseudoschönheitskult noch deutlicher zeigte, hatte schon lange vorher geherrscht. Viel mehr als das Klischee des lebensfrohen, Kinder bedingungslos liebenden, warmen und heiteren Italien, das man immer noch gern vorschickte, abfilmte, propagierte. Seine Wirklichkeit war eine andere gewesen. Es gab da ein paar Frauen, die es ganz nett gefunden hatten mit ihm, aber immer war da zuerst: „Machst du bitte das Licht aus?" – In der Berührung ist anders gemalte Haut einfach Haut. Nur Narben, Verbrennungen und erhabene Macken lassen dann noch den Unterschied zum nach Möglichkeit hellen und bitte auch sonst makellosen Idealbild spüren.

Seine Frau hatte er in dem kleinen Familienbetrieb, der Pasticceria, in Mantua kennen gelernt.

Sie konnte etwas Schönes an jeder süßen Kreation ihrer Hände entdecken, und sowieso war es ihr immer auf den Geschmack angekommen und was entfaltet sich darin wie.

Sie hatte übrigens bei einem Morgenkaffee mit Süßigkeit, als er schon einige Male gekommen war und eigenartigerweise nicht den üblichen Verdacht hegte, ihr in welcher Weise auch immer unangenehm zu sein, einfach am Tisch stehend, mit einem versonnenen Gesichtsausdruck zu ihm gesagt: „Darf ich Sie mal berühren, die Landkarte in Ihrem Gesicht?" Florah schluckte, in keinem Fall hatte sie mit ihrer Landkartenbezeichnung etwas Unangenehmes hervorrufen wollen. Seltsam kam es ihr vor, ähnliche Worte wie sie zu denken. „Ich hätte nicht geglaubt", bedeutete er ihr, „so etwas noch einmal zu hören, seit sie nicht mehr da ist. Das berührt mich schon. Ich weiß noch nicht genau wie ... Später hat sie auch manchmal ‚deine Schatzkarte' gesagt, das fand ich schön, wie sie das tat."

Seit sie nicht mehr da ist ... Es schnürte Florah den Hals noch deutlicher zu. Erst viel später sollte sie erfahren, dass die Konditorin mit den Zauberhänden diese nicht auf einen anderen Mann gelegt hatte und verschwunden war. Es gab eine Krankheit, die sie langsam aufgefressen hatte. Entweder man fing an, darüber bitter zu werden, oder es kam Gott immer mehr in das eigene Leben, mit seinem letzten Ratschluss. Seine Entscheidung, bezogen auf den Glauben und das Lebensgefühl, hatte sie Monate später erst verstanden. Und dass eine hübsche und pfiffige Tochter in der Schweiz mit Freund und Kind lebte. Der Sohn in Rom in einer Hotelgesellschaft sich entschlossen hatte, erst einmal Karriere zu machen. „Beide übrigens", so sagte er, „mit makelloser Haut."

„Dadurch, dass ich vor einem guten Jahrzehnt in einer schweren Krise krampfhaft versuchte, irgendwie mein Leben zusammenzuhalten, schien es gleich so ganz und gar auseinanderzufallen." Das hatte ich Cadmo geschrieben, nachdem er mir etwas von sich selbst und einem für mich sehr vergleichbar wirkenden Vorgang erzählt hatte. Dass wahrscheinlich genau durch den krampfhaften Versuch, alle Kinder irgendwie festzuhalten, die schon in den Brunnen fielen und fallen, alles noch um ein Vielfaches wirrer und dramatischer wird. Man im Alltag dann nichts mehr wirklich wahrnehmen und fühlen kann, nur noch gerade so funktionieren.

Der Mann hatte, so sah es aus, bloß viele Jahre früher als Florah, wohl in einer interessanten Eingebung oder dergleichen plötzlich in sich kapiert, was ihm da geschah. Und nicht nur das, sondern auch noch einen Weg gefunden, hinter das Ganze zu blicken. Was war wirklich los, was zeigte sich da? Wie konnte er sich diesen desaströsen Zustand oberflächlich erklären und was war darüber hinausgehend, in den Schlammgründen des unbewussten Ozeans verborgen? Wie tief sollte man suchen, um wieder natürlichen Halt in diesem Leben zu finden? Er hatte zu einer anderen Zeit Fragen gestellt, die später auch ihre waren.

Und dann war es ihm auch noch gelungen zu handeln, einen eigenen Weg zu finden. Münden nicht sofort, eher nach ausufernder und langer Suche, in eine Grundstimmung sanfter Ausgeglichenheit. Trotz dem und dem, was hässlich daherkam nach vorherrschender Meinung, sich dann oft schwierig gestaltete im Leben. Er nahm es an. Sanftmütig. Geduldig. Auch egal, ob er unverstanden blieb. „Schwierige Übung", dachte Florah, „in Anbetracht des großen Wunsches, dazuzugehören, begriffen zu werden in dem eigenen Denken und Tun." Ihr ist es erst viel später gelungen, einen Weg zu sich einzuschlagen. Ein bisschen gemein fand sie das schon, weil – Frauen sollen ja eigentlich emotional offener und schlauer sein. Oder nicht? Solcherlei Worte entsprachen eher ihrer auch heute noch gelegentlich auftretenden Frotzellaune. Sie dachte lieber nicht drüber nach. Es fielen ihr zu viele krasse Gegenbeispiele ein. Außerdem, es sei ihm von Herzen gegönnt! Hätte er diese Nuss nicht geknackt, sein Lebensweg wär anders verlaufen und sicher sie dieses Buch nicht gekauft. Keine Begegnung, weder im weltweiten Web noch in sonst einem Netz oder auf einer Straße. Nirgends hätte sie seine, er ihre Straßen gekreuzt, nicht die geringste Notiz voneinander genommen.

Es ist ihr schon klar, warum er nicht im Herzen von Mailand sitzt, gar in einem der palastartigen Gebäude rund um den prachtvollen Dom. Ach, einmal, könnte man sich dorthin beamen, würde sie wohl gern ein paar Stunden auf diesem schmalen, dachterrassenartigen Grat auf dem Dach des Domes verbringen, über den schimärenhaften Wasserspeiern mit weitem Blick in die Straßen rundherum, zur Prachtgalerie und auch in die städtische Ferne der Ringe, der Vororte, der wattig grüngrauen Luft.

Cadmos Großeltern waren tatsächlich in Mailand begraben, er hatte ihr beschrieben, wie sich die urgroßväterliche Familie noch rechtzeitig einen Platz eingekauft hatte auf dem Monumentalfriedhof. „Cimitero Monumentale", sagte er und setzte in ihr die alten Bilder der Riesengruften, mit denen eine Familie die andere hatte übertrumpfen wollen, frei; die Engel und trauernden schönen Witwen, von denen einige recht dekorativ ihre Kleider just in dem Bereich der Brüste im Schmerz zerrissen hatten, so dass nun „ewiglich" die Hügel von Marmor oder Alabasterbusen sich auf letzten Ruhestätten zeigten. Cadmos Worte hatten in ihr Amüsement darüber geweckt, welche Bilder sie nach vielen Jahren in der Versenkung aus sich aufsteigen ließ. Er redete die alte Familiengruft klein.

Und doch hatte er sich nicht allzu lange wechselweise in Welten neureicher Schickeria über seine Eltern und Suchen in Sex and Drugs and Rock 'n' Roll aufgehalten. War irgendwie schneller als sie zu sich gekommen und in eine zielstrebige Erforschung dessen, was wirklich wichtig sein könnte im Leben, übergegangen. Hatte eine solide Ausbildung in der Laborchemie, auch noch irgendwie etwas Naturwissenschaftliches absolviert und war mit seinem ersten Job in die vielgeschmähte Provinz abgewandert.

Ja, seine Eltern lebten noch. Sie reisten in Fliegern, auf Kreuzfahrtschiffen, selten in Bussen oder Zügen. Es gab die Erleichterung keines lebendigen Kontakts. Er eignete sich nicht dazu, gelegentlich in ihrer Mitte strahlend und erfolgreich zu scheinen, wie sie sich das vorgestellt hätten. Seine immobilienreiche Schwester war da schon geeigneter. Inzwischen auch sein Vater mit einer fröhlichen Jüngeren verheiratet. Die Mutter in Wattebäuschen von angstlösenden Tabletten und Beruhigungsmitteln, als er sie letztmalig sah, verzerrt lachend im Penthouse der Metropole.

Cadmo erzählte ihr an einem Tag von seinem Umzug nach Mantua. Dem vorangegangen waren viele Besuche in Ost und West und Nord und Süd, auch an anderen Orten. Er hatte sich schließlich für Mantua entschieden, weil ihm die Leute wenig neugierig vorgekommen waren und das Sprachliche ihm doch recht ähnlich schien, wie in Mailand. Außerdem nicht so kompliziert, ein Haus zu finden, wie er sagte, „klein aber fein", nicht zentral und nicht so weit weg. Ländlich, doch alles erreichbar, was nicht zu verachten war. Man wurde sommers nicht vollkommen von dümpelnden Mücken zerstochen. Das Klima war gemäßigt, so auch die Gefahr zu erfrieren relativ gering. Schlussendlich hatte sich fast alles als einigermaßen falsch herausgestellt: Zwar waren die Menschen nicht schwatzhaft, sondern eher verschwiegen, allerdings hinderte sie das überhaupt nicht daran, neugierig zu sein. Es stimme wohl, das Klima gar nicht so schlecht; weniger der Wirklichkeit entsprach, nicht zerstochen zu werden. Mücken unendlich. Das Haus mochte klein sein und eine ganz gute Lage haben, was aber nicht daran hinderte, beobachtet zu werden. Nicht einfach, dieses Heim auch in einer heimeligen Art und Weise warm zu halten, man benutzte im Winter tags am besten nur die Wohnküche, denn es hätte ein Vermögen gekostet, die zugigen Fenster dichter zu bekommen. Die Erreichbarkeit aller möglicher Orte war schlussendlich tatsächlich theoretisch nicht schlecht, praktisch fuhren die Busse nicht unbedingt, wann sie fahren sollten, und Parken in der Innenstadt war ein Kostenfaktor, der es eher verbot, das Auto zu nehmen.

Vordem hatte er sich vorgestellt, häufiger in Mantua selbst zu sein, an einem der beiden großen Plätze, am liebsten jedoch gegenüber des herzoglichen Palastes, Kaffee zu schlürfen und vielleicht eine klitzekleine Süßigkeit zu sich zu nehmen. Er hatte unterschätzt, wie erstens die räumliche Entfernung zu seiner Heimatstadt zwar nicht besonders groß war, jedoch bei mehrfachem Hinhören deutlich unterschiedlich, und nach einiger Zeit, als man sich also ein klein wenig an ihn gewöhnt hatte, wurden die Bemühungen, ein so einigermaßen allen zugängliches Italienisch zu sprechen, eingestellt oder nahmen stark ab.

Zum Zweiten traf ihn die Neugierde bald durchaus überall, denn er fiel auf, ob er nun suchte, die Stellen in seinem Gesicht zu verdecken, oder ob er sie offen ließ. Und als sei das nicht schon genug des Hinguckens gewesen, war er anscheinend leicht als Italiener aus den nicht unerheblich vielen Touristen verschiedener Länder herauszufiltern, das heißt, man konnte ihn sowohl anstarren wie auch ansprechen. Die noch Fremderen suchten schließlich überwiegend Informationen auf Smartphones und Handys, statt die Orte zu genießen, an denen sie gerade waren.

„Gibt es keine Menschen, die wegen dir kommen? Keine, die wissen, wo du wohnst und dich in deiner netten kleinen Stadt suchen?"

Er lachte. „Es weiß ja niemand hier, wer ich bin, wo ich bin. Dir vertraue ich und glaube daran, dass nicht ausgerechnet du mich verraten und sie auf mich ansetzen wirst. Gerade möchte ich versuchen, dir zu erklären, wie sich das verhält, aber ich sehe schon, du bist neugierig und vielleicht soll ich dich noch ein wenig länger schmoren lassen?"

Florah protestierte entschieden, obschon er vermutlich sie gar nicht hätte hängen lassen, weil ihm das selbst nicht wirklich Freude bereitete und er neugierig darauf war, wie sie reagieren würde.

Er erläuterte, wie es ihn noch heute zum Staunen brachte, welche Bedeutung, bezogen auf Blindheit und Unglauben, die eigenen Bilder der Menschen hatten. Was sie nicht kannten, konnte doch nicht sein. Ein also offenbar internationales Phänomen.

Sie versuchten es mit seinem Namen, stifteten anscheinend, sofern sie die Recherche selbst nicht beherrschten, ihre Kinder dazu an. Für diesen Fall hatte er sich bereits vordem eine zweite Existenz, ein Pseudonym, zugelegt. Die sehr Wenigen, die Bescheid wussten, wie beispielsweise sein Verleger, schrieben diesen Namen auf an ihn gerichtete Post, auch stand er auf seinem Klingelschild „Livio Stellari". Da ergab eine Recherche nichts Grandioses, nichts Besonderes. Im Höchstfall Verwirrendes.

Womit er sein Geld verdiente, fragten diese und jene. Auch dazu hatte er sich eine Legende ausgedacht, von ein wenig ererbtem Geld und Auftragsarbeiten in einem naturwissenschaftlichen Lektorat. Er erklärte damit, warum er so viel Rückzug brauchte, weshalb die hohe Konzentration, die kaum Störungen zuließ, wieso er zu so vielen Zeiten einfach nur an seinem Computer saß, statt an diversen Lustbarkeiten der Stadt teilzunehmen, wozu sie Konzerte in der wunderbaren Kirche, das Stadttheater, gelegentliche Events und Kino zählten. Natürlich wusste er auch etwas von wissenschaftlichen Aufsätzen, Büchern und Verlagen zu erzählen. Er witzelte darüber, wie schon Ingenieure und sogar ein veritabler Physiker darauf angesetzt worden waren, diese Vita zu überprüfen, aber auch dieser gute Mann habe nichts Seltsames finden können.

Dennoch hielt sich, weil er allein lebte und nicht tat, was die meisten hier taten, das hartnäckige Gerücht, dass etwas nicht stimmte. Mafia oder Camorra waren unwahrscheinlich, dachten die Menschen, denn er kam hörbar nicht aus dem Süden des Landes und, was noch relevanter schien, er hatte keine hübsche Frau, keine unauffällig folgsame Familie, nur diese eigentümlichen Kinder, aus denen man auch nichts herausbekommen hatte, solange sie noch im Städtchen lebten.

Anscheinend verfügte er ebenso wenig über die richtigen Anbindungen oder ersichtlichen Besitztümer. Genau genommen stellte man bis auf wenige Besucherinnen und Besucher schier keine Anbindungen fest. Folglich nährte man die Vermutung einer verkrachten Existenz, eines eigenbrötlerischen Verbrechertyps oder eines irgendwie sexuell Andersartigen.

Von ihr danach gefragt, erklärte er, es mache ihm nichts mehr aus, was wer auch immer über ihn denke. Das sei nicht immer so gewesen, er habe früher versucht, sich zu erklären. Meist erfolglos.

Irgendwann, so beschrieb er ein andermal in einer Mail, seine Entdeckung, wie brutal Menschen untereinander, zueinander sein können. Es war ihm noch nicht fassbar bis mitten hinein in die Grundschulzeit. Die Fassungslosigkeit, wenn dir bestimmte Grausamkeiten ein erstes Mal begegnen, und nur langsam, widerstrebend der Rückschluss, dass die Brutalität, die ein Mensch dem anderen antun kann, alle bösen Vorstellungen noch problemlos in den Schatten zu stellen vermag.

Er fuhr fort: „Du möchtest kein Teil davon werden, aber du versuchst alles, allzu große Verletzungen zu vermeiden. Wehren, ausstechen, verstecken. Schweigen, schwindeln, behaupten ... Wenigstens so weit du dich selbst begreifen kannst in der jeweiligen Zeit deines Lebens, probierst du das. Was unbefreit in deinem Unterbewusstsein hängt, kann dir noch treffliche Filmchen vorspielen."

Florahs jahrzehntelanges Drehbuchskript war Drama. Sie erkannte, dass ihm so etwas nicht unbekannt war. Er hatte sich früher davon befreit. Wieder! Es war möglich, sich darüber zu ärgern oder auf anderes zu schauen. Viel früher. Sie seufzte und erkannte: Solange sie Verschiedenes selbst nicht begriffen hatte, war keine Befreiung möglich gewesen ...

Und als schließlich in ihr aufblitzte, warum sie in ihrem Leben unweigerlich in den immergleichen dramatischen Filmschleifen mitspielte, als sie wusste: „So will ich das nicht mehr", war noch lange kein neues, irgendwie attraktives und anmachiges Skript zur Hand.

Veränderungen in Richtung liebevoll, harmonischer und mit viel weniger Stress leuchteten ihrem Verstand vollkommen ein ... und schienen noch weitere Jahre langweilig und fad.

Er stellte die These auf, die einzige Befreiungsmöglichkeit überhaupt gehe über das Verzeihen, egal was dir in deiner Kindheit geschehen ist, verzeihe den Menschen, die dir das damals angetan haben. Du sollst es nicht vergessen. Aber verzeihen. Und schauen, was du daraus lernen kannst. Worin hat dich vielleicht genau diese oder jene Erfahrung stark gemacht?

Es war so, wie es war. Es ist vorbei. Du bist jetzt. Auf dem Weg des Verzeihens kann man ganz nebenbei auch nicht nur vom Verstand her erfassen, sondern regelrecht erfühlen, warum die Dinge früher anders kamen. Kommen mussten. Auch die „Bösen", die „Ungerechten", die „Schlimmen" waren in dieser Zeit Gefangene ihrer jeweiligen Drehbücher und Filme ...

Die Art der Träume hatte bestimmt damit zu tun, dass der Sommer nun doch, spät, noch Fahrt aufnahm, was sie oft ins Schwitzen brachte. Eigenartige Schwüle herrschte ... Sie diktierte ihrem Smartphone, was ihr nachts in den Sinn kam, wunderte sich beim Abschreiben am Morgen.

„Im Traum bin ich mit Paul auf einer eigenartigen Party, es ist, als sei so die ganze New-Age-Bewegung, von der Zeit, die gar nicht mehr so neu ist, da. Alles, was von denen, die sich erst einmal entschieden haben, in den vorgegebenen Bahnen der alten Gesellschaft zu funktionieren, sehr schnell als esoterisch oder spirituell in Schubladen geordnet wird – je nachdem, welchen Begriff sie gerade als den deutlicher mehr abwertenden empfinden, denn abwerten, das wollen sie.

Ich also mittendrin, zwischen diesen, die sich, wie ich, intensiv, bewusst und frei bewegen mögen. Für mich liegt die ganze Zeit eine Begegnung in der Luft, die ich nicht plane und nicht erwarte, und das macht mich etwas unruhig in diesem eigenartigen Raum, der sich gleichzeitig nicht als Raum zeigt. Es ist halt die Eierschale, in der ich gerade bin.

Tatsächlich sind uns die Augen verbunden und die Begegnungen passieren von Stimme zu Stimme, in allen Sprachen oder, besser gesagt, in der Sprache, in der wir uns erkennen, es ist wohl das Esperanto unserer Seelen.

Nachdem schon eine Frau da ist, die behauptet, ‚diesen eigenartigen Cadmo' zu kennen, werde ich noch nervöser. Aber es sähe ihm doch nicht ähnlich, auf so einem Event aufzutauchen. Zu mir selbst passt es allerdings auch nicht!

Während man sich angeregt über innigste Begegnungsmöglichkeiten unterhält und ob sie zutiefst intensiv sein können, sofern das Ineinander-Aufgehen nur durch Impulse aus eins, zwei Kanälen verursacht wird. Ob das weiteste Miteinander möglich ist, ohne körperlich zu verschmelzen, wird debattiert, und dieselbe Frauenstimme von vorhin bringt mit einem hässlichen Unterton hervor, auch Cadmo behaupte, dass es das geben kann. Alles. Nichts fehlt, ‚... und das, ohne zu vögeln', fügt sie mit einem kleinen hämischen Lacher hinzu.

‚Mein Gott', denke ich inzwischen, ‚wenn er auch da sein sollte, hoffentlich erkennt er mich nicht, und der Zauber zerbricht! Er könnte doch enttäuscht von der ganzen Wirklichen, Realen sein.'

Ich diskutiere – nur leise, er könnte sonst auf meine Stimme aufmerksam werden. Dann wieder wiege ich mich zunehmend in Sicherheit, weil ich niemanden mehr höre, den ich nicht zuordnen kann oder kenn. Da, mit einem Mal, wie ich so im Raum stehe, unsichtbar eine Hüfte an meiner Hüfte. Nur das. Da ist es noch mal, und wieder ist es die absolute Berührung durch und durch! Aber woher?

Es ist mir möglich, von weiter entfernt seine Stimme zu erlauschen, und also muss ich doch davon ausgehen, auch er hat mich längst erkannt! Und schickte mir, wie auch immer, aus dieser Entfernung diesen tief zehrenden, köstlich sinnlichen Impuls der Von-Hüfte-zu-Hüfte-Berührung.

Und er und ich sind die, die recht behalten: Alles ist möglich, das völlige ineinander Aufgehen und sich zuhause fühlen, ohne tatsächlich körperlich miteinander zu verschmelzen.

Es gibt auch keine Zeit. Als Paul gehen will, verlasse ich brav mit ihm das Fest. Halte mich an seiner Schulter, weil er besser mit verbundenen Augen durch einen angefüllten Raum navigieren kann, und hinter der Türschwelle nehmen wir uns die Tücher ab, bestätigen uns, wie sehr der Abend inspirierend wirkte."

Luna ist alles andere als verschlafen in ihren Beobachtungen. Sie war sich nicht recht sicher, ob Oma Bahaar immer so wirklich glücklich war. Immerhin aber lebte diese meist in einer schönen, ordentlichen Wohnung mit dem Opa zusammen. Und der Opa war zweifelsohne freundlich und zugewandt. Also konnte es doch so schlecht nicht sein. So wie es halt sein sollte. Wie es bei vielen war.

Ein großes „Oder" stand hinter ihren Sätzen. Und die unausgesprochene Frage, ob denn dann wohl – überhaupt – zur gleichen Zeit alles in Ordnung sein konnte mit Omi Florah, da in ihrem knapp ausländischen Erd-Iglu, im Inneren des Landes, doch wie hinter einer Düne versteckt. Dort, wo Opa Paul manchmal war und dann wieder nicht, und wo schlief er dann überhaupt? Warum war er mitunter da und dann wieder drüben bei seiner angeheirateten Frau? Wieso war er denn mit der einen verheiratet und mit der anderen nicht? Oder Simone, dahinten, andere Richtung – wann war er bei ihr und welche Rolle spielte sie? Warum lebte sie da und manchmal doch auch ihre erwachsenen Kinder? Sicher war die elterliche Erklärung ihr zu dürftig, dass Simone nun mal das Haus gehörte. Wer war mit wem wie und warum verbandelt? Klar, das hätte Luna anders ausgedrückt, doch schlussendlich war es ihre Frage. Und wer war zufrieden, wer vielleicht weniger? Florah spürte all dies, was die Enkelin nur zu gern gewusst hätte, und tat mal ausnahmsweise nichts, rein gar nichts, Antworten zu liefern. Es war ihr nicht so einfach, doch fand sie, das konnte sie jetzt auch mal üben. Sie selbst die Zurückhaltung und Luna das direkte Fragen oder eben sitzen bleiben auf dem, was sie wissen wollte.

Durchaus klar erinnerte sie sich an all ihre frühen Jahre, in denen sie versucht hatte zu fragen. Die Versuche der späteren Jahre, leidlich offen zu sein und mit den gemachten Erfahrungen anders, deutlicher, verständlicher umzugehen. Mal mit mehr, mal mit weniger Erfolg.

Sie wollte es Luna nicht zu leicht machen. All die anderen würden das auch nicht tun.

Gut, dieser Besuch war zu Ende, eine so intime oder geschützte Situation zu zweit würde es vermutlich erst in der nächsten Woche wieder geben. Selbst wenn man sich in der Zwischenzeit, mag sein, zu mehreren sah. Luna war klug genug, mit bestimmten Fragen auf ein Alleinsein mit dieser Omi zu warten.

Die Beantwortung dessen, was sie selbst immer wieder bedrängte, kam ihr wegen des anstehenden Treffens mit Evalina dringlicher vor, denn da hatte sie immer noch keine leichte Gewissheit. Wie war das mit all diesem, was für Kinder vielleicht besser war? Oder schöner. Leichter? Wie war das, wenn man noch in der Zeit des Nestbautriebs war, oder man hatte gebaut und das Kind oder die Kinder waren da und wünschten sich „eine ganz normale Familie“? Wo fing es an, wo hörte es auf? Wann ging es um Durchhalten und vielleicht neuen

Aufschwung? Wie lange sollte man hoffen, sehr und ausdauernd probieren? Bis zu welchem Punkt Kompromisse eingehen? All diese Fragen und noch viel mehr wusste sie nur unzureichend zu beantworten. Die einzig verwertbare Auskunft konnte nicht die Verpflichtung sein, die man einmal mit der Entscheidung für ein Kind eingegangen war. Ebenso wenig das ominöse, verpflichtende Versprechen vor einem Standesbeamten oder in der Kirche.

Sie fand es genauso wenig befriedigend, immer auf den Einzelfall zu stieren. Oder gab es gar keine andere Möglichkeit? Musste man schauen, wie die Einzelne oder der Einzelne verwoben war mit seinen Träumen und Glaubenssätzen, mit seinen Wünschen und Idealen?

Wie war es mit der Freude und dem Leidensdruck, dem Angepasstsein und dem Freiheitsdrang? All jenen Dingen, die für dieses eine Individuum darüber hinaus eine Rolle spielen mochten? Sie erinnerte sich, welches Entsetzen, welchen Aufstand, welche Traurigkeit und Aggression ein anderer Mann mit Mutter beim Frühstück in Adrian hatte auslösen können. Mama war Mama, die tat so etwas nicht. Und wenn Papa sich auch mit diversen Frauen bei morgendlichem Tee zeigte, das war doch was ganz anderes, das konnte man nicht vergleichen, fand er damals.

Paul hatte in den Jahrzehnten der Verbindung ihrer Lebenslinien, mal so mal so, weiter, ziemlich weit, näher, nah – vieles von dem sehr viel früher durchschaut oder anders gesehen, manches unterschiedlich gelebt, versucht mit anders leben glücklich zu werden. Und dennoch ruhte er nicht gerade friedlicher in sich, hatte nicht in dauerhafte, nachhaltige Entspannung gefunden. Oft wusste er zu allen möglichen Zeiten seines Lebens, was er anders machen müsste, und der Alltag überrollte ihn doch mit Halbherzigem, mit tollen Sachen auf der Schwelle seiner Wohnorte, in den Gärten, und er war weiter gerannt nach diesem und jenem. Ein Auskosten der entdeckten Preziosen wollte ihm nicht gelingen. So war es auch mit seinen Lieben und seinen verschiedenen Kindern – von ihm selbst und der langen Sisyphos-Steine-den-Berg-Hochschieberei mal ganz abgesehen –, er war so intelligent und visionär, aber nicht immer schlau gewesen. Vor allem nicht für seine eigenen Interessen. Hatte keine Knüppel zwischen den Beinen durch Kranksein gehabt. Diesen tiefen, erzwungenen Sturz aus dem ewig tätigen Alltag, ausgespien aus der scheinbaren Selbstverwirklichung durch Machen, Tun, Leistung, Nützlichkeit.

Paul hatte ihr einmal geschrieben, er danke ihr für all die Mitteilungen, die sie meist sacht, um ihn nicht zu sehr zu stören oder gar zu verstören, zu ihm hatte wandern lassen. Er konnte auch poetisch sein, wenn er sich die Muße einräumte, und fand damals offenbar schön, wie sie das Gefäß seines Geistes mitfüllte, durch ihre Einsichten und Worte, allerlei Geschichten, die so eben nur sie erzählen konnte …

Er sah solche Dinge in lichten Momenten und rannte dann doch weiter.

Dennoch war die Aussage in ihrer Weise herzerwärmend gewesen und streifte immer einmal wieder in den Jahren, seit Luna auf der Welt war, ihre Sinne. Schließlich wollte sie dieses geliebte Menschenwesen davor bewahren, so harte, verletzende, gefährliche Erfahrungen zu machen. Selbst wenn es Florah früher oder später – sie lachte auf, denn manchmal war es sehr spät gewesen, damals – immer wieder gelungen war, ans Licht zu kommen, etwas zu verwinden, aus einer bösen Erfahrung zu lernen, den Morast zu verlassen, wollte sie doch für Luna nicht so einen heftigen Weg!

Die anderen ihr Nahen? Sie dachte an Britta. Weil, am ehesten mochte sie sich mit denen vergleichen, die in einem ähnlichen Alter waren. Und da schien ihr dann Britta halb Lebenskünstlerin, halb eben doch nicht beneidenswert. Die Lebenskunst sah Florah in der Wachheit und Aufmerksamkeit in dem weiten Spektrum, dem ganzen Regenbogen an Ganzheitlichem, Wohltuendem; da kannte sich die Freundin aus!

Und wie sich Britta tatsächlich aus ihrem wunderbaren therapeutischen Werkzeugkasten auch für sich selbst schöne Dinge herauszunehmen verstand. Diese Kunst beherrschte sie anscheinend schon als Jugendliche, als junge Erwachsene. Man könnte sagen, unendlich früher als Florah, viele Jahre bevor diese sich irgendwie davon hatte überzeugen können, für sich selbst Entspannendes, Heilsames, Verwöhnendes auszupacken, statt nur Menschen, die in ihre Beratung kamen, neben Praktischem all das nachdrücklich, wärmstens ans Herz zu legen.

Interessant, so dachte sie, „dass die gar nicht mehr so kleine Kröte mich darüber ausfragt, ob ich eigentlich noch von der Liebe träume. Und von Sex. Ob man irgendwann aufhört, davon zu träumen, weil man satt ist oder weil man es satt hat." Sie habe gehört, dass viele damit aufhören, irgendwann „ab fünfzig oder so", brachte Luna vor. Und da sei ich ja nun drüber. Oh weh, wie begegnet man dieser Frage einer Zwölfjährigen, deren bruchstückhaftes Wissen zum Thema Sexualität vom Hörensagen kommt? Vielleicht aus dem Internet, in geringem Maß aus irgendeinem schulischen Aufklärungsunterricht. Hoffentlich nicht aus Erfahrungen, von denen Florah nichts wusste. Schon eher aus zufälligen oder neugierigen, im Idealfall einer Liebe für den eigenen Körper entspringenden Entdeckungsreisen bei sich selbst.

Luna sollte alles als „schön" erfahren, nicht zweifelhaft. Nicht überrumpelnd. Nicht böse, nicht überfordernd, nicht schal. Nicht schmerzhaft. Nicht grob und nicht leichtfertig.

„Und, was sagt die romantische Omi?", hatte das Mädchen gedrängelt. „Komm schon, komm schon, kram einen von deinen Träumen raus."

„Plagegeist!" In dem Moment schon, als sie das Wort aussprach, wenngleich sie es mit einer humorvollen Leichtigkeit dahinsagte, war ihr sonnenklar, selbst vielfach dieses Wort vorgehalten bekommen zu haben. Tief holte sie Luft. „Also gut, heute kochst du mir einen Tee, und zwar den, auf dem ‚Elfenreigen' steht, und ich guck mal in der Zwischenzeit, ob ein Traum passt."

„Sag mal", rief sie in Richtung Küche hinterher, „stellst du Oma Bahaar auch solche Fragen?"

„Klar", kam es keck zurück, „die sagt, ich soll dich fragen, du hast da mehr Erfahrungen."

Okay, dazu musste Florah, schwer denkend, Luft durch die aufgeblähten Lippen pusten. War das nun mehr ein Kompliment? Oder ein Vorwurf? Ein Vertrauensbeweis – immerhin, man konnte sie fragen.

„Und die Mama?", rief sie nochmals Richtung Küche.

„Hat sich auch rausgeredet, du hast mehr Ahnung, und sie ist außerdem zu jung und noch dazu meine Mutter!"

Ratsuchend verbarg sie sich hinter ihrem Traumbuch. Schon oft hatte sie dort einen Ansatzpunkt gefunden. Diesmal eher nicht. Das konnte sie doch keinem Kind erzählen:

„Ich muss Auto fahren, mein Albtraum im Traum. Immer in seinem Wagen, genau neben mir ein Mann, schaut. Macht mich wahnsinnig, wo ich doch sowieso diese Schwierigkeiten am Steuer habe! Ich bremse einfach. Bleibe stehen. Mitten auf der Straße. Er hält auch, fragt mich, was los ist. Ich zittere. Ich mache ihm unsinnige Vorwürfe, obwohl er meine Probleme ja wohl kaum riechen kann. Er entschuldigt sich dennoch, parkt mein Auto, nimmt mich mit zu sich, damit ich mich beruhigen kann.

Ein Haus in Frankfurt oder so. Ich hab einen Tee bekommen und mich, wie ich beim Aufwachen sehe, eigentümlicherweise in seinem Bett, zwischen schönen gelben Decken, Kissen und Laken ausgeruht. Fast will ich wieder weg. Kleiner Fluchtimpuls. Zwei Jungs beäugen mich, so elf, zwölf. Und ein sehr freundliches Mädchen, fast junge Frau. Schimpft ihren Vater, der ihr die Geschichte unseres Kennenlernens, meines Strandens, offenbar erzählt hat.

Er kommt zu mir. Setzt sich. Schaut mich an, sehr freundlich und entdeckerlustig. Ein gut aussehender Mann. Kein junger Vater; wär er ein junger Papa gewesen, könnte er der Opa der Kinder sein. Er hat was dunkel Südländisches. Doch das ist es nicht, das mich davon abbringt, wieder zu gehen. Warum bloß möchte er mir das Haus zeigen? Ich gehe mit einem Mal trotz dieser Gedanken unbesorgt und gerne mit. Seine Kinder sind mal da, mal weg, kommen und gehen.

Ich erfahre von ihm, dass seine Frau tot ist. Vielleicht ist das sein Trick, streift mich ein Gedanke. Ich leg ihn wieder fort. Seine Frau muss deutlich jünger gewesen sein als ich, also keine Sorge, ich kann ja nicht in sein Jagdschema passen.

‚Darf ich mich etwas frisch machen?‘

Er geleitet mich.

Es gibt eine nette, bodengleiche Dusche, daneben einen Raum mit einem kleinen Pool und Steinbänken zum Liegen, seitliche Waschsteine, wie in einem Hamam. Ich bin ganz hingerissen.

Der Mann ist in meiner Nähe, ohne mich zu stören. Aufmerksam. Gibt mir ein Handtuch. Ist selbst ausgezogen. Trocknet mich. Es ist vollkommen logisch, immerfort sich beschauend, ohne Worte zueinanderzukommen, miteinander zu schlafen. In die Nacht zu gleiten, nah verbunden zu schlafen.

Beim Frühstück an seinem familiären Tisch zu sitzen. Was geschieht, versteht sich von selbst …“

War es das Ende des Traums, das Florah am Erzählen hinderte? Ihre Verwunderung über die fehlenden Fluchttendenzen. Selbst zu verlassen oder verlassen zu werden, eines ihrer Lebensthemen. Nichts davon. Das Korrektiv „üblicher" Gedanken versuchte in ihr Fuß zu fassen: „Du bist über das Alter hinaus, wo man sich Derartiges leicht zugesteht." Also die Gesellschaftssuche und das Kuscheln gerade noch, aber sonstige Aktivitäten? „Denk nicht dran", so schienen sich immer noch große Teile der Umwelt verschworen zu haben. Allerdings entsann sie sich ausschließlich dieses wohligen Gefühls einer geborgenen Zufriedenheit. Wischte also die zensierenden Stimmen fort, wie ein nasser Schwamm Geschriebenes auf einer alten Schiefertafel.

Nein, sie wusste schlicht und ergreifend nicht, ob das der Traum war, ihrer Enkelin etwas zum Thema Sexualität zu erklären. Da waren keine aufregenden Details. Oder es mochte sein, sie wollte es so genau dann doch wieder nicht wissen. Immer wieder passierte es Florah selbst bei dem Thema, dass sie das Gefühl überkam, schier gar keine Ahnung zu haben.

Erfahrungen hin oder her, hatte sie sich eigentlich nie sicher und souverän gefühlt. Im Grunde war sie Jahrzehnte auf der Hut gewesen. Auch nichts zum Erzählen. Luna sollte es leichter haben. Früher unkomplizierter haben. Nicht erst, wenn ihre Umgebung schon die Abgesänge anstimmte.

Da! Der vielleicht: Eine Lichtung im Mondschein – irgendetwas hat mich magisch an diesen Ort gezogen.

„Ja, du hast recht, ich bin normalerweise nicht die große, mutige Waldgängerin, und schon gar nicht möcht ich dir raten, nachts in einen Wald zu gehen!"

„Versprochen", entgegnet Luna flapsig. „Aber warum warst du denn nun dort!?"

Ha! Noch ein wenig hinhalten, das Kind.

„Ich war einer Stimme gefolgt."

„Eiwei, ob das gut ist oder bekloppt?"

„Vernünftiges Mädchen! Ich glaub, das musst du wohl selbst ausprobieren mit der Stimme. Ich hab jedenfalls irgendwann angefangen, ihr zu folgen, und es war gut für mich."

„Sagst du …"

„Genau. Sag ich doch. Für mich."

Endlich durfte sie weitererzählen.

Also die Lichtung. „Es ist eine Sommernacht, glaube ich, denn ich friere nicht. Ich lege meine Jacke auf eine Stelle, halb Wiese, halb Moos. Dann lege ich mich selbst."

Luna piesackte sie schon wieder: „Nein, ich dachte nicht an Ameisen und Käfer und Spinnen, obwohl ich die außerhalb meiner Träume nicht so gern auf mir rumlaufen habe."

„Untertreibung, du kreischst dann!"

„Ja, manchmal kreisch ich auch, aber immer seltener. Weiter oder nicht?"

„Weiter …"

„Ich liege und ich sehe viele Sternbilder. Bei ihnen ist auch der Große Wagen. Das finde ich schön – einen Moment denk ich, er könnt mich jetzt abholen und auf einen Ausflug mitnehmen. Es ist nicht wirklich hell, denn es steht nur eine ganz schmale Mondsichel am Himmel, und die Wolken, die immer wieder durch ihn ziehen, tauchen alles in Gold, Blau und Graugrün. Plötzlich macht mir ein Schauder überall am Körper Gänsehaut. Muss ich wachsam sein? Ich lauere, ich lausche.

Ein langer Schatten beugt sich über mich. Ich kenne den Mann nicht. Oder? Der blöde Spruch fällt mir ein: ‚Bei Nacht sind alle Katzen grau' – also ebenso alle Männer …"

„Omi, wie alt bist du da?", unterbricht Luna ihren Fluss.

„Ich bin … Keine Ahnung. Nicht jung."

„Woher weißt du das?"

Ich versuche nachzufühlen „Ich weiß es, weil mein Körper weich ist und nicht überall fest."

Dann musste sie aufpassen, dass sie sich nicht in alte Fallen treiben ließ, hörte sie doch Luna dem Mainstream nachplappern: „Schwabbelig also."

Sie atmete tief durch. „Weich", wiederholte sie dann. „Denk an meine samtigen Sofakissen, die magst du doch … Du hast auch gemocht, an meinem weichen Busen zu lehnen, als du noch einen Kopf kleiner warst. Und heute noch liegst du manchmal ganz schön gerne beim Erzählen mit dem Kopf in meinem weichen Schoß."

Luna guckt versonnen. Sie widerspricht nicht, obwohl sie manchmal doch eine zähe Widersprecherin sein kann.

„Geh zurück zu dem Schattenmann", gibt sie vor.

Okay. „Während ich also noch denke, ob ich Angst haben muss, fragt er: ‚Erlauben Sie?', und weist auf den Platz neben mir. Selbst wenn es meine Privatlichtung wäre, würde diese Stimme mich betören. ‚Bitte sehr', sage ich.

Ich bleibe liegen, er kommt dazu. Er soll nicht beleidigt sein, wenn ich meine Augen schließe, es sind gerade so schöne Bilder da! Ich spüre seine Nase an meiner Wange, an meinem Hals, dann die Lippen und ein kleines Knabbern und Saugen. Ich drehe mich ein kleines Stückchen, so dass ich an die gleichen Stellen bei ihm komme. Kann sein, der Geruch von gerade geschlagener Kiefer und etwas Harziges und Säuerliches kommt von seiner Haut. Wir probieren auch – ich liege auf ihm – unsere Lippen und Küsse, bei denen die Zunge mitspielt. Ich mag den Geschmack. Ich mag, wie unsere Körper sich begrüßen. Mein Herz schlägt schnell. Meine Brüste sind ein bisschen zusammengezurrt von der Gänsehaut, die entstanden ist. Und in meinem Unterkörper ist ein Ziehen."

„In deiner Scheide?", fragt Luna.

Ich lache. „Genau."

„Weiter!"

Obwohl es mich verlockt, weil ich so schön alles erneut spüre, sage ich: „Nein. Ist fertig. Der Rest ist nicht jugendfrei."

„Oh", protestiert sie, „kann man doch alles im Fernsehen sehen oder im Internet."

„Na, dann weißt du ja Bescheid", entgegne ich. „Omi hat deine Frage voll und ganz beantwortet, ob in ihrem Alter noch sexuelle Gefühle sein können."

Ihr Maulen verebbte bald, vermutlich war sie selbst hin- und hergerissen zwischen Neugierde und Lieber-doch-alles-nicht-so-genau-wissen-Wollen. Vor allem nicht von der Frau, die sie „Omi" nannte. Oder doch?

Eines Tages war ihr, Florah, auch nach einem Telefonat mit ihrer Mutter aufgefallen, wie diese gesagt hatte: „Na, dann wünsche ich dir, dass es schnell weggeht" – und wie sie damit die von ihr benannte Melancholia gemeint hatte. Sie konnte sehen, wie es der Hilflosigkeit entsprungen war und sicher gut gemeint. Und doch: Sie wollte nicht einfach Melancholie vertreiben, sie nicht übertönen, sich nicht ablenken. Sie wollte tief. Und durch. Schließlich hatte sie die Dame irgendwie als Gast eingeladen und mochte sie nicht sogleich wieder rausschmeißen. Sie würde durch das Tal gehen und schon sehen, wann die Frau mit dem nicht in dieser Welt beheimateten Blick gedachte, wieder klein zu werden in ihr. Sie war wahrscheinlich doch auch ein Teil von ihr, selbst wenn sie inzwischen oft und lange in ihrem Kämmerchen blieb.

Schon damals wollte sie nicht in das alte „Womit hab ich das denn verdient? Warum mir?". Es zuckte immer mal wieder auf, auch wenn sie versuchte, es abzuschütteln. Oder es mochte sein, dass es sich gerade deswegen wehrte.

Vielleicht hätschelte sie sogar zunächst einmal die trüb-selige, von der Welt abgeschnittene Dame, indem sie immer durch alles durchwollte und Ablenkungen oder Zerstreuungen oft so blöd fand wie eben der Teufel das Weihwasser …

Warum berührte es sie so über die Maßen, die Nach-richten, die ihr irgendwann 2014 erneut immer brutaler und dichter vorkamen? Vielleicht weil sie innerlich Ver-bindungen zu allen Menschen, zu den ganz unterschied-lichen Menschen aus verschiedenen Ländern hatte?
Mag sein, weil sie um sich herum all diese wüsten Machtkämpfe wie Krieg empfand. Wenn sie sich zur Arbeit schleppte, damals. Auf der Straße und den Plät-zen. Von all dem, was sie besonders im Sommer in den Straßenschluchten von Balkonen und aus offenem Fenster mitbekam, als sie noch mitten in der Stadt lebte.
Es passierte ihr – früher unendlich häufiger als heute –, sich zu fühlen wie im sprichwörtlichen Hexenkessel: inneres Brennen, Trauer, Zorn – da half ihr manche Male selbst die schönste und irgendwie geführte Medita-tion nicht zurück in Ruhe und Zuversicht, weil die vie-len Gedanken und Bilder einfach nicht verschwinden wollten. Nicht zu denken in solchen Zeiten, an eine Meditation ganz mit sich allein und ihrem Atem.
In etwa zu dieser Zeit schwante ihr, zumindest soweit es in ihr Bewusstsein drang, dass doch bei genauerer Be-trachtung egal war, woher sie kamen, die Stimmen, die sie letzten Endes weiterbrachten und glücklich machten. Nicht wirklich von Bedeutung, ob ihre alternative Heile-rin vordem in den entsprechenden Büchern gelesen hatte, es ihr gerade eingefallen war oder sie wirklich die Botschaft aus Florah empfangen hatte. In der Tat mach-te es nur Sinn, Frieden im eigenen Inneren zu suchen; auf alle Fälle sollte man sich mit dem Licht aus dem eigenen Herzen verbinden und spüren, wie alles eins war und Liebe universell, wie es keine Grenzen gab und

111

damit keine Trennung. Sie hatte verstanden, dass es Mitgefühl und Verständnis für all die geben sollte, die das nicht erlebten.

Es war ihr leicht zu begreifen. Und über keinen Menschen, der einen Weg ging, der vielfach im Dunkel zu verlaufen schien, wollte sie sich erheben. Nur allzu gut nachvollziehbar deren Gründe.

Ist es denn wahr – viele glaubten es, auch ihre unsichtbare Liebe: bei denen auf ihrem Lebensweg großes persönliches Leiden aufgebrochen ist, die mit den Schicksalsschlägen und Krankheiten, sie alle haben in ihrem Los den Wink des Schicksals gekriegt oder den mit dem Zaunpfahl; sie waren gehalten, mehr Liebe zu entwickeln – für sich selbst und für andere. Vielleicht stimmte es so: Es hat gewunken, aber nur manche mögen wirklich auf das Taschentüchlein schauen, das da weht in Rot wie Blut und in Schwarz wie Morast und Tod.

Es gibt die, die trotzdem auf dem gesellschaftlichen Angstweg bleiben, sich mit Ärzten, dem gängigen System installierten Beratungs- und Hilfsinstanzen ausliefern. Keine Frage, viel Wohlmeinende und Wohlmeinendes dabei. Nicht Florahs Weg eben. Bei sich bleiben. Viele gehen früher oder später in das Alte zurück, sobald scheinbar dieses und jenes lebenspraktisch wieder besser funktioniert.

Man kann es niemandem verdenken, schon gar nicht in den Wohlfahrtsgegenden, darin ihr „Restglück" zu sehen. Lieber weiter so, zusammenreißen und ein paar nette Sachen schön geschützt „mitnehmen", Annehmlichkeiten, Reisen, Fressalien, Trostleckerchen.

Hätte ihr früher jemand gesagt, vielleicht lohne sich aber doch der weitaus beschwerlichere Weg über die kleine Brücke, die mehr zu sich selbst, in Selbstbestimmtheit, Wissen und Liebe führen kann, dem hätte sie eher geantwortet: „... du mich auch!" Es liegt schon sehr im Dunkel, im Ungewissen, das Brückchen, und ja, es könnte auch unterwegs einkrachen.

Warum wählte sie seinerzeit das Brückchen? Keine Ahnung. Ihr war nicht bekannt, was sie heute weiß, und es wäre darum pathetisch, auch falsch, im Nachhinein zu behaupten, sie habe damals schon wenigstens so ein winzig kleines Lichtlein gesehen …

Es war ihr doch tatsächlich damals schon nach Monaten, nicht sofort also, gelungen zu visualisieren, dass das heilende Licht in ihr wohnte. Es lebte gewissermaßen mit ihr zusammen und war genau genommen immer ansprechbar, wenn sie es brauchte. Man musste es nur rufen. Das kannte sie nun schon, und mit leichtem Unwillen schnaubte sie durch die Nase. Ich muss es ja „nur" tun. Der blanke Hohn. Genau das, was sie jederzeit für andere getan hätte, was ihr bei sich selbst jedoch so unendlich schwergefallen war und manchmal heute noch nicht leichtfiel. Wer kam zu dem schwer erreichbaren Licht, war der Geist in der Flasche? Schon wurde sie etwas gnädiger, hatte sie doch noch nie gehört, dass der plötzlich weg war oder nur eine gewisse Anzahl von Malen sich zeigte. Man durfte einfach niemals die Flasche verlieren oder sich klauen lassen und musste sie zwischenzeitlich verkorken.

Jedenfalls war ihr der Herr Geist bislang immer wohlwollend begegnet, wenngleich oft hilflos, so dass wenig Klarheit schien und sie ihn nicht verstand. Dennoch: In der Form ihres heilenden Lichts war er einfach genial. Den Zauberspruch würde sie schon finden, und er käme hervor erst mit Rauch, dann in Lichtschwaden zwischen Gelb, Flamingo, Blaurot und Indigo, die sich überall in ihr ausbreiteten.

Die Mitte fehlte ihr damals so unendlich oft. Ihr war, als erlebe sie auf der einen Seite wirklich schwierige, böse, blöde Sachen, ob nun auf der früheren Arbeit oder in ihrem Körper, mit Menschen aus ihrer Wohnumgebung. Auf der anderen Seite mindestens genauso viel wunderschöne Sachen – Glück, Freude, Unterstützung, tolle

Gespräche, herzergreifende Beobachtungen, Freund-schaftliches, Klärungen. Eben bloß die Mitte fehlte häufig und immer mehr der sichere Gang, die Balance, das Gleichgewicht. Die ersten zweifelnden Seitenblicke anderer Passanten. Mag sein, man hielt sie in diesem gedrosselten Tempo, in diesem Haltsuchen und Pausie-ren, in all dem Anstrengenden für betrunken. Was auch immer sie dachten, fragten doch viele, obschon sie es wohl selbst eilig hatten, ob sie Hilfe brauchte. Es war sicherlich gut gemeint. Und doch schmerzten sie die ersten derartigen Fragen ungeheuerlich. Sie lehnte stets ab. Sie war damals noch wild entschlossen, alle Kraft dafür aufzuwenden, sich durchzuschlagen.

In jedem Fall gab ihr die Erkrankung unendlich Klä-rungsaufgaben. Wie ein Gebirge türmten sich die Le-bensfragen vor ihr auf. Und das, wo sie ohnehin so schlecht ging. Nicht einmal deutsche Gebirge reich an Geländern waren.

Was für Gedanken, solange sie nicht einmal wohlange-legte Schwarzwaldpfade hätte meistern können. Das Problem schien ihr, wenn man es geschafft hatte, erst einmal richtig im Morast festzustecken, war angesagt, überhaupt einen Anfang, einen Haltepunkt für die nächsten Schritte zu finden. Sie wusste, wie wahrschein-lich viele, zunächst nicht, wo sie anfangen sollte. Es galt unter anderem, sich klar zu machen, was wirklich wich-tig ist in diesem Leben. Was in ihrem Leben. Sie musste es definieren. Spüren! Fühlte sich überfordert mit die-sem Eingrenzen zu einer Zeit, in der alle bisherigen Werte infrage standen, das Leben zu verschwimmen schien.

Das Alte war unwiederbringlich über Bord. Allein das zu verstehen, statt weiter in die verlorene Richtung zu kämpfen, schien ihr langatmig und schwer. Der Kopf mochte tausendfach denken, man brauche im Grunde nicht viel: ein Dach über dem Kopf, gutes Wasser, Nah-rung, die einen nicht weiter vergiftet, und vor allem

Liebe. Mit Liebe meinte sie weniger die klassische Liebe Mann und Frau, sondern vielmehr alles, was sich rankte um Mitmenschlichkeit, Aufmerksamkeit, Zuhören, Annehmen, dankbar sein, kleine Freuden teilen, aufeinander aufpassen, zusammen etwas schaffen, Wärme geben, vielleicht Zärtlichkeit … Es schien keine Zeit für Erotik. Es mochte mit Angst zu tun haben. Es konnte auch sein, dass es einfach ein Nebenschauplatz war.

Sie erzählte Britta von dem engen Korsett ihres Lebens, das sie damals um sich fühlte. Das Korsett, das ihr auch keinen Halt gab, obwohl es diesen immerfort vorgaukelte oder wenigstens in Aussicht stellte. Der Freundin gegenüber konnte sie zugeben, dass das trügerische Gerüst umstürzte.

Sie machte, lang bevor dieser Kontakt mit Cadmo zustande kam, lang bevor sie überhaupt nicht mehr suchte, ihrem Frust darüber Luft, dass es da wohl eine Gesetzmäßigkeit gab, die besagt: Wer aus dem Mangel heraus sendet, kann nur einen Menschen anziehen und in sein Leben ziehen, der ebenfalls Mangel leidet, und hier ergibt leider minus, minus, minus nicht plus, sondern gemeinsames Minus. Die Aussage verstand sie in gewisser Weise, und doch hatte sie so eine Art störrischen Widerstand in ihr ausgelöst.

Florah dachte manchmal an die Zeit am Anfang ihrer Erkrankung, wo sie vieles so sehr als Verlust spürte, und alle ihre Freunde, besonders aber ihre Mutter, berichteten in eigentlich beneidenswerter Unbefangenheit, wie viel sie draußen waren, was sie da sahen und herrlich und schön. Die Luft, die Farben, die Sonnenstrahlen. Es verschlang oft ihre Freude, es zwiebelte und zwackte. Sie konnte nicht mithalten, doch die sie kannten wollten ungebremst laufen, wandern, spazieren. Sie schaffte es eben aus eigener Körperkraft nicht weit! Ihre Sehnsüchte reichten weiter. Sie musste aufpassen damals, sich nicht zu dem Gedanken verleiten zu lassen, dass sich ihr Universum verkleinerte.

Es hatte etwas Aufregendes und Beglückendes, mit Cadmo zu telefonieren. Die Freude, seine Stimme zu hören und selbst in der anderen Sprache zu spielen. Schöner geworden, als sich in ihr nach einigen Monaten die Angst verlor, etwas Falsches zu sagen, Fehler zu machen, es eben irgendwie zu vermasseln.

Beruhigend, auch wenn sie es nicht sofort glaubte, dass ihm Missverständnisse keine Angst machten, denn seinem Gefühl, seiner Überzeugung nach führten sie uns fast immer zu einer besseren Grundlage im Verstehen des anderen – zumindest da, wo Geist und Herzen offen füreinander sind.

Seine beseeligende oder sie an die eigene Seele erinnernde Stimme. Sogar als himmlische Stimme mag sie das preisen. Ohne ein umfassendes Bild zu haben.

Früher hatte sie viele Unwägbarkeiten und Fragen gespürt. Ihr war beispielsweise nicht klar gewesen, warum er manchmal nicht verteidigte, was ihm doch, wie sie wusste, wichtig war. Zumindest machte er das nicht zu inbrünstig, so wie sie es früher gerne tat, wenigstens wenn sie prima Argumente auf ihrer Seite glaubte. Warum rang er nicht darum, recht zu bekommen? Das war ihr lange fremd. Bis sie begriff – er hatte gelernt, in sich zu fühlen. Kein Grund mehr für Rechtfertigung und unbedingtes Gewinnen in einer Auseinandersetzung. Er musste den anderen gegenüber nicht siegen. In ihr erst nur die Vermutung, schön könnte sich das anfühlen. Befreit. Er hatte innere Ruhe auf seiner Seite und die Gewissheit, wie eben jedes Ding seine Zeit braucht. Er platzierte seine Position oder Meinung zu etwas, eine Erkenntnis, eine Erfahrung, und jemand greift es auf oder nicht. Heute. In zwei Jahren. Darauf vertraute er. Unerklärlich. Wie ging das? Wie kam man dorthin? Es war ihm doch nicht zugeflogen. Möglich, Derartiges zu lernen. Sie würde den Weg finden!

Und dann gab es noch das Zauberwort der Gelassenheit.

Regelrecht froh war sie, als sie begriff, auch er musste seine Energien managen. Das war also etwas, das anscheinend nie aufhörte, egal wie geschickt es eine oder einer anstellte.

Dieser unschuldige Austausch über Musik. Sie waren sich nicht nah bei ihrer Vorliebe für Hardrock und seiner für Jazz. Obwohl sie zugestand, dass die oft dramatischen Aussagen und Riffs der von ihr über Jahrzehnte große Schwingungen und lautes Mitsingen auslösenden Musik es heute meist nicht mehr schafften, dass sie so darin aufging. Vielleicht war es der überwiegend dramatische Grundtenor und ihr eigener Abschied von dramatischen Konzepten?

Beide näherten sich an bei manchen Cantautori, alle zwei mit einer Schwäche für guten Text. Auch hier inzwischen die Vorliebe für kleine, interessante Bilder und Ausschnitte des Lebens. Das oft Wüste, das sie früher entführt und fast trunken gemacht hatte, erreichte sie heute nicht mehr. „Dein Glück", kommentierte er amüsiert. „Stell dir vor, du wärst auf ewig in diesem dramatischen Kurs hängen geblieben! Außerdem hättest du dann auch mein Buch links liegen gelassen. Und mich nicht kennen gelernt!"

Keine Ahnung, wie sie von der Heiterkeit, die beide überfallen hatte, auf diese schweren Österreicher kam, wieder auf Melancholie und nun auch noch auf das häufige Selbstmordthema. Ja „muss ich denn sterben, um zu leben?", fragte der große, kluge Vielleicht-Selbstmörder. Der österreichische Sänger, der alle mitsingen ließ, wenn auch seine Texte vielfach verspielt, unauffällig intellektuell und nicht vielen wirklich zugänglich waren. Sie kannte die Frage gut. Die Frage der großen Metamorphose. Das jedenfalls hatte dieser anders gelöst, nicht durchgestanden ... geflüchtet. Sich einfach davongemacht. Ach, einfach war es sicher nicht gewe-

sen. Und ohnehin glaubte sie nicht, nicht mehr, dass
man vor der eigenen Seele fliehen könnte.

3. September

„Langweilig", urteilte Luna laut und vernehmlich. Gar nichts los und keine Attraktionen und überhaupt so ein typischer Verbotenes-Wort-Sonntag.

Mir fiel nichts Besseres ein, als ihr den Vorschlag zu machen: „Na, dann träum doch." Aber das ging auch nicht, sie meinte, dafür schon zu groß zu sein. Phantastereien sind was für die Kleinen – das war die Botschaft ihrer Mutter Cara. Obwohl Florah sie schwer im Verdacht hatte, bei solchen Aussagen handle es sich eher um Verleugnungsstrategien: Vorsichtshalber nichts von ihrer eigenen Tiefgründigkeit, dem manchmal sich seinen Weg bahnenden weichen Kern preisgeben wollen. Das Kind sollte „realistisch bleiben", wie es so schön hieß. Es entsprach der Art ihrer Mutter, Luna vor möglichen Verletzungen zu schützen. Cara fiel mitunter auf die Seite, auf der zu lesen stand, es könne besser sein, mehr in Abschottung zu gehen, sich eine rauere Schale zuzulegen. Ihre echte Überzeugung, um ihre Kinder womöglich vor Verwundungen zu bewahren. Sich wappnen in einer grausamen Welt. Die zarte Empfindsamkeit lieber im Undurchschaubaren und hinter klarer Linie verbergen.

Florah jammerte übertrieben, um ihrer Enkelin eine Reaktion zu entlocken: „Ach, mein Gott, warum bist du nicht mit den anderen auf den Spaziergang gegangen? Deine Eltern scheuchen jetzt den Aron bestimmt und balancieren auf Baumstämmen – kann sein, sie gehen bis zum Trimm-dich-Pfad ... Vielleicht ist es mit mir hier viel langweiliger ..." Kaum brachte sie den Satz zu Ende, schon äffte Luna sie nach: „Trimm-dich-Pfad", tönte es aus ihr, wie aus einem veralteten, leiernden, verlangsamten Sprachautomaten. Und außerdem sei ihre Dressur zu Ende und der Sonntag zum Ausruhen da. Florah gab ihr zurück, dass sie streng sei, streng sei nicht gut, das könnte sie ihr wohl verraten. Nein, Strenge und

Disziplin seien nicht dasselbe. Die Nähe von der Strenge mit anderen und der Strenge mit sich selbst.

Luna war noch nicht fertig, jedoch in eine Art Geräuscherzeugung, Plappern übergegangen – ja, die Eltern sagten, das Wetter müsse man noch ausnutzen, an die frische Luft, hopp. Keine Müdigkeit vorschützen. Florah war schon vollkommen klar, dass das Mädchen Adrian und Cara meinte, und dennoch gab sie zurück, wie langweilig diese Äußerung nun wieder sei, alle täten das seit Generationen schon so ...

Ich schaute mich in der kleinen Lichtung um, es war September, zum Glück nicht mehr heiß, wie vor ein paar Tagen noch, im frühen Juli. Doch immer noch viel wärmer als in einer normalen Mitte-September-Stimmung vor zwei Jahrzehnten, mag sein. Mild genug, auf dieser Decke zu sitzen, nach Lust heiße oder kalte Getränke zu nippen und es sich richtig gut gehen zu lassen. Später würden wir picknicken, noch waren die Mägen zufrieden und frühstücksvoll. „Na gut, ich leg mich jetzt und schau in die Wolken, schiebst mir mal den weichsten von den Rucksäcken unter meine Knie, bitte – und dann machst du, was du willst."

Murren. Doch ich lag noch nicht lang, da spürte ich, wie sich ein Arm und ein linker Unterschenkel des beneidenswert zarten, gazellenhaften Körpers leicht an mich schmiegten.

„Und wenn die Ameisen eine Straße über uns legen?"

„Weißt du doch, was dann; wenn du sie nicht ungehindert passieren lässt oder sie sich in deinem, in meinem T-Shirt gefangen fühlen, bepissen sie eine von uns."

„Oder beide!"

„Oder beide."

„Eklig!"

„Egal."

„Egal, wir halten ruhig die Straße aus, wenn sie kommt."

In einem Rund schienen sich, je länger ich in ihre Wipfel schaute, umso mehr die Fichtenspitzen einander zuzuneigen, und mit einem Mal war ich dankbar für mein minimales, naturwissenschaftliches Grundwissen, das mir sagte, sie würden nicht ineinanderbrechen, auf mich fallen. Besonders in einer Spitze fingen sich glitzernd und in fast schon kräftigem Gelb noch milde Sonnenstrahlen. Sie reichten nicht bis auf unsere Gesichter, kitzelten uns noch nicht einmal, kosten und wärmten uns doch. Hin und wieder entspann eine Wolke sich wandelnder Gestalten. Die laue Luft schmeckte nach Wald und Moos und Erde, machte Lust, den Atem weit in die Lungen hineinzulassen, ein perfekter Augenblick kurzer Dauer, denn genau dann kam mit leisem Röhren von irgendwoher ein Flugzeug und zog Kondensstreifen hinter sich her.

„Stört."

Hörte ich es sagen.

„Stört!", bestätigte ich.

„Erzählst du was?"

„Mh, Traum oder Märchen?"

„Beides."

In Ordnung, so was gibt es zumindest. Luna entschloss sich zu einer Aufforderung, kuschelnd und aufmerksam die Augen zu schließen, und es klappte. Noch klappte die Aussicht auf dieses verzärtelnde Schmiegen meist, und anscheinend war, was diese Omi zu bieten hatte, doch meist besser als das Beobachten von unerwünschten Käfern oder Ameisen in der Nähe. An diesem Wochenendtag attraktiver als die „kindgerechten" Aktivitäten mit dem Bruder und den Eltern.

Noch war nur Kuscheln und Kraulen, es harmonierte schön mit den Sonnenstrahlen. die sich da ihren Weg durch das Gehölz brachen und den eigenen Sinnen, gerade voller Lichtgedanken. Florah befand, dass es wirklich möglich sei, heilendes, heilsames Licht durch sich selbst fließen zu lassen – das hatte sie erstmals nach einigen Monaten des Meditierens, des Lockens so richtig in allen Zellen gespürt, an einem Tag mit dem starken Gefühl wohlwollender Nachhilfe durch wen auch immer, was auch immer für ein es mit ihr gut meinendes Geschöpf außerhalb von Zeit und Raum. Und dieses Spüren war so klar, dass jenes mäandernde Bächlein, aus dem es rauschte, ihr ganz natürlich vorkam, auch aus großer Ferne, es ließ Energie zielgenau zu ihr fließen, und sie hatte das Gefühl, es besser zu erfassen mit einem wachen Sinn, der da vorher nicht war.

Immer mal wieder tauchten diese wohltuenden Lichterlebnisse auf. Sie schienen zunächst nicht so, als könne man sie locken. Nicht gezielt anlocken. Wohl begriff sie damals bald, dass sie gerne kamen, wenn sie ganz ruhig war, nichts mehr in ihr verspannt oder erwartungsgeladen.

Sie vermutete nach einer Weile, dass so eine schöne Energie, ein heilsames Licht einfach nur ungehindert sie erreichen und zart überall in ihr fließen kann, wenn all die Pforten und Weichen und Wehre in ihrer Aura, nah um sie und geradezu überall in ihr, bereit waren, es durchströmen zu lassen.

Erwartung, Zorn, Zweifel, Angst, Hader, Aggression ...
– sie alle kamen ihr vor wie Meisterinnen und Meister der Verhinderung des Flusses, Verleider von all dem, was positiv ist. Man muss anscheinend diese ganzen stauenden, verstopfenden Gefühlslagen, genauso wie den Schmerz, wirklich erst einmal annehmen und umarmen, um sie weich zu machen und etwas aufzuschließen. Diese Idee hatte sie anfänglich als nur böse und schwierig, gegen sie gerichtet, täuschend oder uneinnehmbar empfunden. Widerstand in ihrem Inneren auslösend. Dabei tat es ihr gar nicht gut, all dem Schmerz und Brennen nachzuweinen, ihrer nun scheinbar entmachteten Kämpferinnennatur.

Zuerst innere Gegenwehr und mit Gewalt die Versuche, dieses und jenes selbst zu schaffen. „Ums Verrecken", wie es so treffend in ihr verankert war. Auch wenn sie spürte, dass sie mit den alten Mustern falsch lag, drehte sie jahrelang mit an den Folterspannwerkzeugen des Systems, in dessen Gefangenschaft sie sich einmal freiwillig hatte schließen lassen. Eine Weile noch tönte unvollkommen, was einen alternativen Anstrich hatte, schien „das Übliche" alternativlos, „weil es doch alle tun, weil es doch anders nicht geht, oder?". Das Oder wurde immer größer.

Dennoch erinnerte sie auch das Gefühl an den Tag, an dem sie damals kurz den Vorhang hatte beiseite ziehen können und das Licht in ihrem Hinterstübchen sehen durfte, die Ahnung davon, viel besser und gesünder leben zu können, wenn sie an sich arbeitete, aus ihrem Unbewussten zog, was da immer noch saß an Glaubenssätzen und Selbstzweifeln. Versuchte an ihre Gestaltungsmöglichkeiten zu glauben.

Mit der Einschränkung, dass, wer auch immer, die höhere Macht oder ein göttliches Wesen das letzte Wort darüber haben würde, was für sie in diesem Leben möglich war.

Spürbare Unruhe in ihrer Enkelin.

„Ich sag dir noch einen Trick, wenn es nicht so richtig klappen will mit dem Licht." Sie wies das Mädchen zu dem Versuch an, die Handflächen aneinander zu reiben und dann mit ihnen die Augen zu bedecken – warten. Ja, erst ein fast schwarzer Sternenhimmel, wenn man Glück hatte, auch tiefblau – doch dann, Augen zulassen, Hände weg, ein Strömen von Gelb und Rot. Ja, das war schön. Ob es wirklich da war, hörte sie das skeptische Fragen. Na klar, gab sie zurück. Es wirkt, also ist es wirklich. Und sollte es beim ersten Versuch nicht völlig funktionieren, dann versuchte man es eben wieder.

Sie fühlte dem Morgen vor einigen Jahren nach, als es aufschien, nach der langen Zeit, die ihr plötzlich kürzer vorkam. Es zeigte sich vor dem Horizont ihrer geschlossenen Augen, wohl in Anbetracht des schönen neuen Lebensgefühls, floss in der Ruhe, all dieses Licht in ihr. Es hatte eine Farbkomposition wie Schäfchenwolken in pastellzartem Abendlicht. War nicht nur weiß. Es gab Einfärbungen. Und es war ihres! Ihr Licht ... Das schien ihr der größte Zauber überhaupt – es kam aus ihr, sie hatte es geschaffen und konnte mit einem Mal tief glauben, dass sie es auch wieder würde erschaffen können und heilen darin.

Lass ruhig gehen, alle möglichen weltlichen Güter, sagte sie sich, aber dieses nun endlich gewonnene Vertrauen in dich selbst halte fest! Hüte diesen Schatz.

An den wilden Geräuschen von Aron im Gerangel mit seinem Vater, am Wetteifern und Geschrei wurde klar, dass die Ausgeflogenen wiederkamen.

Sie sah zuerst ihre Schwiegertochter.

Cara, auch nach zwei Kindern ist sie noch schmal, vielleicht haben sich ihre Etuikleidchen um ein, zwei Größen verändert, doch hat sie das Glück, schmal, gleichwohl sehr weiblich zu wirken. Nicht zu jeder Zeit war Florah begeistert von Adrians jahrelanger, ihm angenehmer, sicherer wirkender und sichere Muster umschließenden Verbindung, von Jugend an bis zur endlich durchgefochtenen Hochzeit. Blind war sie eine lange Weile dafür gewesen, dass auch so eine Liebe lang ins Erwachsenenalter oder gar immerwährend gut gehen und sich anfühlen könnte. Zu verwegen schien ihr der Glaube der beiden an einen treuen, zuverlässigen Strom. Es war damals gut für alle, dass die mächtigere mütterliche Triebfeder war, die Wege und Entscheidungen ihres Sohnes nachzufühlen und sich dabei größere Einmischung zu verbieten. Schließlich entstammte sie selbst einer anderen Generation. Wär man boshaft, könnte man sagen, der Generation weder Fisch noch Fleisch, eine Generation vorbei an sexueller Befreiung, Hippietum oder dem großen Hype von Heroin, der ersten und zweiten Generation, des bewaffneten Kampfes im

deutschen Staate, vorbei selbst an aufregenden An-
fangszeiten von damals sehr bunten, fast revolutionären
Grünen und richtig radikalen Feministinnen. Vorbei
noch an so vielem mehr ... Sie seufzte im Wissen, die
eine oder andere Welle hätte sie sonst möglicherweise
gefressen, aufgesogen, gar nicht zu sich kommen lassen.
Jedenfalls hatte sie ihre Generation erlebt als eine von
entweder total auf Nummer sicher gehen, vorsichtig-
angepasst oder eben alles ausprobieren. Sie hatte eher
zur zweiten Sorte gehört. Cool, heftig, dramatisch. Dabei uneingestanden enorm verletzlich. Keiner sollte es
sehen und man tat es in der Regel auch nicht.
Nur kurz ein Sich-Verlieren in melancholischem Gefühl,
das Geflunkere, es wäre doch schön gewesen, zu den
Menschen zwischen den Extremen zu gehören. Bald die
Korrektur, denn diese waren eigentlich beneidenswert:
bitte ohne sich ganz zu verlieren, einfach an allem mal
lecken wie an den bergigen Colalutschern der Kindheit,
diesen Hütchen auf Plastikmärchenmotiven. Den Geschmack daran verloren oder der Lutscher alle, hatten
sie einfach genug und wandten sich einer netten „Nor-
malität" zu.
Irgendetwas hatte Florah oft im Weg gestanden, ebenso
abzuspringen. Als hätte sie sich verschiedenen Vorgehensweisen, Richtungen und Milieus einmal versprochen und dann blieb man doch dabei!

Mit einem Löffel klopfte sie gegen einen echten Porzel-
lanteller, eine Art des „Hallo-Hallo" ohne Worte. Vielleicht, um ihre Schwiegermutter in ein freundliches Gespräch zurückzuholen? Schließlich gab es auch noch
einiges abzusprechen und Zeit war Geld, zumindest an
den eng getakteten Wochentagen. Gerade hatten sich
die beiden Frauen in der hellen, luxuriösen Küche, un-
termalt vom Gedümpel der Geschirrspülmaschine, in
ihre Unterhaltung eingefunden, da begann Caras Handy
die Melodie zu singen, die „Chef/Arbeitsstelle" bedeu-

tete, und ihr Ton zwischen schnippisch und Rechtfertigung gab den Hinweis, das könnte nun dauern. Schon fiel Florah zurück in ihre Gedanken, was sich damals, Jahre vor Lunas Geburt, bewegt hatte in den früher starreren Mustern der Schwiegertochter. Sie hatte seinerzeit Trauriges durchgemacht, und nach einigen Monaten des völligen Verpuppens, in dem außerhalb ihrer Familie nur Adrian wohl manchmal und unter dem Siegel der Verschwiegenheit in ihre Nähe durfte, war Fräulein Schmetterling geschlüpft, und je mehr sie sich doch entschlossen dem Leben zuwandte, desto hübscher und vielfältiger prägten sich bunte Muster auf ihren Flügeln aus. Cara blieb auch später und in der Ehe der beiden gefühlt der vernunftbetonere Part, aber sie war oft liebevoll, und in ihren Tiefen schlummerten reichlich positive Überraschungen, die ihr Mann wecken konnte, oder eines der Kinder, gelegentlich eine Beobachtung auf der Straße, einer von ihren engen Verwandten oder Florah. Immer mehr war Caras alte, unnahbar scheinende Silhouette verschwunden, immer deutlicher wurde, wie viel tiefe Unsicherheit, damals etwas überzogene Akkuratesse und überlegene Vernunft, kaschiert hatte.

Die junge Frau beendete am heiligen Sonntag ein Handygespräch und pustete etwas genervt Luft durch den gespitzten Mund. „Ärgert dich der Herr Oberarchitekt?", wollte Florah wissen. Die Antwort war jedoch eine wegwerfende Handbewegung, die nicht zum Weiterfragen einlud.

Man hatte auch grade andere Themen: „Also meinst du, das geht erst mal weiterhin, jeden Mittwoch mit Luna bei dir? Oder ist dir das zu viel? Sie müsste mindestens noch bei dir abendessen können und vielleicht auch manchmal übernachten. Mittwoch ist immer mein langer Tag, die ganzen Ärzte und so mit ihren Bauvorhaben, haben genau dann Zeit, ohne Praxisverluste hinnehmen zu müssen." Sie war versucht, aus einem alten

Gefühl von Geschlechtergerechtigkeit heraus, auf „Ärztinnen und Ärzte" zu korrigieren, biss sich aber auf die Zunge und gab zurück, das mache sie gern, aber was sei mit Aron? Aron war erst sechs und ihr manchmal in seinem Bewegungsdrang und seiner Lebendigkeit zu viel, doch hatte sie ihn gern. „Wir haben uns gedacht, dass Aron in der Zeit zu meinen Eltern geht, die können ihn einfacher mit dem Auto vom Kindergarten abholen und dann bespaßen. Die Kinder verstehen sich zur Zeit nicht so optimal und beide hätten dann ihren persönlichen Großelterntag. Am Wochenende hocken sie ja eh aufeinander, und da können wir mit Besuchen bei dir oder meinen Eltern oder mit was Gemeinsamem noch mal neu mischen."

Ein Aufschub von dem Ende dieser intensiven gemeinsamen Zeit … Nichts anderes bewegte Florah in ihren Gedanken.

Gott sei Dank mochte dieser alternative Heilhelfer, dem sie aus unerfindlichen Gründen völlig vertraute, ihre Träume. Er tat ihr zwar Welten auf, die sie allein und freiwillig nie betreten hätte und die sie erst einmal dazu gebracht hatten, sich fragend, sprichwörtlich am Kopf zu kratzen. Doch ging sie ihnen in ihrer Neugierde nach, der großen indischen Maya, die alles, alles, auch alle Gegensatzpaare noch mal aufbot und, wie er sagte, jegliches noch einmal versuchte, sie zu verunsichern, sie zu täuschen, und kein Mensch wisse, wie viele Entities da mitwirkten. Oh Himmel, das zweite damalige fast noch ein Fremdwort, also zumindest waren diese eigentümlichen Wesenheiten, die einen besetzen konnten, doch etwas, das bestenfalls den fortgeschrittenen Meditierenden und irgendwie spirituell Angeregten innewohnte und nicht der unbedeutenden Florah. Er empfiehlt, bei der Meditation mich in die Gotteskraft zu geben, diesen Wesenheiten durchaus Mitgefühl zu schenken, tief über das dritte Auge zu meditieren und in Liebe loszulassen.

Weil sie diese Wesen nun nicht mehr bewirten wollte, weil sie nun gehen durften – nicht zu einem anderen Wirt, sondern in eine Wandlung, eine Metamorphose. Es verunsicherte und erschreckte sie, tat erst einmal nichts, als ihr übergroßen Respekt einflößen. Sie konnte und mochte sich eigenartigerweise nicht mehr abwehrend über Derartiges lustig machen. Und verstecken war auch nicht drin. Irgendein schlauer Mensch hatte doch einmal gesagt, wohin man auch ging, immer nahm man sich selbst mit. Zum Glück konnte sie gerade noch erkennen, dass sie zwischenzeitlich durch vieles – ob vergangen oder ganz gegenwärtig – gegangen war.

Wie überhaupt die ganze Reise nach innen. Und der Atman, wie die Inder sagen, der durch Meditation eins wird mit Brahman, dem Großen Geist, so wie ein Tropfen Wasser im Ozean aufgeht. Die größte Heilkraft, Shakti oder Durga, weibliche Urkraft des Universums. Mitunter spürbar, wenn auch ihr Körper müde, schwach und leicht niedersinkend oder fallend bei jedem falschen Schwankschwindelschritt wirkte.

Es gab natürlich auch die „falschen Propheten" auf ihrem Weg. Diejenigen, die irgendwann mehr darauf aus sind, Geld aus Verzweifelten und überall Suchenden zu schlagen. Manche von ihnen gar viel wissend, bevor sie sich korrumpieren ließen.

Sie hatte es vor einem guten Jahrzehnt endlich begriffen: Wollte sie vieles im Leben neu und anders erleben, statt Altbekanntes endlos zu wiederholen, musste sie sich selbst verändern. Etwas anderes ausstrahlen und mit der Zeit anziehen.

Es kam zwischenzeitlich vor, dass diese Rückschläge, die scheinbar besserwisserischen Ohrfeigen, sich mit Traurigkeit und Schmerzlichem füllten, wie sollte es anders sein? Noch länger dauerte es zu begreifen, wie sehr Rückschläge dafür da sind, den stimmigen, persönlichen Weg deutlicher zu sehen und dann wieder loszugehen, egal wer was sagt.

Es mag manchmal dem berühmten System, zwei Schritte vor, einen zurück, entsprechen. Na und? Nur nicht verzagen. Sie wusste es, es leuchtete ein, und doch schien ihr mitunter die Aufgabe so unermesslich groß, dass derlei Weisheit sich verflüchtigte und sie nichts als ihr rasendes und dann wieder aussetzendes Hasenherz spürte.

Dabei gefiel es ihr inzwischen meist sehr gut, sich durch alles hindurchzufühlen, aufmerksam und bewusst, als seien ihre Sinne auf einer anderen Stufe gelandet oder gar von ihr dorthin gebracht worden. Allein schon für den Mut, durch diese Welt zu gehen ohne ständige Ablenkung und wenigstens die legale Pillenbetäubung, mochte sie sich deutlich lieber als früher.

Dennoch: Manchmal schien ihr die eigene Stimmung wie von einem klebrigen Staubfilm überzogen. Und es kam ihr unsinnig vor zu verleugnen, dass ihr seltsame Zeichen des eigenen Körpers an solchen Tagen unheimlicher waren als an jenen der milden Ruhe und der angenehmen Brise dort draußen. Besonders mit heftigen Wetterwechseln konnte ihr das einiges ausmachen, Zweifel und nicht fassbare Furcht regelrecht anfüttern.

Vielleicht musste es so sein. Es dauerte kürzer als früher. Kann sein, es war das höchst Erreichbare, erst mehr, dann oft, meist und schließlich immer in sich zu wissen: „Das ist mein Weg." Diese Gewissheit als stärkstes Gegengewicht zu all dem, was sonst geschehen mochte.

Vor nunmehr gar nicht wenigen Jahren hatte sie noch mehr an ein gewisses Verständnis, an Wandlungsfähigkeit und mögliche geschmeidige Veränderungen in den Institutionen geglaubt. Und unter dem Deckmäntelchen eines Märchens, doch hoffnungsfroh, all ihren damaligen Freundinnen und Freunden geschrieben. Eigentlich hätte sie es aufgrund ihrer Erfahrungen damals schon besser wissen können. Die große Veränderung würde nicht von der Politik ausgehen und auch nicht von ihren Institutionen. Viele Freunde würden die Stirn runzeln. Sie musste sie später zurücklassen oder sich selbst weiter betrügen.

Als sie ihr Märchen mit offenem Ende schrieb, war ihr beides noch nicht so klar. Sie spürte erneut, wie es sich angefühlt hatte: endlich Leitsätze für sich gefunden, über die sie nicht mehr zu verhandeln bereit war. Unvorbereitet darauf, wie sie allesamt erneut und von einer anderen Seite, heftig, von außen auf ihren Bestand getestet werden sollten.

„Da gibt es eine liebenswerte Lady im Wilden Westen Deutschlands. Sie ist im Sozialbereich beruflich unterwegs. Ihr wisst es sicher, das sind diese Berufe, die eine oder seltener einen gerne von Projekt zu Projekt werfen, mit einer Bezahlung, die dann jeweils schrumpft, und einer so genannten ‚Klientel‘, mit der es immer schwieriger wird, verlieren doch ihre Leben mehr und an Sicherheiten und Gewissheiten, an die sie wiederholt versuchten zu glauben …

Wenn ich sage, es handelt sich um eine wirklich liebenswerte Lady, dann tue ich das, weil sie bis vor einigen Jahren ein Leben durch Berge und Täler lebte, das immer voller Dramen war, die sie offenbar in dieser Zeit anzog. Sie hatte wohl auch mit einigen inneren wüsten Wesen zu kämpfen, von denen ihr sicher nicht wollt, dass ich sie euch beschreibe. Ich erwähne einfach nur, Glutnester waren zu finden, in ihren Fellen, Augen zeigten sie, in die man besser nicht schaute, weil man sonst riskierte zu erblinden. Außerdem scharfe Klauen, die euch hätten erzittern lassen.

Auch das Paradies zog durchaus Spuren in ihr Leben, doch in dem Moment, als sie dachte: ‚Jetzt kann ich sie vielleicht festhalten und zu mir ziehen, jetzt kann ich, mag sein mein persönliches Paradies leben ...', verschwand es ganz einfach.

Wenn das passierte, wurde ihre Haut kalt und in ihrem Kopf gaben sich Feuer und Eiseskälte die Klinke in die Hand.

Und doch hatte sie Glück, was für ein Glück! Trotz all dem gab es in ihrem Leben unauffällige, unsichtbare Schutzengel und eine bunte Riege von Freundinnen und Freunden, es gab Lieben, genauso wie das größte Geschenk, das sie je erhielt, ihr Kind. Und es gab für andere oftmals schwer zu erkennende Freuden, diese versteckten sich in Büchern, in Hörspielen, in Träumen, in eigentümlichen Symbolen, die ihr etwas erzählten ... manchmal auch in Klientinnen und Klienten – all diese bevölkerten auch in den heftigen Jahren ihr Leben. Sie haben ihr so vieles beigebracht, das sie hegt und schätzt! Dazu zählt ihre Fähigkeit, tief in andere Menschen zu schauen. Damit meine ich, hörte sie ihnen mit Geduld zu, dann konnte sie noch die verstecktesten Schlüssel zu ihrer Seele und ihrem Geist, zu ihrer Sprache finden.

Sie war und ist immer noch für eines sehr bekannt, denn Vorgesetzte können oft wie Jagdhunde Spuren aufnehmen, die sie interessieren, und merken so, wen man an die übel riechenden Orte schicken konnte. Wer auch bereit sein würde, Menschen zu begegnen, die sich dermaßen verloren fühlten, in dieser Welt, dass sie alle Arten von ‚Schäden' zeigten, die ihr euch nur vorstellen könnt.

Ja, irgendwie liebt sie eben alle, seitdem sie das Leben lehrte, dass zumindest liebenswerte Saatkörner oder Pflänzchen schlicht in jedem und allem zu finden sind.

Unsere Lady war eine, die rannte und rannte. Es gab einfach immer Probleme und Menschen, die Unterstützung brauchten, in Sichtweite. Sie selbst war dagegen ziemlich oft außerhalb der eigenen Sicht.

Doch all das geschah ja in der Vergangenheit, bevor diese Erkrankung, die lang versucht hatte, sie zur Be-Sinnung zu bringen, sie hinfallen und dann nur noch sehr langsam gehen ließ. Das spielte sich alles noch ab, bevor ihr Innenleben sie wundersame Dinge, aus der Not geboren, lernen ließ. Vor der Zeit, in der sie mit einem Mal alle möglichen Einsichten, Informationen, kreative Einfälle und Menschen, die sie früher überse-hen oder ausgelassen hatte, anzog."

Ja, wo ist denn dann überhaupt das Problem?, könntet ihr nun sagen: Da gibt es also diese Erkrankung, die irgendwie zu ihr spricht, aber sie kommt ja so auf ihre Art recht gut damit klar. Und sie hat so viel Dankbarkeit und Freude in sich und also kann doch nun diese sie warm umarmende neue Geschichte ihres Lebens weiter und immer weiter gehen?

Ja, das stimmt schon, aber schaut euch doch nur um: Hab ich euch nicht gesagt, dass Stress nicht gut für sie ist? Es geht nicht mehr mit Jobs wie bisher!

Ihr ruft aus: „Macht sie eben nach ihren Kräften was anderes!" Wie sagt man doch? Die Rechnung ohne den Wirt gemacht. Die Willensfreiheit endet, wo sich mehre-re streiten, wer nun für sie den Geldbeutel aufmacht. Und überhaupt gibt es kein Geld ohne Bedingungen. Andere wissen schließlich besser als sie selbst, was gut für sie sein soll. Regelrecht als Deckmäntelchen tragen sie das vor sich her.

Traurig, zum Heulen, aber wirksam. Realität. Wem ist nicht zum Weinen, der hört: „Sein Sie doch bescheiden in Ihrem Alter, nehmen Sie, was Sie finden können." Ist es Zeit, war einfach, nicht einzuknicken? Stetig nieder-schmetternde Antworten. Keine Bereitschaft zu verste-hen, warum die pflichtbesessene Frau plötzlich nicht mehr bereit war, wenigstens mit angebotenen Hilfsmit-teln die Zähne zusammenzubeißen und ihre restliche verwertbare Lebenskraft diesem Arbeitsmarkt zur Ver-fügung zu stellen.

Dabei: Ohnehin hatte sie so unendlich spät begriffen, es war ihr Leben, das sie da verbrauchte. Sie fand es lange nicht leicht, sich zu verzeihen, wie sie das all die Zeit nicht hatte sehen können.

Sie war nicht selten dem Aufgeben und Sich-einfach-dem-Vorgegebenen-Überlassen nah gewesen. Und dann erhob sich doch diese Kreativität und erinnerte sie daran, dass Wege üblicherweise nicht so waren, wie einer oder eine sich das vorher vorgestellt hatte. Aber es gab andere, man musste sie nur finden! Oder gestalten.
Sich um die Kurven trauen, und wenn man tausendmal keine Ahnung hatte, was dahinter auftauchen würde. Manchmal kam eine neue Herausforderung, hinter anderen Biegungen, dann doch eine Erleichterung, plötzlich sich lichtender Nebel.
Es konnte anscheinend sein, ein Mensch hatte Jahrzehnte in einem bestimmten Bereich sein Geld verdient und ging neue Wege, wenn ihm 97 Prozent der Mitmenschen einen Vogel zeigten.

„Doch, natürlich kenne ich Zweifel", gibt sie Luna zurück. Sie sagt nichts von den nagenden Zweifeln, bevor die Enkelin auf die Welt kam, ob sie es gut schaffen würde bis dahin oder Körperfunktionen weiter versagen. Und dann noch, ob sie in irgendeiner Weise eine gute, eine brauchbare, eine Großmutter würde sein können, so in der Lage, dem Kind Liebe zu geben, dass es die Liebe fühlen, sich ein wenig zufrieden mit ihr und für das Leben gewärmt fühlte.

Es hieß nicht, niemals mehr am Rand der Verzweiflung zu sein, und sie war unsagbar dankbar für Cadmo, dem sie es schreiben konnte, hinausschreien. Mitunter auch gegen ihn und seine sanft hervorgebrachten und scheinbar so offenkundigen und bis dahin zunächst oft von ihr missachteten Weisheiten wüten. Oft, kaum hatte sie es sich von der Seele geschrieben, leuchte in ihr auf, was vielleicht doch gehen könnte, hilfreich sein. „Siehst du", kommentierte er, „da war sie wieder, die weise Frau, die in dir selbst lebt, du brauchst ihr nur zu folgen." Es klang leicht, es war manchmal unsäglich schwer. Er wusste das selbst. Wie es mit jedem Schlag, den dir das Leben versetzte, mit jedem Weg, den du finden durftest, ein klein wenig leichter wurde, damit umzugehen. Hatte die Erfahrung, aus schwarzen Löchern zu krabbeln und den Himmel zu sehen.

Florahs häufige fegefeurige Angst.

Allein, es tröstete sie, klarer zu spüren, wie Adrian, der Vater des Kindes, egal was weiter geschah, ganz überwiegend eher zärtliche und interessante Geschichten von ihr erzählen würde.

Sie erinnerte die Tage, an denen es ihr kaum möglich schien, auch nur einen Schritt vor den anderen zu setzen. Wenn Duschen eine Herausforderung war, aus der Angst zu fallen. Und nachdem sie es dann doch geschafft hatte und irgendwie bis zum Sitzen, bis zum Schaffell gelangt war, über den frischen Zitrusduft ein wenig Öl massierte, Geruchsnuance nach Tagesform, alles Tun in unsäglicher Langsamkeit, mal darauf achtend, dass sie dabei geduldig die Nerven behielt, mal zärtlich und liebevoll zu dem so offenbar nach Zuwendung schreienden Körper. Und wenn ihre Selbstfürsorge mitspielte und kein Sollte, Müsste oder Muss ihr in die Quere kam, war sie gar erst mit einer schönen Musik oder etwas Meditativem unter ihre Decke verschwunden, weil Ausruhen nach der Staatsaktion des Duschens einfach am besten tat.

Der Vogel mit Kiwittkiwitt – sie kannte sich mit Vögeln überhaupt nicht aus – holte sie auf das Spielplatzbänkchen zurück. Was für ein Glück, dass Aron einen Kindergartenfreund dabeihatte und diese beiden nur mal gelegentlich für Trinken oder Kekse, denn immer noch waren Kindern Süßigkeiten vielfach attraktiver als Obst, vorbeistürmten und dann wieder in Abenteuerspielen verschwanden.

„Ja", sagte sie, „der Zweifel ist ein Alleskönner."
Einstweilen lehnte sich das Gazellchen an ihre Schulter und hob das Gesicht mit den geschlossenen Augen genießerisch den Sonnenstrahlen entgegen. Florah hütete sich, etwas über Schmerz in Schulter oder Rücken zu sagen, denn wehmütig überkam sie der Gedanke, dies könne wohl der letzte Frühling sein, in dem Luna in dieser Art zu ihr kam, sie suchte, ihr zuhörte, sie ausfragte, sich so wenig vom Außen beeindrucken ließ. Wer weiß, auf welchen Wegen sie mit dreizehn lieber wandeln würde, und wer konnte wissen, was danach für Großmutter und Enkelin kam? Ob dann auch wieder so etwas Schönes entstand … Manchmal gestaltete sich, gestaltete man das Andere, das Neue schön, meistens sogar. Aber sie konnte noch keine Idee davon fühlen, kein Zipfelchen greifen.
„Weiter", forderte Luna und ruckelte sich bequemer auf dem Bänkchen zurecht.
Zweifel. Alleskönner … Oh wei.
Sie bat um ein Beispiel für Zweifel und das Mädchen machte es ihr leicht: Ob sie wohl genug für ihre Französischklausur gelernt habe, verteilte einen ganz zarten Ellenbogenrüffel und meinte, wenn die Arbeit benotet zurückkäme, dann wär die Sache ja wohl klar. Pustekuchen. Protest. Tausendmal, so behauptete Luna, habe sie doch schon gesagt, dass die Französischlehrerin sie nicht möge, und daher könne man ja wohl kaum davon ausgehen, dass sie gerechte Noten verteile. Mal davon abgesehen, dass noch nicht einmal ihre Mutter, die meistens die Strengste in diesem ganzen Zirkus sei, behaupte, dass man an Noten – lang und verächtlich zog sie das o – besonders viel ablesen könnte.

Ertappt. „Ja, da musst du auch erst mal was trinken."
Man war schnell mit Luna in einer Arena, in der man
sich messen konnte. „Alles nur Zeitschinderei, würde
der Papa jetzt sagen, dein Sohn." Auch das „dein" genüsslich in der Länge. „Und jetzt bleib mal bei der
Französischarbeit und denk dir was Neues aus!" Doch
alle Versuche von Florah waren lahm und missrieten
schließlich: Wenn die Schülerin die Vokabeln gut konnte und die Grammatik, die schon gelernt war, funktionierte obendrein ohne großartige Fehler, dann habe sie
ja wohl genug gelernt und brauche keine Zweifel zu
haben. Doch Kinder belehren gerne auch Großmütter,
„haha", wenn der Unterricht sch … sei und die Tante
(oh verdammt, den Ausdruck hatte sie „Omi" geklaut)
alles nicht gut zeige und erkläre, sei das dermaßen „de-
motivierend", da versagten auch welche, die bei besseren „Voraussetzungen von außen" gut in Grammatik
seien und Vokabeln prima lernten, sofern sie Sinn
machten. Ein Aufseufzen von Florah: Man hätte früher
„altklug" zu solchen Kindern gesagt, aber es erschien ihr
nicht wirklich angemessen; im Grunde war ja erfreulich,
wie aufmerksam und in sich weiterdenkend das Mädchen etwa elterliche Diskussionen verfolgte, schließlich
waren die wunderbaren Formulierungen aufs Schönste
von den beiden Eltern wahlweise geklaut.

So waren sie immer noch nicht weitergekommen mit
den Zweifeln. Auch nutzte es nichts, suchend durch die
Gegend zu schauen: „Guck, ein Eichhörnchen, sogar
ein dunkles, ein echtes, kein aggressives Besatzereich-
hörnchen …"
„Lenk nicht ab, Omi!"
Es war wirklich auch eine blöde Idee von ihr gewesen:
„Zweifel sind Alleskönner", nun mach dich mal aus
dieser Falle wieder fort, meine Liebe!
Vielleicht konnte sie es mit der Erklärung umrunden,
wenn eine Zweifel habe, denke sie, sie habe möglicher-

weise etwas falsch gemacht oder sie war gerade dabei, das zu tun, oder sie habe das Gefühl, für ihre Zukunft sei falsch, was sie sich wie ausgedacht habe, wie sie war, wie sie leben wollte. Ihre Gesprächspartnerin verstand sie noch nicht voll und begehrte ein Beispiel. Sie erklärte ihr Verhalten, als sie die Krankheit noch mehr lahmlegte. Von ihrer Geduld. Den gesunden Umstellungen. Wie es trotz allem in den Augen der meisten anderen noch nach sehr vielen Monaten nicht weitergegangen war oder sich verschlechtert hatte. Die Saat für eigene Zweifel, die wuchsen, zunehmend orientierungslos machten.

Florah ließ aus, dass sie damals zornig mit sich wurde, mitunter weinte. Kopfweh bekam, bei den „geringfügigsten Anlässen", wenn sie einer mitleidig ansah oder es aus ihm spontan herausbrach, zu sagen, sie gehe aber noch unsicherer und dies oder jenes sehe „nicht gut" aus. Sie ließ den Stich aus, den das jedes Mal neu in ihrem Herzen verursachte, und die Wut. Die Wut auf den Menschen mit der unbedachten Äußerung oder eben seinen eigenen Bildern im Kopf. Vor allem die Wut auf sich selbst, wenn sie dann feurige Aggression und Unwillen in sich nicht zeigte, freundlich widersprach, runterschluckte, weil der andere es bestimmt nicht böse meinte, wie sie diplomatisch auf ein anderes Thema lenkte ... Die paar Male, die sie Kommentatoren auf sich selbst verwies und einfach sagte: „Das ist dein Bild von mir, für mich fühlt sich's anders an", waren noch nicht der Rede wert. Als wären die eigenen Zweifel nicht schon genug, gab es noch andere, die eifrig säten.

Das sei eine traurige Geschichte, beschied Luna. Die Zweifel hatten sie also umzingelt, und dann? Sie sollte dran denken, „Alleskönner" – wofür war's nun gut, was hatte Omi daraus gelernt?

„Ach danke, lieber Gott, für diesen Hinweis, Kind", dachte sie. „Was habe ich daraus gelernt?" Sie merkte sich doch mitunter großmütterliche Weisheiten beachtlich gut! Und doppelt danke, dass der Mensch mit der Karre und dem Bio-Eis neuerdings hier vorbeikommt und Aron mitsamt seines Freundes schon auf dem Weg zur Geldbeutelfrau, also Florah. Vor allem: Man kann kurzzeitig auch Luna mit Eis bestechen und mit Glück ihren wachen, neugierigen Geist so in einen Pausenmodus schicken.

„Bringt mir eine Kugel Zitrone mit!", rief sie noch hinterher, erfolgreich oder nicht, es würde sich weisen. Schon hatte sich alles, was „süß" zumindest in Bioqualität noch naschen durfte, auf den Weg gemacht. Das Knarzen der Wippe war abrupt verstummt, ebenso das Anschlagen der Kettenschaukel ans Gerüst, wenn endlich mal ein Kind abgesprungen war und dem nächsten Platz machte. Nur dass ausnahmsweise kein nächster Schaukelinteressent vor Ort war.

Schnell, so schnell doch, bitte – also Lernen aus Selbstzweifeln. Besser aufschreiben oder skizzieren. Mind-Map, auch gut. Ich schreib in die Mittelpunktwolke im Kopf „Selbstzweifel". Ach, und noch die richtigen Fragen stellen. Die richtigen Fragen: „Was ist passiert? Was hat die Zweifel entstehen lassen?" Nächste Wolke: „Sind die Zweifel der Situation angemessen?" Dann: „Was hab ich davon, jetzt in Zweifel zu geraten?" – in Klammern (Irgendwie profitier ich vielleicht davon?). Noch? Was noch? „Warum gebe ich dem Zweifel diese Macht? Warum schicke ich ihn nicht fort? Oder red mal ordentlich mit ihm?" Und eine große Wolke: „Was will mir der Zweifel über mich selbst sagen, was will er mich lehren, was soll ich lernen?" Puh, wenigstens was!

Und wow, da kommt mein Zitroneneis. Ist okay, Jungs, ihr könnt ins Baumhaus gehen mit dem Süßkram. Aber bitte, lasst es nicht unterwegs fallen und verklebt auch nicht das Treppengeländer für alle, die vor dem nächsten Regen da hochwollen!

Und gerade noch mehr Kind als Jugendliche, will auch Luna momentan nur Himbeereis schleckern, und von der höchsten Stelle der linksseitig höher stehenden Holzbank aus genießt sie es, mit den Beinen zu baumeln.

Zufriedene, ganz leis schmatzende Laute entstehen dabei zwischen ihren Zähnen, Zunge und Lippen. Wie Florah hat sie die Angewohnheit, wenn bloß noch ein kleiner Eisberg aus der Waffel schaut, diesen mit der Zunge weiter hineinzudrücken und dann mit leisem Krachen immer rundherum Stückchen für Stückchen die Waffel zu umnagen – wahrscheinlich mag sie es auch, wenn im allerletzten Bissen an der Spitze, da, wo es vielleicht schon raustropft, aber hoffentlich noch nicht, schließlich ist es eher kühl – schneller wird, Eis mit der Zungenspitze wieder hineinstopft, denn das Feinste kommt zuletzt.

Gut, der richtige Zeitpunkt. Luna war mit anderem beschäftigt. Das heiße Thema musste so nicht fortgeführt werden, es wäre gerade zu viel. Der Enkelin natürlich. Florah lachte über sich selbst und hing weiter ihren Gedanken nach. So unendlich viele Dinge, die Zweifel speisten. Heute bedeutend weniger als früher. Aber sie wollte unermesslich gerne, dass die Enkelin diese erst gar nicht so heftig erlebte. Schon allein die Erinnerung lockte innere Beben erneut an. Es war wie ein Schauder. Es brachte sie zum Zucken. Luna guckte fragend. „Bestimmt das kalte Eis", entgegnete sie.

Florah hätte weinen können, darüber, dass Gelehrte verschiedener Couleur, zu allen Zeiten und auch heute, ob nun Wissenschaftler, Psychologen oder religiös orientierte Menschen, immer wieder zu dem Schluss kamen: „Wozu?" – Das Wozu und Wofür fanden sie heraus als maßgeblich für alle Gesundung. Und die schön praktischen wie allgemeinen Dinge wollten sie nicht gelten lassen.

Kein Ziel der Welt, so meinten sie, sei nachhaltig erreichbar, solang der Mensch nicht aus seinen tiefsten

Tiefen heraus wusste, wofür er dahin eigentlich kommen wollte.

Es wurde nicht abgestritten, dass so manch profanes Ziel, vielleicht auch kurzfristig, ohne das klare und tiefe Warum erreicht werden könnte, aber die Erfüllung brächte dann kein Glück, nur eine Art Aufschub, bevor die große Frage, in welcher Art und Verkleidung auch immer, wiederkam, ein schaler Geschmack, wenn die Würze des aufrichtigen Kräutchens „Warum" ebenso fehlte wie die nachhaltige Liebe zu sich selbst und zu den Menschen. Es trieb ihr Schweiß auf die Stirn, dass sie das, ehrlich gesagt, auch noch in ihrer Umgebung beobachten konnte, wie bei Krankheit diese Art Zielerreichung bedeutete: „Wenn du wieder auf die Beine kommst und dann genauso weiterrennst und -ackerst wie bisher, dann hast du nur einen Scheinsieg erreicht, die schwarze Wolke holt dich irgendwann schon wieder ein!"

Auch taugte es nichts, andere menschliche, praktische Ziele zu proklamieren: „Ich will doch noch meinem Enkelchen … hierhin und dahin reisen … dies und jenes sehen, verwirklichen, tun …" Als gäbe es eine dazwischengeschaltete Instanz, die derlei als Ablenkungsmanöver von sich selbst, zu kompliziert und so weiter sah. Die einen behaupteten, der Geist könnte es so nicht fassen, es sei doch einfach und müsste so formuliert sein, schaffe sonst Chaos im Bewusstsein. Andere argumentierten religiös und fragten, ob sich Gott wohl mit all dem kleinen Menscheln auseinandersetzen wollte. Natürlich nicht! Selbst als pragmatisch sich bezeichnende Naturwissenschafter verlangten nach einfachen und dabei verallgemeinerbaren Versuchsaufbauten ohne Firlefanz und Nebensätze mit „weil" oder „Bitten".

Florah glaubte, ein Krümchen mehr von der Wahrheit zu erkennen, und es brachte ihr nebenbei die Einsicht, dass es unmöglich sein würde, die Courage, den Einsatz, die Hingabe für ein unklares, verwässertes, halbherziges und sich selbst nur in Teilen zugetrautes oder geglaubtes Ziel für eine vielleicht sehr lange Zeit zu erbringen und aufrechtzuerhalten. Geduld brauchst du, unendlich viel Geduld. In Gedanken hörte sie Cadmo ergänzen: „Außerdem ist es wichtig, sich jeden Tag dem Ziel zu widmen, mit Übungen aller Art, praktischen, wenn es geht, gedanklichen, meditativen." Auch das noch! Beharrlichkeit muss ebenso in dir fest verankert sein. Nicht loslassen. Es muss dir wichtig sein. Du musst dir wichtig genug sein – nur wenn du dir all diese Aufmerksamkeit wert bist, kannst du mit dir selbst weiterkommen.

Cadmo sagte ihr, alles, was ihr wohltue, solle zu ihr kommen und sie auf ihrem weiteren Weg freundlich grüßen. Er war der Erste, der ihr vermittelte, selbst wenn etwas, das sie so gern gut machen wollte, misslang, letztlich die Absicht mehr zähle, als das tatsächliche Ergebnis der Bemühungen. Es war wohl wert zu ergänzen, dass die ehrliche Absicht gemeint war und galt. Man könnte sagen, so eine kindlich unschuldige Absicht. Wenn das Kind noch gar nicht aus Erfahrung wissen kann, dass seine Fähigkeiten in dieser Zeit nicht genügen würden, seiner Mutter die perfekte Schwarzwälder Kirschtorte zu backen, und Mama findet das jämmerlich frustrierte Kind in der gar nicht mehr ordentlichen Küche, dann ist es gut, wenn sie tief Luft holt und das Kind umarmt, wissend, die Absicht zählt. Und es schien kurz in ihr auf, dass die Chance, so etwas zu verstehen, vor vielen Jahren mit Adrian an ihr vorbeigekommen war. Tatsächlich war sie erstaunlicherweise eine Mutter gewesen, die seine kindliche gute Absicht erfasst hatte, selbst wenn er ihr Lieblingsglas zerstörte, in dem er doch nur … oder den einzigen Kleber verbraucht hatte und eine Menge verschmierter Blätter mit traurig dahingeschiedenen Blumen hinterließ. Es war ihr, soweit sie sich erinnern konnte, gelungen, tief durchzuatmen und Danke zu sagen, für das, was er da vorgehabt hatte. Egal ob er strahlte, weil er noch an die Schönheit des Geschaffenen glaubte, oder bitterlich heulte, wenn irgendwie ein Debakel erkannt schien.

Sie hatte damals anscheinend das Kind verstanden, aber nichts auf das Wesen unschuldiger Absicht, schon gar nicht auf sich selbst übertragen. Langsam beschlich sie das Gefühl, dass es in der ganz überwiegenden Erwachsenenwelt nur Gelingen oder Versagen gab.

Cadmo musste Ähnliches noch so einige Male sagen, denn es fühlte sich so an, als kenne sie das nicht. Immer die ein Ende schon voraussehende Angst, etwa: „Sag einem Mann, was dir nicht gefallen hat, kritisiere ihn, und manch einer springt da schon ab, andere bei Wiederholungen." Er sprang nicht. Schrieb in großer Gelassenheit: „Ich höre deine Botschaft", und dass es für ihn zu einem wirklichen Kennenlernen gehöre, die Empfindlichkeiten des Anderen zu erfassen, statt sich angegriffen zu fühlen, sobald jemand ein wenig um sich schlug.

So vermochte er mit ihrer schlaflosen Nacht umzugehen, nachdem sie ihm eine Mail geschickt hatte, geäußert, wie sie über seinem bestimmt lieb gemeinten Wunsch, lang möge ihr ihre Erkrankung nicht allzu böse mitspielen, wach gelegen hatte. Wie ihre andere Stimme sie wieder und wieder bohrend fragte: Wie konnte er das tun in einer Zeit, wo sie alles in die Waagschale warf, gesünder zu werden, nicht kränker. Glücklicherweise hatte sie noch ihrer Aufforderung: „Tu das nie wieder", ein „Bitte" hinzugefügt. „Anstandshalber", vermutlich. Dennoch kam diese Befürchtungswelle auf, ihn zu treffen und zu vertreiben.

Nur sehr theoretisch war sie damals schon in der Lage gewesen, selbst Körpersymptome zu umarmen, ihnen damit liebevolle Aufmerksamkeit zu schenken und die Botschaften zu hören, die sie vermitteln wollten.

„Es ist sehr schön, dass unsere tiefe innere Verbindung auch dann steht, wenn Sand im Getriebe Missverständnissen zwischen uns die Tür geöffnet hat", schrieb er in der nächsten Runde. Und dass ehrliche, offene Kommunikation wirklich ein Genuss für Feinschmecker und Feinsinnige sei – traurigerweise gar nicht so einfach zu finden. Bevor sie durchatmete, malte sich ihr die Fragestellung auf die Stirn, ob das vielleicht pure Ironie war. Gott sei Dank kann man über die Stirn mit einem Tüchlein wischen.

Sie liebte es normalerweise, und in den Zeiten, wenn sie keine Zweifel beschlichen, in aller Ausführlichkeit mit all den bunten Bällen zu spielen, die er ihr zuwarf. Manche mochte sie auch näher anschauen und etwas dazu sagen. Sie war ihrerseits selten verlegen um eigene bunte Bällchen, die er bekam.

Sie mochte nicht behaupten, dass ihr Weg der einzige und richtige sei. Ihr war klar, da hatte jede und jeder ganz eigene Vorgehensweisen. Doch wenn sie ihrer persönlichen Freude und Lust folgte, dann kam sie sich damit nah. Endlich. Ihre früheren Mitspieler hatten zu anderen Zeiten oft früher den Spaß an ihren wundersamen, neugierigen Spielen verloren und nicht mehr mitgemacht. Daher ihr Verzagen und Zweifeln. Cadmo wurde nicht müde. Immer inniger geworden. Allen inneren Unkenrufen, was nicht sein kann, zum Trotz. Man konnte es Freundschaft nennen. Sich trauen, es Liebe zu nennen.

„Da, Omi Bahaar kommt!" – Ach je, auch das Zeigen mit nacktem Finger auf angezogene Leut' wird ihr nur noch kurze Zeit nachgesehen werden. Die andere Oma, die versierte Autofahrerin, wird helfen, alle einzusammeln und zu ihrem jeweiligen Zuhause zu kutschieren. Zuallerst mit Luna und Florah jeweils drei Wangenküsse tauscht sie, zurückhaltend und umsichtig, wie sie ist, bleibt die Umarmung dabei zart. Sie scheint Florah im-

mer wie eine Dame, eine Dame im Sinne von formvoll-
endeten Umgangsformen, zunächst, sich vortastend,
eine kleine Distanz haltend. Mit wem sie diese nicht
durchbrechen mag oder kann, dem wird sie sogar als
etwas nüchtern erscheinen. Es ist in jeder Begegnung
neu, als ob sie sich rückversichern will, wie viel an Nähe
und Offenheit heute bei ihr selbst geht, wie viel bei den
anderen. Je nachdem, aus welcher Warte man schaut,
könnte man schwärmen von der perfekten Anpassungs-
leistung einer Arbeitsmigrantin, die vor ein paar Jahrzehnten kam und alte Umgangsspielregeln besser kennt
als so manche Einwohnerin per Geburt und mit Ketten
deutscher Ahnen. Man könnte den Gedanken zulassen,
dass möglicherweise auch in ihrem Herkunftsland perfekte Umgangsformen ... Oder man betrachtet es als
einen interessanten Selbstschutzmechanismus, denn
nein, so traute sich niemand so leicht die Schwellen
ihrer Empfindsamkeit zu übertrampeln. Florah fand
auch nach Jahren noch faszinierend, wie viel Herzliches,
Gefühlvolles sich jedes Mal auftat, wenn die Begrü-
ßungsriten um waren und für Bahaar ein Tag, an dem
sie Nähe mochte. Mit den Enkeln war dieser Zugang
schon fast garantiert.
Luna wurde geschickt, die Jungs holen, die beiden Frau-
en saßen noch auf dem Bänkchen. Tee und Plätzchen?,
war die Frage der Abholerin. Gerade vertilgtes Eis hin
oder her, lief Florah das Wasser im Mund zusammen,
denn sie liebte iranischen Tee und auch manche Gebä-
cke. „Gern, wenn du Zeit hast, nur den Kindern kein
Eis mehr anbieten, sonst kriegen wir nachher Eltern-
schelte.“
Alle eingesammelt gingen die Omas Arm in Arm Richtung Parkplatz, halb weil es schön war, halb weil es
Florah half, mit allen möglichen Unebenheiten zurecht-
zukommen, zwischen Spielplatz, Teerweg, einem Rasen-
stück mit Maulwurfbewohnern und dem Kiesweg, auf
dem ab und zu ein Hundebällchen lag oder deren übel

riechende Hinterlassenschaft – Gott sei Dank, auch die Jungs waren mittlerweile bei Hundebällen zu groß, eines aufzuheben und auf einem Vorzeigen und Mitnehmen zu bestehen.

Florahs Vermögen, frei zu gehen, war in einem erstaunlichen Maß deutlich besser als zwölf Jahre zuvor. So kann das sein, nicht nur Totgesagte, auch chronisch krank und furchtbar elend Gesagte leben länger, meine Damen und Herren Schulmediziner, wenn sie die Kraft aufbringen, ihren ganz eigenen Weg zu finden und in all der Ohnmacht und Angstmacherei nicht vordem untergehen.

Später, im eleganten, klaren und schnörkellosen Wohnzimmer, nippte Florah an ihrem Tee, der, mit Safrankandis gesüßt, einfach die pure Verführung ist.

„Worüber denkst du?", fragt Bahaar.

„Glück", höre ich mich sagen, denn das Glück ist gerade warm in meiner Kehle, in meinem Herzen und überall bis zu den Fuß- und Fingerspitzen. Ich stelle meine Augen scharf und verlasse den nach innen gerichteten, verschwommenen Blick, wende mich ihr zu. Zum Beispiel das Glück, uns zu verstehen und gern in Kontakt zu sein. Ich erinnere mich, wie zerrissen ich oft war, die Großeltern aus verschiedenen sozialen Schichten verstanden sehr Unterschiedliches in so vielem: Kultur, was ist was wert, was ist wichtig im Leben und wie soll das Kind, also ich in dem Fall, sein? Ich denke daran, als ich laufen konnte, fanden nicht mal mehr die Übergaben meiner selbst bei den großbürgerlicheren Großeltern mit ein paar Worten statt. Die Flüchtlingsoma stellte mich abends vor die Tür, drückte den Klingelknopf, und schon war sie ein, zwei Stockwerke wieder hinuntergelaufen, nur noch mal nachhorchend, ob mir auch wirklich die andere, die Omi, öffnete und ich sozusagen „hineingenommen" wurde.

„Ich weiß", pflichtete Bahaar ihr bei, „dass nicht selbstverständlich ist, wie wir uns verstehen. Als ich in dieses Land kam, habe ich übrigens lange nicht gut sehen können, wie sehr auch deutsche Leute aus einer satten Mittelschicht alles Mögliche persönlich durchlitten hatten."

Florah, die Teetasse in der Hand, winkte ab, darauf wollte sie nicht hinaus. Schon lang fühlte sie sich nicht mehr als Opfer von was auch immer. Es war Vergangenheit, es war, wie es war. Hatte sie zu der gemacht, als die sie heute lebte. Genau so in ihrer Stärke und Geduld. In der Beobachtungsgabe und Umsicht. Beide Frauen lachten. Wussten mittlerweile solche Dinge voneinander. Waren nicht länger in entgegenkommenden Höflichkeitsgesten verhakt.

Die Besucherin stellte ihr Getränk ab. „Ich finde gut, dass wir auch mal eine Meinungsverschiedenheit aushalten, und ich hab dich einfach gern."

Es wollte einmal mehr gesagt werden. Schließlich, gerade mit dieser mittwöchlichen Enkelaufteilerei, Florah das große Mädchen mit den Geschichtenohren, Bahaar den kleineren Jungen mit seinem größeren Bewegungsdrang, hätten weniger einvernehmliche Großeltern schon trefflich streiten können. Spielend würde Bahaar auch beide Kinder „schaffen"; im Widerstreit große Anstrengungen unternehmend, könnte es auch Florah mit beiden aufnehmen. Aber es wär dann nicht so erfüllend und passend, für alle nicht.

Bahaar schenkte ihr eine wunderbare Geschichte aus dem letzten Ursprungsheimaturlaub oder dem letzten Ausweichen vor hiesigen Situationen, die über ihr zusammenschlagen konnten. Florah stellte sich das Zerrissensein und die machtvollen Erinnerungen hier und dort nicht einfach vor. Egal, wie viele Jahre vergingen. Unabhängig davon, welchen Pass ein Mensch mittlerweile in der Tasche hatte. Düfte auch. Gewohnheiten. Blumen und Bäume. Wind auf der Haut. Essen.

Lenkte ihre Aufmerksamkeit auf das Erzählte: die Geschichte davon, wie Bahaar mit einem Mal für diesen Augenblick so intensiv fühlte, sich fühlte, statt all des Funktionierens. Sie war in dem Garten ihrer Kindheit, stieg irgendwann in den großen Feigenbaum. Florah wusste inzwischen von ihrer altersunabhängigen Kletterlust und amüsierte sich. Im Baum dann der Duft in der Luft und der Geschmack der ersten Feige, in die sie mit Lust und Vergnügen biss. Die Süße, die Körnchen, da habe sie ihr Gefühl wiedergefunden. Und damit auch eine Menge an Sehnsüchten, Träumen und Wünschen, die verloren schienen.

Erst am Abend, wieder bei sich in der Hexenwohnung zurück, sucht Florah das Zweifelthema unverhofft erneut heim, lässt sie nicht mehr los. Sie weiß, auch Luna wird unwiderruflich darauf zurückkommen, sucht nach Erläuterungen, die sie dann geben kann. Erinnert und findet einen uralten Traum. Es ist mehr als zwanzig Jahre her, und Angst und Zweifel konnten damals offenbar noch tödlich sein. Es geht um den Zweifel, etwas zu schaffen, endet in einer Niederlage im Traum. Im Leben nicht unbedingt. Was ein Segen, dass sie das dem Kind nicht erzählt hatte. Noch jetzt ist der Traum dunkel und tieftraurig. So ohne Hoffnung präsentiert er sich. '
Eigentümlich, in einem eher späten Lebensjahrzehnt und mit recht heftigen Gesundheitsbaustellen am Leib sehr viel versöhnter und versöhnlicher und hoffnungsfroher zu sein als damals …
Als der Traum nach ihr zu greifen schien, war es weniger eine versäumte Versprechung, etwas schön und lustvoll Wirkendes, das man um ein Haar hätte haben können – es war das Grausen, dem sie doch knapp entkommen schienen. In den Nachtbildern sah sie damals einen Gruselfilm, der begann mit einer sonoren, düsteren Männerstimme an einem schönen Flussufer. Zwei

junge Leute, klassisch sie und er, schwimmen im Wasser, tollen, freuen sich dabei. Kommen heraus mit nichts als nasser, anklebender Unterwäsche, aber das macht ihnen gar nichts aus. „Die beiden freuen sich des Lebens", hört man zwischen Säuseln und Drohen die sonore Männerstimme. „Aber sie haben vergessen, dass nicht Sommer ist."
Ganz schlecht wurde ihr im Traum vor innerem Grusel. Die beiden werden erst wieder zuhause gezeigt, allem Anschein nach nicht so gut drauf, verspannt, kränkelnd. Und die Stimme lässt keinen Zweifel daran, dass es noch viel schlimmer kommen wird, zumindest einer von ihnen wird sterben. Die Frau soll mit Kümmelöl am Bauch eingerieben werden, weil das angeblich wärmt. Aber voller Ekel wehrt sie sich. Die beiden haben an und für sich eine helle, schöne Wohnung – es gibt nur eine düstere Stelle, und das ist der groß angelegte, dunkle Gang. Da geht sie durch, weil sie sich und ihm zu essen und Heißes zu trinken holen will, denn man muss offenbar, um an alles Wichtige zu gelangen, immer dort entlang. Sie wird plötzlich von einer schwarzen Katze angefallen, die ihre Beine umkrallt, kratzt und beißt. Gespenstisch, da kaum wahrzunehmen ist, woher das Tier kommt, wohin es verschwindet, wann ein nächster Angriff kommt.
Die Frau rennt zu ihm zurück, der sich inzwischen sehr schwach und nicht mehr reaktionsfähig fühlt.
Es ist also klar: Sie wird nicht mehr durch den Gang gehen. Beide sind so von dem, das sie lebensnotwendig brauchen, abgeschnitten.

In jener Nacht, Luna, ich erzähl's dir nicht, ich denke es nur, hat mich das Weinen deines Papas, der damals noch ein Baby war, geweckt. Und ich schrieb mir sogar noch mit auf, wie mir richtig schlecht gewesen war, Angstschleier überall wie Spinnennetze hingen in dem dunklen Gang, der zu ihm führte, den ich entlangschlich, ihn in mein Bett zu holen. Den ich entlang mich seltsam tastete und vermied, die Wände als Orientierung zu berühren, denn es hätte ja doch Wahres sein können an Spinnenweben, in denen ich mich verfing. Zu starr, zu gefangen, langsam, aber sicher, ohne Licht zu machen, zu meinem Kind vorzudringen.

Ich kam nicht auf die Idee, mir im Hellen Entwarnung zu holen.

Oder ich wählte die Angst, denn sie war ein großes Gefühl. Manchmal bedeutsamer und also wichtiger, als es so ein schlichter Alltag sein konnte ...

Lange sitzt sie noch, mitten in der Nacht, erneut aufgestanden, im Licht eines Mondlichtes. Das sind einfach, wie sie vor Jahren sicherlich abfällig gesagt hätte, so alberne LED-Dinger, und dann noch in verschiedenen Farben. Aber nun verwandeln sie über lange Zeit diese Milchglasbecherchen mit dem künstlichen Licht und der Möglichkeit, nur einen Farbschein zu wählen. Heute wählt sie zartes Honiggelb. Sie sitzt und fixiert den matten gelben Schein. Beobachtet ihren Atem, versucht nur ihn zu fühlen, in jeder Faser des Körpers. Sie ist in sich noch nicht ruhig und eben. Zu all dem Zweifelskram drängen sich Gedanken zu ihrer unsichtbaren Liebe ins Hirn und ob das sein kann, ob sie anfängt zu spinnen, wie manche glauben. Ein derartiges Gefühl befällt sie nur noch selten. Treffliche Vermischung zwischen Zweifel und dem intensiven Wunsch, ein paar Weisheiten von Cadmo mögen ihr bitte zuschweben und irgendetwas verursachen in ihr, so dass sie sich leicht spüren kann und ruhig sein. Intensiv denkt sie an ihn, im Honiglicht, mit einer zärtlichen Liebe, die erfüllt ist von Dankbarkeit für ihr Sein und nichts fordert, auf nichts abzielt. Weiteratmen, nur ruhig weiteratmen. Sie schließt dann doch die Augen. Ohnehin ist das Licht da. Sie hat die Unterstellung mit dem Spinnen noch nicht ganz losgelassen. Sich leer machen von Gedanken funktioniert gerade nicht. „Gleichmütig weiteratmen. Hinnehmen", fordert sie sich auf. Seltsam heute. Stattdessen, mitten im 21. Jahrhundert, sieht sie nun sich an einem Spinnrad sitzen, wie Dornröschen im Märchenbuch. Gut, viel älter und nicht eben flachsblond, aber als sie tritt, mit einem Fuß, dreht sich das Spinnrad, wird aus dem Flachs ein Faden, und der Faden führt schließlich ins ... Nichts. Wahrscheinlich war eine unbestimmte Zeit „Nichts". Ein Schweigen, wunderbare Gedankenleere in ihr. Einige Male zuckt etwas in ihrem linken Bein, eine von den Störungen, die sie sonst außer sich bringen und verrückt machen können. Doch gerade nimmt Florah es bloß kurz wahr und nichts weiter. Nach einer unbestimmten, friedlichen Zeit ist eine kleine zarte Berührung links an ihrem Hals, so zwischen Schlüsselbein und Ohr. Von einer Hand? ... Nein, von Lippen. Und sie neigt dem warmen prickelnden Gefühl leicht den Kopf zu, so dass es etwas höher wandert auf ihre Wange. So sitzt sie in einer halben Trance, im Schneidersitz, schräg den Kopf, die Augen noch geschlossen. Reglos. Tut nichts als horchen und fühlen.

Erst später schaltet sich ein Gedanke wieder ein. Für so einen Moment im totalen Verbundensein, in der absoluten Begegnung möchte ich leben, möchte ich sterben ...

Als sie schließlich die Augen wieder öffnet, das Honiglicht und ihr Atem gleichmäßig, tief und schwer von einer Spur sehr süßer Melancholie, die sich gerade in ihn gemengt hat.

Und Luna ist nicht da, sonst hätte sie spontan gut versuchen können, ihr zu erklären, was so wunderbar sein kann an einer unsichtbaren Liebe, mit der man doch „nichts anfangen" kann.

Oder besser nicht. Das Mädchen wird die nächsten Jahre erst einmal anderes vorhaben, oder? Oder sind die heute anders, als sie in dem Alter war? Haben die in gewisser Weise mehr Kanäle, ein anderes Auffassungs-

vermögen? Ein breiteres Für-möglich-Halten unterschiedlicher Wahrheiten?

Es kam Florah in den Sinn, wie Britta sich damals irritiert zeigte, als sie ihr beschrieb, wie sie den Begriff des
Zweifels so gar nicht mit ihrem eigenen Wesen in Verbindung gebracht hatte. Vor unendlicher Zeit glaubend,
man habe doch nun eine Entscheidung gefällt, mitunter
auch ausgebrütet, und dann sei etwas unwiderruflich
klar. Welchen Platz sollten da bitte sehr Zweifel haben?,
fragte sich Florah. Spekulierte, dass sie womöglich den
Begriff nicht so oft benutzte, obwohl ihr die zweite
Stimme in sich, die Gegenstimme, die Schlangenstimme,
Einflüsterstimme, wohl bekannt war. Bloß eben lange
nicht als Zweifel identifiziert, denn sie lebte schließlich
mit ihr, seit sie denken konnte, in einer Art Waffenruhe
zusammen. Bei kleinen Sachen diskutierten beide miteinander oder rangen, rangelten ein wenig. Sie wusste,
dass diese Stimme zu ihr gehörte und dass sie ihr, so wie
sie das seinerzeit sah, oft auch geholfen hatte, etwas
klarer zu sehen, überhaupt zu einer Entscheidung zu
kommen. Bloß wenn es heftig in ihr abging, hoher Wellengang, hohe Verunsicherung, konnte diese sich unverhofft tieferen Zutritt verschaffen und, egal ob Florah sie
weiter vorlassen wollte oder nicht, als Schlangenstimme
aus irgendwelchen sumpfigen Untergründen in ihr zi-
schen und flüstern, wispern, schönreden und fauchen.
Sie war dann eine eindringliche, zähe Plage, eine starke
Gegnerin, die ihr Feuer speiend nicht nur einmalig Zuversicht, Gelassenheit, Sicherheit ansengte und verdarb.
Ihr fiel ein, dass sie Britta gefragt hatte, ob wohl die ihr
eigene, souveräne, starke Außendarstellung blendend
funktionierte, während nur bei den ganz Klugen, Fein-
fühligen durchdrang, dass sie gerne auch in ihrer hohen
Empfindsamkeit und Sensibilität gesehen werden wollte.
Die, denen sie einen Blick gar auf ihre Schwächen mitunter bewusst erlaubte, konnte man ja an einer Hand

abzählen. Die Freundin hatte gelacht und sie debattierten über den Preis, den letztlich alles hatte. Wie sollten mehr als ganz wenige sehr Nahe sie hinter Verkleidungen entdecken? Zu gut verborgen, die Empfindsamkeiten.

Und wenn sich als wahr erwies, dass es nicht darum ging, Zweifel zu überdecken oder ihm gar wegwischend, verächtlich sein Dasein streitig zu machen? Vielmehr darum, Zweifel zuzulassen und dennoch Zuversicht zu entwickeln? Ins Tun gelangen, den Zweifeln zum Trotz? Ungeheuerlich, wie vieles sie anscheinend erst und nur dann verstehen konnte, wenn die richtige Stimme, eine Stimme, die sie wirklich hören konnte, es sagte. Die Info mochte wohl 973-mal an ihr vorbeigekommen sein. Betonung auf vorbei. Allem angehäuften Wissen zum Trotz, den vielen Erfahrungen zum Trotz und sogar sich Intuitivem noch verschließend, drang etwas nicht zu ihr vor.

Ich erwähne die Zweifel und auch, dass es neben oder zumindest bei diesem Thema und auch ein paar anderen Zeiten gibt, wo Frau Angst nicht mit sich verhandeln ließ. Zunächst zumindest. Sie bestand auf den Zweifeln und spielte sich in den Vordergrund. Und solange sie das tat, war es mir nicht möglich, wie ich mich auch anzustellen vermochte, sie niederzuringen. „Was, wenn du eines Tages nicht mehr, gar nicht mehr gehen kannst?", gehörte dazu und wie ich trotzig konterte: „Wenn Gott das so will oder lass es von mir aus Karma sein, werde ich es akzeptieren und irgendwann Erlösung finden. Wissen, wie das Leben weitergeht und ich dennoch Freude habe. An mir und überhaupt." Das dachte ich. Nicht am ersten Tag, sondern vielmehr nach sehr vielen Tagen und trotz alledem keineswegs mit dem Gefühl von Löwinnenmut, sondern mit pochendem Herzen. Es war etwas anders als dieses Hasenherz, das ich von früher kannte, in ohnmächtig schnellem, wegen des Grausens, selbst auf der Stelle Rasen. Rasen, gegen das lange Zeit bloß helfen konnte, fest umarmt und getröstet zu werden. Etwas, das in Ermangelung einer Person, die da gewesen wäre, mich zu umarmen und zu trösten, oftmals nicht geschah. Auch denke ich an meine alte, permanente Zählweise, was denn das Schlimmste sei, das passieren konnte, und ob es mich zu zerstören vermochte. Eine Frage, die zu ihrer Zeit hilfreich sein konnte und immer zu dem Ergebnis kam, es würde mich nicht umbringen. Eine Art, die Angst irgendwie zu schwächen, die allein vom Kopf gesteuert wurde. Ich wollte Gott zu jener Zeit auch nicht in meinem Sinn. Karmisches schon gleich gar nicht!

Mit der Angst wurden sie sich nicht einig, die mitunter nach außen hin und in diesen Minuten offenkundig auch innerlich impulsive Britta lässt sich da nichts sagen von der just in diesem Moment so kontrollierten Florah. Von wegen, man solle die Angst umarmen. Sie wehrt sich, sie weiß nicht, ob sie da überhaupt hinwill. „Ich will nicht mit ihr befreundet sein, ich will mich nicht mit ihr unterhalten." Eigentlich, so ergänzt sie, wolle sie heftige Angst in sich gar nicht erst anschauen! Britta sprach von Lebensaufgaben, die sowieso mal so, mal so zu bewältigen sind. Es müsse da wirklich nicht noch etwas dazukommen. Nicht zu gebrauchen und auch nicht gut auszuhalten, wenn Verzweiflung und eine gewisse Hoffnungslosigkeit siegt, wenn es gerade duster in ihr ist. Sie schweigt nicht darüber, wie ein latentes Panikgefühl das Leben oft beherrschen kann. Florah merkte, es war überhaupt nicht der Zeitpunkt, sich nun an Überzeugungsarbeit zu versuchen. Zwar beherrschte sie dieses Metier recht gut, es gefiel ihr aber nicht mehr. Komische Siege auf Zeit, sagte sie sich. Dabei: jedem seinen Weg und seine Zeit. War es nicht unendlich wichtiger, sich einfach nur zu freuen, wie eine Freund-schaft erreicht worden war, in der so viel Offenheit ist, dass die eine bei der anderen mitleben kann? Sie genoss zu erzählen, wie das früher wohl kaum gegangen wäre, statt aus dem Blickwinkel von Wunsch und Mangel etwas aus der Perspektive von Fülle, innerer Freiheit und offenen Wegen anzuschauen. Die Ergebnisoffenheit der Vergangenheit war einzig und allein immer wieder gewesen, gewinne oder verliere ich? Einen politischen oder sozialen Kampf, eine Verhandlung, einen Disput auf dem Arbeitsplatz. Eine Diskussion, angezettelt, um mit Wissen und Erfahrungen zu punkten.

Florah war eine Genießerin, Leckereien, vor dem Besuch gekocht, gerührt, gebraten, eingelegt, gestampft und gesotten, luden dazu ein, sich über das Genießen auszutauschen. Britta hatte das in frühen Jahren ihrer Freundschaft nicht so gut gekonnt wie heute. Es schien ihr, zumindest was Essen betraf, wenig zu bedeuten. Florah kam sich damals, zum Essen eingeladen von ihr, dumm vor, wenn ihre Freundin also schnell wählte, am besten, was sie schon kannte, während sie, selbst wenn sie sich Mühe gab und es möglichst kurz hielt, die Speisekarte langatmig studierte, nicht schnell entschied. Zu groß die Neugierde. Sie schluckte, es war viel Speichel in ihrem Mund, sie schmeckte den Gerichten schon im Vorhinein hinterher. Mochte die Kellnerin auch dreimal kommen und genervt aussehen. Für Florah gehörte es dazu. Es hatte gewissermaßen mit Vorfreude zu tun.
Genau genommen schmeckte sie an allem. Hatte selbst in schwierigen Zeiten eigentümlicherweise, glücklicherweise möchte man sagen, das Gefühl, in ihr und um sie herum sei es vollmundig und reich.
Vielleicht rettete sie dieses Gefühl mitunter in den Dramen? In jedem Fall bereicherte es ihre wenigen, doch intensiven Reisen. Nein, wir denken jetzt nicht an Reisen und Essen. Denn die Düfte und all das, was man kosten konnte, waren ein besonderes Vergnügen neben Orten und Dingen, die innere Bilder hinterließen. Florah sah auf und kommentierte zu Vorfreude, ihrem spä-

teren Entdecken von „Nachfreude". Ebenfalls sehr wohlschmeckend. „Und ich sage es gleich", holte sie kurz aus, „das ist überhaupt kein Widerspruch zum Leben im Jetzt. Es ist vielleicht einfach dein Bett, in dem du schön liegen kannst zwischen Decke und Kissen, verschiedenen Tieren mit unterschiedlichen Füllungen, einem Buch und was auch immer."

Aus ihr unerfindlichen Gründen schien heutzutage so ein Klarer aus Birne, Himbeer oder Zwetsch' zum Nachtisch dazu angetan, sie noch weiter zu öffnen und verraten zu lassen, wie sie oft schon gedacht habe, es müsse schön sein, mit klaren verlässlichen Strukturen in Beziehungen, statt dieser stetigen und manchmal doch auch ermüdenden Sich-neu-Erfinderei in Liebesfragen. Sie verkenne nicht die Höhen und Tiefen und Stimmungsschwankungen, die es auch da geben mochte. Fühle sich nur manchmal müde, in den wichtigen und vermutlich richtigen Aussagen dazu, wie alles stetig im Wandel sei. „Da kann ich Beziehungen nicht ausnehmen." Und wenn man sie hegte und pflegte, die Liebe?

Ein schwieriges Thema. Britta vertrat die These, dass man vielleicht genau deswegen viel tat und auch durch Krisen und Tiefen watete und mit dem, den man schon ganz gut kannte, der einen mitunter zur Weißglut bringen konnte, in Gefühle von Vergeblichkeit oder Überdruss schleudern, um ihn zu halten, und dann wieder ein Eingewobensein in Wärme, Dankbarkeit und Sicherheit erleben. So eine Art von Zuhausesein.

Britta hatte ihr das Bild eines bunten Drachen mitgebracht, der weinte. Ein unglaublich trauriges Wesen. Es brachte sie schier selbst zum Weinen, und das lag nicht an dem Klaren. Versteckte sich viel tiefer. Es war ein Drache, den beide zusammen in einer Kirche gesehen hatten, und ausnahmsweise war dieser grüne Geselle nicht umgebracht worden, sondern der eigenartige Heilige hatte ihm seine Hand auf die Schulter gelegt, und in der zugewandten Berührung kamen dem Drachen allem

155

Anschein nach vor Überraschung die Tränen. Das Auf-
wallen in Florah mochte wohl mit ihrer Erinnerung zu
tun haben, wie sie selbst jahrzehntelang nicht ertragen
konnte, wenn sie einer so berührte. Vor lauter ungläubi-
gem „Meint der mich?", „Kann das wirklich für mich
sein?", „Habe ich das wirklich verdient?", erschütterten
sie ein großer Trauerkloß und Tränendruck, wenn sie
dieses nicht sofort abschüttelte, sich rasch innerlich und
äußerlich aus dem Staub machte.

Zeitintensiv – sie hatte das Wort früher selbst gebraucht. Nun sprach Britta ganz unbefangen darüber,
was zeitintensiv war im Leben, und in diesem Fall
schien es häufig einen räuberischen Charakter zu haben.
Ganz anders bei Florah: Ab dem Zeitpunkt, als sie nicht
mehr rennen konnte, verlor das Ungeheuer der Zeitver-
schlingung Meter um Meter an Bedeutung. Hatte nicht
irgendwer gesagt: Es gibt nur eine Zeit, deine Zeit …?
Es galt nach dem Freischütteln von den Stimmen von
außen nur noch die persönliche Empfindung dazu. Die
Frage, was einem wie wichtig … Nein, so konnte sie
nicht verdrängen, dass von irgendwoher auch Geld zum
Leben kommen musste. Keine Lust mehr, weder klaglos
noch mit Klagen dem Lohnarbeitsdiktat sich zu beugen.
Es kam die Zeit festzustellen, wie wenig man eigentlich
brauchte. An Raum, an Lebensmitteln, an Klamotten,
an so genannten Accessoires …

Es fiel Britta nach Florahs Empfinden eigentümlich
leicht: anschauen, wirken lassen, was scheint ihr stimmig? So macht sie es einfach mit vielem, das ihr begegnet, an Theorien, an Weisheiten, Geschriebenem, Sons-
tigem im Internet. Es war ihr nicht schwer, manchmal
auch das Ganze bald wieder zu verwerfen oder es von
anderen über den Haufen werfen zu lassen. Sie freute
sich für den Fall, dass die eigene Weltsicht oder die
Erfahrungen bestätigt wurden. Vielleicht machte sie sich

auch auf die Suche nach einer Bestätigung und fand sie
oder fand sie nicht. Das war schon in Ordnung.

Die beneidenswerte Leichtigkeit in so einem Tun.

Florah ging auch heute noch nicht so schnell auf etwas
zu, aber wenn sie es tat, war Weglegen schwer. Es
mochte etwas Verbissenes haben. Sie fing kaum einen
Film an, den sie dann nicht bis zu Ende schaute. War es
nicht schon ein Fortschritt, dass sie mittlerweile ein
Buch weiterreisen lassen konnte, durchgelesen oder
nicht?

Interessant, wie beide Freundinnen etwas Schmetter-
lingshaftes haben konnten, Britta oft diese Leichtigkeit,
etwa in einer fremden Stadt eine Ausstellung oder ein
Museum anzuschauen, und dann war es wieder gut, sie
konnte ausruhen oder neue Blüten suchen. Sie konnte
etwas überfliegen, querlesen, switchen ... Beneidens-
werterweise anscheinend ohne das Gefühl eines möglichen Versäumnisses, ohne dieses Alles-erforschen-
Wollen oder -Müssen, war man schon einmal da. Florah
war mehr die Sorte Schmetterling, offen für verschiedenes Sehen und Erleben, bloß wenn sie sich in diese Gefilde schon begeben hatte, dann wollte sie doch alles aus
dem Blütenkelch holen, was darin geboten war.

Es war nicht mehr ganz so schlimm, seit dem Überfall
ihrer Bewusstwerdung innerhalb ihrer Krankheit, doch
früher regelrecht zwanghaft. Zwanghaft und übermütig
zugleich. Leichtsinnig nannten es andere. Risikofreudig
die Banker und Anlageberater.

Viel seltener passierte es Florah inzwischen, doch
manchmal eben immer noch, von irgendwo, Bücher
und Artikel zu lesen, die ihr nicht guttaten. Welche, die
auf die Gebirge der Probleme der Welt aufmerksam
machten und sie damit im inneren Gefühl ins Unermessliche, niemals Lösbare zu steigern schienen. Oder
Erzählgeschichten, wie diese und jene ihr Leben lebten,
wenn sie dieselbe Krankheitsdiagnose bekommen hatten
wie sie damals. Die meisten kämpften in unterschiedli-

cher Weise um die klassische Lohnarbeitsmarkt- und gesellschaftliche Teilhabe – es tat ihr nicht gut, wenn sie dann doch ein altes Hin-und-her-Gerissensein zwischen dem lauter werdenden Vorwurf: „Reiß dich mehr zusammen", oder: „Du gibst dir noch nicht genug Mühe", spürte und schon zu einer Verteidigungsrede ausholte: „Es war genug, ich gestalte mein Leben anders, und auch meinen Beitrag in dieser Welt erbringe ich anders." Verteidigung konnte so einen hässlichen und entwertenden Rechtfertigungscharakter haben! Nicht gut, überhaupt erst dazu anzusetzen.

Sie freute sich, dass sie, zumindest was Bücher anging, inzwischen auf Brittas Vorschlag zurückkam, da ein wenig querzulesen und tatsächlich zu zensieren. Noch stolzer, dass sie die Hilfe nicht mehr so oft brauchte wie früher.

Wenn „das System", die Institutionen, sie damals wieder einmal nicht sein ließen, einfach sein, beschlich sie die Frage: „Habe ich es verdient, einfach so, ohne Betrachtung einer Gegenleistung zu leben? Darf ich wirklich heilen?" Sie konnte das leicht mit dem Kopf aushebeln. Florah wusste, wie viel sie innerhalb des üblichen Wirtschaftssystems gearbeitet hatte, ihre Arbeitsleistung verkauft, für nicht üppig Geld in diesem reichen Land. Wenn Wut in ihr aufstieg, hörte sie sich argumentieen, sich selbst habe sie verkauft. Hurerei fast. Und waren es nicht immer die Zuhälter, die bedeutend mehr Geld scheffelten? Das machte auch die Gefährdung für gefühlte „Wertlosigkeit" aus, wenn man anscheinend im herkömmlichen Sinn nichts Wertvolles mehr zu verkaufen hatte. Auch Britta hatte vielfach dagegen argumentiert und ihr viele Florah-Beiträge innerhalb dieser Gesellschaft nacherzählt und vorgehalten. Sie richtete ihren Körper weit auf und konterte, wie sie doch nun schon besser geworden sei. Lachend, lockend entgegnete die andere, das streite ja niemand ab und vielleicht dennoch noch nicht gut genug: „Da geht noch was."

Florah konnte es nicht zurück holen. „Was mich früher so traurig gemacht hatte oder in wüste Verteidigungshaltungen brachte, lässt mich mehr und mehr gleichmütig. Auf manches reagier ich schon gar nicht mehr!" Wenn ihr einer sich mit hochgehaltener „Vernunft" oder angeblichen wissenschaftlichen Beweisführungen sagte: „Ein esoterischer oder spiritueller Spinner bin ich nicht", dann schwieg sie inzwischen, obwohl er es probiert hatte, mit dem Abwatschen. Wenn bloß dieser Mensch wüsste, wie angenehm es sein konnte, eine so abgeurteilte spirituelle Spinnerin zu sein. Und – mal abgesehen von den schwarzen Schafen, die es in jedem Bereich gab – in welch anregender Gesellschaft man sich befinden konnte!

„Was aus reinem, warmen Herzen kommt, ist sicher und trägt", glaubte sie mittlerweile. Und aus irgendeinem Grund auch, sie sei unantastbar, die Quelle, die spirituelle Verbindung, der eigene Sinn.

Sie wusste, wie vertrackt es sein konnte, Erkenntnisse nicht bloß zu haben, etwas nicht nur zu entdecken, sondern es auch im Tun, im Alltag zu verankern, damit aktiv zu leben. Florah schien es schon allein eine Krux, dem Nachspüren den Raum einzuräumen, den es – zumindest bei ihr – brauchte, um eine Erkenntnis nicht wieder in einer Nische verschwinden zu lassen. Es wollte schließlich Aufmerksamkeit, es machte sich fast schon greifbar und konnte dann wieder für eine lange Zeit in einer Versenkung in Vergessenheit geraten.

Wie sah Britta das, konnte sie es für sich lösen? Oder passierte es ihr aus ominösen Gründen gar nicht erst?

„Schön war es bei dir. Bei und mit dir komme ich oft mir selbst sehr nahe, und das ist für mich ein besonderes Geschenk", hatte die Freundin aus dem Zug geschrieben.

Was für ein Geschenk, diese Freundschaft. Wär nur diese Art Kater nicht, wenn Britta wieder wegfuhr.

Er, damals auf seiner argentinischen Lesereise, den vielen in der x-ten Generation Italienischstämmigen dort Lebenden die Freude der Melodie ihrer früheren Sprache bringen. Florahs Übellaunigkeit, die eigentümlichen Stimmungen auf der anderen Seite der Meere. Es dauerte, bis sie begriff, was das war: ihr inneres Kind, das ihm damals noch nicht traute, das in ihr wütete: „Das will ich aber nicht, ich hasse es, wenn einer geht, und bestimmt kommt auch er nicht wieder." Ach, als habe er ihr seine Hand entzogen, und weh, wie konnte er es wagen, sie zu verlassen!

Das Kind hätte ihn anfauchen mögen, ob ihm denn nicht klar sei, bestenfalls bis zur siebten Ebene käme sie, und wie sollte sie ihn fühlen, wenn er auf der achten turnte und sich mit seinen Lesevergnügungen und schönen, interessanten, gesunden Frauen abgab! Da war es: „gesund". Dieses zu allem Überfluss. Nach Tagen erst dämmerte ihr, wie sie sich in alten Filmen verfranst hatte und dass all das mehr mit ihren früheren Erfahrungen und der Unsicherheit in sich selbst zu tun hatte.

Und weil sie sein liebevolles Sein in ihrem Leben doch manchmal fühlte, wunderte sie sich nicht, als dieses kleine Mädchen ihr ins Ohr flüsterte: „Sollen wir ihm verraten, dass wir wahrscheinlich manchmal doch Level 8 erreichen können?"

„Pst, leise", wies das Kind sie zurecht, „wir warten mal schön, ob er da selbst draufkommt!"

Sie seufzte, fand es doch schade, dass es heute nicht mehr die tausend Sätze von „Liebe ist ..." gibt, die sie in ihrer Kindheit in Form von Glasuntersetzern zu Gedankenspielen und Phantasien brachten. Gäbe es sie doch, wäre ihr danach zu schreiben: „Liebe ist, wenn der Schaffensprozess schon den Schatz hebt und ich mir erlaube anzuschauen, was in der Kiste ist." Sie spürte, dass sie damit nicht zuletzt von der Selbstliebe sprach. Von der Voraussetzung, überhaupt andere ohne Wenn und Aber lieben zu können.

Immer reizte es sie, wenn Liebesgefühle sie fluteten, den Anderen ein bisschen zu locken und zu würdigen; es war eine Herausforderung, denn man konnte sich auch eine Abfuhr, die Klatsche, den Korb holen. Mit den schlimmen Stichen, der großen Trauer und tiefen Verletztheit. Obwohl man doch immer schon geahnt hatte, etwas stimmte sicherlich nicht mit einem, man war nicht anziehend genug. Wie es genau deswegen hatte schiefgehen können. Abfuhr. Kein Zwischengedanke, vielleicht passe einfach etwas nicht zusammen, sie könne aber dennoch ganz in Ordnung sein. Das Risiko und das Spiel, das danach schmeckte, einfach alles wert zu sein. Lust, freimütig in einer für sie stimmigen Liebeserklärung zu schwelgen, was auch immer andere dazu sagen mochten. Der mögliche Sturz aus den Wolken, wenn sie sich täuschte, war ihr im Jetzt dieses kitzelnde Risiko wert. Ihr schmeckten in diesen Momenten derartige innere Erlebnisse wie das Salz in der Suppe, absolute Leckerbissen des Lebens, die einem keiner klauen kann. Dafür lohnte es sich. Immer.

Bis heute denke ich: „Was könnte schöner sein, als wenn sich zwei Menschen in einem Austausch, einem einfühlsamen, sinnlichen Spiel baden?" Es fehlt nichts. Schon darin, wie sich Beteiligte in dieser rasenden Zeit die Zeit dafür nehmen, liegt eine große Erfüllung.

4. Oktober

Florah entsann sich einer Fahrt von früher, als sie sich gefragt hatte, ob das wohl Schneewittchen sei aus Belgien? Wintergezuckerte Hügel, frühmorgens auf der alten Bahnstrecke, die es – Totgesagte leben länger – immer noch gab. Dazwischen am unteren Rand des Morgenhimmels war ein ihr fast unbeschreibliches Morgenrot, rot wie Blut, vermischt mit Schnee; noch roter wäre Disneyland und nicht Province de Liège. Ein Flugzeug ganz hoch oben, keine Ahnung von wo, von der Sonne bestrahlt sieht es aus wie ein rotgoldenes Insekt. Denken wir jetzt bei Insekten bitte nicht über US-amerikanische Waffentechnik und Drohnen nach. Nein, sie tat es zunehmend wenig, es gab in ihren Augen nicht mehr die Chance, die Institutionen und Systeme zu bekämpfen, innerhalb ihres eigenen Einflussradius und Spiels. Es konnte nur darum gehen, auf andere Ideen zu kommen, friedliche und schöne Energie in diese Welt zu tragen.

Es war Oktober, und bei aller Klimaverschiebung gab es heute nicht die zuckerverschneiten Häuser, stattdessen alle erdenklichen Farben des mitteleuropäischen Herbstes.

Sie betrachteten das bunte Laub, das auf der Erde lag, teilweise noch an den Bäumen flatterte. Sogar das junge Mädchen tat es.

Die Wohnhäuser schienen äußerlich kleine Horte möglichen Glücks. Laut der lokalen Zeitung eher Orte der versteckten Dramen. Hier wie da. Zwar langsamer fährt der Zug, doch zu schnell, um tiefer hineinzublicken und statt der wohligen Phantasien vielleicht Griesgram, Trübsinn, Elend, Langeweile zu entdecken. Sie korrigiert sich, denn genau genommen war es das richtige Tempo, das Leben in diesen Wänden so und so vorstellbar zu machen. Die Straßenbeleuchtungen bilden Lampionketten in Orange, „welch anheimelnder Farbton gegenüber unserem nüchternen Lichtweiß", kam ihr in den Sinn, wie so oft zuvor. Das Flüsschen, das sie gerade passierten, dampfte. Aber nur an einer Stelle. War es da wärmer als die Luft? So viele Menschen können doch an einem Morgen vor acht Uhr, so mitten in der Woche, noch nicht warm gepinkelt, heiß Wäsche gewaschen oder Geschirr gespült haben? Oder wird das Private da gar nicht reingeleitet, sondern am Ende was Hässliches, Industrielles?

Ein Herbstausflug mit Luna, die heute schulfrei hatte. Ausflug des Lehrerkollegiums, so die Begründung, die Cara, ihre schöne, selbstständige Schwiegertochter, in leicht ärgerliche Schwingungen versetzt hatte. Sollten diese, ihrer Meinung nach recht gut bezahlten, Lehrenden doch gefälligst samstags ausfliegen, wenn es ihnen denn so wichtig war. Großmutter und Enkelin denken jetzt nicht dran, Hauptsache, die Herrschaften aus der Schule haben kein ähnliches Ziel, nicht dieses antike Schätzchen von Zug.

Luna staunt, und Florah bittet im Stillen, die Augen zum Himmel, das Mädchen möge mit fünfzehn, sechzehn, siebzehn und viele Jahre weiter so neugierig satt werden, auch im Kleinen.

Das Wundern bezog sich auf den sehr alten Zug, mitunter drachenfauchend, obschon ihn keine Dampflok mehr zog, es sich vielmehr um Triebwagen handelte. Speckig wirkende rote oder braune Kunstledersitze für die Passagiere, ein Ruckeln, das es früher stets gab, in Edelzügen jedoch heute eher dieses Gefühl des Fliegens und Gleich-Abhebens. Die Kontrolleuse wie aus einer anderen Zeit kostümiert. Sie konnte es sich sparen, über all die Streiks und die dramatischen Tarifkriege in Jahren und Jahrzehnten zu sprechen.

Was draußen war, nicht mehr wie früher all der Dreck, die ganzen Tüten in brackigem Wasser des Flüsschens, mal links, mal rechts, und auch nicht mehr all die zerfallenden Fabriken ohne Arbeit und Lohn, vielmehr meist schicke Eigentumswohnungen am Fluss. Dennoch leicht, von anderen Zeiten zu erzählen, von Flachsspinnern und Wäscherinnen, die mit geheimnisvollen Naturgaben gefärbte Stoffe im weichen Wasser wuschen.

Auch das Wasserschlösschen in frisch gestrichener Pracht lud zum Erzählen ein ...

Frühmorgens und das Licht noch nicht in mittäglich kalter Helligkeit.

In Verviers hatte sie dem Bahnhofshasen und der Schildkröte, die immer mit der belgischen Bahn fährt und darum schneller ankommt als das Hoppeltier, Hallo gesagt, dann schaukelte sie der Bus, in den sie umgestiegen waren, Hügel auf, Hügel ab Richtung Lüttich. Rückwärts saß sie, mit einem weiten Blick durch das hintere Panoramafenster, immer wieder neu verliebt in die satte, abwechslungsreiche Landschaft und in die widersprüchlichen Eindrücke, die ihr die wallonischen Käffer schenken. Wüste Bebauung neben fast puppig Romantischem. Industriebrachen und – da war er doch, abseits der viel befahrenen Strecken – umherwehender oder doch im Fluss schwimmender Müll neben Wohnreihenhäusern aus bräunlichen Ziegeln, die so komprimiert an Filme aus ärmlichen englischen Arbeitersiedlungen erinnern. Dann vereinzelt Häuser in einer Art Gartenzwergromantik neben anheimelnden Einzelhäusern ohne zuordenbarem Stil, in Deutschland so gern als stillos abgeurteilt. Wahrscheinlich entspricht ihr das alles auch in ihrer Vorliebe für Stilbrüche. In den oft nach deutschen, hochgehaltenen Maßstäben, wie man gern mit hochgezogenen besserwisserischen Brauen erklärte – leicht heruntergekommenen Siedlungen und Ansammlungen von Häusern, stellte sie sich gerne uneinheitlich und bunt vor.

Lüttich, der Blick, der an andere Dinge gewöhnt ist, wundert sich Luna. In belgischen Städten also harkt man die Beete und Parks im Herbst bis hinunter zur Erde? Dies hier sieht aus wie gerodet, zerfurchte, bräunlich graue Erde. Schmutzig braungrau in den Ritzen, weil es wohl länger nicht geregnet hat. Wo sie ausgestiegen sind, bei dem renovierten, immer noch grünlich wirkendem, Karl dem Großen, einer, der hier wie auch an diversen anderen Orten geboren sein soll.

Und dort drüben sitzt in einem halbrunden Beetareal ein durch Sonnenstrahlen gleißender Puter aus silbrigem Metall. Wieso überhaupt ein Puter in dieser Mondlandschaft? Florah korrigiert, leise Erinnerung hat sich hilfreich angeschlichen, dass es ein Pfau sein soll, der im Frühsommer dann wieder bunte Stiefmütterchen als Gefieder trägt.

Belgische kleine und auch größere Frühstücke sind köstlich. Florah liebt das Jugendstilambiente hier, ebenso wie sie anderenorts die Kneipenatmosphäre oder das Wohnzimmerartige mit den Ranunkeln in kleinen Blumenpötten liebt. In diesem edlen Ambiente, das einer anderen Zeit anzugehören scheint, spricht ausschließlich der Bekleidungsstil und der schon geschäftige Kurzaufenthalt einiger Besucher von der Jetztzeit. Es ist nicht schwer, auch Luna zu dem üppigeren Frühstück mit Baguette und Croissant, Marmelade, Honig und Orangensaft zu überreden. Nur trinkt die eine kräftigen Kaffee, die andere gehaltvolle Schokolade.

Es lädt ein, mit Geschichten den Zauber des Ortes für eine Zeit auch Luna überzustreifen, während beide durch das großzügige Wintergartenglas auf die Königin der Kirchen schauen, wie Florah sie gerne nennt. Von außen geschwärzt und wenig einladend, Menschen im Drogensumpf schlendern abgerissen, möglichst unauffällig suchend, mit verdeckter Nervosität, wartend in den Anlagen.

„Ich werde dir die Kirche doch zeigen", kommentiert Florah, „denn drinnen warten einige Überraschungen, die du sonst nicht so leicht zu sehen bekommst." Luna erklärt sich einverstanden. Zumindest solange man ihr den ganzen Tag Geschichten erzähle. Sie konstatiert, es sei ein Geschichtentag heute und vielleicht ein Pullovertag. Sie weiß, dass es ihr gelingen wird, Florah zu fast jedem Pullover zu überreden, wenn sie an deren Vorliebe dafür andockt, die Sachen, die sie kauft, an Besuchsorten zu kaufen. Kleine Dinge, die an einen bestimmten Tag, seine Menschen, seine Stimmungen, seine Ereignisse vielleicht, erinnern.

Immer noch schien ihr, die Überzahl der Menschen, die nach zehn Uhr herumlaufen, eigneten sich zu einem einfach Mittreiben-Lassen in ihrem Strom. Weiterhin schien ihr, die Belgier hätten mehr Zeit. Oder mehr Geduld. Sie wartete mit ihrer sacht maulenden Enkelin ein Viertelstündchen auf ein bestelltes Buch. Lange standen sie an der Kasse und niemand sonst gab Beschwerdelaute von sich. Wieder berichteten die Zeitungen anderes. Kürzlich sollte eine Verkäuferin erschossen worden sein, weil es einem Kunden zu lange dauerte. Erneut entschied sie sich stattdessen zugunsten ihrer eigenen Beobachtungen. Und fand es angenehm, wie sehr man ihrem Gespür nach davon abgehalten wurde, in dem bekannten, seit Langem deutschlandweit üblichen Tempo durchzurasen.

Es kann sein, denkt sie sich für einen Augenblick, beim Beobachten dieser Welt und der Menschen hier, die Zuspitzung hier noch eklatanter: arm/reich, krank/gesund, nüchtern-offen/was eingeflößt oder sonstwie zugedröhnt, neugierig oder stumpf, überangepasst oder die persönliche Exotik, die Skurrilitäten stärker betont ... gerade ein wahrhafter Gnom, Karohemd, Hosenträger, unter der braunen Hochwasserhose klobige gelbe Schuhe, gelb wie Entenflossen. Sein lautes Rüberrufen zu einer Freundin oder Bekannten, die schon erschrocken zuckt, als sie diese bekannte, schep-

166

pernde, leicht schleppende Stimmgewalt und so einige Blicke auf sich spürt. Der Mann kommt Florah vor, als wolle er mit unterschwellig vorweggenommener Absicht einem tumben Klischee genügen, um dann gegebenenfalls aus der perfekten Deckung heraus doch zu überraschen.

Aber warum soll das überhaupt wichtig sein? Wozu mit dem Kopf vergleichen, statt einfach nur zu fühlen?

Dementsprechend auf der Bank, denn es ist schon zu kalt für den Brunnenrand, ausgerüstet mit dicken Waffeln mit Zimt und kleiner Kruste hier und da sowie mit ungesunden, doch leckeren Limonaden in dummen Dosen, hat sie Lunas Verwunderung hier und da das Ungewohnte stärker sehen lassen.

Mit dem Bus werden sie zurück zum Bahnhof fahren, entscheidet Florah, denn sie liebt den Park zwischen Bahnhof und Innenstadt. Es ist so richtig ihres, vor allem während der Zierkirschenblüte, wenn der dahinterstehende Baum das Denkmal mit den Liebenden wirklich zur Geltung bringt. Die breit angelegte Skulptur kann einem fad und ausdruckslos scheinen, schaut man beim Fehlen dieser Umrahmung nur auf den Stein.

Vielleicht können es auch nur Liebende sehen und diejenigen, die daran glauben, dass es die Liebe gibt? Oder sie hat einfach den Vorteil, dieses zu sehen, weil sie sich das innere Bild wiederholen kann.

Jedenfalls ist nicht Frühling, daher auch keine warmsinnlich-süßen Magnolien, nur überfüttertes Entengetier und frustriert wirkende Gänse, die in dem Tümpel dümpeln.

Wilder Streik in Lüttich. Unangekündigt den Bahnverkehr lahmgelegt. Hat was von Vergangenem: Punk-Protest-Rock aus einem Minibus. Reinigungspersonal, Menschen zwischen vierzig und knapp sechzig, die gegen die erneut bevorstehende Privatisierung aufstehen.

Auch hier regt man sich auf, vor allem weil die Aktion nicht, noch nicht einmal kurzfristig, angekündigt wurde. Überall gleich die Drohgebärden der Frustrierten, die nun teils ein Problem haben, sei es auch bloß in ihrem zeitgeistigen Egoismus: „Es steht mir zu, jetzt in Frieden nachhause zu fahren, schließlich habe ich bezahlt!" Die Medienmacht wird ihr bewusst: War es früher mehr um die Anliegen der Streikenden gegangen, wurden nun die dadurch „verletzten Rechte der Nutzer" hervorgehoben.

„Nimm es als Abenteuer", beruhigt sie das nun ganz aus einer verlässlichen Spur Gebrachte, doch erneut nicht nur den Pulli in Lila und Orange, sondern auch ihre Omi festhaltende und mit geweiteten Augen all das beobachtende Kind. Plötzlich wieder viel mehr Kind als Frau.

„Wir haben ja nicht knapp geplant und wir fahren dann eben mit mehreren langsamen Bussen nachhause. Ich erzähl dir auch dieses und jenes. Wir haben genug zu trinken. Und ich glaube, dass ich weiß, wo notfalls unterwegs die Klos sind – beide lachen komplizinnenhaft.

Florah nimmt sich vor, dass sie nicht erzählen wird, wonach sich auch viele recken, worüber sie tuscheln oder scheinwissend palavern, andere umwölkt oder ratlos einfach nur versunken sind: Lüttich ist wieder einmal geduckt, geschlagen mit einem neuen Fall verschwundener Mädchen – sie sind in vielen Gesprächen, egal wo man läuft oder sitzt und in den sich wiederholenden Meldungen der Innenstadtradios sowieso.

Bevor noch irgendein Bus kommt, zwischen den schon abgestellten bunten Brunnen, auf dieselbe Bank gedrückt, auffällig aneinandergeschmiegt, auf den ersten Blick zwei Frauen so gegen siebzig, dann entschlüsselt man nach leichter Irritation, es sind Männer, die als Frauen gesehen werden mögen, die eine etwas burschikoser, die andere mit hochhackigen Schuhen, langhaarig, Spängchenfrisur. Über die Unbill des Lebens tauschen sie sich aus und lachen in der Erzählung darüber, wie ihre Freundin, Jaqueline, einem Geld abgeluchst hat. Die Hochhackige spricht spitzbübisch den wunderbaren Satz: „Mais on a chaqueune sa méthode." Jede hat so ihre Methoden, jeder seine … Sie geben sich Tipps und grinsen sich unter kehligem Lachen Zustimmung zu; entwickeln spielerisch ihre Gedanken über wirksame Methoden, die sie das Leben gelehrt hat.

Luna, in ihrer Jugend doch plötzlich das Gewohnte suchend, behauptet, sie wundere sich nun über nichts mehr. Möchte aber gern wissen, wieso nun das? Es seien doch zwei Männer, oder? Was hätten sie gesagt? Sie bekommt zur Antwort, dass Florah sich später im Bus an einer Erklärung versuchen wird …

Sie würde sich auch, egal wie lang die Busfahrten heute dauern mochten, nicht verlocken lassen, von dem Amoklauf damals zu erzählen. Als man noch kaum von Amokläufen oder wahlweise von terroristischen Anschlägen sprach. Bei den einen wie bei den anderen konnte man ohnehin in den seltensten Fällen die Attentäterinnen oder Attentäter befragen, weil sie sich meist wahlweise umbrachten oder in Notwehr erschossen wurden. Florah musste nicht verraten, dass sie froh war, im Oktober mit Luna in diese Stadt zu fahren, weil sie seither den Weihnachtsmarkt mied. Egal wie gut und lange sie wieder gehen konnte. Die Schießerei bei den Lütticher Weihnachtsbuden hatte sie lange bewegt. Und es ging ihr nicht darum, dass sie „zufällig" einige Tage früher dort gewesen war und später scheinbar ohne Grund in den Internetnachrichten herumlas, als sie doch diese Gewohnheit schon weitestgehend abgelegt hatte. Ungläubigkeit zunächst und kein Fassen-Können. Deutlich später erst dieses eigenartige Registrieren über den Kopf:

Der Weihnachtsmarkt, von dem sie wegen der Zweiteilung, der oft auf ein Mottoland bezogenen Verkaufsstände und Fressstände schwärmte, dann der benachbarte fürstbischöfliche Palast, mit den tausenderlei Fratzen an Säulen, die einen wunderbar phantasieren ließen. Die Bushaltestelle, von der sie so oft abgefahren war, der Point Chaud mit seinen leidlichen Nullachtfünfzehn-Fressalien, jedenfalls hatte man dort immer gut notfalls „Geschäfte" erledigen können, dann das begehbare Dach dieses Schnellrestaurants. Dort, wo man immer aufpassen musste, nicht auf Tauben ... auszurutschen. Das Blut, die Gesichter der Leute, die vielen Kinder ...

So langsam sickerte das vom Kopf dann auch in Bauchgefühl und Magen – viel später aber erst insgesamt ins Gefühl. Augenblicklich allerdings war das alles für sie so, als hätte es auch in einer deutschen Stadt passieren können, gab es doch die Verlorenen mit den bizarren – andere benannten sie als psychopathischen – Ideen überall.

Neben dem Vergleichen machte auch das Sich-als-etwas-Besseres-Fühlen und mit stolzgeschwellter Brust überheblich den kleinen Nachbarn verdammen, mit dem sich ihr Geburtsland profilieren mag, Florah keine Freude. Es ging nun schon so lange so und war ihrer Meinung nach hauptsächlich dazu geeignet, sich in Deutschland immer noch in relativer Sicherheit zu wägen. Als ob es irgendwo Sicherheit gäbe, man einfach die effizienteren Institutionen und Methoden habe. Man tat, als könne man „das Beste" nicht nur in sich selbst gestalten. Ein wohlmeinender Staat tat das angeblich schon alles. Die meisten deutschen Mitbürgerinnen und Mitbürger sprachen daher gern über „die belgische Schlamperei" und was „die" schlechter im Griff haben, als „wir", zum Beispiel ihre Knäste, das Justizsystem oder den Waffenhandel. Die Polizei. Die Journaille, die Atomkraftwerke und die angeblich so großen Maschen, durch die das Schreckliche immer wieder unerkannt, wegen fehlender Kontrollen schlüpfte. Wenn sie ehrlich war, schien ihr, einiges werde anderswo schlicht effektiver gedeckelt und verwaltet, im Kern sei „man" nicht weniger marode, faul oder schräg aufgestellt.

Neben dem natürlich auch vorhandenen persönlichen Glück, den Markt nicht an genau diesem Tag besucht zu haben, ging ihr lange nahe, wie sie den Place Saint-Lambert noch kennen gelernt hatte: als hässliche Wunde in der Stadt. Ein grauer Parkplatz im innersten Herzen ihres Zentrums, gegenüber einem Prachtbau der Jahrhundertwende. Sie hatte die nach brachialen Raubzügen und Zerstörungen während der Französischen Revolution schließlich geschleifte alte Kathedrale zusammen mit vielen anderen als Wunde empfunden, und eine Wunde musste doch, wie auch immer, sich schließen können, heilen, auch so eine.

Und selbst wenn sich das Geschehen in seiner Zeit noch so klar und logisch darstellen ließ.

Sie war nach anfänglicher Skepsis doch begeistert gewesen über das Gelingen einer völligen Neugestaltung, unterirdisch und überirdisch und endlich die Stelen, um den Standort der alten Kathedrale zu markieren.

Gelungen!

Florah dachte an die Zeit, die sie beide noch vor ein paar Stunden verlebt hatten: ein Fenster, eine Szenerie, ausgeleuchtet von einer hässlichen Küchenlampe. Luna wollte wissen, was dahinter passiert, warum die schöne Frau, die da an Herd oder Spüle steht, so traurig aussieht.

„Die schöne Frau hat ihren Mann sehr lieb, er ist auf eine Geschäftsreise gegangen und nun schon viele Tage, ja Wochen fort, ohne sich auch nur einmal zu melden." Ein Seitenblick deutete an, dass die Enkelin „eine Geschichte" identifiziert hatte. „Weiter ..."

„Die Frau ist sehr traurig. Sie schließt einen Pakt mit dem Teufel, verkauft ihre Seele, aber gibt es nicht eine Möglichkeit, dass sie ihre Seele vielleicht doch zurückbekommt und den Mann obendrein?"

Höhnisch lacht der Teufel: „Nein, die gibt es nicht, denn da müsste ja der Mann, den sie nun schon bald wiederhaben wird, die Frau mindestens genauso lieben, wie sie ihn liebt", und das sei mit Verlaub ja wohl seltener als ein Hauptgewinn im Lotto. Lachend klopfte er sich auf die Schenkel, der gerade unfreundliche und höhnische Schalk.

Die Frau, in sich versunken, dachte daran, dass Liebe wohl das Kostbarste überhaupt war, wichtig wie Nahrung, es tat dem ganzen Menschen gut. Arm ist, wer sie nicht hören, empfinden und an sie glauben kann. Das Gefühl, dass die halbe Miete war für die Lust auf einen liebevollen Kontakt. Einen Kontakt voll der Liebe sozusagen, daraus gemacht, wie man sich gegenseitig zum Lachen bringen konnte. „Wenn ein Lächeln immer wieder gern den Mund umspielt und Glück ein solches Frohsein weckt, dass es vermutlich neue Augenfältchen macht. Wenn es nur einer als uneingeschränkt bereichernd empfindet, die andere Zweifel hegt, etwa ob nicht doch etwas Besseres zu finden sei, wehe, wehe."

Sie pikte das angelehnte und in sich versunkene Elfchen. Zucken und Protest vor Schreck.

„Vielleicht kommt er ja zurück, der Mann", ergänzte sie, weil sie die ungestillten Wünsche im Gesicht des Mädchens sah. „Bestimmt ist er in Wirklichkeit nur Brot holen oder so." Wahrscheinlich wollen beide da auf ihrem Bänkchen es lieber so glauben.

Luna atmet tief durch, man hört ihr die Erleichterung an. „Na, da hat sie ja noch mal Glück gehabt!"

Florah schwieg.

Vielleicht würde sie irgendwann auch Evalina davon überzeugen können, Lüttich einfach schön zu finden. Nicht grau, nicht dreckig, schon gar nicht unattraktiv! Immer wieder hatte sie versucht ihr zu sagen, dass grau, traurig, modernd, niedergehend früher einmal war und nun eine neue Epoche. Nicht nur mit dem epochalen

Bahnhof!

Es wollte nicht gelingen, die Skepsis und der Widerspruchgeist flackerten ausnahmsweise kampfeslustig in Evalinas schönen Augen. Und auch wenn ihr Besuch schon Jahre her gewesen war, ihr hatte Florahs wundersamste aller Städte eine Fratze in die Erinnerung gebrannt. Es mochte wohl damit zusammenhängen, dass Graues und nicht Perfektes an ihre Tundra oder Tatra, und was dort alles andere als angenehm und gesund gewesen war, erinnerte. Die Ältere biss sich auf die Zunge, um dies nicht zu sagen und auf die Schwärmerei, das Paradiesische aus den Erinnerungen, aufmerksam zu machen. Die andere Seite der Medaille. Florah, schweigend, senkte einsichtsvoll den Kopf, konnte sich wirklich an ihrer eigenen Nase packen, und man mochte es ihr, die sich natürlich gerne frei davon wähnte, als arrogant und negativ auslegen, dass sie immer wieder vergaß, welche von beiden es denn nun war. Die Tund-, die Tat-ra alles eins, alles gemischt in die Ukraine, und hatte sie sich vor Jahrzehnten bei Joseph Roth – Gott hab ihn selig – vorgewagt. Aber anscheinend nicht genug vorgehaltenes Wissen angeeignet? Sie durchschaute die blödsinnige Arroganz ihrer eigenen Haltung und änderte sie dennoch nicht. Sie entschied noch einmal, doch lieber ihre alten Bilder zu behalten.

Komischerweise träumte Florah von Lüttich, als habe sie es in ihrer Kinderzeit gekannt. Dabei war sie der besonderen Wallonin erstmalig mit vierzehn im Vorbeifahren durch die gelben Autobahnbeleuchtungen begegnet und dann erst wieder, als sie doppelt so alt war.

Den Traum empfand sie als ganz bunt, obwohl die Straßen, durch die sie als Kind lief, grau waren. Sie musste Kopien machen, was in dem Büro, wo sie es zuerst versuchte, in der dort überheblichen Geschäftigkeit, nicht ging. Also rannte sie, nachdem dort alles vergeblich war, wieder hinaus und durch die Straßen, dieser seltsam verloren wirkenden Aschenputtelstadt. Es war ihr gerade recht, niemandem zu begegnen, der sie triezen oder verprügeln oder um das spärliche Taschengeld erpressen wollte. Sie schlüpfte hinter ein schäbiges Tor. Dort gab es ein Blausteinhaus mit einem Raum voller Holzbänke, wie in einer Kirche.

Sie sah ein kleines Kabuff mit Glasschiebeschalter und Kästchen für Geldeinwurf. Man sagte dort anscheinend, was man wollte, Kopien also brauchte sie und konnte sie dann machen, bezahlte später nach Selbsteinschätzung am Kästchen. Sie fühlte in ihrem Geldbeutel und den Jackentaschen nach, denn sie hatte gelesen: „Selbsteinschätzung aber mindestens …" So viel Geld hatte sie nicht, wollte aber nach den Kopien noch eine Tüte Süßigkeiten, Knabberzeug! Der Mann hinterm Schiebeglas, der Dustere, von dem sie sich beobachtet und bewertet fühlte, hatte in Wirklichkeit gar kein Problem. Er nickte ihr in stillem Einverständnis ermutigend zu, auch als sie noch nach der Tüte guckte, um die Sachen zu verstauen. In der Zwischenzeit füllt sich der Raum. Es ist Kirche oder Gewerkschaft oder sozialer Treffpunkt. Sie war ganz unsicher, ob sie die Berechtigung hatte, da jetzt noch zu sein, schließlich war die Aufgabe vom Anfang irgendwie erledigt.

Ach ja, Florah, sprach sie zu sich selbst, es war nur einer dieser endlosen „Darf ich sein? Darf ich überhaupt existieren in dieser Welt?"-Träume. Das hatten sie doch hinter sich, Florah und Florah, oder?

Wir hatten wahrlich keine Ahnung, wie das wohl sein konnte, diese junge Arbeitskollegin so unverhofft als Freundin zu gewinnen. Wir, also Florah und ich, die allergleiche mit den mehreren Stimmen eben. Doch noch verrätselter als die Kollegin selbst, sie gestand es sich zu, war die Auflösung ihrer Vorbehalte. Natürlich hatte sie wahrgenommen, dass es kluge, sympathische und nicht nach alten Kategorien einordenbare Menschen gab, wohl zwanzig, fünfundzwanzig, gar dreißig

Jahre jünger als sie selbst. Doch hatte sie diese bisher für vereinzelte Phänomene gehalten, ihren eigenen Sohn zum Beispiel. Da mochte ihr Paul, auf den sie so viel hielt, ja dem sie im Grunde kritiklos fast alles zu glauben bereit war, oder es zumindest in Erwägung zog – Paul mochte ihr was auch immer erzählen über diese Generation, in der etwas aufgebrochen schien, die angeblich Lebensweisheiten in sich beherbergen und leben konnte, die er selbst und auch sie nur durch oft bitteres Lernen aus Erfahrungen in sich entwickeln konnten. Auch treffliche Aufsätze im Internet und Theorien zur neuen Zeitqualität, in die es Menschen ihres Alters doch mehr drosch als sanft gleiten ließ, hatten sie zunächst nicht davon überzeugen können, dass spätere Generationen einfacher und anders zu umsichtiger Lebensklugheit würden gelangen können.

Lange hatte sie darum die in ihren Augen schöne und zarte, liebevoll die Menschen sehende und durchsetzungsfähige Evalina nicht in ihrem Wesenskern erkannt. Frei nach dem Motto: „Das hat es doch noch nie gegeben, also kann es nicht sein", verstrichen Monate, gab es viele Unterhaltungen, die doch bestenfalls nahelegten, dass Evalina, nach Deutschland gefegt aus schweren kaukasischen Wäldern, einfach sehr viele tiefe, mal glückliche, mal unglückliche Dinge dort durchlebt und gesehen hatte. Klar kann das die eigene Tiefe prägen und die geduldige, manchmal sogar lauernde Beobachtungsgabe schärfen – das nun kannte sie ja von sich selbst.

Mit Beschämung nahm sie dann wohl wahr, wie die junge Frau nicht nur gelernt freundlich und auf dem Erfahrungshintergrund, den eben so eine knapp über Dreißigjährige sich „üblicherweise" hatte aneignen können, beriet, fürchterliche Prozesse in offiziell wohlgesinnten Teams durchschaute, wirkte und werkte, sondern darüber hinaus anderes noch in sich versammelte: Diese Bürokollegin konnte still an ihrem Platz sitzen und anscheinend vor sich hin arbeiten oder gerade braune Blättchen an Zimmerpflanzen zupfen, unauffällig dies und jenes aufräumen und doch gleichzeitig Florahs Telefonaten oder persönlichen Beratungen mit höchster Aufmerksamkeit folgen. Später vollkommen unprätentiös die Ältere für einen bestimmten Schachzug, einen kleinen Trick oder eine Vorgehensweise bewundern – Lob, das diese wochenlang wegwerfend abschüttelte und irgendwann doch anzunehmen begann, weil sie fühlte, dass es ernst gemeint gewesen war und nicht nur selbstverständlich, was sie so gelernt hatte und tat. Doch das Erstaunlichste war für Florah, Evalinas Gabe zu erkennen, aus dem Strauß fremder Erfahrungen sich das herauszunehmen, was ihr gut für eine Übernahme in den eigenen Erfahrungsschatz schien. Und sie nahm es nicht nur, sie sagte oft ein Danke dafür und umrahmte es mit: „Trinkst du auch einen Tee oder Kaffee?", und legte immer etwas Süßes oder Herzhaftes dazu.

Beide kamen so ohnehin nicht drum herum, irgendwann mit dem Kopf und dem Herzen zu begreifen, was sie aneinander hatten. Trotz, wie es nun so schön heißt, herausfordernder Arbeitsbedingungen. Kostbar war damals plötzlich die verbleibende Zeit in diesem unweigerlich vergehenden Arbeitsprojekt geworden. Nie geizte Evalina; was sie hatte, egal ob Wissen, Fragen oder profane Leckereien zum Essen und Trinken, teilte sie einfach so und mit Freude. Ohne die innerliche Aufrechnerei, die Florah bestens kannte. Für sie selbst plötzlich einfach, abzugeben, wo sie früher leicht abgewogen hätte.

Ohne dies zu begreifen und zu fühlen, wäre es möglicherweise dabei geblieben, die kaukasische Schönheit für all die Geschichten aus ihrer alten Heimat zu mögen und besonders für den weiten, versierten gelernten Wortschatz in ihrem schönen Deutsch zu schätzen. Sie gern haben, wie andere tolle Frauen, die vorher auf den vielen Arbeitsplätzen erschienen waren, und irgendwann waren sie, vorherige gegenseitige Versprechungen hin oder her, nur noch nette Erinnerung. Wehmut, auch diesen Menschen erfahrungsgemäß bald wieder aus dem eigenen Leben zu verlieren, schlich sich damals ein. Doch tatsächlich hatte Evalina das „Aus den Augen, aus dem Sinn" nicht zugelassen. „Schwer in mein Herz zu kommen, aber wer einmal dort ist, wird mich nicht mehr los."

Die zwei, Evalina und Florah, kannten Skeptizismus und die Angst, nicht wirklich ernst genommen, auf den Arm genommen zu werden. Sie erkannten sich in der eisernen Disziplin und der Mühe als wesensverwandt, und im Aufweichen derselben durch nette Pausen und Unterhaltungen, die es sonst so nicht gegeben hätte, übten sie anderes. Äußerlich mochte man erst nach Langem entdecken, dass sie jeweils eine Schwäche hatten, sich zu verstecken einerseits, aufzufallen, in besonderen Stilen sich zu kleiden, zu frisieren und zu schmücken, andererseits.
Immer wieder ging es der Jungen um ihre Hoffnung, dass bei ihr zuhause alle nett, gesund und fröhlich waren, also der Mann und die Kinder. Und das Wissen, wie alles nicht so einfach war.
Florah konnte, ein wenig an den Veränderungen, seit sie Evalina kannte, Fortschritte ermessen. So bei eigenen, gut zu sich zu sein. Nicht mehr gar so schwer wie früher, aber im Notensystem von 1–6 gab sie sich weiterhin bestenfalls ein „Noch befriedigend".

Damals mit Cadmo diese gewisse Trunkenheit von Stimme zu Stimme, lange bevor auch sie diese Begegnung nicht mehr für zufällig hielt, als sie sich schon daran freute, mit ihm alle Farben des Regenbogens sehr beschwingt wahrzunehmen. Es ist nicht nur eine ganz besondere Verbindung, sondern etwas sehr Inspirierendes. Da passierte einem höchstselbst, wovon man gedacht hatte, dass es selten und dann eben anderen geschah.

Sicherlich hat auch Evalina durch ihr „Mitfreuen" ihr Scherflein dazu beigetragen. „Was für Worte fließen aus deinem Inneren!", kommentierte sie und lachte. „Pflücke diese spannenden und schönen Momente in deinem – und irgendwie sogar in meinem – Leben." Sie strahlte.

Irgendwann hatte Florah zugegeben, es fühle sich nicht so schlimm an, eine Weile seinen Worten und diesen eigentümlichen Berührungen ohne Berührung nicht zu begegnen. Weil sie inzwischen wusste, spürte, es würde wieder sein.

Seltsamerweise wog es nicht wirklich schwer. Anscheinend hatte das zu tun mit dem Unwichtigerwerden des Erlernten, das nicht zu ihr passte, und mit dem In-sich-Verklingen der Worte von außen, was wie sein sollte. Wie sollte man groß träumen und Erstaunliches anziehen, wenn man bloß an kleine Möglichkeiten glaubte?

Und spannend, wie selbst seine räumliche Abwesenheit Kreativität, Entwicklungsprozesse, Erkenntnisse freisetzen konnte. Wie sie sich verspielt mitunter versteckte, als Lauschengelchen hinter seinem Rücken. Ohne ihm in den Rücken zu fallen. Sie würde ihn nie stören wollen.

Evalina behauptete, keine Idealistin zu sein, es sei ihr sicherer, den Dingen realistisch ins Auge zu sehen und den anderen das Träumen zu überlassen. Florah glaubte ihr das nicht ganz. Sie dachte an sich selbst. Schon immer war es ihr darum gegangen, konkrete Utopien, die sie in ihrem Leben spürte, auch umzusetzen. In den Begriff der konkreten Utopien hatte sie sich als Jugendliche bereits verliebt, es war ihr interessanter gewesen, als sich in Jungs aus der nächsthöheren Klasse zu verlieben oder in Lehrer. Und sie war auch später nicht der Typ, eine konkrete Utopie einfach so vorüberfliegen zu sehen, sich von all den Schmähgesängen zur Traumtänzerin, zu Gefahren und was sich nicht alles würde rächen können, abhalten zu lassen.

Sie hatte mit diversen idealistisch angegangenen Lebensmodellen in Beziehungen, im Wohnen, in der Kinderbetreuung, wie man von außen so schön sagen würde, „Schiffbruch erlitten". Dennoch: Sie hätte diese Erfahrungen und Zeiten nicht missen wollen, würde nichts anders machen, könnte sie zurück, es noch einmal leben. Bei manchem dachte sie, dass, es mag sein, in ihrer Generation nicht geklappt hatte und doch für welche, die später kamen und es versuchten, gehen könnte. Bei anderem fragte sie sich, wie man herausbekommen sollte, dass es nicht gut funktionierte auf Dauer, wenn keine und keiner es praktisch probiert hatte.

Warum sie Evalinas Realistinnenaussage nicht gut Glauben schenken konnte, lag in vielem begründet: ihr Werdegang in Deutschland war ungewöhnlich und selbstbewusst. Sie hatte sich diesen deutlich älteren Mann ausgesucht, bei dem ihr Hinz und Kunz erzählten, warum es sie nicht glücklich machen würde. Sie war unbeirrbar ihrer Liebe gefolgt. Viele Dinge tat sie alltäglich und mit ihren Kindern, die ein unsicher, sich stets in ein kleines Schicksalskleid wickelndes Wesen niemals so sehen oder tun würde.

Was also sollte falsch an Idealistinnen und Träumern sein?

Bei ihr selbst war vielerlei nicht einmal für kurze Zeit aufgegangen. So erträumte sie sich, von Paul getrennt, am liebsten mit „Genossen" etwas zu teilen, ebenfalls deren Bett. Aberwitzigerweise kam ein Liebesverhältnis mit einem dieser, mit denen es nicht an Begegnung mangelte, nie zustande.

Sie war wohl doch zu eigen und mit so vielem „überflüssigen Luxus" angereichert, von Liebe und Romantik und Wertschätzung, ein Schnörkel hier und kleines Extra da.

Heute schienen in liebenden Verbindungen die Verbündeten am wichtigsten zu sein. Verbündet im Sinne einer Ähnlichkeit des Blickes, der Ausrichtung, der Gefühle dahingehend, was wirklich Bedeutung hat. Und mit Cadmo fühlte sie das Verbündetsein mitunter so weitgehend, dass die Grenzlinie zwischen Ich und Du hinter einer Art freundlichem flamingo-orange-farbigen Lichtnebel verschwand.

Sie hatte es begriffen: Das eigene Leben gehörte einem nur wirklich, wenn man ganz klar die Freiheit in sich spürte, zwischen allem immer wieder neu zu wählen. Dann lebte man den freien Willen, nutzte die Willensfreiheit in der Tat, im Sein.

Man konnte auch bei dem bleiben, was man gerade hatte. Vielleicht liebte man es und fand es genau richtig. Die ausschlaggebende Rolle spielte dabei, ob man es frei und aus innerer Überzeugung tat. Oder weil es gewohnt war. Leichter schien. Sicherer. Man, wie sie es von ihren Eltern kannte, die Überzeugung mit sich trug, die sie damals so verstört hatte – es käme wohl „nichts Besseres" nach.

Morgens hatte sie eine Mail mit dem Betreff „Eine morgendliche Umarmung", und er schrieb, als was für ein „Geschenk" er sie empfand. Florah ertappte sich zunächst bei einem verstohlenen Rundumblick. War da noch jemand im Raum? Sie fand es schwer, sich angesprochen zu fühlen. Wie? Mit Derartigem meinte jemand genau sie? Sie hatte lange daran gezweifelt, jemals für einen ein Geschenk sein zu können und keine Anstrengung. Es mit Cadmo geglaubt, irgendwann. Nach Langem.

Nicht durchgehend. So war es ihr nicht gelungen, sich als „ein leuchtender Stern zwischen anderen Sternen" zu sehen. Wenn sie auch spottete, zu alt für ein Pressesternchen zu sein und ja hoffentlich nicht mit Satelliten verwechselt zu werden. Unklar blieb, wie sehr ihr noch Irrungen mit Irrlichtern bevorstanden.

Und dass es mit ihrem sicheren Selbstwertgefühl durchaus noch nicht viel besser aussah als mit Bäumchen, die gedankenlos an einen unabgesicherten Hang gepflanzt worden waren.

Erstaunlicherweise hatte sie angefangen, Cadmo zu hören, oder sich selbst zu hören. Dieses besondere Hören von Dingen, die wahrscheinlich schon öfter an ihr vorbeigekommen waren, unbeachtet. Ungehört, weil unerhört ...

Es hätte auch mit Paul geschehen können. Hätte. Wenn er besser gehört hätte, weniger gerannt wäre, sich dafür jemals und von ganzem Herzen, mit seinem ganzen Wesen für etwas und für eine entschieden hätte. Für sie zum Beispiel. Mag sein, er konnte es nicht, hatte für seine eigene Person nicht genug Liebe?

Irgendwann nahm die Diskussion darüber, dass man immer und immer die Wahl hatte, mit Cadmo neu und mehr Fahrt auf. Florah fand verschieden interessante und vordem nicht bei sich entdeckte Schalter. Es begann irgendwann bei Drama rot aufzuleuchten und die Lust, aus diesem Achterbahnwagen auszusteigen, stieg schneller an. Sie fuhr nicht mehr zehn Runden mit, bevor sie benommen unten wieder ankam. Irgendwann nur noch eine Runde, bevor sie es merkte und stoppte. Und schließlich wurde die gesamte Achterbahn uninteressant. Ganz nebenbei dachte sie sich, dass sie Drama schließlich konnte, da gab es nichts mehr zu lernen, das hatte sie fünfzig Jahre gespielt. Immerhin, ohne sich so völlig aufzugeben und auszuliefern, ohne ganz darin unterzugehen. „Danke, dass ich das schaffen konnte", kam ihr oft in den Sinn, obwohl ihr die Ansprechpartnerin, der Ansprechpartner für diese Herzensäußerung noch nicht ganz klar war. Ein Schutzengel möglicherweise. Ein hilfreicher Mechanismus, der in ihr wohnte, sie bewahrte?

Sie konnte begreifen, was Cadmo meinte: wie das Ausprobieren und Einfühlen, Innehalten und danach erst Entscheiden einem zeigen kann, wo man gerade steht, wohin man sich entwickelt hat. Es ist schließlich einfach, sich als positive Denkerin ins Leben zu stellen, solange du keine große Herausforderung zu meistern hast. Dachte: „Aber die wahren, mein Leben umwälzenden Entdeckungen, es stimmt, die habe ich gemacht, wenn ich mit dem Rücken zur Wand stand, die Angstmacher, Besserwisser und Waffenträger immer näher auf mich zukamen."

Ihm war wohl klar, wie alle anderen nicht wirklich zu wissen, was die Zukunft so brachte. Er ergänzte, eine Sache aber sicher zu wissen, in der sich das Bild malte von der Entwicklung einer Freundschaft und Liebe, die sich immer tiefer und immer süßer gestaltete ... „Wir malen es!"

Florah verstand damals das Wort „herzerwärmend". Und dass sie immer wieder Lachen oder dieses eigenartige unweigerliche Lächeln überkam, zu den unmöglichsten Zeiten. Außerhalb wissenschaftlich erkannter Gesetzmäßigkeiten von Verliebtsein.

Es dauerte auch viel länger. Fühlte sich so eigenartig unverbrüchlich an.

Sie hörte Fragen, wie sie üblicherweise berechnend und abgleichend von außen gestellt wurden: Wer gibt wem? Es ist egal. Was soll das bringen? Verbundenes Glück?

Sie schloss ihre nächste Mail mit: „Mit Gefühlen von Liebe und Frieden in mir, küsse ich dich – ich hoffe, du kannst sehen, wie ich dir zuwinke."

Es tut ihr leid, wenn sie sehen kann, wie es Evalina schwer ist mit den ewigen Erkältungen und vor allem mit der ganzen Verunsicherung, wie alles weitergehen sollte für sie und ihre Familie. Die hohen, vielleicht überhöhten Ansprüche an sich selbst kannte Florah

selbst bestens. Sie war dergleichen jahrzehntelang gefolgt und löste sich nicht leicht. Auch war sie geneigt,
jeden einen Lügner zu schelten, der da behaupten wollte, Auflösungen zu kennen, von heute auf morgen.

Mitunter ist es wie ein Schauspiel von Schatten und
Licht. Sie kommt zu einem harmlosen Frühstück und
doch wird aus scheinbarem Nichts sogleich Melancholie
losgetreten. Es geht um verlorene Hoffnungen und
Ziele. Wieder um Idealismus. Seltsam, so viel darüber zu
reden, wenn doch Evalina das Thema als abgehakt und
unwichtig ansah. Die Sonne schien, wenn beide neben
dem Hässlichen der Welt etwa ihren Freundschafts-
schatz anleuchteten.
Florah hörte sich davon sprechen, wie sie immer und
immer hatte einen Mann in ihr Leben ziehen wollen, mit
so einer Ausstrahlung von „Machen Sie sich keine Sorgen", wie die Franzosen es so schön sagen. Das hätte
sich glatt anfühlen können wie die Errettung von außen.
Sollte aber nicht sein, weil sie stetig demselben Problem
begegnet war, egal wie nah, wie fern ihr einer war. Zusammenleben schien ihr eher seltsam als Idee, obwohl
sie schon gerne jemanden bekochte. Es verunsicherte
sie auch schwer, sich jemanden vorzustellen, der mehr
als nur ab und zu in ihrem Bett lag, von dem, was sich
dort abspielen konnte oder erfahrungsgemäß kompliziert werden, mal ganz abgesehen. Und diese viele Lust,
allein zu sein! Kurzum, es war ihr nie gelungen, diese
Seite eines Wunsches klar und eindeutig auszudrücken.
Evalina giggelte erst, dann brach schallendes Lachen aus
ihr heraus. „Das hat man also davon, mit solchen Mächten des Schicksals und des Universums zu spielen",
witzelte sie. Nun endlich habe sie verstanden, warum
ihre große und erfahrene Seelenschwester diese unsichtbare und recht weit entfernte Liebe angezogen hatte.
„Weil du es ausgesandt hast und nicht näher definiert.
Wahrscheinlich hat das Universum mehrere Umdrehun-

gen gemacht und mit deinem Schicksal beratschlagt, was es aus deinen eigenartigen Wünschen um Himmels willen backen sollte!" – Ganz rot war sie schon vom Lachen. Was für ein Segen, dass sie vergeben sei und obendrein für alle Fälle eine Lehrmeisterin hatte, die ihr was über Fallstricke beibringen konnte. Denn sie hätte, mit Verlaub, an Florahs Stelle doch handfestere Wünsche gehabt.

„Tja, so verschieden sind eben die Menschen", gab sie der Freundin zurück. Denn genau genommen, sie habe es kürzlich – übrigens auch mit Amüsement – festgestellt, schenkte ihr das Schicksal recht exakt, was sie sich vor Jahren, zuletzt in ihrer Lieblingskirche mit einem Teelichtlein, wünschte: eine Freundschaft, eine Liebe, die ihr das Gefühl gab, als sei alles in Ordnung, wie es war und mit ihr selbst. Sie war getragen und gut aufgehoben in dieser Welt. Was ihr auch begegnete, es würde sie nicht zerstören …

Es war schon lang her, dass er ausdrückte, wie ihm gefiel, sie nicht mehr immer und immer wieder neu davon überzeugen zu müssen, sie aus tiefem Herzen einfach für ihr Sein und für das Dasein in seinem Leben zu lieben. Und kaum hatte sie damals ein bisschen damit geprotzt, dass sie das nun begriffen hatte, zwickte es sie schon wieder. Inneres Aufbäumen, denn sie wollte und wollte es doch immer weiter hören und man konnte nicht genug davon bekommen. Als ob tausend mehr Zweifelstreuer sie umgaben, die niedergerungen werden mussten.

Nur manchmal gelang ihr, sich an schönen Worten für sie festzuhalten, einfach vertrauen. Glauben. Punkt.

„Hoffentlich muss Luna nicht so lang daran üben", dachte sie, oder „fällt nicht damit auf die Nase". Mit dem Zweifel und der Hoffnung lag schon wieder das ganze Thema auf dem Tisch.

Dabei mochte sie es doch glauben! Wenn auch die meiste Erfahrung dagegenstand. Schmecken! Ohne das Wenn und Aber.

Interessant, das aparte Wesen, Evalina, auf der anderen Tischseite dort, die Frau in ihrem „Tochteralter" konnte Florah intuitiv begreifen. Was das für ein Schätzchen war!
Erneut fragte sie sich, bezogen auf Cadmo, wie es dauerhaft sein konnte, einander wie anwesend, kräftigend und in aller Energie zu fühlen.
Evalina ergänzte, ob sie nicht Angst habe, vor einem bitteren Nachgeschmack? Oder schal? Wie es am Ende ist, wenn einer, den sie als starke Persönlichkeit erlebt, eine Lebensphilosophie in sich trägt, die besagt, alle erst einmal unterschiedslos anzunehmen, wenigen bloß zu trauen und noch wenigeren sich anzuvertrauen?
„Interessant", denkt sich Florah. „Das sagt eine, von der ich das Gefühl habe, sie verhält sich durchaus ähnlich." Vielleicht konnte sie diese ständige leicht entschuldigende Begründerei ablegen, rascher als ihre ältere Freundin, die viele Jahre alles erzählte, in verschiedene Richtungen argumentierte, begründete, diese wilde Rechtfertigungsenergie aufbrachte für ihr Sein und warum sie war, wie sie war.
Hatte sich nun diese junge Frau wohl den Kopf zerbrochen, tagelang. Dann aber den richtigen Schluss gezogen: Cadmo will keinen verändern, er, aus seinem Erlebten heraus, hat eine für sich geltende Regel entwickelt, zum Schutz seines Selbst und um die anderen zu lassen, wie sie sein mögen.

Evalinas Mann fliegt zum Sportvergnügen, er lässt sie, obwohl sie sich viel unterhalten haben, zwischen übereinander ärgern und erbosen, Verständnis und Besorgnissen hin und her, zum ersten Mal mit den Kindern tagelang allein. Auf Zurückliegendes bezogen sagt sie:

„Nach deiner Scala liegt meine Stimmung dennoch bei sieben von zehn." Sie müsste nur an einem von diesen Tagen arbeiten, also nicht noch über den Einarbeitungsstress nachdenken, bei dem sie oft das Gefühl habe, kein Mensch könne das ja alles behalten und managen. Die Kinder waren zwar wie sie selbst erkältet, sie machte sich Sorgen, wie alles klappen würde, aber ansonsten, würde sie anmerken, gehe es ihr nicht schlecht. Ihre Augen verboten schon nach recht kurzer Zeit, weiter über dieses Thema zu sprechen.

Es ging Florah nicht aus dem Sinn, und so wollte sie es mit Evalina diskutieren, dass Cadmo sich sicher war, es müsste ihr ähnlich gegangen sein und gehen wie ihm: Entweder die Menschen mochten sie, dann bitte so richtig – oder sie reagieren skeptisch, abfällig, abweisend, feindselig – es gibt nicht so eine Mitte, anderen Menschen einfach mehr oder minder egal zu sein. So fingen sie an. „Sie nutzten mich, wenn sie mich nützlich finden."
„Und der Preis, den man zahlt, nicht alleine zu sein?", wollte Evalina wissen. Und tatsächlich musste die andere darüber erst nachdenken. Gab dann zu, sie habe sich nicht so gefühlt, als sei sie in ihrem Leben vor diese Wahl gestellt worden. Sie sei wenig kompromissbereit gewesen und, mag sein, auch von daher eine Alleinleberin. Schließlich konnte man von dem entsprechenden Obstbaum zur gleichen Zeit nur entweder die Äpfel oder die Birnen essen. Sie hatte sehr überwiegend mehr Appetit auf die seltenere Birne. War in ihrem Leben viel alleine gewesen und hatte Übung, sozusagen. Sie konnte das nicht nur, sondern genoss auch das Selbstbestimmtsein, das es ihr bot. Und gar in den Jahren dieses immer weiter Lernens für sich selbst da zu sein, hätte sie ein anderer bestimmt, egal wie wohlmeinend, abgelenkt!

„Das Äpfelchen, mit dem ich direkt in einer Wohnung zusammenleben kann, habe ich viel schlechter geübt", gab sie zu.

Erinnerte gut, wie ihr die viele Anwesenheit eines Mannes, das Zusammenleben, oft zu schaffen gemacht hatte. Dabei war er einer der rücksichtsvollen Sorte gewesen und bemüht, sie in Ruh zu lassen, wenn sie das wollte. Dennoch: Oft fühlte sie sich verantwortlich, wenn er etwas zu erzählen hatte, oder Stress, wenn er unternehmungslustig war und sie nicht. Für vorhandenes Essen zu bestimmten Zeiten. Sie hatte dann entweder getan, was sie gerade nicht so recht „eigentlich" tun mochte, oder mit leisem schlechten Gewissen eben doch stattdessen ihr Ding gemacht.

Evalina brachte die These auf, vielleicht könne sie eher wieder mit Menschen zusammenleben, wenn sie gelernt habe, immer noch netter mit sich selbst zu sein, klar ihre Bedürfnisse zu benennen, verständlich und unnachgiebig zu sagen, was sie eigentlich wollte. Sie fragte nach, ob sie in der Zwischenzeit etwa weinen oder lachen sollte, denn es kam ihr nun endlich langatmig vor. Wahrscheinlich hatte die Jüngere ihr insofern etwas voraus. Zumindest sah sie oft etwas und verstand, worauf es wirklich ankam. Früher hätte Florah das gar nicht gekonnt, zulassen, wie ihr eine solche Jungspundin auf die Schliche kam. Nie zugestanden, wie sehr sie sich die Frage stellte, ob sie es verdient haben könnte, angenehm zu leben und gleichzeitig in ihrer Kraft zu stehen, gesund zu sein. Vielleicht war es zu viel. Ging nicht beides. Ging nicht beides?

Erst viel später sah sie Verschiedenes wie: „Stärker als die Angst ist die Neugierde und Lust zu leben …"

Da sagte doch diese Evalina zu ihr, es könne ja jetzt alles anders sein. Und wo bitte gäbe es die Zwangsläufigkeit davon, wenn man nicht mehr ganz so jung sei, immer eigener und eigenwilliger zu werden? Vielleicht entwickle man diese Eigenheiten und Riten nur, um sich aufgehobener und sicherer zu fühlen? Gegen die Angst? Könnte man nicht auch, je besser man in sich selbst zuhause ist, desto freier und flexibler wieder werden? Vielleicht sehr alte Erfahrungen und Probleme überwinden und sich innerhalb einer Beziehung oder Ehe doch zuhause fühlen? Konnten nicht Einsichten und eine neue Umsicht auf den Kopf stellen, wie die Dinge früher liefen? Gab es die Möglichkeit, manchmal zu sehen und zu erleben, wie der Gefährte einen anderen Film in seinem Leben laufen hatte und nach diesem reagierte? Ohne sich selbst gleich infrage zu stellen? Konnte es sein, dass es mitunter gelang, sich so ganz zu entdecken und die Schwingungen zusammenlaufen zu lassen? Redeten einem andere möglicherweise Befürchtungen bloß ein? Dummes Gerede von den Geheimnissen, die man vor dem anderen bewahren sollte, um länger interessant zu bleiben? War der Mensch nicht voll und unerschöpflich? Für alle Schattenspringereien und Überraschungen gut?

Wie ihr eine so junge Frau inständig wünschte, Widrigkeiten und eigentümliche, so genannte Gesetzmäßigkeiten des Lebens mögen sie nicht zerreiben und mürbe machen, rührte sie. Ebenso Evalinas Wunsch, es möge Florah gelingen, sich ihre „schöne Persönlichkeit" immer zu erhalten.
Gerne würde Florah der Freundin mehr Halt im Leben und Sicherheit vermitteln. Es ging nicht. In alten Kategorien von Sicherheit und gutem Aufgehobensein denkend ein unübersichtliches Desaster. Unmöglich, etwas vorzuspielen von einem klar vorgezeichneten Weg der Kinder, einer sicheren Beziehung, die alles trug und ertrug. Gar einer gewährleisteten Gesundheit, wenn man nur zu allen Vorsorgeuntersuchungen rannte, oder bestimmt die berechtigte Erwartung einer garantierten Rente. Obwohl es auf der Hand lag, wenn man um sich blickte, und bloß, wie man es sonst durchaus beherrsch-

te, eins und eins zusammenzählte, hatte sie selbst mehrere Jahrzehnte nicht begriffen, wie das einzige wirkliche Sicherheitsgefühl nur in einem selbst wohnen und leben konnte. Nicht begreifen wollen: Man konnte es nicht im Außen erobern, und wenn es auch gelingen sollte, materiell genug anzuhäufen und immer stabilere Einbruchsabwehrzäune darum zu bauen. Wenn es jemand versucht hatte, ihr zu erklären, am besten noch Paul, während ihrer Versuche unterschiedliche Formen von Beziehung zu leben, fühlte sie sich sofort innerlich wund, angreifbar, unsicher.

Ich denke, ich sollte, was ich denke und was ich mach, noch stärker mit positiven, sinnlichen Gedanken verbinden. Ich füge vielleicht ein Adjektiv hinzu und einen lieben Menschen. Ich halte viel häufiger inne.
Von außen ein Verlachen, Skepsis, Verächtlichmachen, harsche Kritik und immer wieder der Vorwurf, zu eigenbrötlerisch, einfach albern und egoistisch in dieser kriegerischen Zeit zu sein. Wenn jemand „egoistisch" sagt, bin ich sehr angreifbar. Die Schlange, die zischelflüstert, es gelte, sich um ganz anderes zu kümmern im Namen der Menschlichkeit.
Es strengte an, ihnen freundlich-bestimmt und sogleich die Tür zu weisen. Und was hat das Kriegsgetöse, das Aggressive und das Traurige überhaupt mit dem lang noch nach der vereinbarten Zeit, immer aufgewühlterem Warten auf xyz zu tun? Warum musste sie sich ausgerechnet jetzt erinnern, an den wabernden, klebrigen, verklebenden, lähmenden, traurigen Verdruss und an herzklopfende Angstschlieren vor möglichen Konsequenzen aus all dem Sich-Übergehen vieler Tage.
Sie holte den Atem tief aus sich hervor und versuchte, möglichst viel davon herauszulassen, loszuwerden. Es war bestimmt nur eine kleine Aufforderung, nicht zurückzufallen.

Sie rührt mit dem Holzlöffel, und aus dem Geruch, der aus dem Topf steigt, und all dem Dampf erwächst ein Tagtraum.

„Unbeirrt aber wird die Holundermarmelade zu Wohlbehagen. Nach dem Pflücken die Omi und ich in der Küche, die albernen Gabeln bald aufgegeben, holen wir mit den Fingern jedes Beerchen. Ohne Stilrest kommen sie in den Topf, die tiefroten Handinnenflächen sieht der Opa und ruft aus: ‚Bäh, Sauerei!‘ Das zum allerschönsten Purpur in allen Poren der Handinnenfläche und zu Omis Schürze mit den Purpurflecken. Sie und ich zwinkern uns verschwörerisch zu, weil wir wissen, es ist alles gut.

Der Zucker über den Beeren und dann das lange, lange Rühren, damit nichts am Boden anbrennt. Ich, Kind, steh auf dem Hocker, die Omi mit ihrem warmen, schmiegsamen Busen hinter mir, rühren wir zusammen, ihre Hände über meinen. Mit Freude in den Augen nicken wir zu dem Geruch, der beim Einkochen entsteht.

Kommt dieser und jener, bemängelt Sauerei und ‚ob sich der Aufwand lohnt‘, es hat doch noch so viele Marmeladen in der Kammer. Unbeirrt wärmen wir uns aneinander und rühren dabei.

Wir naschen vom weißen Probietellerchen, prüfen, wie gut es geliert ist, die Konsistenz. Überlegend, dann wissend schauen wir uns an: noch ein Weilchen rühren.

Schließlich der große Schöpfer, die mit kochendem Wasser ausgespülten Gläser auf dem weißen Tuch. Wir hören die Stimme aus dem Hintergrund und hören sie nicht: ‚Das wird doch nie wieder sauber!‘ Unbeirrt füllt die Omi die heiße Marmelade in Gläser, schau ich, den Kopf in meinen Händen, wie Marmeladenlava Gläser füllt, und immer noch dieser wunderbare Geruch, der einfach glücklich macht.

Es folgt die Verkostung mit Butterbrot für alle, die zuhause sind. Ich liebe es, wenn die Körnchen aus den Beeren knisternd von meinen Zähnen zerbissen werden.

Die Omi liebt das auch. Irgendwann sind viele Körnchen unter ihrem Gebiss. Mit kleinen Schnalzern der Zunge versucht sie, die Körnchen loszuwerden, ohne ihre Zähne auszuziehen. Wir zwei lachen, während die anderen grimmig sind, wir wissen um pure unschuldige Freude."

Als sie, irgendein Geräusch da draußen und die Marmelade ist nun genug geliert, ins Leben zurückkommt, empfindet sie: Wer so etwas kennen gelernt hat, hat Liebe zu allem kennen gelernt. Und wie schön konnte es sein, sie wiederzufinden und in die Welt zu geben.
Florah folgte in den vergangenen Jahren dem Licht. Auch Rückschläge, Herausforderungen und was ihr doch immer wieder Frau Angst erzählte, schafft das Licht für den nächsten Schritt. Sie horchte in sich hinein. Weniger und weniger ließ sie es zu, in etwas gedrängt zu werden, von dem sie spürte, dass es der falsche Weg, ein dusterer und von Angst gesäumter Weg für sie war. Ihre schöne Gabe, aus allem das Beste zu machen, wollte sie sich für anderes aufheben als für Irrwege, die sie selbst-bewusst vielleicht vermeiden konnte. „Lass dir deine Zeit", sagte sie sich immer und immer wieder.
So wie in der schwierigsten Zeit die Erkenntnis, wo lang, plötzlich vor ihr stand. Sie hatte dieses und jenes zuvor so lange, so oft abgewogen und immer wieder beobachtet, was sich entlang anderer Pfade tat und wohin sie die Menschen führten. Besonders scharf gestellt auf den Aspekt, wie viel Lebenslust sie ausstrahlten, jeden Tag. Und dann kam sie zu dem Gedankenspiel und gleichzeitig zu dem Schluss, dass man doch nur mal annehmen bräuchte, die Schulmediziner mit den niederschmetternden und negativen Voraussagen zu ihrer körperlichen Gesundheit behielten recht, dann wäre es also ohnehin nur eine Frage der Zeit, bis immer gravierendere Ausfälle schleichend kämen. Die einzige kleine

Einflussmöglichkeit, die diese ihr zugestanden, war nach ihrer Aussage die auf die Geschwindigkeit, in der das geschah. Bedingt und wie Studien nahelegten, könne sie erreichen, dass es langsamer geschah, besonders durch Stressvermeidung und gesunde Ernährung, indem sie es sich möglichst angenehm machte. Diese Menschen sagten eher „erträglich" als angenehm. Wirklich Schönes war bei so einer Diagnose nicht mehr vorgesehen.

Interessant, in vielem knickten inzwischen Schulmediziner ein. Beschrieben ihr Metier als ein tolles Vehikel, aber nichts mehr war zu spüren von dem früheren Allmachtsglauben. Es sei denn, sie klammerten sich daran und beteten manchem weiterhin Versprechungen vor, die sie nicht halten konnten.

Sie fühlte es damals so: Angenommen, sie selbst hatte recht in ihrem weiteren Denken und Tun, dann war Stressvermeidung, Geduld, Beharrlichkeit lebenswichtig. Bildeten kleine Übungen und ein liebevoller Umgang mit sich selbst, Kontemplation, Meditation, Freude, Sinn, Tun, das ihr wirklich etwas gab, Freundschaft, Liebe und alles, was daraus ohnehin in ihr entstand, das Beste, was sie für sich und die Welt tun konnte. Genau genommen das Einzige, was sie tun konnte, und gleichzeitig alles.

Der Beginn ihres Umkreisens von einem Lebensgefühl im Jetzt.

Sie sah es schon, auch wenn sie es noch nicht so bald einsah, letztlich kam alles, was in diesem Leben sein konnte, aus Liebe und aus ihr selbst. Es gab Freunde und Lieben und Liebe von außen. Jedoch keine Rettung kam von dort. Die konnte nur in ihrem Innen beheimatet sein.

Es wirkte anfangs durchaus bedrohlich, nicht nur im Kopf zu wissen, dass sie allein die Verantwortung für sich trug. Für jegliche Entscheidungen, für alle Wege, die sie einschlagen würde. Die Versuchung, die Verantwortung über sich selbst abzugeben, war oftmals unglaublich verlockend. Doch begriff sie irgendwann, wie auch das scheinbar mögliche Abgeben der Verantwortung nichts war als ein grandioses Täuschungsmanöver und Spektakel. Denn tatsächlich trugen andere, auch Mediziner, diese Verantwortung nur, solang nach ihrem Dafürhalten alles möglichst gut ging. Ansonsten sprachen sie wie die Todesanzeigen auch von dem Kampf, der leider verloren ging, und reichten dem dann vielleicht vergehenden Wesen lieber seine Verantwortung zurück.

Ja, sollte man sie unter diesen Voraussetzungen nicht gleich selbst behalten? Immerhin musste man ganz allein zu jeder Zeit in den Spiegel sehen können, ohne sich wegzuducken; niemand konnte das für einen tun.

Paul war noch nicht da, der Termin längst verabredet, zu dem er zugesagt hatte, sie zu begleiten. Es war an und für sich nichts Besonderes, denn oft schon war Paul nicht gerade und genau dann da gewesen, wann er es angekündigt hatte. Die letzten Jahre allerdings ein Widerspruch, mal hoch pünktlich, dann wieder in letzter Minute. Sie sollte mittlerweile so oder so auf diesem Übungsfeld – Paul und sein Verhältnis zur Zeit oder so genannter Pünktlichkeit – geübt sein, Gelassenheit gewonnen haben, denn nur in den allerseltensten Fällen hatte er tatsächlich einen Termin vergessen. Was aber, wenn dies nun einer dieser seltenen Vergessensfälle war? Nein, das konnte nicht sein, rief sie ihren inneren nagenden Zweifel zur Ordnung. Vor allem und allem nicht an einem Tag mit einem Amtstermin, mit einem Termin, nach dem sie von öffentlicher Stelle ein wenig Geld, um bitte weiterzuleben in einer geheizten Wohnung mit Strom und Zugang zu ausreichend Lebensmitteln, um beispielsweise ihre experimentellen Suppen kochen zu können, ohne der Gesellschaft eine Lohnarbeitsgegenleistung zu erbringen – nein, an so einem Tag konnte er sie nicht vergessen, wusste er doch, dass ihre

Beine nur an guten, belastungsarmen Tagen ausreichend Kraft und sichere Bodenhaftung besaßen, dass diese ganz besondere Sperenzchen machten und gern schon einmal wegsackten an Tagen mit Amt, Störfeuerärzten oder zu viel Blabla von sonstigen Menschen aus dem Angstteich.

Hu, atmen! Noch fünfzehn Minuten bis zum Termin, den mit dem Auto zu erreichen man mindestens zehn brauchen würde, ohne parken, ohne sich an seinem Arm über den Zuweg zu schleppen, ohne an schwarzen Sheriffs in eine vierte Etage zu gelangen, die Beschilderungen in weitläufigen, labyrinthischen Gängen richtig zu interpretieren und schließlich vor diesem Raum vierhundertnochwiewas zu stehen.

War sie ausreichend vorbereitet? Machte das alles Sinn? Würde man sie lassen, damit sie weiter noch besser zu sich kam und schön bei sich blieb, statt sich in thematisch hinter sich gelassenen Lohnarbeitsaktivitäten zu verlieren, die sie bei aller Mühe nicht mehr würde so ausfüllen können wie früher und die ihre Körperbeherrschung zu zerstören drohten? Galt etwa in dieser Gesellschaft am Ende doch nur der komplette Zusammenbruch als Rechtfertigung für das Verlassen einer vorgegebenen Mühle? Sie wollte es nicht glauben, denn es durfte nicht sein.

Fast hüpfte ihr das Herz aus der Kehle, als es klopfte, und obwohl es sich so anfühlte, nach langen Jahren immer noch so anfühlte, war ihr innerlich klar: Bei diesem Aufmarsch im Amt war ihre Parole nicht „Auf in den Kampf, Torrera!", sondern vielmehr: „Erwarte, dass sie dich leben lassen und in Ruh lassen, und sie werden es tun ..." Allein ihr innerer Mitbewohner, Herr Zweifel, schwieg nicht völlig Stille, denn in ihrem langen Lohnarbeitsleben, damals, als sie sich noch zweifellos als ein Rädchen der großen Maschine, ein funktionierendes Teilchen definieren durfte, waren ihr so viel Ausführungsbestimmungen zu den festgelegten Spielregeln der großen Krake, des großen Systems begegnet – und schon nur solche Ausführungsbestimmungen konnten den guten Willen freundlich gesinnter Menschen in der Praxis untergraben.

Und so war es, wie es so oft war mit Paul: Zwar klopften sie sieben Minuten zu spät an die Amtstüre, doch ohnehin waren die vorherigen „Kunden" noch nicht fertig bearbeitet.

Schließlich sah ihr der Fallmanager – Gott sei Dank entwickelte sie keine juckenden Hautallergien bei dieser Art von Neudeutsch – angemessen sachlich-freundlich entgegen. Er mochte ihr Alter haben und trotz der Anhebung der Altersgrenze für das, was immer noch als Altersrente versprochen galt, die meisten Jahre seines Lohnarbeitslebens hinter sich haben. Er war vielleicht ebenfalls schon Opa und hätte jetzt lieber mit einem Enkel ein nettes Gesellschaftsspiel gespielt, statt vor Florah zu sitzen und diese überkommene Art von Gesellschaftsspiel zu spielen. Als sie ankündigte, dieser Freund – sie zeigte auf Paul – solle beim Gespräch dabei sein, sie habe keine Geheimnisse vor ihm, sah sie, wie er kurz nach unten schaute, den rechten Daumen und Zeigefinger nutzte, um den linken Mittelfinger mit einem kleinen Knacks in einem Gelenk in Form zu ziehen und mit einem winzigen Unwillen in der Stimme schließlich Paul den zweiten Stuhl zuzuweisen: „Natürlich, bitte schön."

Ob sie auch weiterhin nicht mehr arbeiten könne als diese wenigen Stunden, die sie dem „Schreibkram" für … was war es doch gleich? Ach ja, dem Schreibkram von diesem N-a-t-u-r-b-e-k-l-e-i-d-u-n-g-s-l-a-d-e-n widmete. Lang zog er die leicht verächtliche Betonung. Und ob man nicht doch mal langsam nach „ordentlichen Möglichkeiten" schauen sollte, wie sie ihre im Sozialbereich angesammelten Fachkenntnisse so dem

Arbeitsmarkt zur Verfügung stellen konnte, dass es ihren Lebensunterhalt trug? Sie breitete ihr neues Attest vor dem Mann aus und sagte, aus ärztlicher Sicht sollte sie sich das nicht zumuten. Seufzend überflog er das Papier. „Was Fachärztliches haben Sie nicht?" Immer die gleiche Frage, immer die gleiche Antwort, die sie versuchte, nicht nach Rechtfertigung klingen zu lassen. Dass der Hausarzt sie am längsten, am besten kannte und also die umfassendste Beurteilung ihm möglich war. „Gut", sagte der Amtsmensch, einmal ließe er ihr das nun also noch durchgehen, als sei er der Vergeber und verteile Gnaden. Wenn sie in einem halben Jahr wiederkäme, bestünde er auf einem Fachgutachten oder er müsste noch einmal eines über seine Behörde ganz offiziell anfordern.

Und obwohl an diesem Tag mehr nicht passierte, sondern vielmehr ihr angeblich so freiheitsliebender und großzügiger Staat, in dem man sich nur freuen sollte, leben zu dürfen, ihr eine erneute Schonfrist zugestanden hatte, ging Florah auf ihrem Rückweg mit größter Anstrengung und wie in tiefem Schlamm.

Luna hatte sie wieder einmal gefragt, was eigentlich Paul für sie war. Es war ihr schon öfter gelungen, sich ein wenig herauszureden – der Vater von deinem Papa, ein Freund, jemand, der, wenn es drauf ankommt, für mich da ist. Ein lieber Mensch. Einer, mit dem ich immer sprechen kann, wir haben immer spannende Themen. Sie habe früher gedacht, nur er sei der Philosoph, sie die Bodenständige, wenn auch idealistisch. Da habe sie sich wohl ein bisschen vertan, aber das passiert leicht, wenn man Windeln wechselt und stillt, das fühlt sich halt ganz schön bodenständig an. Solcherlei hatte sie erzählt und Luna sie ausnahmsweise mal in Ruh gelassen, nicht nachgebohrt.

Dann fand sie, so für sich alleine kramend, den Entwurf eines Geburtstagsbriefes. Er sprach nun keine völlig andere Sprache, eine darüber hinausgehende, anscheinend. Auch normal, an Geburtstagen lancierte man schließlich Wünsche.

Sie hatte ihm gewünscht, dass er in allem das für sich wirklich Richtige tun möge. Es sollte ihm gelingen, einen roten Faden auszulegen und das auch noch mit Neugier, Freude, Klarheit; dem dann bitte mit Geduld und langem Atem folgen. Die beiden Letzteren waren nicht unbedingt seine Stärke. Besser gelang es ihm, sich in Neues zu stürzen und dazu wundersame Gedanken und Pläne zu entwickeln. Bis sie an diesem und jenem Gedanken Geschmack gefunden hatte und Lust bekam, dem weiter nachzugehen, mochte er bereits wieder in vollkommen anderen Gefilden sein. Es kam ihr vor, als sei sie selbst dagegen ein schleppendes Kriechtier. Es brachte sie zum Lachen, in welcher Weise das lang ihrer Verfassung entsprochen hatte, er dagegen kam ihr durchgehend vor wie so eine Art springender Hase. Nein, sie würde jetzt nicht weiter über Verviers, über den ausgesperrten Hasen am Bahnhof, nachdenken und die Schildkröte, die am Ende mit der Bahn, kann sein, nicht nur deswegen schneller war.

Wohl schweiften ihre Gedanken dahin, sich zuzugestehen, wie man sich dergleichen Kunstwerke an Gespinsten aus Gedanken und Gefühl nicht für jeden wertvollen Menschen einfallen ließ. Man konnte es schlicht nicht, selbst wenn man es gewollt hätte, weil auf dieser Erde allemal genug waren, die ein solches Maß an Gefühl und Aufmerksamkeit mit Bestimmtheit verdienten. Sie wollte einfach gerne, dass Paul zu jeder Zeit vollkommen bei sich war und sich ganz fühlte. Und er sollte stets finden, was er wirklich brauchte, im Wissen, dass es seines war, auch ohne dass es andere bestätigten. Liebende und förderliche Menschen mochten in seiner Umgebung sein, ebenso wie Wesen, die vielleicht noch außerhalb des Erfassbaren lagen. Anziehen sollte er, was er als Erfüllung erlebte. Nette Mitreisende auf seinen

Wegen haben und mitbauen an einer lichtvollen, gesunden und nährenden Welt.

Ertappt: Solcherlei wünschte man vermutlich auch sich selbst.

Wie Luna antworten, wenn sie das nächste Mal eine Definition von Pauls Bedeutung einforderte? Es gab gelegentlich Zeichen eines liebevollen Denkens aneinander. Sie würde ihm, selbst jetzt, da er „schon ewig" nicht mehr mit ihr liiert und so alltäglich kein einfacher Zeitgenosse war, immerfort alles nachsehen, er ihr hin und wieder, wenn er sie erneut versäumt hatte, dicke grüne Bohnen und aromatischen Honig hinterlassen. Anderes, von dem er gespeichert hatte, dass sie es mochte. Was er speicherte, was nicht, entsprang nicht unbedingt herkömmlicher Logik. Es schien ihr auch vorzukommen, er verknüpfte etwas mit der falschen Frau.

Adrian sagte wohl, wie ihm dieses und jenes inzwischen egal sei bei seinem chaotischen Vater. Chaos sei anscheinend bei ihm so eine Art Universalentschuldigung ... Doch sah man ihm in den Augen und den Mundwinkeln verborgene Enttäuschung an, etwa wenn er nicht mehr wartete, zwei Stunden über der Zeit.

Paul schien sich inzwischen auf manches besser zu konzentrieren. Sie war neidisch gewesen, jahrelang, auf Menschen, die Stunden in seiner Gesellschaft verbracht hatten, wohingegen sie leer ausging. Heute sah sie es anders. Kann sein, ihr Blickwinkel hatte sie verändert, sie schaute darauf, was sie bekam, versuchte nicht zu finden, was man als fehlend betrachten könnte. Schließlich entwickelte sich in ihr, ohne dass sie gesucht hätte, das Gefühl, ihm auf der Schliche zu sein. Als ob es manche hinbekamen, ihn in ihre Vorstellungen und Ideen zu verweben. Es gelang ihr sogar mitunter selbst. Wie ging das, mal abgesehen von den interessanten Themen? Zunächst einmal war er nicht besonders gut darin, Nein zu sagen. Sich zu entziehen schien ihm Begründungen abzufordern. Und die lagen meistens in dem, was er noch musste, sollte … Er frustrierte ungern andere.

Sie fragte sich dennoch, warum sie überwiegend so kleine Zeitschnittchen zu bekommen schien. Es lag nicht an mangelndem Gesprächsstoff, nicht an zu wenig Interesse, nicht an ihren Kochkünsten.

Vielleicht hatte es damit zu tun, dass sie immer da war? Gesetzt. Ein Teil seines Lebens. Nein, es ging nicht um dieses übliche Selbstverständlichkeitsding und hatte doch damit zu tun: immer da. Verfügbar. So oder so verbunden.

Florah hatte es aufgegeben, diese hilfsbereite und nahe Verbundenheit zu erklären, die wenigsten glaubten ohnehin, dass man Derartiges leben konnte, ohne zusammen zu schlafen. Man ist verbandelt und man strahlt es aus, die anderen hatten ihre Filme. Die beinhalteten, zusammen ins Bett zu gehen, zumindest gelegentlich, sonst gab es dergleichen doch nicht! Sie machte häufig die Erfahrung, wie viel mehr Nahrung diese Filme der anderen bekamen, wenn sie es plausibel zu erklären versuchte.

Sie erinnerte sich daran, wie vor langer Zeit einer dieser üblichen Schulmediziner kommentiert hatte, sie seien anscheinend sehr verbunden, man nehme sie fast als symbiotisch wahr. Noch war ihr derzeit keine entsprechende Zustimmungsreaktion eingefallen, da sagte Paul schon: Einfach Liebe. Eine Liebe leben fordert nicht, eine klassische Beziehung zu leben. Sie lachte. Damals wie heute. Zack. So einfach war das also.

So, so, es wunderte, es freute sie, wer angerufen hatte, die liebe Lydia, wie Luna so schön aus Reimspielen übernommen hatte. Florah hatte schon, nach diesem und jenem Nachhaken ohne Antwort, erwogen, ob die Freundin nach diversen verworfenen Ankündigungen über die Jahre an den Ort zurück gekehrt war, den sie als Heimat fühlte.

Sie hatte viele Jahre mit der lieben Lydia gearbeitet. Ein passgenaues Gespann. Bring du mir Menschen, mit denen du in der Beratung nicht zurechtkommst, und ich kann es vielleicht mit ihnen. Ich gebe dir im Tausch, wer auch bei meiner großen Geduld den Faden reißen lässt.

Wo die eine auch noch mit dem Schläger reden konnte, dem dann ein Kumpel, der die Seite gewechselt hatte, über die Wupper gegangen war, gab sie dafür gerne die karierte, harmlos sich gebärdende junge Mutter aus dem nationalsozialistischen Arierstolz ab, die ihr gerade weit mehr pulsierende Aggressorengelüste verursachte.

Es waren erlebnisreiche Jahre mit Lydia. Keine Langeweile kam auf bei den Menschen, die zu ihnen in die Kurse geschickt wurden. Kein Neid brandete, weil niemand solch durchgemischte Gruppen Gestrandeter aller Couleur für eine Zeit betreuen wollte. Von Anfang an Abgehängte. Durch Krankheit aus selbstständigem oder angestelltem Berufsleben Gerissene. Sensible Seelen, die nicht mithalten konnten, manchmal nicht mehr wollten. Ebenso Trotzige, die in Hamsterrädern nicht rennen wollten. Misstrauisch lauernde Fröhliche, zumeist aber eher traurig-verlassen sich fühlende, alleinerziehende Mütter, mitunter Väter. Irrende, die auf diese Gesellschaft spuckten, meist von rechts; gelegentlich auch aus linken Ecken. Verkannt sich fühlende Kunstschaffende. Menschen, die alles hinschmissen, weil sie für sich immer nur Pechvogeliges und Versagen voraussahen. Frauen und Männer, denen wir die Zeit stahlen, weil sie zu spät zum Klostertor, Kaffee und Brot kommen würden. Denen wir kostbare Stunden wegnahmen, weil sie Angst hatten, in Parallelwelten am Computer „wirklich wichtige Begegnungen" zu verpassen, Punkte zu verlieren in der Gunst virtueller Objekte der Begierde. Menschen, denen wir doch bitte den Buckel runterrutschen sollten …

„Omi, jetzt komm aber mal runter, wo bist du denn!?"
Luna zog sie ins Jetzt zurück. Florah gab ihr ein unwilliges „Ja!". Sammelte sich, gab Äpfelchen und Karotten zum Reiben frei. Stellte sich dem Protest taub, kein „normaler Mensch" reibe heute mehr Unmengen von Obst und Gemüse mit einem Reibeisen oder blechernen Ungeheuern, Drehdingern ohne Strom. Sollte das Mädchen ruhig protestieren, aber dabei wissen, es gab für diese Rohkost neben Mandeln auch wieder neue, köstliche Korinthen. Mit verschiedenen Rosinenarten konnte sie Luna locken, denn sie wurden gehasst oder geliebt. Adrian und Cara gehörten zu den Hassern, Florah und Luna zu den Liebhaberinnen. Solange „das Kind" zu ihr kam, durfte es in Weinbeeren, Rosinen und Korinthen, ja in teuren biologischen Maulbeeren gar, baden – sie konnten in Kuchen und Küchlein sein, in scharfen östlichen Gerichten in der Rohkost …

Die Rohkostsalatsauce gab ihr die Zeit, noch ein wenig bei Lydia zu bleiben, die hoffentlich nicht mehr nur rannte. Mit den – zumindest aussprachetechnisch – 3 K: Kaputtarbeiten für andere, Kirche, Chor. Hinzu kamen Ablenkung, Zerstreuung, Schlaf. Beide hatten manchmal darüber diskutiert, inwiefern dieser Lebensstil auch geeignet war, die Augen und das ganze Innen vor zu viel Angst, Trauer und Lebensenttäuschungen zu schützen.
Florah veranstaltete in jenen Jahren ihrer Zusammenarbeit ihr Leben etwas anders. Das war ihrem Lebenshunger, ihrer Neugierde geschuldet, der Lust, in Tiefen zu gehen. Florah lebte damals Aufopferung und Liebesdrama bis aufs Blut. Lydia Aufopferung und Versuche, Schmerz und Veränderung wegzudrücken. Beide schräg also auf ihre Art.
Alle zwei waren, wo möglich, zu sämtlichen anderen nett. Am wenigsten zu sich selbst.

Lydia hatte bis jetzt „nur" körperlich-gesundheitliche Beschwerden und Attacken, Lahmlegphasen gehabt, nach denen sie mehr oder minder weiterlaufen konnte wie bisher.

Manchmal auch heute noch, sprangen Florah die alten Rücksichtnahmen und Glaubenssätze auf ihre Schultern. Immerhin konnte sie jedoch nach der vielen Arbeit an sich, nach dem vielen Sich-selbst-auf-die-Spur-Kommen meist recht schnell spüren, was wirklich Sache war. Und oft dann die Richtung ändern. Zurückrudern. Nein sagen, vielleicht. Oder sogar eine schon gemachte Zusage zurücknehmen.

Fünf Jahrzehnte lang hatte sie glatt und ohne das mindeste Gefühl zu lügen oder auch nur zu schwindeln behauptet, sie sei in der Lage, auch mal Nein zu sagen. Erst dann begann ihr der Selbstbetrug zu dämmern.

Es gelang ihr nicht immer. Auch heute nicht. Wie auch, sie war Mensch, aber im Vergleich zu früher, als Chefinnen und Chefs, genauso wie politische Weggefährten oder Freundinnen, damit rechnen konnten, was sie aufbot und wozu sie nicht Nein entgegnen konnte, fand sie um ein Vielfaches häufiger den Zwischenschalter, auf dem stand: „Will ich das jetzt ehrlich und tut mir das jetzt wirklich gut, ja oder nein?"

Und faszinierenderweise waren ihr nur Bezüge zusammengebrochen, die es wohl hinter sich hatten, wo die Menschen die neue Florah, die sie mit einem Mal als egoistisch brandmarkten, wegen ihrer eigenen Bedürfnisse eben nicht so gerne hatten wie die alte. So war sie doch früher nicht gewesen. In der Tat.

Die Klarheit. Was man eigentlich sollte. Hätte müssen. Ohne Not, nicht mehr Können etwa, doch oft und lang nicht tat.

Wie lang vor ihrem endgültigen Ausscheren, das sich selbst nur in Monaten kristallisierte, hatte sie von der

Steinplatte geträumt, auf der sie alles zusammenkehrte. Undefinierbarer Kehricht. Zeugenlos, allein war sie dabei, nicht reagierend auf diese und jene, die sie gebeten hatten zu warten. Die vorgegeben hatten, sie könnten nur dann begründen, rechtfertigen.

Diesmal war es, als hätte sie keinen Raum mehr gehabt für die ihr sonst übliche Rücksichtnahme. Sie zündete den Haufen an und sprach ein wiegendes Gebet: Die Wesen aus Herbstblättern, Insektengerippen und Staub wollten hinauf und hinaus ans Licht, mit dem Licht, wie Sternschnuppen in die umgekehrte, von der Erd- in die Himmelsrichtung.

Nach dieser wundersamen Tat, wie zum Kaschieren dessen, was sie gewagt hatte, für sich, allein zu zelebrieren, schloss sie sich einer Führung durch Häuser, Tempel, Kirchen und sonstige Gemäuer der Vergangenheit an. Lauschte mit anderen zusammen den Geschichten und las in Bildern, Skulpturen, Ornamenten, ja Staubpartikeln und Stimmen, die sonst keiner hörte. Doch hütete sie sich, den wohlmeinenden Führer zu korrigieren, wo er Staunenden eigentümliche Wahrheiten erzählte, als seien es universelle.

Leicht oder schwer, hässlich oder schön, lecker oder nicht gut schmeckend, es war alles so unglaublich relativ – es maß sich anscheinend irgendwann an der Aufgeschlossenheit, die eine oder einer empfand. So ganz umfassend kam sie in ihrer Generation nicht klar, mit den tollen Einsichten im Hirn, den Kopfgeburten und sozialen Vorstellungen, wie etwas sein sollte oder durfte. Jedenfalls wenn sie mit den kleinen Fischen in dieselbe Richtung zu schwimmen versuchte. Sie zog in Erwägung, dass alles Ringen um Zugehörigkeit zu den einen oder anderen sich wohl bestenfalls als kleiner Einblick in universelle Gefühle späterer Jahre beschreiben ließ.

Sie erinnerte sich gut, wie subjektiv sich vordem manches angefühlt hatte und nichts half, ein „Schwer" zu relativieren. Es war ihr viel leichter gewesen, es sich schwer zu machen, als Leichtigkeit zu entwickeln. Ein Weg, nicht nur über Monate, sondern über Jahre, von ihrer Schwere in mehr Leichtigkeit zu finden. Anfänglich nur ein Antäuschen: Ihr vieles und aus der Tiefe kommendes Lachen legte nicht sogleich ihre Schwere nahe. Außerdem gelang es ihr, Dinge so abzustecken, wie sie als leicht verkauft werden konnten. Allerdings fielen irgendwann die Stecknadeln wieder heraus, sie stach sich daran oder setzte sich darauf. Unangenehm.

Die zweite Stufe war absteppen und den anderen vorspielen, wie leicht sie inzwischen geworden war, wie leicht ihr die Dinge fielen. Allerdings hielt dieser nicht reißfeste Steppfaden die Einzelteile ebenfalls nicht auf Dauer zusammen.

Immerhin waren es aber alles Übungsfelder gewesen.

Und nach einer langen Zeit fühlte sie es immer häufiger: Leichtigkeit. Dieses Gefühl hatte auf seine eigene Art einen Weg in sie hineingefunden und strahlte immer häufiger aus ihr heraus. Ohne dass sie es wieder verlor. Sie besaß es jetzt.

Florah konnte verstehen, wenn ihr Luna sagte, wie schwer ihr Chemie falle, denn da war sie ihr aus den Schulzeit-Erinnerungen sehr verwandt.

Selbst hatte sie als Mutter noch einmal Relativitätslehrstunden mit Adrian gehabt. Andere Dinge, als früher ihr, waren ihm nicht leicht.

In dieser Zeit der Traum von den verreisenden Nachbarn und wie sie den kleinen Fisch versorgen sollte, der in einem riesigen Schwimmbecken lebte. Sich abquälte mit ihrer Unsicherheit, bettelte um gute Ratschläge. Versuchte, ein wenig Sicherheit zu erheischen. Die Leute waren hilfsbereit einerseits, abgelenkt und kleinrednerisch andererseits, sahen das Problem nicht. Also wiederholten sie leicht genervt und eilig, sie brauchte doch nur den Stöpsel ziehen, Wasser raus, Fisch vorher sichern im Eimer oder notfalls ein Gitter in den Abfluss des Bassins – einmal aufpassen, dass er nicht weghüpft, außerdem soll er nicht wasserlos vergehen ... Schon stieg ihre Angst, hatte sie das Fischlein in Gedanken aus Ungeschick oder Versäumnis umgebracht.

Jene merkten es nicht. „Dann mit dem Gartenschlauch wieder volllaufen lassen und nicht zu viel, nicht zu wenig mit dem Fischfutter füttern, sofern nicht genug von den Bäumen fällt – erst später fragte sie sich, was bitte in den Räumen hier von Bäumen fallen sollte.

Auch so ein Punkt: wie einem die wirklich wichtigen Fragen später einfielen. Wenn man keine Chance hatte, sie zu stellen. „Ist doch ganz einfach", hatten sie ihr unisono vorgehalten. In ihren Ohren wie Hohn. Angst vor dem Auslachen, hätte sie gewagt zu sagen: „Ich finde das schwer!" – „Nein!" zu sagen ging gar nicht.

Dabei wissen wir doch eigentlich alle, für den einen schwer, für den anderen leicht und umgekehrt! Sie machte schließlich das Schwere der anderen auch nicht als Pipifax runter, weil es in ihrer Wirklichkeit und für sie leicht war. Oder?

Nehmen wir Paul. Leicht war ihm Handwerkliches und Frickeln. Sie hasste es und schlich wie die Katze um den heißen Brei, nicht mal eben kurz, sondern Tage, Wochen, Monate. Anderes war ihr leicht, ihm eher traumatisch.

Als wir jung waren, hatten wir uns oft sehr an solchen Sachen aufgerieben. Bei dem Ergebnis endlich, das sei einfach zu störend, vielleicht krank machend, von Wichtigem abhaltend, beschlossen wir unabhängig voneinander, mal richtig in die Lehre zu gehen, um jeder mit anderen Meisterinnen und Meistern viel mehr Gelassenheit zu lernen, mehr Raum zu gewinnen für das, was wirklich wichtig war im Leben. Wir haben es zunächst wohl beide nicht sonderlich gut verstanden, die längerfristig richtigen Lehrmeister zu finden.

Florah dachte es nur. Keine Idee, wie mit der Enkelin darüber sprechen.

Sie zog die warme Jacke an und nahm den Tee mit in den Garten. Herbstsonne nutzen. Heute kein Regen, ein paar milde Strahlen. Die Baumgeäste schon nicht mehr dicht mit Blättern. Was noch vorhanden war, bunt. Schweifen der Gedanken. Auch mit Britta hatte sie in ihren Dreißigern, in den Vierzigern mitunter noch die Aufgabe bekommen zu verstehen, wie bei aller Nähe keine Selbstverständlichkeit von gleichgestimmtem Lebensgefühl war. Es galt, wenn man es einmal verstanden hatte, die Verschiedenheit zu beobachten und den Schatz darin zu bergen. Ließ eine nach in ihrer Aufmerksamkeit, konnten Dinge aneinander vorbeigehen und ins Wohlbefinden schneiden.
Erkenntnisse? Sie hätte gerne gewusst, wie sie Luna dabei helfen konnte, diese vom Baum zu pflücken. Dabei handelte es sich womöglich um Sondergeschenke des Lebens, wenn einem einmal eine richtige Weisheit, eine neue Weisheit zuflog. Und dablieb. Sicher musste man das so sagen: zuflog. Wirkte, nicht Tage, nicht Wochen oder Monate, sondern richtig lang. Es mochte sein, gar mit einem Anspruch auf immer. Ohne dass sich Zweifel zeigten. Eine Extraportion geschenkter Saat, die man eingraben konnte, die eines Tages aufging.
Anders wusste sie es nicht zu benennen. Der übliche Weg war dagegen, was man da entdeckt hatte zu prüfen, in Besitz zu nehmen, sich zu eigen zu machen. Sofort. Nichts mit empfindsamen, kapriziösen Saatkörnern, die begossen werden wollten, in einer bestimmten Tiefe eingegraben, in einem abgezirkelten Abstand, um genug Platz zu haben, in die Erde gedrückt. Nicht zu viel und nicht zu wenig Wasser und bitte zur rechten Zeit.

Wie oft hatte sie Paul beneidet, dem neue Erkenntnisse zuzufliegen schienen, und während sie selbst noch dabei war zu prüfen, zu testen, zu denken und etwas dazu zu lesen, dann erneut überdenken, waren sie viele Male ihm, der einstmals so sicher gewesen war, so vollkommen überzeugt, wieder entfleucht und hatten der nächsten Erkenntnis, der besseren, der vermeintlich endgültig unausstechlich logischen, Platz gemacht. Sie glaubte inzwischen, dass diese Verluste, dieses Nicht-langfristig-Keimen, irgendetwas mit der doch vorhandenen Magie des Zweifels zu tun haben musste. Sozusagen, geh durch den Zweifel und danach ist dir deine Wirklichkeit sicher. Teste und schau, ob es dann noch Bestand hat. Der massivste Zweifel war Selbstzweifel. Aufgedeckt oder zugedeckt schien er Paul gern Striche durch seine Rechnungen zu machen.

5. November

Sie fragte mich, ob ich nie Angst hatte, dass mir einer verloren ging. Cadmo konnte sterben, spekulierte sie, oder das Interesse verlieren. Paul konnte krank werden oder sich endgültig für irgendein Fortgehen mit einer seiner Flammen entscheiden. Schlaues Kind, sie wusste anscheinend, solche Dinge konnten passieren. Kinder sahen heute viel oder irgendwie anders bei den Erwachsenen. Ich antwortete ihr, dass ich froh sei, sehr froh, in diesen letzten Jahren ganz beachtlich zu merken, wie wenig man eigentlich zum Leben brauchte. Doch gab ich zu, ich hatte keine Ahnung, wie Leben ohne Cadmo aussehen konnte ... denn auf den Austausch mit ihm, auf diese Anregung, immer wieder das Belebende, die Inspiration, wie man so schön sagt und, mag sein, auch auf das Neugierige, auf das sinnliche Element war ich verrückt, wild, hungrig, begehrlich, neugierig ...
All das, was man jungen Leuten zuschreibt, den häufigen Nestbauern. Denen, von denen ich nun um einiges entfernt war. Viel später erst erwog ich die Möglichkeit, nach einer intensiven inneren Weiterentwicklung eventuell mit ihm kommunizieren zu können, wo und in welcher Form auch immer er war. Inspiratives inklusive. Es kam mir vor wie ein weiter Weg, immer noch.

Fast genauso wenig konnte ich mir ein Leben ohne Paul vorstellen, die tiefen philosophischen Gespräche. Ab und zu das Essen mit ihm teilen. Spannend und wärmend.
Einigermaßen klar schien, worauf es hinauslief: Ich war mehr davon weggegangen, immer wieder eine Suchende zu sein, eine Begehrliche, der man auch mit Erfolg eingeredet hatte, ihr sexueller Hunger sei noch nicht gestillt. Paul sagte, sofern ich es anders spürte, ich verdränge Bedürfnisse. Oder ich idealisiere Sinnlichkeit, ohne sich körperlich zu vermischen, wenngleich das

Vermischen ... Es war ein großes Thema für ihn, und ausnahmsweise freute ich mich, nicht mehr sein Objekt der Begierde zu sein. So musste ich mich nicht wehren. Oder ein schlechtes Gewissen haben. In Verunsicherung versinken. An mir zweifeln.

Es stimmte schon, ich trug Sinnliches und Gelüste in mir. Doch sind Gelüste auch, wenn man satt ist, wie Wandern auf einem orientalischen Bazar, wo es nicht nur Salz und vielerlei Sorten Pfeffer, bunte, duftende Gewürze aus welchem Land auch immer gab. Gemahlen und mit ihrer unterschiedlichen Farbe, den Ausprägungen verschiedenen Geschmacks, von denen mir das Wasser im Mund zusammenlief: Bitter, salzig, scharf, pikant, sanft, nussig, holzig, säuerlich und tausend mehr. Doch das war ganz anders als das Suchen früher Tage, in dem etwas jammervoll fehlte.

Zunächst trotzig auf meiner eigenen Sichtweise zum Thema Sinnlichkeit beharrend, genügte mir irgendwann zu fühlen, wie es für mich wirkte, eine Wirklichkeit war. Was Cadmo anging, durchaus möglich, mich mitunter auf allen Ebenen mit ihm zu vermischen. Wir begegneten uns nicht materiell und begegneten uns doch. Meine Zunge mochte ihn nicht schmecken und schmeckte ihn doch. Ich konnte meine Nase nicht zwischen seinem Hals und Nacken vergraben, Witterung aufnehmen und tat es doch. Tausendmal. Es gab keinen äußeren Grund für die Wellen in meinem Unterleib, irreal hätten andere gesagt, es nicht ernst genommen. Und noch eine Welle, dann lösten wir uns ineinander auf. Ich schmeckte das Salz aus seinen Poren.

Luna telefonierte. Ich hatte also Zeit zum Sinnieren. Dann kam sie auf Paul zurück, er war für sie greifbarer und löste häufig Fragen aus. Ich könnte ihr sagen, wie wenig ich mir ein Leben völlig ohne ihn vorstellen mochte. Immerhin war er immer wieder für längere

Phasen aus meinem Leben gefallen, dann wieder hinein-
getrudelt.

Selbst hatte er einmal geäußert: „Florah ist gesetzt", als
ginge es um die Schach-Königin. Eine eigentümliche
Äußerung, und doch hätte ich ihn für mich ähnlich
definieren können.

Luna gegenüber musste ich zugestehen, einerseits nicht
zu wissen, wie ich – zumindest aktuell – gefühlsmäßig
und so ganz praktisch leben sollte, ohne den einen, ohne den anderen, denn nach Männern speziell fragte
meine Enkelin. Ansonsten hätte ich ihr zumindest bei
Britta, vielleicht aber darüber hinaus, nicht sagen können, wie ich hätte verarbeiten oder verschmerzen und
aushalten können, fielen sie aus meinem Leben.

Um also auf die Männer zurückzukommen, beschlich
mich wenigstens eine Ahnung davon, dass mich so etwas nicht umbringen würde. Ich müsste leben können,
ohne dass sie wahrhaft in meinem Leben waren! Auch
war ich geneigt, fast für eine Wahrheit zu halten, wie der
eine „immer" sagte. Glaubte langsam daran, nur der
Tod könnte diesen endgültigen Bruch und Einbruch in
das eisig kalte Wasser verursachen.

Ich neigte nicht dazu, einem Kind zu sagen: „So ist das
eben", ein bisschen aber fühlte ich es so. Ein Wunder
des „Immer", das mir keiner zu Schand' machen, keiner
zerstören und irgendwie verbauen kann. Ich hatte ihr
wohl deutlich gemacht, dass man nicht in dem anderen
steckt, und sie erlaubte sich eine kleine Frechheit, von
der sie keine Ahnung hatte, behauptete höchstens doch:
Da du eine Frau bist, wird der andere in dir stecken. Ich
entschied mich dafür, nur zu lachen. „Die Gedanken
sind frei", erwähnte ich, sie durfte denken, was sie wollte, und ich verleugnete doch nicht, wie sehr mein völli-
ges Verbunden-mich-Fühlen, damals, als es aufkam und
sich verstärkte, mich selbst vor Rätsel gestellt hatte.

Plötzlich gab es etwas, in dem sich mehr Schätze als in der früher vorrangigen „Sicherheit" verbergen konnten. Das Immer-und-ewig war nicht länger mit Bildern von Fischen an Angelhaken verbunden.

So erklärte ich ihr, es gebe nun mal keine Garantie, dass stets alles so blieb, wie man es als sicher und angenehm erlebt hatte. Elementar sei es zu achten auf ein Verhalten, das aus dem Gefühl kommt. Und wenn es da ist, egal was die von außen sagen, gut pflegen und streicheln.

Ja, ich gab zu, man konnte sich, so wie es – nur zum Beispiel – viele Filme nahelegten, manchmal vertun und mit rosigen Wangen, einem Klopfen, Pochen in der Kehle und auch im Herzen, vergänglichen Trugbildern, „andere benennen es als kurze Lust".

Ja, auch sonst könnte passieren, was ich zunächst nicht gewollt hatte. Ich bestätigte, das Gefühl zu kennen, eine Mail war losgeschickt, plötzlich ihr Inhalt peinlich, verunsichernd oder unpassend, meinem Gefühl nach, ich wollte sie zurückholen.

„Außerdem", so fuhr ich fort, „versteckt sich auch in allen Fehlentscheidungen und Fehlern etwas, das man lernen kann, lernen soll. Haben dir deine Eltern das etwa nicht beigebracht?"

Das Letztere war gemein von mir, konnte ich doch ermessen, über was Adrian und Cara mit ihren Kindern sprachen, wie es sicherlich nicht dasjenige war, das ihnen selbst noch in Nebeln verschwamm. Als Eltern gab man die eigenen Zweifel nicht preis, wenigstens nicht die großen. Nicht die, die man glaubte, schwer in kindgerechte Portionen verpacken zu können. Besser keine Diskussion über verunsichernde, immer neue Fragen auslösende Dinge.

Luna fragte, ob man üben konnte, etwas aus dem Herzen und gleichermaßen klar mitzuteilen. Ich behauptete, es fühle sich vermutlich für jeden Menschen anders an; ich müsse allerdings zugeben, für mich war es eine der schwierigsten Übungen, klar Gedanken, Gefühle, Wünsche auszusprechen, sachlich und von Herzen. Niemals verletzend. Streitsituationen, beobachten, taktisch klug vorgehen und gewinnen mit diesen eher kriegerischen Mitteln, das sei mir jahrzehntelang vertrauter gewesen, leichter gefallen.

Einfach drückte ich es natürlich aus, ihr gegenüber. Sagte, es könne sich natürlich bei ihr ganz anders verhalten.

„Manchmal kann ich über was mit der Mama nicht reden. Oder mit dem Papa nicht. Oder sogar mit beiden nicht, das ist am schlimmsten", jammerte sie. Helle genug wahrzunehmen, wie die Angst, verurteilt zu werden, nicht dazuzugehören, ihr im Weg stand.

„Kann sein", gab ich zurück, „ich kenne das Gefühl. Obwohl ich glaube, dass deine Eltern schon aufmerksam sind. Sie geben sich Mühe. Bestimmt denken sie darüber nach, wenn mal was schiefgegangen ist, und nicht nur du hast dann ein blödes Gefühl. Ich denk, sie können zurückgaloppieren, wenn sie sich vergaloppiert haben." Tief holte ich Luft. Wollte, dass Luna verstand, wenn sie und ihre Elternteile sich nur wohlwollend und liebevoll begegneten, nicht einer an dem anderen zog und ihn bekämpfte, das sei sozusagen schon die halbe Miete. Die andere Hälfte dann wohl tatsächlich das Üben. Üben habe etwas mit Erfahrungen machen zu tun.

Sie gab zurück, man werde davor gewarnt, durchblicken zu lassen, wer und was man sein wollte. Schließlich meinten es einige gar nicht gut mit einem. Lauernd beobachtete sie meine Miene. Ich kommentierte nicht, wie ich eindeutig fand, es waren nicht Lunas eigene Worte, als sie erwähnte, es gebe da so Leute, die dir den Himmel versprachen, um etwas Bestimmtes zu bekommen, und wenn sie es dann hatten, schmissen sie einen ohne Interesse wieder fort.

Ich verschaffte mir Bedenkzeit durch dringendes Teekochen und bitte unbedingt mal eben verschwinden. Bemerkte dann, dass es auf jeden Fall dann die Falschen seien, diejenigen, die gar nichts verstanden. Die mit der kurzen Lust. Ich meine, ich hätte „mit dem kurzen Gefühl" gesagt, denn schließlich sprach ich mit meiner Enkelin, halb Kind, halb Frau. Wollte ihr nie und nimmer das Leben vermiesen, vielmehr Geschmack machen darauf. „Wenn du also bei einem kein gutes Gefühl hast", fuhr ich fort, „sollst du auf dich hören und nicht auf sein vielleicht schönes Blabla." Besser das Weite zu suchen. Keinen Pfifferling geben auf schmeichelnde Worte und seltsame Versprechungen. Wieder machte ich eine Pause, wollte nichts Unbedachtes sagen. Fand dann wichtig nachzuschieben, auf keinen, keinen Fall sollte man sich einbilden, so einen mit Liebe umzuerziehen. „Du siehst es manchmal an deinem Bruder", ergänzte ich, „umerziehen und verändern kannst du nur einen, der das auch selbst will." Und auf ihre Nachfrage mit den Pfifferlingen – meine Güte, woher auch sollte Luna so uralte geflügelte Worte kennen? – erklärte ich, diesen Pilz nutze man wohl in der Redewendung, weil der Pfifferling lang als der aromatischste und teuerste Pilz von allen galt. Den rückte man nicht leicht und billig raus.

Inzwischen war ich regelrecht froh, den Tee gekocht zu haben, fühlte ich mich doch erschöpft. Kann sein, weil mir so viele eigene Fehler von früher einfielen. Luna schien eher die Gelegenheit zu ergreifen. Hörte kaum auf, sich immer wieder in dem Thema einzuklinken.

Versuchte es mit der These, ich wollte ihr also nahelegen, sie solle auf manche und manches nichts geben. Selbst wenn es sich um kopfschlaue Menschen handelte? Ich erwiderte, es gäbe gute, andere Gründe dafür, etwas abzusägen und zu vergessen, nach dem eigenen Gefühl zu tun …

Sie unterbrechend kommentierte ich, wie auch immer sie entschied, was auch immer sie erlebte, es sei nicht gut, eine Erfahrung festzuhalten. Was passiert sei und was es mit ihr gemacht hatte, sollte sie wieder loslassen. Sich fragen, was sie daraus lernen konnte, welche Botschaft sich in dem Erlebten versteckte. Gut merken, was es war, und dann wie einen mit Gas gefüllten Ballon, dessen Schnur einem entgleitet, loslassen.

Deutlicher kam ich auf die Liebe zurück, erklärte, sie entfalte sich mit dem Vertrauen. Auch das, was die Menschen Lust nannten, tat das, zumindest, wenn sie nicht die kurze, schnelle, vorbeirauschende Lust meinten. Es gehe nicht um eine Geschichte von „neu" beziehungsweise, wenn es länger dauert, zunehmend uninteressant. Es sei vielmehr eine Geschichte wie ein Bonbon mit einem besonders leckeren Kern. Sie wisse ja, man sollte das Bonbon nicht zerbeißen, um an diesen Kern zu kommen, sondern geduldig weiterlutschen, bis überraschend und sehr schön ein Geschmack sich entfaltete, den man so zwischendurch nicht einfach mal eben sich vorstellen konnte.

Während Luna erst einmal verschwand, um ihr lästige Hausaufgaben noch zu erledigen und dann den Rücken frei zu haben, rührte Florah die kreative Abendsuppe und hing ihren Gedanken nach.

Was war es, in diesem Zusammensein mit Cadmo? Ein Beseeligtsein ganz ohne die materielle Präsenz eines anderen …

Lege die Seele hinein und die Stimmen übereinander.

Das kleine Wunder war ein Ineinanderfließen, in dem sie sich fühlte wie von bestem Energiefluss und schönster Verbindung getragen, sozusagen Händchen haltend über die paar Hundert Kilometer Entfernung, gingen sie diesen Weg zusammen.

Alles, was zählt, ist dieser ausgekostete Moment.

Vielleicht die Kunst, so zu empfinden, egal wen man auch in Gedanken mitleidigen Blickes über das nicht Anfassbare, also auch nicht Existierende einen Vogel zeigen sah?

Es konnte für diese nicht mit allen Sinnen sein. Als ob die meisten, selbst wenn sie miteinander schliefen, alle Sinne nutzten.

Sie hatte nicht vorgehabt, die Fenster ihrer Seele oder auch die Tiefen des Herzens für einen Mann in diesem Leben noch mal so weit aufzumachen. Erfahrungen legten ihr nahe, es zahle sich nicht wirklich aus. Es konnte im Nichts verpuffen oder mit einem Mal gegen sie gerichtet werden.

Als deutlich freigiebiger hatte sie sich früher empfunden. Alles erzählen aus dem eigenen Leben, was im Bewusstsein war, das Aufwachsen, die Beziehungen, Enttäuschungen, Irrungen, Verletzungen, Unsäglichkeiten, Träume. Keine Klarheit dabei, damit das Wertvollste und Innerste zu verschenken.

Es konnte kein Zufall sein, diese Lust, einfach alles, was sie hatte, nach und nach in seine Richtung zu verströmen. Und da es ihrer Meinung nach ohnehin keinen Zufall gab, suchte sie auch nach keiner Erklärung dafür, dass es so ähnlich war wie mit dem nie leer werdenden Griestopf im Märchen.

Es sollte und durfte sein. Nicht von Anfang an, Zweifel ihre Zeugen. Zwar hatte sie auch da mit ihm gelebt, was ihr greifbar schien, jedoch eher nach dem Motto, in diesem anscheinend gegenseitigen Ausbruch der Gefühle mitzunehmen, zu leben, was ging. Da es ihren früheren Erfahrungen nach ohnehin nicht bleiben würde, eher ihre Neigung gelebt, vollmundig in dieses hineinzulegen, was ging. Es konnte einem doch niemand mehr nehmen, was man gehabt hatte.

Sie fand, es lohnte sich, egal welcher Schmerz folgen würde, wenn es vorbei war, der andere sich verschreckt, überfordert oder ohne weiteres Interesse an diesem gegenseitigen Spiel, das ihr kein Spiel war, aus dem Staub gemacht hatte.

Mit Cadmo stattdessen der Genuss, alles Mögliche aufzuspüren, das in ihr wohnte, sich aber oft in verschatteten Ecken versteckt gehalten hatte – das Umfassende ihrer Sinnlichkeit etwa. Es wäre schade gewesen, dieses nicht mehr so, wie es ihr eigentlich entsprach, aus saftiger Erde zu locken. Hatte die Erde, in der diese Pflänzchen wachsen konnten, ein Alter?

Schon bald sah sie, dass es einfach nur sich gestalten ließ, weil er er und sie sie war. Verbunden durch ein frohes inneres Licht, das tanzende Kreise um sich verbreitete. Nicht unterscheidbar, wer das Kieselchen in die Tiefen der inneren Wasser des anderen geworfen.

Sie konnte es nicht erklären und spürte doch, wie sie ihre Sinne gestreichelt fühlte und nichts mehr begehrte, weil alles war. Sie nannte es manchmal eine Berührung ohne Berührung. Einen offenen Raum, der doch umhüllte.

Lange, mag sein ein Jahr, hatte sie kein Gesicht zu ihm, und es war vollkommen egal, weil er ihr aus sich heraus einfach gefiel. Als wiche ihre graue, trübsinnige Schwester Melancholia mehr und mehr inneren Lichtern, die sie sehen konnte.

„Ich muss dein Gesicht nicht sehen, denn jenseits aller Äußerlichkeiten liebe ich dich doch für dein Sein", hatte Florah mutig konstatiert. Sie hätte es am liebsten gesungen: „Du bedeutest mir etwas, weil du du bist."

Es war ihr nicht so klar gewesen, wie früher, bei all dem schein-gerechten und vorgeblich revolutionären „jeder nach seinen Möglichkeiten", der Rahmen, die Aufgabe der Menschen gleichwohl definiert war.

Die Frage, was sie selbst, tief in sich, wollte, stellte sie erst sehr spät. Zaghaft.

Das Modewort, solange man es nicht mit Leben füllte: „bedingungslos". Wer hat es zuerst benutzt? Wahrscheinlich er. Es kann allerdings ebenso gut sie gewesen sein. Nach einigen Monaten umtanzten sie keine nagenden Zweifel mehr, die in ihr ein Festmahl feiern wollten. Sogar ihren von vielen geschmähten Übermut, den man recht jungen Leuten zuzubilligen schien, bei älteren jedoch für idiotischen Leichtsinn zu halten schien, mochte sie letztendlich an sich.

Sie hätte sonst so vieles in ihrem Leben nicht getan, und heute würde sie nicht so leben, wie sie lebte, wie es gut für sie war. Wie wäre Florah jemals ohne diesen risikofreudigen Übermut in einen Kontakt mit Cadmo gekommen? Nie und nimmer hätte sie gewagt, ihm zu schreiben. Oder wenigstens den Brief so formuliert, dass er nicht zu einer Entgegnung einlud, sondern ganz klar eine Einbahnstraßen-Rückmeldung für ihn und nichts weiter war.

Lass es frei. Um es zu teilen. Immer noch hängt es verschlungen, gefangen an der Innenseite deines Gartenzauns. Mach doch den Knoten los und befrei die Geschichte – sie ist ja schon ganz umgeben von deinem gelben und flamingo-orange-farbigem Licht. Und in dem Augenblick, wo du ihm die Geschichte ganz erwartungslos schickst, wird sie auch in deine Aura einfließen. Eine schöne Idee. Es geschah damals nicht sofort. Also das Schicken doch, aber das mit der Aura nicht.

Sie sah noch die nicht aufhaltbaren großen Kindertränen vor sich, die sie geweint hatte. Dabei wollte ihr diese Großmutter vielleicht nur Erbauliches erzählen. Florah erinnerte sich gut, wie sie die Omi fortan regelmäßig mit dem Wie, wie ... gequält hatte, auf der Suche nach Antworten.

Keine Ahnung, warum sie von beiden Großmüttern so gern von der Liebe erfahren wollte. Obwohl diejenige mütterlicherseits von den möglichen Erlebnissen und

Gefühlen zwischen Frau und Mann wahrlich nichts Schönes zu erzählen wusste. Und die andere, die Omi, für sie die ewig Liebende verkörperte und sie mit einer sehr unbestimmt und sicher nicht sicher in Erfüllung gehenden Liebe und der großen Geschichte alleine ließ.

Dass es also für jeden Menschen nur die eine, die wirkliche Liebe auf der Welt geben sollte. Irgendwo existierte sie. Manchen gelänge, es sie zu finden, und anderen nicht.

Eine Geschichte, für ein kleines Mädchen zur gleichen Zeit machtvoll, wunderbar, voller Hoffnungen, tröstlich und schön, andererseits so voller Fragen, bedrohlich und angsterregend.

Was, wenn sie keinen Weg fände, in dieser scheinbar so großen Welt diese eine Liebe zu finden? Wenn sie unendlich weit weg wäre, auf einem anderen Kontinent, weder von ihr wissend noch nach ihr Ausschau haltend ...?

Da kam dieser seltsame Mann: War sie doch bislang immer eine als „schwierig" Gebrandmarkte gewesen, nun plötzlich einer, der behauptete, es sei so ganz einfach und natürlich, sich mit ihr über alles auszutauschen. Warum auch immer er ihr traute, sie misstraute lang sich selbst und seinen Worten.

Sie war sich erst nicht wirklich sicher, ob sie ihm auch in diesem Credo folgen mochte, äußerst genau zu wägen, was man wem, wann erzählte. Wollte nicht so wirklich sehen, dass selbst ihr freundliches Wesen sie nicht gegen Verletzungen und Nackenschläge schützte, mit denen aus heiterem Himmel in plötzlicher Gewitterstimmung ein netter Mensch sich plötzlich gegen sie wandte.

Er hingegen glaubte schon lange daran, wenn ein Mensch als Pionier wahrgenommen wurde, freuten sich viele nicht mit, offen und neugierig darauf, was es wohl herausgefunden worden war. Cadmo hielt es mit den Indianern, die vielmehr festgestellt hatten, einmal als

Vorreiter eingestuft, bekam man häufig Pfeile ins Kreuz geschossen, hatte sich damit zu beschäftigen, diese herauszuziehen. Mit viel Glück half einem jemand dabei und versorgte die Wunden. Florah spürte es regelrecht, richtete sich mehrfach auf, rückte sich zurecht, an diesem düsteren Novembermorgen. Machte mehr Lichter an, zog die Jacke dichter um sich. Kurzfristig füllte sie das Wissen aus, es über die Maßen gut zu haben: elektrisches Licht. Eine funktionierende Heizung. Angenehmes Trinkwasser. Vielleicht war es heute besser, Kaffee damit zu kochen, wenn auch dieses Getränk objektiv ungesünder. Aber konnte Kaffee jetzt überhaupt schlechter sein als Kräutertee, wenn er versprach, sein typisches Aroma in dem Raum zu hinterlassen? Allein schon der Gedanke verhieß Wohlbehagen. Vollkommen und völlig unverhofft war über sie hereingebrochen, wie der Vermieter, der sonst freundliche ältere Herr, plötzlich wegen einem Bagatellchen beim Abschied über das Gartentörchen gerufen hatte: „Sie wissen, dass wir auch ganz andere Saiten aufziehen können!" Es tönte seit Stunden. All die Zeit sah sie ihn immer wieder dastehen und hörte ihn, seine fremden Worte. Jedes Mal zog es innerlich in ihr. Verursachte dieses Aufrichten und den Zischlaut in ihr, als ob stechender Schmerz sich ausbreitete, dem sie nicht so recht zu begegnen wusste. Ihr Garten, so hatte er vordem im Haus, im Gespräch gesagt, wirke heruntergekommen, das mache sich nicht gut in der Nachbarschaft. Überhaupt: wie ein Hexenhaus, das Ganze. Es war ihr unverständlich. Derselbe Mann, der noch im Sommer bunte Blumenranken schön gefunden hatte, gern mal auf ein Wasser, kalten Pfefferminz- oder Melissentee zu ihr, draußen auf das Holzbänkchen gekommen war. Ein Mann, der ausgesprochen hatte, selbst wiesenartigen Bewuchs dem getrimmten Rasen gegenüber vorzuziehen. Sie versuchte sich zu beschwichtigen mit Weisheiten von ganz anderen Läusen, die ihm an diesem Tag womöglich über die

Leber gelaufen waren. Was ihm von außen, von Bekannten, von seiner Frau vielleicht oder von Skatbrüdern wohl eingeflüstert worden war, es nützte nichts. Offen lag ihre Wunde.

Florah fühlte sich versucht zu fliehen. Verschwinden. Sich entziehen. Abhauen. Kannte dieses Gefühl eines Schmerzes, der niemals mehr gut wird, von früher. Versuche gleichzeitig die Erinnerung zu nähren, wie es doch immer ganz oder einigermaßen gut geworden war. Schwankte. Eben noch mehr dem Weggehen zugeneigt. Vielleicht eine Reise wagen? „Mein Lieb", sagte sie zu sich selbst, „Reisen sind anstrengend." Es ist nicht an der Zeit, Reisen zu machen, um noch mehr Schönes zu sehen, Dinge, die du bisher nicht sahst." Wenn es doch in jeder Blume, in jedem Tautropfen enthalten war? Und vor allem schien es ihr nicht länger sinnvoll, auf Reisen zu gehen, die letztlich auch den Menschen entlang der Wege nichts zu bringen schienen. Zimmerkosten für eine Nacht oder auch ein paar mehr, schienen ihr hier nichts zu zählen. Wenn sie überhaupt funktionierten, dann nach dem Motto: „Wie gewonnen, so zerronnen." Hielten ein Gewerbe, einen Arbeitsplatz, eine Minietappe länger aufrecht. Augenwischerei. „Du machst Reisen, ob nun ganz materiell in diesem Erdenleben oder anderswie, bei denen dein Innenleben in einen vorfreudigen Freudentaumel gerät, im Sein lacht. Die anderen lässt du sein", beschied sie.

Saß abends und packte das ganz wirkliche, anfassbare Geburtstagsgeschenk für Cadmo. Schenkte ihm etwas, das seit Jahren bei ihr lag, wartete auf die ganz spezielle Gelegenheit, die aber nie gekommen war. Vor allem weil ich es in Wirklichkeit hütete wie meinen Augapfel. Und da: Mit einem Mal die Lust, ihm das zu schenken, und nichts daran war schwierig, ich konnte es gut loslassen und mit Liebe weggeben. Ich verbandelte es sozusagen mit seinem unsichtbaren, doch überall spürbaren Wesen und ließ es in einem eigenartigen Gefühl von Glück und Zärtlichkeit zu ihm fliegen.

Sie seufzte. Fliegen war die pure Übertreibung bei der gegenwärtigen Funktionalität mitteleuropäischer Post unterschiedlicher Länder. Vermutlich schenken doch die meisten, was man bei Versendern und Kaufhausketten aller Art prüfen, bestellen, verpacken, direkt an die richtige Adresse schicken lassen konnte. „Kann man auch", dachte sie, wusste aber nicht, wie es ihr hätte gelingen können, so viel Liebe dort hineinzutun. Weitete das inneliegende Glück aus durch das Aussuchen eines Fotos, das Basteln der zusammenklappbaren Karte auf farbigem Papier und schließlich Schreiben eines kleinen Begleittextes. Es floss in jede Zelle ihres Körpers.

Sie mutmaßte, Derartiges so intensiv, so klar erst zu fühlen, seit sie sich die Zeit dafür nahm, egal was um sie toste und drängte, wie laut schrie, dass es getan werden wollte. „So, so", sagte sie sich „als Sternstunde bei lieben Freunden kannte ich das schon, doch ich gebe zu, mein Lieber, dass du sehr ausdauernd bist und mir Gelüste auf so ein Erleben immer wieder machst. Ich packe dein Päckchen im wievielten Jahr? Keine Ahnung."

Ihre Mail an Britta begann mit den Worten: „Es gibt immer noch so vieles in uns, was der Einzelne loslassen kann, wo er aufhören kann zu bewerten." Es fiel ihr irgendwann immer stärker auf, wie das um sie herum fast automatisch geschah. Und die Bewertenden sich selbst dabei – fast unmerklich – gern in ein besseres Licht rückten. Denn was sie an anderen auszusetzen hatten, war überwiegend negativ.

Die Mails flossen hin und her. „Versteh mich nicht falsch", schrieb Florah, sie wollte sich da nicht selbst erheben. Ihr konnte es ebenso passieren. Immer noch. Ihr war einfach um so vieles deutlicher geworden, wie groß in der Bedeutung dieses Feld war, seit sie selbst versuchte, Beurteilung anderer zu unterlassen und sich mehr für die Gründe interessierte, warum sich einer so verhielt, warum eine so agierte und nicht anders. Hatte Übung darin, im Sozialbereich tausendfach andere verstanden wegen dem und dem. Deren Rechtfertigungen hingenommen. Nur bei sich selbst nicht gefragt, streng, schneidend, harsch sich früher schlecht im Vergleich zu anderen gefunden, keine guten Zeugnisse für ihre Person ausgestellt. Ab und zu kurzzeitige Zufriedenheit über eigene Leistung.

Und nun die Feststellung, wie die Bewertenden durch ihr Tun oft versuchten, eigene Angst zu verbergen. Motto: Mache ich dies und das scheinbar besser als andere, werde ich nicht so leicht in einen Schatten gestellt. Florah schrieb, wie sie diesen gerne vermittelt hätte, dass es ihnen selbst nicht guttat, nicht gelingen konnte; wenigstens nicht auf Dauer. Und all die Flurschäden unterwegs ...

Britta antwortete: „Manche leben eben als bunte Vögel, andere versuchen angepasst ihr persönliches kleines Glück zu finden."

„Genau", dachte sie, „es kann doch nur jeder Mensch selbst für sich fühlen."

Entschied sich dagegen, sich in weiteren Erklärungen zu verfangen, trotz ihrer Befürchtung, die Freundin könnte sie missverstanden oder eben doch als überheblich interpretiert haben. „Kennen wir schon", rief sie sich zur Ordnung, „eigene Filme, eigene Angst, und sollte Britta die Empfindung haben, du hättest dich schräg ausgedrückt, ist sie vielleicht schon wieder verflogen, und morgen auch noch ein Tag, und überhaupt kann sie dann nachfragen."

Es war wohl tatsächlich nicht beachtlich, denn beide schwenkten umstandslos auf Körperlichkeit und Hingabe. Britta hatte sich damals sehr ernsthaft gefragt, was wohl passierte, wenn die Scheu vor körperlich-erotischer Annäherung wegfiele. Sagte, im Kopf und in

Worten falle das ja ihr und ihrem Gefährten leicht. Praktisch nicht. Sie hatte ein wenig den Verdacht, man habe sich in gewisser Weise daran gewöhnt, dass es umkomplizierter schien, nett, ohne körperliche Wellen, Hoffnungen und Ängste zusammen zu sein. Und andererseits diese oft große Traurigkeit, eben den Körper des anderen aus der Beziehung auszulassen. So ein seltsames Gefühl nach Abschied.

Sie schreibt, man könne noch auf der Treppe ins Schlafzimmer neckische Worte finden, sogar begehrliche und scharfe. Und hinter der Schlafzimmertür mutlos und auf einmal bleischwer, aller Drang sonstwo zurückgeblieben, nichts mehr tun.

Manchmal beneide sie Florah um deren Sich-hingeben-Können an das Leben und die Liebe. An den Mut, sich zu trauen. Diese gibt zu, sich gelegentlich selbst zu wundern. „Aber meines ist, wie andere sagen würden, nicht praktisch", entgegnet sie. „Mag sein, auf der Treppe würde mir auch alle ganz praktische Courage flöten gehen." Und wie sie eben in sich so funktioniert, dass die Neugierde, die Lust, der Spieltrieb alle Zeit stärker sind als Angst vor Frustrationen, die folgen könnten. Hinter der nächsten uneinsehbaren Kurve. Sie hat in Kauf genommen, sich durchaus auch nicht nur einmal in ihrer Vergangenheit einen schmerzlichen Korb einzufangen. Und „aha", freute sich Florah, da sah eine, wie sie sich zu sich selbst und ihren Gefühlen bekannte, nicht vorsorglich infrage stellte. „Lass es dir auf der Zunge zergehen", redete sie sich zu.

Was ist Hingabe? Sie hatte bisher noch nicht einmal gewagt, in Betracht zu ziehen, dass sie vielleicht ein hingebungsvolles Wesen war; anscheinend hatte man ihr das mit Erfolg ausgeredet. Es war auch nicht schwer gewesen, von außen eher auf ihr mangelndes Loslassen von Liebgewonnenem zu schauen, auf ihr häufiges Versperrtsein. Wenn ihr dann noch einer „Verklemmt!"

nachrief, war sie mehr als bereit gewesen, eher das zu spüren und zu glauben.

Sehr deutlich war Florah, wie oft sie nicht gerade klassisch, unauffällig, angepasst gelebt hatte. Egal. Was bedeutete das schon? Endlich angekommen. Schlussendlich war es warm in ihrem eigen-artigen Leben, sie nett eingebettet. Zugegeben, manchmal anfallsartig, das Gefühl, sie hätte gern – wie man so schön sagte: handfesten – Sex mit einem Mann. Sobald sie allerdings so richtig hineinfühlte und auf irgendwie falsche Personen und bestenfalls flüchtige Augenblicke gemeinsamen Hochgefühls kam, relativierte sich diese Begehrlichkeit rasch. Kurioserweise nahm sie sogar ab, wie die mit Kakao gepuderten Champagnertrüffel in ihrem großen Schrank. Bei den Schokolädchen hatte sie allerdings so einen gewissen Verdacht, dem sie entschieden nicht weiter nachging. Bei der abnehmenden, ganz praktischen Körperlust waren es Indizien, die sie ebenfalls nicht weiterverfolgte. Zunächst hätte sie sonst ausgeschlossen, dass es am puren Alter lag. Ein Faktor, der mindestens aufgehoben wurde dadurch, dass Möglichkeiten einer ungewollten Schwangerschaft nicht mehr gegeben waren. Daher wäre sie wieder am Punkt null einer detektivischen Recherche. Keine Lust, auch bei einzelnen Kandidaten Minuspunkte zu dokumentieren. Dazu müsste man sich erst einmal näher mit ihnen befassen. Und dazu überhaupt auch noch Lust gewinnen.
Das machte keinen Sinn, wenn ohnehin Cadmo mühelos jeden ausstach, indem beide zusammen dieses überaus angenehme Gefühl von Verbundenheit erzeugten.
In puren Freundschaften lag ebenfalls eine Zärtlichkeit. Sie fühlte sich angenommen, geliebt. Es bereitete ihr Freude, ab und zu Kopfzerbrechen, verschiedene ähnliche und völlig andersartige Wege in besonderer Dichte verfolgen zu dürfen. Die bloße Idee, ohne solche Bande zu leben, fühlte sich kalt und einsam an.

Oder konnte es sogar dann wieder lau werden oder warm? Vermutlich, denn es war so bei vielen, die nach herkömmlicher Definition durch Kriege, Naturkatastrophen, was auch immer, alles verloren hatten. Sie suchte hin und her. Allerdings kannte sie keine Beispiele, in denen andere Menschen null Bedeutung zu haben schienen. Und wenn es so genannte professionelle Bezugspersonen waren. Die Bäckereifachverkäuferin oder die Friseurin.

Was heißt es denn, fragte Luna, dass es sinnlich sein kann, obwohl ihr euch nie seht?
Lange hatte Florah versucht, dies zu erfassen. „Ich glaub, ich bin ihm auf der Spur", sagte sie dann. „Also stell dir vor, du hast ganz wunderbare Früchte. Im Augenblick zum Beispiel Birnen, Erdbeeren, Äpfel, Pfirsiche, Aprikosen, Himbeeren, Bananen, Blaubeeren, Pfirsich mit weißem Fleisch, sogar Physalis und eine Mango. Was mache ich draus außer dem einzeln Essen?"
Luna sprang auf den Stuhl. Klick, ein einzelnes Foto in ihrem Kopf, diese hopsende, freudige Bewegung war selten. Wenn das Kind morgen fort war, wollte sie dieses Bild als Erinnerung in sich tragen. „Obstsalat!", rief Luna schwärmerisch, denn sie schätzte diese Speise, ob nun mit Mandelblättchen, Walnussstückchen, sonst Nussigem oder ohne, mit verschiedenen Früchten, je nach den Jahreszeiten.
„Genau", sagte Florah, „immer mache ich den Obstsalat mit Zitronensaft. Manchmal mit einer Prise braunem Zucker, dann wieder mit ein wenig Agavendicksaft oder auch mit Honig ... Er mag dieselben Früchte haben, seine Mengen werden variieren und was man dazugibt zum Durchziehen. Trotzdem koste ich oft und gern von dem, was er hat, und umgekehrt." Ihr Beispiel war ersichtlich noch nicht zu großer Überzeugungskraft gekommen. Skeptisch die junge Dame. Sie schmeckte es nicht und schlussfolgerte öde Theorie.

„Was soll man denn, nur zum Beispiel, sag das mal, mit einer unsichtbaren Liebe anfangen können?", warf Lunas Stimme ein, lauerten keck ihre Augen.

„Also wir können uns, nur zum Beispiel", zwinkerte Florah, etwas Honig in den Salbei-Lindenblüten-Tee rührend, „der Mond ist gerade halb und silbern, doch nicht kalt-silbern, sondern mit einem kleinen Hauch Honiggelb im geteilten Berg-und-Tal-Gesicht vom Mann im Mond, wir können uns treffen auf einer kleinen Waldlichtung, ziemlich kurz vor dem Meer auf seiner oder auf meiner Seite …"

„Haha, hingebeamt oder was!?", kam es vom Stuhl der Kakaotrinkerin her, und einen Moment zog ich beim Erzählen meine Lider zusammen und schickte einen stechenden Blick in die Enkelinnenrichtung. Aber sie bemerkte ihn nicht, sie wähnte sich ja schon in ihrem kleinen Rechthaber- und Wahrheitstriumph über Omis unwahrscheinliche Geschichten.

Ich erklärte, es möge so ähnlich sein, wie sie sich das Beamen vorstellte, mit einem Lichtbogen von Gedanken und Gefühlen könnte man an diesen Startplatz gelangen. „Aber die Geschichte interessiert dich ja doch nicht so besonders", fuhr ich fort, „machst du besser die Englischhausaufgabe mit den unregelmäßigen Verben zuende, wenn du ausgetrunken hast." Nicht dass ich darauf aus war, ihren Protest herauszufordern, aber ich freute mich doch und hatte kein Problem mit dem Aufschub der Weiterlernerei. Ich hielt ohnehin mehr davon, in Happen zu lernen, statt zu versuchen, alles auf einmal in sich hineinzuwürgen. „Omi, also, gut, sie sind irgendwie beide auf der Lichtung …"

„Genau, sie treffen sich da, wo ein schwacher Lichtkegel vom Mond auf den Teppich zu zeigen scheint, der da im Gras liegt, und du hast es erfasst, es ist zu dunkel dazu, sich gegenseitig näher anzuschauen, aber das wollen sie sowieso nicht. Sie müssen nicht sprechen, denn da gibt es so ein Einverständnis ohne Worte, sich mitten auf den Teppich zu setzen, Rücken an Rücken. Nur die Arme schließen sie vorsichtshalber, Ellenbeuge in Ellenbeuge, zusammen, vielleicht weil man nicht weiß, ob es irgendwo stürmt, kann sein einfach nur, weil die Rücken dann so schön ineinander liegen bleiben. Und kaum haben sie sich so gesetzt, wie es ihnen warm und bequem ist, hebt sanft der Teppich ab, fliegt los. Ich weiß noch, dass wir in dieser Nacht irgendwo über Wäldern auf seiner Seite angefangen haben. Wälder, Flüsse und Flussufer. Das war schön. Dort tauchte der Mond große Steine oder kleine Felsen in fahles Licht, besonders wenn die Steine von Wasser überspült waren, du weißt ja, dann reflektieren sie das Licht. Die Wasser selbst scheinen zuerst fast schwarz im Dunkel – das macht wahrscheinlich die Mischung aus Tiefe und Nacht – aber je länger ich darauf schaute, desto mehr blaue und grünblaue Muster konnte ich erkennen, und wenn wir sehr niedrig flogen, auf unserem Teppich, sah ich sogar die Gicht auf manchen Wellenkämmen …"

„Omi, komm!" So hatte sie sich mittlerweile mit ihrer Enkelin bis zur Couch bewegt, da konnte sie halb liegen, das Mädchen sich an sie kuscheln und zur Krönung des kleinen Genusses den Rücken kraulen lassen. Und Florah war sehr entschlossen, die kostbare Zeit, in der diese Nähe so möglich war, auszukosten. „Und dann ward ihr noch auf deutscher Seite?", fragte das Kind. „Genau, sind aber zügig nach Belgien abgedreht, weil mein Wunsch dahin ging. Rasch ging es über kleine und große Orte mit ihren gelben Straßenbeleuchtungen. Die Straßen sahen aus wie krumme Äste, umrahmt von Häusern, manchmal ähnlichen und brav gereiht, dann wieder welche, die mal so, mal so standen, ähnlich wie ausgeleerte Legosteine, die dein Bruder auf seinem Spielteppich liegen lässt. Nur an belgischen Autobahnen waren die gelben Lichter wie gerade Lampionreihen …

„Hast du ihm das alles erzählt?", wollte Luna wissen.

„Hm, ja und nein. Also ich hab ja nicht gesprochen und er vorher auch nicht. Also mit der Stimme haben wir uns nicht ausgetauscht. Wir haben vielleicht irgendwie gesprochen, weil ja erst der eine und dann die andere den fliegenden Teppich lenkte und natürlich auch bestimmt hat, wann der langsam fliegt oder fast stehen bleibt in der Luft, damit man länger schauen kann, wann es blitzschnell an allem Möglichen vorbeigeht. Also, so gesehen haben wir uns schon verständigt und wahrscheinlich hat durch die Rücken auch Eine dem Anderen, der Andere der Einen erzählt."

„Puh, Omi, du hast wieder eine Sprache, also wenn ich so rede, meint die Mama, dass ich sie echt zur Verzweiflung bringe ..." Einen Augenblick kam so zu Florah ein Hauch von „Muss ich mich einnorden, muss ich mich zensieren, tu ich dem Kind irgendwas an, wenn ich so bin, wie ich bin?". Und sie erinnerte sich, wie sie früher oft akrobatische Anpassungsleistungen zu vollbringen versucht hatte, um nicht als negativ oder allzu absonderlich aufzufallen. Dann legte sie den Schalter in sich um, rückte ihren Körper auf dem Sofa zurecht und dachte, wenn sie nur, was sie tat, in ihrer eigenen Wahrheit, mit Freundlichkeit und wohlwollend, dann sei es gut. Verbiegen war vorbei ...

„Und die Beine haben dir nicht wehgetan von dem langen Teppichsitzen?" Luna brachte sich in Erinnerung, indem sie an ihrem T-Shirt-Saum herumzoppelte. „Der Po ist dir auch nicht eingeschlafen? Oder du musstest eigentlich pinkeln, aber warst da oben und wusstest nicht, wie das gehen soll?"

Florah lachte. „Nein, alles nicht – weißt du, solche Reisen sind außerhalb von der Zeit, so wie du sie jeden Tag empfindest. Und außerhalb von dem, was in deinem Körper vielleicht sonst so passiert." Und dennoch – sie ließ es Luna gegenüber weg, verzichtete darauf, sich noch im Nachhinein wohlig zu räkeln – gab es dieses Spüren der Schulterblätter, die Reibung zweier Wirbelsäulen, die sich ab und zu miteinander justierten. Den Hauch der zweiten Körperwärme, kleine Eindrücke vom Geruch des Anderen.

„Weiter!"

„Wo sind wir denn? … Ach ja, durch belgische Landschaften sind wir gereist und nun das erste Mal über Lüttich. Ich habe meinen Rücken noch einmal näher an seinen gebracht, die Wirbelsäule ausgerichtet, um die Wärme tief zu spüren und nur ja alle Eindrücke in meinen Zellen zu speichern … Das geht nämlich schon, selbst wenn man außerhalb von Raum und Zeit ist. Außerdem war darin eine Sprache, um ihn aufmerksam zu machen auf Dinge, die mir besonders wichtig vorkamen – der große Platz. Ich drehe den Kopf ein Stückchen, er folgt mit seinem in dieselbe Richtung. Die Säule mit dem Pinienzapfen und den Engeln, schönes Symbol für sehr frühe bürgerliche Rechte."

Luna gab einen vorwurfsvollen Jammerlaut von sich, sie wollte jetzt bitte keinen Vortrag, bloß diese Geschichte.

Florah hatte den kleinen Unmut nicht registriert, ging schon weiter in diesem lustvollen Eifer, „ein Blick zu den Säulengängen im fürstbischöflichen Palais – weißt du, da wo diese abgefahrenen Gesichter in Stein gehauen sind, an jeder Säule eine andere Närrin, ein anderer Narr.

Da! Meine Lieblingskirche Saint-Jacques, einmal über die Brücke mit den goldenen Trompetenengeln auf den Pfeilern am Anfang und am Ende und ganz kurz ein Ausflug über den Park am Museum, wo eine schöne Frau einen Faun beißt, aber das ist wieder nicht jugendfrei, das erzähl ich dir vielleicht später mal … Jedenfalls das war nur so ein Appetitmacher über Lüttich, denn man möchte ja Lieben, egal ob sichtbar oder unsichtbar, sehr gerne zeigen, was man selbst besonders schön findet und mag. Schließlich wollte ich noch mal ganz kurz über Aachen. Nicht um mit ihm den schönen Dom anzusehen, das war nichts für diesen Ausflug, nur um mal eine Runde über meine frühere Wahlheimat zu drehen."

Wie in einem vorweggenommenen kleinen Siegertriumph unterbrach mich Luna: „Na klar, auf dem Weg nach Aachen und überhaupt und besonders seid ihr da noch in Tihange vorbeigekommen, das tolle, halb kaputte Atomkraftwerk. Wenn ihr bis dahin noch nicht an der verpesteten Luft gestorben seid. Also in so einer Gegend ja wohl spätestens! ... Oder stell dir vor, wenn eine Drohne kommt, Zusammenstoß und batsch stürzt der Teppich mit seinen Passagieren ab. Papa sagt auch, die ganzen Militärmaschinen, die da nicht weit weg von Aachen losfliegen und ankommen, gehen ihm echt auf die Nerven. Überhaupt, dass wir drei bis vier Flughäfen in drei Ländern um uns haben, da kann er sich nicht entscheiden, ob das nun mehr furchtbar oder mehr praktisch ist. Jedenfalls so viele Möglichkeiten, mit irgendwas zusammenzuknallen, da auf eurem total uneingeplanten Teppich!"

Florah möchte sich nicht aus dem schönen Gefühl lösen, aber auch keine Antwort schuldig bleiben: „Drohnen stoßen nicht mit fliegenden Teppichen zusammen, denn diese haben eine magische Schutzaura an sich, lilapurpurn, unsichtbar gleichzeitig, und diese Aura schreckt Drohnen ab, wie Zitronenöl Stechmücken vertreibt – nur für Schönes, das von Liebe durchtränkt ist, ist sie durchlässig."

Luna gab unwillige „Aber, aber Omi!"-Geräusche von sich, was ihr einen missvergnügten, durchdringenden Blick einbrachte und sie abwarten ließ, bis der Satz beendet war. Tief atmete das Kind durch, endlich! „Aber Papa sagt, die Zitronenölgeschichte bringt einen Scheißdreck gegen Insekten – äh ..." Mit Eifer, als seien ihre Eltern anwesend, wollte sie das böse Wort korrigieren. „Also irgendwelche Zitronenplörre oder Zitronenkerzen bringen rein gar nichts, sagt er, so oder so wird er unfehlbar gestochen, sobald so ein Vieh auch nur in seiner Nähe unterwegs ist! … Außerdem, ‚ich sage es noch mal'", nun klang sie wie ihr Vater in einer eher kritischen Stimmung, „die giftige Luft da oben?"

„Die Aura rund um den fliegenden Teppich, ich merke an eine machtvolle Aura – dreckige Luft ist doch nichts, was auch nur entfernt mit schön oder mit Liebe zu tun hat, wie soll sie also durch diese Schützhülle und zu den beiden Reisenden kommen!?" Sie könnte noch erwähnen, dass diese Art Reisen vollkommen außerhalb von Zeit und Raum stattfinden. Ist ihr jedoch gerade zu kompliziert.

Langsam löste sich Luna aus der geborgenen Couchhaltung und schaute ihre Omi fragend an. „Mama sagt, es würde dich glatt umbringen, wenn du all deine Geschichten nicht hättest."
Mh, da war was dran, klug war Cara.
Manchmal sauge ich von seinen Mitteilungen jedes Wort auf, denn jedes Wort kann wichtig sein für die kleinen Kunstwerke an klugen Geschichten, die sich dann in mir entfalten. Heute las ich in einem seiner Bücher. Ein Fachbuch diesmal. Man könnte es auch nüchtern lesen. Aber das wär schon sehr schade, denn in den drei, vier Seiten sah ich etwas entstehen, fast wie ein opulentes Märchen, am Ende kann die Prinzessin sich selbst ganz und gar gewinnen.
Ist es nicht der Hauptgewinn im Leben überhaupt, sich selbst zu durchdringen und zu gewinnen?
Florah gab bereitwillig zu, vieles von ihm zu wissen, und es wurde immer mehr. Anderes wusste sie eben nicht. Das, was Menschen vielleicht aneinander registrieren, wenn sie aufmerksam sind. Nicht irgendwann anfangen, mehr Negatives an dem anderen zu beobachten, auf Kosten anderer Eigenheiten, die ihnen gefallen könnten. Nie erlebt, ob er es gern hatte, wenn Obstsalat ein Weilchen durchzog. Diesen überhaupt erst einmal beiseite-

stellte oder sogleich aß. Ihn kühlte oder einfach nur zudeckte? Sie konnte sich wohl vorstellen, dass er welchen machte, und zwar bunt. Viele Farben in einer Speise hatte er, das wusste sie, gern. Vielleicht gibt er bei Früchten gern Koskosnussraspel dazu. „Stimmt", kommentierte Luna, „das machen wir eigentlich nie."

Und ihre Omi erklärte, so könne es sein, dass sie das gleiche Obst hätten, aber nie würde gleich sein und ganz gleich schmecken, was sie daraus machten. Vielleicht aß er gar einfach die Früchte weg, bevor er noch etwas anderes daraus basteln konnte.

Möglich, dass der Genuss sich glich, egal auf welche Entfernung. Man könnte sogar mitunter aneinander denken beim Essen. Aber man würde nicht aus einer Schüssel dasselbe Mahl nehmen. Gleichwohl ist denkbar, wie die Geschmacksknospen eine sehr ähnliche Freude haben. Florah wie Cadmo haben beide Genuss und sind in der Lage, ihn gewissermaßen zu steigern, wenn sie aneinander denken.

Sie kommentierte allerdings ihrer Enkelin gegenüber nicht, dass dieses dann auch sie beide betreffen konnte, wenn die „Kleine" auf welche Art auch immer weg war. Denn ihr war klar, auf der einen Seite würde Luna älter, und es klopfte die Zeit an, in der meist vieles im Leben deutlich interessanter war als Omi. In jedem Fall würden die meisten Jugendlichen das vorgeben, um mit den anderen mithalten zu können und nicht als seltsam zu gelten. Auf der anderen Seite hatte sie einmal läuten hören und seither nicht wieder ganz vergessen, es gab so eine vage Idee von Cara und Adrian, wegzugehen und ganz woanders zu leben. Sie mochte weder über das eine noch über das andere sinnieren, lenkte lieber ab und forderte ihre Enkelin dazu auf, mal auf dem großen Tisch zu schauen, was es so gab an Früchten. Was sie nun zusammen basteln konnten.

Später fasste Luna noch einmal nach: „Und du brauchst nicht zu sehen, ob er mit dem Messer in die Marmelade geht." Ergänzte: „Er muss sich nicht anschauen, ob du das Messer ableckst."

Sie lachte. „Unschätzbarer Vorteil!", gab sie zurück. „Eines Tages wird es dir klar sein. Schlag ein!" Und die etwas größere und etwas kleinere Hand klatschten aufeinander.

Zum Schlafen forderte Luna eine weitere Geschichte. War sie nicht zu groß dazu? Hatte sie nichts zu lesen dabei? Nicht nachfragen. Besser einfach nur genießen, solange wir beide Freude dran haben!

Florah erwähnte, vielleicht sei mehr Weisheit im Märchen vom Pechvogel, als man sich vorstellen konnte: einsam, allein, traurig und durch seine elternlose Kindheit geprügelt, wie vom Pech verfolgt, vermochte er an nichts anderes in seinem Leben zu glauben als an das Pech, immer wieder, wo auch sollte dieses Andere herkommen, wenn doch sein Pech schon im Namen festgeschrieben war? Und auch als er seine Heimatstadt und die unfreundliche Tante verließ, die all die Jahre schon dafür gesorgt hatte, dass sein Tun, wenn auch gut gemeint, doch stets schlecht ausging, dass ihm Becher hinunterfielen, der Wind das Fenster zuschlug und zerschlug, die frisch gewaschene Wäsche beim Verstolpern auf das einzige erdige Wiesenstück fiel und eines der seltenen Marmeladenbrote natürlich aus der Hand ihm glitt und mit der Marmeladenseite auf dem noch nicht gefegten Küchenboden aufkam. Tag für Tag, Jahr für Jahr geschah all dies und noch viel mehr, und der traurige Kloß in seiner Kehle schien zu sagen: „Was willst du schon auch anderes erwarten?"

Und an einem Frühlingstag, nachdem ihm das Essen verbrannt war und der Lieblingsteller der Tante an der Tischkante zerschellt, wollte er ihr erst gar nicht wieder begegnen, böse Worte hören und eine neue hässliche Strafe bekommen.

So war er die Stiegen hinaufgerannt in sein Zimmer, bestenfalls ein Kämmerchen, holte die wenigen guten und ihm lieben Habseligkeiten aus dem schiefen Schrank, packte sie in die größte Ökotragetasche, die er auf die Schnelle unter der Spüle finden konnte, schnappte das Rad der Tante und ab durch die Mitte.

„Schlimmer kann es ja sonst auch nirgends kommen", dachte er.

Er kam bei einem der wenigen Bäcker unter, die noch selbst buken. Hatte dort sein immerwährendes Pech nicht erwähnt, sich als Sebastian vorgestellt, denn diesen Namen hatte er in alten Papieren gefunden, und so wurde ihm klar, dass Pechvogel eigentlich nur ein übergestülpter Beiname war.

Und dann geschah etwas ganz Seltsames: Er stellte sich nicht dumm an, sondern mit seiner Freude am Kneten und Backen, an dem Duft, den die Öfen verströmten, war ein Geschick mitgekommen, das er vordem nicht gekannt hatte. Er buk bald nicht nur das übliche Sortiment der Bäckerei. Nein, er probierte auch gern ganz früh am Morgen, bevor der Meister kam, dieses und jenes Backwerk aus. Das konnte er ganz gut tun, weil er ein Kämmerchen im Tiefparterre unter dem Laden bewohnte. Wie auch sonst, er war ja nicht Krösus und also froh über dieses Dach über dem Kopf. Früh aufstehen war auch kein Problem, denn wir sind an einem Ort, wo die Müllabfuhr sehr früh, noch in der Nacht, um nicht mit Berufsverkehr zu kollidieren, jeden und jeden Wochentag außer Sonntag kommt und großen Radau macht. Am liebsten hat er Hefegebäck, und außer den üblichen Rosinen- oder Nussbrötchen fabriziert er Vögel mit Nusssplittern und Rosinen. Die puren Rosinenbrötchen werden bei ihm Rosinenmäuse mit Rosinenaugen, diejenigen, die nur Nüsse beinhalten, Eichhörnchen mit runden Haselnussaugen. Seine Spezialität ist es, später am Tag an der Verkaufstheke allen, Männern, Frauen, Kindern, an der Nase ansehen zu können, ob sie der Vogel-, der Maus- oder der Eichhörnchentyp sind.

Am Sonntag geht er, weil Sommer ist, zum Fluss. Wenn es warm genug ist, kann man darin baden. Eines Sonntags ist auch die Glücksmarie da. Auch nur ein Beiname natürlich, in Wirklichkeit heißt sie Nadescha. Und weil er hübsch ist und so schrecklich melancholisch aussieht, guckt ihn die fröhliche Glücksmarie mehr als nur einmal an, sieht nette Sachen in ihm. Betrachtet weder das Pech. Noch die Zauberhände ...

Als sich ein Marienkäfer auf seinen Kragen gesetzt hat, beugt sie sich zu ihm hinunter, um den Roten mit den schwarzen Punkten mit einem Hauch warmen Atems zum Fortfliegen zu bewegen, bevor ihn einer versehentlich zerquetschen kann. Da fängt ihr zweiter Blick mit einem Mal den kleinen Glanz, der die honigbraune Iris und die Pupillen seiner Augen überzieht, und sie beugt ihren Kopf übermütig noch etwas mehr und küsst ihn auf die Lippen. Bleibt noch ein wenig länger in dem Kuss, weil sie so gerne dahinterkommen möchte, was in diesem Geschmack liegt: Ist da ein Hauch von Zimt oder ist das Salbei oder ... Sie muss es ausführlicher probieren, auch die Zungenspitze zu Hilfe nehmen, weil da bestimmt besonders feine Geschmacksknospen sind – und kommt doch nicht dahinter.

Moral: Wenn jemand an sein Pech glaubt, hat er Pech. Wenn jemand an sein Glück glaubt, hat er Glück. Das sind so Gesetze, die der Himmel macht.

Luna schläft noch nicht. Dabei hat sie heute eine Geschichte mit den immer noch nicht häufigen Happy Ends bekommen.

Wach fragt sie: „Das heißt, du kannst ändern, wie du über etwas denkst und was du dazu fühlst, und dann kommen auch andere Ereignisse mit einem anderen Lebensgefühl zu dir?"

„So etwa", bestätigt Florah. „Die Leute ändern sich ja normalerweise nicht sofort und total, zum Beispiel wie die beiden in dem Kuss, aber sie können sich schon ausgesprochen stark verändern und besonders leicht, wenn ihnen vielleicht jemand ein bisschen dabei hilft. Weil, du weißt ja, wenn du grübelst, kaust du oft immer und immer wieder dieselben Gedanken."

„Also wenn jemand hilft, wie zum Beispiel der Papa der Mama" – leicht zögert Florah, weil sie dran denken muss, wie Paare da oft nach Jahren und Jahren in der Falle sind – sagt dann doch: „Dann kann sich ein Knoten lösen, die Richtung verändern."

„So wie bei dir und deiner unsichtbaren Liebe?"

Florah lacht, sagt lachend ein lang gezogenes „Ja, auf jeden Fall. Der hat meinem Leben auch unverhofft so eine ganz andere Richtung gegeben." Ergänzt: „Und du schläfst jetzt. Ich hab dir extra den Vorhang aufgelassen, weil heute die Sterne so schön sind, und der halbe Mond müsste um diese Zeit genau so stehen, dass du ihn im Liegen im Fenster sehen kannst."

Sie bückte sich hinunter, um die Behauptung zu überprüfen. Es kam jedoch ohnehin kein Protest an diesem Tag.

Zurück war sie in der Küche. Bedauerte nur einen Moment lang, nicht mehr zu rauchen. Es war wohlig geheizt. Von draußen hörte man Wind pfeifen. Regen schlug mal stärker, dann wieder weniger stark mit Prasseln gegen die Scheibe. Neben dem matten Licht, von Besucherinnen gern als zu wenig hell reklamiert, hatte sie zwei Teelichter angezündet in Gefäßen, die ebenfalls Schatten von Monden und Sternen auf den Tisch, gegen Teile der Wand warfen.

Florah mochte die Dunkelheit. Gab es nicht mehr oft zu, weil es häufig auf Verwunderung stieß, ein Darüber-Hinweggehen oder oberflächliche Bemerkungen zu Jahreszeiten, in denen es eben so war, wie es war. Doch glücklicherweise wurden dann die Tage wieder länger. Kurze Tage waren für sie wie eine kleine Nachhilfe bei Ruhe und Sinnieren, bei stillem Tun; lenkten nicht ab. Es war nicht mehr notwendig, die eigene Haltung zu rechtfertigen, zu begründen und zu konstatieren, es habe nichts mit düsteren Stimmungen oder gar mit Depression zu tun, schon als Kind sei es bei ihr so gewesen. Sie hatte auch schon lang keine Lust mehr, flapsige, kurz gegriffene Rückschlüsse zur Düsternis ihrer Seele amüsant finden.

In ihre Stimmung eingehüllt verschwindet sie in ihren Gedanken. Cadmo scheint in ihrer Anfangszeit mit einer gewissen Verwunderung auszudrücken, wie er ihr häufiger schreibt als jedem Menschen sonst. Sich aussuchte, Zeit mit ihr zu teilen, die er eigentlich nicht hat, in ausgefüllten Tagesabläufen, dem, was er plant, tut, vorhat.

Nach ihrem Eindruck einige Entwicklungen auch für ihn überraschend. Er hätte viel weniger nah, überwiegend auf sie eingehend, sachlicher auf unterschiedlichen Ebenen nette, interessante wohlwollende Konversation betreiben können. Anscheinend war ihr, intuitiven Impulsen folgend, das Wunder des Lockens in einer vollkommen unpassend scheinenden Zeit gelungen. Es kam ihr vor wie ein kleines Nagen an dem, worin man sich eingerichtet hatte.

Zunächst ihr unaufdringliches, aber ehrliches Interesse für seine Person. Manchmal auch witzige Wegbereiter. Ihre Freude zu sagen, es sei ihr, als ob sie ihn verschiedentlich spürte. „Warm!", entgegnete sie ihm, der eine präzisere Beschreibung erbat, herauskitzelte aus ihr. Florah spielte mit, es könne sich anfühlen wie ein zarter Windhauch auf ihrer Haut. Zu warm? „Gerade richtig. Angenehm!" Zögerte, um es erneut zu fühlen. Das unbebilderte Telefonieren. Ihr Erröten unsichtbar. Er sah nicht, wie sie sich in einer Geste, die gemeinhin als Flirtverhalten bewertet wurde, durch ihre Haare fuhr. Oder gab es andere Antennen?

Lange in Aufwallungen suspekt war ihr monatelang sein Interesse daran, wie sich ihre Lebensreise weiter entfaltete. Es widersprach all dem, das sie damals noch ganz überwiegend antraf. Genau wie seine gewisse Vorfreude auf all die vielen Erlebnisse, Geschichten, Gefühlshorizonte und Gedanken, über die man sich die nächsten Jahre austauschen könnte. Konnte.

Dabei: Es gab bei ihr wirklich nichts abzuzocken, keinen müden Euro, kein Eigenheim, keine gebunkerten sonstigen materiellen Schätze. Die Schleier der veröffentlichten Warnungen und der wüsten Erfahrungen anderer.

Inzwischen kannte sie mehr Menschen, die ähnlich dachten, fühlten, ausstrahlten in die Welt wie er. Wahrscheinlich gab es zwei Wahrheiten dazu. Oder drei: Durch ihre eigene Veränderung zog sie einen anderen Menschenschlag an, solcherlei wunderbare Wesen hatten sich vermehrt in dieser Welt und sie hörte andere Dinge, hörte anders zu.

Es gefiel ihm, wie sie immer weiter die Fenster zu ihrer Seele öffnete. Sie lachte. Es gefiel ihr selbst. Sie machte keine Bemerkung zu Einblicken in sein Innen, die er absichtsvoll, spielerisch oder absichtslos gewährte.

„Mir geht das Herz über." Sie sagte es manchmal zu sich alleine, denn es beschrieb in so schöner Weise das sehr besondere Gefühl, wenn ein Mensch durch eine Gefühlsäußerung einen anderen so berührt, dass diese Öffnung, dieser leichte Kitzel in der Herzgegend besteht. Eine Art Kitzel, den eine Welt, in der Sexualität so herausgehoben wird, wohl überwiegend nicht mehr fühlen kann.

Schön, wie immer noch Puzzlesteine, durch die sie sich nah und verbunden fühlte, in sie einfielen, ihr einfielen. Und das taten sie oft. Fragen, Ideen, Antworten, ein Lächeln auf ihrem Gesicht, ein spezieller Herzschlag, die Liebe zum Leben, ein tiefer Gedanke, ein Seufzen, das aus wer weiß welchen Tiefen kam.

Eines der vielen Wunder dieses Lebens, wenn sich langsam, langsam entblättern durfte, warum einer so geworden ist, wie er ist. Das Geschenk, wenn man so weit in ein anderes Leben schauen darf oder gar sich mit ihm verbinden.

Es war kein Film oder dergleichen. Es war leise, authentisch, ungeschminkt, echt.

Erklär ihm Fliegeküsse, denn die mögen eine deutsche Spezialität sein oder jedenfalls kannte sie kein italienisches Wort dafür. Also diese liebevollen, doch nicht übergriffigen Küsse, gehaucht auf die Handinnenfläche und dann sacht doch inständig gepustet, egal ob die Nähe oder große Ferne zu einer geliebten Person.

6. Dezember

Luna war inzwischen von ihrer Freundin herausgeklingelt worden und mit ihr für die nächsten zwei Stunden Richtung Eisdiele verschwunden. Es war schon seit einigen Jahren so, dass beileibe nicht mehr alle Eisdielenbesitzende und deren Angestellte in eine nord- oder süditalienische Ursprungsheimat verschwanden. Mehr noch, diese Orte waren schon längst nicht mehr unbedingt von Menschen mit italienischen Wurzeln getragen. Wenngleich die meisten mit italienischen Farben oder Accessoires so taten.

Florahs Erleichterung über die Unterbrechung. Das gab ihr Zeit zu denken. Was könnte sie sagen, falls die Enkelin das Thema am Abend noch einmal aufnehmen wollte? Sie hatte sich von ihrer Mutter ungerecht behandelt gefühlt ... Dir wird vorgejammert und du willst dich nicht einmischen.
Sie fühlte mit ihr. Wie gut, dass die Gelegenheit verstrichen war, Luna eine kleine in dem Moment gefühlte Empörung in ihrer Stimme hören zu lassen. So im Nachhinein dämmerte ihr, warum das Mädchen gefühlt hatte, ihre Mama zöge spontan den lauteren, eindringlichen Aron vor. Er bekam seinen Willen und Luna ihren Unwillen, so das Enkelinnengefühl. Aber sie war nicht die unverstandene Tochter! Sie war eine sehr Geliebte und gut Aufgehobene.
Es kam nur ab und zu etwas vor, das ihr ungerecht schien. Menschlich. Normal. Es stellte nicht die ganze Liebe ihrer Mutter zu ihr infrage.
Versonnen blätterte Florah in ihrem Traumbuch. Da! Der war's.

„Ich träume so zu träumen, dass ich die Träume durchaus in mein Leben integrieren kann, so wie es für mich richtig ist. In Schritten, und keiner ist falsch. Träume,

vollkommen in mir zuhause zu sein, in meinem Haus.
Und grade ist es ein weißes Haus. Es könnte auch ein
Schneckenhäuschen sein, ein Tropfen oder ein Halm.
Während mir das so erleichternd-erlösend bewusst wird,
stehe ich in dem sehr kleinen Bad des Hauses und versuche, mit unterschiedlichen bunten Seifen meine Zweifel daran von den Händen zu waschen. Murmle dabei:
‚Es geht, du musst es nur zulassen, damit du es auch
fühlst, und es geht schon in den richtigen Schritten.'
Noch nicht hundert Prozent sicher schaue ich dabei aus
dem winzigen Fenster hinaus. Mich beschwörend: ‚Ich
darf mich nur nicht stören und verunsichern lassen, ich
will, ich muss mir glauben.'
Da kommt meine Mutter, will offenbar zu mir. Hat
meine Umrisse schon erspäht. Sie kommt auf dem Fahrrad, mit triumphierendem Blick – ‚Mein Gott, sie konnte doch nie Fahrrad fahren!', denke ich verwundert. Vor
Schreck über ihr unverhofftes Auftauchen halte ich
lauernd eine Seife umklammert, lasse den Waschlappen,
mit dem ich überall gerade so schön am Kreisen und
Massieren war, in das kleine Becken fallen. Sofort wird
mir kalt. Unmöglich, etwas dagegen zu tun, bin ich doch
irgendwie erstarrt.
Meine Mutter steht mit einer anderen Frau vor dem
Haus. Ein Seitenblick, ein hämisches Auf-mich-Weisen
mit einer Geste ihres Kopfes: ‚Da ist meine Tochter
drin, die glaubt, dass alles und auch alle Weite dieser
Welt in ihr ist. Sie war ja schon immer irgendwie komisch – aber jetzt dreht sie vollends durch!'
Die körperfitte und springlebendige Mutter erläutert
ohne Unterlass spähend auf mein hoffentlich blindes
gekipptes Fenster: ‚Sie strengt sich nur nicht genug an,
sich die wirkliche Weite zu erlaufen, zu erfahren. Sie
bleibt seit ein paar Jahren meist zuhaus und muss sich
wohl ihre komischen Ansichten da in sich hockend
schönreden. Die Welt kommt also zu Madame, auch
wenn Madame gar nicht richtig in ihr wohnt und sich

bewegt!' Sie hebt die Stimme, und es hallt in meine
Richtung: ‚Na, bild's dir nur ein!' Laut lacht sie mich
aus."

Da also hatte sie die vergangene Mutter noch einmal
eingeholt. Klar, nicht die Mutter war vergangen. Auch
war es nicht der Mutter vergangen. Vorbei das Aufei-
nander-Grollen, was die eine war oder nicht war. Tat
oder nicht tat. Es war gut, wie es war. Florah würde
lügen, behauptete sie, von einem Tag auf den anderen
sei alles anders und in Ordnung gewesen. Es hatte nicht
nur Jahre, vielmehr Jahrzehnte gedauert, trotz der Rie-
sensprünge im Bewusstsein. Die viele Arbeit des Verzeihens bewegte einiges, ebenso wie mehrfache Entscheidungen, in der Vergangenheit lassen, was zur Vergangenheit gehöre. Natürlich, so beschied sie jetzt, doch
nichts, womit sie dem Kind kommen sollte!
Lunas Erleben war schließlich in der Gegenwart. Florah
seufzte. Uralte Bilder und Gefühle, die erzählten, wie sie
selbst sich nicht als Tochter geliebt und angenommen
gefühlt hatte. Vorbei. Weit weg.
Proteststimmen in ihr: Aber sie war doch als Kind in
der schwächeren, der abhängigen, der bedürftigen Rolle
gewesen! Darin wieder Rechtfertigung und Zorn. Florah
rang sie nieder.
Als Erwachsene hatte sie sehen können, wie manche in
einem hohen Alter oder lass es sein auf der Schwelle des
Todes sich aussöhnten. Und wie das so ein gewisses
friedliches Strahlen in ihre Mienen zauberte.
In ihnen war dieses Wunder geschehen. Als Florah endlich den Wunsch losgelassen hatte und fühlte: „Es ist so,
wie es ist", war ein anderer Zustand da, der ihr besser
tat.

Florah verwarf endgültig, über einen dieser Träume mit
Luna zu sprechen. Viel zu dramatisch. Eine solche
Dramatik konnte sie in dem Elternhaus ihrer Enkelin

auch in schwierigeren Zeiten nicht erkennen. Zweitens bot Derartiges einem schlauen Kind viel zu viele treffliche Ablenkungsmöglichkeiten.

„Komm, Salat machen, Liebe", zog sie sich aus diesen Gedanken. Was für ein unverschämtes Glück, dass Luna ihre großen bunten Salate liebte, gern mit ihr teilte. Und sie lächelte. Auch weil sie sich selbst mit Liebe angesprochen hatte. Im Gegensatz zu früher kam es nun, seit zwölf, dreizehn Jahren vor, Tendenz: sich häufend. Sie hatte inzwischen überhaupt einige Nettigkeiten für sich in petto. Vor dieser Zeit war sie meist streng mit sich gewesen. Am besten noch mit selbstverurteilenden Worten kombiniert. Aus der Ferne erinnerte sie, wie sie sich tituliert hatte als dumm, Ziege, Kuh, kann doch nicht wahr sein, einfach zu doof, schusselig, blöd, trampelig, ungeschickt, bekloppt und dergleichen mehr. Es klang unwirklich nach.

Adrian hatte sie, soweit sie wusste, nicht derartige Zuschreibungen mitgegeben.

Kein leidlich gesundes Elternteil tat Derartiges mit Absicht und einer bewussten Bösartigkeit. Extra. Und konnte dennoch nur so handeln, wie es das eigene Bewusstsein in jener Lebensphase zuließ. Unsinnig, sich innerlich darüber zu erheben, für besser zu halten als diese und jene vordem. Als eigene Eltern, Menschen, die an ihre Stelle traten. Versank in Erinnerungen an das Oma-Werden ... Als Luna gerade auf die Welt gekommen war, machte sie Geräusche wie eine kleine schnurrende Katze.

Lange Zeit noch hielt sich in ihrem ganzen Ausdruck dieser Zug von ganz in sich ruhen, der Welt vertrauen, völlig gelassen und neugierig sein.

So war es nicht mehr, nicht mehr ganz. War sie nicht mehr ganz? Doch im Grunde schon, nur eben die Welt ging auch an ihr nicht spurlos vorbei, mit Enttäuschungen, Frust, ihr Schmerzlichem, Schwierigem, den vielen offenen Fragen. All dem, was nicht ausbleiben konnte, wenn man in dieser Gesellschaft mitten unter Menschen lebte, ihnen begegnete, diese und jene „Einrichtung" besuchte, vom Kindergarten über Musikschule zur Schule. Mal ganz abgesehen vom gemeinsamen Tun mit anderen. Vom Mittun-Wollen, Mithalten, Mitreden.

Sie drängte sich zurück zu der Ausgangsfrage, wie Luna nachher erklären, dass sie für ihre Mama eine tief Geliebte und in ihren Eigenheiten Beachtete war. Gleichzeitig ihr das Gefühl von Verstandenwerden in ihrer Wahrnehmung geben. Endlich das Ergebnis, die Auflösung konnte nur darin liegen, etwas zu „Menschlichem" zu sagen. Auch zu der Fehlbarkeit in jedem von uns. Fehler, die besonders gern geschahen in Eile, unter irgendeinem Druck.

Tief atmete Florah durch. Sie brauchte überhaupt keine Vergleiche zu ihrer eigenen Kindheit ziehen. Es war vorbei, vergeben und unwichtig inzwischen. Vollkommen unnötig, diesmal auch von sich zu erzählen, denn Luna hatte ein völlig anderes und eigenes Leben. Sie würde sich, mag sein, sogar erst einmal sträuben. Von wegen klar, dass sie Cara auch noch verteidigte und gerade noch sie, von ihr hätte Luna das niemals gedacht, und es konnte passieren, dass das Gazellchen sich einige Zeit verstimmt zeigte, sogar doppelt unverstanden fühlte, doch irgendwann mochte sich Florahs Ehrlichkeit als gut erweisen.

Bunter Salat fertig, mit Sonnenblumen- und Kürbiskernen. An einer Senf-Honig-Marinade, das musste gut für alle Seelchen sein. In der Zwischenzeit bildet die Lampe zusammen mit den Schatten all dessen, was auf dem Schrank steht, einen interessanten, uneinheitlichen Lichtkegel. Die Kerze wärmt zusammen mit dem sehr roten und ein wenig bittern Tee aus verschiedenen Früchten das Gemüt.

Meditieren. Heute eine solche Kraft, mitten in dem trüb-dusteren Wetter. Genau genommen war das Wetter sogar egal, es fiel ihr wohl nur ein, weil da draußen heute eine Dunkelheit war ... Sie hatte sich schon mehrfach die Augen gerieben, einfach um sicherzugehen, dass es nicht ein Nachlassen ihrer Sehkraft war, sondern wirklich so etwas Schlierig-Suppiges in der Luft lag.

Nun dagegen ein kraftvolles Licht – nicht wie an anderen Tagen ein Rinnsal, das an einigen Stellen stärker und kraftvoller aufscheint, sich dann wieder in Verästelungen verliert und blasser wird –, es ist wie ein gleichmäßiger, kräftiger und gleichzeitig umsichtig zartfühlender Strom von Licht, entschlossen, wirklich jede Zelle, jedes noch so verborgene Fleckchen in ihrem Körper zu besuchen.

Faszinierenderweise weiß sie dieses Licht mit der gleichen Kraft an anderen Orten wirken, in anderen Menschen und aus anderen Menschen heraus. Keineswegs bloß da, bei den als lichtvoll geltenden Leuchten, gegen die wir gelernt haben, uns klein zu fühlen, selbst wenn sie uns als Ziel scheinen. Hinter sich gelassen, das Gefühl ihrer Unerreichbarkeit.

Plötzlich wie ein in ihr umherreisendes Gefühl, reisen auf dem Lichtstrom, der in ihr wohl diese Wirkung nur entfalten konnte, wenn sie sich ihm zuwendete, kontemplativ, konzentriert und ... erwartungslos.

Selbst wenn es über das sprachlich so einfach Benennbare hinausging, wollte sie versuchen, es zu erklären: Es scheint eine Ebene zu geben, wo in den Strömen und im Tanz dieses Lichtes, im Kreis von allen möglichen Wesen, allem möglichen Sein, das sich da im Mitmachen umfängt, zwei Hände kurz loslassen, nur um dich hineinzulassen, deine Linke, deine Rechte zu umfassen, und weiter das Scheinen und Wogen.

Es war wie der Punkt, wo im Märchen die Prinzessin geküsst erwacht, die Augen aufschlägt und sagt: „Träumte mich dieses bloß oder ist es tatsächlich geschehn?" Und ob sie dieses Rätsel (denn kein Prinz hockt materiell neben ihr) lösen kann oder nicht, es wird sie magisch immer wieder an diesen Ort der Wunder zurückziehen.

Evalina, die seltene Besucherin, war traurig über das Rasen der Zeit, und gleichzeitig wollte sie doch alles gerne so intensiv leben, wie es nur ging. Schließlich wurden die Kinder größer, in ihr wirkte, wozu die Alten aufforderten, was sie selbst bejammerten: „Nur nichts versäumen, es geht alles so schnell vorbei."
Das konnte schon ein Kraftakt sein, nach der Arbeit, neben der Arbeit, und am besten sollte jedes Wochenende schön gestaltet werden, allen etwas bieten. Ihr Mann war nicht gesund und nicht so jung wie sie. Also auch mit ihm möglichst viel „mitnehmen". Auskosten, solange sie ihn hatte. Der Alltag fraß jedoch oft weg, was hätte köstlich sein sollen. Enttäuschung über nicht gestaubsaugte Böden, geduldig auf sie wartende Schmutzwäsche, überhaupt was alles hätte sein können. Was sie sich schöner oder einfacher ausgemalt hatte. Die Müdigkeit, Unlust, Vernunft, Starre. Ihr „Aber", so oft im Weg herumstehend. Aktuell wichtiger Scheinendes. Die Hausaufgabenkontrolle, das Rennen hinter den Kindern, Aktivitäten, die förderlich für sie sein sollten. Ihnen einen guten Platz in der Gesellschaft absichern. Das Generve mit seinem Laisser-faire im Nachsehen der Aufgaben, wo er wusste, Evalina war es doch wichtig! Ja, es war ihr selbst klar. Wie unter Zwang bewegte es sie, hinderte an milder Nachsicht. Was er tat – und alle wussten es –, tat er oft ohne eigene Überzeugung, wegen ihr. Es konnte sie zornig machen. Selbst wenn sie sich tausendmal sagte, dass ihre Werte eben ihre waren und seine andere, gab es doch diesen Springteufel in ihr, der sie aufpeitschte, ihr eingab, dass ihre die besseren waren, weil sie verhindern sollten, dass die Kinder irgendwo abgehängt würden.

Streit oder zähe Stimmung. Woher sie wisse, was ihr Bestes sei? Seine philosophische Frage, während er müde winzige Knoblauchkeile schnitt. Immer mehr davon, vergessend, dass sie Knoblauch nicht sonderlich mochte. Oder manchmal gerade, weil er das wusste? Umgekehrt ärgerte es sie ebenso, wenn er ihr zu weit entgegenkam. Warum er da nicht mehr eigenes Profil beweisen konnte? Stärker sein. Sich durchsetzen.

Notfalls, wenn es wirklich nichts auszusetzen gab, beschrieb ihr Evalina, sah sie zu allem Überfluss baldige neue Probleme mit den Kindern am Horizont aufziehen: Beide würden bestimmt in absehbarer Zeit noch häufiger und intensiver duschen müssen am Morgen, wo ohnehin alles so knapp war. Gott sei Dank, die Kinder momentan noch nicht in der Pubertät, sonst müsste man über den Knoblauch und deren Körpergeruch anderentags auch noch nachdenken!

Über all diese Dinge sprach sie an Florahs gelbem Tisch. Zwischen der Cremeschnecke, die nun überwiegend ihre war. Weil die Ältere eine Abneigung gegen Pudding hatte, der hier eigentümlicherweise „Creme" genannt wurde.

Und wenn doch eigentlich nur der Moment zählte und das Jetzt? Erinnerungen der Vergangenheit können dich nicht ernähren, wenn die Kinder groß sind und der Mann vielleicht nicht mehr da. Oder doch? Es gab viele Menschen, die versuchten, ihre Nahrung aus der Erinnerung zu bekommen. Traurige Gestalten kamen ihr in den Sinn. Bittere Ausdrücke oft in ihren Gesichtern und Körpern. „Ach, hätte ich doch, ach, könnte ich noch einmal", voller bedauernder Versäumnisse.

Florah fand an Herzhaftem deutlich mehr Geschmack als an Puddingsüße.

Die noch junge Frau fragte sich: „Wie kann ich dem bloß entgehen?" Ihr war daran gelegen, auf die Fallen aufmerksam zu werden, nicht nur klug und geistesgegenwärtig, wie sie war, diese Eisengitter mit den Zähnen, unter Laubwerk oder unter Halmen verborgen, sehen und dennoch wie ferngesteuert hineinlaufen.

Den Fallen entgehen war offensichtlich eine ganz andere Sache. Vom Frust- und Ehrlichkeitswasser beseelt warf sie Florah vor, sie habe es sicher mit manchem schwer, aber irgendwie doch auch leichter. Ein Paul, der ihr auf seine Art, in der er immer mal wieder aus seinem Herumschwirren auftauchte und Sicherheit gab, eine Art Liebe, aber ohne das Fordernde, Drängende, Schale, Suchende, Sich-Verpassende, ohne diese Warterei und Erwarterei. Florah schwieg dazu.

Ein Cadmo, der sehr präsent war, jedoch nicht materiell greifbar schien. „Irgendwie stört oder verstört mich das doch immer noch", bemerkte die Jüngere. „Obwohl die Anwesenheit, genau wie der andere Körper, abwechselnd zu drängend und blöderweise nicht zu locken sein konnte." Wie auch immer sei dieser Cadmo offenbar in der Lage, Florah ausgesprochen viel zu geben und sie ihm umgekehrt ebenso. Vielleicht, mutmaßte Evalina, sei der entscheidende Punkt, eben nicht den Alltag miteinander zu teilen? Andererseits konnte es natürlich auch ganz schön schade sein, nicht zusammen zu essen, nicht aneinander angelehnt in den Himmel zu schauen, sich nicht umgehend darüber austauschen zu können, was nun gerade wieder los war im Leben.

Beide Frauen waren gut darin, am Ende ein großes Fragezeichen übrig zu lassen.

„Wir sind uns einig in der Schwäche für mitunter abenteuerlich anmutendes Essen fürs Seelchen", ließ sie wissen. „Aber manchmal, besonders in den ersten Jahren, habe ich bedauert, nicht so ganz in aller Körperlichkeit an seinem oder meinem Tisch sitzen zu können, die Suppe, die Linsen, die Gemüse und Salate gegenseitig kosten zu dürfen, miteinander zu teilen." Zwar hatte sie dieses nicht wirklich mit ihm geteilt, Phasen gehabt mit der Lust auf den türkischen Brauch, immerfort zu viel zu kochen, er könnte eines Tages als hungriger Besucher kommen, doch gefiel ihr so unendlich gut, seine Gedanken und Gefühle immer wieder wahrnehmen zu dürfen. Manchmal kam es ihr vor, als schmecke sie doch alles. Mindestens.

„Unmöglich hätte ich es erleben können mit ein paar und dreißig … Jeden hätte ich für bekloppt, naiv und weltfremd gehalten, der mir solche Geschichten erzählt hätte. Wahrscheinlich Derartiges als ‚pure Hirngespinste' verlacht. Mag sein, die Nestbauzeit ist nicht die Zeit für andere Welten und den Zugang zu ihnen."

Fast war sie erschrocken, weil es am Abend, in ganz anderen Vorgängen und alltäglichen Abwicklungen des Lebens, passierte. Sie erschrak bloß nicht, weil es von einer so grenzenlosen, filigranen Zärtlichkeit war. Die Feinsinnigkeit der Berührung löste ein Warmwerden rund ums Herz, dann in ihrer ganzen Mitte aus. Verströmte sich darauf folgend überall in ihr. Florah war danach, inne zu halten in dem, was sie gerade tat: Geschirr spülen, ganz banal. Sie ließ es sein, schloss die Augen. „Da sah ich aus meinem Herzen heraus sich entspinnend rote Fädchen, noch dünner als die, aus denen ein Spinnennetz gesponnen wird, und doch berühren sich einen Augenblick oder lange, vielleicht endlos – es hat keine Zeit – diese Fäden aus meinem Herzen und aus seinem. Ich erkannte ihn, weil er mit seinen Fäden ein rotes ‚Giunto/Verbunden' hinter meine Stirn geschrieben hat."

„Energien, die sich gegenseitig umranken, etwas ganz Köstliches erzeugen können", hatte Cadmo einmal kommentiert.

Sie will sich nun schon seit Langem nicht mehr dem Gefühl zehrender Melancholie überlassen und wünscht Luna, gar nicht erst auf diesen eigenartigen Geschmack zu kommen. Wohl weiß sie noch die Anteile von Lustgewinn darin. Verstand, genau dies extra anzufüttern mit trauriger Musik, Aktivitäten, die von vornherein zum Scheitern verurteilt sind. Vorstellungen nachstellen, die sich nicht umsetzen lassen – etwas Leckeres zu essen beispielsweise, wissend, die Zutaten hat sie nicht im Haus. Stattdessen die Tüte Chips mit dem unabwendbar flauen, unguten Gefühl danach.

Florah hatte irgendwann bemerkt, wie sehr sogar ihre Stimmung von Wahlfreiheit bestimmt ist. Damals war sie es schon gewesen, als ihre Inhaberin noch automatisch, gewohnheitsmäßig entschieden hatte, tief in das Negative zu gehen. Irgendwann die kurz aufblitzende Möglichkeit bemerkte, den versteckten Schalter zu finden, umzulegen und Sonne zu sehen, etwas Schönes zu tun, statt die bekannten Verstärker des Jammers anzustellen. Es mit tausenderlei Begründungen nicht tat. Natürlich mochten die, die nicht materiell alleine waren, von anderen Menschen und Dingen stärker beeinflusst sein, noch weniger von Gewohntem ablassen. „Fatal", nicht so schwierig, darauf zu kommen, „das, was die anderen auf ihren Tröten tröten, verantwortlich für das eigene Elend zu machen."

Florah sagte sich inzwischen: Erstens war man für sich allein verantwortlich, und zweitens hatte man seine Instrumente schließlich irgendwann selbst ausgesucht.

Ein völliger Abschied von Melancholie war ihr schwer. Sie mochte ihn auch nach Jahren des immer wieder darüber Denkens nicht vollziehen. Sie erzählte es Cadmo. Mit leiser Empörung gar, denn er schien das anders, vielleicht besser, zu handhaben, so bedeutete ihr Herr Zweifel. Sie warf ihm mit Empörung vor die Füße, wie er auf die Idee hatte kommen können, sie ließe Melancholia ganz los. „Sie lebt doch schließlich in mir, wenn sie auch momentan oft schläft …"

Außerdem sei „Drama zelebrieren" schon lang verabschiedet. Und sie halte sich, ihr Leben betrachtend, schon so lange Jahre nicht mehr für ein Opfer verschiedener Widrigkeiten! Ja, früher sei es ihr nicht wirklich

schwer gewesen zu argumentieren, wie sehr man ihr übel mitgespielt hatte, warum ihr nichts übrig geblieben war, als ... wer da oben im Apparat wieder blöde Sachen entschieden hatte, unter denen sie nun leiden musste; und so fort. Sie hätte sich schlussendlich doch mit der klaren oder verschleierten Opferhaltung immer noch in guter Mehrheitsgesellschaft befunden. Man war besser Opfer als Täter. Vergangenheit!
Sprach weiter, obwohl sie es spürte: ein Rückfall in Verteidigungsreden. Behauptete, bestenfalls sahen herkömmliche Weltbilder noch Massen von Mitläuferinnen und Mitläufern vor. Die zählte man dann wahlweise, je nach der Geschichtsschreibung und der eigenen Meinung, entweder zu Opfern oder zu Tätern.
Er nahm ihr den Wind mit sanften Entgegnungen aus den Segeln.

Cadmo hatte gefallen, dass sie seinen Roman damals nicht verschlang, sondern sich vielmehr kleine Stückchen erlaubte. Das tat sie nur bei ihren Lieblingsbüchern, wie sie ihn wissen ließ. Sie sollten nicht so rasch zu Ende gehen. Sie wollte sich hineinträumen, fallen lassen in die Geschichte. Vertiefen. Versinken. Und immer schien ihr klar, dass dieses besondere Leseerlebnis bloß beim ersten Mal sein konnte. Selten las sie etwas erneut und sah nun, dass es nicht war wie beim ersten Lesen, aber gerade in dem wiederholten Ausleuchten von Gedanken und Träumen konnte eine Spannung und Lust mit vielfältigen neuen Entdeckungen liegen. Es mochte nicht in der gleichen Weise vehement und überraschend sein wie bei seiner Premiere, anders köstlich und bereichernd, das konnte bei einigen Werken sein. Als sei es ihr nähergerückt.

Gern möchte sie einen Weg finden, Luna deutlich zu machen, dass das Leben sich oft nicht leicht anfühlt, man dennoch nicht aus den Augen verlieren sollte, wie es einfach verstanden werden kann. Sie sollte das, anders als ihre Großmutter, früh, bald, sogleich wissen. Nicht verzagen, weil sich manches so anstrengend anfühlte. Wie ein unübersehbares Gebirge vor ihr lag, sich ausbreitete und erhob.

Florah hatte selbst auch nicht leicht aufgegeben, doch kam das eher aus ihrer Geduld, der Zähigkeit und dem Trotz. Beim Gazellchen hatten die Eltern vermieden, so weit sie es einschätzen konnten, dass sie über Aufgabenstellungen fiel, die ihr nur mit verbissenem Zähsein erreichbar waren, und sie versuchen immerfort alles dagegen zu tun, in Luna langmütigen Trotz, dieses „Ich zeig's euch allen", auszulösen.

Sie war sich nicht sicher, wie und ob langatmige Geduld auch anders in einem Menschen entstehen konnte. Sah verschiedentlich Hinweise darauf.

Irgendwoher kam der lange Atem der Enkelin bei Florahs Geschichten: „Weiter, noch mal." Lauschend. Immer wieder neues Enträtseln und Interpretieren.

Umgekehrt so gar keine Geduld und am liebsten gleich fliehen, bei Desinteresse. Beispielsweise hätte sie den Biologieunterricht am liebsten sofort wieder verlassen, wäre es nur gegangen, müsste man keine Sanktionen fürchten.

Es war möglich, dass sie sich in ihrer Erinnerung an sich selbst, ihr Langmütigsein, vertat, im Grunde in solchen Unterrichten selbst geblieben war, um nicht aufzufallen, weil eben alle es taten, folgenreiche Gespräche mit „Erziehungsberechtigten" nur so vermeidbar waren.

Obschon sie Cadmo bald schon recht gegeben hatte damit, es seien doch immer die Botschaften, die wir in die Welt setzten, die Hauptsache, niemals die Botschafter, gefiel ihr der Gedanke, Luna möge bei manchem, was sie sagte, zu anderen Zeitpunkten ihres Lebens an sie denken.

Sich der überbrachten Botschaft entsinnen, gleichzeitig in die Stimmung geraten, sich an Florah erinnern zu lassen.

Eine Verknüpfung, die angenehm war, nicht fesselnd.

Es machte ihr schließlich auch Freude, wenn sie erlebte, wo der Mann dort in Mantua schon richtig lag mit seinen Weisheiten. Die sie manchmal entkoppelte, dann wieder stark mit ihm verband, während sie den Botschafter als Person lieb gewann, immer mehr.

Luna stellte ihr, noch ohne dringliche Forderung, doch sehr deutlich Fragen, die über Monate und Jahre mal gar keine Antwort zu haben schienen, mal war alles greifbar und verschwand dann wieder unsichtbar in einem Nebel.

Sie speiste manchmal das Mädchen mit Halbwahrheiten ab. Schwitzte. Es gefiel ihr nicht. Nun auch noch das Thema „Leistung". Sie mochte Lunas Beschäftigung damit nicht. Selbst nicht an alte Fallen denken.

Vererbte sich das etwa? Musste die übernächste Generation wieder daran arbeiten? Versuchte auszudrücken, es sei vollkommen ausreichend, die Dinge so gut zu machen, wie sie einem etwa lagen. Wie man es aus sich heraus empfand. Spürte sich sofort am Schulsystem, das anderes vorsah, scheitern.

Lieber auf eine Tätigkeit konzentrieren. Florah, schnitt Bohnen. Eine langwierige Arbeit. Sie versuchte, sich nicht über ihre Feinmotorik aufzuregen. Andämpfen, in der Zeit in heißem Öl, Knoblauch, Zwiebelwürfel, Paprikapaste ein wenig braten, etwas zum Schwitzen bringen … Die vorgekochten Kartoffeln schälen und Stückchen dazugeben. Salz, Pfeffer, Rosmarin und Bohnenkraut, die Bohnen.

Raum in diesem Tun, das den Geist nicht sonderlich beanspruchte. Sie umkreiste die lange Monate unbeantwortet gebliebene Schlüsselfrage: „Warum mochte sie gesund sein oder werden?" Das Ziel. Unerklärlich die in ihr stetig neu entstandenen Täuschungen, die Ablenkungsmanöver vom Kern erklären. Wie sagte man einer Zwölfjährigen: „Du, ich hab ja lang mir immer wieder geglaubt, es wäre eine tolle, tragfähige Zielbeschreibung, dass ich doch möglichst viel Zeit noch mit dir, meiner Enkelin, verbringen will, aber irgendwie haben mich weder mein Geist noch das Universum verstanden. Es hat lang gedauert, bis ich merkte, wie unsinnig es ist, mit dir zu argumentieren. Es ging offenbar um höhere Mächte und um mein tiefstes Innenleben, mit dem ich ins Reine kommen musste." Unwillig schüttelte sie den Kopf. Das hätte sie selbst als Jugendliche nie und nimmer verstanden. Sich vielmehr verletzt gefühlt, denn man ist ja so unglaublich gern bedeutungsvoll. Untersuchte den Mittelfinger. Sie war abgerutscht bei den Bohnen. Hatte es einzig und allein dem recht stumpfen Messer zu verdanken, wenn das hier keine blutige Angelegenheit wurde.

Ob Luna begreifen konnte, dass es im Leben Dinge gab, die umkreiste man wohl tausend Mal, und vielleicht waren wir erst in der tausendundersten Runde in der Lage zu verstehen. Trotz aller Bemühungen erst viel später eine Veränderung, eine Lösung, ein Durchbruch ... Nicht erfolgversprechend zu erklären, was für eine Erleichterung es bedeutet hatte zu erkennen, immer wieder möchte ich das Licht sehen, den Ursprung, die Quelle. Das ist mein Lebenssinn.

Man konnte eventuell üben, derlei mit anderen Menschen, mit erwachsenen Freundinnen zu erörtern, und wenn es Florah gelang, sich diesen verständlich zu machen ...

Die liebe Lydia und ein Traum. Bevor sie ihn erzählte, hatte sie die These aufgestellt, diese würde sich wahrscheinlich noch zu oft in der Vergangenheit aufhalten. Zu schnell leben überhaupt, in zu hohem Tempo immer weiter, um ihr Inneres zu begreifen oder für eine längere

Zeit festzuhalten. Es mangelte Lydia anscheinend an dem gescheiten und furchtlosen In-sich-Gehen. Immer und immer wieder in riesigen Umdrehungen und ohne bei all diesen Versuchen dem gewünschten Lebensgefühl näherzukommen, versuchte diese an sich kluge Frau, sich eine größere Sicherheit, mehr Zufriedenheit, gar einen anderen Mann, so viele Jahre nach dem einzigen und erheirateten Mann, zu erarbeiten.

Florah wusste oft nicht, was die in der Nähe lebende und doch so selten auftauchende Freundin sich merkte, was trotz alledem in ihr weiterarbeitete. Aber sei's drum, Florahs Experimentierlust siegte. Den Traum teilen und sich selbst noch einmal näherholen, über das Reden. Es spürbarer machen: So oft hatte sie sinnlich und aus der Fülle geträumt, um dann nichts daraus zu machen. Aufschreiben, sichern und … nichts.

„Ich finde zuhause ein blaues Geschenkkistchen für mich mit einer weißen Schleife. Ich schleiche eine Weile darum herum, bis ich es auspacke: Darinnen angenehm schillernde, perlmuttweiße Bällchen. Ich versuche, sie zu zählen, aber es klappt irgendwie nicht. Mal sind es fünf, mal sieben. Ein beschriebenes Streifenbändchen ist dabei, auf dem steht, die Bällchen zu einer Zeit nach meiner Intuition aufzubrechen und jedes habe in sich dann ein Geschenk, das sich über mich verströme.

‚Mach es in deinem Tempo und nach deinem Gefühl‘, heißt es da, ‚aber lass keines aus, und erstens vergiss die Frage, ob du es verdient hast, und zweitens entgehe der Versuchung, dir ewig und immer lieber eine Verheißung übrig behalten zu wollen.

Beachtest du dies, kannst du im Fluss bleiben.“

Dieser Traum sprach heftig mit ihr, forderte sie auf, wie in Märchen die Gaben, hier die Perlmuttbällchen, zu brechen, wenn sie Hilfe, eine Zuversicht, etwas Stärkendes brauchte. Sagte ihr, sie solle bitte sehr nicht wie früher nur dann ein Geschenk sich nehmen, wenn sie nach diversen komischen Gesetzmäßigkeiten des Sich-Erarbeitens wirklich sicher war, es auch verdient zu haben. Schlau der Traumschicker, es war ihm also bekannt, nach diesen dummen Glaubenssätzen würde sie nie eine Perle aufbrechen und sich den Inhalt anschauen. Und es sagte ihr, dass sie gerne dazu neigte oder geneigt hatte, eine Verheißung auf alle Zeiten übrig zu behalten. Besser die feine Verheißung als – so flüsterte eine verführerische Stimme – möglicherweise schnöde Wirklichkeit.

Generalprobe misslungen. Verrechnet. Lydia fand den Traum zwar „interessant", war allerdings eine Anhängerin von „Träume sind Schäume". Behauptete, selbst nie zu träumen. Müßig daher, so beschied sie, sich um Interpretationen großartig zu kümmern. Selbst wenn man Nachtgespinste irgendwann sich merken konnte, was jedoch nicht ihr Ziel sei und vermutlich nie werde, unmöglich, Weisheiten aus diesem Spiel chemischer Vorgänge in das eigene Leben zu ziehen.
Florah fühlte sich eigenartigerweise wie ein Kind, dem die Leviten gelesen wurden. Es gab keinen Grund dafür, sich für schief gewickelt zu halten. Allerdings auch keinen, diese Debatte unbedingt zu gewinnen und ihrer Freundin entgegenzuschleudern. Ablenkung bis zum Einschlafen, Filme oder Hörbücher mit Ohrstöpsel, das konnte es wohl auch nicht sein. Florah verspürte keinen Drang über Filmszenen und Reportagenmüll zu sprechen und was man sich selbst antun mochte, indem man all dies in den Schlaf mitnahm. Dass es so jedenfalls schwer möglich sein würde, sich selbst näher zu kommen.
„Und die Tagträume?", fragte sie stattdessen etwas verzagt. „Sie können so schön sein, bereichernd, nährend …"

„Schön vielleicht", gab Lydia zurück, „aber sie helfen mir doch nicht, im wahren Leben."

Da war es wieder, das wahre Leben. Was ist wirklich? Offenbar fügte es sich an dieser Stelle besser, dem sehr goldenen Tee und interessanten Gebäck alle Aufmerksamkeit zu widmen.

„Zuerst war es hässlich, all diese Hände der Vergangenheit, Hände, die mir verloren gingen, egal, wie sehr ich mich auch bemühte, bekam ich sie nicht zu fassen. Wichtige oder Liebe und Glück für mich verkörpernde Menschen hingen daran. Ich konnte sie nicht greifen. Unmöglich, sie hier zu behalten, sie stürzten ins Nichts. Das machte mich so hilflos und traurig.

Doch dann sah ich für das Jetzt einen Tisch, auf den Sonne sanft schien. Ich saß da mit Wasser und Schreibzeug. Manchmal tauchte eine Luna auf und wir tanzten um den Tisch. Dann wieder verschwand sie. Mitunter besuchte mich jemand, sein Gesicht konnte ich nicht sehen, erinnere mich aber, was ich spüren konnte: Mein Herz ging auf. Zu einem anderen Zeitpunkt wieder war ich allein. Hatte jedoch kein Gefühl von Einsamkeit. Erlebte mich als verbunden.

Schließlich erneut die unsichtbare Gestalt. Mit großer Dankbarkeit schmiegte ich mein Gesicht in die warme Handfläche meines Gegenübers – das Gefühl dabei glich vollendeter Zärtlichkeit ...

Es war eine Hand, die mich sanft kraulte und streichelte auf der linken Seite meines Hinterkopfes und tiefer, so gerade zwischen Hals und Genick bis hin zum Schlüsselbein. Ich bin ganz still und lege mich überrascht, von einer kleinen großen Wonne beseelt, in dieses Fühlen. Ich lächle über mich selbst, weil ich das inzwischen kann, ohne horchend dabei den Atem anzuhalten. Weiteratmen, fühlen und genießen ..."

„Omi!", schneidet Lunas teils ungläubig tadelnde, teils neugierig amüsierte Stimme durch mein Wiegen in mir. „Träumst du etwa schon wieder?"

Die Folgewoche mit der Enkelin begann nicht wie gewöhnlich. Es war etwas passiert. Über kleine Nervereien hinaus. Man konnte sehen, wie es Luna Rätsel aufgab, ihr oft noch kindliches Gemüt mit einer ratlosen Säuernis zu überziehen schien, die Florah sonst eher bei Erwachsenen gesehen hatte. Sie hatte auch nicht als Erstes nach den Katzen geschaut, die im Holzverschlag wohnten. Grund schien nicht die sich inzwischen abzeichnende Kälte draußen zu sein. Die nette Wärme in dem kleinen Haus, das beide gerne „Iglu" nannten. Die übliche zweite Frage: „Was hast du zu essen?", kam ebenso wenig. „Keine Gelüste, schlechtes Zeichen", dachte sich Florah. Ob sie krank wurde? Ein lang gezogenes „Nein".

„Was also ist es, das die junge Dame auf dem Herzen hat?"

Zögernd brachte das Kind eine Schulgeschichte vor.

„Vielleicht warst du nicht deutlich genug, mein Spatz?"

Man sieht Luna an, dass sie kurz zögert, ob sie sich gegen diesen „Spatz" wehren soll, den ihre Omi – wer weiß warum – so gern hat. Oder erst mal gegen die Hauptaussage protestieren? Sie entscheidet sich mit einem „Aber …" für das Zweite. Aber, sie habe sich doch in der Pause nach vorn getraut und der Lehrerin signalisiert, sie finde die Beurteilung der Klassenarbeit ungerecht.

„So ganz allgemein hast du ihr das vorgeworfen?"

Eine schlingernde Antwort der Enkelin – ja was sei ihr denn übrig geblieben? Hätte sie etwa sagen sollen: „Da, meine Arbeit! Das und das seh ich nicht ein, und eigentlich hab ich die bessere Note verdient. „Das hab ich mich nicht getraut", erklärt Luna. „Die ist ja normalerweise ganz nett. Und ich hab gedacht, vielleicht guckt sie, wie sie es beim nächsten Mal gerechter macht."

„Weißt du", kommentiert Florah, „manchmal gibt es kein nächstes Mal. Vorbei die Situation und kommt nicht wieder. Nur du sitzt da, und es grummelt und plagt in deinem Magen. Die Lehrerin hat vielleicht noch nicht einmal registriert, was du ihr sagen wolltest. Oder sie hatte irgendwelchen eigenen Stress und es war ihr völlig egal. Kann sein, sie ist genau deswegen überhaupt gar nicht auf dich eingegangen, weil sie geärgert hat, dass du nicht deutlich und klar warst. Möglich, sie hat kapiert, was du sagen wolltest, und in dem Moment in ihrem Kopf gewürfelt: „Wenn Luna mir erklärt, welche Stellen in ihrer Arbeit sie meint, dann guck ich mir das mit ihr an; wenn sie nicht deutlich wird, dann geh ich jetzt in meine Pause, endlich Kaffee trinken."

„Besserwisserin!", wirft Luna ein.

„Eben nicht!", gibt Florah zurück. „Genau weil mir solche Sachen zehntausendmal passiert sind und manchmal immer noch passieren, sag ich dir das. Ich bin so oft nicht deutlich gewesen und hab nicht verstanden, warum keiner auf mich gehört hat. Das Problem schlich sich sogar in meine Träume. Ich freu mich einfach, wenn du es schaffst, daran nicht so lange rumzuhimpelhampeln wie ich …"

Hier kam Florah zugute, dass sie es irgendwann sattgehabt hatte, nach ihren wichtigsten – manchmal auch entlarvendsten – Träumen ellenlang zu suchen. Dass sie sich irgendwann, die fünfzig hinter sich, gedacht hatte, sie dürfte sich vielleicht doch endlich selbst so wichtig nehmen, dass sie einige Wintertage dafür rausrückte, alte Träume anzusehen, wie auch die, die seit ein paar Jahren brav auf ihrem PC gespeichert waren. Und denjenigen, die am deutlichsten mit ihr sprachen, hatte sie eine Überschrift zum Wiederfinden zugeordnet. So fand sie diesen recht schnell „klare Botschaften geben", hieß es da so lapidar. Er erzählte, wie sie mit einer Freundin unterwegs in deren Auto war. Anscheinend hatten beide eine Art Kurzurlaub gemacht. Jetzt war schon der Heimweg angesagt. Die beiden fuhren durch kleine, noch französische Käffer. Oft sah Florah etwas, wo sie gerne bliebe, wenigstens rasten würde. Etwa an dem oval angelegten Dorfplatz, in einer aus Hecken und Blumenbeeten gebildeten Nische ein Engelsdenkmal aus rotem Sandstein. Sicher war dies eines von den unzähligen Kriegerdenkmälern und sie würde so gerne darum herumlaufen, die Namen lesen. In dieser Gegend könnten deutsche und französische Namen zusammenlaufen, die Vornamen eher französisch sein. Und gegenüber an der Straße ein Café. Aber Britta von etwas angetrieben, bei ihrem späten Aufmerken und den zaghaften Vorschlägen für ein Kaffeetrinken, „Schau, es gibt sogar Parkplätze", doch weiterzufahren, fahren, fahren. Kirche mit Friedhof, Bäcker und Sitzbank … Auch vorbei.

„So ein schöner alter Platz", hub Florah an, „und dann diese blöde, moderne Tafel …"

„Welche Tafel?", fragte irritiert die Fahrerin, mit Straßenverkehr und wer weiß was für eigenen Gedanken beschäftigt.

„Ach, auf diesem Wechselbildschirm mit der Reklametafel, der die Harmonie des Platzes total gestört hat, stand gerade ‚Regen heute tagsüber eine Stunde lang', und das ist … jetzt."

„Da, geht schon los", kommentierte die Freundin, „macht doch Sinn, die Anzeige, also weiter!"

Bedauernd nahm sie Abschied von Frankreich, denn nun ging es gerade über die Grenze. „Zu schnell", wollte sie rufen. Und hielt den Mund.

Kurzzeitig glänzte als kleiner versöhnlicher Vorschlag in ihr die nächste Idee auf (mit wem sollte sie sich überhaupt versöhnen, wenn nicht mit sich selbst?, fragte sie sich später): Sie wies auf das sich weithin erhebende Münster in der angezeigten Stadt und fragte, wie es wäre, noch mit diesem Besuch? So lange sei sie nicht dort gewesen. Sie hörte wohl als Einzige ihre helle, nun ein wenig klagende Kinderstimme: „Ich würd so gern das Münster, ich war so lang nicht da …"

„Ich will nur noch nachhause", konterte die Andere, und schon fuhr sie auf die Autobahn, in eine weitere Beschleunigung. Kurz argumentierte sie, sicherlich folge auch in dieser Stadt das Regenwetter. Und obwohl Florah das am Horizont ganz anders einschätzte, protestierte sie nicht. Schließlich war hier die Freundin Fahrerin und saß am Steuer.

Innerlich war sie traurig, auf der langen Fahrt nur einmal vor Stunden gestoppt zu haben; notgedrungen, Pinkelpause. An einem Kloster, von dem sie sich nichts hatte ansehen können, nur die Klos in Anspruch nehmen. Auch eine Art Besichtigung, hinter jeder Tür die Überraschung, ob man gleich kauert über dem Abtritt oder es ein Sitzklo gab.

Sie hätte gern die Kapelle besichtigt. Wollte die Grabmale im Kreuzgang länger ansehen. Wollte schauen, ob es Wasserspeier und sonst interessante in Stein gehauene Wesen gab. Vielleicht hätten beide ein bisschen im Rosengarten sitzen können …

„Tja", sagte sie zu Luna. „Vorbei. Alles Gewünschte nicht passiert, weil ich im Traum, oft auch im Leben, die Klappe gehalten habe. Du kriegst manchmal Dinge nicht, einfach weil keiner kapiert, dass du sie haben möchtest. Es geht", sie spürte, wie es immer noch einen melancholischen Zug in ihr Gesicht bannte, „manchmal nicht. Du kannst dir tausendmal wünschen, dass ein Anderer selbst merkt, was dir gerade so wichtig wäre, sie können nicht raten, was in dir vorgeht. Oder sie wollen nicht. Die Zeit rennt. Es sind viele Ablenkungen da.

Später, als beide sich über einen Granatapfel hermachten, lachten, weil es diesmal wieder nicht klappen sollte ohne rubinrote Spritzer ins Gesicht des Gegenübers, sprach Florah noch kurz mit „der Kleinen" darüber, alles Gesagte, auch das von Eltern oder Omis, selbst noch einmal zu testen. Luna solle tun, wozu ihre innere Stimme aufforderte und ermutigte, auf geliebte, schlaue und erfahrene Personen einfach nur zu hören. „Denk immer selbst nach", forderte sie. „Passt das Gesagte für dich? Lass dich nicht blenden, wenn zum Beispiel ich was von mir gebe, das toll und schlüssig klingt." Es war ihr wichtig, das Mädchen dazu anzuregen, selbst nach-zudenken, in sich zu fühlen, zu prüfen. Florah hatte über die Worte von manchen in diesem Alter und viel länger noch einen Heiligenschein gelegt. Das sollte ihre Enkeltochter nicht tun. Sich nicht von falsch verstande-ner Liebe, von Respekt, auch nicht von den Angstma-chern und eigentümlichen Automatismen abhalten las-sen von eigenem Denken.

Sie dachte mit Entsetzen und einer gewissen Abscheu zurück an Jahre, als sie es sich gefallen ließ und noch einmal und wieder tat, was eingefordert wurde von der Mehrzahl der Schulmediziner: Immer wieder erneut hatte sie es beschreiben sollen. „Natürlich" von der Seite des Mangels. Konkret und ehrlich sagen, „was ging schon gar nicht mehr" – die Fortsetzung war klar. Was ging nur mit Hilfe? Schwerer als früher? Was vermied sie lieber? Keiner interessiert an ihren Anmerkungen oder sogar Aufschreien, wie sie nicht nur das Negative anschauen wollte. Man glaubte ihr nicht wirklich. Die Irre, die Irrende. Und sagte sie verschiedentlich, was ihr Freude machte, womit es ihr gut ging, wesentlich besser als zu anderen Zeiten ihres Lebens gar, war es für diese dort Augenwischerei. Florahs Nicht-wahr-haben-Wollen. Verschleierung. Die ihr gegenübersaßen und damals auch auf sie große Macht hatten, unterstellten, selbst die Wahrheit gepachtet zu haben. Vermuteten bei ihr verdrängende Depression. Es konnte aus ihrer Per-spektive schließlich nicht anders sein.

Sie arbeiteten mit der Angst. Meist war es noch nicht einmal böse Absicht, sondern einfach deren Versuch, ihre Wahrheit und Klarheit zu platzieren. Große Worte, damit die Patientin es verstehen sollte. Sie müsse darauf und darauf achten, sonst ... Es sei unverzichtbar dies und jenes, andernfalls bald zu spät ... Wenn das und das erst mal geschehen sei – und zweifelsohne würde es geschehen, wenn sie nun nicht auf diese Worte hörte – dann könne man schlicht nichts mehr tun, dann sei es eben zu spät, jener Zug auch abgefahren. Und wenn sie weiter Zeit verlöre, man wolle nicht den Teufel an die Wand malen, doch die Erfahrung lehre ...

Selbst diejenigen, wo nichts mehr war mit Krankenkasse, die sie selbst teuer bezahlen musste, verstiegen sich zu Sätzen, wie sie nun leider wirklich einmal schimpfen oder sehr böse werden mussten. Sie konnten Kopfschütteln und heiligen Zorn demonstrieren, wenn Florah es immer noch nicht sah, obwohl sie mit ihrem Spezialistentum und den tausend Sachen, die sie schon gesehen haben, aufwarteten.

Notfalls konnten sie noch Menschen anführen, die auch zunächst anderes probiert hätten und sich so schlimm gesundheitlich verschlechterten. Dann wieder angekrochen kamen und, eines Besseren belehrt, flehentlich um erneute Hilfe baten. Bei einer schlechteren Ausgangssituation nun.

Oft nutzten sie kriegerisches Vokabular, beschrieben, wie Krieg herrschte im Körper, welche bösen Finten, welche schauderhaften Waffengänge da noch im Hinterhalt lauerten.

Moment, hatte sie nicht gelernt, dass der Körper, dieses phantastische Gebilde, erst einmal alles versuchte, wieder ins Gleichgewicht zu kommen, dass es nicht um Schlachten mit Verlierern ging, sondern seinen Ursprung eher darin hatte, dass der Körper lange mit all seinen Zeichen überhört worden war?

Sie erinnerte sich daran, wie schwer es war, wie viel Zeit es kostete, erneut ein Schutzmäntelchen über sich zu legen und die vielen Ängste und Zweifel zu vertreiben, wegzukehren.

Es war beschwerlich. Es warf zurück.

Da half auch das Genie von Britta nur langsam, wenn sie sagte: „Lass dich nicht unterkriegen von solchen Glaubenskriegern in eigener Sache. Nimm es als Überprüfung deines ganz eigenen Weges."

Wann würde die Zeit vorbei sein, wo Pläne nur so schwer aufgingen, die dieses System nicht vorsah?

Die Vorsichtsmaßnahmen und Notwendigkeiten. Das zieht! Es hatte auch sie ursprünglich in die Angst gestoßen. Inzwischen war ihr der Preis zu hoch, auf Kosten von Lebenszeit. Von Freude. Zu Lasten des eigenen Gefühls, dem man demnach lieber nicht trauen sollte. Manche mochten einen durchaus ermutigen, das eigene Gefühl zu schulen, aber bitte nie drauf verlassen, immer noch einmal nachmessen! Sie brauchte Jahre, um zu begreifen, wie viele auf der Zunge trugen, doch in der Hauptsache, Patienten zu ermächtigen, eigenverantwortlich und unabhängig zu machen – und alles wurde zu Seifenblasen, sofern man die Linie dieser Experten nicht mehr verfolgen wollte, tatsächlich etwas Eigenes, anderes dachte und verfolgte.

Die Unterscheidung, was ist nun gut, was ist nun richtig, kommt ihr immer noch manchmal vor wie ein wahrer Edelstein, den sie in ihren geliebten Kistchen und Kästchen nicht immer finden kann, sobald widersprüchliche und wettstreitende Energien in ihr so unterschiedliche Melodien aufspielen. Betörend. Vielversprechend. Und immer soll sie entscheiden, was nun gut ist für die ganze Frau.

Schwer hat sie gelernt, wirklich zu tun, was sich dann für sie als das Beste herausstellte, genau hinhören, in sich hören. Es wird in seiner Zeit reifen, sich ihr deutlicher zu zeigen. Nur Mut, nur Geduld, Florah. Sich nicht selbst einmachen, wenn sie doch zu dem Ergebnis kommt, sich verrannt zu haben.

Noch so einen hatte sie, der sie, heiß empfohlen von anderen unglaublich viele alternative Medizinen parallel schlucken lassen wollte. Sie fragte noch zweifelnd nach, ob es womöglich das und das andere störe? Gewitter! Vertrau mir oder lass es sein!

Störte natürlich nicht! Bloß durfte man es besser nicht dem Heilhelfer beschreiben, dem sie am meisten vertraute. Er war nicht laut, nicht vorhaltend, nicht so, dass er sich in seine eigene Sonne gestellt hätte. Er bat sie nur, sich die richtigen Fragen zu dem Vielmediziner zu stellen, und ließ sie wissen, sie könne wohl dessen Methode probieren, nur bei ihm dann bitte in der Zeit pausieren. Dieses löste Verzweiflung in ihr aus. Es konnte doch nicht sein, da, wo sie wirklich vertraute, einen zu verprellen, verspielen, verlieren?

Florah könnte sich fragen, ob so eine Menge an Impulsen gut war, für ein Seelchen, das leicht von viel Eindrücklichem aufeinander sich verstören lässt. Der Wunderdoktor beeindruckte natürlich mit Testmethoden. Wissenschaftlichen Belegen.

Der vertraute Heilhelfer wollte nicht verhehlen, dass sich gesundheitliche Verbesserungen durchaus einstellen konnten – allerdings habe er auch Menschen gesehen, denen es schlussendlich früher oder später viel schlechter ging. An Symptomverschiebungen auf Dauer machte er es fest. Auch das Chaos bei so vielen Mitteln – und erfahrungsgemäß würden es noch mehr – sei vorprogrammiert. Gehe es jemandem tatsächlich besser, könne der Mensch leider nicht nachvollziehen, wodurch eigentlich. Es könnten sich Krankheitssymptome irgendwann wiederholen, etwas holt sie so oder so wieder vor, wenn einer nur daran doktert, nicht in die Tiefe eines Selbst mag.

Es sei ja in Ordnung, jeder entscheide seinen eigenen Weg.

Eine Terminabsage bei dem Viel- und Wunderdoktor schien ihr fair. Am liebsten noch eine Begründung, warum sie nicht mehr kommen wollte. Das war so ihre Art. Einfach wegbleiben nicht ihr Ding. Ihr Warum interessierte dort niemanden. Zu dem Meister vordringen? Unmöglich. Es gab nur die lapidare Helferinnenauskunft, daran glauben müsse man schon, sonst habe es eben keinen Sinn. Auf Wiederhören, also. In ihren Ohren klang es nach wie das als Kind oft gehörte „Geh mit Gott, aber geh!".

Bei manchen von diesen alternativen Heilhelfern schien es ihr nach anfänglicher Begeisterung und zwischenzeitlicher Krise eine ganze Zeit schwer möglich zu beurteilen, wie hilfreich sie waren. Eindeutig hatte es irgendwie mit dem Glauben zu tun.
Ja, so dünnhäutig, wie sie gewesen war, konnte man flugs Zweifel in sie säen.
Manche schossen gar scharf gegen andere, die sich auf denselben alternativen Feldern zu bewegen schienen. Diese vollmundigen Wesen mitsamt ihren kriegerischen Brandreden gegen andere. Sie schworen auf bestimmte Mittel. Florah konnte, wenn sie abtrünnig wurde, mitunter an ihrem Ärger über verloren gegangene Provisionen riechen. Manchmal Enttäuschung sehen, sofern Menschen allein von ihrer Methode überzeugt waren.

Durchaus war sie bestechlich, etwa wenn eine oder einer geschickt war im Klopfen auf dem Rücken oder wo sonst sie es nicht sah, Genick, Schulter, Hinterseiten der Arme, Seiten überhaupt. Es leuchtete ihr sofort ein, warum dieses die Wirksamkeit von allem erhöhen sollte. Mochte sein, die wonnige Erinnerung an großmütterliches Malen auf ihrem Rücken von Bildchen, später von

Buchstaben oder ganzen Wörtern, und wie sie diesen kitzligen Hauch auf der Haut geliebt hatte. Wie sie es später verfeinert mit Adrian gespielt hatte. Hier waren es Tiere, kriechende, krabbelnde, galoppierende, hüpfende, federnde, laufende, die es über seinen Rücken trieb, die er zu raten liebte.

Erzengel anzurufen oder sich auf Gott zu berufen, konnte ihrem Gefühl nach kritisch sein, denn Vorsicht schien ihr geboten, wenn jemand behauptete, Eingebungen, was zu tun sei, direkt aus diesen Sphären zu bekommen. Oder direkt von Gott. Von Ihr oder Ihm. Sie hielt es dabei noch nicht einmal für unmöglich, Botschaften aus anderen Welten zu bekommen. Und wenn, dann war es schön, sie anzuwenden. Aber sagte man es, wenn man tatsächlich derartige Nachrichten von nicht irdischen Wesen oder aus anderen Welten bekam? Widersprach das Äußern dann nicht aller Bescheidenheit? Jeglicher Demut?

Sie gab es bald schon auf, Derartiges mit mehr als einer Handvoll Menschen beratschlagen, diskutieren zu wollen. Hatte zu viel davon gesehen, wie sich in Gesichtern dann der Ausdruck von „Nun ist sie von allen guten Geistern verlassen" abzeichnete. Häufig wurde gleich allen, die alternativ unterwegs waren, unterstellt, Gegenteil unbeweisbar, ähnlich wie bei Horoskopen hätten diese intelligenten Doktoren und Heilberufene sonst ein allgemeines Schatzkästchen der Weisheiten, das sie bei Gelegenheit öffneten und von dem sie taktisch eine Prise hier, eine dort hinstreuten. Die Schlauen setzten nach: „Natürlich, wer heilt, hat recht!"

Alles schien Florah delikat und empfindsam, wo es etwa um ihren innersten Raum ging, den Ursprung, das Eins-Sein mit sich selbst und mit allem und allen. Von dem sie fühlte: „Genau das gilt es zu gewinnen oder wiederzugewinnen."

Sie glaubte an die Existenz all dessen. Ihre Zweifel kamen aus der Frage, ob alle, die ihr Geschichten dazu erzählten, wirklich Zugang dazu hatten. Es war ihr schon damals klar, dass aus diesem Raum Heilung geschehen konnte. Sogar Wunder konnte es geben mit eben diesem Ursprung. Wunder, ausgehend von denjenigen, die nicht demütig mit Wundergaben umgingen, sondern sich priesen, eher nicht.

Die Frage konnte sie Luna nicht beantworten: was denn ihr wichtigster Traum gewesen sei.
Es gab so viele. Und darunter wiederum einige, die sie zu ihrer Zeit besonders bedeutsam fand. Sie war froh darüber, die Nachtgeschichten, die sie am Morgen oder bei einem nächtlichen Aufwachen noch erinnern konnte, aufgeschrieben zu haben. Man brauchte den Fehler eigentlich nicht oft zu machen. – „Dreh dich um, schlaf weiter, das weißt du morgen auch noch." Nichts. Weggeblasen. Oder nur minimale Fragmente und das Bewusstsein, „das Wichtigste ist nicht darunter". Florah hatte das Weiterschlafen dennoch einige Male wiederholt und immer überschattete der mit den Wolken fortgezogene Traum oder besser gesagt sein Fehlen ihren Tag.
Das Mädchen hatte natürlich ebenfalls von einigen gehört: „Träume sind Schäume." Sie begegnete diesen Geschichten mit Hunger und Faszination, gleichzeitig skeptisch. Auf der Suche nach dem Beweis für Unsinnigkeit, Unbrauchbarkeit im Leben.
Dennoch hatte Florah keine Lust, sich selbst lauernd und vorsichtig zu bewegen. Sie buk nicht mehr viel. Weihnachten war nicht ihr Fest. Ein wenig Buttergebäck, nette Kipfel mit Mandeln, Wal- oder Haselnüssen und Quittenbrot. Da ging es ihr mehr um Wohlsein in diesem Monat, weniger um christliche Feiertage. Nach den Kipfeln zu schauen, lenkte ab. Sie hatte eine Uhr, in der Lage, die Zeit zu messen, und dann ein scharfes,

grollendes Läuten, wie es so schön hieß, von sich zu geben. Wäre auch in der Lage gewesen, das Smartphone als Zeitmesser zu benutzen. Mochte beides beim Kochen und Backen nicht leiden. „Ich war so alt wie du jetzt, als ich angefangen habe, Träume aufzuschreiben." Der Duft aus dem Backofen vielleicht auch den Aufstand wert, es hätte ihr leid getan, ihn zu versäumen. Genüsslich atmete sie ein. Fuhr dann fort: „Es hat sich also ganz schön was angesammelt, seither. Mit mir sprechen sie. Ob sie für dich Schaume sind wie im Schaumbad, irgendwann fort der Schaum, nur noch abgekühlte dünne grüne oder rote, vielleicht lila Brühe übrig, Zeit, mit dem Baden aufzuhören, auszusteigen. Keine Ahnung." Trotzdem wollte Luna wissen, ob sie Träume auch aufschreiben sollte oder wenigstens dem Smartphone diktieren. Wurde auf ihre eigene Entscheidung zurückgeworfen.

Sie sollte einfach nur wissen, wann auch immer ein Traum sie bedrängte, hier konnte sie ihn erzählen. Sich in meinen Schoß legen oder kuscheln, und egal wie absurd, ich würde nicht lachen. „Und wenn du von grünen Kaninchen träumst, die über dich hoppeln" – einstweilen hoppelten die Finger ihrer rechten Hand über Rücken und Genick von Luna, die gluckste und sich im Sessel einrollte, einen wichtigen, nur einen ganz besonders wichtigen hören wollte. „Vielleicht wenn ich die Plätzchen rausgeholt hab", sagte sie und, eine Idee zog ihr durch den Kopf, „hörst du freiwillig einen, der erst einmal unheimlich daherkommt?"

Mutig bejahte Luna.

„Ich fiel in einen sehr tiefen Brunnen, ohne zu zerschellen oder zu ertrinken. Dann war der Brunnen plötzlich wie ein großes Fass oder ein eigenartiges Holzkorsett mit drei zusammengeschweißten Metallringen um meinen Körper, auch der Kopf noch darin. Aber der Kopf kam so zumindest an Luft und Sonne. Schließlich passierte etwas wie beim Froschkönig. ‚Florah, der Wagen bricht!‘, tönte es in scheinbarer Bedrohlichkeit. ‚Nein‘, antwortete ich, ‚das ist der Wagen nicht, das ist ein Band von meinem Herzen, das da lag in großen Schmerzen.‘ Und krrrrzack, bricht das erste, bricht das zweite, bricht schließlich das dritte auf, und dieses ganze Holzbehältnis öffnet sich, ich stehe frei auf einer Wiese, die Windbrise auf meiner Haut, die Sonne überall – es ist wunderbar, obschon ich gänzlich unsicher und schwankend in dieser ungewohnten neuen Umgebung, und Freiheit ohne den Brunnen, das Fass, das Korsett stehe und nur ganz langsam, zaghaft, vorsichtig wage, mich Schritt für Schritt hier zu bewegen.“

„Fertig“, merkte sie an, „das ist also einer deiner Lieblingsträume.“

„Klar“, befand Luna, „weil ein paar Sachen davon zufällig in Erfüllung gegangen sind.“

Ziemlich am Anfang des Telefonats sagte er es. Cadmo glaubte daran, dass Einstein recht hatte mit seiner Aussage: Zufälle waren nichts anderes, als dass sich Gott zeigte und doch anonym blieb dabei. So gebe es nichts, das zufällig ist, zufällig geschieht.

Schallend lachte sie. „Du solltest es meiner Enkelin erzählen. Gerade erst kürzlich wollte sie mir wieder etwas von zufälligen Ereignissen im Leben weismachen.“

„Diesmal hab ich nichts gesagt“, fuhr sie fort, „man muss doch nicht auf alle streitlustigen Erwartungshaltungen reagieren!“

„Brava“, stimmte er in das Lachen ein. Warum sollte sie das jetzt schon verstehen? „Diese Liebe, unsere Begegnung nach einem göttlichen Plan?“

Sie empfindet sehr stark, wie diese Begegnung erst möglich wurde, als sie nichts suchte, nichts erwartete, mit nichts rechnete. Und begreifen konnte, dass zwei sehr unterschiedlich geprägte Herzen das gleiche Lied singen mochten. Sie hatte Derartiges auch vordem schon gehört, es gefiel ihr allerdings nicht in allen Lebensaltern. Eher war sie kreischend und unmutig weggelaufen vor diesem Lied, wenn es irgendwo spielte. Zu harmonisch. Idealisierend. Liebe-voll.

Wie Zartbitterschokolädchen, die sie ablehnte: „Ich danke dir, dass du dein Licht auch auf mich scheinen lässt." Erst jetzt wickelte sie sich in derlei ein, wie in eine Decke mit allen Farben.

Erst heute konnte er ihr Freude machen, wenn er sagte: „Du bist nicht schuld daran, dass eine Welt noch nicht bereit ist für Florah." Es wären halt nur manche dafür offen, ihren Wegen und Gedanken zu folgen. Andere täten es als „absonderlich" ab. Ihr erschließt sich, wie auch Cadmo das kennen musste: eine Welt, die nicht bereit für ihn ist. Eine begrenzte Zahl von Menschen, die teilen und lieben mögen, was aus ihm kommt. Was von ihm kommt. Was er in die Welt schreibt, spricht, singt.

„Man kann es üben", behauptete er, „leichter damit umzugehen." Und erst war es noch weit weg von ihr, dann mochte sie dem immer mehr recht geben: unmöglich, den inneren Frieden zu finden, wenn man die heftigen Ausschläge der Furcht, die Widrigkeit scheinbar unbeherrschbarer Angst, nicht zuvor erlebt hatte. „Sie kommen weiterhin, man kann sie dann eher als ein Rumoren und als Wegweiser erleben, die einem etwas zeigen wollen." Man lerne, sich diesen Ausschlägen ohne Gegenwehr zu ergeben. Es sei nicht dasselbe wie ein Sich-Ausliefern, es handle sich eher um eine Bestandsaufnahme: Wo bin ich gerade? Wo kann und mag ich mich noch verändern, um auch auf dieses besser vorbereitet zu sein? Mag sein, es fühlt sich immer noch unangenehm, aufgewühlt an, in diesem Moment, „aber es ist nicht länger imstande, dich aufzufressen", meinte er.

„Es dauert lange", gab sie damals zurück, einer sehr alten Gewohnheit folgend, lieber erst einmal zu widersprechen und damit Zeit zu gewinnen. Noch ein wenig den anderen reden lassen, vielleicht würde er sich verheddern oder etwas Unpassendes sagen, das es leichter machte, einzuhaken. Stattdessen fragte er, ja was sie denn glaube, ob es im Leben gute Dinge gab, die sich schnell entwickelten? „Waren wir etwa schnell?", fragte er. Ein wenig fühlte es sich in ihr an, wie Schachmatt gesetzt werden. Allerdings deutlich wohliger. Dem Gefühl einfach hingeben. Sich darin sonnen, unabhängig davon, wie es draußen Winter spielt.

Sie einigten sich auf die Relativität von allem. Relativ dazu, wie lange er sie schon vordem vermisst hatte, ohne überhaupt klar zu sehen, dass er sie vermisste. Nicht einmal von ihrer Existenz wissend.

Bevor sie sich in Gefühlen verlor, sprach sie lieber weiter, gestand zu, die Binsenweisheit stimme absolut: Es komme nicht darauf an, wie oft einer hinfalle. Ausschlaggebend sei allein, ob eine oder einer dann erneut aufstehe, sich neu zusammensetze, ins Leben kam, zu einem Leben kam, das man gut leben konnte und mochte.

Sie erzählte, was es mit ihr gemacht habe, dieser Wurm im Ohr, fast wie eine nervtötende Melodie, diese Melodie jedoch klang gut: „Kein Mensch kann mich wirklich verletzen, solange ich es ihm nicht erlaube." Er schrieb es Gandhi zu, was vermutlich beiden gefallen hätte, aber nicht wirklich wichtig war. Etwas zwanghaft noch hatte Florah es überprüfen müssen, ohne zu einem eindeutigen Ergebnis zu kommen. Egal. Nur wirken musste diese Aussage. Man konnte sie nutzen wie ein Mantra: Egal, was dir ein anderer Mensch oder sogar eine ganze Maschinerie antun will oder wovon du dich bedroht fühlst, sag dir immer: „Meine Kraft gehört mir allein, und alles, was zählt, ist, wie ich jetzt damit umgehe."

„Wobei hat es dir geholfen?", fragte sie.

„Bei vielem", gab er zurück. „Zum Beispiel damals weiterzuleben, als sie starb. Verstehen, dass es nicht sinnlos

sein konnte." Er zögerte. „Ich hätte so und so weiter-
gemacht", meinte er, „schon allein wegen der Kinder,
aber es hätte auch mehr ein Funktionieren werden können. Man kann es nicht vorwegnehmen, selbst wenn
man vorher Zeit hatte, sich darauf vorzubereiten. Man
weiß nur theoretisch, welche Leere kommen kann, welche Vorwürfe man sich vielleicht macht, welche Versäumnisse man plötzlich sieht. Es ist nur möglich, das
vorher möglichst gut abzupolstern. Man rechnet auch
nicht mit all diesen Menschen, die noch viel weniger
damit umgehen können, die man am besten auch noch
mit auffängt: ihre Eltern, Lehrer der Kinder, Freunde …" Er erzählte von erbarmunglosem Eintrudeln sie
betreffender Rechnungen und Formulare – Ärzte, Be-
statter, Behörden. „Ich habe damals viel gelernt", kommentierte er, „es konnte mich irgendwann nicht mehr
treffen. Ich habe gemerkt, dass ich lenken kann, ob es
Wunden immer wieder aufreißt oder nicht."
Sie hätte gerne seine Wange gestreichelt, seinen Hals,
seinen Nacken. Da war so eine Lust zu geben. Zu wärmen. Es war am Telefon und doch anders. Sie streichelte. Er spürte. Manchmal tat er dasselbe oder biss in
ihren kleinen Finger. Küsste sie hier und da.
Mit den Jahren wurde sie sicherer, Cadmo spürte sie! In
der empfundenen Liebkosung zogen sich ihre Brusthüt-
chen zusammen.
Sie erwähnte nicht zu wissen, ob es das in Italien auch
gegeben hatte: Früher hier dieser geniale Slogan: „Überrasche deine Eltern, lies ein Buch!" Heute würde sie
sagen: „Überrasche alle, atme durch, komm vertrauensvoll in dich zurück und steh wieder auf!" Sie könnte
ergänzen: „Ich lasse nicht mehr zu, dass mir mein Vertrauen wegläuft, dass es sich vor mir verbirgt …"
„Ich lauf dir jedenfalls nicht mehr weg", ließ er sie wissen. Es dauere jetzt schon lang und fühle sich sehr
schön an. Ob man sich nun leibhaftig begegnet oder
nicht. Und ihm sei durchaus klar, was er da gerade aus-

drücke, war bestenfalls ein „Staubkörnchen innerhalb des Ganzen, das wir uns sind".

Heute genau richtig, sich zum Gesprächsabschied auf den bei beiden viel beachteten Mond zu beziehen, besser gesagt, auf die Mondin, eine Sie, die es in seiner wie in den meisten Sprachen war. Und Florah glaubte, die den Mond da als weiblich bezeichneten, lagen ganz richtig. Gab zu, er habe ihr nicht nur einmal geholfen, Sonnenschein in ihrem Leben überhaupt zu sehen. Die Tiefen und Überraschungen. Luna.

„Ja", fügte sie an, „ich glaube, wir teilen die Sonne genauso wie den Mondenschein und denken, wenn es Zeit ist und mitunter auch zu Unzeiten, aneinander."

7. Januar

Das neue Jahr lässt Florah mitfühlen an Bahaars Sehnsucht, in ein anderes Land, ihr Geburtsland, zu gehen, ohne jemandem wehzutun. Auch die Überlegungen konnte sie nachvollziehen. Sollte in ihr wirklich früher ein Grund gelebt haben, eigene Bedürfnisse und Wünsche hintenanzustellen, so schien er spätestens jetzt fort. Wann, wenn nicht jetzt? Sie wurde nicht jünger. Und irgendwann signalisierte der freundliche, untypisch großzügige, gegen sein Kränkeln mit Aktivitäten vorgehende Ehemann vielleicht doch: „Du darfst nicht mehr gehen, du kannst mich nicht mehr allein lassen!" Weggehen. Fliegen …
Schließlich war es mit den Kindern der anderen Tochter so, dass ihr großer Enkel schon in einer anderen Stadt studierte und die zweitkleinste Enkelin mit ihrem Bewegungsdrang eine nette Mischung von sportlicher und therapeutischer Ausbildung sicher hatte. Zweifelsohne mochten sie ihre Oma, doch sie schauten nicht mehr mit großen, runden, bittenden Augen, wenn sie für einige Monate verschwand. Florah dachte an Bahaars Mann, den Dulder, den Hinnehmer. Das musste bei aller Lebendigkeit in seinem Charakter zuhause sein, denn soweit Florah das klar war, sah sein Herkunftsstaat derlei männliche Verhaltensmuster nicht vor. Auch Bahaars Herkunftsland war keineswegs dafür bekannt, Frauen zu mögen, die immer mehr über sich selbst bestimmten.
Egal, auf die Freundin konzentrieren! Löffel für Honig, Marmelädchen und neckische selbst gemachte Pasten – brachte sie frische Brötchen, würde das wohl trefflich passen.
Nein, wir haben noch nicht ganz aufgehört, Kaffee zu trinken, einer am Morgen, das darf sein. Mal sehen, wie es Bahaar ging, ob sie über diese Sehnsucht sprechen wollte und über den riesigen See, an dem sie wohnen

konnte, der einen Meeresnamen hatte, reden über die perspektivlose junge Generation. Vielleicht blendete sie es auch aus. Dabei würde Florah nicht mit ihr streiten, ob man noch weniger gesunde Perspektive haben konnte, als im so genannten zivilisierten Wesen, Betonung auf gesund – dort in dem anderen Land, zwischen Orangenblüten, Plätzen, schönen Strandpromenaden und einem Pinienhain die verborgenen Drogen, mit denen viele junge Menschen ihr Leben verkürzten. Manchmal tat es auch der Staat für sie. Angewandte Todesstrafe. „Da seht ihr …‟

Doch hatte Bahaar eben auch Gerüche von Heimat in der Nase. Und die Menschen im Sinn, die sie immer noch in Ruhe ließen. Erstaunlicherweise. Es geschahen Dinge, die nicht in ein übliches Klischee passen.

Florah würde nicht mehr nachfragen, nach ihrem Mann, der so oft nicht zu existieren schien und dann doch wieder gewürdigt wurde und begleitet und bekocht, ein wenig auch bestaunt, für das, was er mitmachte.

Die Freundin, die „andere Oma‟, brachte an diesem Tag alles mit: die Frühstücksgebäcke, Hunger und Gelüste. Lust zu hören und zu sprechen. Wie es ihrer Wohnung in dem anderen Land besser gehen würde, immer wieder bewohnt. Schimmel und Feuchtigkeit setzten sich dann weniger leicht fest. Zu welchen Preisen man aktuell Flüge bekommen konnte, einfache und solche mit flexiblem Rückflugdatum.

Florah debattierte darüber mit Cadmo, nachdem sie Bahaar und wie man das Leben gestalten kann, „Was macht glücklich?‟, nicht aus dem Kopf bekam. Sie hatte mit Paul darüber gesprochen, lange. Wieder war sein Zuviel an Weisheiten aufgetaucht. Wie verwässert der Kern. Spannende Gedanken, die sie drehen und wenden mochte. Binsenweisheiten. Kein ihr greifbares Ergebnis. Der Rest, wie verschwommen. Weggedriftet.

Cadmo war klarer in seiner Äußerung, „nur dass man vor sich selbst nicht davonlaufen kann …". Und ihr kam das Lied in den Sinn. Er konnte es genauso gut mitsingen wie sie. Der Liedermacher aus „seiner Gegend", die der Geburt. Wie der Krieg endlich vorbei ist, Musik und Festlichkeiten auf den Straßen. Die Soldaten ihre Uniformen fortwarfen, manche ins Feuer. Wer eine Frau oder Geliebte hatte, konnte sie endlich wieder umarmen. Der Soldat, dem schien, da fixierte ihn Eine mit bösem Blick. Der Eindruck, er muss entkommen, er kann nur entkommen mit dem schnellsten Pferd. Wie er erklärt, erbittet, es erhält von seinem Souverän. Sich aufschwingt, ihm die Sporen gibt, Tag und Nacht, ruft: „Lauf, mein Pferd, lauf!" In Samarkand will er schnellstens ankommen, damit diese Frau ihn nicht einholen kann. Er sich endlich in Sicherheit wiegt. Und als er schließlich dort ist, sieht er auch sie wieder vor sich stehen. Verzagt, erschöpft, aufgebend, beugt er sich. Erzählt noch einmal seine Geschichte, spricht von dem wilden Ritt. Und sie erwidert: „Nein, ich hab dir keinen bösen Blick zugeworfen in der anderen Stadt, nur verwundert schaute ich, denn ich erwartete dich heute in Samarkand, sah dich vorgestern so unglaublich weit entfernt von dort." Sie erklärte, Tag und Nacht sei sie daher hinter ihm auf dem Rücken des Tiers gesessen, habe mit ihm gerufen und gesungen: Schneller, schneller, so lauf, „mein Pferdchen"! Sie hätte einfach nur Sorge gehabt, er könne die Stadt nicht zur vereinbarten Zeit erreichen.

Florah seufzte. Der Tod in Form der schönen Frau und auch hier kein Entkommen, egal wie weit eine geht. Immer hatte man sich selbst im Gepäck und all den Ballast, den man mit sich trug.

„Wie bist du ihn selbst losgeworden, Monsieur?", fragte sie, nicht den Tod, denn Sterben, den menschlichen Körper verlassen, das war gesetzt, sozusagen. Das ganze andere Gepäck, das man mit sich herumtrug, meinte sie.

„Umziehen", sagte er, unglaublich vieles habe er zurückgelassen. Kleider, den meisten Schmuck seiner Frau an Orte gebracht, zu Menschen, die sie gemocht hatten, und in Einrichtungen, mit einer Chance auf Abnehmerinnen, denen die Dinge Freude machen würden. Diese Orte kamen Florah vergleichbar mit den Sozialkaufhäusern in ihrem Land vor. Es sollte einer zugute kommen, erläuterte er, Menschen sich daran erfreuen können, statt dass ihn Dinge, die er an ihr gemocht hatte, bedrückten. Florah wollte wissen, ob die „Kinder" da so einfach mitgespielt hatten. Und er gab zu, das sei ein schwierigerer Teil des Ganzen gewesen. Jugendliche, junge Erwachsene damals, die mit dem Kopf einsehen konnten, das etwas zu Ende war, dennoch nicht loslassen wollten. Am liebsten hätten sie damals alles behalten. Über sein Umzugsvorhaben stritten sie hinter vorgehaltener Hand, als sie glaubten, er hörte es nicht. Das Argument, ihn machen zu lassen, schließlich waren sie schon halb oder bald aus dem Haus, hatte schließlich gesiegt. Obwohl der Sohn seinem Zimmer noch lange nachweinte und darüber nachgedacht hatte, vielleicht später diese Ohrhänger und jenes Tuch einer Frau zu schenken, die doch noch nicht einmal am Horizont erschienen war. Und beide sich einig darüber, wie schön es wäre, einfach so zu tun, als wäre sie noch da. Seine Tochter habe schließlich Erbarmen gezeigt mit dem Argument: „Er ist es doch, der abends nach oben zum Schlafzimmer trabt, die Tür hinter sich zumacht und sich alleine wiederfindet." „Willst du ihm das antun?", war die Frage an den Bruder gewesen, und wer hätte da mit Ja antworten können?

„Also bin ich umgezogen", führte er aus, „fünfhundert Meter weiter, die Straße hinunter. Die bisherige Bewohnerin wollte zu ihren Kindern nach Padua. Ihre Erinnerungen waren nicht meine. Für mich war das Haus wie ein angeknittertes, dennoch unbeschriebenes Blatt." Er gab allerdings zu, wie froh er darüber gewesen war, schon zuvor viel mit seinen zuerst fest verwurzelten Glaubenssätzen gearbeitet zu haben. „Meine inneren Stimmen waren damals schon ganz gut im Zusammenhalten." Er lachte. Und das Zurücklassen von so vielem habe auch noch einmal für frischen Wind und neue Möglichkeiten gesorgt.

„Hm", kommentierte sie mit leichtem Unwillen, denn es wurde klar, bestens kannte auch sie die herausfordernden inneren Stimmen, aber sie waren noch nicht so gut erzogen!

Sie erinnerte alte Glaubenssätze, die hervorkrochen, sobald sie eine Chance im Anmarsch sahen. Fragte: „Haben sie dich nicht ständig und oft unverhofft getestet!? Ob du ihnen wirklich untreu sein wolltest und wild entschlossen warst, schlicht nur du selbst zu bleiben? Haben sie dir nicht geflüstert und fröhliche Urständ mit allen Tricks und Schikanen gefeiert? Nahegelegt, wie alles nach hinten ausschlagen könnte und das Gewohnte doch sicherer sei? „Mir haben sie schon trompetet", fuhr sie fort, „auf bestimmte Veränderungen oder Verbesserungen könnte ich wohl warten bis zum Jüngsten Gericht!"

Auf der Couch sitzend schüttelte sie sich regelrecht, wie sie noch einmal diese Echos in ihrem Genick spürte, hörte, sie solle bloß heute auch bei sich zuhause vorsichtig sein. Es echote, damit du nicht über deine eigenen Füße fällst! Damit du nicht …

„Ich hör dich", schaltete er sich ein. „Es hört sich für dich zu einfach an. War es aber nicht. Es ist eine Zusammenfassung nach vielen Jahren. Mit manchen Auslassungen. So viel Wasser, das selbst in dem trägen Po weitergeflossen ist, Steine blank gewaschen hat, manches mit sich genommen."

Versöhnlich schon, fiel ihr ein, dass sie Cadmo an einem Tag die Frage gestellt hatte, ob er wohl daran glaube, dass es so etwas wie ein kosmisches Gesetz gab, das da besagte: Bist du einen Tag schön im Fluss und es geht dir richtig gut, dann wirst du schon sehen, der nächste kommt lahmarschig und vertrackt daher, nichts kriegst du so recht auf die Reihe, und du kannst es vergessen, fröhlich und mit dir im Reinen zu sein. Er kannte das. Prüfungen. Beide hatten wohl den Eindruck, es gelte in diesem Leben auch recht harte Prüfungen zu bewältigen.

Inzwischen glaubte Florah, es sei besser, keine der inneren Stimmen zu bitten, sie möge sie doch in Frieden lassen statt zu stören. Hatte bemerkt, wie es wohl wirksamer war, auch diese zu umarmen. Sagte sich oft: „Freu dich, wenn du sie hörst, diese Stimmen, denn dann hat es sie zumindest schon einmal nach oben getrieben aus den tiefen Wassern des Unterbewussten. Lauter sind sie oft als alle Ablenkung, die du dir immer noch antust. Sie lassen sich nicht länger abdrängen und langfristig dämpfen." Wie üblich kam ihr vor, es sei leichter gesagt als getan. Mitunter verlor sie sich in dem Getöse. Es tat ihr nicht gut. Immerhin, sie merkte es, sie merkte es! Früher wär das nicht so gewesen, stattdessen ein irres Zurückstoßen in die Tiefen, als wirke es so nicht weiter, tauche vor allem niemals mehr auf.

„Ich komme noch mal zu Caras Mutter zurück", hörte sie ihn. „Sie wird nicht vor sich selbst fliehen können. Es findet sie, es kann sie überfallen, egal mit welchen Mäntelchen sie sich umhüllt." Es war nicht die Antwort, die sie hatte hören wollen, mehr diejenige, die sie schon selbst dachte, befürchtet hatte. Ihr Wunsch, Bahaar glücklich zu wissen und weiterhin lachende Beweisfotos von Feigenbäumen, auf die sie auch in höherem Alter noch gerne kletterte, zu bekommen.

„Im Internet habe ich gesehen, ihr habt heute ein paar Sonnenstrahlen auf Schnee, der noch liegt. Geh lieber raus, damit du sie noch erwischst. Du, der du Teil meiner Lichter bist."

Florah rückte ein Kissen zurecht. Trank. Vielleicht wusste Bahaar ja doch besser als sie selbst, wer sie war, warum sie war, was sie wollte? Musste sich nicht fragen: „Wer bin ich? Omi? Florah, Omi, Mama? FOM, MOF, na OMF in Welten der kurzen Kommunikation? Ich kritisiere mich, weil ich es schon wieder versuche mit den Schubladen. Ernte Widerspruch: Aber das macht doch Verlässlichkeit. Frage: „Unten, ja kommt denn das Verlässliche, das Geborgensein nicht aus dem Innen?"

„Vielleicht", antworteten die Stimmen, „aber wer weiß das schon?"

„Bin ich nicht ein Kind des Jetzt, des jetzigen Moments?"

Spotten. „Du kannst das Leben leben im Moment und schon jede kleine Veränderung bringt dir eine neue Geschichte. Glaub doch nicht daran, ein Leben werde jemals übersichtlich!"

„Leichter zu nehmen", entgegne ich versöhnlich.

Ähnlich ein Gedanke von Britta, der sich in seinen Schwingungen und bunten Farben in ihre eigenen Gedanken legte. Dabei tickte sie vollkommen anders. Es hatte lange gedauert, dies zu schätzen, ansonsten stärker eine Freundesauswahl unter den sehr Ähnlichen.

Bei Britta war die Gemeinsamkeit mitunter wie eine kleine Überraschung, eine Wolke, bei der man noch nicht gleich wusste: Was regnet es, wie kalt, wie warm, wie stark? Und was will es mir sagen? Oder löst es sich gleich wieder auf? Die Bilder mochten erstaunlich sein.

„Wie in meinem Traum", sagte sie, eine Welt, wo Menschen niemandem gegenüber mehr mit verborgenen Karten spielen oder feindselig sind. „Sie sitzen auf meiner Truhe, in der meine Schätze sind, und wollen sich nicht wegbewegen. Ich komme nicht dran! Dabei kann ich sie doch ganz genau beschreiben und damit beweisen, dass es meine ist; kunstvoll, jedoch kein Schrank. Bunt. Viel Grün." Erst als von ihr begriffen war, sie musste weitergehen, nur die schöne Erinnerung behalten, nicht mehr in den Inhalten graben und kramen, erst als sie verstand, dass es ihr auch nicht mehr entsprach, da habe sie sich frei gefühlt.

Cadmo ist müde. Er hat viel gearbeitet an diesem Tag. Ohne dass sie sich auf die Verbindung konzentriert, fühlt sie, wie er der unausgesprochenen Einladung folgt, seinen Kopf in ihren Schoß legt, und obschon es gegen Abend ist, zuckt nichts nervös in ihren Beinen, ist es einfach nur schön und sanft; ganz ohne sich aufzudrängen oder ihn zu stören, kann sie ihn ein wenig streicheln. Selbst Wärme tanken. Dumm ist nur, dass sie so nicht an ihren Tee kommt …

Treffen in einem Café. In Deutschland. Schließlich geht es wieder, von Florahs eigener Stabilität. Und sie will nicht mehr die sein, der man ausschließlich seine Aufwartung machen konnte. Es war gut, bei Lydia zu berücksichtigen, dass sie sich bei Heimspielen am ehesten wohl fühlte. Grenze war Grenze und wenn man sich nur um vierzehn Kilometer überschritt. Ganz davon abgesehen, wurde es ansonsten noch seltener, noch schwieriger, die Schnelle, die Resolute, die Schafferin zu Gesicht zu bekommen.
Immer noch roch es hier verlockend nach frischem Gebäck, doch war der Dezember mit den Riten der Völlerei zu nah, um schon wieder bei Törtchen und Knabbereien zuzugreifen. Man mochte Weihnachten feiern oder zu umgehen versuchen; der Konsum, die Warenwelt, die Angebote und was einem allerorten aufgedrängt wurde, war so omnipräsent, Florah sah es, sie roch es, sie fühlte und schmeckte es, selbst wenn es nicht ihr Fest war.
Ein gelangweilter Kellner klaubte Weihnachtsschmuck von den Wänden, verstaute Sterne, Christbäume und Nikoläuse sowie diverse romantisierte Tiere in einem Karton. Es kam ihr komisch vor, denn sie konnte sich

nicht vorstellen, wie derselbe Schmuck im kommenden November wieder anfangen würde, genau diese Wände zu zieren oder zu belasten. Sie zuckte mit den Schultern. Mühte sich, den Gedanken wieder loszuwerden. Versuchte tröstlich zu finden, wie man wahrscheinlich noch einige „saisonale" Süßigkeiten in einen Karton packen und ihn mit Gönnergefühl zu einer der sozialen „Tafeln" bringen würde.

Gedankenverloren rührte sie in ihrem Tee, keinem aus Restbeständen mit Spekulatiusnote. Freute sich, als Lydia schließlich kam.

Nach einem Austausch über diesen und jenen Pfeiler im Leben, schwangen sich beide erneut auf das Thema Beziehung und Liebe ein. Obwohl die blonde, nicht gängigen Schönheitsidealen entsprechende Freundin selbst einige Freundinnen und Freunde hatte, die interessante Wege gingen, einige Schwule, Lesben und Geschöpfe, die noch in ganz anderen Suchen und Versuchen der Liebe schlingerten oder sich beheimateten, war sie in sich selbst heute so gefangen wie damals, als sie heiratete. Den einen, den Einzigen, den, dem es zu eng, zu konservativ wurde. Wenngleich ihr kein Mensch „Bravo" zurufen würde und sie loben für ihre Treue zu dem lang entschwundenen Mann. Es bildete sich nie und mit niemandem die Vorstellung einer neuen, durchaus auch erotischen Begegnung. Von Sexualität gar nicht zu sprechen.

Ein klein wenig hatte Florah Lydia im Verdacht, durchaus auch noch zusätzlich in den Schlingen verfangen zu sein, dass es einfach mal gut sein sollte mit sexuellen Sehnsüchten, wenn man eh keine Kinder mehr machen konnte …

Und besser so richtig üppig zu bleiben, und kein netter Heteromann biss an. Man stelle sich nur vor, sie wäre rank und schlank und dennoch kein Netter, Interessanter, der in ihr mehr sehen mochte als die gute Kumpeline. Florah schluckte. Sie verstand die aufgestellte Rechnung, dennoch stellten sich ihre Nackenhaare auf.

Sie sagte nichts, keine Worte. „Wer bin ich denn, dieses Fass aufzumachen und am Ende verschwunden, wenn zu viel daraus fließt?", schalt sie sich.

Auch zu ihren schon zurechtgelegten Gedanken, einer Entgegnung auf Lydias Meinung zu Träumen, schwieg sie lieber. Zweifelsohne ein Vorteil von Cafés: Man konnte die Blicke schweifen lassen, einen Augenblick eigener Gedankenwege gehen. Gerade war es sogar noch leichter, weil die andere ein Vibrieren ihres beruflichen, zweiten Handys wahrgenommen hatte. Notdienst, Pardon, sie musste sich kurz kümmern.

Florah schaute also woanders hin, ohne etwas zu sehen. In Wirklichkeit verlor sie sich in einem ihrer Träume:

„Wir essen einen Meeresfrüchteteller, ich zusammen mit der Person ohne Gesicht. Die meisten Meeresfrüchte sind gekocht und gar – einige lange, zartrosa Garnelen bewegen sich sacht – sie sind nicht tot, mutmaße ich noch etwas ängstlich. Am Ende sind es Skorpione! ‚Nur Mut', sagt er lachend, ‚probier! Zieh es an beiden Seiten auseinander, wie ein Bonbon, es wird köstlich sein!' Und wirklich: leicht herauszulösen und ohne Gegenwehr, eine zart schmelzende Meeresköstlichkeit. ‚Danke!', sage ich bei dieser Entdeckung. Sie ist anscheinend irgendwie auch aphrodisierend. Jedenfalls ist alles in einer Weise sinnlich ...

Und irgendwann sind wir schließlich zusammen in einem Bett, völlige Dunkelheit im Raum. Es überrascht mich, vom Lichtmachen von einer Hand abgehalten zu werden. ‚Wir brauchen kein künstliches Licht. Vertrau dir.' Und Hände und Lippen gehen auf Entdeckungsreisen über Körper. Sie sparen die Körpermitten aus – es will Zeit, diese einzukreisen.

‚Sei mutig, bevor du da ankommst, was du vielleicht erwartest oder hoffst, es könnte vollkommen anders und dennoch wie ein kleines Wunder sein', flüstert er. ,Sei bereit, deine Vorstellung vielleicht auch völlig zu verändern.'

Kann sein, ich bin die männliche Seite, es/er/sie die Frau oder ich lebe die männliche Seite heute.

Ach egal, es ist warm, weich, tief, prickelnd, salzig, schön – ich überlasse mich dem Verschmelzen im Sein, in einer wunderbaren Energiespirale von Wandel und neuem Werden. In Liebe mit allem. Sinnlich, übersinnlich, aufgehoben darin."

„Kommt Opa Paul heute?"

„Ich weiß es nicht, Schatz."

„Wohnt er nun eigentlich hier oder nicht?"

„Klar. Sein Name steht am Briefkasten und er hat einen Schlüssel, das weißt du doch."

Florah hoffte, ihre Enkelin merkte die Schwäche in der Argumentation nicht, die ihr gerade selbst auffiel. Oder würde sie wenigstens nicht ausnutzen. Sie war immer hier anzutreffen, Paul gelegentlich. Beide auf dem Klingelschild vertreten. Luna wollte anscheinend auf etwas anderes hinaus. „Aber man weiß doch nie, ob er kommt oder wo er überhaupt ist. Oder sagst du's bloß nicht?"

„Nein, ich weiß es meistens auch nicht."

„Das ist doch doof!" Mein Papa sagt, er findet das auch irgendwie komisch. Man kann sich nicht drauf verlassen, sagt der. Und dass man sich doch mal entscheiden muss und zu etwas stehen. Gestern oder so hat er mir einen Vortrag über Verbindlichkeit gehalten.

Florah lachte. Warum es jetzt aufs Tapet kam? Wo es ihr seit Langem nichts mehr ausmachte.

„Paul ist eben anders verbindlich."

„Wie?"

„Na, wenn er jemand lieb hat, dann steht er zu der Person. Und er hilft und er denkt mit – er fühlt sich schon verantwortlich. Er will ja auch, dass es allen, die er mag, gut geht. Und er rennt los, wenn die was brauchen."

Luna stritt nun ab, dass das Verbindlichkeit sei. „Hm, jedenfalls nicht die Verbindlichkeit, von der dein Papa spricht."

„Aber warum ist es für dich verbindlich und für den nicht?"

„Dein Papa, also mein Sohn und Pauls Sohn, ist immerhin fünfundzwanzig Jahre jünger als ich. Er findet einfach, verantwortlich sein sollte gefälligst so funktionieren, wie es die meisten Menschen definieren. Kann ich auch verstehen. Ich hab selbst Jahre nicht kapiert, wie das ist bei Opa Paul. Der ist anders verantwortlich als andere. Der muss seinen Spielraum haben …"

„Und andere Frauen, sagt Mama."

Florah seufzte. Auf diese Diskussion hatte sie ebenso wenig Lust. Doch nicht mit einer zwölfjährigen Träumerin, die durfte es anders und schmonzettenhaft vollkommen träumen. „Ja, auch andere Frauen, oder zumindest die Möglichkeit, dass das okay sein würde, wenn da auch andere Frauen sind. Außerdem ist ja sowieso auch Hannah da und der Halbbruder von deinem Papa."

„Ja, das haben wir ja schon lange gefressen. Will aber nicht heißen, wir finden es gut."

Diesmal guckte Florah streng, obwohl sie sich innerlich ein Lachen verkneifen musste. Das gab es also auch noch: kopieren, übernehmen, nachplappern. „Aha, wenn es dir grade passt, mein Mädchen, dann bist du plötzlich im ‚Wir' mit deinen Eltern. In Zeiten, die du dagegen ein bisschen stressig findest, kann es sogar vorkommen, dass du sie Adrian und Cara nennst. Willst du nun was wissen mit dem Verbindlich oder Verantwortlich?"

Sie sprach nach kurzer Pause weiter, denn Luna hatte sich weggeduckt, schwieg. „Du kannst dich drauf verlassen, wenn einer in Not ist oder wenn ich was brauche, Paul setzt alle Hebel in Bewegung und hilft das Problem lösen.

Ich will dich nicht anschwindeln und so tun, als hätte ich nie Probleme damit gehabt, dass dein Opa so ist, wie er ist. Ich hab Stress gemacht, wenn er nicht mit einer Stunde hoch oder runter zum Essen kam. Es war sehr nervtötend mit dem ewig und ewig scheinenden Warten. Es kam mir vor wie unendliche Mengen gekochten schönen Essens, das vertrocknete oder verkochte oder über das ich mich letztlich selbst hermachte, noch ohne den Genuss eines Essens nur für mich allein zu kennen. Ich war traurig, wenn er wieder eine Freundin hatte. Ich hab seine neuesten Ideen oft nicht verstanden. Ich versteh heute auch nicht immer so grade alles, was er tut oder nicht tut.

Irgendwann hab ich eben angefangen, so zu kochen, wie du das zum Beispiel von türkischen oder arabischen oder iranischen Familien kennst: Ist immer was übrig, falls jemand doch noch kommt. Und wenn es klappt, dass wir, ohne dass ich es erwartet habe, gleich zusammen essen, dann freu ich mich."

Paul war ihr heute über die Maßen vertraut. Vielleicht verstand Luna das so, vielleicht war ihre Nachfrage nur eine Rückversicherung. Florahs Erklärungen schienen jedoch einfach nicht zufrieden stellend genug für ein ordentliches Liebesleben, so wie dieses sehr junge Wesen es sich vorstellte. Was zwischen Florah und Paul ablief oder eben nicht, sie fand es nicht ganz einfach zu erklären. Sie unterschlug jahrelange Selbstzweifel, ihr Gefühl, nicht ausreichend einfühlsam, nicht anziehend genug im Bett oder ungeschickt zu sein. Verstockt. Nicht offen und experimentierfreudig, „so, wie sie sollte". Sie hatte keine Lust, von dem klebrig-aufdringlichen Gefühl zu erzählen, etwas müsse verkehrt sein an ihr …

Stimmt, viel Angst und Scheu hatte ihr das Leben mit seinen Erfahrungen eingepflanzt. Sie war nicht über diese Schatten gesprungen, damals. Unmöglich. Vielleicht hatte sie es auch nicht gewollt. Ihr war danach zu sagen: „Luna, es gibt Preise, die willst du in einer bestimmten Zeit deines Lebens nicht zahlen. Wenn du dich darin übergehst und für einen anderen tust, was du nicht tun willst, kannst du etwas in dir selbst zerstören." Sie wollte dem Mädchen vermitteln, Acht zu geben, dass ihr so etwas nicht passierte. Wusste nicht wie, ohne Angst zu machen oder über sehr fremde Dinge zu unken. Sie schwieg.

Fühlte sich außerstande zu erklären, was sie selbst jahrzehntelang nicht erfühlen konnte: Es ging nicht um ein Entweder-oder.

Ein verbindlicher Mann musste nicht langweilig sein. Ebenso wie wirkliche Harmonie nicht aus eiteitei und falschem   Probleme-unter-den-Teppich-kehrendem-Gehabe bestand.

Auch kam ihr die Frage nach Liebe, als dürfe sie nur in einer von Medien meist beworbenen und klassischen Form diesen Namen tragen, ein wenig wie ein eigenartiges Herumhampeln vor. Sie kannte möglicherweise niemanden besser als Paul oder bildete es sich ein, sie hatte mit ihm zusammen auf einem Bänkchen sitzend die Ausstrahlung, als müssten sie zusammengehören, das personifizierte Vertrautsein. Ewig zusammen. Es stimmte nach gängigen Vorstellungen etwas nicht in ihrem Bezug zueinander. Sie schliefen nicht zusammen. Vermutlich war dies die Frage, die Luna am meisten interessiert hätte, die sie sich jedoch nicht traute, offen zu stellen.

Florah war sich im Klaren über ihre frühere Bereitschaft, ihn mit seiner Frau oder seinen Freundinnen zu teilen. Es kam ihr heute komisch vor, wie ihr damals hauptsächlich wichtig schien, die Königin innerhalb all dieser Geschichten zu sein. Lauernd, entthronbar.

Heute sah sie es anders mit seinem Entflammen für etwas Neues, eine Weltanschauung, eine Theorie, eine Erkenntnis, eine neue Wirklichkeit, eine Lebensform, einen Kitzel, eine Frau ... Es rührte ihn dann so an, dass schier der ganze Mann eingenommen war.

Sie konnte ihm folgen oder eben nicht. Sie hatte die Wahl. Die anderen natürlich auch, doch war es für sie sicher schwerer damit. Seinen Blicken häufiger ausgesetzt, wurde man leichter zu Gefolgschaft.

Ging sie nicht mit, mochte das eine Weile zu einer gewissen Enttäuschung oder Verstörung in ihm führen. Früher ging es mit ihrer Gereiztheit einher, der Befürchtung entspringend, er könnte ihr verloren gehen. Inzwischen wusste sie, wenn der Wellengang sich beruhigt hatte, verschwanden die feschen, neuartig-spannenden, geradezu genialen Wellenreitenden.

Außerdem schien ihr hochwahrscheinlich, dass er nicht in gleichem Tempo, doch Ähnliches mit ihr erlebte. Sie war in gewissem Sinne die Langsamere, die Stetige, die mit dem langen Atem, innerlich der letzten Frau oder der letzten Weisheit noch nicht wirklich nachgekommen, wo er längst schon wieder auf anderen Feldern wandelte.

Vermutlich ein Teil der Verbundenheit das Wissen, dass Eine den Anderen oder Einer die Andere jederzeit verteidigen würde, besser noch jederzeit zu dieser Person stehen.

Das hatte sich nicht immer so angefühlt. Lange war sie als junge Frau zornig gewesen darüber, wie es ihm nicht gelang, ihr das Gefühl zu geben, rundherum ganz und liebenswert zu sein. Sie sprach es nicht aus.

Dergleichen wäre ihr „langweilig" und „harmoniesüchtig" vorgekommen. Sie definierte es damals als das Gegenteil von anmachig, anziehend, interessant und pfiffig. Sicherheit als eher fade und langweilige Angelegenheit.

Doch wenn sie auch das noch Luna versuchte zu erklären, wäre das arme Mädchen wirklich überfüllt und überfordert von den eigentümlichen Darbietungen der Erwachsenenwelt.

So beließ sie es dabei zu erzählen, wie doch Paul einfach liebenswert war, wenn man ihn eben mochte. Oder? Natürlich musste Luna die Frage verneinen, ob er etwa irgendwann einmal nicht nett, nicht überraschend, nicht geduldig gewesen war.

Veränderte Sehnsüchte. Cadmo, mit dem sie sich abseits von jeglicher Körperlichkeit so verschmolzen fühlte.

„Sag mal, Omi, kann man auch zwei Lieben haben oder sogar noch mehr?"

Oh weh, oh weh, wo kommt das denn nun her?, fragte sie sich. Zeit gewinnen, erst mal Zeit gewinnen und vor allem mich nicht beobachten lassen. Denn die scharfe und oft treffende Beobachtungsgabe des Mädchens erinnert mich doch schwer an mich selbst. Sehr praktisch die Küchenzeile zur anderen Seite des Wohnraums, man kann sich abwenden und unschuldig Kekse suchen. Oder Erdnüsse, Äpfel, Reis. Hände plötzlich unbedingt waschen an der Spüle, Tee kochen.

„Hast du deine Eltern das schon gefragt?", wollte sie wissen. „Die können dir doch bestimmt auch eine Antwort geben."

„Ja", antwortete sie, „aber langweilig! Die sagen beide: ,Nein, natürlich nicht. Wenn jemand behauptet, dass er zwei Lieben hat, dann ist in Wirklichkeit an der einen wahrscheinlich schon was faul. Oder wer so was behauptet, benutzt das Wort Liebe eben auf eine verquere Art, das könnte auch noch sein.' Und damit Diskussion beendet. Keine weitere Ansage."

Florah atmete tief zwischen einem unterdrückten Lachen und dem Gefühl, dass Cara und Adrian nicht fair waren mit so einer halbherzigen Antwort und vielleicht doch besser wussten, was es alles geben konnte zwischen Himmel und Erde. Entschuldigend vermerkte sie, vielleicht hielten sie diese aufgeweckte Tochter für zu jung für so ein Thema. Florah machte einen lahmen Versuch, den Eltern beizuspringen und darüber hinaus zwei Fliegen mit einer Klappe zu schlagen: Dieser Frage selbst entkommen, war das eine. Sie brachte das Argument vor, eine Zwölfjährige müsste sich nun nicht unbedingt mit irgendwelchen Erwachsenenlieben beschäftigen. Scharf konterte Luna: „Das findet Opa Paul aber nicht. Der sagt: Klar kann man mehr Lieben haben und echt und wirklich lieben." So, so, interessante Wege. Üblicherweise hätte Luna nicht gerade Paul gefragt. Sie berichtete weiter, dieser Opa habe es aber deswegen auch nicht weiter erklärt, weil ein Kunde in den Laden gekommen sei und er schon „absehen konnte", dass er danach auch nicht die „erforderliche Ruhe und Konzentration" für dieses Thema haben würde. Florah musste sich davon abhalten, in dieses Lachen auszubrechen, das verriet, wie deutlich sie den Trick kannte, den vermutlich noch nicht einmal der Trickreiche selbst als solchen wahrnahm. Ernst bleiben. Die Enkelin hatte zumindest noch nicht alle seine Ausweichmanöver durchschaut. Ohne etwas zu merken, fuhr das Mädchen fort, Paul habe ihr nur noch eben den Tipp gegeben, dass sie bestimmt gut mit Omi Florah darüber würde sprechen können. Ein etwas unwilliges Grummeln in ihrer Brust, diesen Schachzug kannte sie auch bereits. Dachte allerdings, er hätte sich abgewöhnt, auf diese und jene zu verweisen. „Aber vielleicht hat er sich ja auch getäuscht", kommentierte Luna mit einer kleinen wegwerfenden und schon die Enttäuschung andeutenden Geste. Florah seufzte, die verdammte zweite Fliege war ebenfalls geflüchtet, keine Erinnerung an die eigene gute Idee. Zu allem Überfluss deutete sich an, mit welchen Wassern dieses Mädchen gewaschen war, die wusste ganz genau, wie ihre Großmutter zu packen war, wie man sie locken und herausfordern konnte, was sie nicht auf sich sitzen lassen wollte. Florah war doch keine Ausweicherin!

„Hör mal, Schätzchen", sagte sie, denn obschon sie wusste, die Enkelin verachtete diese Anrede zutiefst, hatte sie selbst mitunter Freude an ihr … „Das ist aber kein kurzes Thema und schon gar keines für mal eben so zwischendrin. Da musst du echt Geduld haben und vielleicht geht es sogar nur als Fortsetzungsdiskussion." Luna behauptete, dies alles sei kein Problem, Geduld habe sie doch, außer bei ganz blöden Sachen wie Abstauben oder „mit Aron auf den Spielplatz gehen, aber nicht schon nach zwanzig Minuten wieder an der Tür stehen" – perfekt ahmte sie für dieses Mal die mütterliche Ermahnstimme nach –, „also heute ist mit Schlafen bei dir, da machen wir's uns nachher gemütlich und fangen an!" Florahs Frage zwischen Zwiebelschneiden und Weinen, ob sie sich vielleicht einbilde, hier die Bestimmerin zu sein, nutzte nun auch nichts mehr, denn das Mädchen war im Interpretieren gesprochener Worte recht pfiffig und hatte ihre eigene Lesart. Entwickelte unwiderstehlich Argumente.

Nach der Erörterung, was noch in die Sauce sollte – Karotte, Zucchini, Tomaten, Tomatenmark und die bereitgestellten Gewürze, erklärte sie sich bereit zum Karottenschälen und -raspeln und Parmesanflöckchen auf der Reibe produzieren. Ein zufriedener Gesichtsausdruck zeichnete sich auf ihrem ovalen Gesicht mit der glatten Haut in einem zarten Karamellton ab. Dies Gesicht mit den braunen Augen, die kleine grüne Einsprengsel zeigten, das hübsche Kind auf dem Weg über die anklopfende Jugendzeit, in Richtung erwachsene Frau, konnte man wirklich noch glücklich machen mit Geschichten und ihr die Wahl überlassen zwischen Farfalle, den Schmetterlingsnudeln, und Penne, die ihren Namen von der Spitze eines alten Füllfederhalters hatten. Luna wählte in so einem Fall immer Farfalle. Aber sie nicht zu fragen, wäre eine Kränkung gewesen.

Sie erzählte mir beim Essen den Traum von einer Schlange. Der Traum kam mir unschuldig vor, denn die Schlange war grün, und Luna war nur jedes Mal wieder neu erschrocken und verwundert, wenn das Reptil ihren Weg kreuzte, und das tat es anscheinend mit Vergnügen. Eine ihrer Freundinnen hatte natürlich gleich das Smartphone bemüht und ausgerufen: Ha, es sei nun wohl eindeutig ein sexuelles Symbol oder eines von Gefahr. Ich fand das ziemlich zeitgeistig und kurz gegriffen. Altklug. Ich bemerkte, was die Männer da in der unteren Hälfte ihrer Körpermitte mit sich rumtragen, könne nun mal nicht grün sein – egal welche Farbe der Mann ansonsten habe, sei unmöglich, dass eines seiner Körperteile plötzlich ganz anders gefärbt daherkommt. Grün und Gefahr fand ich auch eine komische Idee, weil ich eher Liebe, Natur, Nährendes damit verband. Ich gab allerdings zu, dass mir selbst Schlangenträume auch nicht so ganz geheuer waren, sie hatten mir immer erst einmal Rätsel aufgegeben.

Es war klar, dass Luna sich darauf stürzen würde, ein Schlangentraum. Bitte ein Schlangentraum – also gut, wenn ich ihn im Buch schnell finde. Nun, wo ich ahnte, sie würde mit dem Größerwerden wohl nicht mehr so lange, so viel hier sein, war ich willens, fast alle Kinderwünsche zu erfüllen. Ich musste aufpassen, nicht wieder auf meine alten Panikgeleise aufzufahren – was, wenn ich nicht genug Zeit bekam oder Zeit mir genommen hatte, sie so zu nähren, dass sie einfach dem Leben gut begegnen konnte. Kurz trieb es mir den Schweiß auf die Stirn. – „Mische uns doch bitte einen Phantasietee", sagte ich, „ohne Grün und Schwarz, sonst freie Wahl", und entschuldigte mich fort, auf dem Weg zu meinem Traumbuch.

„Eine kleine goldene Schlange ist überall, wo ich bin. Ich glaube, sie ist sogar ein Teil von mir, denn in entscheidenden Momenten schaltet sie sich ein, lugt aus meinem Ärmel, zeigt sich aus meinem Mund, ganz kurz beim Sprechen (mir scheint, nur ich nehme sie dann wahr), lebt zwischen meinen Brüsten. Sie ist freundlich, weise, schlau, scharfsinnig und lässt mich nie allein, auch wenn ich sie nicht immer sehe, spüre, beachte, sie bekommt irgendwie alles mit."

Mir war es damals gleich beim Aufwachen vorgekommen, sie sei meine Intuition. Viel Freude dann beim Erklären dieses Wortes, sagte ich mir. Ein Kunststück, wenn du nicht bei Bauchgefühl stehen bleiben willst. Ich hörte das Mädchen schon sagen: Außerdem lebte das Reptil schließlich zwischen meinen Brüsten und nicht in meinem Bauch.

Es kam schlimmer: Von Intuition hatte sie schon etwas in der Schule gelernt, die Erklärung mochte mir gefallen oder nicht. Mit dem Leben zwischen den Brüsten hatte sie kein Problem, schlussfolgerte, ich hätte mich wohl entschlossen, diese Schlange zu nähren. Es war ihr für den Rest des Abends wichtig – gehörte zu den seltenen Momenten, in denen ich die Abschaffung meines Fernsehers verwünschte –, wieder über die Liebe und die Möglichkeit von mehreren Lieben zu debattieren. Meine ersten Antworten waren nicht falsch, nicht daneben. Nur konnten sie eben nicht den kindlichen Drang, zu verstehen, plus den Wunsch einer einfachen Harmonie, zufrieden stellen. Ich hatte versucht, ihr klarzumachen, Vielfalt sei doch so etwas Schönes, auch in den Beziehungen. Und dozierte über die verschiedenen Möglichkeiten: Was bespreche ich mit wem? Was teile ich mit wem? Behauptete, viele könnten das gar nicht alles mit nur einer Person leben. Es sei doch wirklich oft eine totale Überforderung für einen einzigen geliebten Menschen, oder?

Und das Herz ist so groß, es passt so viel Liebe in unterschiedlichen Ausprägungen und Nuancen hinein und kann so wieder herausgelassen, verschenkt werden. Oft an mehr als nur eine Person.

Florah konnte es dem Mädchen ansehen; sie war nicht zufrieden mit der Antwort. Zog den rechten Brauenbogen hoch, schüttelte den Kopf. „Aber" in den Augen, bevor es noch aus ihrem Mund kam. Von wegen ihrer Eltern und der einen Liebe, die früh begann. Niemals enden sollte. Auch nicht enden konnte. Trotzig beharrte Luna auf der Antwort, die sie selbst gegeben hatte. Erwachsenenantwort lau, fast wie aus einer Verteidigungshaltung. Sie habe ja nun nie behauptet, dass es so eine immerwährende Liebe von Jugend an nicht geben konnte. Und dürfte sie wohl (um ein Haar hätte sie „Fräulein" gesagt, furchtbar) daran erinnern, dass die Ausgangsfrage bei Opa Paul gelegen habe, nicht so im Allgemeinen gewesen war.

Luna drehte das Gesagte um. Sie wurde besser darin oder Florah langsamer im Nachhechten und Auf-die-Schliche-Kommen. Ein „Na gut" hatte das Kind daraus gemacht, „dann erklär mir noch einmal, wie sich das angefühlt hat mit Cadmo".

Mit tiefem Durchatmen war es nicht getan. Zu früh für ein Ins-Bett-Schicken. Alle Hausaufgaben gemacht. Keine Ausweichgeleise.

Wie könnte sie antworten auf die Frage, wie sich diese Liebe so entsponnen hatte? Da war, wie er schrieb, die Stimme mit so einer gewissen Schwingung, die sich in Tag- und Nachtträume schlich. Immer mehr Erkennen jener für sie so absoluten Anziehung von Intellekt und diesem Zugewandt-Aufmerksamen. Ihre exquisite Lieblingsmischung.

Und zu diesem, das sie persönlich so anziehend fand, kam noch der eigene Sinn, ihr Unangepasstsein und seine wahrscheinlich nicht leicht erworbene, nun aber recht unerschütterliche Sicherheit auf dem eigenen, dem nicht angepassten Weg.

Schon sehr früh hatte Florah sich im Verdacht gehabt, diese Liebe existiere grundlos, denn es ereignete sich schließlich nichts Handfestes, wie die meisten das eben so kennen und für die einzig mögliche Manifestation davon halten, einen Mann tief zu lieben.

Einfach zu lieben für sein Sein, lange bevor sie ein Bild kannte oder sein Alter.

Vielleicht weil sie mit ihm ihr italienisches Vorurteil von den klassisch schönen Vorzeigemenschen, die sich im Land herausputzten gegen die Verschwindenden oder Unbeachteten, heilen konnte? Schwache These für so große Gefühle, die sich ihren Weg gesucht hatten.

Es war traurig, was Cadmo anging, wenn Eine oder Einer das Andere, das nicht klassisch schöne Äußere „bestenfalls" durch das Entwickeln und Ausspielen anderer Qualitäten so einigermaßen ausgleichen konnte. Traurig, denn die meisten Menschen sprachen da immer noch über einen Menschen, der „zwar" nicht so toll aussah, aber andere spannende, intelligente, „brauchbare", liebenswerte Seiten hatte.

Warum also mit Cadmo diese anderen Funken? Florah wusste, sein Buch wäre ihrer Enkelin nie und nimmer Erklärung genug. Hätte sie ja selbst nicht zufrieden stellen können, nicht in dem jungen Alter. Kann sein, es erklärte deutlich mehr, dass sie diesen Kontakt aufgenommen hatte, als sie weder suchte noch hoffte, schon gar nicht sich ausrechnete, ebenso wenig warb oder sonst wie jemanden in ihr eigenes Leben zu ziehen trachtete. Manche Dinge passieren, wenn man Wünsche und Sehnsüchte losgelassen hat. Vielleicht passieren sie spätestens in einem bestimmten Alter auch nur dann …?

„Es nicht drauf anlegen, meinst du?" Sie lachte, weil Luna manchmal so erwachsen sprechen konnte.

„Genau", antwortete Florah.

Die einen mögen es Tagtraum nennen, die anderen Vision. Es war einige Jahre her, als sie auf ihre jüngere Vergangenheit sah, und die war sehr beschwerlich. Ausgesprochen anstrengend für Florah, weil nichts länger leicht ging. Sehr beschwerlich, weil vor allem sie selbst kaum noch ging. Sie schlich. Sie suchte ihre Balance. Sie strauchelte. Sie hielt sich an allen verfügbaren Ecken und Kanten. Sie funktionierte nicht mehr. Sie kam alleine nirgendwo mehr hin. Sie blieb überall hängen.

Es dauerte nicht Monate, eher Jahre, bis in ihr Innerstes so vollkommen einsickerte, was sie doch eigentlich zuvor schon gedacht und gefühlt hatte: körperlich die Herausforderung ihres Lebens überhaupt, psychisch, von ihren Entwicklungen und Veränderungen her, eine sich langsam entfaltende Blütezeit.

Und obwohl das schulmedizinische Urteil sie würgte und am einfachsten schien, aufzugeben, sich einfach zu überlassen; andere mit ihr machen zu lassen, alle Verantwortung für sich ermattet abzugeben, entschied sie dagegen. Machte sie sich im Fühlen auf den Weg zu suchen, was ihr entsprach. Wie ihr Leben sein sollte. Was sie wirklich wollte und was null und gar nicht mehr. Eine Überraschung, wie vieles, von dem sie sich früher definiert gefühlt hatte, das ihr Wert verlieh, diese Bedeutung einfach verlor.

Der Körper, der zumeist im Abstellraum des Bewusstseins lebt, solange er irgendwie doch recht gut funktioniert. Man macht die Tür zu diesem Raum eigentlich nur so richtig auf, wenn es ihm langfristig schlecht geht. Sonst ist die Beschäftigung oberflächlich oder in als wichtig vorgesagten Einheiten, wie sportlich irgendwas tun, schlank bleiben, wenn's geht, paar Vitamine regelmäßig reintun und nicht zu ungesund ernähren.

Sie rechnete damals nicht wirklich mit Freude. Freude war anlässlich dieser lähmenden körperlichen Prozesse lange außerhalb der Vorstellungskraft. Freude war doch demnach Vergangenheit.

So spiegelte die Mehrheitsgesellschaft, raunten die Menschen, schrieben die Zeitungen, schrien die Medien und boten ansonsten nur Trostpflästerchen an.

Alles, was sie damals gewollt hatte, ballte sich darin, die Bestimmung über sich und ihr Leben nicht völlig aus der Hand zu geben. Als Florah, als sie selbst überleben. Und bei der Vergangenheitsvision quälte sie das Bild von Händen geliebter Menschen – sie sah nur die Hände, aber sie wusste, es ging um geliebte Menschen, denn so war es immer gewesen. Sie sah eine Hand und konnte sie nicht greifen. Konnte sie nicht mehr erwischen. Sogar in der Versunkenheit des Bildes spürte sie den Stich. Dann wechselte etwas in ihr auf die Gegenwart und ein Zukunftsbild. Das Jetzt war oft schön.

In der Zukunft sah sie sich draußen in lauer Sonne an einem Tisch mit einem Getränk, vielleicht ein gewöhnlicher Aperitif, mag auch sein so ein feiner italienischer nichtalkoholischer. Es gab eine hohe Kastanie dort drüben, im Frühjahr blühte sie rot. Ein umwachsenes Denkmal, den mit Kopfstein gepflasterten Kleinstadtplatz. Die Sonne schien sanft. Manchmal kam jemand an ihren Tisch und ihr Herz ging auf. Dann wieder war sie allein. Sie fühlte sich nie einsam, sondern verbunden. Sehr schön, in dieses Bild zu gehen.

Mitunter tauchte das Mädchen auf, mit dem sie darum herumlief oder -tanzte. Der ganze Mann, dann wieder die Hände.

Anfänglich spürte sie dennoch eine kleine Angst, als das Bedürfnis aufkam, noch einmal in die Vergangenheit zurückzuschauen, und so blieb ihr Blick noch etwas in der Schwebe.

Endlich war es in Ordnung.

In großer Dankbarkeit schmiegte sie ihr Gesicht in seine warme große Handfläche – das Gefühl dabei glich vollendeter Zärtlichkeit …

Warum auch immer es Florah bei Cadmo überkam, sozusagen nach der angedichteten Blütezeit. Wenn man vielmehr sagte, nun sei es gut und Schluss! Vielleicht weil sie ihr nicht mehr fehlte, diese einzige, einzigartige

Liebe, war sie in ihr Leben gekommen? Das ultimative Geschenk.

Unziemlich kompliziert, Derartiges einer Zwölfjährigen zu erklären, die noch so viel vor sich hat und deren Erwartungen und Hoffnungen aus anderen Richtungen geprägt sind.

Unermessliche, neue Horizonte tun sich auf in geschriebenen Worten, Gedanken, Stimme, Energie und Schwingungen, Licht und Wärme. Die Liebe ist erfüllt und erfüllend. Unabhängig von einer persönlich materiellen Begegnung. Sie versucht es zu beschreiben als eine Energie inniger Verbundenheit.

Lunas Gesicht im Kerzenlicht spiegelt einen skeptischen Schimmer, ist jedoch noch offen, interessiert.

„Weißt du, es gibt auch reichlich Erwachsene, die das nicht verstehen und mir Vorträge dazu halten, wie ich da doch ‚nichts in der Hand‘ habe! Andere, die mir etwas erzählen von dem Spatzen in der Hand, also bei sich, statt der Taube auf dem Dach. Und fünf Minuten später beschweren sie sich schon wieder, was ihr Spatz tut oder nicht tut, wie er sich benimmt und blah und blubber."

Als ob nicht zählte, was eine in sich hat. Nein, nicht der Körper ist gemeint, das Innenleben, Herz. Seele. Florah wusste recht genau, wann das Mädchen ihre Chance witterte, Erwachsene zu übertreffen, mehr zu kapieren, sie wusste dann schon vieles an Energie und Aufmerksamkeit aufzubieten.

Stille. Hinter ihrer glatten Stirn zeichnete sich Nachdenkliches ab.

Draußen helles, dichtes Gewölk. Wolkenlandschaft. Brei, wenn man nicht so genau hinsah. Es roch nach Neuschnee.

Seine Stimme hatte leicht einen Weg zu ihrem Herzen finden können.

Auf die wiederkehrende, bohrende Frage von Luna, ob sie nicht doch etwas vermisste, suchte sie und fand hin und wieder seufzend, tief atmend, dass es Düfte und Gerüche waren, die sonst einfach und gern ihre Sinne erreichten. Abgesehen von seinen ihm eigenen Gerüchen hätte sie gerne erfasst, in sich als Eindruck aufgehoben, wie es in seiner Umbebung draußen roch, nach einem ordentlichen Regenguss etwa. Oder eben mit diesem neuen Schnee und dem, was entlang der Häuser aus den Kaminen stieg.

Wie war der Duft der Blumen und Gewächse in seiner Nähe im Verlauf der Jahreszeiten? Kochgerüche, die er gerne hatte und produzierte. Wie roch frisches Brot, das er holte? Wie seine Wohnung und seine Stadt? Zu Mantua gab es ihre alte Erinnerung. Mehr der Frühlingsduft im Park des Palazzo Ducale. Aufgewirbelter Kies im Herbst auf den Zuwegen zum Palazzo Te. Und Tortelli di Zucca, halb süße, halb herzhafte Teigtaschen mit Kürbis, im Haus der Mutter einer Freundin.

Wie rochen Wälder, Wiesen, Flüsse oder Tümpel und Seen in seiner Umgebung? Es war garantiert nicht jugendfrei, der Enkelin gegenüber zuzugestehen, dass sie mitunter gern in der Nase gehabt hätte, wie Liebemachen mit diesem Mann auf der eigenen Haut und in der Nähe der Unterleiber roch. Doch es könnte noch angehen, Luna zu sagen, sie träumte mitunter seinen Hals und Nacken mit ihren Lippen, ihrer Nase neugierig entlangzugleiten. Möglicherweise, das … Körperliche mehr Erinnerungsschliere als aktuelle Sehnsucht gar …

„Es kann sein, dass mir Sehen nicht so wichtig ist", sagte sie, „weil ich ihm dermaßen vertraue, dass ich die Welt durch ihn sehen kann und ihm völlig und alles glaube." Im Nachfühlen und -denken, wobei sie es gerade schwierig fand, diese eigentümliche Erregung nicht wahrzunehmen, ergänzte sie, wenn sie sich auch noch nicht gesehen hätten, fühlte sie sich doch von ihm gesehen. Ja, das sei schon so gewesen, bevor sie der Versuchung erlegen sei, bangenden Herzens ein Foto von sich zu schicken. „Ich wusste irgendwie", so erklärte sie, „der würde sich nicht vertun, der würde tatsächlich vor allem und allem das sehen, was man als ‚innere Schönheit' beschreiben konnte, und niemals im Hinblick auf vergangene Jugend sagen: ‚Du bist sicher eine schöne Frau gewesen, schade dies und jenes …' Es gibt wenige Menschen", so erklärte sie, „die sehen einen anderen immer schön, außerhalb der Zeit"; sie würde manchmal glauben, das sei so ähnlich wie auf das Herz sehen. Und, na klar, zähle sie sich dazu – sie umarmte und kitzelte die sich windende Luna, „auch wenn du hübsch bist, könnte ich dich so und so einfach dermaßen lieb haben!"

Das Kind zog heute an dem Thema: „Was noch?" Florah dachte nach: „Unsere Charaktere und Persönlichkeiten schwingen zusammen in einem Ton. Unsere Melodien, seine und meine, können sich schön ineinander verschlingen und als eine einzige erklingen."

„Beispiel", forderte Luna. Hm, wenn sie einen Scherz in ihrem seltsamen Humor machte und er lachte oder umkehrt. So die Dinge, wo ein anderer höflichkeitshalber lau mitlacht oder „Haha" sagt.

„Mehr!" Sie erwähnte ihre Freude, dass einer erkannt hatte, was für eine Courage und Stärke in ihr wohnten, und nicht das Weite suchte oder idealisierte. Schlicht schön fand, wenn sie sich ihm mitteilte, „wenn ich mich mit ihm teile", dachte sie nur. Ebenso, wie er recht schnell Freude daran gefunden hatte, entgegen seiner Gewohnheiten von sich persönlich erzählen zu können. In den Anfängen betonte er, wie er „definitiv" normalerweise einfach nur privat und in sich verschlossen sei. Nichts preisgeben der beste Selbstschutz.

Unerwartet auch, wie sich das ergab, wenn er mit ihr sprach, einfach, leicht und natürlich. Ohne Wenn und Aber. Er sagte ihr, dass sie nicht glauben solle, wenn sie wirklich einmal etwas finde, das andere über ihn sagten, schrieben, behaupteten. Sei es doch in der Regel ausgedacht, aufgeschäumt, angemacht und rein aus deren Hirnen und Phantasien. Das ist das eine, er.

Sie selbst, die nach außen bedeutend weniger mitteilte als früher – inzwischen ohne Anstrengung – anfänglich hatte es sich fremd und absonderlich angefühlt, stets eine Art Zwischenschaltung, die Zwischenfrage an sich: „Lohnt es sich?" – „Ist es wichtig?" – „Muss und will ich das jetzt wirklich sagen?" – „Ist es gut aufgehoben bei genau dieser Person?" – „Jetzt?"

Und selbst wo sie sich im Recht fühlte und früher sicherlich dafür gefochten hätte, recht zu bekommen oder recht zu behalten, war die Entscheidung oft ihr Schweigen.

Ohne es zu planen, jedoch aus ehrlichem Interesse, hatte sie bald schon begonnen, es einzukreisen, hin und wieder herauszufordern, einzuladen, hervorzulocken, ihrem Interesse an ihm als Menschen Ausdruck zu verleihen. Gerade weil sie wenigstens davon wusste, dass sie das ganz schön gut konnte, Menschen aufschließen, die sonst fein ihre Blüten, ihr Herz, ihren Mund, da wo es um sie persönlich ging, verschlossen ließen. Sie versuchte, vorsichtig mit dieser Gabe umzugehen. Macht missbraucht, häufig nicht bewusst.

Lang hatte sie nicht mehr gespürt, in welchem Ausmaß ein Mann das genießen konnte. Er, der Wortkünstler, gelegentlich in der Lage zuzugeben: „Mir fehlen die Worte." Spielerisch trotzte er, er werde sich jetzt nicht noch irgendwas ausdenken, was sicherlich eine Untertreibung zu dem wäre, was er gerade fühle. „Coccola." Die Liebkoste.

Sie hatte fünfzig werden müssen, um zu begreifen: „Du hast dein Leben hier auch in der größten Not in der Hand. Wenn es dir gelingt, bei dir zu bleiben, frisst dich die Angst nicht auf. Kein Aufgesaugtwerden durch

Hoffnungslosigkeit, du vergehst nicht vor Schmerz, und all dein Licht kann dir nicht verloren gehen."

Wer nicht wusste, wo sein Weg war und der Sinn und der eigene innere Wert, schien ihr verloren in dem Drama des Lebens. So wie sie selbst früher verloren war. Wie sie viele kannte, die um sich schlugen, um in diesen wilden Bewegungen ein rettendes Ufer zu erreichen. Um recht zu behalten. Um bestätigt zu bekommen, was man immer schon gewusst hatte. Sie fragte sich, ob sie früher eigentlich selbst auch so viele Sätze angefangen hatten mit Wendungen wie: „Ich hab es mir doch gleich gedacht", „Was anderes war ja nicht zu erwarten …", oder: „Wie zu vermuten war."

Wahrscheinlich hatte sie das getan. Und sich bisweilen als Siegerin oder wenigstens als Gerettete gefühlt. Aber immer bloß kurz.

In das Innerste ihres Herzens ließ sie bloß sehr wenige Menschen. Doch wenn sie es erst einmal getan hatte, war sie, was man eine „treue Seele" nannte.

Eine Unmöglichkeit jedoch, jeden glücklich zu machen. Ihr wurde immer deutlicher, dass es in der eigenen Entwicklung, in dem Sein und Tun nur darum gehen konnte, danach zu entscheiden, was das eigene Herz und die Intuition vorgaben, und darauf zu achten, soweit es in der eigenen Macht lag, niemandem wehzutun. Wer sich dennoch verletzt fühlte, tat das wohl aus seinem eigenen Lebensfilm heraus …

Irgendwann hatte sie festgestellt, dass sich das Ding mit dem ewiglichen Hängen an Freundschaften an einem bestimmten Punkt unschön anfühlen konnte. Nicht wenn eine Freundin oder ein Freund für eine Zeit schwierig schien oder in Drama verheddert. Nein, wenn dieser Mensch ihr dauerhaft nicht guttat, Energie fraß und diese eigenartige Mischung aus Überfüllung und Leere zurückließ. Als sei in der Begegnung zu viel in sie hineingestopft worden und gleichzeitig war da ein

Nichts an Anknüpfung. Der Überfluss und Müll an Informationen, das scheinbar verschiedene und tatsächlich immergleiche dramatische, negative Lied.

Meist waren ihre Wünsche anders gewesen: mit diesen Menschen, für sie, von ihnen. Spät blieb ihr nichts übrig als zu verstehen: Es kann sein, dass ein anderer sich für das Drama entscheidet, die Pseudosicherheit den Spatzen …

Sie mochte die überzeugendsten Argumente haben, wer sie nicht hören wollte, würde nichts damit tun. Vielleicht in Wochen, Monaten oder Jahren. Oder nie. Es war ein anderer Mensch. Von ihr unterschiedliche Werte, Wärmequellen, Wünsche, Möglichkeiten.

Eine Freundschaft, die nicht mehr schmeckte, egal welche süßen oder salzigen Leckereien man zwischen sich auf netten Tischen kredenzte. Etwas Auseinandergelebtes, Ausgedientes. Von dem man sich besser verabschiedete. Das zu akzeptieren, fiel ihr immer noch recht schwer.

Andere schienen oft kein großartiges Problem damit zu haben, sich aus Freundschaften und Lieben zu lösen, Interessen und Richtungen zu ändern. Sie bewegten sich aus ihren Augen, Florah war ihnen eher uninteressant geworden, sie gingen aus dem Kontakt. Wie ein Schulterzucken, ein kleines „Schade" und dann Wegdrehen, stellte sie sich das vor.

Cadmo hatte absolutes Vertrauen. Es mochte wohl sein, dass auch Paul Derartiges ausgedrückt hatte. Und vermutlich sprach Britta drüber. Auch Evalina – noch andere, kann sein. Aber diese hatte sie nicht wirklich gehört. Erst jetzt legte sie sich vertrauensvoll hinein, wie in ihr großes zartes Kaschmirtuch.

Sie setzten es fort: Er bestand darauf, man müsse Dinge wiederholen, dreimal, achtzehnmal, viele Male – egal ob man nun sah, hörte oder las. Kein Mensch könne etwas sofort vollkommen erfassen.

Na toll, dieser Gedanke ging ihr zunächst auf die Nerven. Sie hielt mit der Aufmerksamkeit und Konzentration ohne durchschlagenden Erfolg dagegen. Es kostete so viel Zeit, sollte sich als wahr erweisen, was er behauptete. Alle Lerntheorien der Welt gaben ihm jedoch recht. Mühseliges Tun also!

Fragte sich, wenn sie allein war, weniger Widerstands-, Protest- und Aber-Gedanken auf der Zunge hatte, besonders in den Nächten, was das wert sein konnte. Dinge, die sie neu lernte, wiederholen und wiederholen! Sie schwieg zu ihren aufkeimenden Einsichten, wie Dinge mit der Zeit besser gelangen oder irgendetwas nach einer beständigen Nutzung sehr viel mehr Freude machte als früher. Gerne argumentierte sie ansonsten mit Derartigem, es war jedoch nicht immer alles ganz einfach zuzugeben.

Es klappte besser mit Cadmos Behauptung in völlig sicherem Ton, wenn ein Mensch das Richtige tue, werde immer das bestmögliche Ergebnis ihn erwarten. Zwei Menschen, die das Gleiche tun, erreichen nicht unbedingt dasselbe Ergebnis. Auf die Haltung dabei komme es maßgeblich an. Dinge positiv begleiten und nach bestem Wissen und Gewissen tun, dann ist es gut! Er sei sich sicher, fügte er an, wenn Florah es so mache, dann wäre auch ihr ein ausgeglichenes, mildes Sonnenplätzchen sicher. Schöner innerer Frieden, selbst für den Fall, ganz vereinzelt und auf eine Art, die andere als „seltsam" ansahen, an diesem Ort angekommen zu sein. Hinzu komme, meistens bleibst du nicht vollkommen allein, denn andere fühlten sich angezogen von diesem Dunstkreis, der so mehr ein fröhlicher Sternenreigen wird … Von einer Schwingung und Energie, die schlicht und ergreifend schön ist.

Jetzt stand ihr ein zu angenehmes Bild vor Augen, um noch zu protestieren. Sie fand es schöner, sich dem hinzugeben. Leise säuselte eine ihrer inneren Stimmen. „Wart's nur ab, wenn du aufwachst. Wenn er doch fort ist, eines Tages!" Eigenartigerweise scheuchte dieser Satz sie nicht auf. Sie war sich sicher, es würde nicht passieren. Und wenn doch, Menschen konnten zum Beispiel sterben, er oder sie, war es alles in ihrem Kopf und ihrem Inneren, ihrer Seele, vermutete sie. Schön, diesen und jenen Zauber mit ihm zu erleben. Sie konnte es sogar, ohne in Norditalien zu sein.

Sollte er als Mensch sich nicht mehr in ihrem Leben befinden, warum auch immer, würde sie sich ihre Bilder und ihre Wirklichkeit schaffen und er gehörte dazu. Natürlich war der physikalische Tod ein Ereignis, wie es Florah für keinen von beiden so bald wollte. Dennoch sagte ihr Gefühl, es hätte nicht die Kraft, sie umzubringen. Konnte nicht ausradieren, was sie in sich umgebaut hatte. Neu Entstandenes nicht kippen und zerstören.

Sie holte sich in das Jetzt zurück, das Tun. Seine Notwendigkeit. Dass es sie dermaßen beschäftigte und sie diese Widerhaken immer wieder in sich spürte, gab ihr den Hinweis darauf, wie wichtig es sein konnte, Antworten zu suchen.

Häufig spukte in ihr das zwischenzeitlich verschüttete italienische Sprichwort: „Tra il dire ed il fare c'é di mezzo il mare." Sie warf es ihm um die Ohren. Er lachte. „Und wenn", fragte sie, „zwischen dem, was du sagst, und dem, was du tust, das ganze weite Meer liegt, welche Bedeutung hat dann das Meer in mir?"

„Find es heraus", gab er zurück, „ich kann es doch nicht für dich tun!"

Man kann sich etwas geben, süß und freundlich, ohne dass die ganz profane deutsche Schokolade oder die „Küsse von Romeo", das Traumgebäck aus Mantua, im Spiel sind.

Ja, ich weiß – manchmal kann ich ihm so schreiben, dass selbst eine läppische E-Mail als Zärtlichkeit zu ihm fliegt und ihn berührt. Natürlich ist ihm klar, dass dieser kleine wärmende Tanz auch andersherum getanzt wird ...

Zuerst dachte ich, das wäre sicher nur in einer gewissen sehr guten Tagesform möglich. Mit der Zeit ging es allerdings zunehmend leicht. Immer häufiger. Als sei es mir in Fleisch und Blut übergegangen, wie das so schön heißt. Vermutlich hatte es aber doch eher mit dem Bewusstsein und dem Herzen zu tun.

8. Februar

Während Britta, wie es aussah, gerne nahm, was leicht oder leichter schien, angenehme Bequemlichkeiten auch ganz praktischer Natur, schien für Florah nur als Wert zu gelten, was schwer zu erarbeiten war.

Die Freundin hätte wohl auch Portionen von Florahs Abenteuern genommen, am liebsten jedoch ohne die Risiken und das Drama. Die andere wünschte sich oft ein bisschen mehr Sicherheit plus einen derartig intelligenten und interessanten Partner. Doch konnte es offenbar so nicht gehen, solang ihr Derartiges nicht annähernd so interessant vorkam wie Risiko und dramatische Amplituden.

Um so ein bisschen von dem, was man früher gerne „gesunden Egoismus" nannte, beneidete sie Britta. Und dabei wusste sie noch nicht einmal, ob es wirklich einen Grund dafür gab, ob Britta das wirklich mehr beherrschte, für sich das Gefühl hatte, besser für sich zu sorgen, oder ob vielleicht einfach nur vieles in ihrer Freundin anders sortiert war.

Allein die Tatsache, dass sie in einem September hier auf der Terrasse gesessen hatten und Tee tranken, alles so harmonisch wirkte, wenn man mal von den kreischenden, zirpenden und brummenden, teils an- und ausgehenden Gartenelektromaschinen der Umgebung absah, konnte trefflich antäuschen.

Versonnen versenkte Florah etwas Honig von dem kleinen Löffel in ihrem Zitronenverbenatee – ihre Freundin war seinerzeit kurz in innerer Versenkung verschwunden. Telefonieren gegangen. Und die Erkenntnis arbeitete sich in Florahs Bewusstsein nach oben, dass sie nicht drauf schließen konnte, wenn Britta selbst über keinen Aufhocker verfügte, müsse es ihr wohl besser oder leichter gehen. Denn über den Aufhocker, das Nackentier, waren sie überhaupt erst in diese Unterhaltung geraten. Florah hatte erzählt, wie sie dem mystischen Wesen so mitten am Tag in einer Art von Vision begegnet war. Berichtet von diesen Wochen, in denen sie sich eingeschnürt, eng und von Ängsten und Befürchtungen besetzt gefühlt hatte. Mit einem Mal war es erschienen – am liebsten hätte sie sich vor Schreck vor dem, was da im Nacken saß, weggeduckt. Es sagte laut in ihr Ohr, er würde ja gerne gehen und sähe auch ein, dass es irgendwie an der Zeit wäre, aber er käme partout nicht los, weil er Angst habe, nie wieder so eine gute Wirtin zu finden. Eine, die ihn so gut nährt.

Und fast hatte sie auf die alten Fallen reagiert wie früher. Es streifte sie schon das Mitleid mit dem Nackentier, sie fühlte sich versucht, den Armen lieber weiter zu beherbergen – und sei es gegen ihre eigene Gesundheit, als ihn kaltherzig ins Ungewisse wegzuschicken. Meinte, sie müsse zumindest noch mit ihm reden, eine auch für ihn gute Lösung finden, um ihn schließlich wirklich wegschicken zu können. Er könnte doch eine Wandlung erleben, glücklich dabei werden, zufrieden gestellt. Florah phantasierte, wie er sich wohlig in ein anderes Wesen verwandelte, im Kosmos schwebend wie eine Wolke, im Nichts, im Nirwana auflöste.

Britta hatte mit ganz ruhiger Stimme entgegnet, das sei doch das Typische für die Florah von früher, erst einmal an sich nicht denken, aber verantwortlich fühlen für das Wohlergehen eines anderen Wesens! Sie schimpfte. Hängte es nicht an eine große Glocke, hörbar war es an der etwas höheren Stimmlage.

In Erinnerung daran, was ihre Freundin sonst gerne tat, rief sie ihr geistesgegenwärtig ins Gedächtnis, sie sollte sich nun ja nicht über sich grämen und auch noch dafür einmachen, wie bescheuert so ein Rückfall sei, sondern das Ganze einfach liebevoll und ruhig wahrnehmen. „Einfach", wollte Florah schon spotten, ihr fiel allerdings rechtzeitig ein, dass sie eigentlich nicht mehr spottete. Also saß sie ruhig und versuchte in jenem September, auch auf die am Gebäck interessierte Wespe nicht panisch zu reagieren. Schloss die Augen und übte ruhig atmen. Die Wespe würde sie gegebenenfalls auf nackten Hautstellen schon spüren – ein kleiner widerwilliger Schauder durchlief sie.

„Und weiter?", fragte sie sich. „Wie geht es nun weiter?" Es würde sich zeigen. Immer fand sich etwas. Nicht selten überraschend. Ein Jahrzehnt zuvor hätte sie keinen mickrigen Cent, noch nicht einmal den hässlichen deutschen mit Brandenburger Tor, darauf verwettet, jemals wieder so nette Besuchsreisen anderswohin zu machen.

Chaos in dem, was sie selbst glaubte: „Umarme deine Gespenster, deine Monster, deine Untiefen, die Aufhocker und Albs in deinem Genick, wenn du drankommst, deine Unholde, deine Scheu, deine Wut, alle, die sonst gern hinterrücks über dich herfallen, wenn du dich gerade schwach und wund fühlst."

Irgendwann konnte es sich mausern zu einem Akt der Befreiung. Sogar ihre Frau Angst umarmte sie immer häufiger. Selbst ihre Melancholia. Es schien ihr wie eine Art der Zähmung. Als hätten diese alle auf mehr Zuwendung und freundliche Aufmerksamkeit ihrerseits nur gewartet. Danach gelechzt.

Nicht, dass beide sogleich in ihrer zehrenden Verkörperung verschwanden, aber es war kein Vergleich zu den Überfällen von früher. Frau Angst hörte sie trapsen, wenn es starr in ihr wurde und gleichzeitig zu brennen begann, die Schultern hochgezogen blieben. Wahrnehmen, bevor sie auf ihr hing und sie lähmte. Den Zeitpunkt treffen, wo sie noch etwas wenden konnte, mit dem Atem, mit einem sanften Tee, mit einer bestimmten Musik.

Damals mit dem Nackentier hatte ihr auch einer von denen, die sie „alternative Heilhelfer" nannte, richtig geholfen. Einfach weil er toll fand, wie Florah nur als Weg gesehen hatte, das Tier zu erlösen, zu transformieren, Metamorphose – er sagte, es gehe nur durch ein „in Liebe erlösen", und es sei wichtig, dabei zu bedenken, dass so manch einer dergleichen Wesen von anderen in sich selbst aufgenommen hatte, und sich entschieden, damit zu leben. Nicht etwa nur Jesus habe das getan! Damals hatte sie gespürt, wie ein Schauder sie durchlief und die kleinen Härchen nicht nur im Nacken zu Berge standen. Sie fühlte sich als kleines, unbedeutendes Wesen, und das Bild war so groß. Verwandt auch mit ihren Opfergedanken.

Ungebremst war er in seiner Begeisterung fortgefahren, ihr zu erklären, so etwas könnte eine mögliche Lebensentscheidung sein, Menschen können es als ihre spirituelle Aufgabe erleben. Es sei sicher gut, sich das bewusst zu machen, denn wenn man solche Dinge unbewusst tue, könnten sie einen leicht erdrücken und Angst machen. Und er gab ihr recht, in der Tat sei „weitergeben" an jemand anders keine gute Option, denn es falle letztlich immer auf einen selbst zurück. Eben deshalb hielt er auch jegliches religiöse oder schamanische „Austreiben" von solchen Wesen für Un-Sinn. Nur Erkennen und Erlösen könne ein Weg sein.

Er hatte auch ergänzt, mit irgendetwas rechnen oder etwas erwarten sei immer falsch, aber er könne sich durchaus vorstellen, wenn diese Metamorphose gelänge durch Meditation mit einem starken Mantra, dass es auch mit ihren Beinen stabiler werde.

Sie hatte all dies zuerst gar nicht gut verstehen können, dann geflucht, denn es war die Zeit gewesen, als ihr Flüche und Schimpfworte noch leichter auf der Zunge lagen, als ihr klar wurde, es hing schon wieder mit Selbstfürsorge zusammen!

Zunächst hatte sie Brittas netten Urlaubsvorschlag für das Nackentier erbaulich gefunden.

Merkte wohl bald, wie schwer es ihr fiel, den Aufhocker locker anzugehen.

Gab zurück, so verspielt sie auch sonst im Leben war, da falle es ihr nicht leicht. Plötzlich wollte sie eine ganz ernsthafte, eigentlich endgültige Lösung. Nicht hinnehmen, dass er womöglich wiederkäme. Gleichgültig in welcher Gestalt. Und sogar Weltreisen führen üblicherweise früher oder später nachhause zurück. Wenn sie ehrlich war, lag ihr daran, dass das Nackentier, zweifelsohne in dem Fall ein Er, das fühlte sie, eine Metamorphose durchmachte und wegging. Nein, auch in anderer Gestalt könne es kein Wohnen in ihr geben, denn sie empfinde ihn als Fremdkörper und die behielte frau nun mal nicht gerne auf Dauer in sich. Ja, das gelte selbst bei einer Wandlung in einen „guten Geist" und wenn er sich von Luft und Liebe der Umgebung ernähren könnte und nicht mehr von ihr. Er sollte nicht nur keiner mehr sein, der von ihrer Lebensenergie trinke. Er gehöre schlicht nicht zu ihr. Anders als innere Stimmen, ob nun flegelhaft, aufsässig, störend oder harmonisch, friedlich und nett. „Aber ja", gab sie Britta zurück, „es ist was ganz anderes als meine Frau Angst. Gut, ich habe nicht immer auf sie gehört, genau deswegen konnten Wellen zwischen uns so hochschlagen. Wir haben miteinander regelrecht kriegerische Zustände gehabt. Am Ende fühlte ich mich endlich in der Lage zu verstehen, dass sie diesen Spektakel gemacht hat, um mich zu schützen."

Sie stellte ihr Glas ab, zog die Jacke an, mehr als Manöver, um Wespen davon abzuhalten, in ihr Genick zu kommen, unter Flatterärmel zu fliegen. Reagierte endlich auf den erneuten Einwand ihrer Freundin. „Frau Angst ist eine meiner inneren Stimmen", verteidigte sie die mit den roten wallenden Gewändern. Das Nackentier ist ein Fremdköper, es gehört nicht zu mir, es soll weggehen.

„Und trotzdem willst du, dass es einen guten Platz findet?" Ihr kam in den Sinn, wie sie damals den Eindruck hatte, es koste die Freundin Beherrschung, Florahs unbändigen Willen, es bloß allen in ihrer Umgebung gut gehen zu lassen, zu fassen.

Ein völlig anderes Kaliber, die Dame Krankheit, in Florah unglaublich lange gedeckelt und schließlich leidensreich, schmerzensreich in sich beherbergt!

Als diese sich näher offenbart hatte, sie schaute durch das Fenster in den Februarregen und Düsternis, erschauderte, obschon es drinnen warm war und genug Decken vorhanden, wollte Florah sie monatelang, jahrelang nicht fortschicken. Weil sie nicht gewusst hatte, wohin. Die Erkrankung sollte um Himmels willen nicht über andere herfallen, dann schon lieber bei ihr bleiben. Kein Ort war Florah in den Sinn gekommen, an dem sie die Welt hätte absichern können. Unendlich Zeit verging, bis sie begreifen konnte: „Es ist nicht meine Verantwortung", und sich das Brückchen baute, falls die Erkrankung sich in einem anderen Menschen einnistete, ging es möglicherweise darum, dass auch dieser mit ihr im Leib etwas lernen sollte.

Sie war nicht ohne Hilfe. Erstaunlich. Hatte krank werden müssen, um zu sehen, wer, was sich wertschätzend um sie scharte. Weit mehr Menschen als Adrian, Britta, Paul... Cadmo. Es war ihr in einer Aufwallung von Gefühl aufgefallen.

Besonders der Letztere war ihr dabei zunächst nicht geheuer gewesen. „Vermutlich nichts von Dauer", hatte sie sich zur Ordnung gerufen, man kannte die Stichflammen, nach einer Zeit verlöschend.

Sich nicht trauen, leben, solange es eben da ist, „dem Braten bloß nicht trauen", wie ihre Generation noch so schön gelernt hatte.

Da bat sie den Himmel nur dabei, es bitte doch noch ein bisschen in die Länge zu ziehen, denn mehr durfte man doch erfahrungsgemäß nicht erwarten.

Noch ein Weilchen sich aalen, in vielfältig strömendem nördlichem Italienisch aus dem Veneto. Die von keinen

Erfahrungen gedeckelte Geschichte, innig, wertschätzend, fröhlich, herausfordernd, lockend, geheimnisumwoben. Eine, die zu Entdeckungsreisen einlud, in der sie sich aufblätterte.

In ihr, entgegen allem, was er von sich gab, der alte Glaube, wer keine Geheimnisse mehr in sich berge, werde dem anderen schnell uninteressant. Ein solches Spiel, bei dem tatsächlich jemand mitspielte, bereitete ihr dermaßen ausufernd Freude, erfüllte sie so umfassend, dass sie Lust hatte zu sagen: „Allein schon für derartige Episoden lohnt es sich zu leben …"

Es mochte wohl sein, dass es in ihr Spuren und Anteile aus Zeiten gab, wo Männer Musen hatten (egal ob ältere oder jüngere), mit denen oft über Jahre oder gar das Leben eine innige Verbundenheit zelebriert wurde. Es gab die Art der Musen, die man nicht oder kaum sah. Die mehr im Gefühl und im Geist den Anderen beflügelten, als ihm Bettgefährtin zu sein. Eher betitelte sie die zweite Sorte ohnehin als „seine Venus". Lange hatte sie zunächst befürchtet, sie selbst oder er könnten den Funken sprühenden Esprit verlieren.

Sie hatte ihn früher nicht verstanden, doch gerade deshalb ängstigte er sie dermaßen, der plötzliche Überdruss eines anderen, der sie bislang immer aus solchen Geschichten geschleudert hatte.

Und das sollte nun plötzlich mit Cadmo alles ganz leicht gehen? Eine unkomplizierte Verbandelung und gefühlte innere Verbundenheit? Es entzog sich zunächst ihrer Vorstellungskraft.

Cadmo hatte ihr, als sie sich gerade erst ein wenig kennen lernten, geschrieben, er liebe die überaus seltene Mischung aus Erfahrung, Philosophie, Intellekt, Intuition, Feinsinnigkeit auf der einen Seite und einem offenen Geist und Herzen auf der anderen. Sie freute sich und hatte gleichzeitig das Gefühl, man reiche bitte sehr dem Mann einen Spiegel, beschrieb er doch, was ihr an ihm gefiel.

Sie fand es schwierig, genug zu tun, aber auch nicht zu viel, sich zu fordern, doch nicht zu sehr, und überhaupt Dinge zu tun, die dazu führten, ein gesundes Gleichgewicht, den eigenen Sinn und Wert zu fühlen. Wusste, nichts tun oder zu wenig tun waren gleichermaßen Feinde aller positiven Entwicklungen, ob es nun um das persönliche Glück oder um Heilung ging. Dauerhaft zu viel tun machte den Körper sauer, vergiftete ihn mit der Zeit regelrecht. Über Monate hinweg fand sie das vertrackt – schwer, derlei in sich zu spüren für eine, die es all diese Lebensjahre über nicht geübt hatte.

Inzwischen, heute, kannte sie sich eigentlich gut genug. Betonung auf dem „Eigentlich", kleine Verstöße unbedacht, aus Hochstimmungen und ihrem Gegenteil, bei gemeinschaftlichem Zusammensein, schufen Wellen, die ihr schlecht bekamen.

„Solange dir wohl ist und ich dich in Sicherheit weiß, bin auch ich glücklich." Das sagte der Mann, und erst nach einer langen Weile merkte sie, wie es sie dazu brachte, sich die Frage selbst zu stellen: „Geht es mir hier gut, bin ich sicher?" Und es war nicht der Fall an dem Ort in der Innenstadt, an dem sie lebte, als Luna auf die Welt gekommen war.

Interessant: So etwas Ähnliches hatte früher spannender und spannender werdende Debatten mit dem Kind, dann dem pubertierenden, dem immer größer werdenden Adrian geprägt. Was auch immer bei ihr los war, er sollte sich wohl fühlen und sicher.

Vielleicht umkreisten manche im Leben öfter die Frage und das Bedürfnis zu wissen, dass es einem anderen gut ging, sie oder er gut aufgehoben war.

Konnte sein, es waren bedeutend weniger, die nachfühlten, wie es damit um sie selbst stand.

In Adrians Kinder- und Jugendzeit war es zuerst Florah gewesen, die dem noch Kleinen – wenn sie weg musste, wenn sie dieses oder jenes arbeitete oder ihm sonst gerade nicht so zur Verfügung stand, wie er das wünschte und manchmal auch zu ertrotzen suchte – erklärt hatte, er solle mal drauf achten, je besser es Mama gehe, desto besser würde es auch ihm gehen. Später wippte das Argument hin oder her. Genauso gut konnte er konstatieren, seine Mutter sollte mal drauf achten, je besser es ihr gehe, desto besser gehe es auch ihm. Es konnte ebenso heißen: Je wohler ich, Adrian, mich fühle, desto wohler kannst auch du dich fühlen. Vielleicht war es wirklich innerhalb so einer verbundenen Gemeinschaft nicht mehr trennbar?

Sie meinte nicht ein Voneinander-Abhängen, materiell oder wie auch immer, vielmehr ein Grundgefühl im Leben. Es unterlag dann heftigen Belastungsproben, wenn andere in diesen Kreis kamen. Wenn man nicht aufpasste, konnte es plötzlich um Vorherrschaften gehen. Das übliche Schwiegermutter-und-Schwiegertochter-Spiel etwa. Nach welchen Regeln wird gespielt?

Unsinnige Fragestellung. Geht es doch nicht darum, es im Leben anderen Menschen recht zu machen …

Manchmal ist sie für mich ein bisschen wie ein Engel, mit ihren großen blaugrünen Meeraugen, vor allem aber durch ihren Charakter.

Dabei glaube ich, dass sie zwar eine geduldige, gleichzeitig jedoch eine fordernde und anspruchsvolle Mutter ist. Es ihrem Mann nicht immer leicht macht, sie weiß genau, warum sie sich ihn ausgesucht hat, älter und schon eheerfahren. Dann kann sie wohl zwei, drei Forderungen stellen, die Junge, Schöne, Besondere. Sie ermöglicht ihm, manches noch einmal ganz neu zu erleben.

Fraglos liebt er sie. Also die Kinder und Evalina.

Mag sie auch fordernd sein, sie gibt in einem ungewöhnlichen Maß. Ab und zu macht sein schon etwas lädiertes Herz rasende Ausfallschritte, unregelmäßiges Spektakel, flaue Gefühle. Sie sagt, sie habe früher angstvoll reagiert, ja, Furcht habe sie fast aufgefressen. Heute ruft sie den Krankenwagen in angemessener Ruhe und glaubt daran – diese junge Frau glaubt daran –, dass Gott ihn schon so lange bei ihr und den Kindern lassen wird, wie es gut und richtig ist. Welch erstaunliches Wesen! Florah staunt oft darüber, ist der Überzeugung, so etwas habe sie in ihren Anfangsdreißigern nicht gekonnt.

Ich glaube, der Traum, in dem Engel versteckt sind, ist für sie, ich möchte ihn ihr schenken:

„He, nicht einfach aufschrauben, das Glas! Flugstaub von den Engeln ist drin. Ich sammle ihn, immer wenn sie ihn für mich abschütteln. Das passiert, sofern ganz viel Liebe im Raum ist, auch für mich selbst.

Wie bitte? Natürlich kann man in dem Glas nichts sehen, aber es ist da!

Wozu? Fliegen?

Nein, das ,schäbige Glas' kann nicht in den Container!

Unangemessen, es stattdessen in ein schönes Gefäß zu füllen. Aladin hütet sich ja auch, die Wunderlampe auszutauschen, oder?

Immer öfter nehme ich sanft etwas von dem unsichtbaren Staub, mische ihn mit einem meiner schönsten Öle, das mit den Mohnblüten nehm ich gern, massiere damit Füße und Beine.

Warum? Es ist schön!

Firlefanz? Es wird mich erden und sicherer machen.

Ja, lach dich nur kaputt! Der unsichtbare Engelsstaub und die Erde. Erdung.

So, es ist absurd, etwas, das vom Himmel kommt, das zum Fliegen ist, soll auch erden. Du findest das blödsinnig.

Ich möchte nicht weiter so schwer gehen, also muss ich die Leichtigkeit finden, die ein Engel beim Fliegen hat.

Ja gut, oder eben ein Vogel! – Jedenfalls finde ich den Fokus, die Mitte, die Balance, die Präzision.

Genau: wie wenn der Engel direkt zu mir kommt oder der Falke exakt zu der Gartenmaus, die er frühstücken will.

In Leichtigkeit sein und die Erde unter den Füßen wieder erobern, findest du immer noch einen Widerspruch? Wenn doch alles miteinander verbunden ist und ich es spielerisch angehe, mir die Zeit gebe?

Nein, wir wetten jetzt nicht!

Ja, wir werden schon sehen!

Ich tu es einfach, wie ich es fühle."

Evalina mochte den Traum, schränkte jedoch mit traurigen Augen und noch etwas Versüßen wenigstens ihres Kaffees ein, es sei schwierig mit dem Alltag und dem Flugstaub. Leichter mit der Erde. Immer wieder würde sie schwer darauf zurückgeworfen. „Siehst du", bemerkte Florah, „du magst es mit der Bodenhaftung leichter haben als ich. Ich tue mich dafür mit dem Fliegen weitaus weniger schwer."

Als dürfte das Thema nicht so schnell beendet sein, setzte es sich am Abend mit Luna fort. Sie hatte etwas auf dem Herzen. Es ging um die Liebe. Um ein Verliebtsein oder Sich-verguckt-Haben, wie man in ihrer Jugendzeit so verniedlichend sagte. Florah erinnerte sich allerdings bestens, wie gravierend solch ein Gefühl in dem Moment, in dem es sich seinen Weg durch eine halb noch kindliche, halb jugendliche Seele bahnte, war. „Also", dachte sie, „ich kann es doch drehen! Ich muss jetzt nicht leicht klagend denken: ‚Ach, die werden auch immer jünger heutzutage'", oder: „Muss das denn sein, kann sich das Mädchen nicht mal erst auf ihre Schule konzentrieren?" Ich brauche nicht wie meine eigene Oma sein, weder wie die, die mir alle möglichen lebenslangen Unglücksfolgen der Liebe an die Wand malte, noch wie Omi mit dem Gegenteil, der einen, der großen, der einzig richtigen, der romantisch-verklärten

Liebe, auf die es zu warten galt. Obwohl: Omi Marthe hatte nicht gesagt, dass ein bisschen poussieren und vorher sich ausprobieren – in Grenzen halt – verboten sei.

Nach diesem einmal kurz Sammeln wandte sie sich Luna wieder zu, mit dem Vorschlag eines Elfenreigentees und dazu Zitronen-Dinkel-Plätzchen selbst gemacht. Eigenartigerweise war ihr in den Sinn gekommen, dass sie selbst Tee und den damaligen Industrie-Zitronenkuchen mit dem feinen Wellenrand irgendwie tröstlich gefunden hatte. Langsam begann sie sich darin vorzutasten, was Luna in diesen traurig-gekränkten Zustand gebracht hatte. Die Enkelin nahm ihr mehrfach das Versprechen ab, mit niemandem auf dieser Welt darüber zu reden, vor allem aber nicht mit den Eltern, von denen sie meinte, beide fänden sie gerade komisch. Dabei seien sie nur selbst komisch und fragten sie andauernd aus. Und Aron, der „kleine Nervtöter", dem könne man sowieso nicht trauen.

Die Zwölfjährige begann nun Belege für das blöde Verhalten aller, die auf jeden Fall unter das Schweigegebot fallen sollten, herauszukramen. Es machte die geduldige Florah regelrecht nervös. Die hatte Honig in den Tee gerührt, den man nicht wirklich nachsüßen musste, sie umstrich zum x-ten Mal umkreisend ihre Knie und versuchte, das lästige Ungeduldsgefühl abzuschütteln. Das Mädchen hatte doch inzwischen schön was entwickelt, das zu Florahs Spezialität in allen Altersstufen gehört hatte: Platz bloß nicht raus. Sag bloß nicht direkt, was Sache ist. Sag erst dies und das und auch dann noch umkreise eine Weile, was dir gerade das Wichtigste ist, gib es preis als krönenden Abschluss einer langen labyrinthischen Reise, und nur, wer dir bis zuletzt ruhig und mit langem Atem zuhört, darf überhaupt noch die Hauptsache hören und mit dir erörtern.

„Also?"

„Warte."

„Kann nicht mehr, Tee wird kalt. Meine Plätzchen sind alle. Hab schon alles versprochen."

„Es ist einfach so schlimm. Es ist so doof. Es ist so peinlich …"

Aha, das waren die letzten Vorkehrungen vor dem Rausrücken mit der Sprache …

„Der Nils …" Schon wieder ein Stocken.

„Hm. Der Nils, das ist der große Junge mit den blonden Engelslocken, oder?"

Mit diesem Treffer hatte sie Luna unbeabsichtigt in ein schluchzendes Tal der Tränen geschubst. Gott sei Dank ließ sie sich in den Arm nehmen und einfach nur wiegen. Und es brauchte so seine Zeit, bis sich herausgestellt hatte, was nun losgewesen war.

Es ist gemein, das fand auch Florah, wenn ein so hübsches, entzückendes Mädchen zum allererersten Mal einem Jungen offenbart, dass sie ihn netter als nett, besonders irgendwie, findet. Wenn sich diese Zwölfjährige ermutigt gefühlt hat, durch Blicke und kleine Gesten. Dann sagt dieser Armleuchter ganz lapidar zu der Mutigen, sie sei ja ganz passabel, aber leider nicht sein Typ, er stehe da mehr so auf die Blonden. Und auch ehrlich nicht auf glatte Spaghettihaare.

Florah dachte an die letzte Zurückweisung durch einen Mann, die sie erlebt hatte. Es stach nicht mehr. Noch nicht einmal die Erinnerung versetzte einen kurzen, traurigen Stich … Dinge, die man sich nicht vorstellen kann, solange man im dramatischen Geschehen ist. Es war Jahre her und in lebendiger Erinnerung: Viele Male hatte es in ihrem Gebälk geächzt und Fegefeuerzungen oder Luzifer oder die Schlange geflüstert und gezischt: „Siehst du wohl, was du davon hast, dich so offenherzig innerlich einzulassen und das auch noch demjenigen mitzuteilen!" Es war denen aber auch nicht gelungen, die Lunte ganz zu zünden, denn trotz ihrer Trauer und Erschöpfung, trotz des inneren Brennens damals, breitete sich so eine Erfahrung mit fünfzig anders aus als mit vierzig, noch früher, in ganz jungen Jahren. Die gespürte Zurückweisung hatte geschmerzt. Wie alles sich zunächst mal aufbäumt, das nicht so geht, wie man es in der Vorstellung doch gern gehabt hätte. Es wirft dich in Auseinandersetzungen mit dir selbst. Wenn du es schaffst zuzuhören, erzählt es dir von anderen Erfahrungen aus deinem Leben und beleuchtet sie neu. Oder die Erfahrungen leuchten von sich aus in anderen Farbspektren, weil, ja weil doch der Kopf rund ist, damit die Gedanken auch einmal ihre Richtung ändern können. Das Herz anders mitspricht, vielleicht von der Seele mehr gehört werden kann. Jede Erfahrung macht dir den Vorschlag, etwas zu sehen, was du vorher nicht gesehen hast, ein Erleben anders anzuschauen, zu begreifen, was in der letzten Erfahrungsrunde noch unbegreiflich blieb.

Florah weinte, die Menschen rannten. Immer noch. Es handelte sich hier um keine Metropole. Vielmehr spielte alles in einer süddeutschen Mittelstadt. Die Selbstmordattentäterin war mit einem größeren Lieferwagen, wie eine verspätete Lieferantin eben, in die samstäglich wohlgefüllte Fußgängerzone gefahren. Sie hatte versucht, möglichst viele Menschen, egal ob kleine oder große und welchen Geschlechts, welcher Nationalität, mit in den Tod zu reißen. Sie hatte wohl geplant, bis zum Markt und Museum zu kommen, aber da deutsche Polizei manchmal immer noch legendär schnell ist, sprengt sie sich offenbar in die Luft, als sie den blauen Sirenenwagen sieht, zwischen der gut besetzten Bäckereikette mit Außenbewirtung und dem landesweit tätigen Fischverkauf auf der einen Seite, den weiterhin gefragten Billigklamotten auf der anderen Seite. Diese Menschen, die immer noch den Islam vollkommen in den Dreck zu ziehen suchten, konnten umso erfolgreicher sein, solange solche wie sie, bedingungslose Anhängerinnen und Anhänger, gefunden werden konnten, die bereit waren, für „die Sache" zu sterben. Selbstverständlich würde man auch nicht über den Kollateralschaden des toten Kleinkindes sprechen, das von einem der Polizeiwagen überfahren worden war. Tat man doch nicht in Anbetracht von 73 Toten… . Ausnahmsweise wurde einmal andersherum gezählt: Nicht „waren Deutsche unter den Toten", wobei ihr immer schon elend wurde in einer Welt, wo man andererseits so gerne verlauten ließ, Mensch sei Mensch … Diesmal ging es vorrangig um die vereinzelten Franzosen und Italiener, um zwei US-Bürger und diverse Irakis, Nigerianerinnen und Afghanen. Zum Glück sagte man nicht offen dazu, dass es sich bei Letzteren um Asylbewerber handelte. Interessante taktische Vorgehensweise, zog ihr kurz durch den Kopf. Sie mochte diesen Denkfaden nicht wie früher weiterverfolgen. Ihr war klar, wenn sie wollte, würde sie reichlich Argumente dafür finden, warum diese Zählweise ebenso diskriminierend und Ekel erregend war wie die Deutschenzählerei.

Ja, sie wusste, dass auch die Franzosen Franzosen zählten und die Belgier oftmals Belgier. Sie verstand, wie es so gelang, einen eigenartigen Sensationsgierhunger vieler Leute zu befriedigen. Dennoch fragte sie sich, warum es nicht möglich sein sollte, einfach von „Menschen" zu sprechen. Sie war selbst erschrocken von ihren Anflügen an Ironie und beißendem Sarkasmus, die überfallartig in ihr herumstoben. Fast wie früher. Eigenartige Lust, jede und jeden niederzuargumentieren, der eine andere Meinung oder Herangehensweise an das Thema zeigte.

Luna hatte ihre Schultasche in eine Ecke geworfen und plapperte, in wildem Durcheinander, was man ihr in der Schule vorgegeben hatte, was sich über das Smartphone tat, was von anderen Schülern kam und aus ihr selbst. Die Armen, die nichts dafür konnten, die böse Islamistin und die Gruppe, aus der sie vermutlich kam. Die erforderlichen noch höheren Sicherheitsmaßnahmen und wie ja schließlich nur jeder, der nichts zu verbergen hatte, mit noch mehr Kameras, Kontrollen und GPS-automatisierten Bewegungsbildern leben konnte. „Warum guckst du jetzt so böse, Omi?", fragte das Mädchen. Sie schnaubte: „Weil wir alle unter Generalverdacht gestellt werden und die Politiker uns vorgaukeln, der ganze Kram sei der Preis für mehr Sicherheit. Sie tun so, als sei es noch kontrollierbar, wenn man sie nur irgendwelche zusätzlichen Maßnahmen ergreifen lässt. Dabei können wir alle sehen, dass es diese Art von Sicherheit nicht gibt ..."

Sie zwang sich, Luna überhaupt eine Chance zu geben, zu verstehen, was geschehen war. Offenbar hatte jemand in dieser Schule eine Seite mit Breaking-News-Getöse aktiviert, die Lehrenden nach Kräften versucht, darauf zu reagieren.

„Warum bei uns?", wollte das Mädchen wissen.

„Warum genau nicht bei uns?", gab sie zurück. „Ist es ,bei uns' toller und sicherer als in den Ländern um uns herum?"

„Und wenn man sich jetzt nirgends mehr sicher fühlen kann? Wenn die Rechnung von denen aufgeht und uns der ganze Spaß am Leben verdorben wird?"

Sag doch, was hilft, du Oberschlaue, sag doch, was hilft!? Erst die ehrliche Empörung, das Verzweifelte, das Geladene ihrer Enkelin hatte Florah ganz in sich zurückgeholt. Das Kind hatte recht, Luna konnte nicht viel mehr als das Nehmen von Möglichkeiten, das Verderben ihrer möglichen Lebensfreude sehen. Mit den Armen umfing sie die inzwischen fast gleich Große und spürte, wie das Aufgebrachtsein in ein Schluchzen überging. Ja, es war gemein. Ja, es war nah. Es musste sich nah anfühlen, bei all dem Propagandadonner, selbst wenn in Wirklichkeit Luna örtlich einige gebeutelte belgische Orte viel näher waren. Viel Wasser würde guttun. Die im Backofen rot gewordene Honigquitte gut fürs Seelchen sein, besonders wenn es so ausnahmsweise außerdem noch ein Schokoladeangebot dazu gab.

„Opa Paul hat bestimmt wieder eine philosophische Erklärung, warum das am Ende alles Sinn macht." – Kein Widerspruch jetzt, dachte sie sich, über die Quitte in ihrem fast gelatineartigen Saft gebeugt, mit dem Teelöffelchen Sauerrahm spielend, nur ruhig werden. Ja, es konnte schon sein, dass Paul so argumentieren würde, aber es hieß nicht, dass die Leidtragenden ihm weniger leidtaten. Sie erwähnte nur, er fühle bestimmt auch mit den Menschen.

Und dann? Viel Unruhe im Raum.

Ob sie Lust hatte, zusammen zu meditieren? Gar nicht einfach, eine Zwölfjährige dergleichen zu fragen, noch hatte sie nicht verlernt, in einer Art von träumerischem Versunkensein, sich Verlieren, so etwas in der Art des Meditierens zu tun. Wo hinschweifen, häufig in eine Leere, ein Nichts, ganz in sich sein, ohne dem Ganzen einen Namen zu geben, einen Zustand gezielt zu erzeugen.

„Vielleicht", gab Luna zurück. „Wenn es was bringt." Manchmal sei es irgendwie gut.

„Wir machen es für die Menschen", sagte Florah, „für alle, die vielleicht so ganz plötzlich gestorben sind, und für die, die irgendwo noch verwundert, nirgends angekommen, im All herumirren. Auch für jene, die – kann sein – schwer verletzt sind und sich noch nicht entschieden haben: ‚Soll ich auf dieser Erde bleiben oder soll ich gehen?'"

Loslassen. Alles! Entsetzen. Schmerzen. Hilflosigkeit. Wut. Ratlosigkeit. Und so vieles mehr. Sie würden einfach auf den schönen Teppich gehen, in die Mitte. Weil so ein seltsamer Tag war, Luna nicht weit von ihr weg, nicht getrennt, obwohl fast ohne körperliche Berührung. Doch jetzt der Gazellenrücken an ihrer Brust.

Sie gab ja zu, als sie beide so saßen, es gehörte sich so nicht. Aber guttun konnte es ihnen. Ruhig machen. Egal was sonst so passierte.

Was geschah, war ungeheuerlich, fast nicht zu fassen: Die Ältere atmete ein und aus, Zuversicht, Loslassen. Gab, was sie sein und verschenken wollte. Fühlte sich langsam, stetig besser. Bis sie schließlich ein Licht sah, goldgelb. Goldgelb zeigte es sich ...

Luna berichtete später, sie habe immer wieder Kinder und sogar Jugendliche an der Hand genommen. Und als diese fragten: „Wo gehen wir jetzt hin?", habe sie geantwortet: „Wir gehen dahin, wo es für dich am besten ist." Schön sei es gewesen, dass irgendwie alle das glaubten.

Der Kanzler sah zunehmend aus wie vor ihm die Kanzlerin und stand auch so mit dem leicht beleidigten, wie persönlich angegriffenen Tonfall vor den Mikrophonen – wie viele Male habe er und vordem sie anderen Ländern ihre ungebrochene Solidarität und Zusammenstehen versprochen, doch nun erneut – melodramatische Stimmsenkung – „das eigene Land".

„Schlechte Redenschreiber", dachte sie. „Das eigene Land!" Selbstverständlich nun all die pathetischen, kaum ehrlich anmutenden Solidaritätsbeteurer.

Die Erschütterung, die Fassungslosigkeit, die Trauer und wie kann eine einzelne, radikalisierte Mörderin ... weiterhin zunehmend trotz aller Sicherheitsmaßnahmen so etwas tun? Florah blies ungehalten Luft durch ihre Lippen, weil sie ahnte, was kommen würde: noch striktere Sicherheitsmaßnahmen und eine Erörterung des Begriffs „Einzeltäter", die folgten nämlich nicht mehr klassischen Definitionen, sondern machten zunehmend Einzelnen Platz, verknüpft in lockeren Zellen und Verbünden. Und mehr und mehr mögen sie Verblendete und Islamisten sein, sich als psychopathisch handelnd, jedoch weniger als Psychopathen an sich aburteilen lassen. Diese kommen den Interessenvertretern nicht mehr so zupass. Wer glaubt noch, von seiner Regierung geschützt zu werden?

Wer wundert sich über die innerlich gefallenen Grenzen – jetzt auch Frauen, Kinder, Alte – zu denen selbstverständlich Senioren gesagt wird. Behinderte, die nicht schnell genug weglaufen können ...

Das willkürliche Töten fordert gezielten Krieg. Wem soll diese Logik verkauft werden?

Nur Luna keine Angst machen, bloß immer wieder ihre Zuversicht in das Leben stärken! Ihren Glauben an die Menschheit ... Menschlichkeit.

Womit argumentieren? Selbst heute Stunden starren auf die Gewaltbilder in dem bekannten Städtchen und dann Liebe und Frieden als die einzigen Mittel proklamieren?

Auch die irgendwie gesteuerten Gebetszirkel in sozialen Netzwerken gefielen Florah nicht so recht. Beten war schon nicht dumm, aber keine Lust, das ebenso kanalisieren, steuern und am Ende auch kontrollieren zu lassen.

Hoffentlich fragt das Mädchen nicht, warum es eine reiche, prosperierende Stadt der totgesagten Probleme getroffen hat.

Und schlau, wie sie ist, wie das mit dem „sinnlosen Tod" von Kindern sei, ob es denn auch „sinnvollen Tod von Kindern" geben könne?

Wieder werden Grenzen dichter gemacht und den Menschen die Angst weiter verschleiert. Begrifflichkeiten ändern sich. Feiner, viel ausgeklügelter die Methoden, und doch tut man Ähnliches wie Jahrzehnte zuvor mit der so genannten Schleierfahndung. Kontrolliere alle, indem du ein dicht geknüpftes Datensammlungsnetz über sie wirfst, noch verstärkst. Nein, wir denken jetzt nicht an einen Generalverdacht, der alle erfasst, die etwas anders denken, tun, ticken. Wir haben das schon mit dem Unterstellen von Ausnutzerei bei allen, die etwa soziale Leistungen welcher Art auch immer in

Anspruch nehmen wollen, vor einer definierten Zeit, außerhalb eines definierten Weges. Florah hätte diverse Lieder davon singen können, aber sie mochte jetzt gerade nicht singen.

Der roboterhafte, starr und einen anstarrend wirkende Innenminister verkündet wieder einmal, man lasse sich den gemeinsamen Raum der Freiheit und Gleichheit nicht kaputtmachen von Individuen, die durch ihr unfassbar brutales Handeln versuchten, eben diesen Raum, den wir alle lieben und brauchen, zu einem Raum der Gefahren zu machen.

Alle, die nun nicht in der wabernden Masse herbeigeredeten Zusammenhalts aufgehen, werden zu Gegnern abgestempelt.

Wie kann es sein, dass alles, das du dir nur vorstellen kannst, spielend von der Realität übertroffen wird?

Sie glaubt nicht, es sei einfach, sich zu schützen gegen den Nachrichtenballast, gegen all das Negative, was aus allen Kanälen hereinbrach, egal wie viel Hilfsbereitschaft „bei all dem" auch signalisiert wurde. Man staunte. Redete es klein. Fehlende Ausdauer, vielleicht. Viel Raum für Missverständnisse. Keiner hat es dann böse gemeint. Ein Thema, das ihr über ist. So viel Manipulation. Es braucht langen Atem, um die Verschlingungen zu erkennen.

Und dann noch das große Fragezeichen. Was tun? Was können wir schon …? All die alten Reflexe. Reagieren. Auch in ihr. Erst als sie nicht mehr reagieren konnte das Innehalten, die langsam sich ausbreitenden Gedanken, ob es vielleicht noch etwas anderes geben könnte.

Florah gibt inzwischen all jenen recht, die sagen: „Auf welchen Wegen es auch immer zu mir kommt, die Schwärze, die Nachricht, in dem Moment, wo sie entsetzt, Bilder entstehen lässt, haben sie dich an der Angel, bist du schon gefangen, selbst mittendrin, auf gewisse Weise beteiligt."

Sie denkt daran, wie es sie bewegt hatte, ihre Begründungen zu finden, diese war nicht mehr aus den früheren Gedankenstrudeln gekommen, weil immerhin ein Teil ihrer Seele italienisch war, behauptete sie, so wie ein anderer türkisch, belgisch, als ob dort anders gehört würde und völlig anders verbreitet.

Sie hatte das Spezielle betont, um eine Rechtfertigung zu haben, sich eben doch reinziehen zu lassen, getroffen, verwickelt in ihren Gefühlen, besonders, wenn es in ihr eine Verbindung zu den Orten gab. Wie gebannt vor der Glotze oder im Netz. Kannte doch Straßen und Plätze, die wieder und wieder gezeigt wurden, verfügte über Gründe, mitunter Angst um „ganz konkrete" Menschen zu haben.

Sie stellte, ganz nebenbei, nicht in Abrede, mit diesen Seelenanteilen nur die halbe Wirklichkeit auszudrücken. Sie glaubte daran, wer feinsinniger war als sie, Cadmo vermutlich, würde eher von einer Weltenseele sprechen. Der Begriff war ihr kürzlich in den Sinn gekommen und sie glaubte, ihn selbstverständlich gerade erfunden zu haben. Um dann herauszufinden, dass schon Platon 400 Jahre vor Christus über eine „Weltseele" philosophierte und sich seitdem zu allen möglichen Zeiten Auseinandersetzungen damit ergaben. Sagten wie Florah: „Alle Menschen sind Menschen, sind gleich, sind Schwestern, sind Brüder." Gefühlsmäßig die tatsächliche Konsequenz, eine Seele, die ebenso beschaffen war wie jene, die in ihr wohnte und doch in gewissem Sinne eine Weltenseele war.

Immer noch hielt sich in ihr zugegebenermaßen die Prise, der Funke an klammheimlicher Freude, wenn durchschimmerte, dass ausgerechnet Bayern oder Baden-Württemberg, die sich für am effizientesten, am besten organisiert hielten, über längere Zeit nicht verstanden, warum ausgerechnet „bei uns" etwas passierte. Niemals eine Freude über die Opfer. Als ob man es denn klar voneinander trennen könnte!

Die Angreifer sind Angreifer, immer noch Mehrheit, sie beschuldigten Menschen wie Florah, in einer Parallelwelt zu leben.

Und zufällig, sehr zufällig, sie begründete es, als habe sie ein schlechtes Gewissen, schaltete sie den Radioapparat kurz an, bekam das Geschenk eines gerade für sie richtigen Kommentars. Es ging um eine andere Person, die gar ein „Imperium" aufzubauen suchte, in den Thesen wurde dieser Mensch zu einem gefährlichen, schwer einschätzbaren und verrätselten Wesen. Also etwas, das ansonsten von der Machtentfaltung her zu den hehren Zielen der hier herrschenden Systeme zählte. Einer, der zwar anderen nicht mit Gewalt wehtat, aber eben ein Widersacher dessen, was sie doch aufgebaut hatten, und darum automatisch gefährlich. Außerdem hatte man befunden, er sei anders nicht zu verstehen, als dass es ihm um eine Machtentfaltung ging. Aber wo die Macht legitimiert saß, das war doch klar und demokratisch gewählt! So wurde der Missliebige beschuldigt, eine Parallelwelt zu errichten. Je erfolgreicher, desto bedrohlicher. Unter der Biegsamkeit der Argumentationslinien bogen sich die Balken.

So verschieden sie sich auch gebärdeten, welche Gesellschaftsform sie auch haben mochten, hierin waren sie verwandt. Eigenartig: anderen politischen Gegnern hätte man unterstellt, Gegenkonzepte zu entwerfen. In diesem Fall mengte man „undurchschaubare Geheimniskrämerei" dazu. Der Kommentator kam nicht auf die Idee, dass es möglicherweise um „heimlich" nicht gegangen war. Es konnte und durfte doch sehen, wer sehen wollte.

Die „Parallelgesellschaften" wurden also anscheinend bekämpft, sobald sie „mutmaßlich" zu viel Einfluss entfalteten, wenn es ihnen gelungen war, sich der Kontrolle „zu weit" zu entziehen.

Sie mochte nicht darüber nachdenken, was das für friedliche Andersdenker bedeuten konnte, sobald sie allzu viele Gleichgesinnte um sich scharten und von der Mehrheit nicht begriffen wurden. Überhaupt nicht begriffen werden konnten, in Anbetracht der Medienpropaganda, über meinungsbildende Werturteile hinweg.

Dabei war sie nach vielen Umwegen zu dem Ergebnis gekommen, was sie integer, mit reinem Gewissen und von Herzen tat, werde seinen Weg schon früher oder später finden. Das entsprach jedenfalls ihren Erfahrungen der jüngeren Vergangenheit. Und wenn viele so vorgingen, sich selbst und ihren Mitmenschen liebend entgegenkamen – die Welt, die Natur ebenso liebten, denn die ließ sich offenkundig nicht von uns trennen –, dann kam ihr vor, was früher ein Widerspruch in sich selbst schien, wurde zu einer friedvollen, stillen Revolution. Sie fand schön, davon ein Teil zu sein.
Ganz ohne Wenn und Aber und Eigentlich.
Immer weniger nahm sie anderenorts Integrität und soziales Gewissen wahr. Und die es anders meinen, kommentierte sie, ließen sich früher oder später korrumpieren, waren so cool und damit auch nicht wirklich echt oder verbrühten sich und blieben unter Schmerzen fort. Die wenigen ganz Tapferen mit Gefühl schienen einfach zu verbrennen, etwa in einer Krankheit oder sogar im Tod.
Zu jenen wollte sie gehören: Immer mehr Menschen mit offenen Gemütern. Entschlossen, dem scheinbar alles umgebenden Brei aus Krieg, Gewalt, Rassismus, Drama aller Art, Ablenkung jeglicher Farbe und dergleichen mehr kleine Sterne entgegenzusetzen, die, Zweifel hin oder her, doch dieses eigentümliche, leise Jauchzen hören ließen, den Antrieb hatten, als kleine Sternchen noch ihre Energie zu sammeln für eine bessere Welt. In ihrer Vorstellung war es wie das Bilden von Energiefeldern, gemeinsames Erzeugen von andersartigen Wellen, einer neuen, liebevollen und friedlichen Schwingung, die Welt zu bewegen.

Sie hatte sich häufig mit Cadmo über das eigene Vorwärtsgehen unterhalten. Und wie es sich in jedem Lebensalter noch einmal vollkommen verändern konnte. Er erzählte aus der Naturwissenschaft, wie absolut es das Wesen aller Energie sei, zu versuchen, um jeden Preis zu überleben. Und natürlich versuchten das auch alte Glaubenssätze. Sie hatte nie vorher darüber nachgedacht. Diese ebenfalls nichts anderes als eine Energie, die versuchte, innerlich zu wirken und sich am Leben zu erhalten.

Was tat ein Glaubenssatz, um sich am Leben zu erhalten? Kämpfen um sein Überleben vermutlich. Getöse und Unruhe in einem verursachen. Beine stellen und verunsichern, wenn man etwas anders machen wollte als zuvor viele Male. Wenn das so war, hatte er recht, und dieser Glaubenssatz, diese nun negative Energie, die umgekippte und sauer gewordene alte Suppe, hatte überhaupt nicht das Ziel, einen zu verletzen, sie versuchte bloß, sich um jeden Preis Aufmerksamkeit zu verschaffen.

Wenn er recht hatte, machte es so auch keinen Sinn, den Blick und die Energie wieder und wieder auf Katastrophen, Leid und schlimme Entwicklungen zu richten. Das meiste wird einem sowieso von Menschen um einen zugetragen, man braucht noch nicht einmal die Nachrichten am Computer, am Handy, im Fernsehen, in Schlagzeilen, die einen anstarren, sobald man das Haus verlässt. Man kann darauf verzichten, die Zeitung zu kaufen, sich wiederum ganz überwiegend von Wüstem überschwemmen zu lassen.

Es ist wichtig, sich darauf zu konzentrieren, ein Teil der Lösung zu werden.

Wenn eine ihre Aufmerksamkeit und Energie den Katastrophen schenkte, wurde sie demnach Teil von dem Energiefeld „Katastrophe". Es konnte krank machen …
Und es half keinem.

Die Erinnerung an diese Gespräche pochte in ihr –
„Lass dich nicht ins Drama ziehen ..."
Erst in unentschiedenen Wogen, dann immer deutlicher
breitete sich die Erkenntnis in ihr aus, sie wollte Teil
jener friedlichen Revolution sein. Florah konnte doch
selbst fühlen, wie es in ihr brannte, wenn sie schlimme
Ereignisse von außen in sich ließ.
Es ist ihr oft keine Frage der örtlichen Nähe. Die Menschenliebe, die Toten und auch deren Mörder machen
ihr den hitzigen Schmerz. Sie weiß, wie es für manche
anders ist, dass diese sich in der örtlichen Nähe be-
troffener fühlen. Es ist, wie es ist. „Die Gefahr kommt
näher", sagen jene. Legen nahe, „das Böse" käme näher.
Demnach blieb nichts als das Wehren.

Sie war, so kam es ihr zumindest vor, für diesen Tag
inzwischen erwartungslos, nur noch wichtig, sich weiter
zu beruhigen. Es wäre leichter in einem blühenden Garten. Schwieriger an einem kalten und verregneten Feb-
ruartag, wo man sich alles Angenehme und Heimelige
selbst schaffen musste. Kerzen anzünden, Wärme in
sich lassen, notfalls eine Decke holen.
Florah hatte zusätzliches Glück, Besuch: Angeflogen
kam eine weiße Eule und sie selbst war ganz winzig.
Oder gab es nicht groß und klein? Die Eule hob jedenfalls den linken Flügel und sie schlüpfte darunter. Bald
schlug in großer Erleichterung ihr Herz langsamer. Und
ihre eiskalten Finger wurden wärmer. Das traurige, fegefeurige Brennen ebbte ab.
Sie erkannte Cadmo auch als weiße Eule. Es war und ist
so eine versöhnliche, verstehende Verbundenheit.

Sie dachte nach über die vielen Unterhaltungen zu einem Mangel an Demut in dieser Welt, in dieser Zeit, wo
einem nahegelegt wird in den Ländern des relativen
Wohlstands und in den anderen als erreichbare Zielge-
rade, dass alles möglich ist. Oft kann man reine Be-

scheidenheit in einem Menschen noch nicht einmal erkennen, hält ihn dann vielmehr für zu dumm. Unterstellt, eine Schraube sei locker bei jenen, die in der schönen Arbeits- und Warenwelt nicht mitspielten, obwohl sie gekonnt hätten.

Ihr kam die Verblendung in den Sinn, mit der im Deutschen die mit dem bescheidenen Denkvermögen, die Minderbemittelten, die Dummen gesehen wurden als jene, die sich nicht nach dem Angepriesenen streckten. Wie falsch es war und wie sehr es damit zu tun hatte, dass es den Versuch gab, „Schlauen" zu verkaufen, alles sei möglich, erreichbar, zu kaufen. Absonderliche Dummlinge sollten nicht abseits jener Pfade auf die Idee kommen, möglicherweise die zu sein, die es schaffen konnten, über sich hinauszuwachsen.

Demut kam ihr nicht wie früher arm und klein vor. Eher als möglicher Schlüssel zu einem Glück, das sie vordem nicht kannte. Hinter den Türen konnten sich Wunder verbergen. Anders als die Warenweltwunder.

Sie schloss die Augen, genoss Bilder der Entdeckungsreise, die sie zusammen mit ihm machte. War es ihre, war es seine? Egal. Verbunden. Nicht getrennt. Seine Freude fühlte sich an wie ihre und umgekehrt.

Zumindest, wenn sie aufmerksam war.

Unlustig war sie ans Telefon gegangen, keine Nummer, kein Name sichtbar. Gewöhnlich nahm sie solche Telefonate nicht erst an. Gerade war ihr der Gedanke lästiger, wieder das rote Geflacker für einen versäumten Anruf wegzudrücken. Sie holte bereits Sprüche zum Loswerden armer Callcenter-Mitarbeiter aus sich hervor, doch es war Britta, die vergessen hatte, die Rufnummern-Unterdrückung für sie wegzuschalten. Das Gespräch entspann sich an Geplänkel. Wenig später wurde es ernst: das Leben der Freundin im Umbruch. Ihr Sohn zog noch weiter weg. Sie meinte, es könnte neben dem eigensinnigen, doch unergiebigen Schmerz auch Vorteile haben. In der bisher gemeinsamen Stadt kannte sie die Werbeagenturen oder bildete sich das zumindest ein, denn irgendwen, irgendwas oder spätestens bei Firmen aus dem Bereich der Referenzen hatte es bereits Berührung, eine Anknüpfung gegeben. In München dagegen nicht. Britta würde sich auf Erzähltes verlassen müssen, bestenfalls konnte sie auf eine Homepage gucken. Wie viel davon authentisch war oder auch nicht, hätte man auf einer Ehrlichkeitsskala von eins bis zehn ablesen können, doch glücklicherweise hatte niemand eine solche inklusive unfehlbarer Bedienungsanleitung sowie unschätzbarer Vorteile erstellt. „Gut", gab Florah zurück, „du kennst seine Freundin nicht und weißt nicht, ob sie ihm wirklich guttun wird, aber wär das anders, wenn du einfach mit ihr Kaffee trinken könntest, er die Stadt nicht wechseln würde?" Die Angesprochene seufzte.

Sie kamen zu ihrem Gelderwerb, der sich weiter veränderte, „in eine doch überwiegend positive Richtung", meinte Britta. Wobei eine leichte Unsicherheit in ihrer Stimme mitschwang. Sie führte als Argument an, wie sie es sich immerhin inzwischen gut leisten konnte, ihr angetragene Aufträge auch abzulehnen, wenn sie kein gutes Gefühl dazu hatte. Nein sagen, obwohl die Zeit, der Raum da gewesen wäre. Einfach wegen eines unbestimmten Unwohlseins, „nicht stimmig" darauf verzichten, das zu machen. Sie wusste wohl von dem Privileg des reichen Landes und der eigenen Position.

Florah lachte, erzählte, wie sie bereits vor langer Zeit genau von der vorbildhaften Britta wenigstens in Ansätzen gelernt hatte: „Du musst nicht jede und jede Herausforderung annehmen, bloß weil du sie vermutlich irgendwie stemmen kannst ... Mir schien immer schon", ergänzte sie, „du hättest das viel früher und besser gekonnt als ich."

Beide amüsierten sich darüber, wie es war, wenn die eine von der anderen etwas dachte, keine es klar aussprach, in der Situation genauer beschaute.

Florah schlug vor, die Sohnesirritation und die Frage, ob sie für sich alles richtig mache, habe möglicherweise mit einer veränderten beruflichen Weichenstellung unter ganz neuen Vorzeichen zu tun. „Du schlägst neue Wege ein und überprüfst vorsichtshalber noch einmal alle Eckdaten und Gegebenheiten?", wollte sie wissen.

Selbstverständlich tat Britta das, „wenigstens so stichprobenmäßig". Nachdem es sie nicht anstrengte, fand sie es ganz normal. „Ich bin ja nicht wie du und gucke leicht zwanghaft stundenlang in die tiefsten Tiefen." Lachen. Beide. Nach den vielen Jahren kamen sie sich gegenseitig leichter auf die Schliche.

Die Freundinnen sprachen von Veränderungen und Verunsicherungen, die sie mitbrachten. Neben Aufbruchstimmung und Lust, wenn die eingeschlagene Richtung stimmte. Über die Freude, wie immer wieder eine in der Lage war, die jeweils andere in ihrem Denken anzustoßen.

„Ein Glück", sagte Britta, „bin ich heute wieder besser ansprechbar. Gestern hatte ich solche Wellen von Migräne, ich mochte mich gar nicht von der Couch wegbewegen. Am liebsten dunkel und überhaupt nicht bewegen. Bloß an einem ruhigen, heimeligen Ort verkriechen." Wie in Watte und Schwere, verknäult, schwer zugänglich beschrieb sie dann ihren Kopf. Kein Moment von gefühlter Aufbruchsstimmung.

„Ich hab dich immer dafür bewundert", meinte Florah, „wie lang du es in Übergangssituationen aushalten konntest, ohne zu flippen." Ergänzte, wie sie durchaus selbst viel Geduld hatte, aber nicht, wenn ihr erst klar war, was schon lange nicht mehr das Richtige für sie darstellte. Die These vom Kopfschmerz, der sich lange zurückgehalten hatte, wenngleich er schon in einer Art Brutkasten seiner Stunde entgegengelauert habe. „Irgendwann musste sich doch zeigen, wie vieles im Leben neu gefaltet werden konnte." Sie hatte das Bild, wie Migräne Britta immer wieder in eine Zwangsruhe verfrachtete, sich dieses oder jenes, was als Aufgabe vor ihr stand, was sie schon hinter sich gebracht hatte, genau anzuschauen. Sehen, wo noch etwas nachgezogen werden sollte, wo es noch nicht stimmt. Was gut läuft. „Und erst wenn du diese Aufgabe noch erledigt hast, darfst du wieder von der Couch aufstehen, bist durch."

Britta sprach darüber, dass sie, mehr als ihre Freundin, oft recht schnell wertvolle Zugänge und Erkenntnisse des Innenlebens scheinbar vergessen, jedenfalls gut verräumen konnte. Und inwiefern sie dazu neigte, diese, eine selbst verschüttete Spur, dann gar nicht mehr oder lang nicht weiterzuverfolgen. „Keine Angst, wichtige Sachen werden sich nicht in eine Schublade sperren lassen", gab Florah zurück.

Der Ton, der aus dem Hörer kam, war nur halb zustimmend. Wie nach einem unausgesprochenen Aber erzählte sie von einem Grummeln und Grollen und Seufzen in ihr. Wie sie manchmal den Eindruck hatte, allem was ihr einfiel zum Trotz, Schlieren aus der Erinnerung oder das Gefühl, sie sollte etwas im Grunde ganz anders machen, als sie es tatsächlich tat. Weder konnte sie es richtig verorten, noch ließ es sich vertreiben oder zumindest besänftigen, unhörbar schalten für eine Weile. Es machte sie in dieser aktuellen Phase unruhig, in der sie zu nichts richtig Lust hatte und zudem das Gefühl, auch nichts zu schaffen. „Du hast es doch geschafft, dieses Telefon zu angeln, und telefonierst mit mir", entgegnete Florah, „du bist doch nicht ferngesteuert. Da zwingt dich doch nun keiner dazu! Und danke, dass du mir so verunsichernde Dinge erzählst, ist bestimmt nicht leicht."

Britta hatte weiterhin Widerspruch: Es komme ihr vor, als würde das alles mit ihrem Sohn Teile der professionellen Souveränität stehlen, denn sie sei es schließlich eher gewohnt, anderen in derartig krisenhaften Situationen wie auch immer Mut zu machen und beizustehen. Und für sich selbst gelang es ihr nicht? An der Stimme war hörbar, es könnte darauf hinauslaufen, sich selbst einzumachen, runterzuziehen.

Florah seufzte. „Das kennen wir doch alle, die Erzieherinnen, die manchmal gar keinen Rat mehr mit den eigenen Kiddies wissen. Am liebsten heulen und kreischen. Oder weglaufen, verstecken, die Decke über den Kopf ..." Ein Durchatmen kam durch das Telefon.

Es dauerte wohl manchmal lange. Erinnerung an erforderliche „Ausbrützeit", bis man neue Wege sehen konnte, die Gedanken anders flossen, etwas Ruhigeres, Gewisseres eintrat.

Gerade dieser hilfreich gemeinte Satz war verquer angekommen. Florah runzelte die Stirn, schüttelte den Kopf, man sah es ja nicht, kratzte sich am Kopf, man hörte es vielleicht. War verlegen um ein rasches Wiedergewinnen ihrer Fassung. Es klappte nicht wirklich. Zu schwer für sie zu verstehen, wie Britta dann gar noch irgendwelche Onlinetests machte, um einen Namen für das Kind, für ihren Zustand zu ergattern. Es schauderte Florah, die Diagnosefeindin, die auch nach einigen Jahren und der wunderbaren Verbesserung sagte: „Diagnose, das war für mich wie ein Urteil." In ihrem Gefühl hatte es ihr das Leben damit für viele Monate „unendlich schwerer" und düsterer gemacht. Sie hatte dermaßen lange gebraucht in der Welle derer, die sich anders verhielten, gegen den Strom und stattdessen in ihr eigenes Gefühl zu kommen, anzugelangen. Ein riesiger Umweg, bis sie verstehen konnte, wie es für sie am besten weitergehen konnte. Sich zu trauen, einen eigenen Weg nicht nur vor Augen zu haben, sondern auch zu gestalten. Schauderhaft Florahs Erfahrungen mit Tests im Internet, die ihr ans Eingemachte gingen, mit medizinischen Foren gar. Schon lange ihre Losung zum Selbstschutz: „Rühr solche Sachen nicht an." Es hatte möglicherweise damit zu tun, wie gut sie manches konnte und wie sehr sie gleichzeitig die schlechteste Querleserin aller Zeiten war.

Sie hörte von Britta noch ein „Aber". Das Kind müsse doch schließlich einen Namen haben. Nein. Kein Kind außer den ganz realen brauchte sogleich einen Namen. Manches musste man nur erfühlen. Anderes hatte heute diesen Namen und morgen fand man einen anderen, Entwicklung zeigte es in einem neuen Licht. Vielleicht sei es für die Freundin ja richtig gewesen, diesen Test zu machen, während Florah, ein anderer Typ Frau, geradezu kreischend davonstob. Ja, auf Umwegen erreichten sie die Frage, was sich denn nun daraus ergeben hatte.

Ich musste – zunächst war es mir gar nicht leicht – lernen mit der Zeit, wieder zu fühlen, was mir eigentlich guttut. Es ist schon hart, wenn so eine ewige Bekämpferin all der Warenwelt-Heilsversprechungen sich erwischt, selbst auf diese systematischen Verblendungen hereingefallen zu sein. Wenn irgendwo in ihr lebt, was genau von dort versprochen wird als Sicherheit, als Hilfe, als Wohlfühlwert, als Angstbändiger. Besonders perfide sind die Orte, wo Florah das Trügerischere lang entlarvt hatte: Pseudosicherheit, symptomatische Hilfe, keine Heilung, einfach nur Krücken, oder du fühlst dich eh nur wohl, wenn du gut und in schönen Freundschaften in dieser Welt aufgehoben bist, niemand braucht so wirklich neue Fernseher, tollere Einbauküchen, Sofalandschaften, modernste Handys und endlos weiter so. Dies kapiert hieß noch nicht, ganz sich losgesagt aus Angst und Konkurrenz. Und diese verstanden zu haben bedeutete noch nicht, andere Lebensinhalte und -werte vor Augen oder gar im Herzen zu haben.

Der Wald der falschen Prophetinnen und Propheten, bei denen auch Florah viel Geld und Energie gelassen hatte, weil sie nicht ursprünglich gelernt hatte, für sich selbst zu spüren, was gut war. Viel schneller lernt ein Kind laufen und sich in der Welt bewegen als mittelalte

Menschen, die Krankheit aus ihrer scheinbaren Funktionstüchtigkeit geworfen hat, lernen können, sich endlich selbst wahrzunehmen, echte Bedürfnisse zu erkennen. Falsche Prophetinnen von menschenliebenden guten Geistern zu unterscheiden, ist zunächst nicht einfach. Jahrelang kann es passieren, die vereinzelten schönen Bäume vor lauter Wald nicht zu sehen.

Wie absurd, Märchen zu kennen, in denen Verzweifelte dem Teufel ihre Seele verkaufen und da draußen in der nahen Umgebung allzu oft die Teuflinnen und Teufel in vielerlei Gestalt, dennoch nicht zu erkennen.

Auch darüber war sie rasch mit Cadmo in einen lebendigen Austausch gekommen – kein Hexenzauber war sein Buch, jedoch als Esoterik viel geschmäht. Auch sie hatte früher zu den abwertenden Schmäherinnen gehört, das wollte und würde sie nicht vergessen. Damals, bevor sie in ihrer Wahrnehmung und Intuition, in ihrem Fühlen gewachsen war.

Der Flunder

Sie kannte ihn seit ewigen Zeiten. Hatte nicht damit gerechnet, ihm jemals erneut zu begegnen. Es gab Dinge, die man im Leben für abgeschlossen hielt. Etwas schien gelernt, wenn auch spät und gut war es, gegessen! Doch der schwarzgraue Geselle mochte das anders sehen. Mag sein, er war wild entschlossen, das ganze Spiel noch einmal zu spielen oder Teile davon. Sie wusste es noch nicht. Was, warum, wogegen, wofür sollte sie hier spielen und möglichst noch den Ehrgeiz entwickeln, zu gewinnen? Oder war er am Ende zurückgekommen, diesmal wild entschlossen, sie zu besiegen? Warum? Was gab es zu tun?

Nur unwillig und irritiert nahm sie ihn überhaupt wahr. Erschrocken und mit einem bangen zwischenzeitlichen Aussetzer des Herzens: der Herr Flunder, ein unschönes Fischgeschöpf aus ihren Untiefen. Er begann seine Geschichte genau wie damals, indem er ihr erzählte, er habe bislang in völliger Dunkelheit, verborgen unter einem Stein, am Grund ihres inneren Meeres gelebt.

Florah wollte ihn fragen, in diesem Nicht-mehr-richtig-Schlafen und wach sein auch nicht, in dem Dämmer des sehr frühen Morgens: „Warum bist du wiedergekommen und wieso warst du überhaupt wieder unter diesen Stein gekrochen, bist du doch nicht erlöst!?" Aber er hatte sich schon in nichts aufgelöst, wie man so schön sagt. Man drückt es wohl einfach nur so aus, bemerkte sie mit Verdruss, denn fort schien nicht dasselbe wie weg.

Seine Schatten zeigten sich morgens, mittags, abends, immer zu Zeiten, wo sie mit ihren Gedanken ganz woanders war. Verbunden mit dem pochenden Schreck und unwilligem Unwohlsein.

Am Folgetag, noch zweifelnd, aber doch immerhin die Möglichkeit erwägend, sagte sie zu sich, sie gebe es ja zu, es sich in einigem ruhig und gemütlich gemacht zu haben. Vielleicht sei das nicht recht. Also gut, sie würde notfalls eine neue Runde mit ihm spielen und alles daransetzen, die wundersame Metamorphose erneut als mächtiges Bild zu erschaffen und zu fühlen.

Entschluss hin oder her, er war es nicht, der den Flunder bewegte, sich genau dann erneut blicken zu lassen.

Am Dienstag schließlich traute sie sich mit gelinder Ungeduld hinzuzufügen, wenn sie nun also schon offenkundig in diesem Gesellen die große Sehnsucht erweckt hatte, sich mit ihr zu messen darin, was sie wirklich gelernt und verstanden hatte, dann sollte er sich gefälligst zeigen! Sie mutmaßte, dass er bereits erkundend, taktisch klug begonnen hatte, hin und wieder nur knapp unter dem Meeresspiegel zu schwimmen. Dort, wo das Licht viel heller scheint als ganz unten im Meeresschlamm. Florah erwischte sich allerdings gleichwohl bei einem überlegenen Lustgefühl, es ihm schon zu zeigen, wie auch bei den Mitleidsflämmchen im eignen Herzen, deren Flackern den Fisch bereits mit einigem

Weh im Herzen „armer alter Tor" nannte, so dass er ihr weniger bedrohlich erschien.

Und wenn man auch so ein glitschiges Wesen kaum wirklich umarmen kann, hatte ihr Gefühl etwas davon, eigene Angst zu umarmen. Ohne ihn zu sehen, hörte sie ihn raunen und frotzeln: „Guck mal, du hast ja heute mehr Kraft, und das, wo dich gestern unklare Ängste noch ganz im Griff hielten." Nein, nein, so einfach sollte er sie nicht zu unvorsichtigen Zügen verlocken. Sie würde erst nachdenken und in sich fühlen, sich nicht drängen lassen. „Nachdem ich ja in dir lebe", flüsterte er, „kann ich dir verraten, dass schon neue Pfeile in deinem Rücken stecken. Blöde nur, dass sie keiner herausziehen kann, solange sie nicht klar und wissenschaftlich nachweisbar sich zeigen und schmerzhafter bemerkbar machen. Gerne würdest du sie sonst entfernen, ganz vorsichtig, damit ja keine Widerhaken in deiner Haut bleiben, ähnlich wie der Stachel einer Biene."

Sie versuchte sich zu wehren und dabei herauszufinden, ob die Pfeilewerfer, so es sie denn gab, auch sterben würden, wie die arme Biene. Aber da schwamm er schon wieder fort. Nicht ohne das leise, bereits ferne Echo von: „Du kennst doch alle Antworten selbst."

Ausgesprochen unwillig versuchte sie, all das von sich abzuschütteln. Es war ja nichts. Nur ein Hirngespinst. Es sollte gehen!

An diesem Tag stellte sie vor lauter Ablenkungslust Radiostationen in ihrem Computer an. Es passierten allerdings auf dieser Welt gerade dermaßen viele Missgeschicke und Kleindesaster sowie Großdesaster, dass ihr davon ganz schwummrig, unsicher und bang wurde.

Am Mittwoch – es war nun also der vierte Tag ihrer Begegnungen – tauchte er erst am Abend auf und sie musste direkt zugeben, dass sie schon auf ihn gewartet hatte. Viel daran gedacht, wie sie ihn damals ihren „Zeitfisch" nannte, mit dem sie zunächst irgendeinen Händel hatte, in ihrer früher immer wieder auftauchenden Angst für das, was ihr im Leben wichtig war, nicht genug Zeit zu haben. Allerdings kam sie nicht dazu, denn Trick oder ernst, sein Blick machte sie weich und wirr. Er guckte unendlich traurig und antwortete nur zögernd, er habe eigentlich auch früher kommen wollen, sei er doch plötzlich so wild auf Licht, immer wieder Licht in allen Facetten. Angst habe ihn jedoch erst einmal abgehalten. Er fürchte sich vor Vogel Greif, der schließlich angriffslustig sein konnte! Er könnte herunterstoßen, seine Augen aushacken oder sein Herz. Der Greif würde womöglich damit sein neues, goldenes Vogelkind füttern wollen.

Sie schüttelte den Kopf, verstand jedoch augenblicklich, sie konnte ihm die Absurdität der Befürchtung kaum klarmachen. Auch nicht, wenn sie sagte, das sei in etwa so wahrscheinlich wie ein Sechser im Lotto. Der Flunder fürchtete sich. Und verhielt sich nicht rational. Niemals, wo die erschreckenden Gefühle eine Rolle spielten!

Dennoch wollte sie ihn trösten und zuversichtlicher sehen, gab zu bedenken, wo sie sich doch nun schon gegenseitig erkannt hätten, könnten sie doch übereinkommen, aufeinander Acht zu geben. Sie hielt das für einen geschickten Zug in dem Spiel, in dem sie sich weiterhin vermutete. Sie hatte den Eindruck, dies alles habe sie ebenfalls schon einmal durchlebt, konnte sich jedoch einfach nicht erinnern, wie sie es damals aufgelöst hatte. Also versuchen mit der Vernunft: Schließlich hätte Vogel Greif doch nur alle sieben Jahre sein goldenes Ei und bloß dann könne ein Vogelkind zum Füttern kommen. Und warum bloß sollte er in dieser so selten auftretenden Zeitspanne ausgerechnet die Augen und Innereien von diesem bestimmten Fisch holen wollen?

„Genau das ist das Wesen von Angst", gab ihr der Fisch zurück. „Als du mir das wunderschöne Licht zeigtest, hast du mir gleichzeitig Angst eingeflößt. Eines ohne das andere konnte ich nicht bekommen." Verdammt!

Da war es jetzt ganz klar, das Déjà-vu – genau diese Worte hatte sie schon einmal gehört. War, wie damals in dem Moment, als es auf eine Entgegnung angekommen wäre, sprachlos. Florah blieb es nicht vergönnt, seine Logik hier auszustechen. Was sollte sie ihm von Zuversicht und Vertrauen erzählen? Beides hatte sie früher nur in Sternstunden fühlen können und mit einem Mal schien es ihr auch jetzt nicht sicher.

Es blieb ihr nur, ein paar Haferflocken auf das Wasser zu streuen, den Flunder kurz zu berühren, als er danach schnappte. Sie bat ihn eindringlich, wieder zu ihr zu kommen, versprach ihm im Gegenzug Geschichten von Lebendigkeit und Verspieltsein. Doch bei ihren letzten Worten sah sie schon in der Dämmerung im Wasser keine Spur mehr von ihm.

Einen Augenblick gab sie sich dem Gefühl hin, sie handle schlicht taktisch klug. Dann spürte sie, wie sie schon in dieser Minute neue Sehnsucht danach hatte, zu wissen, wie es nun weiterging.

Eine echte Überraschung war es dennoch, als Herr Flunder am nächsten Tag, in der Abenddämmerung schon, auftauchte, denn bis dahin waren ihr die Stunden nicht besonders von Licht beschienen vorgekommen.

Ihr Flunder war scharf darauf, schnell zu sprechen – noch vor Einbruch der Dunkelheit wollte er mehr von Lebenslust und Verspieltsein wissen, denn baldiges Abtauchen war angesagt. Weiterhin traute er Vogel Greif nicht über den Weg.

Sie erzählte ihm wohl, hier gäbe es nur Amseln, teils freche, jedoch keine aggressiven, dann noch eine Menge dummer, dicker Tauben, einige Spatzen und zwei Falken. Auch Falken zögen jedoch als Mahlzeit für sich und ihren Nachwuchs eher Mäuse und Tauben vor. Ferner begegne sie mitunter nervtötenden Elstern, diese interessierten sich wohl eher für liegen gelassene Schmuckstücke und befriedigten ihren Hunger anderswo. Allerdings stellte sie die Frage, wo die Krähen heute seien, denn mit ihnen unterhielt Florah sich gewöhnlich laut und gerne. Der Fisch unterbrach sie und beharrte auf Lebenslust und Verspieltsein. Er hatte nicht gemerkt, dass sie schon mittendrin war, und gebärdete sich nun etwas beleidigt, beschrieb vorwurfsvoll seinen Eindruck, sie wolle ihn austricksen. Doch bekam er zurück, das sei beileibe nicht so, wer würde wagen, seinen Zeitfisch zu belügen!?

Auch ein Déjà-vu, aber diesmal schien sie vorn zu liegen!

Eine Nachfrage nach diversem Geplänkel vom dunklen Fisch: Wollte sie zum Ausdruck bringen, dass sie gleichzeitig verspielt und absolut ernsthaft sein konnte? Unhörbar – so hoffte sie – das Ächzen in ihr. Weh, weh, auch diese Frage gab es schon einmal. Nur fiel ihr partout nicht mehr ein, wie die richtige Antwort lautete. Wahrscheinlich, dass es sich genauso verhielt. Das war zumindest, was sie meist fühlte. Damit nicht von vielen verstanden zu werden, stand auf einem ganz anderen Blatt.

„Genau", sagte sie, „beides ist wahr." Tief atmete sie durch. Als sie ihre Augen schloss, wie sie es bei Erleichterung oft tat, war das Licht, das wohl beide sehen konnten, erstaunlich: ganz sanft und nicht blendend, glanzvoll zur selben Zeit.

Bevor er erneut abtauchte, wollte er noch wissen, ob sie mitunter auf alle Zeit vergäße. Sie seufzte nur, denn darauf konnte sie momentan bloß mit einem „Manchmal" antworten. Sie wünschte sich, seltener dieses Ziehen und Zerren der Zeit wahrzunehmen.

9. März

Ob es sich wiederholen kann? Ob noch einmal, und nun ohne sie, das Leben in einer leichtfüßigeren Art Fahrt wieder aufnimmt?

Schon nach diesem Traum hätte Florah lieben bleiben mögen, gar nicht erst den Tag beginnen. Dabei, wenn sie es recht betrachtete, ging alles am Ende nicht schlecht aus. Es schien ihr so langatmig. Wieder so viel Arbeit an sich!

„Keine gute Laune, wie ich da in diesem Zuschauerraum sitz.

Es geht Pott auf Deckel.

Die matte Perle glänzt.

Die Not endet.

Der (Oh-)Wei wird frei.

Die Straßensperre endet.

Das Verlorene wird gefunden … oder etwas, das noch besser ist, wie es in allen bekannten Selbsthilfebüchern heißt.

Der Magier bringt die Konzentration und den Spruch ‚Ping!' Ein Fingerschnalzen und die Lösung.

Flüchtig denke ich noch, dass es die Leute verunsichert, einerseits, sie sich eigentümlich sicher fühlen, andererseits. Und dann bricht nur noch ein Stauwehr in ihrem Kanal, und ping!

Aber zu mir kommt es nicht, denk ich traurig, missmutig fast, als der Magier seine Konzentration mit meinen Gefühlen und sich sträubenden Gedanken verbindet.

Aug in Aug mit mir zieht er die Wellenkämme auf meinen inneren Wassern in die andere Richtung, erzeugt ein anderes Fließen."

In den ersten Tagen, kurz nachdem sie eher zufällig, durch ein kindliches Verplappern, erfahren hatte, Luna geht … war sie sehr versucht, sich dem Schmerz zu überlassen, am besten sich ausliefern, alle Verantwor-

tung abgeben. „Mal gucken, was dann mit mir passiert."
Auch mit der Krankheit, die mittlerweile in einigen Teilen verschwunden war, in anderen tief und unauffällig schlafend in ihr wohnte. Florah lauschte auf negative Zeichen: schwerer gehen, Schwindel. Surren. Kippen und Fallen. Sie lauschte, bis ausgerechnet und überraschend Frau Angst in ihrem rot wallenden Kleid mit einem bösen Gesichtsausdruck vor ihrem inneren Auge stand, die Stirn runzelte und sie anblaffte, ob sie denn wohl übergeschnappt sei. „Geht auch", sagte sie mit Ironie, „wissen wir ja schon, dass du das kannst. Natürlich hast du die Wahl. Die Möglichkeit, dich zu entscheiden für ein Zurück ins Drama. Leiden. Kämpfen. Schlechtes erwarten. Das Erwartete kriegen. Aufbäumen. Kämpfen, Widerstand, überrollt werden von dem, was du angeblich nicht willst. Und immer so weiter, bis du ganz umgefallen bist." Sie spürte zunächst ein Bedürfnis, sich zu wehren. Aber die dort hatte ja recht. Wollte sie die Jahre der Metamorphose, der völligen Lebensumstellung, der Ruhe, des Besinnens, der tiefen Sinnsuche infrage stellen, die Krankheit durch selbstmitleidiges Luftanhalten und Herzrasen, abwechselnd, wieder wecken?
Florah konterte: „Egal." In ihren Geist fiel die nächste Frage ein: „Möchtest du alles entwerten?" Die Erfahrung, wie es ihr gelungen war, nach Jahren mit Panikattacken und bloßer aufzehrender Angst, mit ihr, Frau Angst, ins Gespräch zu kommen, einsargen? Hatten beide nicht schließlich sich gar versprochen, aufeinander aufzupassen? War nicht der Plan gewesen, freundschaftlich miteinander umzugehen? Schmiss sie das jetzt einfach fort? Sie stöhnte. „Dann passt eben jemand anders auf mich auf", gab sie matt zurück. „Ja klar." Sie erkannte den schneidenden Ton von ganz früher, und es war plötzlich so eng in ihr, ein heißer Kloß im trockenen Hals. Doch die Rote war erbarmungslos: „Gib die Verantwortung für dich ab, bleib doch wieder an deinen

Zehen hängen beim Gehen. Und dann fall! Fall. Na los! Irgendwann tust du dir richtig schön weh, und dann kommt ein Tatütata und fährt dich in eine der irgendwie ja wohlmeinenden Flickschustereien, geheißen Krankenhaus, und deine Stimme wird ganz klein, weil sie dort doch gewöhnt sind, mit den Menschen, die kommen, zu machen und zu wissen, was gut für sie ist. Deine innere Stimme, die wir zusammen so schön ausgebildet haben, wird ganz leis, bis du sie schließlich, so wie ganz früher, kaum noch hörst und erst recht nicht ernst nimmst ..."

Florah unterbrach sie, sie beschimpfte Frau Angst als gefühllos und gemein. Sie fühlte sich, als müsse sie weiter gegen die rote Schelte aufbegehren, doch tief, ganz tief spürte sie schon, dass diese mächtige innere Stimme recht hatte. Sie wollte nicht zurückfallen, in das, was sie schon einmal hatte. Dennoch nahm sie noch einmal einen Anlauf: „Alle in meiner Umgebung werden verstehen, wenn jetzt die Krankheit wiederkommt und ich leide! Die meisten werden das sogar eher verstehen, als wenn ich gesund und nach Möglichkeit noch fröhlich bleibe."

„Klar", entgegnete die andere. „Ha, wenn du ganz viel Glück hast, dann ziehen sie vielleicht noch nicht einmal um den halben Erdball von dir weg! Man kann dich doch so nicht verlassen!", spottete die. „Und es ist auch gar nicht schlimm, wenn dann zwei Erwachsene einen Traum von Veränderung und einem anderen Leben aufgeben, ein kleiner Junge nicht versteht, was passiert, ein nicht mehr so kleines Mädchen zwischen Hü und Hott zerrieben wird. Meinst du, Luna geht gern so weit von dir weg? Von ihren Freundinnen? Und trotzdem ist sie auch auf das Abenteuer dort neugierig. Vielleicht auf die Jungs, die es geben könnte, und wie sie ankommt, überhaupt ..."

„Komm, mach Frieden!", flehte Florah. „Wir kochen einen Tee, wir gehen in den Garten. Die Sonne scheint, die Wolken sind weit weg. Es ist warm genug, wenn wir uns einmummeln. Vielleicht fliegt der Reiher auf seinem Weg zum Bach vorbei… Ich will ja wieder zu mir kommen, ich mag nicht dahin zurück, wo ich früher war. Sei doch ein bisschen gnädig und gib mir Zeit. Ich bin dir ja gut. Will nicht deine Gegnerin sein!"

Sie mochte nicht vor Luna verbergen, dass sie alles damals, als ihr diese Krankheitsdiagnose vorgeworfen worden war, alles schwer, schwierig gefunden hatte. Schwer und böse. Wie ein auf immer verdammendes Urteil. Friss oder stirb. Am besten beides. Dann, als schöbe man monatelang einen Vorhang immer mehr zu Seite und sähe das Licht neu, sich entfaltende Bilder eines anderen Lebens.

So genau erzählte sie es nicht, obwohl sie dem Mädchen so vieles noch für ihr eigenes Leben mitgeben wollte. Sehr deutlich war ihr das, wenn auch diese kindliche Frage, wie man die Kraft findet, irgendwie weiterzuleben, wenn man eine „schlimme Krankheit" hat, vor ihr lag wie eine Steilvorlage für Berichte aus ihrer Zeit, als noch alles nur Verlust schien. Verlust von Lebensqualität von Möglichkeiten zum Machen und Tun und Reisen. Verlust von Liebe und Freundschaft war eine um sich greifende Angst. Wegfall von Attraktivität in den Augen anderer. Mithalten können war auch nicht mehr.

Gott sei Dank hätte sie ebenfalls von dem sich herauskristallisierenden „Aber" zu berichten. Die Wahl, die sie getroffen hatte, es anders zu leben. Anders zu sehen und zu fühlen. Das Anziehen von Begleitumständen, die dazu passten.

Der unverhoffte Cadmo. Ihr Leben bekam damals etwas Traumhaftes, unmöglich zu unterscheiden: ein Tagtraum, ein Nachttraum? Da war der Bezug zu einem Tief-in-sich-Gehen, mehr wusste sie nicht mehr.

Wieder kam sie zu Luna zurück. Sie würde eigene Erfahrungshorizonte haben. Florah lag daran, sich über Dinge auszutauschen, über die man nicht gut skypen konnte. Zumindest hatte sie keine Idee dazu. Oder noch nicht. Sie erwähnte die schweren, bösen Gefühle nicht, es war nur die Erinnerung durch ihren Kopf gezogen. Es ging Florah um Lebensmut und leidenschaftliche Ermutigung. Nicht um ein Aufzeigen von dem, was eine hässliche Fratze zeigen konnte. Dem begegnete jedes dieser heute jungen Menschenwesen möglicherweise oft genug. Sie wollte sprechen von Glauben, Mut und Wandel.

„Manchmal muss man eine neue Sprache lernen", begann sie, „das kann toll und recht beschwerlich sein in einem."

Sie wünschte Luna das Glück und die Möglichkeit, ein Flüstern alter Weisheiten auf ihrem neuen Kontinent zu hören. Manch kluge Einheimische von altersher würden Geschichten kennen, etwa von den Traumpfaden – die ihr selbst nur von Bruce Chatwins Versuchen, sie uns noch zu erzählen, bekannt waren.

Nicht etwa, dass es Derartiges in ihrer Kultur nicht gegeben hätte. Es war oft hinter dem Wort „Geschichte", „Vergangenheit", „Es war einmal" versteckt. Belächelt, in kleine Spezialgebiete abgeschoben. Teilbereiche gemeinsamer Kulturgüter. Vereinzelte psychologische Phänomene. Eventuell was man in der Schule streifte, wenn die Zeugnisse schon geschrieben waren, kurz vor den Ferien. Verschüttet.

Dabei gab es die Zauberwesen und wunderbare Bilder unendlich. Meist als Kinkerlitzchen beiseitegeschoben. Weggepackt.

„Freitagnacht fand ich im Dunkel Erstaunliches über den kleinen großen Fisch, den früher so grimmigen Gesellen heraus. Er war nicht bloß mein Zeitfisch und mein Fisch von Angst und Zweifel mit der scheinbar ewigen weiteren Frage, ob ich auch wirklich stets genug bekommen werde im Leben. Da hatte ich sie doch tatsächlich für überwunden gehalten, die Angst, und spürte nun, dass sie trefflich in mir lebte oder in gewisser Weise wiederauferstanden war. Klar, dass auch seinerzeit der Flunder sie aus seinen, meinen tiefen Brackwassern mit nach oben gebracht hatte. Notfalls konnte man sie deckeln mit der Aussage, in Deutschland würde eine schwerlich Hungers sterben. Früher oder später flog der Deckel fort, wie von Kartoffeln, denen schon längst alles Wasser verbrannt ist. Der verzweifelte Versuch, dann rußige Zeichen zu geben.

Und nun merkte ich zu allem Überfluss mitten in der Nacht, dass es erneut darum ging, ob Mutter Erde oder, kaum wage ich es auszudrücken, Gott mir genug zum Leben geben würde. Es könnte doch auch mein Los sein, die Knetmasse meines Schicksals, Karmisches, mich in den Mangel zu stoßen!

Und dann sagt auch noch der Fisch zu mir: „Meine Liebe, das ist ja nun alles gar nicht neu, aber so was von nichts Neues! Du hast es doch von Anfang an gewusst, dass ich dir ebenso dieses beschere, du warst nur einfach bis jetzt anscheinend nicht in der Lage, es richtig zu dechiffrieren."

In meinen Ohren klang es wie purer Hohn. Doch bevor ich mich noch trotzig auflehnen konnte und sagen, dass ich bitte sehr da überall bereits durchgegangen war, man manche Wege im Leben nur einmal geht und dann nie wieder, hatte der Flunder anscheinend schon meine Gedanken gelesen und dozierte, als wiese er mich milde und geduldig, als sei ich ein uneinsichtiges Wesen, zurecht, ich wisse doch, nicht in die Welt lassen, fluchende Gedanken nicht und schon gar nicht Worte; mir müsse langsam klar sein, es tue mir nicht gut und möglichen Bränden in mir ebenso wenig! Ja, die ganze Welt könne von der aggressiven Stimmung, gegen was auch immer, nichts mehr gebrauchen. So viele Meere in unendlich vielen Menschen, die schon ganz sauer sind, nah am Kippen. Bald kein Lebensraum mehr. Dringend fordere er mich auf, Übles und Aggressives möglichst nicht einmal zu denken. Zu tun schon gleich gar nicht.

Da tat er mir leid, mein Geselle, und nur weil ich so müde war, fand ich nicht die Kraft für eine Entschuldigung, seufzte bloß. Vielleicht konnte er es dennoch verstehen.

Ich merkte, wie viel noch übrig war von dem Angstzweifel, von der Furcht, Mangel zu leiden. Ganz materiell, jedoch auch im Gefühl. Als ob es gleichzeitig an meinem Grundgefühl nagte, geliebt zu werden. Zu überleben sogar.

Ein scheinbar widersinniger und perfider Rest meines alten Wankens, der offenkundig nur noch tiefer nach unten gesunken war, um irgendwo im Unterbewusstsein zu überleben.

Der Flunder forderte mich auf, bitte darüber nicht zu viel zu sinnieren, es bringe nichts, über einem „Warum" zu grübeln.

Zunächst fand ich frech, dass er mich zu allem Überfluss daran erinnerte, wie mich all mein kluges Umherschweifen an der Oberfläche nicht wirklich weitergebracht hatte. Oh Gott, er nannte es Oberfläche, und für mich war es alles andere, ich hätte ihn umbringen können! … Sei's drum, kommentierte er, als könne er mich hören, es habe mich doch schon öfter in die Irre geleitet.

Dann wieder kippte meine Stimmung in Dankbarkeit, denn er hatte ja recht. Mir war nicht begreiflich gewesen, wie viel besser es mir tat, zu meditieren und mich ansonsten durch alles ohne Wenn und Aber hindurch zu fühlen.

Ich konnte, diesmal wollte ich es und spürte vages Bedauern, die Unterhaltung nicht gleich mit ihm fortzusetzen, denn er hatte vor, im aufziehenden Morgenrot ein treffliches Lichtbad zu nehmen… Und weg war er. Hatte wohl nicht so viel Angst mehr vor dem Vogel Greif oder dachte sich, der sei bestimmt noch nicht wach.

Vieles geschah über den Tag verteilt, es drängte mich aus mir unerfindlichen Gründen, dem Flunder davon zu erzählen, und vorsichtshalber legte ich mir schon meine Worte zurecht, feilte, verwarf, fing es nochmals an. Ich wollte so gerne von ihm verstanden werden. Tatsächlich tauchte er am späteren Nachmittag, noch vor der Dunkelheit, auf. Er gab zu meiner Enttäuschung vor, bereits informiert zu sein. „Ich weiß es wohl", sagte er, „du durftest heute eine Menge Vertrauen genießen und produziertest in deiner Freude darüber eine solche Menge Licht, dass es in alle Tiefen vordrang, mich selbst unter meinem Stein erreichte und dazu reizte, an die Oberfläche zu schwimmen. Ich will doch dort oben den Tanz des Lichtes nicht versäumen."
Fast versöhnten mich seine Worte, hörte ich doch daraus, ich selbst schien die Lichtproduzentin zu sein. Zumindest was mein inneres Licht anging. Nicht dass ich mir das nicht im Grunde schon gedacht hatte oder es gar wusste. Es schadet einfach niemals, sich solcherlei ausgesprochen deutlich zu machen. Immer wieder.

Schließlich, an einem dieser Märztage um zwei Uhr morgens, fragte mich Herr Flunder darüber aus, wie es momentan mit meinen körperlichen Beschwerden sei, und da ich ihn mittlerweile doch besser kannte, gab ich zu, wie mich das Leben nochmals in diese Versuchung führte, mich aufzugeben und einfach anderen zu überlassen, was weiter geschehen würde. Ich erzählte ihm, wie mir schien, häufige Störungen, Krämpfe oder kribbelnder Energiefluss und Erzittern wollten dieser Stimme recht geben, die ich auf mich einreden hörte, meinen eigenen Weg zu verlassen, in den mehrheitsfähigen einzumünden stattdessen, alle Verantwortung abzugeben … Ich klagte, wie mich Körpersymptome davon abzuhalten schienen, in innere Ruhe zu kommen, zum Beispiel in einer Meditation. Wie soll ich mich auch darauf konzentrieren oder nur meinen Atem hören, wenn unregelmäßig etwas krampft, das ich versuche zu kontrollieren? Ich warf ihm Fragebrocken hin und gab mir selbst negative Antworten. Etwa von der Sorte, wie Verstörungen sowohl alles wie auch nichts bedeuten können – wo kommen sie her, wo führen sie hin?

Dabei hätte ich, jammerte ich, eine solche Sehnsucht nach Ruhe. Doch an ihrer statt würden meine inneren Wasser ständig aufgewühlt. Der Fisch behauptete, in Wirklichkeit und wenn ich es erst mit dem Herzen, dann mit klarem Kopf mir anschaue, mache das überhaupt nicht so viel aus. Er tröstete gar oder ich verstand es so. Vielleicht wollte er mir dabei helfen, irgendwie diese negative Stimmung zu überbrücken. Er erzählte darauf los, als sei es von Bedeutung. Wirklich lieb habe er von mir gefunden, als ich ihm all diese Blüten auf die Wasseroberfläche legte. Ein wenig waren sie für ihn wie Seerosen. Die Seerosen seien halt saisonbedingt noch nicht da, doch zwischenzeitlich, bis ich auch diese beschaffen könne, sei das schon prima mit den Blüten, und vielleicht erzählten sie dem Meer bereits von meiner Sehnsucht, die er im Übrigen mit mir teile, legten den Grundstock für einen Seerosenreichtum.

Sodann forderte er mich auf, einen schönen Schluck Wasser zu trinken und weiterzuschlafen, bitte, bedrängte er mich eindrücklich. Wenn er nicht gar ein Taschentuch mit einer Art Schlafgas in mein Gesicht, über Mund und Nase, schmuggelte.

Jedenfalls war ich sehr unwillig, als er mich dennoch um sechs Uhr morgens erneut aufweckte, mir dazu noch alles Mögliche wehtat, während es draußen duster war und regnete. Allerdings, die leise Stimme des Fisches so unverhofft lockend und einschmeichelnd: „Steh auf, meine Süße." Noch wehrte ich mich und protestierte –

warum sollte ich um diese Zeit aufstehen!? Da erinnerte er mich flugs an den Vortag und mein Weiterschlafen nach dem ersten Erwachen, vor allem an die hässlichen Träume, nah an möglicher Tagesaktualität.

Und eigentlich brauchte er mehr nicht zu sagen, um mich ihm folgen zu lassen. Ich fragte ihn wohl, ob es sein könne, dass wir irgendwie die Rollen getauscht hatten, und er lachte mich erheitert aus – ach, höchstens für den Moment sei das so. Auch habe es etwas mit Verspieltsein zu tun, er lerne eben durchaus von mir.

Dienstag früh, wieder Aufwachen um zwei. Wobei ich nicht einmal sagen kann, wer angefangen hatte mit der Weckerei, der Fisch oder ich. Eigentlich kann ich nur sagen, dass wir eine interessante Unterhaltung über sich entfaltende Schönheit pflegten. Es ging um all die Schönheit, die eine Person entfalten kann, einfach weil ihr Mutter Natur zur Seite steht, und dass es üblicherweise nicht auf einmal geschieht, sondern Schritt für Schritt im Lauf von Erfahrungen und ganz praktischem Verweben mit dem eigenen Leben. Der Mensch sei wie eine von den Zwiebeln, die ich so gerne habe. Mag sein, ihre Haut ist verletzt, vielleicht sogar faul oder von schwarzem Schimmel überzogen und dennoch kann ihr Inneres intakt sein und wunderbar in verschiedenen Gerichten.

Wir versuchten, es tiefer zu diskutieren – selbst wenn ein Mensch intuitiv bereits richtig gute Seiten gezeigt hat, kommt sie oder er doch zum Herzen der Liebe, der Gutherzigkeit, der Freundlichkeit, des Vergebens – ja, zum Herzen, das mit Milde und Nachsicht gefüllt ist, zu stetiger Heiterkeit und wahrer Kraft nur, wenn eben dieser Mensch ebenso mit sich selbst und dem eigenen Herzen umgeht. Plötzlich ist mir danach, zu protestieren. Ich will sagen, dass es sich doch um alte Hüte handelt. Dass ich schließlich angewandt habe, mich selbst gut zu versorgen und sogar zu lieben. Empfinde es als

Dreistigkeit, was für eine Frechheit, als er mir aalglatt ins Gesicht sagt, ja, das stimme, er streite es nicht ab. Wir beide seien da schon mal durchgegangen in einer Zeit, als ich das noch überhaupt nicht gut draufgehabt hatte, nett und fürsorglich mit mir selbst zu sein. Dürfe er mich aber bitte daran erinnern, wie man so manches nicht nur einmal im Leben durchläuft, weil es einen doch nicht dauerhaft so ganz durchdrungen hat. Man lässt vielleicht nach, fühlt nicht mehr so genau hinterher. Das passiert leicht, „das geschieht so ziemlich jedem", fügte er versöhnlich hinzu. Hatte er mir vielleicht jemals versprochen, dass es irgendwann, Abrakadabra, für alle Zeiten abgeschlossen sei? Nie im Leben, dafür sei das Leben doch nicht da!

Und viele von uns kämen ohnehin nie bis dort, weil sie stetig zu viel mit dem Tun und mit dem Haben beschäftigt sind.

Der Flunder selbst erzählte mir, während er, wie er sagte, durch tiefes grünes und blaues Licht schwamm, wie wahrhaft erleichtert er sei, dass ihn oder mich nach hundert Jahren (ja, er liebt Märchen, dabei war es diesmal nur ein gutes Jahrzehnt) die Einsicht geküsst hatte, gar kein schreckliches, feindseliges Wesen in meinen tiefen Wassern des Unbewussten zu sein. Allerdings war er bereit zuzugestehen, man brauche schon reichlich Mut, ihm tatsächlich in seine Augen zu sehen. Und noch etwas erwähnte er: Er wisse durchaus, was sonst noch da unten in mir herumschwimme, und er schätze mal, manches davon könne man einfach in Ruhe lassen, müsse man gar nicht wecken. Anderes werde noch zu mir nach oben kommen. Er jedoch sei der große Fisch, der größte Fisch. Übrigens nicht nur mein Zeitfisch oder der des Zweifels, ob ich wirklich immer genug bekäme, sondern vielmehr auch der Fisch der Todesangst. Und erst indem ich angefangen hätte, ihn zu lieben und ihn zu akzeptieren, hätte ich ihn befreit.

Damit entlockte er mir einen tiefen Seufzer – das hätte ich schon verstanden (was ein wenig geschwindelt war, denn ich hatte es verstanden und auch nicht verstanden). Warum nur komme er, mir diese Dinge mitten in der Nacht zu erzählen?

„Vielleicht", so gab er zurück, „werde ich nicht immerfort sogleich bei dir sein können. Schließlich kann ich nun schwimmen, wohin ich will. Die Welt ist so groß und größer noch das Universum. Aber jetzt gerade mag ich hier bei dir sein, denn du hast mir all das Licht zurückgegeben, dafür würde ich mich gerne mit dir weiter unterhalten, bis ich sicher sein kann, dass sich das Wichtigste in dir festgehalten hat und nicht mehr entschwindet."

Luna hält sich am meisten daran fest, wie man um manches in der Geschichte des Lebens, um die Selbstliebe immer wieder neu ringen muss. Das gefällt ihr nicht. Man möchte es doch einmal sicher haben, und gut ist. Florah schneidet Äpfelchen in wurmlose, esseinladende Spalten. Sie gibt so halbwegs zu, wie lange ihr selbst das nicht gepasst hatte. Dieser stetige Wandel. Und dass man einfach nichts so richtig, unverrückbar sicher zu haben schien. Die Sehnsucht, manches felsenfest feststehen zu wissen und kein Meer kann es umreißen. „Was hilft mir all dieses Unsichere? Wie die Sandburgen von Aron. Mit der nächsten Flut weg."
Es war ihr zu kompliziert, zu dem halben Kind von Gott zu sprechen, dessen oder deren Liebe auch eine Gewissheit sein konnte, einmal entdeckt oder wieder entdeckt. Sie sprach wohl von Adrian und Cara: „Die Liebe, die sie dir immer wieder gezeigt haben, die kannst du spüren, egal was in Zukunft passiert, keiner kann dir dieses Gefühl klauen."
Lauernd schaute das Kind. Sagte nichts. Auch Florah schwieg. Dachte sich, derlei Gedanken müssten arbeiten. Gingen vielleicht zwischendurch verschütt, wie bei

ihr selbst. Würden sich wieder zeigen, wenn es an der Zeit dafür war.

„Kann ich mein Telefon gucken?", war Lunas Frage. Klar, so ab und zu mal, kein Problem. Die meisten Menschen schauten fassungslos, wenn sie den kleinen Ritus mitbekamen: Das Smartphone blieb in der Diele. Sie durfte ab und zu danach sehen. Es hatte in diesem Haus keinen festen Platz am Esstisch, neben dem Kopfkissen, in der Hosentasche oder sonst wo ganz nah. Ablenkend. Aufmerksamkeit abziehend. Strahlend. Die meisten glaubten nicht, dass das ging, heutzutage.

Das letzte Apfelstückchen kauend sinnierte sie über das Repertoire im Sein und Handeln. Beides schien ihr wandelbar. Es mochte wohl sein, dass die Zahnräder unterschiedliche Größen hatten und das Handeln in der Lage war, schneller zu drehen. Vielleicht konnte anderes Tun, wenn es gut war, dem Körper schon ein zufriedenes, wohliges, keckes, stolzes sonstiges positives Signal geben und langsam das Sein auf eine nachhaltige Veränderung vorbereiten?

Manchmal kann es geradezu lustvoll sein, ein ganz neues Sammelsurium von Sein und auch von Handlungen um sich herum aufzubauen. Es ist noch nicht vorstellbar, wenn sie versucht, es darauf anzuwenden, dass in absehbarer Zeit die lieb gewonnenen Rituale um Luna herum entfallen.

Immerhin wusste sie bereits, dass es die Möglichkeit gab, sich mit Dingen zu verbinden, die vordem unerreichbar schienen.

Sie konnte Cadmos Stimme hören, die ihr bedeutete, langsam zu machen, sich in verschiedene Reaktionsmöglichkeiten gut einzufühlen. Daran zu denken, sie hatte die Wahl. Nicht unbedingt die Wahl zu bestimmen, was geschah, doch immer die Möglichkeit sich auszusuchen, wie sie damit umging.

Es mochte seine Stimme sein, doch kam sie gerade aus ihrem Wesen.

Die Einsicht, eine Wahl zu haben und schlicht niemanden außer sich selbst dafür verantwortlich machen zu können, was im Leben geschah, war ungeheuerlich. Der Spielraum allerdings auch.

Keine gefühlte Alternative mehr, die Schwächen eines Gegenübers herausfiltern und ihn genau dort packen. Besiegen. Es kennen und doch nicht nutzen. Liebend berücksichtigen. Den Menschen so sein lassen, wie er gerade war. Möglicherweise erreichen, indem sie nicht die Waffen schwang, mit denen er fast schon erwartete, geschlagen zu werden.

Sie konnte sich vorstellen, wie ihr Sohn auf eine hilflose, zu traurige, verlassen sich fühlende Mutter reagieren würde. Wollte nicht dieses Opfer sein. Lieber eine, die allen Neues, Spannendes, Bereicherndes in der örtlichen Ferne wünschte.

Möglicherweise half ihr Cadmos Zuversicht, in der unerschütterlich sein Glaube stand, sie würde die richtige Wahl treffen? Offenbar war er in dieser Situation die Stimme, die sich in ihrem Inneren Gehör verschaffte. Es mochte dienlich sein, daran zu denken, wie diese Achtsamkeit im eigenen Tun ihm – nach dem, was er sagte – zu seinem Glück oft seinen Weg ausgeleuchtet hatte. So dass er sich leichter entscheiden konnte, im Zusammenhang mit anderen weder der Sieger noch das Opferlamm.

„Einfach überlassen", dachte sich Florah. Dem Weg, Evalinas Fahrkünsten, die nun auch nach ziemlich langer Führerscheininhaberinnenzeit auf „Ausland" unmittelbar mit Ängstlichkeit angereichert waren. Mal gar nichts sagen zu dem schwarzen Familienschlitten. Dem Statussymbol. Bei dem ein wenig die Zeit stehen geblieben schien: Wer es als ursprünglicher Ausländer in Deutschland zu etwas gebracht hatte, zeigte das eben

mit so einem Wagen. Vor zwanzig Jahren. Dreißig mag
sein.

Erneut an sie die Frage gestellt, wo sie lieber hinwollte.
„Gilt nicht", erwiderte Florah, „du hast mich diesmal
eingeladen, du darfst alles bestimmen." Nicht wie früher
das Bedauern, „die welsche Unordnung", zu der sie
lieber „das Bunte" sagte, zu verlassen. Frühe Blüten,
weiß, manchmal rosé, hatten sich schon entfaltet. Bäume schlugen aus, einige trugen zartes Blattwerk, bei
anderen noch Schutzschichten, mehr erst später freizu-
geben. Vorsorge vor Frostnächten, die vielleicht noch
kommen konnten. Viele der oft vereinzelten Häuser
ohne Ordnung, obschon man mancherorts die Hand
eines Architekten der sechziger, der siebziger Jahre sehen konnte – vielleicht war es auch eine ganze Gruppe,
die gerne Vorbauten und großzügige Eingangstüren
oben mit einer Biegung gestaltete. Die das meiste Leben
gerne in einer Art Hochparterre ansiedelten, über ge-
schwungene fünf Stufen, seitlich auslaufend erreichbar.
Die reicheren Häuser oft an den Eingangspfosten ge-
schmückt mit weißen Steinlöwen.

Die ersten Kühe waren bereits wieder draußen. Das
Wetter ein meist gemeinsames, ebenso was grünte und
blühte. Sie wusste, Evalina hatte die Ordnung und Sau-
berkeit, das „Hellere, Geputztere" der niederländischen
Seite, lieber.

Diesseits und jenseits, scheinbar geordneter oder anar-
chistischer, war der Kaffee der Region gut. Floss halb
lebendiger Bach, halb Fluss ein kurvenreiches Wasser,
das sich nicht kanalisieren ließ. Gesäumt von einem
Reichtum an Pflanzengrün. Gut, im Herbst vor allem
wuchernder, eingeschleppter Bärenklau wurde von der
einen Seite möglicherweise erbarmungsloser niederge-
macht als von der anderen.

„Wirklich schön", bemerkte Florah. „Richtig Frühlings-
luft."

Später in einem Bistro – das Brot war ebenfalls leckerer auf der anderen Seite, hatte sie wiederholt festgestellt – aßen sie Flutes mit lokaler Käsefüllung und ein bisschen Gemüse. Reagierte Evalina auf die Frage, was es Neues gab, mit einem: „Immer dasselbe. Es ist ja bald Osterpause. Mehrere freie Donnerstage danach, darauf freue ich mich auch, ein Freitag als Brückentag sollte mir gehören. Kann sein, wir fahren dann nach Wiesbaden." Die Äußerung für Florah nach wie vor fremd, denn niemals hätte sie das eigene Leben in einem solchen Gleichmaß beschrieben. Sie wollte es heute nicht diskutieren. Hatte beschieden, mehr von der gemeinsamen Zeit sollte heute Evalina gehören. Die wiederum sah es genau andersherum.

Ein Weilchen noch Geplänkel über die Arbeit der Jüngeren. Deren Erschrecken über die Neuigkeit: „Luna geht." Florah wiegelte ab: „Es gibt weiß Gott Schlimmeres." Spürte die Absurdität schon im Augenblick des Sprechens, natürlich immer gab es Schlimmeres, sehr viel Schlimmeres, irgendwo auf der Welt oder sogar nebenan. Es ging nur ein relativ geschütztes, privilegiertes Mädchen weit fort …

„Luna ist bald dreizehn", setzte sie nach. „Ich gönne ihr, Neues zu sehen, Entdeckungen zu machen." Sie wisse zu schätzen, was sie mit der Enkelin habe leben dürfen, dass es ein besonderer Bezug war. Viel Wärme für beide. Keine musste aufhören, die andere zu lieben. Und doch …

Sie biss an ihren mittleren Fingerknöcheln herum, wollte nicht durch „unsinnige Tränen" auffallen. Evalinas Hand kam ihr entgegen, koste sie einen Augenblick. „Was sind unsinnige Tränen?", fragte sie mit offenem Blick. Florah musste beinahe schon wieder lachen. Versuchte sich mit den Ringfingern und den kleinen links und rechts so achtsam unter den Augenlidern entlangzufahren, dass sie verschmiertes Mascara damit wegholen konnte. Schwarz an den Fingerkuppen. Schnäuzen. Missbrauch von Bistroservietten.

Auch Cadmo wusste um ihre tiefe Sensibilität und Empfindsamkeit, und ihm war sehr klar, dass es verletzlicher machte als gemeinhin. Wie umgibt man sich mit einem ganz eigenen Schutz, der in einem lebt? Immer. Ohne Anspannung. Tägliches Darum-Kümmern muss wohl sein, sonst ist es einfach futsch. Mühsam und neu musst du es dir dann wieder zusammenbauen.

Evalina begegnete Träumen immer noch mit einer Mischung aus Neugierde und Respekt. Brachte eines Tages die Mutmaßung, „diese Bilder könnten möglicherweise wirksam werden bei jenen, die an sie glauben".

Sie bekundete ihr Interesse an dem aktuellen Traum mit der „Weisen".

Florah schloss die Augen. So kam sie besser in ihre Konzentration. Parallel umstrichen ihre zu einem Dreieck zusammengelegten Fingerkuppen die Stirn, Augäpfel unter geschlossenen Lidern, die Nase an Wurzel und Flügeln, auslaufend in den Mundwinkeln. Sie pustete Luft aus ihrer Mundhöhle, begann:

„Eine weise Frau, die gleichzeitig viele Menschen, Männer und Frauen ist, denen ich in meinem Leben begegnet bin – und ich bin es zur selben Zeit auch selbst.

Spüren, fühlen, erkennen der Zeichen im Körper – wie fließt der Atem, wie geht der Puls, flattert das Herz, tut was weh, zieht, zehrt?

Höre, lerne diese Sprache, du kannst das, du hast doch schon andere Sprachen gelernt! Tatsächlich hast du dir auch schon einmal so große Teile von dieser angeeignet. Was du dann im Geist und praktisch bewerkstelligen musst, also verknüpfen, übersetzen, das ist Schritt 2: Da, wo weiße Flecken sind, in deinem Kopf, das ist das bloße Bild. Aufgezeichnet von Maschinen. Ebenso wahr das Gegenteil: Wo diese Flecken sind, ist Handlung, ist der Weg. Du kannst es dir als unsichtbares buntes Wollknäuel vorstellen, das du auf deinem Weg dabeihast; es birgt in sich, in seinem Faden, den Impuls, aber handeln musst du schon selbst.

Ich will jammern: ‚Ach, es ist so schwer!'

Der einen Stimme liegt auf der Zunge: ‚Ich kann das sowieso nicht!'

Die andere lässt sich auf ein Streitgespräch mit der weisen, intuitiven ein:

‚Es ist so schwer.'

‚Es ist so einfach.'

‚Es ist, wie du es machst!'

‚Es ist beides gleichzeitig so schwer und so leicht.'

Darauf können wir uns einigen."

Sie sei aufgewacht, habe versucht zu verstehen. Für sie hatte der Traum etwas eigenartig Tröstliches gehabt. Als könnte es eine Lösung geben. Offenbar keine, die sofort auf ihrer Hand lag. Genauso gut keine, die unerreichbar war.

Und mit den Sprachen war es schon irre. Allein dieses sinnliche Erfahren, dass es Fremdsprachen gab und ganz andere Sprachen, die einen umgaben und denen oft viel zu wenig Aufmerksamkeit geschenkt wurde. Die meisten Menschen, die aus anderen Ländern gekommen waren, sahen leider diese Schätze nicht und auch nicht diejenigen, die mit ihnen zu tun bekamen. Noch weniger, seit die Übersetzungsprogramme auf Smartphones immer besser wurden. Auf Wunsch nicht schreiben, sondern sprechen. Die technischen Dinger wussten nichts von der Lust, in eine andere Sprache so einzutauchen, dass man sich in ihrem Humor bewegen konnte, irgendwann. Keine Ahnung von der Eroberung eines Sprachgefühls. Der Lust, italienisch zu lesen. Lieder mitzusingen.

Sie schaute auf. „Selbstverständlich meine ich nicht diese Sprache hier, zum Krätzekriegen. Es juckt mich schon überall." Sie mochte das harte, an Niederdeutsch Erinnernde nicht leiden.

Entschuldigte sich sofort, bei der lächelnden Evalina und „allen, die das hier mitbekommen … Es kommt einfach bloß meine Ironie und mehr spontanes Gefühl für Gott und die Welt wieder."

Sie dachte daran, wie einmal, in einer Unklarheit zwischen ihnen, Cadmo erwidert hatte: „Wenn es zwischen uns neunundneunzig intakte Brücken gibt, werde ich mich doch nicht auf die eine kaprizieren, die zerbröckelt im Wasser liegt."

Warum sollte das nicht ebenso für eine Brücke zu ihrem gesunden Selbst gelten? Florah versuchte, sich zu erinnern, was eigentlich ihn durch heftige Zeiten getragen hatte. Er hatte, weiß Gott, keinen Mangel daran erlebt. „Ach", hörte sie sich in leisem inneren Erwachen und Aufmüpfigkeit, als seien ihr die Worte gerade von Herrn Flunder zugetragen worden per Wellenschwapp, direkt in ihr Innenleben, „guck, guck, auf dem richtigen Pfad." Was war in der Lage gewesen, sein Leben zu retten, wenn er auch hätte untergehen können? Oder sich umbringen? „Gott oder das Göttliche", dachte sie, „ein Leuchten, ein kleines oder großes aufscheinendes Licht." Es mochte auch ein Schein der Seele sein, die da rief: „Denk daran, du nimmst mich immer und immer mit, in ein nächstes Leben ebenso! Und was du jetzt nicht bewältigst, erscheint, wenn du wiederkommst. In irgendeiner Form. Der Servierteller findet dich. Überall."

Auf dem eigenen Weg lag es herum, das Hindernis, der Schmerz, das Weh. Nicht um den Menschen umzubringen oder selbst Hand an sich legen zu lassen. Eine Idee, einen Ausweg, ein Weiterleben kurz anzuleuchten, auf dass Mensch es in sich wende und eigene Ideen entwickle. Wenn nicht in dieser, dann eben in der nächsten Runde.

Ihr war danach, „Danke" zu sagen. Bewusstsein dafür, wie nicht selbstverständlich war, dass Cadmo ihr gegenüber die Kraft aufbrachte, sie mit seinem Wesen, seiner

Neugier auf Welten anzustecken. Florah hätte sie sonst wohl nicht näher angeschaut, gar betreten … Wagte zu denken: „Vielleicht war es auch Lust, denn nicht mit jedem kann er sich offenbar so tief austauschen."

Jahre, um zu begreifen, in ihr gab es Welten, die er nicht gesehen hätte, in die er nicht gegangen wäre, ohne sie. Ungespielte Musik, Gemälde, die er sich von alleine nicht angesehen hätte. Romane nicht gelesen. Städte und Orte dort nicht angeschaut. Mit anderen Augen und Ohren. Wenn überhaupt.

Sie dachte an Gerüche und Geschmäcke. Wie sie ihm erzählte, Venedig im Sommer, es sei ihr vorgekommen wie ein anderer Gestank an jedem Eck. All dies Witterung-Aufnehmen hatte sie bis zu einem anderen Mal im Frühjahr blind gemacht für Schönheiten in dieser Stadt. Ein wenig besungener Ort dagegen Trient mit einer Innenhofskulptur von Liebenden, die sie becirct hatten. Unvergesslich. Und Bergamo, Oberstadt an einem Morgen. In der Nähe des Aufzugs eine Bäckerei mit Café. Unverbrüchliche Verbindung der Stadt mit Hefegebäck, teilweise in ein Kaffeegetränk getunkt. Der hohe Seegang und die Unmöglichkeit, von Stromboli wegzukommen. Noch keine touristische Saison. Eine einzige Möglichkeit zu essen. Pikante Spaghetti mit Sardellen, Kapern, Peperoni, Petersilie, Olivenöl. Einem Hauch darüber geriebenem Pecorino. Tagelang. Wunderbar. Unvergesslich.

Sie weinte schon wieder. Das hatte sie doch früher noch nicht einmal gekonnt! Warum aber? Es war doch schön? Die Wucht, mit der es in ihren Sinn drängte vielleicht. Oder dass sie es so lang nicht gewürdigt hatte? Kann auch sein, sie wollte in diesem Moment nichts Schönes sehen, es machte zornig. Lag näher, eine Zeit sich wie „armer schwarzer Kater" zu benehmen. Ich fahre meine Krallen aus, der Schwanz tanzt hin und her in Unentschlossenheit. Fauche nur einmal, dann schlage ich zu.

Geh nur in Deckung. Nein, es braucht kein Knurren als zweite Warnung.

Draußen krähte ein Hahn. Beide Frauen versuchten, ihn durch das Fenster zu sehen. „Was für ein Ort!", sagte sie zu der lächelnden Evalina. „Hühner. Hähne, die am frühen Nachmittag krähen."

„Und Gänse, die mit ihnen um Futter konkurrieren, guck mal", gab die andere zurück. „Wahrscheinlich sind noch mehr Nutztiere da. Vertilgen, was auf unseren Tellern übrig bleibt. Ich weiß ja nicht, ob das EU-konform ist", frotzelte Florah.

Ein Gleitenlassen der Gedanken, nicht festhalten. Es waren heute die verstörenden, dem Alltag nahen. Sie wollte dahin nicht zurück. Menschen, die nicht darauf reagiert hatten, was sie sagte, oder unangenehm darauf ansprangen. Nachdem sie sich nicht hatte festnageln lassen auf übliche „Lösungsstrategien" auf Krankheitswegen. Anerkannte Experten in verschiedenen Lebenslagen, die nicht verstanden oder nicht hörten. Alles keine Böswilligkeit. Oft geschahen Dinge, die sie nicht wollte, wohlwollend. Waren dennoch keine Rechfertigung. Welches Maß legte man da an, Menschen wie ihr gern und immer wieder etwas aufzuerlegen mit der Begründung, das müsse so oder sei schon immer so. Mit einem Mal erstreckte sich „schon immer" auf den verschwindend kleinen Zeitraum etwa einer Generation.

In der Medizin genauso wie bei den Behörden, die bestimmten Richtlinien über ein, zwei, drei Wahlperioden und oftmals sogar noch kürzer folgten.

Es war ihr angenehm, gemeinsam mit Cadmo zu glauben, dass jeder Mensch zu jeder Zeit in seinem Leben die Dinge so gut tat, wie sie oder er es in diesem Augenblick verstand. Eine heftige These, die sie sich lange verboten hatte, und doch hatte sie Arbeiten im Sozialbereich damals gelehrt, dass es sich wohl so verhielt. Auch bei den gesellschaftlich als „Schlächter und Böse, Ignorant, Mitläufer und Idiot" Gebrandmarkten.

Möglich, dass sie einigen wenigen mehr erzählt hatte als ihm – doch gleichzeitig hatte sie nie jemandem mehr wirklich von sich erzählt. Das hing anscheinend mit einer kompletten Öffnung des Herzens zusammen. Nicht mit der alten Risikofreude, die Ähnliches zu spiegeln schien, sondern mit diesem eigenartigen tatsächlichen Wegfall von Angst Cadmo gegenüber. Mit ihrem Glauben daran, dass dieser Mensch ihr nie wehtun würde. Oder beidem. Ihrem Gefühl nach hatte sie nirgendwo geschlossene Vorhänge vorsichtshalber angebracht. Und die Kellerräume zu ihren Tiefen nicht mit altertümlichen Schlüsseln verschlossen, die sie sicherheitshalber irgendwo verbarg, wo sie bedarfsweise sicherlich schnell gefunden werden konnten. Und weg waren sie, so genial die sicheren Verstecke.

Sie hatte es mehrfach angetestet mit anderen, die Fragestellung, sich nie gegenseitig Schmerzen zuzufügen. Es war wohl etwas, das selbst hartgesottene, erfahrungsreiche Männer, mit einer heftigen Portion an sozialem Gewissen, ungern versprachen. Sie garnierten es mit Hoffnungen. Eine halbe Entschuldigung, sollte es doch, was sich selbstverständlich ihrem Einfluss entzog, geschehen.

„Wenn dir selbst Aufrichtigkeit fehlt", sagt Cadmo, „ist das wohl die mächtigste Verhinderung einer Selbstverwirklichung in allen Bereichen des Lebens."

Tatsächlich wusste sie nicht mehr, wer von beiden ausgedrückt hatte: „Danke, dass du mir einfach mit deinem Herzen vertraust." Gleichgültig. Wohltuend, dass es da war und bestimmt nicht selbstverständlich. Besonders schön, wenn sie ihre eigene Verbindung zu all dem schaffen oder erspüren konnte. Die Geschichte von beiden, die, noch lange sich entdeckend, so sehr einen eigenen Weg gehen wollten, egal welche Widerstände und Verächtlichmachungen. Zwei, die diese Kraft gefunden hatten, obwohl es zwischenzeitlich beide auf die so genannte „gesellschaftliche Verliererseite" hätte spülen können.

Sie genoss es, manchmal in ihm lesen zu dürfen wie in einem herkömmlichen Atlas auf Papier.

Ob er denn helfen würde, fragte Evalina, wenn schließlich die Enkelin so weit weg verschwand. „Sicherlich nicht klassisch", erwiderte sie, wenn damit gemeint sei, ewiglich einem Jammern zuzuhören. Geduld sei das eine, und die habe er, dennoch glaube sie, er würde erwarten, dass irgendwann eine Wandlung geschieht. Neue Wege und Werte in ihr selbst zu entdecken, das gefiele ihm bestimmt!

Überhaupt, so fiel ihr ein, nichts hatte sich als „klassisch" herausgestellt in dieser Verbindung. Florah hatte sie einmal kommentiert, spannend zu finden, wie anscheinend sie es war, die nach ihrem mehrmonatigen italienischen Ausflug – wie sie den Aufenthalt dort nannte – mehr von diesen sehr italienischen Arbeiterklasseliedern kannte. Viele laut mitsang. Er hingegen nicht. Cadmo hatte gelacht. Freundlich. War eben anders drauf gewesen und auf anderen Wellen. Sie ergänzte ihre Freude darüber, wenn sie aus der Gilde der Cantautori, der dichtenden Sängerinnen und Sänger, heute so einige höre, die damals sehr links, weiterhin Einsatz für Menschen und Menschlichkeit zeigten. Abseits jedoch von Parteien und einvernehmenden politischen Schienen zumeist.

Er war wohl schneller mit dem Finden seines Lebenssinns. Florah musste in ihrem sozialen Bereich erst krank und müde werden. Dann verschob es sich. Sehr, sehr langsam. Bis sie sich in ihrem Tun auf dem falschen Dampfer fühlte. Ihn verließ.

Vieles hatte ihr inzwischen nicht mehr gefallen: Sie war der Meinung, all dieser Einsatz müsse irgendwie mit Lust und Freude zu tun haben. Sich manchmal auch anfühlen wie ein Tanz, egal wie schwierig etwas gerade war. Doch so wie früher Ältere oft vom „Ernst des

Lebens" gesprochen hatten, sprachen nun manche vom Ernst und den vorgeblichen Erfordernissen sozialen und gesellschaftlichen Handelns. Es kam ihr schräg vor, sie wollte doch nicht weniger Einsatz, nur mehr freudiges Gefühl! Wieder Entmutigung.

Noch nicht einmal feiern konnte man die Tropfen auf die heißen Steine. Zunehmend ging ihr der Sinn flöten. Etwas lief falsch, fühlte sich nicht gut an. Und es kostete unendlich viel Kraft.

Die Frage, was sie überhaupt der Welt geben wollte, fand in dem Austausch mit Cadmo interessanterweise mit der Zeit neue Antworten: Es hing mit positiver Ausstrahlung zusammen, mit friedlicher, liebevoller Energie – mit dem, was er benannt hatte als ihr „großes und schönes Herz", das nicht mehr dafür schlagen wollte, all dem Unschönen, Aggressiven und Kriegerischen in ihrer Umgebung, in den Ländern um sie, auf der Welt, mit Widerstand zu begegnen.

Evalina und Florah hatten sich aufgemacht, noch ein Weilchen, die Arme in Ellenbogendreiecken links und rechts, über die Feldwege zu spazieren. Nutzen der Frühjahrssonne. Stehen. Die Gesichter in den Himmel gereckt, Augen zu, Auffangen des Lichts. Tiefes Atmen.

„Weißt du, mich hat sehr fasziniert damals, wie er bei mir so schön richtig vermutete, was ihm selbst und mir ähnlich war: schon in den Schultagen Menschen begegnen, die einen sehr mochten, oder solchen, die mich eher geringschätzten und falsch verstanden. Kein starkes Mittelfeld. Immer dieses Auf-der-Hut-Sein!"

Beugte sich zu niedergedrückten, teils gebrochenen, strohigen Halmen. Bestimmt würde die Pflanze wieder neu wachsen. Erklärte, sie denke manchmal, mit dieser Entdeckung sei ihr Gefühl stärker geworden. Vielleicht hatte es auch erst mit diesem Gefühl der Gemeinschaftlichkeit in Erfahrungen, den vollkommen verschiedenen Herkunfts- und Lebenswelten zum Trotz, so richtig angefangen. „Wie auch immer", fügte sie an, „dieses eigenartige Bauchgefühl, dem anderen bedingungslos trauen zu können und ihn sehr zu mögen, man erlebt es nicht oft." Sah Evalina an, und mit einem Lächeln zwar, doch ernstem Hintergrund, ließ die Freundin wissen, viel länger habe es bei ihr gebraucht, sie zu entdecken und lieb zu gewinnen. Beide amüsierten sich, denn es war schon klar, eine Freundschaft, wie auch eine Liebe, konnten so oder so entstehen. Ihr gefiel gut, wie er Freiheit auffasste. So interessierte ihn nicht besonders, was andere über einen bestimmten Menschen erzählten – ihm war lieber, sich ein eigenes Bild zu machen –, und in dieser Aussage schien ihr sehr wohl auch ein Stückchen Misstrauen mitzumischen. Nicht, dass er den Menschen nicht traute. Er wusste um die vielen Filme, die in ihnen abliefen und nach denen sie die Welt interpretierten. Sah sich nicht als überlegen. Hatte offenbar im Stillen sehr viele Fragen gestellt und seine eigene Wahrnehmung geschult, so gut er es verstand. Irgendwann wie in einem Vergrößerungsglas die Masse an Fehlinformation und bewussten Missinformation in der Welt gesehen und erfasst, dass auch die Gutwilligsten einen anderen und was er wie, warum getan oder gesagt hat, eben nur nach bestem Wissen und Gewissen darstellen können. Die Freiheit, sich die Welt nicht vorgekaut, auf vorgezeichneten Bahnen erklären zu lassen. Alles selbst erfühlen.

Florah erklärte, blieb wieder stehen, um nicht zu knicken, bei der Konzentration auf mehr als ein Ding, sich zu vertreten, aus der Balance zu kommen; erläuterte, die Schultern der „Daheimgebliebenen" bekämen möglicherweise mehr zu tun, wenn Luna fort war. Adrian und Cara, Aron auch. Alle, die auf dem alten Kontinent, Europa, verharrten, machte sie in diesem Atemzug zu Daheimgebliebenen.

Blieb stehen, beide erneut mit dem Kopf nach hinten gebogen, dem blauen Himmel, dem mild strahlenden

Goldball entgegen, der gleich von einer wattigen Wolke überdeckt werden würde. Hinter dem Blätterzaun Schafe und Ziegen. Blöken, Meckern, Mähen. Sie sah die leicht verzweifelten Fragezeichen hinter Evalinas Augen. „Tja", mitleidig ließ sie ihre Stimme klingen, „bei so vielen Viechern wirst du nicht weit kommen mit den paar mitgenommenen Zuckerwürfelchen." Nie sollte man eine Freundin unterschätzen. Die öffnete ihre kleine Tasche, darin Zucker von Ausgehvergnügungen von Wochen, Monaten. Rasch entblätterte sie die kleinen Quader, näherte sich den Tieren.

Etwas teilen – Freude, Lachen, sogar unangenehme, herausfordernde Dinge, schienen diese erstaunliche Verbindung des Geistes stets aufs Neue zu schaffen. Die Lust am Denken und das Gefühl. Eine apartere Mischung konnte sie sich kaum vorstellen. Es war, was sie am inspirierendsten fand. Alles andere stand für sie hinter so einem Leckerbissen zurück. Schmeckte ihr. Die Vorfreude. Nachdenken über die Dinge. Stille. Als hätte sie immer schon danach gesucht.
Florah war klar, dass diese Art von Kommunikation nicht jedermanns Sache war. Warum die meisten lieber mal rasch zum Telefon oder Handy griffen. Eine Gewöhnung an schnelle Lösungen hatte längst stattgefunden.
So einige glaubten von ihr, sie gehöre zu einer altertümlichen Gattung. Bewunderten ihre Geduld. Bemitleideten sie im Warten auf so vieles. Wussten nichts von ihrer speziellen Lust oder glaubten ihr nicht. Sei's drum. Warum noch mehr rechtfertigen, vertreten, erklären? Es hatte in ihr aufgehört mit dem Drang, unbedingt verstanden werden zu wollen.

Manches wurde zudem umso einfacher, je mehr Zweifel verschwanden. Lange hatte sie daran zu kauen gehabt, schwer war es ihr gefallen zu glauben, dass Cadmo sie länger als einige Monate interessant finden und mögen konnte. Es hing mit dem zusammen, was gemeinhin „Selbstwert" genannt wird. Und es war auch nicht richtig zu sagen, die Zweifel seien „verschwunden". Hörte sich so leicht an. Fast wie von selbst verflogen. Dabei war es eine harte, langwierige Arbeit an alten, nicht so schönen Erfahrungswelten gewesen, herausmeißeln, was sie auf dem Kasten hatte, sein wollte, sein konnte. Sie besaß keine Idee davon, wie schlecht es um ihr Selbstbewusstsein bestellt gewesen war. Wusste sie doch: „Ich kann dies ... und das ...", und also war sie selbstbewusst. Falscher Rückschluss. Als sie eben diese Leistungen nicht mehr erbringen konnte, war alles zusammengefallen wie ein Kartenhaus aus Bierdeckeln, sobald ein neuer Gast die Tür öffnete, draußen Wind.

Aussichtslos schien anfangs das Wiederausgraben und Neudefinieren von Talenten, aufwändig. Und die Krux: Man musste es erst einmal überhaupt angehen. Sich wert finden, das zu tun. So viel Selbstbeschäftigung!

Mit ihr kam auch die Erinnerung: früher Briefe zu schreiben und zu bekommen. Kaum je von einem Tag auf den anderen. Manchmal nach langer Zeit erst. Der Reiz, nicht zu wissen, wie Antworten aussehen würden, zu phantasieren, zu hoffen. Da war sie wieder: die Vorfreude.

Jetzt, Jahrzehnte später, einfach ihrer Neigung und Lust folgen, in Kontakt zu gehen, wo es geht, wo es passt. Zwischen all den Herausforderungen des Lebens. Die vielen Menschen, die sich in ihren Leben nicht so gut aufgehoben fühlen. Wund und verwundbar, zutiefst unsicher und verzweifelt. Sie kann sich erinnern, wie bedürftig man sich fühlen kann. Und es passiert ihr auch hin und wieder noch. Aber diese kleinen Rückfälle sind nur ein Abklatsch von dem, was früher war.

„Ich hoffe, du kannst meine warme Umarmung fühlen – sicherlich übersteht sie die Stürme da draußen und auch die Kälte, die noch einmal im Anmarsch ist. Ich machte jetzt Feuer in dem Kachelofen zwischen zwei Zimmern und wünsche dir, dass auch dich wohlige Wärme umfängt", schrieb er.

Schön war, wie sie die Räume vor sich sah, die sie doch gar nicht kannte. Sie konnte das Feuer knistern hören, den Rauch von gerolltem Zeitungspapier oder sonst nicht mit Glanzschichten Überzogenem atmen. Hauptsache es fungierte als Anzünder der trockenen Scheite. Sie beobachtete, wie sich fröstelige Hände aneinander rieben und langsam eine angenehme Wärme sich ausbreitete. Der vordem angespannte Körper entspannte sich, Schneeregen schlug in Wogen gegen das Nordfenster, der Wind schien aus unterschiedlichen Richtungen zu pfeifen, verfing sich jedoch nicht im Kamin. Keine Verstörung des Kachelofenfeuers.

Luna rief an. Florah schreckte trotz der leisen, freundlichen Melodie zusammen. Sie musste in die kalt scheinende Wirklichkeit zurück. Es begann sofort, an ihr zu zerren und zu zehren. Ging wieder um Vertrauen, sie spürte es genau. Der große Zweifel, auch wenn Luna ging, genug zum Leben zu bekommen, um es zu mögen. Um es auszuhalten. Sie schienen ihr mit einem Mal zu theoretisch, all die Diskussionen, die sie mit Cadmo geführt hatte und in denen die Weisheit vorkam, an welche höhere Macht auch immer man glaubte, diese habe immer die Kraft und den Willen, für einen zu sorgen, wenn man es denn mit diesen menschlichen Begrifflichkeiten ausdrücken wollte. Wichtig, niemals zu vergessen, „Danke" zu sagen. Immer wieder, denn nichts sei selbstverständlich auf dieser Welt.

Es würde ihr gut gehen! Es konnte ihr gut gehen, es durfte. Cadmo glaubte daran. Sie musste es nur noch selbst tun. Und um Himmels willen nicht sich zusammenreißen, um ihm zu gefallen. Sie musste es sich schon selbst wert sein.

10. April

Na so was, zehn vor zwei, wollte Florah spotten, so mitten in der Nacht, als sie Herrn Flunder das nächste Mal begegnete. Aller Spott jedoch blieb ihr im Hals stecken, als sie mit ihrem inneren Auge darauf schaute, was er ihr offenbar zeigen wollte: das Meer, ihr inneres Meer war eines, wo auf den Wellenkämmen unendlich Lichter in den verschiedensten Farben tanzten. Unglaublich schön. Eine solche Intensität, sie wusste es kaum in Worten zu beschreiben, hatte sie dergleichen noch nie gesehen! „Sind das alles Irrlichter?", hörte sie sich fragen. Es war ihr nicht rechtzeitig gelungen, sich selbst den Mund zu verbieten, denn das ganze Irrlichtern entsprang wirklich alten Filmen. Florah hatte sie früher nur schwer unterscheiden können, vorübergehend gespeiste Irrlichter und wahres Licht.

Obschon das nun überwunden schien, hatte sie diese Frage offenbar stellen müssen. Wiederholte sogar: „Sind das alles Irrlichter?" Der arme Fisch, den sie mittlerweile als ausschließlich wohlmeinend auffasste, war einen Moment fassungslos, denn, sonst selten um Worte verlegen, brauchte er doch einen Augenblick, bis er erwiderte: „Du bist unglaublich! Stark und stur! Irrlichter ... Wie kannst du glauben, dass Irrlichter in der Lage sind, eine solche Kraft zu besitzen? Es ist doch in dem Wort: Irrlichter. Sie blitzen auf, ducken sich weg, blitzen wieder auf. Glühwürmchen machen Irrlichter. Sie leben von fremdem Licht, nicht von Licht aus sich heraus! Dieses Lichtermeer aber, in seinem Majestätischen ... es überstrahlt alles. Den Zweifel, die Irrung ... Schau noch einmal genau, halte es fest. Ja, schreib es auf, bevor du wieder einschläfst, so ist gut ... Wir kriegen das schon noch hin. Wir werden erneut an deinem Glauben, an deiner Zuversicht arbeiten müssen, das leuchtet dir ja wohl ein." Mit ihrer nun erhöhten Aufmerksamkeit entging ihr auch die kleine Spitze nicht mehr. Doch passiert war passiert. Und ganz nebenbei hatte sie sich um puren Genuss gebracht.

Während sie noch auf der Suche war, ob und wie sie das Missgeschick so halbwegs richten konnte, unmittelbar. Wie um manches erneute Lernen vielleicht herumkommen, da schwamm er schon wieder fort, hinter sich wie ein Netz den Ruf schleifend: „Wir kriegen das schon hin!"

War es ein großes Versprechen oder eher Mühsal? In dieser frühmorgendlichen Stunde fühlte sie es nicht.

Anderntags um sechs hatte er beschlossen, ihr eine Hausaufgabe zu geben – er sagte: „Schreib mal auf in deiner Muttersprache die hundert Namen des Lichts. Ja, es ist angelehnt an die vielen Namen Gottes, Allahs, wie auch immer, Gott ist Gott. Du kannst es auf das Himmlische beziehen. Von mir aus auf die Seele. Hier ist es nun das Licht. Und bei jedem Namen sieh es dir noch mal genau an und wähle keine albernen Begriffe, nur Namen, die du wirklich mit dem Licht verbinden kannst."

Antäuschen gelte nicht. Er unterstelle ihr das keineswegs, bringe es nur mal vorsichtshalber an, denn es sei keine einfache Arbeit. Nichts, das jemand – welcher Mensch auch immer – so ganz schnell und einfach vollbringen könne.

Erneut holte er aus: „Versuch, die reinen Lichter zu finden, es mag auch mal ein gleiches Wort in dieser und jener Welt geben, erfasse es, sieh es einfach ... und stelle dir für jedes Wort vor, du könntest ein ‚Ich bin ...' davorstellen."

Tatsächlich fing ich schon morgens an und fand „Liebe, Güte, Vergebung, Milde, Sanftmut, Mut, Verzeihen, Freude, Genuss, Labsal, Glück, Vielfalt, Wahl, Erfüllung, Beherztheit, Trost, Innigkeit, Wärme, Scheinen, Sinn, Erfülltsein, Großherzigkeit, Herzensgut-Sein, An-

nehmen, Verbundenheit, Geliebtsein, Heimat, Aufge-
hoben-Sein, Zuhaus-Sein, Wohlklang, Harmonie,
Schönheit, Frieden, Angenommen-Sein, Streicheln,
Kosen, Verspieltheit, Entdeckung, Staunen, Wonne,
Wunder, Frage, Ansporn, Hilfe, Unerschöpflichkeit,
Sehnsucht, Geschenk, Tiefe, Prüfung, Rettung, Weite,
Himmel, Erde, Kosmos, Unendlichkeit, Alles, Möglich-
keiten, Großmut."

Es waren noch nicht einmal ganz sechzig, und so sehnte
ich zwar Herrn Flunder herbei, doch der ließ sich nicht
sehen. Vielleicht brauchte ich erst die Hundert? Und
musste die Sätze länger auf mich wirken lassen?
Ich machte bei allem Möglichen, oberflächlich betrach-
tet passend oder nicht, bei allem also, das ich an diesem
Tag tat, noch ein wenig weiter. Es fielen mir Worte ein
beim Gelberübenschälen, beim Spülen, Meditieren,
Duschen, Kochen …
„Reinheit, Zauber, Sinnlichkeit, Gnade, Demut, Alles,
Dankbarkeit, Unbestechlichkeit, Herzenswärme, Essen,
Nektar, Wohlwollen, Gewahrsein, Wahrhaftigkeit,
Grenzenlosigkeit."
Vierundsiebzig. Bestimmt eine Dopplung dabei. Ent-
schied mich dafür, in der beachtlich wohligen Stimmung
mich zu aalen, statt sie mit meinem üblichen Überprü-
fungsdrang zu verderben.

Schließlich kam wieder ein Freitag, und diesmal gebärdete er sich in etwa so durchwachsen wie das Wetter.
Erneuter Krampf und Kampf mit Institutionen. Sie
wusste doch schon so lange, das System kann sehr bedrohlich sein. Sie hatte früher für viele Menschen Post
geöffnet und beratschlagt, welche Wege und wie nun
möglich schienen. Viel ruhiger war sie inzwischen immerhin schon bei eigenen Amtsbriefen, aber weiterhin
umstrich sie diese lange, nervös, in Vermeidungsverhal-
ten. Stunden vergingen, manchmal Tage, bevor sie die

Umschläge öffnete. Es war ihr nach wie vor lieber, wenn „zufällig" Paul hereinschneite, diese Arbeit und das erst einmal Hineinlesen für sie übernahm. Sie wusste, die Unerbittlichkeit dieses Apparats konnte sie nicht mehr so wüst treffen. Endgültig war sie an Vermittelbarkeits- und Altersgrenzen knapp vorbeigeschrammt. Ihre Umgebung war geneigt zu sagen, sie habe zu wenig zum Leben und zu viel zum Sterben, aber es ging, hatte man erst festgestellt, was man alles nicht brauchte.

Dennoch hielt sie weiterhin die Luft an, raste das Herz bei derartiger Post, denn ihr war sehr klar geworden: Auch die Absurdität kennt keine Grenzen. Sie warf es kaum je den einzelnen Mitarbeitern vor, eher den Institutionen, ihren Formularen und Verwaltungsvorschriften, die angeblich immer menschlicher wurden, doch vor lauter Vorgaben für Beschönigungen um jeden Preis den Einzelnen wohl nicht mehr sahen. Fast mochte sie inzwischen sagen, dass die Institution, der Apparat bereit ist, um der besseren Statistik willen in Kauf zu nehmen, manche Menschen zu zerstören. Wegen der wenigen, die in erschreckender Skrupellosigkeit versuchten, was von sozialen Systemen geblieben war, zu schröpfen, waren alle anderen einer Art Generalverdacht ausgesetzt. Erst einmal Misstrauen und Betrug unterstellen. Blöd fühlte sich an, wie die wenigen wirklich Skrupellosen ihre Schlupflöcher fanden, während Bedürftige um Leistungen vergeblich baten.

Fast wollte Florah sich in der Miesigkeit dieses Tages verstricken und sich einfach nur wütend, verstört und leidend fühlen, da spürte sie, es ging einfach nicht. Schlicht und ergreifend die Lebenszeit auf dieser Erde zu schade dafür, sie vergrämt zu vergeuden.

Immerhin hatte sie bis zum Abend ein paar kleine feine Überraschungen in ihrer Flunder-Hausaufgabe. Sie kamen beim Fühlen in die Worte, denn als sie aus ihr sprangen, wusste sie nicht immer gleich, warum sie ihr bei Tageslicht in den Sinn kamen. Hundert konnten es wohl immer noch nicht sein, denn kein Herr Flunder kam in Sicht. Außerdem hatte sie schließlich noch nicht das mächtige „Ich bin …" vor jedes ihrer Lichtworte gesetzt. In Wirklichkeit drückte sie sich noch ein wenig vor diesem Tun. Man musste es anschließend doch auf sich wirken lassen. Es kam ihr mächtig vor. Fülle, Salz, Weite, Wegweiser, Unergründlichkeit, Jauchzen, Erkenntnis, Füllhorn, Köstlichkeit, Phantasie, Vielfalt – sie zählte nun fünfundachtzig.

Morgens und ohne Frühstück noch, machte sie weiter. Sie nahm sich vor, nicht mehr zu behaupten, vor dem Frühstück könnte sie nicht denken. Wenn sie Wasser und noch mehr davon, ein weiteres Glas, getrunken hatte, fingen die Gedanken sehr wohl an, alle Trägheit aufzugeben:
Erwachen, Vergnügen, Wohlgefühl, Allgegenwart, das Universelle/für alle, All-Eins, Erreichbarkeit, Überfluss, Lachen, Erlösung, Stetigkeit, Grund, Sinn, meine Wirklichkeit, Freiheit, Herausforderung, Vereintsein, Vereinigung, Behagen, Gedeihen, Aufblühen, Heiterkeit, Muße, Gewissheit, Aussicht.
Oh, là, là, es waren nun deutlich über hundert, und selbst für den Fall übersehener Doppelungen hatte sie mit einem Mal keine Ausrede mehr, sich dem „Ich bin …" zu entziehen. Trotz ihrer angeschlichenen Angst, sich all das spüren zu lassen. Die Möglichkeit, einfach bloß in scheinbarer Behaglichkeit weiterzuspielen, entfiel.
Auf Pausensuche wurden Frühstück und diese und jene Erledigungen des Tages auf einmal doch wieder vorrangig. Selbstverständlich, so signalisierte sie sich, hatten diese Belange nicht damit zu tun, sich vor der nächsten Stufe der Aufgabe zu drücken.

Ihre vagen inneren Ausflüchte schwanten wohl Herrn Flunder, obschon doch ein Fisch. Er drängte gewissermaßen in ihre Nacht. Gab vor, sie bloß daran erinnern zu wollen, sich ja gut einzufühlen in jedes Wort, stünden sie doch alle auch für sie selbst und in ihrer Mitte, im Herzen von Allem. Und auch wenn es ihm so schiene, als sage er ihr das nun bereits zum 999sten Male, würde er es einmal tun! Betonte, wie alles, was sie finden konnte, auch in ihr wohnte. Sanft geradezu erinnerte er, sie wisse es doch, dass es nicht nur zum Weggeben und mit anderen zu teilen sei, sondern mindestens genau so für sie selbst. Er ignorierte ihr etwas schroffes „Hatten wir schon", er müsse ihr nicht das Wesen der Selbstliebe erklären! „Theoretisch ist diese ja nicht schwer zu begreifen", brachte er geduldig vor, „praktisch manchmal doch, wie die Wellen. Versteh mal das Wesen der Wellen." Es nütze ihr nun nichts, pampig zu lachen, dass es nicht so einfach sei, müsse er schließlich selbst wissen, schwimme er doch in diesen herum. „Die Wellen versuchen es jedenfalls, wollen, was in ihnen schwimmt, nach oben werfen, anderes in die Tiefe ziehen und immer so weiter, in stetigem Wechsel." Er habe es an seinem eigenen Leib erlebt. Doch ganz in die Tiefe komme der Wellengang kaum.

Herr Flunder forderte sie auf, nicht weiter abzulenken und Schauplätze zu ändern, er wisse, dass Schauplätze die Plätze seien, wo man hinschaut, aber er habe nicht vor, ihr an jeden Ort zu folgen. Er legte nun etwas Hypnotisches in ... sie wusste es nicht, waren es seine Augen, war es seine Stimme, echote eindringlich: „Wende es auf dich selbst an, und so schenkst du es zur gleichen Zeit auch den anderen." Wiederholte diesen Satz, bis er in Florahs Kopf wiederklang. Diesen Ton würde sie nicht so leicht loswerden.

Danach applaudierte er einmal kurz, weil ihr doch wirklich wieder in den Sinn gekommen war, was ihr ihre unsichtbare Liebe, Cadmo, über Selbstwert gesagt hatte und warum er dahin gekommen war, wo er hinwollte. Ziele, an die er oftmals nur allein glaubte. Festhalten.

Nicht hundert Mal, nicht tausend Mal, vielleicht zehntausend Mal habe er sich diese Sätze in Gedanken, leis und laut, vorgesprochen. Gedanken, die ihn überzeugen sollten, etwas wert zu sein. Und was am wichtigsten von allem war: Er hatte diesen Ort erreicht, wo sein innerer Frieden und seine Freude wohnte, also konnte sie ja wohl auch da hinkommen. Besonders da es keine Premiere war, sondern sich um ein zweites Mal handelte. Sie hatte also schließlich schon geübt!

Florah fühlte sich für diesen Moment ohne Fragen, ohne Zweifel. Ja, sie würde diesen Ort erreichen. Sie hatte vor, sich durch die Lichtsätze zu fühlen und für sich zu erleben, was sich schon leicht anfühlte, was noch schwierig war. Und warum …

Das alles gab ihr vielleicht Herr Flunder ein, man konnte Indizien dafür finden, nutzte er doch nicht nur Wünsche für ihre Erleichterung und Freude, sondern forderte sie auch auf, hinter denen, die ihr noch nicht leichtfielen, herzuschwimmen. So zu schwimmen, wie er es nun tun würde. Herr Flunder rief: „Auf Wiedersehen!"

Wie war das damals, als sie richtig krank war? Sie fluchte, weil es ihr nicht sofort einfiel. Korrigierte augenblicklich. Gedanken schaffen deine Wirklichkeit, blöde, abfällige, aggressive auch. Sie wollte und musste sich intensiv daran erinnern, wie sie wieder auf die Beine gekommen war, im wirklichen Sinne!

Wie hatte sie so zu sich zurückgefunden, dass sie nicht mehr straucheln musste und es damit wieder aufhörte, dass so vieles ihren Händen entglitt. Wieder im Wörtlichen. Sie erinnerte sich daran, wie alles so unendlich anstrengend gewesen war. An die sie anfressende und lahmlegende Erschöpfung schon nach kleinen Aktivitäten. An all den Schwindel und wohin es nicht gut war, sich zu bücken oder zu dehnen, um nur ja nicht zu fallen. Oder zumindest sicher zu sein, sich dann wieder aufzurichten.

Sie dachte daran, wie sie meist völlig geschafft war von der lächerlichen Kleinigkeit, bloß einmal zu duschen – ihr fiel wohl auch ihr Festhalten ein, an Genuss und Wohlgerüchen: das Aussuchen des Duschgels zwischen Kardamomlastigem, Zitrusgerüchen, manchmal schweren Blüten oder purem Salz. Und wie sie sich durchaus schön fand, die Achseln, die Schultern, die schweren Brüste, den Zwischenraum, die Seiten, den Bauch, den Po, ihre Öffnungen ...

Wohl kam ihr in den Sinn, wie sie getrocknet und mit dem ausgesuchtem Duft so gar nicht einfach ihre Couch erreichte, mit einer Decke der Jahreszeit die Beine nach oben, zunächst für ein Ruhen mit Musik, mit einer Meditation zum Hören oder in eigener Meditation verschwand. Der Atem und die Lungen, deren Flügel sich hoben, ein...senkten, aus... Wie sie später irgendwann den Aromen ihres Körpers über und unter der Decke nachschnüffelte. Und mitunter Stellen an sich und ihrer Haut berührte ... Sinnlichkeit hörte nicht auf. Vielleicht wenn man sie wegsperrte oder sich verbot.

Doch das hätte sie schade gefunden, egal was sonst ...

Fatal, wenn zu viele Impulse aufeinanderkamen. Sie verstand nicht, warum man sie daran hinderte, eine Weile Impulse nach Gefühl zu dosieren. Tagelang vorher und oft auch nachher, konnte, was sie negativ fühlte, an ihr fressen.

Die Ämter ließen sie heute relativ in Ruhe. Endgütig zu alt. Nicht mehr so recht brauchbar. Ganz unten auf der Skala der „Verwertbarkeitskriterien". Je nach Sachbearbeitung oder Fallmanagement könnte man versuchen, ihr einen größeren Minijob oder sonst was zur Vermeidung von zu viel der Zahlungen an Grundsicherung aus den Rippen zu leiern. Aber nach den Richtlinien gehörte sie zum Ausschuss der wohl kaum noch „schnell Vermittelbaren", die „fasste man nicht mehr an". Die Behörde vermied es, mit hohem Zeit- und Personaleinsatz zu minimalen Wunschergebnissen in Sachen Vermittlung zu kommen. Ausnahme: eingeschätzte „Gefährder und Brandstifter", vor allem Junge, die sonst drohten, den „sozialen Frieden" zu gefährden. In die versuchte man zu investieren, auch wenn sie nicht zu einer übermäßig „Erfolg versprechenden Kategorie" gezählt werden konnten ... Womöglich die Ansätze falsch. Sie schwieg, wer andere Ansätze vorschlug, sollte besser gleich ein Konzept vorlegen. Nur beschweren tut nichts Gutes.

Sie schrieb einer Freundin, die, über ihr stetig halb leeres Glas lamentierend, für Florah in gewisse Ferne gerückt war. Deren letzte Mail, die oftmals in ihr spukte, weil darin so viel Hader, brennende Wut und Pflegefallangst spürbar war.

Es beschäftigte sie, da ihr selbst innerer Friede inzwischen wie ein Schlüssel zu jedwedem Glück vorkam. Sie wünschte Johanna Entlastung und Gutes, das geschehen mochte oder schon geschehen war, und vermutete doch, es würde nicht möglich sein auf einem „sauren Weg", der nichts als Niedergang und das nächste Pech voraussah. Sie traute sich nicht recht, auch nur eine Diskussion über die Macht der Gedanken zu beginnen. Johanna hatte mehrfach klargemacht, dies sei in ihren Augen so an der momentanen Situation vorbei und wenig hilfreich. Reagierte unterschwellig böse, verletzt. Da war sie wieder, die berühmte falsche Zeit, über bestimmte Dinge zu sprechen. Und der Schmerz, dass eine gute Zeit für diesen Austausch bei bestimmten Menschen vielleicht nie kam, selbst dann nicht, wenn man sie gern hatte. Sie sparte sich das Erwähnen der eigenen Einsicht, dass nachhaltige Hilfe nicht von außen zu erwarten war. Verzichtete auf die Frage, ob die Extrarunden von Innenschau nicht weiterbringen könnten als bunte Bilder in Fernsehen und Internet. Die gleichzeitige Überfüllung und innere Leere nach dem Ansehen all der Sendungen.

Johanna hatte ironisch reagiert, zurückgefragt, was es in all dem Geschriebenen von Florah wohl Neues und anderes geben sollte, wenn sie selbst nach so vielen Jahren des Grübelns bisher nicht darauf gekommen war. Schließlich sei sie weder dumm noch unbelesen.

Florah erinnerte sich gut an das protestierende Aufstellen der Härchen an ihren Armen, mit großer Vehemenz stoben da Blitze aus der Frau mit sanftmütigen Seiten. Sie kannte das scharfe Argumentieren und Schießen aus der Erinnerung, mochte sich nicht daran beteiligen, auch nicht es abbekommen. Es reichte ihr der Schlusssatz, er rumorte – heute, morgen, viele Tage: „Ich kämpfe mich ins Leben zurück." Unmöglich, die Frage zu stellen: „Ja lebst du denn im Moment nicht? Jeden Tag?" Es tat ihr weh. Nicht gut.

Dennoch wollte sie sich genau erinnern, gerade jetzt, wo Luna fortgehen würde: Wann hatte sie damals angefangen sich besser zu fühlen? Besser zu fühlen. Als sie aufhörte, sich zusammenzureißen.

Vergessen die Scham, dass eine Bewegung nicht mehr so schön, nicht geschmeidig, nicht sicher aussah. Arbeiten an sich, in sich Schonungslosigkeit und Strenge waren vorbei.

Selbstwert empfinden aus sich, aus ihrem Inneren, aus vollkommen anderen Mustern. In sämtlichen Fugen ihres Lebens schienen zunächst und immer wieder Zweifel zu hocken, Entmutigungen aufzuwarten. Gelebter Widerstand, fühlbar in Florah, es lagen kleine Nägelchen herum, in die sie trat. Im praktischen Tun für sich wurde es ab und zu wohlig, schimmerten Durchbrüche im Sonnenlicht. All die Farben, die Wärme. Der Sternenregen, entstanden vor dem Inneren Auge. Ausgegossen über sie. Wahrscheinlich hatte sie den Wasserkrug selbst in der Hand, den sie da über ihrem Kopf ausgießen konnte.

Wichtig, all das zu speichern, wissend, es handelte sich wahrscheinlich um Zwischenstationen zu einer nächsten, weiteren, schwereren Aufgabe.

Da hatte also die nun so kaputt daniederliegende Johanna geäußert: „Aber ich kämpfe mich ins Leben zurück." Die Botschaft ein Lebensgefühl, in dem eine sich im Jetzt sich nicht wirklich leben fühlte. In der Zukunft hoffte, mit unmenschlicher Anstrengung, sich ins Leben zurückzukämpfen, überhaupt erst wieder zu leben. All ihre Träume lagen in der Vergangenheit. Auf die Frage, was ihr jetzt guttäte, fielen Johanna die dalmatischen Strände ein und endloses Gehen in dem Sand und Wasser dort. Wunderbare und wunderbar ausgeschmückte Erinnerungen. Aktuell unerreichbar. Als Hoffnung und Möglichkeit in der Zukunft ganz klein, immer kleiner. Vor lauter Trauer und Fremdheit krampfte es in Florah. Alte Bilder und Worte: siechend liegen und nur noch auf den Tod warten, die „Erlösung", wie man hilflos, unbedacht meist, nachschwatzte.

Als ihre Krankheit ihr noch viel zu schaffen machte, ermutigte Cadmo sie tausend Mal, geduldig und vertrauensvoll die Geduldsedelsteinchen aus ihrem Traum mit Achtsamkeit, Liebe, Aufmerksamkeit, Vertrauen und Spucke zu polieren, bis sie so richtig wieder Glanz bekommen würden.

„Von da, wo ich auf dich schaue, glänzen sie schon, strahlst du schon ..."

Und sie hatte gelernt, einen schönen Gedanken, einen schönen Traum nicht einfach einmalig schön zu finden und dann ohne Botschaft, ohne groß noch weitere Gedanken, fliegen zu lassen wie einen bunten, mit Gas aufgeblasenen Luftballon. Tag- und Nachttraum. Nachtgedanken. Etwas sagte ihr vor langem in der Nacht, da gäbe es noch einen Schatten, Verschleierung, die über der gewünschten Reinheit liege. Ein Ton, der ihr bedeutete, sie sei noch nicht bei dem reinen Ich. Es passte ihr nicht, doch fuhr die Stimme ungerührt davon fort, hielt ihr vor, sie schiele noch nach dem, was ihr da fast alle Welt suggerierte, was man so haben, wie man so sein sollte. Und scheinen. Bei dem Schein, lachte es eigenartig in ihr. Wenn sie sich jedoch dieses Wunder wünschte, es möge ihr gelingen, in ihre Gesundheit zurückzufinden, so mache es genau dieser Schatten nicht einfach und selbstverständlich für ihr Selbst. Wie sollte das geradlinige Bewusstsein so komplizierte Widersprüche verstehen?

Loslassen! Die Steine kollerten auf den Tisch. Es juckte sie in den Fingern, mit dem Polieren zu beginnen. Nicht möglich, bannend, wie es noch hin und her sprach zwischen ihnen. Sie müsse begreifen, eins zu sein mit der Welt und allem, was ist, dann erst sei der Wunsch rein.

Spucke floss zusammen in ihrem Mund. „Ah, das Stofftaschentüchlein“, dachte sie und: „Ich feuchte es mit meiner Spucke an.“

Vollkommen bei sich selbst ankommen. Die Stimmen schlugen ihr vor, all das nicht bloß zu hören, sondern auch zu singen. Darüber sinnieren oder meditieren. Dahin gelangen, was auch immer sie tat, es für sich zu tun, dann schwinge es sich ganz von selbst auf in die Welt.

Endlich konnte sie anfangen die Steine zu polieren. Sie glänzten, als flösse frisches Wasser über sie. Von manchen hatte sie vorher nicht gewusst, welche Farbe dieser einfache Vorgang hervorbringen konnte.

Dennoch brauchte es einige Monate, bis sie die Neigung ablegte, auch über Schönes und Wohltuendes hinwegzugehen. Wie es die meisten taten. Wie wir es gelernt haben, wenn wir uns bloß selbst nicht so wichtig nehmen.

Nicht immer, aber unendlich häufiger als früher gelang es ihr gar, sich in einem schönen Bild, Traum oder Gefühl ein Weilchen aufzuhalten und in Sternstunden zu aalen. Oder an einem anderen Tag Augen zu, innere Lichter an, noch einmal zurückzugehen, an diesen schönen Ort.

Es war am leichtesten, sie gab es zu, wenn er ihr seinen Atem auf die Segel ihres Lebensbootchens pustete und wünschte, sie möge ihren Träumen und Zielen immer näher kommen. Rückenwind. Aufwind.

In der Nacht schien lange ihr von der vorherigen Starre noch geplagtes Kreuz mit keiner Lage zufrieden. Die Dreiviertelstunde, bevor sie aufstehen musste und wollte, plötzlich das Paradies, die Beine angezogen, völlig eingehüllt, völlig geborgen, in ihrem Rücken an ihrer Wange wie warme Haut, wie nicht allein. Was doch leis und warm und umhüllend kommt, einfach so, wenn man nicht fordert noch erwartet ... Nur dann.

Im April des Jahres null, es war Florahs persönliches Jahr null, der völligen Veränderung, hatte sie einen Geburtstagstraum gehabt, der ihr alles zu enthalten schien, und zum Glück diktierte sie ihn derzeit der Diktiergerät-App ihres Smartphones. Während ihr vordem nicht wirklich einsichtig gewesen war, wofür man bitte so etwas brauchen sollte, hätte sie es allein wegen dieses nächtlich besonders wertvollen Teils nicht mehr wieder herausrücken wollen.

Dieses Traumgeschenk, dem im Grunde nur sieben Schleifen gefehlt hatten, die sie sich dazudenken musste, war möglicherweise das Wegweisendste, Klügste überhaupt, wie auch immer es in sie gefunden hatte. Das waren die sieben Weisheiten, die sie derzeit aufschrieb:

1) Alles Wissen, das ich brauche, ist in mir. Meine Aufgabe das Finden und dann etwas damit tun.

2) Ich formuliere mein Ziel, meine Absicht und empfinde tief, warum ich dort hinkommen will.

3) Auf die Stimme höre ich, die mir da flüstert, dass ich doch alles im Handeln erfahren kann. Das Flüstern ist so unüberhörbar, es füllt jede Faser in mir. Liebevoll und eindringlich. Ganz zart und dabei vehement.

4) Wann auch immer ich ein Licht gleich welcher Größe aufscheinen sehe, verharre ich einen Augenblick dabei, schaue ganz genau hin, lasse es wirken, damit es Raum greifen kann und ich es glaube.

5) Ich werde nicht müde, mit Stetigkeit dranzubleiben. Lasse mich nicht irremachen. Schließlich wohnt doch das Wissen in mir, dass Wege nie genau so wie vorgestellt verlaufen, nie schnurgerade sind.

6) Jegliche Erwartungshaltung geht von mir fort, abgelöst von Demut und Zuversicht.

7) Die schönsten Blumen finde ich unerwartet, aber schon vorher weiß ich, dass es sie gibt.

Allein schon die Sieben löste seither immer und immer wieder Florahs Entzücken aus. Unerfindliche Gründe, also jedenfalls keine, die sie erfand, führten dazu, dass sie dabei unweigerlich an Cadmo dachte und lächelte oder lachte. Er gehörte zu den wenigen, mit denen sie diesen Traum teilen mochte. Lediglich Britta hatte annähernd so stark darauf reagiert wie er.

Es gefiel Cadmo, die sieben schönen Einsichten und Aussichten aus Florahs Traum um sie herum zu sehen. So oder so schaffte der kleine oder große Segen der Sieben eine gemeinsame Freude.

Sie verstand „Mitfreude" endlich in ihrer sinnlichen Natur. Florah hatte vorher schon gerne mit dem Wort gespielt, lange war ihrem Kopf bereits klar gewesen, wo es Mitleid gibt, muss auch Mitfreude möglich sein. Mitunter hatte sie sogar Aha-Erlebnisse gehabt, wenn etwa Britta oder eine andere Freundin etwas ungewöhnlich Schönes, Heiteres, Beglückendes erlebten. Denn dann vermochte die Freude sie anzustecken und manchmal kleine Wellen von geteilter Freude in ihr zu erzeugen. Wogen, die zu anderen Zeiten aus dem Meer der Erinnerung wiederauftauchten. Ihr schien, die große Mitfreude, einmal so sinnlich erlebt, würde nicht mehr so weit in die Tiefen ihrer inneren Wasser zurücksinken können. Wirklich: Wenn Florah sich nicht so gut fühlte, durch bewusstes Atmen und In-sich-Gehen ihr Herz und das Getöse in sich beruhigte, konnte sie Wohltuendes an ihrer Wasseroberfläche finden, in ihr Bewusstsein ziehen. Und hielt sie seither die Freude in der Hand, um sie zu betrachten, zu bestaunen, dann waren Freude und Mitfreude mehr und mehr eins geworden ...

Die Zeit von Florahs großen Prüfungen hatte begonnen. Luna Lust machen auf die mehr oder minder Auswanderung. Trotz der eigenen Unwilligkeit und Angst bei dem Gedanken: „Gazellchen geht."
„Sei mutig, lass das Alte los und die Neugierde zu."
„Meinst du das ernst?"
Ich tröstete sie und drehte ihre dichten dunklen Spaghettihaare zwischen meinen Fingern – natürlich war das wirklich so gemeint. Selbst wenn ich gerade überhaupt nicht loslassen wollte. Auch Gewohnheiten konnten schließlich richtig schön sein, und ich gehörte zu einer Generation, die gelernt hatte, lieb Gewonnenes eher nicht aufzulösen. Manches änderte sich am Rahmen. Es kam eher über einen wie Naturkatastrophen. Wie der Zwang für die Elterngeneration, sich an Computer zu gewöhnen, umzulernen.
Anderes entsprach den Einflüsterungen des janusköpfigen, wandlungsfähigen Kapitalismus; wenn man ihn nur ließe, würde bald jedes Menschenwesen, ob reich oder arm, über die so genannten zivilisierten Länder hinaus, alles haben. Mehr und mehr wurde das „Alles" definiert in Autos, Mobiliar, technischen Gütern. Natürlich war mir klar, dass wir nicht alle zählten. All die Systeme würden nicht funktionieren können, wenn die Leute das

Spiel von Schöner, Neuer, Größer, Besser, Effektiver und mit mehr Extras und Funktionen nicht mitspielten.

Ich wollte Luna nicht loslassen, wenngleich ich eine Sinnhaftigkeit von Veränderung durchaus hinauf- und hinunterbeten konnte, ohne dass mir jemand auch nur vorbetete, ich selbst hätte bei mir eine Überzeugungsarbeit leisten müssen.

Und nun fing das Mädchen neben dem ganzen Jammer und Schmerz auch noch mit „unheimlich" an, mit den üblichen Ängsten und was nicht alles passieren konnte.

Ungenügend, ihr zu sagen, dass man das Schöne hinter der Kurve nicht sehen konnte, wenn man schon gleich versuchte, die Kurve zu vermeiden, und es vorzog, ganz eng im Eigenen zu bleiben.

Es lockte mich, ihr einen Traum über das Unheimliche zu erzählen:

„Durch den sehr dichten und dunklen Wald eine Lichtung erreicht. Da ist etwas wie ein auf dem Boden liegendes körpergroßes Steinkreuz. Man kann sich daran festzurren lassen an Hand- und Fußgelenken und schließt die Augen für die Reise auf die höhere Ebene, wo ja auch die Sehnsucht hingeht.

Kein Mensch weiß, was auf dieser Reise geschieht, man scheint gleichzeitig dazubleiben und durch das Universum gewirbelt zu werden. Das sagen, die es schon erlebten.

Mein Vertrauen übt noch in der Brust, im Herzen, das plötzlich wie ein Hasenherz schlägt, darin schon die Sehnsucht, die Neugier, die Entscheidung für diese Reise auf eine neue Bewusstseinsstufe.

Ich melde mich, zeige auf: Ja, ich will!"

„Und dann", quälte Luna, „und dann!? Was hast du gemacht? Wie hat es sich angefühlt? Was ist passiert?"

„Das weiß ich nicht", antwortete sie, in dem Moment fühlte sie, wie schwierig es sein konnte zu erklären, es geht vielleicht nicht um das Ergebnis, sondern um den Mut, die Schattenübertretung. Die Überwindung aller Angst.

Sie hielt sich daran, es nicht an Cara festzumachen. Wollte sich nicht ständig von diesem Gefühl beschleichen lassen, damit Lunas Mutter sich endlich freier entfalten konnte, befreien, ihr eigenes Leben leben, war der Plan wegzugehen von hier entstanden. Dachte erneut daran, wie lange sie gebraucht hatte, um die Wärme wirklich zu spüren, die in Cara verborgen war. Hatte verstanden, wie da ein großer warmer Lavastrom in der jüngeren Frau stetig floss. Und diese enorme Anzahl an Verdeckungsmanövern von Florah selbst Jahrzehnte ausgespielt, um eher die Starke als die Sensible, Sinnliche, Verletzbare in sich zu zeigen. Cara verbarg nur anders, mit weniger hartem Trotz, schneller vorgehaltener Sachlichkeit, früheren Grenzen. Größerer Klarheit, als ihre Schwiegermutter sie früher besaß. Sehr deutlich konnte sie machen, was einfach privat war und niemanden etwas anging. Auch Florah hatte nicht unerheblich gewartet, bis sie gelegentlich an den Tiefen, an den Zweifeln an den Baustellen, die in Cara lagen, einmal schnuppern durfte. Davor blieb wohl der Schmerz hinter aparter Schönheit verborgen und selbst die Unsicherheit versteckte sich vorsichtshalber. Oftmals war Adrian der Übersetzer einer Stimmung einer Unwägbarkeit, einer unabsichtlichen Kränkung gewesen.
Ganz gravierend veränderte es sich spätestens mit der Geburt von Luna. Denn trotz der ganz normalen Auf und Abs sorgte das Kind dafür, die Lava aus ihr fließen zu lassen. Sie sprach ihre Verunsicherungen aus und ihre Vorhaben, über die sie Lust hatte zu beratschlagen. Sie mochte über Ideen und Pläne debattieren und aus ihr klang der mütterliche Ton von Zärtlichkeit und bedingungsloser Zuwendung; bedingungslos zumindest,

sobald sie zwischendurch einmal wieder ausschlafen durfte.

Und nochmals verstärkte es sich, als sechs Jahre später dann Aron zur Welt kam. Das Muttersein und von vielen gemocht werden, gefragt und respektiert, tat ihr wohl. Insbesondere weil da ihre Grenzen doch eher gewahrt wurden, spätestens sobald ihre Freundlichkeit etwas undurchdringlich wurde und ihre Augen offen zwar, doch verschlossen. Anscheinend spielte sie die berühmten Spielchen nicht mit, die anderen gleich mit kindlichen Heldentaten und eigenen Entpuppungen zu beglücken. Mit dem einrahmenden Heimlichkeitsgetue, um Dinge noch wichtiger aussehen zu lassen. Den Verratsdramen, weil solcherlei Geheimnisse trotz aller Versprechungen nicht gewahrt wurden. Ausplaudern gekennzeichneter Intimitäten, spätestens sobald sich persönliche Bezüge änderten. Cara machte nicht mit. Ihre Art war es, immer nett und freundlich zu sein, zur gleichen Zeit sich bedeckt zu halten.

Florah hatte sich in diesem Alter noch häufiger getäuscht, innerlich Wichtiges mit Menschen geteilt, die es entgegen aller Zusagen nicht für sich behielten. Oder es interessierte sie nicht wirklich, waren sie doch in sich und ihr Eigenes verstrickt. Sie war dann nicht selten beleidigt, weil sie keine Reaktion bekam, ihr stattdessen Geschichten und Erlebnisse der anderen um die Ohren flogen.

Lange schienen bei Cara das Muttersein, ein Gefühl von Versäumnis im Persönlichen, in der so genannten Karriere zu übertünchen. Schließlich wickelte sie immer wieder auch kleine Architektinnenaufträge ab. Man konnte es schlicht nicht Karriere nennen und ebendiese verschob sich etwas nach hinten. Woher auch immer gelernt, sagte sie: „Man kann eben nicht alles haben im Leben", und Florah schien das zu stimmen und doch wieder nicht.

Sie empfand, dass es sehr angemessen war, nichts für selbstverständlich zu halten und eben darum auch genau so erwartungslos bei diesem und jenem zu sein. Angenehme Dinge, die von außen kamen, sah sie mehr stärker als Geschenke. Es schien im Leben darum zu gehen, mehr, oft Erstaunliches und Überraschendes aus sich selbst herauszuholen. Das Beste aus sich zu machen, wenn, sobald man herausgefunden hatte, worum es sich dabei wohl handelte. Nicht so einfach. Vielen kommt es nicht zugeflogen.

Bei Florah selbst war es nicht identisch mit dem gewesen, was sie jahrzehntelang überwiegend getan hatte. Das stellte sich zunächst dar wie ein Gebirgsarm, der da zwischen ihr und sich selbst lag. Doch war es auflösbar. Und wenn die ganze Welt sagte, es mache überhaupt keinen Sinn von Veränderung zu träumen, gehe doch niemals nicht in Erfüllung. Konnte man es wissen, solange es unversucht liegen blieb, in der Abteilung für Träumereien und Spinnereien abgelegt? Eine nette Aufgabe, befand Florah nach mehr als fünfzig Jahren, die Pfade, auf denen sie wirklich wandeln wollte, erst einmal zu verstehen und dann auch entlangzugehen. Diese verborgenen Wege mochten sich unterscheiden von denjenigen, die sich frühzeitig aus Träumen ergaben. Jedenfalls sollte man bei den Träumen bis zu einem gewissen Alter hin beachten, wie anfällig sie waren für Eingebungen, Stempel, Förderungen und Zurufe von außen. Je wichtiger die Menschen, die da etwas guthießen, für untauglich hielten oder verlachten, desto größer ihr Einfluss.

Vollstes Verständnis also hatte Cara insofern verdient für die große Aktion Auswanderung oder auf jeden Fall geh erst mal fort in ein anderes Land. Dem, das man schließlich als großes eigenes Ziel erkannt hatte, sollte man auch nachgehen. Nicht in späteren Jahren nachtrauern, klagen: „Hätte ich doch, vielleicht wäre…"

Unglaublich hartnäckig, dieses Mädchen. Manchmal auch erstaunlich logisch. Ob sie Cadmo schon einmal gesagt habe, dass sie ihn liebt. Natürlich hat sie das getan. Tausendmal gibt sie zur Antwort. Tausendmal, was glaubst du denn? Na ja, „natürlich" ist doch nicht nur relativ, sondern vielmehr absolut übertrieben; wahrscheinlich hatte sie es vom Zahlenverhältnis her 975-mal konzentriert oder gar spirituell gelebt und gedacht, 22-mal mehr oder weniger deutlich geschrieben und dreimal das große Hindernis des Aussprechens genommen ... Sollte sie es korrigieren? Der leisen Empörung aus dieser Stimmlage folgen? Sie befürchtete, es würde Luna später irgendetwas erschweren, wenn sie so tat, als sei das für alle doch eine einfache und selbstverständliche Übung. Aussprechen, kein Problem ... Ha, Gazellchen war schon weiter gesprungen. Florah schwindelte, als sie so tat, als könne sie ja nicht anders als da mitzugehen, es kam schließlich darauf an, im Jetzt sein, sich darauf zu konzentrieren, was gerade war. Keine andere Wahl also, als die kleine, nachhallende Unlauterkeit zu kaschieren.

Woher aber wisse Omi, dass das bei ihm auch so sei mit der Liebe. Schließlich könne er doch dort in seinem Oberitalien wer weiß was tun, sich ins Fäustchen lachen. Sie grollte leicht, denn es waren wiederum nicht Lunas Formulierungen mit dem Fäustchen. Aber wer hatte sie ihr angetragen? Wie, woher weiß sie das?, ereifert sich Florah, ein wenig im Ton vergriffen. Kratzbürstig, sich verteidigend. Und dabei weiß sie, das gehört nun nicht zu dem Kind, der Jugendlichen, der Bald-Frau. „Omi" argumentiert, obwohl es zweifelsohne ein Feld ist, auf dem man mit Argumentieren nicht weiterkommt. Sie sagt, weil er es eben so wiedergibt, offen ist. Ja, genau, wie ein aufgeschlagenes Buch. Weil auch er sich entfaltet. Entblättert sozusagen. Sehr treffend der Vergleich, genau, wie eine Blume etwa, deren Blütenblätter sich morgens dem Sonnenlicht öffnen.

Wieso das mit Liebe zu tun hat? Luna, es hat mit Liebe zu tun! Wenn jemand das gewöhnlich nicht tut, zumindest. Woher sie denn wusste, dass er es sonst nicht tat. Er hatte es bloß gesagt, er konnte doch alles behaupten und sich hinter ihrem Rücken kaputtlachen. „Sowieso verteidigst du ihn immer!" Wieder keine Worte, die aus dem Mädchen selbst entsprangen. „Er könnte doch auch mit einer anderen Frau zusammen sein. Oder mit einer anderen Frau schlafen." Wenn Florah die ganze Zeit nicht da sei, nicht dabei, dann wäre das immerhin denkbar. Die Enkelin hat gut gelernt, ist der Überzeugung, nun den schwachen Punkt getroffen, die Trumpfkarte gezogen zu haben.

Erst einmal durchatmen, Florah! Zeit gewinnen. Nach einer guten Antwort sinnieren. Tee eingießen. Und zwei, drei Schlucke trinken.

Es sei schon richtig, gibt sie dann wieder. Sie weiß es nicht oder sie kann es zumindest nicht beweisen. Gab Luna recht. Es stimme schon, man könne alles als eine „Glaubenssache" bezeichnen. Also, sie würde denken, wenn er mit einer anderen Frau zusammen sei, so richtig fest und ständig, das würde sie schon einmal mitbekommen haben, wie auch immer. Ein Mann, der niemals nicht, also nie lügt, weil ihm das nicht liegt, kann doch nicht Monate und Jahre verschweigen ... Sie schluckt. Diesmal ohne Tee. Da war eine gewisse Verwandtschaft im Innen. Aber bloß, weil sie weder lügen noch schwindeln oder verschweigen kann? Ihr fällt ein, warum das alles für ein junges Mädchen, das am Anfang möglicher Liebeserfahrungen steht, mit einem Mann oder auch mit einer anderen Frau, egal jetzt, wenig stichhaltig klingt. Und welche Gegenbeispiele sie durchaus kennt. Hört sich: Menschen, die einfach so grundehrlich sind, die reden auch über so etwas. Oder vertun sich wenigstens. Unbedarft. Also einfach so oder unbedarft, von ihr aus dann eben aus Versehen. Wegen des großen Vertrauens. Sie können nicht anders. Es muss einen Ausgang finden. Stimmt, sie verplappern sich ebenso mit Sachen, die sie vorher unter einen Teppich gekehrt haben. Sie lügen also nicht, so wie Opa Paul nicht lügt?

Florah schwitzt: Also sagen wir, er schwindelt gelegentlich, springt sie ihm bei. Oder sagt etwas nicht …

Luna unterbricht. „Weil verschweigen nicht lügen ist, willst du sagen? Das kann man auch anders sehen …" Das Kind hat heute offenbar Erwachsenenweisheiten gleich von mehreren Löffeln gefressen. Florah ist nun hoch aufmerksam, während die Enkelin weiter eifrig über Pauls Interpretationsspielräume herzieht. Anmerkt, ihr Papa würde sagen, sein Papa könne alles auf dieser Welt interpretieren, bis es ihm gefällt oder wie es ihm gefällt. Sie erinnere sich nicht an die exakten Worte.

Florah hatte sich inzwischen gegen altes Beispringen entschieden. Sollte Paul das doch alleine richten … Musste aufpassen, nicht einfach loszulachen. Manchmal freute sie sich an neugierigen Spitzfindigkeiten. Lenkte an diesem Abend selbst ab: also das andere Thema, die Liebe. Wobei sie sich wiederum nicht sicher sei, ab wann man da in jugendgefährdende …

Luna rollte wild mit den Augen. Gestikulierte. Protestierte heftig und entschieden. Es entsteht ein kurzes spielerisches Gerangel. „Wie soll ich etwas kapieren, wenn du mir erst gar nichts erzählst?", empörte sie sich laut.

„Ja, woher weißt du, dass du von mir was lernen kannst?"

„Weil … du in deinem Leben ziemlich viele Fehler gemacht hast und immer irgendwie weitergegangen bist?"

Oh nein, ein unschlagbares Argument! Weil ich in meinem Leben reichlich Fehler gemacht habe und womöglich, womöglich daraus gelernt … Gut, wo waren wir stehen geblieben? Ach ja, woher weiß ich, ob es nicht eine andere Frau oder andere Frauen … Ich weiß es nicht, kann wohl sein, dass er hin und wieder mit einer anderen Frau schläft. Es mag sein, aber ist es wichtig?

Sie fragt sich selbst und auch die Enkelin, ob ihr das irgendwas wegnehmen soll, Wesentliches ändert?

„Also noch mal: Er kommt doch manchmal zu dir und kommt aber nicht wirklich."

Sie sucht wieder nach Zeit, sie zögert. „Also er kommt vielleicht nicht real, aber in meine Wirklichkeit kommt er eben schon oder ich gehe dahin."

Wie sich das wohl anfühlt und was man dann überhaupt tun könnte, will die „Kleine" wissen.

Florah macht die Augen schmal und fixiert die vorlaute Luna, der sie doch schlecht widerstehen kann. Sie zögert. Wie soll sie es erklären?

„Man kann dann … also zum Beispiel kann ich spüren, wenn er mit mir irgendwo sitzt und wenn die Hände sich berühren …"

Das Mädchen ist nicht zufrieden. Sitzt. Da wiederholt sie es, mit leichter Verachtung: „… die Hände sich berühren." Diese Ironie im lang gezogenen Ton – und sicher war sie in ihrer Jugend ebenso ironisch. Zweifelnd. Ein wenig überheblich.

Es gebe ja Menschen, die behaupteten, Florah sei eine „hoffnungslose Romantikerin". „Romantiker haben immer Hoffnung", konstatiert sie. „Das ist ja das Wesen der Romantik, das zeichnet sie aus." Die wilde Hoffnung, neben der großen Sehnsucht. Wahrscheinlich hätte sie selbst das Wort nicht in den Mund genommen, doch es gehörte zu denjenigen, die seit einer nun langen Zeit keine Notwendigkeit von Wehren, Widerworten, Verteidigung nach sich ziehen. Sie hoffte sogar, dass es den Weg ebnen könnte, sich besser zu erklären.

Luna spottete: „Vielleicht ein bisschen kneten, wenigstens mit den Händen, oder schöntun?"

Verdammt, woher hatte sie dieses Wort? „Schöntun!"

„Von dir", gab die Enkelin zurück.

Florah rollte Hilfe suchend die Augen zum Himmel. Klar, von wem sonst das altmodische, nicht mehr gebräuchliche Zeug.

Lunas Frage, ob es denn noch anders sein könnte, also mehr zum Beispiel. Na, auf der Couch oder im Bett.

„Kann sein, kann sein", gab sie zurück, „dass die eine oder der andere im Rücken des einen, der anderen sitzt oder liegt. Manchmal merkt man das nicht gleich, aber spürt dann den Atem, einen Hauch. Die Wärme, den Körper."

Florahs Offenheit war seinem Wesen nach ein Einfallstor. Verzweigt daliegender Fluss für viele Kähne mit Fragen, denen auszuweichen nun schier unmöglich schien. Und obschon Luna eigentlich nur von ihrer Neugierde gerade besessen war und manche Dinge vermutlich nur aus dem Internet kannte, sagte die Ausgefragte: „Ja, es kann wohl auch sein, anders beieinanderzuliegen. Egal aber, in einem völligen Sich-ineinander-Auflösen." Sie mochte es nicht näher beschreiben und dazusagen, es könne Formen der Verschmelzung geben, die unbeschreiblich sind. Was auch sollte sie diesem halben Mädchen, dieser halben Frau verraten, wo es schon die Grenzen der Sprache überstieg, Einfacheres zu erläutern, etwa wie sich Erregung anfühlen konnte, wie sich ein Orgasmus ausbreiten konnte und dass, wenn es sich um die Wirklichkeit eines Paares handelte, völlig unerheblich war, ob es eine Zeugin oder einen Zeugen gab, der sie beide dann gehört oder gar gesehen hatte, ob ihnen jemand ihr Erleben glaubte. Was sollte sie der Zwölfjährigen erzählen über warme rote Wellen im Unterleib. Wie diese sie unverhofft besuchen konnten. Jener Augenblick gehörte zwei Menschen und basta. Sie besaß die Selbstsicherheit, zwei zu sagen, weil in ihr die Gewissheit wohnte, sehr oft weder allein zu sein in solchen Momenten, noch allein zu spüren. Das lag genau in diesen Erlebnissen und

Gefühlen, die sie unverhofft überraschten und dann eben in dieses gemeinsame Fühlen zogen.

Wie geht diese Kunst weiter? Sie könnte es ihr nicht erzählen. Selbst nicht, wenn sie wollte. Es war auf Lunas Entdeckungsreise wichtig, schlicht zuversichtlich zu sein. Irgendwann geht es um die Schwingung. Nimmst du die Schwingung wahr, in einem Gespräch, in einem Satz, in einem Wort, wenn er gar nicht da ist, spürst sie in deinem Herzen und ein Lächeln, eine Freude dazu.

Das scharfsinnige Kind fragte allerdings schon wieder, wie es sei mit dem Riechen.

Und sie erwiderte, es mochte sein, dass auch ein Geruch vorbeikam. Ein salziger. Ein spezieller, den sie sonst von nirgendwo kannte. Einer mit speziellen Gewürzen dieser Welt.

Luna konnte fürsorglich sein: „Komm, trink deinen Tee weiter, der wird sonst kalt."

Das Mädchen schlief, als ihre Gedanken noch weiter darum kreisten, wie man so eine unsichtbare Liebe erklären kann, die ist und in der Wahrnehmung vieler nicht ist.

Wenn mit einem Mal eine Welle deinen Körper erreicht hat, wie die Brandung langsam in sich ihren Raum suchender Flut, dann hast du natürlich die Möglichkeit, schnell wegzugehen und das Gefühl abzuschütteln, Zerstreuung, Radio, das aufgeschobene Telefonat ... oder du bleibst noch ein wenig sitzen und kannst in dir spüren, wie die Flut sich nähert, ausweitet, Raum greift. Lauschen der inneren Musik, ein Teil der Schwingungen sein.

Seine Umarmungen, und seien sie geschrieben, konnten etwas Nektarisches haben, schönes Elixier für die Seele sein. Die Freude, sich gewiss zu sein, er kannte umgekehrt dieses Streicheln. Er, der da hinter den Bergen und doch in ihrem Herzen saß. Ohne sich in der einen oder anderen Weise aufzudrängen, ihr Leben zu verstören, hatte er sich ganz leise und unbemerkt dorthin geschlichen. Es war auch möglich, sie selbst hatte die Tür weit geöffnet. Wenn sie nicht gar ein wenig gezogen hatte. Wie auch immer, nun war er da und sie hatte nicht die Absicht, ihn wieder fortzulassen. Gleichzeitig war er frei. Sie war frei und so vollkommen aufgehoben. Endlich zuhaus.

Beide in einer warmen Umarmung, einfach alles feiern, das schön und gut war in diesem Leben.

Eine blasse Erinnerung, als sie anfänglich doch die Frage umtrieb: „Bin ich eigentlich ein besonderer Mensch in deinem Leben oder behandelst du alle gleich liebevoll?" Wochenlang, monatelang nicht gestellt. Und wieder war das Loslassen der Schlüssel. Die Frage in Frieden fortschicken ins All. Erst dann kam eine Antwort. Möglicherweise hatte sie seine Haltung dazu vorher nicht gesehen. Konnte also kleiner bohrender Zweifel die Sicht darauf verstellen, was war? Natürlich liebte er sie besonders und gleichzeitig ging er mit allen aus sich heraus liebevoll um; schon ihre Frage falsch gestellt.

Dennoch: Es scheint, manchmal muss man loslassen, um Antwort zu bekommen, dann ganz im Gegenteil fokussieren. Die Lebenskunst ist wohl zu erkennen, wann welches angesagt ist.

Es war ihr auch ein Rätsel, wie viele Schätze sie früher nicht hatte bergen können. Komplimente nicht nehmen. Geschenke nicht auspacken, stand nicht ausdrücklich „Florah" drauf. Liegengelassenes im Leben „nicht für mich". Schön sah es aus und wohlig und warm und lecker, aber es gehörte sich doch nicht für einen sozialen, politisch korrekten Menschen – es war pfui, die Erwägung eines wohligen Aufnehmens, solange so viele litten.

Und litten sie davon weniger?

Britta schrieb von den sich sammelnden Schwalben und sie fragte sich selbst und die Freundin nicht, inwiefern es sich doch eher um Mauersegler handeln könne, denn die überflogen laufend die Landschaften in Florahs Nähe. Was hatten sie sich überhaupt im April zu versammeln? Bereiteten sie eine Osterprozession vor? Sie freute sich, dass sie den alten Impulsen nicht mehr nachgeben musste zu recherchieren, um welche Art Vögel es sich vermutlich handelte und warum kamen sie zur Unzeit zusammen?

Ohnehin war ihr Wissen über Vögel sehr viel begrenzter als Brittas, die sich froh darüber äußerte, auch wieder viele Amseln zu sehen. Es entspanne sie. Schließlich Halterin einer ansonsten friedlichen Katze. Von ihrem Lebensgefährten als verantwortlich für das Wohl und Wehe der Vögel im Angesicht des stromernden, schleichenden, lauernden, geduldigen Tieres gesehen. Oder sie empfand sich selbst so als stark.

Ihr gefiel das Wetter, das Florah eher in die Glieder gefahren war. Genießerisch berichtete sie, wie es draußen brauste und schepperte, statt bei ihr zuhause. Die eine fühlte sich also belastet, schwankend, schwerfällig, der anderen half es genau aus der Schwere heraus.

Was Britta dann berichtete, es hatte damit zu tun, sich etwas zu gönnen, wunderte Florah, die Spätlernerin nicht. Sie habe sich ganz einfach eine Körpertherapeutin gegönnt, die es vermochte, sie so zu bewegen, dass es ganz hell in ihr wurde. Den richtigen Edelstein mitzubekommen fand sie ebenfalls nett. Vor allem, wenn sie ihn tagsüber dann auch in der Hand bewegt oder ansieht, statt ihn in welcher Tasche auch immer zu vergessen.

Florah schaute vom Computer auf, durch das Fenster, in die Weite. Ein Mäusebussard stand fast am Himmel, hatte offenbar ein für ihn appetitliches Lebewesen fixiert. Sie sann darüber nach, in wie vielen Bereichen sie durchaus noch etwas verändern, für sich tun könnte. Das hatte sie selbst erneut zu wenig gemacht, ganz einfach sich etwas gegönnt. Außerdem noch eine Behandlung, die vermutlich nicht billig war. Ohne zwingenden Anlass. Ohne dass das Kind schon im Brunnen war. Ihr unerträglicher Schmerz unausweichlich endlich eine Erlaubnis für diesen wohltuenden Luxus gab. Diese Fähigkeit beneidete sie schon lange.

Britta empfand möglicherweise stärker, wenn ihre Freundin von der Tiefe und dem langen Nachhall berichtete, den ihr schon kleine Dinge, Bagatellen sozusagen, hinterlassen konnten.

Da! Zosch. Das Hinunterstoßen. Der Bussard kam nicht wieder nach oben, um neue Kreise zu ziehen. Sicher hatte er die Maus oder gar das Kaninchen. Sie riss sich von dem Gedanken los, weil die Sonne kurzzeitig ihren Weg durch die Wolken gefunden hatte. Drehte sich im Sitzen und ging dem Bild des Lichtes in ihr selbst nach:

Es mochte noch eines der Geheimnisse von Cadmos Faszination sein, immer wieder etwas zu äußern, das in ihr eine Art Licht-Aufgehen auslöst. So verhält sich das vermutlich mit dem viel gepriesenen Aneinander-Wachsen. Sie wollte nicht verleugnen, dass einiges von dem, was in ihr mit einem Mal wirkte, wahrscheinlich andere, oft wohlmeinende Menschen schon in ihren Worten gesagt hatten. Ohne sie zu erreichen, ohne ihr ein Lichtlein aufzusetzen, das sie reizte, diesen Pfad weiter entlangzugehen.

Licht, vielfach Thema zwischen ihnen. Wohl weil es mit einem dauerhaften, immer spürbaren inneren Frieden zu tun hatte? Diese Möglichkeit war ihr unerreichbar erschienen. Wenigstens was ihre Person anging. Wie sollte es auch klappen, nicht nur ein meist unerwartetes Aufflackern, sondern eine verlässliche Verankerung, eine gewisse Stetigkeit oder Verfügbarkeit dessen, was sich nicht mit Worten beschreiben ließ. Anfänglich handelte es sich ja um völlige Ausnahmesituationen, etwa die Möglichkeit, die Seele zu sehen, zu spüren. Ihre in dünnen Fäden an ihren Körper gebunden, hatte diesen verlassen, um als Spindel mit silber-goldenen Fäden durch den Kosmos zu tanzen. Frei, ohne Zeit, ohne Raum.

Sie versuchte es zunächst mit Cadmo zu diskutieren, der sie nicht für verrückt erklärte, sondern vielmehr erzählte, wie er seine oft schon gesehen habe, ein so unbeschreibliches Licht, dass sie wohl tausend Sonnen überstrahlen könnte, ohne einen zu blenden. Und gleichzeitig so klein sei die Seele, dass wir sie selbst mit einer Lupe kaum wahrnehmen können. Die Magische, die Unvorstellbares möglich machen kann.

Seltsamerweise hatte sonst niemand unter ihren Freundinnen oder Freunden jemals offen über die Seele gesprochen. Plötzlich jedoch, wenn sie das Thema testweise, vorsichtig anbrachte, griffen sie danach. Kaum einer schien ohne eigene Erlebnisse dazu.

Es war weit, weit nach den Jahren, in denen sie gerne vorschnell gesagt hatte: „Ja, aber…“ Das Zuhören und Einspielen auf einen anderen war ihr viel wichtiger als das unbedingte Anbringen der eigenen Gedanken geworden. Und es ging nicht länger um Rechthaben.

Dennoch, er ließ sie weiter puzzeln an der Frage, ob es möglich sei, die ganz großen Themen des Lebens verbindlicher und verlässlicher zu fühlen. Der Wunsch nach höherer Weichheit, Wärme, Zuversichtlichkeit zu Zeiten, die sich nicht einfach anfühlten. Ob es gelingen konnte, im eigenen Innenleben eine Art Teppich zu knüpfen, auf den sich eine rasch retten konnte und seine Muster bestaunen, wenn Dinge kalt und schmerzlich sich anfühlten, Angst machten. „Pazienza“, hatte er eingestreut, „Geduld“. Und gelacht.

Erklärte, es habe damit zu tun, wie sehr einer sich selbst geborgen und in sich zuhause fühlte, in Frieden mit sich und aus sich heraus. So weit war sie wohl selbst gekommen.

Schon klar, den göttlichen Funken auffangen, und er bleibt einfach bei dir, verbrüht dich nicht, verbrennt dich nicht, leitet in keine Irre, in nichts Extremes; du findest ihn, wenn du in dir still bist und suchst. Es geht nur, wenn du deinen ureigenen Lebenssinn fühlst und danach lebst. Dunkel erinnerte sie sich an Diskussionen zu Studienzeiten, wo eine ihren Sinn als Hausfrau oder in Produktionsschichten nicht finden kann. Heute ist sie viel mehr der Meinung, erfüllt kann sich fühlen, wer die unmöglichsten Dinge tut oder scheinbar nichts. Keinem anderen absichtsvoll einen Schmerz zufügen, eine helle, gute Energie ausstrahlen. Ist nicht der Rest subjektiv?

„Schau", sagte er in ihrem letzten Gespräch, „wie dein Herz immer weiter aufgeht und sich zur selben Zeit dein Geist schärft." Er hatte auch den Schalk. Zweifelsohne. Und einen Sekundenbruchteil mochte sie sich gekränkt fühlen und als ob er ihre Düsternis und ihr Leiden mit Lunas Weggang nicht sähe. Bis ihr aufging, wie ihm nichts ferner lag. Näher lag, sie zu füttern mit der Erinnerung, wie es in ihrer eigenen Macht lag, ob sie diesem Ereignis die Macht geben würde, ihren inneren Frieden nachhaltig zu stören.

Britta mochte eine richtig schöne Geschichte zwischen zwei Menschen hören – und dabei meinte sie wirklich nicht die üblichen Ärzte- und Förstergeschichten mit einem so genannten Happy End. Dennoch, eine Geschichte, die den Blick auf die Welt weicher und hoffnungsfroher machen kann. „Wenn der Zauber jemandem geschieht, der mir nahesteht, kann ich sogar fühlen, wie auf diese Weise ein wenig zusätzliche Liebesenergie zu mir rüberschwappt." Nicht die einzige, die in der Freude einer anderen mitschwamm.

Vielleicht war es an der Zeit, sich mehr an die Seele, das Licht zu erinnern?

11. Mai

Der Flunder

Ich sollte nun also nach dieser erneuten Aufforderung keine Fluchtmöglichkeiten mehr vor meiner Hausaufgabe haben. Ich versuchte es mit meiner Intuition: siebzehn Lichtfragen und zu jeder Frage bitte nur eine Antwort, rasch, ohne Nachdenken. Beim Arbeiten damit kam es mir eigentümlicherweise so vor wie bei denjenigen Frauenzeitschriftentests, die so geschickt angelegt sind, dass man nicht betuppen kann. Dabei hatte ich mich mit den selbst erfundenen Fragestellungen einfach auf meine Intuition verlassen.

Es überraschte mich, wie es mir gar nicht mehr so schwer vorkam zu sagen, dass ich meine eigene Erfüllung sei. Vollkommen in Ordnung war es, in diesem Leben Erfüllung zu empfinden. Freundschaft oder Beziehung ein Extra, ein Geschenk in einer Phase, lang oder kurz. Selten, doch nicht unmöglich, ein Immer. Mir kam vor, als könne es gar über dieses gerade gelebte Erdenleben hinausgehen.

Schön fühlte es sich inzwischen an, zu merken: „Ich bin Liebe."

Immerhin sah ich Fortschritte in meinem Alles-Annehmen, was kommt. Genau genommen war es sogar mehr, denn unmöglich hätte ich früher bei all den Haken und Prüfungen so gelassen sein können, wie ich es immer noch war. Überhaupt nicht wäre ich in der Lage gewesen, zumindest in manchen Winkeln meiner selbst die Erkenntnis sitzen zu haben, irgend einen Sinn werde es schon machen, was gerade geschah. Ich verstand es vielleicht, wenn es kam, noch nicht, aber es würde sich weisen.

Ich durfte wieder, wie schon früher, herausfinden, dass es mich glücklich machte, mich selbst zu entdecken, ich anscheinend nie aufhörte. Früher hatte ich ja keine Vorstellung davon, was für ein Schatzkistchen sich in einem selbst verbarg. Man glaubte doch stetig, neu darum ringend, sich schließlich selbst gut zu kennen. So war das vermutlich mit den Eisbergen und der Spitze, die man gut sah, wohingegen man reichlich Tauchmut brauchte, um den ganzen Unterwasserkoloss zumindest wahrzunehmen.

Auf der anderen Seite macht mir meine eigene Unergründlichkeit manchmal Angst. Immer noch. War es mehr eine Bedrohung oder eine Verheißung? Das Versprechen einer Möglichkeit, Dinge im Verborgenen zu halten, die Aussicht, Interessantes aus mir würde so lange nicht zu Ende gehen. Konnte ich das Gefühl irgendwie in das Jetzt, in die Gegenwart ziehen? Ich wusste doch mit meinem Verstand, Schönes könnte nicht versiegen, wenn ich auch blind und bewegungslos in einem Bett läge. Wissen im Kopf und Fühlen nicht eins, immer noch spaltet es sich manchmal auf.

Mir gefiel, dass ich mich für einiges, das ich – ehrlich gesagt – irgendwie interessant, besonders, neckisch an mir fand, wohl nicht mehr rechtfertigen musste.

Weniger nett fand ich die heftig hervorbrechenden Zweifel daran, in mir gut aufgehoben zu sein. War überzeugt, sie lägen längst hinter mir!

Erlebte nicht als leicht, für wie vieles ich alleine zuständig sein sollte: meine eigene Not und Rettung zugleich. Empörend, verstörend, wo es aus mir hervorbrechende Anteile gab, die laute Lieder davon sangen, wie gern ich eine aus dem Nichts auftauchende, wundersame Erlösung von außen gehabt hätte. Es lag in mir selbst, egal wie traurig oder zornig es mich mitunter machte. Oft fand ich es gemein. Sehr uneinsichtig fühlte ich mich da. Was mir leicht über die Lippen kam, daran konnte ich mich richtig freuen – ich hatte begriffen, unerschöpflich zu sein. Nein, es war für mich nicht dasselbe wie unergründlich, so konnte ich sein für die Außenwelt. Als unerschöpflich sah ich, was in mir lebte, es brauchte andere Menschen und Bestätigung nicht, um am Leben zu bleiben.

Ich empfand das Grundgefühl in mir vollkommen anders als früher, wo rasch der Verdacht in mir wirkte, es käme eine Zeit, in der mir nichts Kreatives und Schönes mehr einfiele, in der es sein würde wie aufgebraucht. Abgedreht der Hahn, alles ausgegeben im Leben, also hatte es keinen Wert mehr, ich gleichermaßen wertlos. Diese schlimme Vorstellung war einfach fort.

Offenbar hatte mich auch endlich die Einsicht erreicht und sich sogar richtig schön breitgemacht, immer selbst die Wahl zu haben. Oft nicht die Wahl, was in meinem Leben geschah, jedoch die eigene Entscheidungsfreiheit, wie ich damit umging. Lag darin nicht sogar der Zauber? Sehr stark, möglicherweise ganz und gar zu beeinflussen, wie es sich anfühlte?

Zudem stellten sich andere Veränderungen in mir heraus. Als seien die Fragen noch einem alten Ich entsprungen, das sehr viel von dem früheren Blick auf die Welt, den alten Glaubenssätzen erzählte. Wie früher seltsam, Harmonie als etwas ausgesprochen Angenehmes, Erfreuliches, nachgerade schön Balanciertes zu empfinden. Doch war es so. Ist es so! Ich hatte Harmonie früher verschmäht, ja verachtet. Sie war mir als etwas für langweilige Harmonietierchen erschienen, ohne Lust auf Abenteuer in der Welt. Wachsweiches Schöngetue. Ohne den rechten Schmackes. Harmonie und meine geliebte Tiefe – sie erschienen als Gegensatz. Ich musste wohl fünfzig oder älter werden, bis ich begriff, welche Schätze erst in der stillen Harmonie lagen. Fast könnte man sagen, dass es sich völlig gedreht hatte: Heute wirkte all der Widerstand, das Streiten, um zu gewinnen, das, was ich damals zu wirklicher Lebendigkeit gezählt hatte, wie absurdes Theater.

Meine innere Heiterkeit, die doch irgendwo in mir wohnte, machte mir Freude. Auch das fand ich früher nicht angemessen, in Anbetracht all der Fürchterlichkeiten auf der Welt.

Anderes, das vordem eher Bereitschaft in mir geweckt hatte, es zu verteidigen, weil es in bestimmter Weise nicht als wirklich schick galt, erfreute mich heute. Die schöne Stetigkeit meines Herzens oder meine Disziplin, die der messerscharfen Strenge gewichen war.

Dass Florieren und Gedeihen in jedem Alter möglich waren, der Kopf wusste es wohl, gelegentlich sogar die ganze Frau. Dennoch atmete ich gelegentlich daran schwer.

Dann gab es jene Nacht, als endlich der Flunder noch einmal wiederkam, mich aber zunächst zappeln ließ und mir andere Sequenzen schenkte:

Zuerst hatte ich mir ausgesucht, einen hohlen Weg entlangzugehen. Anfänglich ohne Angst, denn trotz der Unebenheiten schien mir alles übersichtlich. Hinter einer Biegung wurde er jedoch enger und die Äste der Bäume begannen nach mir zu greifen. Ich spüre die Berührung, lauere, es gefällt mir nicht. Und doch merke ich, alles Trugbilder, Schimären, die meinem Kopf entsteigen. Ich begreife, dass es Zweifel und Befürchtungen sind, die mir das alles vorspielen. Sie mag irgendwie an der Leine laufen und gebändigt sein, dennoch faucht sie, die Angst. Ich weiß inzwischen: Um sie zum Fauchen zu bringen, muss ich sie lange überhört, ausgesprochen stark gereizt haben.

Im zweiten Bild kam ein Luftzug, und mein schöner Hefeteig der Hoffnung zerfiel zu einem kleinen Klumpen. Doch auch hier durchschaute ich das Spiel. Sagte mir ohne langes Ärgern und Ach und Weh: „Dann back ich eben einen anderen Kuchen.“

Im dritten Bild schließlich war mein Flunder winzig geworden; ein kleiner, fröhlicher Fisch. Einer von der Sorte, die vor Freude, so scheint es, manchmal über die Wasserfläche springen, im Licht. „Deswegen also“, sagte ich, „hab ich dich in diesen Tagen überhaupt nicht wiedererkannt!"

„Na", gab er an, „wieder auf dem Weg? Diesmal zwei Schritte zurück, einen vor?" Ergänzte, immer noch sei er frei. „Ich bin in dir und außer dir. Und ich bin frei!" Offenbar war er so froh, dass er das gar nicht oft genug fröhlich springend rufen konnte. Vorsichtshalber fügte er an: „Ich weiß nicht, ob das immer so bleibt. Ob wir uns wiederbegegnen. Wann wir uns wiedertreffen. Wir werden es sehen. Aber einstweilen lass uns froh sein! Die Welt, die um uns spielt, ist oft genug wüst und traurig und grimmig und arg genug." Und schwamm und hüpfte davon.

Paul signalisierte Florah, sie solle langsam machen und nicht verzagen. „Überfordere dich nicht, lass dich trotzdem nicht wie früher fallen. Ich glaub, es wird mit dem Alter nicht einfacher mit dem Aufstehen und Gut-wieder-in-die-Gänge-Kommen."

Lange sprachen sie im Frühlingsgarten über Veränderung und wie es gut war, den steten Wandel wahrzunehmen. „Weil ohne Veränderung Entwicklung stagniert", gab Paul zum Besten. „Am Ende kann er über alles hinwegphilosophieren", befanden einige. Sie dachte an ihre Neigung, ihn zu verteidigen. Heute wusste sie nicht recht, ob er selbst immer an alles glaubte, was er aussprach. Doch! In diesem Moment bestimmt.

Sie hatte ihm den Traum erzählt und Jahre später noch einmal erzählt:

„Bei Giorgio in Bologna – das heißt eigentlich nur auf der Durchreise zum Hallo-Sagen. Er beachtet mich ohnehin weniger als die beiden alten Herrschaften, die ihm in ihrer Wohnung Quartier gegeben haben. Ich bin für ihn eine Mischung aus Überraschung: „Dich gibt's also auch noch", und Selbstverständlichkeit. Ja, je selbstverständlicher ich irgendwie allen bin, desto weniger selbstverständlich bin ich mir selbst. Als nun auch noch in der Wohnung das Gästeklo, also meines, kaputtgeht, ist unmöglich, mit ihnen zu besprechen, was ich nun tun kann. Ich muss es mir einfach selbst überlegen, was ich mit der Sch… mache. Und solange ich die Lösung nicht gefunden habe, fühle ich mich nicht in der Lage, meine Reise fortzusetzen."

Sie versuchte, ihm verständlich zu machen, wie es sich anfühlte, wenn alle Selbstverständlichkeit, die andere sahen, aus ihr fortfloss. Sah Paul an und schwieg, statt ihr Gefühl zuzugeben, „eng, traurig". Entdeckte in ihm den Markanten, den Besonderen, nicht klassisch Gutaussehenden, dennoch unweigerlich Ins-Auge-Fallenden wieder. Er, der von seinem hohen Anspruch für seine nicht wenigen alten und neuen Lieben da war, für seine kleineren und größeren Kinder. Für seine Kundinnen und Kunden. Und ständig in all diesen langen Jahren, Jahrzehnten, dem hinterherrannte, auch für sich selbst mehr da zu sein. Es fiel häufig hintenüber, sich um das eigene Wohlbefinden zu kümmern, obwohl er viel und gerne darüber sprach, als könne er über das Sprechen etwas herbeireden.
Ihr eigenes Tun hätte sie früher festgemacht am Unterschied zwischen Revolution und Reförmchen. Revolution im Mund geführt und sich doch bloß an tausend Reförmchen versucht. Obwohl ihre eigenartige Transformation oder Metamorphose das Wesen einer Revolution hatte, nur eben vollkommen anders als vorgestellt.

Sie schaute auf den etwas unstet wirkenden Paul. In großer Unrast wippten seine Beine. Das hatte er lange nicht gemacht. Und auch noch unbemerkt oder nicht steuerbar, unvermeidlich. Hatte er nicht genug Baustellen? Und sie ihn zu gern.
Noch einmal fragte sie ihn: „Wie wird das bloß sein, wenn Luna weg ist? Hast du denn gar keine Angst,

bricht es dir nicht das Herz? Denkst du nicht auch an Adrian und an Cara und an all die, die zurückbleiben?"

Florah sparte sich alle möglichen Spitzen, obwohl sie das Gefühl beschlich, er habe halt mehr Kinder. Mehr Menschen um sich. Mehr Ablenkung in all dem, was er tat.

Paul ging darüber hinweg – er wiederholte die Weisheiten, die ihr natürlich bereits bekannt waren, die aber für den Fall von Lunas Fortsein noch kein gutes Plätzchen in seinem eigenen Innenleben gefunden hatten. Sie seufzte und hob den Blick zum Himmel. Stellte etwas unwillig fest, dass er klischeehaft maiblau war, als könne ihn heute kein Wölkchen trüben.

Beide versuchten dem inneren Wissen nachzuspüren. Nichts geschieht umsonst. Aus allem kann man lernen. Jede Veränderung bietet neue Möglichkeiten und dergleichen mehr. Wahr und weise. Nicht fühlbar in dieser akuten Traurigkeit.

Er hielt eine Art Vortrag darüber, dass es für die Emanzipation des erwachsenen Paares von all den Verwandtschaftsbegehrlichkeiten und Gewohnheiten der letzten Jahre sicher gut sei. Jeder könnte eventuell nur durch diesen Weggang zu sich finden, herausbekommen: „Was will ich noch im Leben und wie?" Sie fragte sich, ob sie selbst auch so dozierende Seiten zeigen konnte. Es bereitete ihr Verdruss zu sehen, vermutlich trug auch sie dergleichen in sich.

Sie unterbrach ihn. Mittlerweile sacht. „Paul, ich möchte wissen, was du fühlst, nicht wofür es für wen auch immer gut sein könnte."

Es ging nicht weiter, denn er meinte, er beschreibe doch gerade sein Gefühl.

Sie hatte keine Ahnung, wessen Vorgehensweise gerade klüger war. Sie konnte und wollte es auch nicht mehr bewerten.

So war das also.

Als Paul wieder fort war, nahm sie ihren Laptop mit nach draußen zu dem runden Tisch und ließ den Blick über die sanften wallonischen Hügel schweifen. Glaubte von irgendwo eine Kuh zu hören. Kann sein, eine von den mächtigen weiß-grauen. Jedenfalls gab es von denen hier einige. Sie kamen ihr vor wie das Gegenmodell zu Holsteiner Europaunions-Lieblingskühen.

Nett zu sich sein. Wasser aus dem Krug.

Langsam besann sich der Minicomputer hochzufahren. Die Sonne stand nicht auf dem Bildschirm, verzichtete darauf, ihr in die Augen zu stechen.

Es würde ihr guttun, eine Mail an Cadmo zu schreiben. Sie hatte irgendwann angefangen, ihm, was sie dachte und fühlte, eben so zu schicken, wie es gerade aus ihrem Herzen und ihrem Mund kam. Das eigenartige, weitgehend unzensierte Vertrauen, das man möglicherweise bei der Definition echter Freundschaft nutzen konnte.

Cadmo und Florah ließen den einen, die andere auf Erlebnisse, Probleme, Schönes und Seltsames schauen, das sie vor vielen anderen hinter ihren Vorhängen verborgen hielten. Keine Mühe, Überlegung und Wägen dazwischen.

„Eine sehr besondere oder eigentümliche Herzensangelegenheit, die wir miteinander teilen", dachte sie. Wie wir Verwässerungen nicht mögen, einmal etwas als wahr und wert erkannt, sind Verdünnungen und Kleinrederei unmöglich. Vorsichtig werden sie gezielt angebracht. Nur niemanden verletzen. Unmöglich, von allen verstanden zu werden, jede und jeden mitzunehmen. Besonders Zweiteres wollte sie lange nicht wahrhaben, keine Einsicht. Davor stahl sich immer wieder der Wunsch, jedem Wesen wunderbare Wege und Wahlen zu zeigen. Es ging nicht! War auch nicht für jeden und jede an der Zeit.

Etwas war zwischen ihnen ins Fließen gekommen, und mit der Zeit entsprang das Gefühl, sich alles anvertrauen zu können. Ob man es nun tat oder nicht. Den Anderen in das eigene Allerheiligste lassen.

Flüsterte dann: „Wart nur, ich finde dich in den Worten und zwischen allen Zeilen auch …" – meinte diesmal nicht das bedrohliche „Wart nur!" aus der Kinderzeit.

Es machte sie froh: „Nun bin ich also so, wie ich es nie für möglich gehalten und wohl auch verachtet hätte, als ich jung war", und fuhr in Gedanken fort: „Wie auch hätte ich in meinem jugendlichen und dramatisch-kämpferischen Überschwang, den ich so lang noch am Brodeln hielt, diese Welt, die heute meine Seele streicheln kann, ahnen sollen? Haben wir damals etwa von den wenigen kuriosen Wesen gelernt, die solcherlei schon wussten? Nein! Wir hörten es nicht. Wir konnten es nicht. Wir wollten es nicht."

Da hatten sich offenbar spät, nicht zu spät, zwei tief schürfende Seelen gefunden, die mit viel Liebe für die Menschen und einem weitreichenden Idealismus für eine bessere Welt gesegnet waren. Wie auch immer er im Alltag sein mochte, wie aussehen in Bewegung, mit welchem „Erfolg" im Leben stehen, sie konnte diese Fragen nicht beantworten und sah auch nicht den Sinn. „Seine Sprache und seine Stimme genügen mir, ihn für alle Zeiten liebend in mein Herz zu schließen." Es hatte ihr auch Freude gemacht, sich mit ihm über die Schönheit auszutauschen. Sie war keine klassische von der Sorte.

Er schenkte ihr irgendwann die These, das Schönste im Leben und fast alles, was die Welt schließlich zusammenhalte, könne man nicht sehen. Eigenschaften, Tugenden, Energien … und viele davon ließen sich wohl bloß für eine Zeit in einem „Gastgeber" sichtbar nieder … Besonders mochte sie den Gedanken, diesen menschlichen Körper als Gastgeber für ein zeitweiliges Erdenleben zu sehen.

Sie schrieb: „Ich werde nicht mehr selbst dazu beitragen, dass mir das Herz bricht. Und dazu gehört es, viel früher als die vielen vorherigen Jahre, davon abzukommen, meine Stimme zu überhören, ungute Gefühle beiseitezuräumen. Am besten wäre es gewesen, nicht zu warten, bis das Getöse um mich so laut wird. Du wirst wissen, es gelingt nicht immer.

Zurück: aufmerksam also mich hören. Mich fühlen. Kopfweh nicht aufs Wetter oder wahlweise schlechte Luft in einem Raum, Macken im Lüften schieben. Schlechtes Gefühl nicht unter verstandesmäßigen Argumentationslinien begraben lassen. Ängste nicht wegsperren, wenn jemand was von mir will, das scheinbar Sinn macht oder schönen sozialen Zielen dient. Ja, ich scheine besonders anfällig dafür zu sein, hehren, übergeordneten sozialen Zielen immer den Thron anzubieten und mich dann knicksend als Untertanin anzubieten. Ich will nicht mehr dazu beitragen, dass mir vielleicht das Herz bricht, sage ich. Aber das gilt doch dann auch für die Liebe. Adrian, der vernünftige und liebevolle Mann, mein Herr Sohn, sorgt sich da manchmal um mich. Ob in der Liebe meine Ideen nicht leichtsinnig und ein bisschen sehr gewagt sind …

Sag mir, wie sollte ich diese Zeit überdauern, ohne daran zu glauben, Cadmo liebt mich einfach?

Luna wird mich lieben, weil ihr klar ist, wie sehr ich ihr bis jetzt schon gegeben habe, was ich konnte. Wie ich konnte. Kann sein, sie hat es nicht immer parat. Weiß es nicht stetig und allzeit verfügbar. Wird es wiederfinden, denn das Pflänzchen ist in ihr gepflanzt.

Du weißt ja, wie das manchmal mit dem Finden von meinen Entscheidungen ist. Hast mitbekommen, wie ich noch nicht einmal eine Entscheidung auf mich zurollen sah. Und am nächsten Tag schon stand sie breit und fordernd in meinem Weg. Versperrte alles. Nicht bereit, fortzugehen, bevor ich ihr nicht in die Augen geblickt hatte und mir gesagt, ich mache das jetzt so oder so. Links oder rechts. Momentan habe ich das Gefühl, so ist das mit Lunas langem Wegreisen, ich kann leben oder mich in jammerndes Elend fallen lassen."

Trinken! Nicht darauf vergessen! Bis zum kleinsten Quäntchen, zur verstecktesten Zelle schien ihr Körper durcheinander, solange da eine Diskrepanz zwischen den Botschaften des Gehirns an jede Zelle, zwischen der grundsätzlichen Liebe zu den Menschen und zu sich selbst wieder aufzubrechen versuchte. Wenn es nun aber gelänge, mutmaßte Cadmo, diese beiden harmonisch zu verbinden, sich selbst mit so viel Liebe zu begegnen, wie sie anderen zu geben bereit war, das sei doch der Schlüssel zum Ganzsein. Typisch in den forderndsten Situationen Schlüssel zu verlegen.
Er forderte sie auf, mit Geduld und System danach zu suchen, „gleichgültig, wie wirr und schreiend diese Welt, du wirst ihn schon wiederfinden und selbst in die Hand kriegen". Er wisse schon, wie wenig es dasselbe war, die A und O zu kennen und tatsächlich etwas damit tun. Schließ es auf! Erschließ es dir!
Sie hatte ihr Laptop geschlossen, wollte ihre Konzentration nun lieber auf das schöne Wetter da draußen bringen. Seine Botschaft stört nicht: Es kommt an ihrer linken Schulter an, wie ein Streicheln, eine Zärtlichkeit. Ein Kraulen, übergehend in leichtes Kneten. Es machte ihr Lust, noch den Kopf in diese Richtung zu legen, das linke Ohr die Hand erreichen zu lassen. Ab und zu tanzen Sonnenstrahlen. Sie muss in diesen Begegnungen mittlerweile nicht mehr weiter den Atem anhalten, dabei Gefahr laufen, sie im dazugehörigen Lauern und Lauschen zu verlieren. Endlich gelernt, ihn fließen zu lassen, selbst zu fließen. Purer Genuss, begleitet von hellem Licht, hinter den geschlossenen Lidern. Übergehend auf das ganze Genick. Sie war ganz still, von der kleinen großen Wonne beseelt.

Andere Luftschichten brachten Kühleres. Nicht mehr träumen. Schon wieder schnelle Bewegung ins Haus hinein angesagt. Ein heftiger Schauer. Wechselhaftes Wetter – ihre Seele kam in den eigenen Wandlungen nicht hinterher: Regen, Wind, Sonne, Regen, warm, kalt. Drin, wo es plötzlich sogar angesagt war, ein Licht anzumachen, klappte sie den kleinen Computer erneut auf und schrieb: „Der Wind hat sich inzwischen zu einem Sturm gemausert, dicke, dunkle Wolken verhängen wie aus dem Nichts den Himmel und unvorhergesehen ein Guss … Ich will dir nicht von den Fröstelattacken erzählen und schon gar nicht von unromantischer Gänsehaut. Sogar die Vögel haben aufgehört zu singen. Stille. Obwohl der Schauer schon wieder vorüber ist.
Verzeih, dass ich heute nur von mir schreibe. Das Ganze mit Luna und ihrer Familie beherrscht mich so.
Ich hoffe bloß, obwohl das Meer so unruhig ist, stark der Wind, finden meine Fliegeküsse gut den Weg zu dir. Und die Umarmungen auch.

Florah war nicht wirklich klar, warum sie das Thema des Loslassens nach Jahren nun wieder und mit ihrer Enkelin noch in dieser heftigen Form vorgesetzt bekam. Sie blätterte und blätterte, sie durchwühlte die Computerfiles. Wüsste sie doch bloß, wann genau sie diesen wegweisenden Tag- oder Nachttraum gehabt hatte. Alle Stichwörter, alle Suchtricks, die sie kannte, gaben es natürlich nicht her. Und anscheinend verrechnete sie sich im Jahr. Wusste nur noch, es hatte zu tun mit der Eule und dem Hahn. Sie suchte verbissen. Immerhin trank sie dazwischen. Machte gelegentlich eine Pause, ging Luft holen unter dem Vordach der Terrasse. Atmete die Regenluft, bot dem Himmel ihr Gesicht an und schnappte einige von den weich sich anfühlenden Tropfen mit der Zunge. Doch kein Schauer also. Dauerhafter Regen.

Früher hätte sie in einem verkrampften Suchen all dies nicht wahrgenommen. Schon gar nicht Erdbeeren zwischenzeitlich gegessen und auch sonst sich nichts Wohltuendes gegönnt.

Weiter.

Endlich „Loslassen und der Wille" noch längere Zeit zurück, als sie gedacht hatte.

Die Botschaft, wie wichtig es war, auf ihrem sehr persönlichen Weg nicht zähen Ehrgeiz, es schließlich allen zu zeigen und zu beweisen, verwechseln mit dem hohen Einsatz ihres großen Willens für sich allein, für sich selbst und ihre Gesundheit.

Sowieso, behauptete die Eule, sollte man den schön nach außen gerichteten Ehrgeiz und den Willen, für sich selbst etwas zu erreichen, nicht vermischen. Sie lehnte sich aus ihrem Astloch und konstatierte, das sei bei ihr früher sehr wohl nicht auseinandergehalten worden. Die Verbildlichung dazu sei der Hahn, aufgebläht „kikeriki!!!", der es anderen am Ende mit aufgerichtetem Kamm zeigen und beweisen wollte: „Seht her, was ich geschafft habe, egal was ihr mir zutrautet oder nicht zutrautet." Das rufende Federvieh, wie er daraus lebte, nach außen zu demonstrieren, was in ihm steckte.

Diese Eule, die behauptete unverfroren, Florah habe in der Vergangenheit wohl den Hahn gelebt. Sie hatte sich gewehrt: Es sei ihr doch ziemlich schnurz, was andere von ihr dächten – und die Gefiederte mit geschlossenen Augen und unendlichem Gleichmut gab zurück: „Meine Liebe, komm doch nicht mit einem ganz anderen Thema …"

Klug und mit unendlicher Geduld sitzt sie versteckt in ihrem Geäst. Ob ihre Augen offen oder geschlossen sind, sie wartet ruhig und unverzagt auf ihre Gelegenheiten. Sie fliegt nicht ständig suchend umher. Was sie will oder braucht, zeigt sich ihr durch die starke Beobachtungsgabe – der inneren wie der nach außen gerichteten – zur rechten Zeit. Mag auch sein wie aus dem

Nichts, und dann schwingt sie sich in die Lüfte und holt sich ganz zielgerichtet, was sie braucht und will.

Hat sie ihre Beute schließlich und einverleibt sich diese ganz, kommt große Freude und Energie in sie, breitet sich aus. Das erfüllt sie in diesem Augenblick und oft auch sehr lang darüber hinaus, kann sie doch diese Erfahrung in sich speichern. Es ist wie Erfüllung, Glück … Hat auch etwas mit Gewissheit zu tun: Wenn ich nur aufmerksam bin und unverdrossen, zuversichtlich, langmütig warte, wird kommen, was gut für mich ist. Immer.

Sie fragte sich, ob es darum ging, wieder, neu zu üben, es sich selbst Wert zu sein, etwas „einfach nur" für sich selbst zu tun. Es hatte doch nach langen Jahren zwischenzeitlich viel besser geklappt!? Sie war früher eine grandiose Blenderin sich selbst gegenüber gewesen und endlich unterlief es ihr weniger.

Wir können sie eine ganze Weile in Schutz nehmen und sagen, dass sie über Jahrzehnte wahrlich wenig Übung gesammelt hatte, ihre Stimmen auseinanderzuhalten und zu erfühlen, welche gut für sie war. Florah hatte sich in einem stetigen Wettstreit befunden und zeigte – diskussionsfreudig wie sie war – Widerspruchsgeist, war überzeugungskräftig und gewieft, konnte beharren. Wenn die andere mit ihren Einflüsterungen dazwischenging, gern gehabt hätte, dass sie ihr, dem Gefühl, dem Impuls, der Intuition folgte. Es zischelte, schmeichelte ihr dann mit allen Schikanen. Chaos. Eine flüsterte ihre alleinige Version in Florahs Ohr. Die andere widersprach mit ihrer Vorgabe, was wichtiger war im Leben, und konnte es scheinbar stichhaltig untermauern. Es hatte meist damit zu tun, wie belanglos doch war, was sich einfach gut anfühlte; reine Zeitverschwendung, sich zu befassen mit spannenden, interessanten Romanen und Büchern, die von bisher mit ihren Füßen kaum betretenen Welten erzählten. Ausnahme: Es gab dort genug Neues zu lernen.

Eine polterte, wichtig sei bloß, sich für andere einzusetzen oder für eine als wichtig erkannte soziale, politische, gesellschaftliche Sache. Ein wenig minderwertig bereits, anderen aus irgendwelchen Miseren oder Stagnationen zu helfen.

So riss es an ihr und schwieg nicht still, bis sie ganz wirr geworden war.

Nichts hatte sie davon gewusst, den eigenen Schatten nicht loswerden zu können.

Man konnte doch weiter kreuchen, solange die Überzeugung einen hielt, „andere haben es schließlich schwerer, sind mehr von Widrigkeiten des Lebens betroffen". Eine Stimme meldete sich schon einmal und fragte, ob es wahr war. Oder subjektiv das Leiden. Und warum sollte sie mehr aushalten als andere, nur weil sie anscheinend mehr aushalten konnte? Die Menschen sind doch nicht umsonst verschieden, schlug ihr die erste neue Denkansätze vor. Florah argumentierte sie nieder: „Sieh her, ich lache doch oft, also kann ich es auch tragen. Ich lüge doch nicht, wenn ich lache. Es gibt die Tiefe, die ich so gerne habe, ohne die Schwere und das Drama geht das nicht."

Das war der große Fehler, gegründet auf ihren ganz persönlichen Lebenserfahrungen bis dahin. Es lag nahe, schien ihr unmöglich, sie zu haben, die begehrte Tiefe, ohne Last und Schmerz.

Sie war zunächst zu der Sichtweise gekommen, ihre Welt werde kleiner. Erneut versuchte es eine lockende Stimme damit. Die andere erinnerte: Die Welt werde nicht kleiner, bloß ihr Herz kaspere herum, verschließe sich manchmal ängstlich oder führe sich auf wie ein rasendes Hasenherz, das in dem Moment nichts spüren kann als die eigene Angst.

In einer Mail tauschte sie sich mit Britta über die Widrigkeiten und das Kaputtgehen von einem nach dem anderen aus. Sie schrieb, seit sie wirklich ihre Haltung verändert hatte, ziehe es sie nicht mehr an. Als passierte es in ihrer Umgebung: Unfälle, Krankheiten, unvorhergesehene Heizungsmonteure, Schimmel in Ecken, brechende Zahnbrücken, defekte Fahrzeuge und noch viel mehr. Die Wäsche in ihrer Maschine und brühiges Wasser. Nichts war mit Abpumpen. Sie mochte es anstellen, wie sie wollte. Fast schon wieder zum Lachen, dass gleichzeitig auch Brittas Maschine in der anderen Stadt unverhofft in die Knie gegangen war.

Florah versuchte, sich auf die Freundin zu beziehen, die vordem von ihrem inneren Kind berichtet hatte. Wie es häufig unter Bauchweh litt und sich dann unpraktischerweise dieser Schmerz, diese Übelkeit auch in ihr zeigte. Man könne es schier nicht auseinanderhalten. Die Erstarrung und, wie es ihr sinnlos schien, dagegen anzukämpfen.

Gott sei Dank, dachte Florah, hat sie sich Ratschläge selbst gegeben! Sie hätte das vielleicht ähnlich getan, aber was war sie für eine Ratgeberin, die sich in diesen Wochen höchstselbst schlecht beraten konnte?

Britta war früher darauf gekommen: Es machte sich besser, intensiv nachzufühlen, was sich da zeigen wollte und was es zu sagen hatte. Und die seltene Auflösung, auf uraltes Einsamkeitsgefühl zu stoßen und auf uneingestandene Zärtlichkeitsbedürfnisse – die Nähe des Partners suchen und – Trau, schau, wem? – gelegentlich wirklich bekommen. Es hatte sie so glücklich gemacht, dass sie nun befürchtete, sie könnte es womöglich nicht wiederholen. Einmaliges, schönes Erleben. Fühlte sich versucht, sogleich wieder zurück in die besser bekannte und geübte Erstarrung zurückzufallen. Das war einfacher, als sich Einsamkeitsgefühle und Bedürfnisse nach Nähe einzugestehen.

„Liebe Britta", schrieb sie sofort, „eine zwischenzeitliche Auflösung und diese Nähe, das ist doch ein tolles Ergebnis, halt die Erfahrung bloß schön in dir fest. Vielleicht muss es keine Eintagsfliege sein. Die Raupe, die sich einmal als Schmetterling entpuppt hat, kann ja auch nicht mehr in ihren Kokon zurück."

„Merk dir die schöne Erleuchtung selbst", schalt sie sich. „Für andere ist sie da, während dir für dich nichts einfällt als Zusammenkauern und Aussitzen!?"

Britta versuchte auf ihre Weise, ihr Leben möglichst fröhlich zu leben. „Tu mich aber schwer in diesen Wochen. Bin immer noch dabei, aus der kleinen Fliege eines normalen Vorgangs – mein Sohn zieht zusammen mit seiner Familie weit weg – einen Elefanten zu machen. Zumindest finde ich die Herausforderung elefantengroß."

Verwandtschaft darin die Veränderung, den Wandel gerade nicht zu wollen. Für Florah könnte nun auch mit meinem netten Arrangement mit Luna einfach alles so weitergehen, denkt sie sich. „Wenn ich zornig bin, frage ich mich, warum dieses Einzelkind damals aus dem Studiensemester in den USA wiederkam. Ich hätte mich sonst längst an die Ferne gewöhnt. Und weshalb kam er Jahre später aus Bielefeld wieder? Wieder meine offenen Arme. Seine Ehe, die Kinder, die Annehmlichkeit, alle in der Nähe zu haben. Natürlich, wenn ich nur einen Moment meinen Kopf und mein Gefühl anschaue, kann ich auch sehen, was alles an Schönem, Witzigem, Nahem, Erwärmendem, Erfüllendem und immer so weiter war. Es wischt alles, was da nicht so prima war, mühelos fort. Um keinen Preis der Welt würde ich das missen wollen! Bin etwa ich das gewesen, die früher anderen Vorträge darüber hielt, wie einem niemand und nichts mehr klauen konnte, was man einmal gefühlt und erlebt hat? Ach ja, es stimmt ja auch. Und Luna wird größer. Rechtzeitig macht sie sich auf die Socken, weg von mir, bevor – ein ganz gewöhnlicher pubertärer Albtraum – ein ohnehin unvermeidliches weiter Auseinanderdriften beginnen kann.

Ich weiß es alles und noch viel mehr, und dennoch trauert vorsorglich jede Faser meines Innenlebens."

Schaffte es dann, noch ein wenig wohlige Lust zuzulassen und das Spiel wunderbarer Grußworte mit Britta zu spielen, verteilen ist immer gut und verbreiten. Nicht Derartiges Cadmo vorbehalten. Sie hatte es, mag sein, verfeinert mit ihm, jedoch vorher schon das Bedürfnis in sich gefühlt und möglichst gelebt, auf ihrem Weg Wärme und Zärtlichkeit zu streuen.

Sie beendete das Geschriebene mit der Anmerkung, nun dem Wind und der Freundin zu überlassen, was sie damit tat. Selbst loszulassen, in sich zu befreien, was da wegfliegen wollte. Schrieb, sie habe keine Bitten, keine Erwartungen an die Freundin, die sie damit verband. Einfach Freude zwischen Menschen, die sich gern hatten, sei das Ziel. „Das ist der Weg."

Starr saß sie an ihrem Trapeztisch. Die Ellenbogen aufgestützt, die gestreckten Finger, die vom Handgelenk her ineinander verschränkt waren, betrachtete sie. Es sah aus wie typisch evangelisches Beten zum Himmel aufgelöst, denn rechts und links nach oben zeigten die ganz leicht zitternden Kuppen. Es war nicht ihre alltägliche Art zu zittern, der schwer zu beherrschende innere Taumel zeichnete sich ab. Langsam kroch aus der Gegend ihres Magens oder Sonnengeflechts, vollkommen egal war das gerade, ein heißes, sich immer mehr erhebendes Tosen in ihr hinauf, in die Kehle. Zur gleichen Zeit begann ein Rauschen und Surren in den Ohren. Um diese ganze Florah zusammenzuhalten, genügte es nicht, die Lippen zu beißen, bis es schmerzte. Also doch die Finger hinunterfalten, fest und schmerzhaft beißen mal in dieses, mal in jenes erste Fingergelenk der rechten Hand.

Sie war ganz ruhig gewesen, vor etwa einer Stunde, als Adrian kam. Sie hatte ihm wie immer Tee gekocht und ein kleines Schokolädchen dazu angeboten, und ruhig hörte sie ihm zu, obwohl sie merkte, wie schwer ihm die Botschaft fiel. Wie es ihn zerriss, hierhin und dahin, alles autsch. Nur einmal ritt sie der Teufel: „Hast du dich vorschicken lassen, mir das zu erzählen? Ihr gebt doch sonst immer noch so gerne gemeinschaftliche Communiqués ab." Und das war gemein von ihr gewesen. Sie wusste, dass Adrian wehrlos war, in diesem Augenblick; ihr war klar, wie sehr sie eigentlich von einer ihrer Baustellen sprach: Es wohnte da noch ein hier und da ausbrechender Neid auf den Zusammenhalt, die einmal durch „Ja, ich will" beschworene und nachher ordentlich gepflegte, sozusagen reine und auch brave und doch warm-zugewandte, innig wirkende Liebe. So etwas war ihr nicht geschenkt worden und sie verschenkte es damals nicht.

Weiterentwicklung hin oder her fiel es ihr schwer, einfach eine Runde zu weinen. Es bot die Chance, etwas von den dunklen Wolken dazu zu bringen, sich zu verziehen, und ein Stückchen Himmel tut sich auf. Weinen konnte Klöße im Hals auflösen und viel von dem Getöse in den Ohren.

Sie dankte dem Himmel und allen Mächten, die sie kannte, dass es ihr gelang, kurz bevor Adrian wieder ging, noch mal zu dem hässlichen und verletzenden Satz mit dem Vorschicken zu kommen. Sie nahm über den Tisch hinweg seine Hand und sagte: „Verzeih mir, was ich vorhin sagte. Ich weiß, dass ihr viel überlegt habt, was das Beste ist für euch, für die Kinder ... All die Jahre durfte ich mitbekommen, wie tief und innig, verbindend und liebend Cara sein kann. Ich wollte das nicht sagen. Es ist mir ganz blöd rausgerutscht ..."

Florah hoffte, dass er es nehmen konnte und die dumme Anmerkung von vorhin nicht in sich drehen und tanzen spürte wie einen Kobold, den man kaum anhalten konnte. War es doch wirklich von weit aus ihrer Vergangenheit, aus damaligen Ängsten und Vorstellungen gekommen, und diese Energie sollte weder in ihr selbst wieder aufgeweckt werden noch in jenen, die sie besonders liebte. Hatte nichts mehr in dieser Welt verloren.

Adrian tat es ab. Erinnerte dabei an seinen Vater, wie er früher war – von sich weisen ein Problem, rasch kleinreden. Kein Mensch wusste dann, ob es ehrlich an ihm abgeprallt war und sich verzog.

Cara, die lange Verborgene mit dem unverbindlichen Lächeln. Mit dem oft unerkannten, warmen, fließenden, nicht verlöschenden Lavastrom. Ihre Schwiegertochter hatte früher gute Gründe gehabt, Schmerz in der glatten Schönheit verborgen zu lassen. Unsicherheiten hinter dem Berg zu halten. Oftmals war Adrian der Übersetzer einer Stimmung, einer Unwägbarkeit, eines Zweifels, einer unabsichtlichen Kränkung, die Florah seiner Liebsten zugefügt hatte, gewesen. Und was dann zu ihr kam, was sie angerichtet hatte, war unverhofft, trieb ihr Röte ins Gesicht und nicht selten Ratlosigkeit in die Magengrube.

Schon als Kind war Adrian nicht optisch zart, äußerlich eher robust, doch innerlich hatte sein Wesen sehr viel mit dem Wasser zu tun. Wasser mit hohen Wellen und Tiefgängen, mit dem Licht und Dunkel, dem Auf- und Abwallen der Gezeiten. Als Kleiner sinnierte er über den Tod und das Leben in einer Art, die manchen befremdlich schien, ihr eingab, dieses Kind unbedingt zu schützen. Viele täuschten sich in seinem Charakter, denn wenn es schon einmal im Kindergarten oder später in der Schule aus ihm explodierte, in diesen seltenen Fällen konnte es sein, ein anderer lag aufgrund seiner puren Körperkraft und der Fehleinschätzung derselben am Boden.

Meist aber wirkte er wie ein stilles, ruhiges, tiefes Wasser. Florah glaubte, sein empfindsames Wesen in der Vorliebe für verlässliche Rituale zu erkennen, die es gab, zwischen Spaziergängen, Einkaufen, gemeinsamen Abendessen und der lang noch gepflegten Gutenachtgeschichte. Weniger gern dachte sie an bestimmte Experimente, von denen sie heute noch glaubte, dass es einer weiteren Person, eines Besuchskindes bedurfte, das ihn mit Erfolg verleiten konnte. Das Bohren in einer Steckdose etwa, die die beiden, noch Kindergartenkinder, bereits mit Erfolg freigelegt hatten. Sie sorgte sich lange wegen der wohl vorhandenen Beeinflussbarkeit, Verführbarkeit. Dann wieder sagte sie sich, schließlich sollte nicht sie, sondern er selbst sein Leben bestimmen. Und falls es also vollkommen anders verliefe als ihr eigenes und ihre Vorstellungen, dann würde es eben so sein.

Sie wusste nicht einmal, wie sie dazu gekommen war, die alte Haltung abzulösen durch bedingungsloses Vertrauen. Vor allem in einer Zeit, in der es um ihr Vertrauen in sich selbst alles andere als gut stand.

In der Schule tat er sich zunächst mit nichts Besonderem hervor. Es konnte sie manchmal nachgerade zur Verzweiflung bringen, wie dieses Kind sich für rein gar nichts in einem ganz besonderen Maß zu interessieren oder in Bestimmtem auszuzeichnen schien. Seine Rechtschreibung schien eher jegliches Fortkommen zur nächsten Klasse von Jahr zu Jahr zu bedrohen, seine Englischkenntnisse waren damals eher dürftig, denn wo keine Einsicht zu erreichen war, siegte Adrians undurchdringliche Sturheit. So fragte er sich durchaus ernsthaft, wozu man bitte sehr ein zweites Wort für dieselbe Sache lernen sollte, wenn man doch bereits eines kannte. Die zweite Fremdsprache stahl Florah – im Versuch sie ihm mit allen Beispielen dieser Welt, mit den wunderbarsten kreativen Übungen und großer Phantasie näherzubringen – den vorletzten Nerv.

Mit zwölf verwunderlicherweise platzte ein – bis dahin noch nicht einmal lokalisierter – Knoten und er schrieb ganz überwiegend richtig, was vorher mehr als fehlerhaft war. Dazu wuchs mit einem Schulwechsel, in eine Umgebung, die er lieber mochte, zu engagierten Lehrerinnen und Lehrern, voller Dinge, mit denen er mehr anfangen konnte, die Lust, sich die Welt umfassend zu erobern.

Es gab bei Florah in der intensivsten Mutterzeit ein gerüttelt Maß an Gelassenheit dazuzulernen. Problemlos auf ihre Enkelin übertragbar. Luna galt als nicht dumm, jedoch tendenziell faul. Das erinnerte sie daran, was man ihr selbst nachgesagt hatte. Schlussendlich nur, um ihr „Euch zeig ich's allen" auszulösen, in dem sie sich hier und da zu Höhen aufschwang, die man ihr nicht zugetraut hatte.

Auch Derartiges wollte sie für Adrian vermeiden, unbedingt sollte er sich frei entfalten dürfen, wäre er am Ende Supermarktverkäufer oder Gartenbauhelfer geworden, auch in Ordnung.

Da ging es Lunas Eltern mit Ambitionen für ihre Kinder schon anders, und sicherlich hatte sich auch der Druck aus der Umgebung gesteigert. Das Mädchen hatte weder eine besondere Vorliebe für das Reiten gezeigt noch für Ballett oder musikalische Früherziehung. Allein Florah und Paul schienen sich darüber wenig zu sorgen. Die Eltern, die anderen Großeltern, fragten sich, warum bei einer mehr als Zwölfjährigen noch nichts Spezielles und Richtungsweisendes auf dem Tisch lag. Cara schien sich darüber mehr Gedanken zu machen als ihr Mann, stellte sie sich doch Fragen bezogen auf eine erfolgreiche Erfüllung ihrer Erziehungsaufgaben. Doch Florahs Sohn ließ sich hier ebenfalls leicht anstecken, in eigener Zuversicht und Gelassenheit ins Trudeln bringen, wenn das Thema oft genug auf den Tisch kam. Zudem war er anfällig für das Argument,

Mädchen seien schließlich anders und vom Naturell her früher, weiter.

Zum Glück waren beide Eltern so gestrickt, ihre Kinder zu lieben und ihnen das auch zu zeigen, so oder so.

Denk daran, sagte Florah manchmal zu Adrian, ich habe dich gelassen, vertraut, dass schon alles in eine für dich richtige Richtung geht. Etwas anderes war nicht wichtig. Jedenfalls für mich nicht. Erinnere dich, wie du damals warst und irgendwann deinen Weg gegangen bist, unbeeinflussbar. Kann sein, es war dir zu deinem Glück noch nicht einmal so wichtig, wer dir das nun zutraute oder nicht, du wusstest einfach, wo du hinwolltest. „Spätzünderlein", fanden alle Möglichen, aber schließlich hast du Gas gegeben.

Nicht bei den Zwiebeln, beim Apfelschälen kam der Tränenschleier, das Schluchzen, mit dem sich dann einige Tränen Bahn brachen. Sie stand da mit dem Schälmesser, und natürlich war nicht die ganze Apfelschale rundherum in einer Schlangengirlande auf das Brettchen gefallen, vielmehr durchgerissen, noch vor der Mitte. Wenn man gut war, passierte es nicht vor dem Butzen der Frucht.

Extra gab es bei Florah zwei Schälmesser, eines für sie selbst und eines für Luna; sie liebten das Spiel, welche Apfelschalengirlande länger war, bevor sie riss. Sie hörte beide Stimmen in Einigkeit bei der Anmerkung, wie doch die Schälerei schade sei, weil alle Vitamine direkt in dem, was dann auf den Kompost wanderte, sich versammelten „Ja, ich weiß, trotzdem!" Luna, die weiter ausführte, der Omi seien sonst manchmal, früher, als sie noch allergisch war, ungeschälte Apfelstücke im Hals stecken geblieben, und es wäre ja nun blöd, wenn sie hundert Jahre schlafen muss wie Schneewittchen, „weil dann verpassen wir uns ja die ganze Zeit".

Neuseeland, Auckland – bessere Aussichten für Architektinnen. Hier in der Grenzstadt – mit einer Hochschule für diese Berufssparte – war alles überlaufen, hatte man überwiegend Allerweltsaufgaben für mäßige Architekten und sehr seltene Schätzchen, für geniale Überflieger, die außerdem bereit und in der Lage waren, alle Überstunden dieser Welt zu machen und viele Wochenenden dem Erstellen und werbewirksamen Zeigen von Präsentationen zu opfern. Meist wurden Ausschreibungen für die seltenen richtig tollen Sachen schön klischeehaft von Damen oder Herren aus den Metropolen, die ja fast automatisch auch für die kreativen Anballungen gehalten wurden, gewonnen. Natürlich war da in einem weit verstreuten neuseeländischen Großraum viel mehr zu holen.

Und so ein guter Zeitpunkt für Aron, dann dort auch gleich in der deutschen Schule anzufangen. Ja, wann, wenn nicht jetzt, gehörte zu ihren Argumentationslinien, die schlussendlich doch gern generationsübergreifend gleich waren.

Adrian, als Organisationsmanager für mittelständische Betriebe, da am liebsten die mit den einmaligen, innovativen Alleinstellungsmerkmalen, wie es so schön hieß, der konnte mit gutem, alltäglich oft benutztem Englisch und dem immer mehr hervortretenden Talent, aus Handwerkern und Kleinindustriellen, die sich für nichts Besonderes hielten, das Besondere herauszukitzeln, wahrlich überall arbeiten. Und ja, obwohl er wieder und wieder versucht hatte, auch Cara für deren eigene berufliche Selbstverwirklichung den Rücken freizuhalten, es ging nicht so einfach. Die Masse an gut ausgebildeten Selbstverwirklichungssuchern in einer einzigen mittelgroßen Stadt war nur ein Hinderungsgrund. Der andere Grund war sicher, ohne dass einer dieser Menschen es wollte, die Herkunftsfamilie von Cara. Sie alle waren nett und patent, von Lust auf Beisammensein und Begegnung beseelt. Auch Cara selbst war so. Es stimmte durchaus, dass sich Mutter, Vater, Schwester, Schwager, Neffe und Nichte zurückhielten, nicht stören wollten. Tatsächlich hatten sie allesamt dieses schöne, unaufdringliche Wesen, nahmen sich immer wieder zurück. Dennoch: Unweigerlich lief die Begegnungslust auf mindestens einen Wochenendtag hinaus, in der Woche traf man sich gelegentlich. Spätestens wegen Aron, der ja oft bei seinen Großeltern mütterlicherseits war. Es hatte etwas Schönes. Und gleichzeitig wurden die freundlichen, wohlwollenden Bande an Caras Handgelenken, so schien es, zu Fesseln. Keiner fesselte sie. Alle waren wohlwollend, wünschten, sie möge es so gut haben wie nur möglich. Es war vertrackt. Hatte letztlich viel mit Lunas Mutter selbst zu tun, die ihrerseits ungefiltert für das gesamte iranische Familienumfeld da sein wollte, niemanden enttäuschen. Die Kinder, die eigene Familie, der recht gute, aber nicht wirklich Weiterentwicklungen fördernde Job und in den Nächten, an den Wochenenden noch die kleinen Gefallen für eine erweiterte Verwandtschaft. Cara konnte nicht gut Nein sagen zu dem kleinen Plan, den kleinen Hilfen mit Bauanträgen, den Tipps mal eben für Garagen, Anbauten, Umbauten, Kleingartenpalästchen.

Florah hatte das Gefühl, die schwiegertöchterliche berufliche Begabung, ihr kleiner leuchtender Sternenglanz, könnte in der Tat verblassen, wenn das veränderungslos weiterging.

Die Aufgabe würde ihr schwerfallen, Luna die nächsten Male, die sie kam, zu vermitteln, was es bedeutete, sich zusammen mit ihren Eltern in ein neuseeländisches Abenteuer zu begeben. Große Teile daran schön und spannend. Florah hatte schon damit angefangen, doch manchmal verdrängt, von alleine in dieses Thema zu gehen, denn alles in ihr sehnte sich bloß danach, noch auszukosten … Und am liebsten dabei zu tun, als würde es nicht zu Ende gehen.

Sie wusste, Bahaar kannte den Plan von Tochter und Schwiegersohn. Weniger klar war ihr, wie Bahaar den Weggang von einer Tochter und zwei ihrer vier Enkelkinder verkraften würde. Florah drückte sich vor einem Anruf bei ihr.

Paul, der gemeinhin seine Liebe auf eine Vielzahl von Menschen verteilte, irgendwie auch immer mehr Menschen um sich hatte, würde seine Traurigkeit, wenn diese eine Enkelin, wenn dieser eine Sohn verschwand und mit ihm ein weiterer Enkel und eine Schwiegertochter, hinter der passenden Philosophie verbergen, was sich in ihm abspielte. Mit Aussagen, wie alles im Leben Wandel ist und stetig Neues entstehen soll. Zum Besten geben, wie das Neue nicht Platz finden kann, solange man das Alte weiterhin lebt.

Nebenbei trug er wahrscheinlich ein Schutzschild mit halbgaren Erkenntnissen vor sich her. Bliebt zu hoffen, er breitete keinerlei Rede bis zu den üblichen Gesetzmäßigkeiten aus, denen kein bewusster Mensch langfristig entgehen wird, sonst träfe ihn vermutlich heulendes Elend von Florah oder ihre selten auftretende schneidende Kratzbürstigkeit.

Evalina anrufen, um eigene Wogen zu glätten? Nein, das war gemein, lief doch bei ihr alles gerade über vor Dingen, die sie zu bewältigen hatte, sie brauchte da nicht noch weiteren Schmerz dazu. Florahs Schmerz tat Evalina selbst so weh, dass es sie überspülen konnte, nachts ruhigen Schlaf rauben.

Cadmos Lehren aus dem, was er mit sich und allem um ihn herum erfahren hatte, kannte sie inzwischen gut. Vieles davon entsprach ihrem Eigenen. Nun, obwohl diese schwermütigen Denkschleifen mit Gefühlsjammer in ihr aufgestiegen waren, spürte sie, wie sich beim Gedanken an ihn ein Lächeln auf ihre Lippen schlich. Außerdem kam gerade ein Sonnenstrahl durch die Wolken. Ja, blödes Klischee, und sei es Zufall und der Wind, dennoch schön. Außerdem fiel ihr endlich zu diesem Gefühl starren Eingequetschtseins im Brustkorb ein, dass Atemübungen hilfreich sein könnten. Und sie gab sich einen Ruck: Nicht nur denken, tun!

Oh Gott, ich will noch so viel sagen. Nicht dass ich das Mädchen zutexten will. Aber doch so etwas wie einen Schutzmantel ausbreiten, aus meinen oft heftigen Erfahrungen heraus wissen lassen, was alles passieren kann im Leben. Wie sich anfühlen. Warum trotzdem die Welt nicht untergeht. Wieso es vielleicht Sinn macht. Wie sie sich wehren kann. Besser, wie sie es nehmen kann, ohne allzu sehr verletzt zu werden. Noch wichtiger, was Schönes daraus entstehen kann, Phantastisches, Klärendes, Versöhnliches. Wie es Luna vielleicht gelingt, auf die eigene Stimmung und das eigene Seelchen aufzupassen. Frühzeitig, nicht erst so spät! So spät, wie ich damit begann. Vor allem bevor in der hektischen Welt eine Krankheit ein Bein stellen muss.
Ich mag ihr unendlich gute Sachen erzählen, an die sie sich womöglich erinnern kann, wenn sie es schwer hat.
Ich wünsche ihr so sehr, dass sie in ihrem Gemüt leichter sein kann, als ich, früher so oft schwermütige Florah, es war. Wie ein großes buntes, fröhliches Tuch breitete ich, was schön ist auf dieser Welt, gerne weiter vor ihr aus. Ein zartes Tuch mit Landschaften, die sie anschauen kann oder sich darin einhüllen bei Ratlosigkeit. Auf Trostsuche. Wenn sie es kalt findet, um sich und mit wärmendem Schutz umgeben sein mag.

Verflucht, es toste in ihr, verflucht, sie wollte nicht fluchen! Nein, lieber Gott oder welche Macht auch immer, ich finde es nicht leicht, hinzunehmen, dass Luna geht! Mit der Neuigkeit zusammen ist es ein Hieb, ein Schmerz, eine Gemeinheit, eine Ungerechtigkeit. Ja, ich weiß, ich hab es oft erfahren dieser Jahre, es ist mir möglich, irgendwann zu verstehen, warum ich diese

Erfahrung machen soll, wofür sie gut ist, was ich daraus lernen soll. Das ist wohl die Gnade der Erfahrung. Die Gnade, die denen zuteil wird, die sich nicht als Opfer sehen, die irgendwann begreifen konnten und durften, wie sie ihre Wirklichkeit selbst gestalten. Selbst das anrühren, was sich in ihnen zeigt, ob diese Mahlzeit des Lebens ihnen nun gerade schmeckt oder nicht.

Es gab ja Skype und Konsorten als Trostpflaster. Wir würden miteinander telefonieren können, solange wir wollten. Über alles sprechen. Denn sicher bekäme dieses materiell privilegierte Mädchen ein eigenes Zimmer. Türe hinter sich zu. Es war per Kiste, Tablet oder Smartphone möglich, Gefühle, Erlebnisse, Geheimnisse, alles miteinander zu teilen, solange Luna und Florah das wollten, solange sie darauf verzichteten, über NSA und Sonstige nachzudenken.
Nicht möglich würde es sein, sich zu berühren, aneinander zu kuscheln. Spüren, ist sie warm? Ist sie kalt? Welchen Duft verströmt ihre Haut? Wird Luna den eigenen gänzlich zu übertünchen suchen mit mehr oder weniger Wohlgerüchen und Chemie? Oder lernt sie, ihren zart zu unterstreichen? Wird es eher lieblich-floral, Hölzer und Gras? Pudrig? Orientalisch schwer? Zimt und Patchouli? War es richtig gewesen, mehrfach zu antworten, wenn es denn an der unsichtbaren Liebe etwas zu vermissen gäbe, wäre es der Geruch des Andren? Florah schnuppert über den rechten Arm die eigene Haut und atmet schwer. Hält den Atem an mitunter. Sonst hätte sich nicht schon wieder dieser Trauerkloß in ihre Kehle gesetzt.
Sogar Trotz, ein Gefühl, das sie schon so lange hinter sich gelassen hatte – zumindest versuchte sie das selbst zu glauben –, bemächtigte sich ihrer Stimmungen.
Sie fand, dass sie die Fortdauer einer guten Zeit mit Luna verdient hatte. „Hart verdient!", trotzte sie. Man konnte ihr doch nicht einfach die beste Abnehmerin

ihrer Geschichten und Träume entziehen! Träume waren, so wie sie es aktuell fühlte, nichts für Skypen.
Sie musste schließlich Luna bewahren vor Träumen, wie sie zu Florah selbst gekommen waren. Schreckliche Träume, die in finsteren, geheimen Gewölben bleiben würden. Niemals würde sie davon ihrer Enkelin erzählen, höchstens eine Geschichte daraus basteln, die Essenz anders verpacken.

Das möchte Luna nun noch ganz dringend wissen, und sei es mitten in der Nacht, ob man sich denn darauf verlassen könne, so einen, na jedenfalls gerade nicht Anwesenden auf jeden Fall zu erreichen oder wenigstens zu spüren, wenn man ihn brauchte. Wenn man gerade große Sehnsucht hatte oder Heimweh. Oder was erzählen wollte ohne irgendein Telefonieren über weit entfernte Grenzen.
Florah saß an dem Bett und streichelte den Nacken des Mädchens. Lang überlegte sie sich, was sie sagen sollte. Antwortete schließlich mit dem, das sie am sichersten zu wissen glaubte: „Du wirst die Person vielleicht nicht finden, wenn du sie erwartest. Auch nicht, wenn du in deinem Bett liegst und weinst oder vor Sehnsucht eine schreckliche Enge im Hals hast. Du wirst diesen Menschen spüren, wenn du ohne Zehren und Erwartung bist und nicht mit ihm rechnest." Damit hatte sie die Weinende in noch ärgeres Schluchzen gestürzt. „Ich war doch noch gar nicht fertig", protestierte Florah. „Dass du die Person vielleicht nicht findest, sie nicht auftaucht bei dir und sich zeigt, heißt noch lange nicht, sie ist nicht da. Sei gewiss, sie oder er ist da und möchte dich trösten, du kannst es bloß nicht hören, wenn du so schrecklich schluchzt." Außerdem war doch auch einer, mit dem man zusammenlebte, nicht gerade die Garantie dafür, ihn jederzeit ansprechen zu können und getröstet zu werden. Das sagte sie nicht.

Florah saß an diesem Ausnahmemorgen – Ausnahme, denn es war kein Schultag und beiden blieb noch das Frühstück – mit dem Mädchen in der Küche, die heute duster wirkte. Draußen Regen und mehr noch davon im Gepäck, an diesen seltsamen Tagen Ende Mai, Anfang Juni.

Tief Barbara sorgte dafür, dass die beiden keine Chance hatten, im Garten auf einer Decke zu sitzen, Becher, die Teekanne und Energiekugeln mit Walnüssen und Feigen dabei. Da draußen mit Blick auf wallonische Hügel und Irlandgrün überall.

Also alles drin, außer der Decke natürlich. Dafür Teelichtgläschen, die sogar kleine ovale Schatten warfen und ein ganz leichtes Schimmern in Orange, Grün und Lila auf den Tisch malten.

Es waren die letzten Tage vor Neuseeland. Man konnte den Countdown schon herunterzählen, Kisten häuften sich in der Wohnung von Cara und Adrian, selbst wenn sie „dort" zunächst eine möblierte Wohnung angemietet hatten, viel einlagerten. Anderes wanderte in den Keller von Caras Schwester oder in Sozialkaufhäuser.

Frühe Sommerferien im deutschen Bundesland, an Lunas Schule, ab Mitte Juni schon. Und dann ab; es sollte schließlich auch Zeit genug bleiben für die Eingewöhnung im Haus, in der Nachbarschaft, der nahen Umgebung, bevor es „da drüben" mit der deutschen Schule losging.

Florah sprach muntere Worte, und ja, sie waren noch nicht einmal gelogen: die Freude über Lunas Möglichkeiten auf der großen Erlebnisreise zu dem weitläufigen Kontinent, halb um die Erde herum, war durchaus echt. Luna war neugierig, wissbegierig, und wahrscheinlich hätte sich die ganz eng verbundene, wöchentliche gemeinsame Zeit ohnehin in dieser Form langsam dem Ende zugeneigt. Immer und immer wieder sagte sie es sich vor.

Korinna, so etwas wie eine erste beste Freundin, war in der deutschen Schulzeit zu einer Enttäuschung geworden für Luna; eine Enttäuschung, weil sie fühlte, wie sehr ihr Vertrauen missbraucht worden war. Sie hatte Korinna ein Geheimnis anvertraut über diesen Jungen und die andere musste es ausplaudern.

Ja, Dinge die überall und immer wieder passieren und auch „Freundschaften" in Foren und sozialen Medien hin oder her, in den zwanziger Jahren des zwanzigsten Jahrhunderts noch nicht wieder gut zu machende Verletzungen provozieren können. Der Zug war abgefahren zur rechten Zeit. Weniger Trennungsschmerz.

Florah wünschte ihrer Enkelin sehr, in dem anderen Land neue Freunde und insbesondere eine allerbeste Freundin zu finden. Auch wenn ihre engste und innigste Schulfreundschaft sich lang schon, ihr wehtuend, zerschlagen hatte. Die andere ihrem Phantasiereichtum, ihrem Spieltrieb, der Lust auf Welten, die anders als rein materiell waren, nicht mehr hatte folgen können oder wollen. Eigentlich war diese Freundschaft ganz ähnlich auseinandergebrochen, vier, fünf Jahrzehnte früher eben. Welten, die sich auseinanderdividierten. Die andere als absonderlich, nicht normal brandmarken, vielleicht auch nur, weil eine Korinna oder lange vordem eine Manuela den Bruch dann selbst besser wegstecken konnte. Verschiedene Werte, Sehnsüchte und Lebenspläne. Ja, auf ihre Art hatte auch diese Zwölfjährige schon klare Vorstellungen von einigem.

Florah erinnerte gut die Verletzung, kein einfaches Auseinanderdriften, stattdessen ein Sich-über-sie-lustig-Machen hinter vorgehaltener Hand. Brandmarken von Eigensinn, Eigentümlichkeiten.

Genau wegen all diesem wünschte sie Luna so sehr eine besondere Verbindung, vielleicht zu einem anderen Mädchen, mit dem sie alles teilen konnte, ohne enttäuscht zu werden. Oder jedenfalls viel. Eine Freundschaft, in der sie gut aufgehoben war, die ihr Nahrung gab. Mit Nahrung war nicht gemeint, gelegentlich bei der Familie der Freundin ein Abendessen mit einzunehmen. Sie dachte an ihr fad vorkommende, sich wöchentlich wiederholende Gerichte bei Manuela. Tief atmete sie. „Bestimmt wirst du eine tolle Freundin finden, da drüben", sagte sie dann. „Ganz bestimmt. Eigentlich sehe ich sie schon vor mir. Ich glaube, es wird eine sein mit rotem Lockenhaar und blaugrünen Augen. Eine lustige Freundin, und auch wenn du es dir jetzt noch nicht vorstellen kannst, du wirst sie mit den Ellen beugen unterhaken und Arm in Arm mir ihr durch Auckland spazieren, schöne Dinge erleben."

„Du bist sehr traurig", stellte Luna fest. „Du vergisst heute deinen Tee, du hast noch keine von deinen leckeren Energiekugeln gegessen, und du hast auch noch nicht viel gelacht."

Florah schluckte: helles Mädchen, kluges Mädchen. „Ach weißt du, ich bin beides. Ich bin traurig, wenn du so weit weg bist, das stimmt schon. Ich bin aber gleichzeitig glücklich für dich. Das wird dir viele Möglichkeiten geben. Ich sehe deine Zukunft hell. Du musst einfach …" – hu, sie musste gerade aufpassen, dass keine Tränen liefen –, „du musst einfach immer bei dir bleiben, immer auf deine Stimme hören. Ich sag dir das so genau, meine Süße, weil ich hab genau das manchmal selbst nicht getan. Ich hab es nur vereinzelt gemacht, und ich musste ein ganz schönes Alter erreichen, um zu begreifen, dass es das Wichtigste ist: bei sich bleiben und auf die Stimme zu hören, die wirklich von ganz innen kommt. Weißt du, das kann immer nur eine Stimme von Liebe und Frieden, schönen, fröhlichen Dingen sein. Wenn sie aus deinen Tiefen steigt, ist sie einfach authentisch, ehrlich – es wird keine Stimme sein, die aggressiv ist, auf andere losgeht, sie besiegen will oder irgendwie einmachen, übertrumpfen, besser sein, toller sein, mehr haben, alles Quatsch, alles Quatsch."

Interessiert beobachtete die Enkelin sie, nach ihrem überraschenden kleinen Gefühlsausbruch. Und auch Florah selbst brauchte jetzt erst einmal eine Pause, eine nette kleine Süßigkeit mit Teesequenz, bis sie erneut anfing zu sprechen.

Luna erzählte von Jungs, was jetzt „aktuell" war.

„Wenn du dich schlussendlich überhaupt für Jungs interessierst und nicht für Mädchen." Beide sprachen im Moment über Jungs, einfach weil es mehr Mädchen waren, die sich für „das andere Geschlecht" interessierten, als Mädchen, die bei Mädchen weich werden konnten. Beides gab es eben und beides war in Ordnung, sie hatte einige Male versucht, es Luna zu vermitteln, zählte darauf, dass die Botschaft angekommen war.

Sie erzählte also über Jungs und das sicher bald kommende Alter – nicht einfach auszudrücken –, wenn es also dazu kommen würde, einen ganz besonders ins Auge zu fassen, einen zu sehen, der so ein Kribbeln im Bauch auslöste, den Luna vielleicht besonders süß finden würde oder nett oder interessant, toll ... Und sie würde Lust bekommen, mit ihm Dinge zu unternehmen, obwohl es am Anfang möglicherweise etwas Unheimliches haben könnte. „Mach dir keine Sorgen, wenn du ihn triffst und es sich erst einmal ein bisschen komisch anfühlt, du dabei unsicher bist. Es ist ganz normal, denn wenn diese Zeit kommt ..."

Luna unterbrach sie : „Du meinst, wenn irgendwann etwas körperlich oder mit Sex oder so eine Rolle spielen könnte?"

„Ach", sie seufzte, „meinetwegen nenn es auch so. Also auf jeden Fall ist egal, was dir – kann sein das Fernsehen oder das Internet – erzählt hat, wovon andere Mädchen reden, was dir wer auch immer weismachen will oder wie auch immer – wenn es richtig was zu tun hat mit Verliebtsein oder auch mit Liebe, dann ist es bestimmt wie einen ganz neuen Kontinent entdecken. Kein Entdecker, der so eine neue Erde betritt, ist gleich vom ersten Augenblick an ganz sicher und souverän und weiß, wo es langgeht und was gut ist; das gibt es nicht. Es mag behaupten, wer will, groß tönen und cool tun. Und es hat auch etwas Schönes, langsam zu gucken und wirken zu lassen, sacht sich einzufühlen in diese Dinge. Sehr schön sogar." Florahs Augen hielten sich in scheinbar nichts Besonderem, im Rasen, in den beblätterten Baumästen mit den Knospen, dem Himmel fest.

Luna fragte sie, ob sie denn auch den Jungen, den jungen Mann sehen könnte und ob er so aussehe wie der blonde Engeltyp, mit dem sie kürzlich so viel Frust gehabt hatte. „Das brauch ich nämlich echt nicht noch mal", ergänzte sie, und Florah drehte sich einen Augenblick weg, um ihr Amüsement über diese erfrischende Naivität nicht zu zeigen. Schon gar nicht, wie sie ins Schwitzen geriet. Eben noch hatte sie sagen wollen, wie eine erste Liebe nicht wiederkam. Dann schwieg in dem Gefühl „Na und?", denn es konnte noch besser kommen. Völlig altersunabhängig offenbar. Sich die Lippen befeuchtete, durch die Haare strich, ein leises Kribbeln in sich spürte.

Sehr ernst gab sie dann zurück: „Nein, den kann ich nicht sehen, du musst ihn ehrlich selbst entdecken – ich sag dir, ob dieser Junge nun auch auf deine Schule gehen wird, ob er sonst wo aus Europa herkommt oder ob er aus Australien stammt und wie seine Haut ist, hell oder ein bisschen wie Karamellpudding oder Vollmilchschokolade, Zartbitterschokolade – ich kann es nicht sehen. Glaub mir, es spielt keine Rolle. Hauptsache, er ist deine Liebe und er ist ehrlich zu dir. Was zählt, ist einfach nur, dass er dich lieb behandelt und weiß, was er da für ein Schätzchen gefunden hat."

Sie hatte nicht gemerkt, wie die Energiekugeln inzwischen verschwunden waren, obwohl sie selbst doch nur eine davon gegessen hatte. Sei's drum – es war ihr wichtig, sich selbst und Luna auf die Sinnlosigkeit aufmerksam zu machen, in dieser Abschiedssituation noch vor

Energie explodieren zu wollen. Immer versuchte man alles hineinzulegen. „Wir wissen einfach, was wir aneinander haben, und das klaut uns keiner!" Da endlich lachten alle beide. Sie lachten, bevor das Mädchen sagte: „Omi, ich hab einfach Angst. Und ich bin so traurig. Ich bin manchmal viel mehr traurig als neugierig."

„Komm", erwiderte sie, „wir gehen auf unseren Teppich. Die großen Kissen sind da und irgendwie beruhigt er mich immer."

„Mich auch", sagte Luna, „aber ich kann ihn ja nicht mitnehmen, dir nicht wegnehmen. Du hast es gerne, dass der Teppich dir deine Füße massiert, und du magst es, mit den Fingern durch diese winzigen persischen Wollfäden zu streichen." Gut beobachtet. Sie war nicht schlecht darin. Florah setzte sich. Saß mit einem der großen Kissen gegen die Terrassentüre gelehnt und winkte: „Komm, setz du dich da." Das Kind, das nicht mehr wirklich Kind war, schmiegte ihren Gazellenrücken an die großmütterliche Brust. Florah legte ihre Arme einen Augenblick um den Oberkörper, dann auf die Oberschenkel und rieb ihre Nase in der Halsbeuge des Mädchens. „Ach du …", sagte sie, „du wirst mir fehlen, du wirst mir sehr fehlen, aber wir werden auch beisammen sein, weißt du? Wir erfinden ein neues Beisammensein."

„So ähnlich wie mit deiner unsichtbaren Liebe?", wurde sie gefragt.

„Ja, so ähnlich", gab sie zurück, gleichwohl ihr klar war, mit Cadmo verband sie lange Übung, sie hatte nicht von vornherein gleich das, was dann wurde, denken und fühlen können. „Weißt du", fuhr sie fort, es hatte etwas davon, auch sich selbst Mut zu machen, „von klein auf warst du ganz nah. Es gab eine Verbindung wie ein dickes Kabel, durch das viel fließt. Keiner kann dieses Kabel sehen, aber wir beide, wir wissen davon. Es ist auch über tausende Kilometer da, und wir können uns vorstellen, beisammenzusitzen, uns zu unterhalten.

Selbst wenn du sehr weit weg bist, wenn ich wahnsinnig weit fort bin. Du kannst mir alles erzählen. Ach, sowieso wirst du mir schreiben, also mailen meistens. Und ja", sie bestätigte den fragenden Blick, natürlich würden sie auch skypen oder so, mit Bild, mit allem Drum und Dran.

Florah dachte an den langen Atem, den man auch brauchte für eine schöne Kontaktpflege per Mail. Diesmal schaffen es ihre Verwirrer und Gedankenspieltreiber nicht, zu Zweifeln zu mutieren. Sie selbst hatte derartige Geduld mehrfach gezeigt.

Umgehen, so wie mit Cadmo, das tut man nicht, ist der eine nicht Inspiration und Futter und Liebe für die andere und umgekehrt.

Die Einflüsterungen, Luna habe möglicherweise nicht diesen Charakter und bestimmt viel Besseres zu tun, drückten ihre Gewissheit und Zuversicht nicht zur Seite. Möglich, es würde ganz anders sein, als sie es momentan denken konnte. In Ordnung!

Sie sagte, komischerweise in eine Kinderkommunikation zurückfallend, dass „Omi" fast alles dafür tun würde, mitzuhelfen, Luna glücklich zu sehen. „Vielleicht nicht gerade what's appen ...", warf sie ein, obwohl sie für das Gazellchen möglicherweise sogar das täte. Sie hatte einfach Überraschungen nicht so besonders gern und mal so eben patsch, kling, klong wie beim Tischtennis, sich oberflächlich etwas hin und her dreschen, bisschen chatten, wenn grade nichts Besseres zu tun war, das gelang ihr nicht gut.

Luna wollte noch wissen, wie Florah es einschätzte, mit den Missverständnissen per Mail, vor denen alle warnten. Was sollte sie sagen? Jeder konnte die Teufel und Missverständnisse haben, die er an die Wand malte, aber das erklärst du dem halben Kind nur bedingt. Besser zu sagen, dass es eben wie überall, wo Menschen sich unterhalten, zu Missverständnissen kommen kann. Zurückhaltung besser, wenn man unkonzentriert oder geladen war.

Das Mädchen war deutlich an dem Rätsel und der Frage interessiert, ob es denn passieren könne, dass Florah jetzt erneut „schlimm krank" würde, wenn sie traurig sei. Zum Weinen. Aber mitten hinter diesem Gefühl der Trauer war noch etwas anderes. Etwas, das „Omi" sagen ließ: „Nein, ich glaub nicht, dass das so noch einmal passieren kann." Es kam ihr in den Sinn, sie habe schlicht zu viele Wandlungen und Veränderungen mitgemacht, ein besseres und selbstständigeres Zuhause in sich selbst gefunden, dahinter konnte man doch nicht zurück. Oder? Lugte ein Zweifel gleich in der Nähe.
Diese Zweifel hatten etwas von Vielfraßraupen. Und wenn ihre Stimmung schlecht war, überkam sie eine eigenartige Gewissheit, nach der Verpuppung und wenn der Kokon dann aufbrach, flogen bestenfalls Motten hervor. Ging es ihr besser, konnten es Schmetterlinge sein, denen sie ihre Fensterflügel weit öffnete, damit sie sich der Sonne entgegen in die Welt aufmachten.

Sanft wiegte sie Luna, als wäre sie noch klein. Dieses große Mädchen ließ es sich heute eben gefallen. Die Atmosphäre war durchwoben von undefinierbarer Stimmung zwischen Melancholie und Aufbruch in Neues.
Vielleicht war die Enkelin darüber hinaus noch hypnotisiert von dieser Geschichte, die nicht nur eine Geschichte war. Florah erzählte weiter von all dem Gegen-Ungerechtigkeit-vorgehen-Wollen. Mit Betonung auf „gegen". Der Eindruck, man habe keine andere Wahl als aktiv etwas zu unternehmen gegen … „Das konnten wir uns doch nicht gefallen lassen, das durften ‚sie' nicht, nicht aushalten, wann, wenn nicht jetzt?" So sei es immerfort gegangen. Sie auf der einen Seite ausgesprochen weich und empfindsam. Gib es nicht zu! Auf der ande-

ren Seite sehr hart. Machen, tun, schaffen, nicht nachlassen, noch einen draufsetzen. „Weißt du, du kannst dir das vielleicht so vorstellen, dass ich mich in all diesem Machen und Tun auch ein bisschen verloren hab."
Und dann, wie es dann gewesen sei und was das überhaupt alles mit der unsichtbaren Liebe zu tun habe?
Sie lachte. „Willst du das wirklich alles wissen? Noch einmal? Du kennst doch die Geschichte."
„Alles!", behauptete flugs Luna.
Fast hörte sich Florah selbst, dachte an ihre Omi früher, wie sie ebenso nachgefragt hatte; all das Verlangen nach weiter und mehr. Ziehen, Plagen …
„Oje", gab sie zurück, sie würde dann mal gucken, wie viel davon wirklich jugendfrei war. Auf jeden Fall sei es so gewesen, dass sie dieses Buch las und allem dermaßen nah fühlte, ganz nah. Das sei für sie seltsam gewesen, sich einem Menschen derartig verbunden zu fühlen, den sie nie gesehen hatte, nicht kannte. Von dem sie bis zu den Zeilen dieses Buches gar nichts wusste. Es habe sie auch durcheinandergebracht, weil sie schwankte, was nun eigentlich er war oder eben der Romanheld. Und dann habe sie ihm eben geschrieben. Sie hatte ihren Füller genommen, denn es war ein besonderer Brief. Erwartungslos, überhaupt eine Antwort zu bekommen, sei sie gewesen. Keine Ahnung von der Wanderung über den kleinen italienischen Verlag, die ihr Geschriebenes vor sich hatte. Sie glaubte zwar, keine Antwort zu brauchen, aber einmal gelesen werden in ihren Wahrnehmungen, das wollte sie durchaus so wahrscheinlich wie möglich machen.
Sie versuchte auszudrücken, was ihr das Buch bedeutete, warum es sie aufgewühlt hatte, weshalb sie manchmal darin hatte weinen müssen und dann wieder lachen. Ungeheuerlich lachen. Wieso sie dermaßen berührt wurde. Als sei sie selbst in der Geschichte. Mittendrin.
Sie gab nun sogar der Enkelin gegenüber zu, dass sie manches erwähnte, das als gewagt gelten durfte, oder

Sachen, die andere vielleicht als hyperromantisch ansehen könnten. Zum Beispiel auf Seite 43 hätte sie plötzlich das Gefühl gehabt, mit dem Inhalt eigentümlich verquickt, Hand in Hand über eine Wiese zu gehen.

„Omi", rief Luna „und so was hast du ihm geschrieben? Das ist ja superpeinlich! Und er hätte auch ein Arschloch sein können und ganz blöd reagieren oder dich ausnutzen oder so."

„Hui", frotzelte Florah, „wie hätte jetzt wohl der Blick deiner Mutter bei diesem verbotenen Wort ausgesehen?" Dennoch hatte sie der kleine Vorwurfston in Lunas Worten berührt, als ob da unangemessene Dinge geschehen seien.

Sie wand sich ein wenig und tat das tatsächlich auch körperlich. Als könne es kleine „Ungehörigkeiten" tilgen.

„Tja, ich – da war doch nichts –, ich habe einfach nur gefühlt und dann geschrieben, nicht geplant und nachgedacht. Das gehört, glaube ich, zum Wesen der Offenheit. Mehr noch als Mut. Was hätte denn passieren können? … Schließlich habe ich nicht wirklich damit gerechnet, dass er mir zurückschreiben würde. Ich wollte nur diese schönen Sachen, diese schönen Erlebnisse loswerden, erzählen. Das war zu einer Zeit, ich hätte noch nicht einmal Hand in Hand mit ihm über eine Wiese laufen können, weil, ich konnte damals nicht einfach so über eine Wiese gehen. So war das. Aber es kommt gelegentlich darauf an, allen Mut zusammenzunehmen und vertrauensvoll, ja das ist vielleicht das richtige Wort – vertrauensvoll in diese Welt zu schicken … Und du weißt ja, alles bewirkt immer etwas."

Sie erinnerte Luna an Spaziergänge, die nun doch, nachdem es ihr besser ging, in einem kleinen, aber netten Rahmen stattgefunden hatten und wie sie ihr gezeigt hatte, was passierte, wenn man ein Steinchen von der Brücke hinunter in den ruhigen Fluss warf – oder vom Ufer her in den kleinen See, gar in einen Teich, von mir aus in eine Pfütze. Immer war es so, mit diesen Ringen, die sich bildeten, um den Punkt, an dem der Stein aufgekommen war. Ringe, noch ein Ring, ein größerer, weiter, und wie sie damals schon der Meinung war, diese Ringe, auch wenn du sie längst nicht mehr siehst, sie gehen weiter und weiter. Kennen keine Grenze, nicht in Zeit noch in Kilometern oder sonst einer Messeinheit.

Unruhig der Gazellenkörper, der da auf dem schönen Teppich nun gegen sie gelehnt immer wieder eine neue Position suchte. Na, dachte sie, so langweilig kann also diese Geschichte nicht gewesen sein. Dann will ich sie wohl mal weitererzählen.
Ja, sie hatte nach einigen Wochen eine Antwort bekommen. Noch war es ihr ja erschienen, als käme es auf diese Antwort nicht an. Aber sie war nicht von einem Literaturagenten, nicht von einem Angestellten, nicht von einer korrespondierenden Ehefrau oder wem auch immer, sondern erstaunlicherweise von ihm. Es war ihr wohl gelungen, etwas in ihm zu berühren, seine Neugierde zu erregen. Seine Mailadresse war da, weil „man sich auf die Schneckenpost in diesen Tagen kaum verlassen kann."
„Ja", sagte sie, „so war das".
Für Luna fühlte es sich wohl noch nicht abgeschlossen an. Nachfragen. Warum hatten sie sich weiter geschrieben? Wie kam das? Danke und fertig, das geht ja auch.
Florah sagte, sie denke schon recht geschäftlich. Was man wohl tun sollte, dauere das Lockende und Fesselnde an? Doch, natürlich gab es Bangen und Missverständnisse, aber seien die denn dafür gemacht, sofort loszulassen und sich anderem zuzuwenden?
„Einen langen Atem haben und ein anderer atmet mit", dachte sie.
Fragend klang Luna, fragend: „So schön und dann habt ihr euch nicht sehen wollen?"

Wieder etwas zum tief Luftholen. – Tja, doch … am Anfang, da hätte Florah ihn wohl gerne gesehen. Zu Beginn, da war ihre Gefühlslage eher „klassisch": Man findet jemand toll und irgendwie immer toller. Und man möchte wissen, wie er aussieht. Ihn in Augenschein nehmen, und wenn er wirklich so phantastisch ist, auch gerne im Arm halten. Sie hatte Sachen mit ihm erleben wollen. Das übliche Muster.

„Ja, vielleicht auch mit ihm schlafen", gesteht sie dem Kind, jungen Mädchen, der Bald-Frau zu. Obwohl dieser Teil möglicherweise überbewertet wird oder jedenfalls falsch bewertet. Als sei es der Höhepunkt eines Zusammenseins. Maßstab für alles. Wenn das nicht war und obendrein noch prima, der „Rest" von Liebesbeziehung ohne Wert. Ja doch, man brauchte das, um Kinder zu machen. Natürlich, es könnte wunderbar sich anfühlen. Nein! Nicht in einem bestimmten Alter vorbei, aber da wolle man halt keine Kinder mehr zeugen als möglichen Effekt. Man könnte eventuell sagen, es sei einfach in frühen Jahren am lautesten. Und alles, was „da draußen" geschehe, trage bestimmt dazu bei. Ja, fast überall würde sie dieselben Antworten bekommen, egal ob aus therapeutischen Landschaften oder von privater Seite.

Und nein, Luna müsse jetzt nicht über Muster nachdenken, das sei eben das, was so üblicherweise passiert. Wenn man sich toll findet, dass man sich begegnen will und Dinge erleben, denn wenn man etwas teilt, das geht schließlich in die Erinnerung hinein. Viele, die behaupten: Wenn du sehr krank bist oder alt, dann bleibt dir nur, was du an Erinnerungen gesammelt hast. Wir haben gelernt, wie sie einen einzigen und besonderen Wert bilden: Was wir miteinander erlebten, anderen erzählen können, woran wir später gerne denken, das ist etwas, das uns zusammenhält. Reichlich Menschen leben es, als sei es ihr Strohhalm zum Leben. Nein, es sei auch nicht grundsätzlich falsch, nur möglicherweise nicht das Einzige, das dem Leben Kitt und so ein wunderbares Gefühl geben kann. „Mag sein, ich verstehe das Miteinander-etwas-Erleben anders. Du kannst mich auslachen, Kind, oder nicht – mir jetzt auch egal.

Eben, ich fühle mich aufgehoben bei Cadmo, beschwingt von ihm. Geschützt … Wie meinst du das, ich kann nicht wissen, ob es ihm auch so geht, und deswegen ist es nicht möglich, von ‚gemeinsam‘ zu reden? Also erstens, mein Schatz, reden so viele davon, die dir dann vollkommen unterschiedliche Versionen von einem Erlebnis erzählen, und zweitens, wozu bitte habe ich dermaßen intensiv ‚Vertrauen‘ gelernt? Ich bin da ganz zuversichtlich, was ihn und unser Zusammensein angeht."

Florah meint, dass Schwingen und alle Farben sehen, sich innerlich fühlen, ganz im Jetzt sein doch nichts mit Körperlichkeit zu tun hat.

Ja, pflichtet sie dem Gazellchen bei, es kann auch über die Stimme kommen. Sie zögert bei der nächsten Frage. Wenn man sich über Smartphones, Tablets, sonst welche Bildschirme sieht? „Ich bin nicht sicher", stellt sie schließlich in den Raum, „diese Art von Bildern kann sehr trügerisch sein, glaube ich. So viel verdecken und übertünchen; andererseits, die Ticks, die Bewegungen, die Ausdrucksveränderungen und die schwer manipulierbare Mimik des anderen, das könnte schon was haben."

Sie äußert, einmal den anderen oder die andere gesehen, dahinter könnte man schlecht zurück. Also Luna viele Jahre kennen, und wenn sie dann in Australien wäre, ohne Bild telefonieren, komisch.

„Und es geht ohne die körperliche Verschmelzung nicht", ergänzt sie, „in der Zeit, wo man eigene Familie haben und leben möchte … Ja, ja", sie rollt die Augen, schüttelt den Kopf und kann sich doch ein Lachen nicht verkneifen, „freches Mädchen!" Auch nicht, wenn man noch nicht weiß, wie das eigentlich mit der viel gerühmten Sexualität und dem Körper eines anderen sei. Sicher, um überhaupt zu wissen, wovon die alle reden, müsste einer erst mal ganz real anwesend sein.

„Irgendwann kann nach deiner Behauptung noch eine andere Liebe sein, wahrscheinlich wenn man Oma ist oder so", forderte Luna heraus. Sie ließ sich nicht provozieren. Dachte an die vielen ideellen Lieben, die es quer durch die Jahrhunderte, sogar Jahrtausende gegeben hatte. Immer schon. Auch bei Jüngeren. Es war doch deswegen nicht weniger eine Liebe! Eher out in Zeiten, wo in ihrem Umfeld immer noch die Fahne hochgehalten wurde, alles sei zu haben, und zwar sofort oder alsbald, umgehend. All diejenigen, die diese Straßen nicht entlanggingen, Kinder und Karriere, Wohlstand und Besitz, umwehte gleich das Flair von Verschrobenheit, zu wenig gestreckt danach, nicht ausreichend Mut aufgebracht. Der Stempel, es nicht wirklich gepackt zu haben oder seltsamen Verzicht zu üben. Florah durchlief ein kleines unwilliges Zucken.

„Jetzt erklär mir doch endlich", beharrte Luna, „was an diesem Cadmo so besonders sein soll!"
Ein lang anhaltender Genuss? Unkonventioneller Reichtum? Gänzlich unerwartetes Geschenk? Endlich das Gefühl, doch fähig zu sein, ein anderes Denken und Fühlen nicht nur für begrenzte Zeit anzustoßen.
„Ohne dass wir einen brauchen, der es sieht, teilt einer das Leben des anderen."
Ungläubiges Augenrollen die Reaktion. Kann sein, es war zu einem ganz anderen Zeitpunkt zu begreifen. Sie wünschte Luna die Chance, Derartiges zu empfinden.
Versuchte es erneut, diesmal anders, einzukreisen; möglicherweise gehe es viel leichter, wenn Menschen gar nicht mehr jung sind. „Weißt du", begann sie, „es ist bei diesem Nicht-Sehen vielleicht auch wichtig, dass wir beide nicht mehr so jung sind. Einiges gelebt und pro-

biert haben. Körperliche Liebe geschmeckt. Kinder bekommen, sofern es der Wunsch ist. Wenn es sein darf, „keine Selbstverständlichkeit, egal wie sehr du lachst …" Florah spürte, was die Jüngere beobachten, dennoch noch nicht als Möglichkeit auf sich selbst beziehen konnte.

„Und wenn man schließlich nicht mehr in der Situation ist, sich erst einmal eine Familie zu wünschen, so wie deine Mama und dein Papa, als sie dich haben wollten, dann können sich die Sachen verändern."

Man müsse dann nicht mehr so unbedingt sich sehen. Nichts drängte, so absolut und unbedingt miteinander zu schlafen." Klar, dass Luna sie in diesem Moment wieder unterbrach, das hätte sie selbst ja in diesem Alter auch getan. Keck fragte, ob denn also dann Sexualität, das Körperliche und so, „egal" sei. Florah lachte und holte mit einem lang gezogenen „Mh" ein Stück aus. Also egal sei es wohl nicht, aber es komme in so vielen Spielarten daher und … „eine Berührung ist nicht immer nur dann eine Berührung, wenn eine Haut die Haut des anderen berührt. Sie kann auch ganz anders streicheln." Und Florah sprach, auf dem Teppich sitzend, mit Luna über den Teppich und das Fliegen und wie sie ihn nicht gesehen hatte, dennoch mit ihm fliegen konnte. Rücken an Rücken oder spüren, dass er an sie dachte, weil draußen im Garten ein leichter Wind wie eine Berührung über ihren Hals, ihren Nacken strich. Na klar, es konnte natürlich genauso gut passieren, wenn sie saß und meditierte oder an nichts dachte – ein Kuss auf ihrer Stirn. Ein Licht, das sich erst auf den Scheitel setzte, dann über sie floss wie ein lauer heller, klarer Wasserstrahl, später über den Scheitelpunkt in sie floss, in ihr war, hinter der Stirn, hinter den Wangen, in der Kehle, im Nacken, im Genick, das Schlüsselbein entlang, die Arme hinunter. Bis in die Finger kam das Licht, dann sprang es in ihre Mitte. Es umkreiste einmal kurz ihre Brüste, hielt sich ein wenig in ihrem Bauchraum auf, bevor es zu ihrem Becken kam. Ein intensives, wohliges und erfüllendes Gefühl, da wo nicht jugendfrei ... schließlich in ihre Beine gelangte, bis hin zu den Füßen und den Zehen.

Luna warf ihr vor, die heißen Stellen nun einfach zensiert und ausgelassen zu haben – hatte sich offenbar gerade in der Schule von dem Thema der Zensur, das erstmals im Deutschunterricht vorgekommen war, beeindrucken lassen. Aber diese Entgegnung fiel Florah leicht. Denn sie hatte die nicht jugendfreien Stellen nicht wirklich ganz ausgelassen, nur dass die Jugend sie nicht hörte, auf etwas anderes lauernd.

Ihr Gefühl, dass ein ganz neuer Wind angefangen hatte zu gehen. Sie konnte sich erinnern, dass es alleine Monate, wenn nicht gar ein Jahr gedauert hatte, bis sie die Zuversicht und die Lust überkam, ihm zu schreiben, ganz neu müsse man sich diese Liebe erfinden. Für sie unfassbar, ein großes Wort in den Mund zu nehmen.
Und da war das Buch, möglich, sich darauf zu beziehen. Stattdessen – wie ins Blaue, warnten flüsternd die Stimmen, viel zu weit aus dem Fenster gelehnt, in dem, was sie ihm schrieb. Eine Liebe, gehorchend schon der neuen Welt und nicht Regeln der alten. „Neu, nicht weil wir werbetechnisch alt sind oder neudeutsch Best-Agers, da das die bessere potenzielle Vermarktbarkeit schafft. Ich spüre dich oft, und sei es im Hauch des Windes auf meiner Haut."
Wie ein neues Tuch in vielen Farben weben. Nicht dass sie weben konnte, Florah, die Handarbeitsniete.
Wie kann es denn wärmen, wenn es nicht real ist? Von innen. Und wann traut sie sich, ihm zu sagen, dass er auf den Mund küssen darf? Wird sie offen damit umgehen, dass sie seine Zunge in ihrem Mund geträumt hat, die Hütchen der Brüste sich dabei aufstellten und ihre Auster im Unterleib frotzelte: „Hättest du fast verges-

sen, was? Aber ich bin auch noch da." War es überhaupt geträumt oder war sein Wesen zu Besuch, eine dieser Begegnungen der siebenten Art. Irritierend, als die Phantasie blieb, die Bedeutung, ob es nun anerkanntermaßen wahr war, gleichzeitig schwand.

Du hast recht, antwortete sie der sehr aufgeregten, sehr lauten Krähe, es ist lediglich von Bedeutung, wie es sich anfühlt für mich. Wie es mich ausfüllt. Nein, nicht wie du denkst. Oder vielleicht doch. Weiß ich, was du gerade denkst! Wie es mich beseelt eben.
Luna fragte, woher Florah denn wissen wollte, dass er Ähnliches fühlte. Ganz einfach: Es kam in seiner Stimme mit. Er schrieb, er könne sich vorstellen, wie seine Worte durch ihren Körper reisen, durch ihr Herz und auch durch ihre Seele, wohltuend, heilend, erbaulich ... auf ihrem Weg.
Und mitunter, wenn sein Herz ihr ein Loblied sang, konnte sie es gar hören. Ob es aus dem tiefen Wasser kam? Aus dem Nichts? Ist doch egal, mein Schatz, würde sie ihrer Enkelin gegenüber kontern.
Woher sie denn wissen konnte, ihm überhaupt wichtig zu sein? Ach Krötchen, warum sollte sonst ein Mann, ohne dass man an ihm zieht, ohne äußeren Anlass, ohne den Überschwang einer Stimmung sagen: „Diese Verbindung ist mir heilig."
Wozu sollte ihr einer ohne Hintergedanken darstellen, vermutlich wisse sie längst schon um Florahs besonderen Sitzplatz an der Tafel seines Herzens. Vom Vorhof desselben ins Zentrum vorgerückt ... Stets sah sie bei diesem Gedanken einen reich gedeckten Tisch mit Granatäpfeln und Quitten, Trauben, Birnen, allen Früchten, die sie sonst noch mochte. Artischocken, Kürbissen und dergleichen. Am besten Dinge, die gern eine langsame Zubereitung hatten und einen langen Genuss versprachen.

Beide wussten sie Wärme und Glühen in den Botschaften hin und her zu schreiben, die Melodien der Stimmen sangen davon. Sag Luna, dass irgendwann völlig bedeutungslos wird, wer „angefangen" hat. Die Scheingefechte von Bedeutungserzeugung lassen nach.

Es ging ihr gut, wenn er schrieb: „Mach das Beste aus dem, was ist. Wenn du das tust, werden die schönsten Pläne, die das Schicksal für uns bereithält, uns am besten finden und zu uns finden." Das war er. Wieder ohne dass sie erwartete oder zog.

Und an diesem Maitag schrieb er: „Heute sind einmal mehr sehr schöne und warme Sonnenstrahlen zu mir gekommen, berührten sanft meinen Hals und meine Wangen – zweifellos entstand das in Verbindung mit dieser Beziehung zu dir – sicherlich ist sie immer da, manchmal aber spüre ich sie besonders intensiv. Ich erlebe mit, wenn du gerade glücklich bist, dich freust, und damit bist du auch meine Freude. Das bedeutet, da ich schließlich auch meine eigene Freude habe, bin ich nun noch reicher daran, seit du in mein Leben kamst."

Es zog sie nach draußen, an diesem Maitag, der ausnahmsweise keinen weiteren Regen mit sich zu bringen schien. Sie nahm ein altes Handtuch mit, um Tisch und Stühle trocken zu reiben. Drehte sitzend das Gesicht in Richtung der noch milden, in Freundlichkeit nicht allzu blendenden und schon gar nicht stechenden Sonne, schloss die Augen. Nur ein leiser Windhauch heute, der unbekleidete Hautstellen berührte.

Vielleicht war es bei Mantua drei Grad wärmer. Oder genau wie hier. Die Fauna ließ ihren Duft in der Luft schweben. Kann sein, es ähnelte sich. Wahrscheinlich war es landschaftstypisch etwas anders. Wo sie lebte, wurde die seltsamerweise städtisch und weitab von Feldern wahrnehmbare Gülle weniger. Sie wünschte ihm das Gleiche.

„Florah darf weiterhin ein freundliches und erfülltes Leben haben", hörte sie die eigene Stimme.
Es galt nur noch wirklich da hinzukommen, dieses schwer erarbeitete Grundgefühl dauerhafter wiederzufinden.

Sie dachte an die ersten Monate mit ihm, als noch die wenigen, mit denen sie Lust hatte, diese Begegnung mit Cadmo zu teilen, fragten: „Seht ihr euch nicht bald persönlich?" – „Wann seht ihr euch endlich richtig?" Wie ihr bei dem Wiederholungslauern eine Antwort fehlte, weil ihr die Frage von Tag zu Tag absurder schien. Als wäre sie selbst in die Rolle früherer Schullehrkräfte geschlüpft, die gerne „Thema verfehlt" an Arbeiten schrieben.

So könnte man geradezu sagen, dass Adrian sie damals irgendwie rettete. Denn für ihn da zu sein, war ihr jeglichen Einsatz wert. Er brauchte sie. Er durfte nicht allein gelassen werden. Niemals!
Sie vermochte es in allen möglichen Phasen ihres Lebens zu spüren, erzählte es auch anderen: Selbst zu harten Zeiten, Teufelsbraten-Zeiten des Sohnes und anderen, wenn sie sich überfordert oder sehr genervt fühlte, in ihr stetig dieses tiefe Wissen, ein Kind sei niemals nur Belastung. Stellte darüber hinaus für sie den besten Ansporn der Welt dar. Keine Phase in ihrer Erinnerung, in der sie sich als einseitige Geberin empfand und Adrian als bloßen fesselnden Plagegeist.
Wohl wahr, dass dieses Für-ihn-Dasein ihre Erkrankung nicht verhindert, mag sein sogar beschleunigt hat, aber bitte, daran hat er doch keine Schuld. Es war Florah gewesen, die nicht spüren, hören, sich trauen konnte!
Wie war sie gerade da hingeraten?
Ach ja, Cadmo und die Frage der Umwelt, wann wir uns nun endlich sehen würden. Diese Verbindung, ob sie es nun erklären konnte oder nicht, egal wie oft sie unver-

standen blieb, so von Sinnlichkeit durchwirkt. Machte nicht am stärksten eine Liebe aus, wie sehr sie das Lebensgefühl des anderen durchwirkte? Durfte sie, was beide teilten, allen Einflüsterungen trotzend, als „erfüllt" erleben? Regelrecht froh hatte sie gemacht, eines Tages mit Hilfe einer Freundin endlich das passende Bild dazu zu finden: Es ist wie ein schönes und vollständiges Mosaik, nichts fehlt. Es kann dich jedes Mal erfreuen, wenn du darauf schaust. Selbstverständlich gibt es immer Möglichkeiten, die Landschaften des Mosaiks an den Seiten größer werden lassen. Du kannst etwas anlegen, etwa Landschaften, Erfahrungen, Gärten, Seen …

Musst es nicht … Es ist schon so in sich komplett und ausdrucksstark.

Was beide so faszinierte, war dieser kulturell völlig verschiedene Hintergrund in Kombination mit ähnlichen Erfahrungswelten. Lydia bekam damals eine Mail, in der stand: „Ich denke, dass es gar nicht schön ist, besonders in einer nicht armseligen italienischen Familie, bei zwei klassisch schönen oder ebenso gestalteten Eltern der ersehnte Sohn zu sein und dann diesen unübersehbaren und nichtoperablen oder sonstwie retuschierbaren Makel mit sich zu tragen. Eine einzige Enttäuschung, hinter der dann alle Intelligenz, aller Esprit und Fleiß und was liebenswürdig sein kann, schlicht nicht zählen.

Vielleicht war es so: Sprich es aus und du darfst das seltene kleine Wunder erleben, dich jemandem zu öffnen und dabei sicher zu sein. Gut aufgehoben wissen, geschützt das Anvertraute.

Für Florah selbst hatte es damals viel damit zu tun gehabt, das ersehnte „Zuhause" zu finden, wiederzuentdecken. Sie meinte, endlos lang ohne Erfolg auf diesem Weg, auf der Suche gewesen zu sein. Konnte nicht leiden, wenn ihr jemand persönlich oder in interessanten Liedern erklären wollte, wie es doch nur in ihr selbst liegen konnte. Natürlich hatte die Person damit recht. Der kluge Paul etwa. Sie wusste es frühzeitig. Theoretisch. Er schien ihr auch kein fortgeschrittenes, lebendiges Beispiel eines glückselig Angekommenen. Insofern ein Wissen, das nicht fühlbar war. Das Gefühl dazu hatte Cadmo mitgebracht. Ja, in einem selbst wohnte es. Konnte erfahrbar mit einem anderen werden. Kein Widerspruch. Eine Möglichkeit, die verursacht hatte, dass es sich dann auch in Florah ausbreitete. Sie konnte es spüren. Tiefer, zufriedener Atem.

„Wie also ist das mit den Energiefeldern?", fragt Evalina, packt die Körnerbrötchen aus und das Laugengebäck, die Butter, das Obst und süße Teilchen, gegen die ich wie üblich versuchen werde, mich zu wehren.
Ein vielversprechender Tag, die Sonne blinzelt. Noch zu kalt, draußen zu sitzen. Ich möchte keine Ablenkungen von meinem Besuch. Zum Glück habe ich den Kaffee schon fertig, den Tisch gedeckt.
Sie fragt sich oft, ob sie zu vernünftig ist, die Realität sieht oder das, was einem größtenteils als solche verkauft wird – spielt es wirklich eine Rolle? Es widerspricht ihr Mann, der allerdings auch deutlich älter ist und sich nicht zum ersten Mal an Familie inklusive Nachwuchs versucht.
Ich tröste sie – in ihrem Alter und mit kleineren Kindern, was sollen mir da „Felder"? Nichts will frau, als dass es ihren Lieben gut geht und die „Kleinen" mit den besten Möglichkeiten aufwachsen.
Der Mann sieht die Felder. Er kann dazu neigen, melodramatisch zu sein. Irgendwann müsse die Welt doch besser werden, indem er selbst es in Form von Gedanken und Informationen, ja von Tun und Anders-Leben hinein gebe; ohne diesen Glauben wäre es wohl gescheiter, gleich zu sterben.
Wer sagte dem Mann, so dachte sie in ihren Kühlschrank gekehrt, dass positives Tun für ihn selbst unnütz sei, wenn es vielleicht erst viel später Erfolg zeigte?

Nichts, gibt man schließlich umsonst in die Welt. Keine Energie, die verloren gehen kann.

Sie neigte dazu, den Kühlschrank rasch zu schließen, doch fragte sie sich, ob sie den Gedanken dort drin zurücklassen konnte, was sie mit dreißig plus unmöglich einsehen wollte, worüber sie sich, so sie überhaupt zuhörte, eher lustig machte und es rasch mit den gängigen Argumenten ihrer „vernünftigen" Umgebung verwarf.

Dann entschloss sie sich, wo schon das Traumbuch meist in ihrer Nähe, auf dem übergroßen Tisch war, diese Zuflucht zu wählen. Komm, einen Kaffee, ein Brötchen, dann ein Traum.

Es würde ihr auch Zeit geben, weiter über das Feld nachzudenken, während sie Evalina erst einmal über die Beratungsstelle und die Mischung aus praktischer Sozialarbeit und Dolmetschen oder Übersetzen erzählen ließ. Sie erwähnte, wie froh sie sei, nachdem ihre junge Freundin diese so leidlich „feste" Anstellung gefunden hatte. Denn sie wusste, was Evalina die Sicherheit bedeutete. Mit den Schulkindern, dem Mann, der, mal ja, mal nein, weniger und mehr, finanziell einträglich, dann eher nicht, arbeiten konnte.

Florah wusste, warum sie sich freute für die Kluge, die Schöne, die Gründliche und in vielen Bereichen Perfektionistin, dass sie dennoch nicht freiberuflich arbeitete. Darüber hatten sie oft gesprochen, manchmal auch gestritten, weil Florah dort bessere Entfaltungsmöglichkeiten für die Begabte sah. Es war klar, dass Evalina für ein wenig Sicherheit einen hohen Preis zahlte: viel Verwaltung, viel Bürokratie, in der Menschen mit ihren Besonderheiten und Bedürfnissen nur allzu oft untergingen.

Sie kannte bereits die Täuschung, wenn es einen einigermaßen in Sicherheit zu wiegen schien, solange man an diese Welt glaubte, gaukelte sie Möglichkeiten vor, die Angst zu besänftigen.

Die Hausherrin hörte sich sagen, wie ihrer Meinung nach Befürchtungen und Aber ein Feld von Angst entstehen ließen. Gar nicht unlogisch, denn es hatte auch mit gewohnten Wegen und mitunter mit eigenartigem Lustgewinn zu tun. „Du kennst diesen Weg, weil du ihn oft genug gegangen bist. Und endlich macht sich einmal jemand Sorgen um dich, kümmert sich, du kannst ein wenig Verantwortung abgeben. Außerdem hast du garantiert immer Gesellschaft, bist nie allein in so einem Feld von Angst."

Florah seufzte schwer, holte sich die Genehmigung, ihren alten Traum zu erzählen.

„Menschengruppen wie in einem halben römischen Theater. Stundenlang die Aufgabe, Reihen zu wechseln und zu dem Motto der Reihe (Erfahrung, Liebe, Gesundheit, Wut, Wetter, Erfolg, Mut) spontan positive Sätze auszurufen.

Je nachdem, wie laut – nicht die Lautstärke, sondern die Kraft und innere Überzeugung sind gemeint –, dem folgend also, wie viele sich mit innerer Überzeugung an die Positivregel halten, breitet sich ein Energiefeld dazu aus. Eines, das sie so schaffen."

Evalina guckt interessiert und auffordernd. Will wissen, wie es weitergeht.

„Ich war gebannt", erzählt sie weiter, „erst einmal diese mögliche Kraft zu sehen. Deswegen glaube ich daran, wie sehr es notwendig ist, solche Felder zu erzeugen. Du hast recht, es gibt keine Verheißung, keine Zeit für eine Erfüllung."

Sie lacht und führt den Gedanken weiter: „Es stimmt schon, das scheint uns nicht zu passen, weil wir gelernt haben, Verheißungen so sehr zu lieben."

„Natürlich", so gestand sie Evalina zu, gab es auch Vorkommnisse oder Träume, die sie in die Irre leiteten,

Zweifel säten, auszudrücken versuchten, wie das alles so nicht stimmte.

Gleich kam ihr einer in den Sinn, in dem sie den Versuch gemacht hatte, sich selbst zu dokumentieren. Es gelang noch nicht einmal, das eigene Profil per Computer anzulegen. Es erboste sie, brachte sie in eine Stimmung zwischen Wut und Verzweiflung. Als gingen ihr so Erkenntnisse über sich selbst flöten. Dann fand sie doch endlich Einträge über sich, seltsame, zufällige Fragmente, die oft nicht stimmten! Komische Kategorien blätterten sich auf. Sie hatte nicht das Gefühl, etwas damit zu tun zu haben.

Jetzt, wo sie doch endlich nach all den Jahren harter Arbeit auch in ihrem Inneren angekommen war, sollte sie kein System finden, kein rechtes Geländer, den Weg zu erschließen? Sie kann damals als einziges Ziel eingeben, die Türen ihres Herzens weit zu öffnen.

„Wie jetzt", kommentierte Evalina, scheinbar ohne Rührung in der Stimme.

„Es hat mir nie jemand versprochen, die Herausforderungen würden aufhören", gab sie über den Tisch zurück. „Einzig, wie aus den unüberwindbar scheinenden Gebirgen von früher sanftere, gangbarere Hügellandschaften werden konnten."

Evalina schluckte. Kein Hunger mehr, ein ablenkendes Tun war damit fort. Die Vierziger angefangen, das war ihr kritisch, merkte sie an.

Das und obendrauf die Jungs, die schon bald aus dem Haus sein würden. Der Mann, der demnächst sechzig sein würde. Und nicht in allem fühlte sie sich auf dem Laufenden mit der rasenden Welt. Egal, wie viel Lust am Leben.

Viele Menschen zogen Schlingen wieder enger, in denen sie Zweifel fingen und dann bei ihr auszusetzen versuchten. „Ich bin ja auch ein prima Nährboden für so etwas", gestand sie traurig ein, als gäbe es in der ganzen Lebenszeit, die sie hatte, niemals eine Veränderungsmöglichkeit. Sätze anderer fingen nun nicht mehr an mit Bemerkungen dazu, was sie hätte haben können, sondern versuchten ihr vielmehr den Mund wässrig zu machen, was für einen, was überhaupt sie jetzt noch haben könnte, verließe sie ihren Mann und viele Teile des alten Lebens.

Florah konnte die Empörung der Freundin, das Verletztsein bei derartigen Äußerungen verstehen. Die tiefe Traurigkeit. Sie wusste um Evalinas damalige Entschiedenheit. Durch zwei Kinder unterstrichen. Genau wie durch vielerlei, was diese beiden an Freude erlebt hatten und dasjenige, das von ihnen zusammen durchgestanden worden war.

Dennoch, es gab bestimmt auch den Funken mit der Sehnsucht nach einem einfacheren Leben.

Beide Frauen wussten, dass sie keine einfachen Konsortinnen waren. Männer hätten es sich einfacher aussuchen können. Bereits bevor sie das erste Mal darüber gesprochen hatten, wäre Florah bereit gewesen, ihre Hand dafür ins Feuer zu legen: Auch Evalina kannte das Gefühl, in ihrer Art, ihrer Kompliziertheit, ihren Ansprüchen und schlussendlich auch mit klugen, logischen oder scheinlogischen Argumenten rasch einem zu viel zu werden; Faszination hin oder her. War so ein „Zuviel" nicht oft in der Verantwortung des Empfängers, der Empfängerin?

Diese beiden auf der Suche nach Menschen, die gern gefordert wurden. Sich in Gefilde begaben, vor denen sie sich sonst gedrückt hätten. Es schätzten, nicht nur nette Erlebnisse zu haben, sondern auch, aneinander zu wachsen. Das tat man weniger mit jenen, die sich alles Schwierigere und Ungewöhnlichere – außer den Erlebnissen und Reisen und Taten da draußen – abgedrechselt hatten.

Trotz der nach wie vor großen, schönen, belebenden Aufwallungen überkam sie mitunter seltsame Zurückhaltung, von der Verbundenheit mit Cadmo zu erzählen. Weniger wegen der Kostbarkeit oder weil sie befürchten musste, sonst doch wegen ihres „Realitätsverlustes" in der nächstgelegenen Psychiatrie abgeliefert zu werden, auch nicht, weil es einfach ihr gehören sollte. Sondern schlicht, weil es offenbar schwer war, zu verstehen oder zu glauben. Zu unterschiedlich die Welten, zu unrealistisch oder verdächtig den anderen, was sie fühlte. Einsame Wege. Möglich, mit Evalina darüber zu reden, ohne sich angreifbar, exotisch oder spinnert zu fühlen.

„Denkst du, du könntest bei einem anderem bekommen, was er dir nicht gibt; umgekehrt auch, was er für dich hat?", hörte sie sich fragen.

Die schlaue Evalina bezog sich im Antworten ausschließlich auf die Äußerungen von Hinz und Kunz und das, was es so in der Presse oder in netten Filmen gab. Es lief hinaus auf Waschbrettbäuche, vielleicht mehr und längeren Sex. Höheren materiellen Wohlstand und tollere Reisen. Am Ende reichliches Lachen der Frauen. Über die Trugbilder und Schimären, die schnelle Vergänglichkeit bestimmter Erlebnisse, besonders wenn sie nicht von viel Liebe begleitet waren. All die Dinge, mit denen man sich bewerfen konnte, weil man sie nicht wirklich brauchte. Sie amüsierten sich über Fata Morganas und angebliches Glück, das bereits nach kurzer Zeit schal schmecken konnte.

Bevor Evalina ging, brauchte sie einen Spiegel, um wenigstens verschmierte Wimperntusche wieder in Ordnung zu bringen. „Vielleicht sollte ich ihm heute Abend mal sagen, dass ich ihn liebe." Fragend blickte sie dann in Florahs Richtung. „Vielleicht" gab die zurück, „wenn du ihn ansiehst und dir dann danach ist."

12. Juni

Ohne die Lust aufzustehen. Es war zu warm unter egal welcher Decke. Keiner war da. Gnädiger Schlaf, komm noch einmal vorbei.

Von wegen gnädig. Stattdessen allerlei Auswirkungen des üblichen Fehlers. Die Bilder, die sich zeigten, Gedanken, die in die Sinne sprangen, wenn Körperzeichen nicht gefolgt worden war, aufzustehen. Sie träumte bei einer Einkauferei, im Laden sich durchzuschlagen. Die verstörenden, oft Alltagen nahen Bilder eben, wenn man eigentlich weiß, dass es besser wäre, das warme Bett zu verlassen, sonst kommen sie und dringen ein. Unweigerlich. Sie sah in dem Laden ihr heftiges Schwindeligsein, aber wer war sie denn, um Hilfe zu fragen? Durchstehen! Als sie griff, nach einer Packung Bulgur, unmöglich zu sagen, was zuerst passierte, riss erst das Plastik und tausende Körnchen prasselten, teils noch einmal hochhüpfend auf den erwachsen-armhohen Gang. Oder war da erst eigenes Zusammensinken, ihr dumpfer Fall mit einem kehligen Stöhnen aus einer anderen als der fröhlich präsentierten Konsumwelt?

Dem Himmel sei Dank schreckte sie auf, wachte ganz und gar auf, bevor man sehen konnte, wie es weiterging, bevor etwa Menschen dazuliefen, jemand eine Ambulanz rief, denn was sonst sollte einem einfallen? Ohne dass noch eine Praktikantin halb verschämt, halb unlustig mit unzureichendem Schäufelchen und Besen kam. Noch schlimmer, mit einem Schmuddelwassereimer, altes Verdorbenes von scharfen, doch künstlich blumigen Putzmittelgerüchen überdeckt. Der Wischmopp völlig ungeeignet, eine Vielzahl von dann aufweichenden Körnchen aufzunehmen.

In gewisser Weise war das ein Punkt zu denken, sie könne jetzt nicht aufgeben, nicht nach alledem, der ganzen persönlichen Arbeit und Einsammelei, den Anstrengungen und Freuden, Lichtern, dem Lachen der vergangenen Jahre. Wozu sollte sonst dieser Versuch gut gewesen sein, sich dem Leben nicht nur zurückzugeben, sich vielmehr ganz und gar dem Leben zu geben? Trinken. Viel trinken, um die Schlieren von diesem idiotischen … – nein, sie würde nicht fluchen, es war nicht gut! Um also die Schlieren von diesem Überschlafen wegzuspülen.

Wasser, Saft, Tee, Kaffee. Alles davon. Auf die Beine kommen, nicht umfallen.

Sie rief auf der „kleinen" Arbeit an. „Nein", hörte sie sich, „ich kann heute leider nicht kommen." Es war einfach. Komisch: Wenn sie erst gar nicht diesen entschuldigenden Ton hatte, fiel es leichter. Einmal in Rechtfertigungen verfangen, war man anscheinend neben guten Wünschen auf Nachfragen abonniert. So gab es nur die Genesungswünsche und -hoffnungen und ein „Ruh dich aus. Es wird schon alles warten können. Müssen mal gucken, was noch passiert oder nicht passiert vor dem Sommer. Die Italiener sind ja auch lang in Urlaub, aber lass dich jetzt davon nicht belasten."

Sie legte auf und fühlte sich eigentümlich frei.

Es war Zeit, wie eine Knospe am Morgen die Blätter zu entfalten. Sie wusste es. Wie diese Kraft stärken?

Aus einer Art innerem Zwang heraus tat sie noch dies und das, schob eine schöne, entspannende Meditation auf später, es gab immer Gründe. Der Magen war voll. Geschirr stand in der Gegend herum, der Sonnenstrahl zeigte, wie viel Staub in diesen Räumen aufgewirbelt werden konnte. Und so ging es fort. Florah sagte sich, es sei doch egal, höchste Eisenbahn, nett zu sich zu sein, genug Raum wann auch immer für diese Fitzelchen von äußerlichem Durcheinander.

Suchte sich den Teppich mit den reichen orientalischen Mustern zum Sitzen aus. Atmete ein und aus, erst noch

Luna und Adrian und Cara und Aron. Paul, Bahaar und andere noch, die bald Hinterbliebenen. Ein und aus. Die Zurückgebliebenen – es klang auch nicht so viel besser. Jedenfalls die, die noch da waren und weiterleben sollten. Versuche, leer, noch weiter, ganz leer innen zu werden. Atme weiter. Ein: „Ich bekomme, was ich brauche", aus: „Es ist Frieden in mir."

Zuerst sträubt sich etwas gegen die Worte. Wie bei einer Katze, der das Fell zu Berge steht. Die sich manchmal doch gut zureden und ganz ruhig, unbeirrt streicheln lässt. Und die Haare legen sich, der Schwanz hört auf, hin und her in Unentschiedenheit sich zu bewegen. Irgendwann wird der Atem flacher. Es stimmt, der Atem weniger intensiv, der Kopf schwerer, leichter in einem.

Gerade unpassend ist nur, dass Florah immer noch nicht über das Hören fremder Kinder hinwegkommt, auch wenn sie Kinder meist ganz gerne hat. Nicht die Vögel, noch nicht einmal die gurrenden Tauben, auch nicht die entfernten Autos holen sie aus ihrer Konzentration, sondern das ungehemmte kindliche Geblöke von den Wesen, die man idealerweise, idealistischerweise, am besten gleich gern hat, die aber nicht ihre Enkel und schon gar nicht Luna sind.

Das Nächste, was auch immer, schiebt sich in die Meditation. Irgendwelche Bilder. Sie kann es nicht definieren. „Zusammen mit Kind mal Hand in Hand, mal mit den Rädern unterwegs, ein unheimlicher Märchenwald, dunkel, schwarzblau, uneben, schwer durchzukommen. Und ich fühle mich so verpflichtet, dem Kind Zuversicht zu zeigen, wir finden den Weg. Endlich draußen, chaotisch hügelige Landschaft, in einem Moment scheint sie bewirtschaftet, im nächsten verlassen und ausgelaugt.

‚Wie abwechslungsreich', sage ich und versuche, das mittlerweile quengelnde Kind mit erfundenen Geschichten bei Laune zu halten.

Hinter dem Hügel so etwas wie Dünen. Teils auch pure Erde, unbewachsen. Wie von Baggern in planlosen Haufen zu Hügeln zusammengeschoben.

Meist müssen wir die Räder schieben – Erschöpfung. Quengeln. ‚Gleich‘, tröste ich. ‚Gleich finden wir bestimmt einen Bahnhof und dann fahren wir nachhause. Vorher gucken wir, was noch Spannendes kommt.‘ Geradezu überschäumenden Optimismus versuche ich auszustrahlen, als dann von einem Hügel irgendein besiedeltes Gebiet sichtbar wird. Halb radeln, halb gehen wir. ‚Kann gleich nicht mehr, kann nicht mehr …‘, das Kind, und obwohl es mir auch so geht, muss ich ihm zusprechen, Mut machen.

Dort angekommen erweisen sich die Hausansammlungen als ärmlicher Slum. Ich frage einen von vielen Jugendlichen nach dem Weg, und der lacht mich aus. ‚Ja, da oder da oder dort – hier ist Rom, wo sämtliche Straßen… Da wollen doch alle hin, und nun sind Sie da, viel Spaß auch!‘

Schon will ich verärgert weiter, da bedeutet mir das Kind mit einem Blick, dass meine Tasche vom Gepäckträger weg ist, und der Panikpfeil schießt durch meinen Körper. Dann sehe ich sie am Arm eines der feixenden Jugendlichen hängen und reiße sie ihm in meinem Zorn weg, schneller, als er reagieren kann. Ob er verrückt sei!? Er könne meine nicht vorhandene Knete haben, aber nicht mir meine Identität klauen! Entschlossen weg hier, mit dem Kind.

Wir kommen zu einem riesigen Bauplatz – wie eine große Wunde –, die nächste unsinnige Shoppingmall soll dahin. Auf einem verwitterten Schild entdecken wir, was es früher war: ‚Öffentlicher Himbeerpflückgarten‘.

Dass derartig Schönes zerstört wird, macht mich ganz traurig und ratlos.“

Wieder dieses rasende Herz. Auch der Atem erneut schnell und nervös. Bedürfnis, in Massen zu trinken.

Nichts da. Zu schwach und flau, Wasser zu holen. Ablenken wird auch schwierig. Es pfuscht in alle schöne Atemtechnik. Ganz vorsichtig ab ins Bad. Frisch machen! Vielleicht Obst herrichten. Meine Güte, Luna ist noch nicht ganz weg. Sie wird heute Mittag kommen. Nichts ist getan. Obwohl sie die nun an einer Hand abzählbaren gemeinsamen Obstsalate zelebrieren will ... Kann sein, sie ist nicht alleine mit dem Wunsch. Das Mädchen nicht enttäuschen. Bitte! Zaghaft, unsicher, wie es früher manchmal in der Schule war, erhebt sich eine Stimme. Wahrscheinlich hat sie vorher aufgezeigt. Sie soll sich selbst nicht vergessen. Unwirsch nimmt sie den Kommentar zur Kenntnis. „Ja, ja", tut, als wäre doch wahrlich genug Zeit, sich um sich selbst zu bekümmern, wenn sie alle fort sind. Um den halben Erdball.

Es war wohl nicht ausgemacht für Florah vor dem Abflug noch, einfachere Themen zu bekommen. Die Vereitelung, in seichteres Wasser zu gehen. Als wollte Luna noch alles in sich aufnehmen, was sie „schon immer einmal wissen wollte".
Sie gab sich unwillig darüber, wie dieses Mädchen erneut mehr über die Liebe wissen möchte. Gut, sie ist wirklich ein hoch spannendes Thema. Das Thema des Lebens in gewisser Weise. Versuchte, sich dazu anders zu fühlen, als ihr bewusst wurde, wie sehr sie selbst als Kind besonders die eine Großmutter genau dazu geplagt hatte, in dem gleichen Hunger nach genau diesem Nektar. Betteln und Insistieren in Erwartung von Süße und Erfüllung. Die enttäuschtere Großmutter wohlweislich weniger inständig befragt. Erwogen, jene konnte nette unrealistische Liebesromanzen mit Happy End gut nacherzählen, glaubte allerdings weder an die Liebe noch an das letztlich Gute im Menschen. Es war dies die Frau mit den vielen Warnungen und Gefahrszenarien.

Die andere tischte immer wieder sonnenbeschienene Liebe auf, war ergiebiger in dieser Hinsicht. In der Lage, Wellenkämme mit Schaumkrönchen zu präsentieren.

Vermutlich hatte Florah sich nicht viel anders verhalten als Luna, die sich nun an sie schmiegte, mit ihrem noch leicht erhobenen Kopf den bittenden, unschuldigen Rehaugenblick aus sich zauberte. Als müsste sie vergehen ohne Geschichten über die Liebe.

Ich möchte ihr erklären, wie viel zu kurz gegriffen ist, bei der Liebe nur an den einen Liebespartner, die eine Liebespartnerin zu denken, diesen Menschen, der irgendwann ins Leben treten und im Idealfall alle Erfüllung dieser Welt bringen soll. Obwohl, ich hätte es nicht verstanden, nie und nimmer in diesem Alter. Ob es heute anders sein kann?

Im Vertrauen auf ein gesundes Bauchgefühl, das in dem Gazellchen wohnt, in der Hoffnung, sie kenne diese Warnblinkanlage, rot bei der Versuchung, Freundinnen weniger wichtig zu nehmen als eine am Horizont aufgetauchte Liebe, die aus eigener Unsicherheit oder Furcht um die schöne Stellung begehrt, alleinig und am wichtigsten zu sein und andere Menschen zum Beweis zurückzulassen.

Florah spekuliert, erotisches Zehren und Vorstellungs- oder Sehnsuchtsmomente des Verschmelzens seien bei ihrer Enkelin noch nicht eingezogen. Zu früh daher für den Rat: „Versuch solche Momente zu genießen, sie könnten manchmal besser sein als eine tatsächliche Erfüllung." Falsch, schon jetzt damit zu kommen, der Versuch, einen Mann festzuhalten, rechne sich nie. Weder Momente noch Männer eigneten sich dazu.

Wahrscheinlich würde es auch nichts bringen, von dem Rattenschwanz an Ewigkeitshoffnungen zu erzählen, von einer Liebeseuphorie gern mitgebracht. Dieses grausame Brennen der unglücklich gewordenen Liebe, ich erinnere es mit Schaudern, „nur noch einmal mit ihm schlafen und dann sterben". Herrje, wer hört in dieser Gefühlslage auf Warnungen und glaubt sie auch noch?

Vorauseilend ist wohl nur möglich, ihr gute Wünsche mitzugeben: Gut, soll sie, wenn es an der Zeit ist, mit der ganzen komplizierten Körperlichkeit umgehen! Nicht arrogant. In keiner Weise Unsicherheiten überdeckend. Nicht zu nachgiebig und überredbar, wo es sich später rächen kann. Ich wünsche ihr die Flamme im Herzen, auch im Bauch, dass sie so etwas leben kann und nie versengt wird. Prickeln und einfach nur Freude. Es möge nicht, während es ist, auch nicht danach, schal schmecken oder schon verderben, während zwei noch Erotik spielen oder Sex versuchen.

Weiß Gott nicht nur freundliche Erinnerungen überschwemmen meinen Kopf und meinen Bauch auch. Sogar den Magen, ehrlich gesagt. Also ich will, dass ihr nichts Hässliches geschieht einerseits und sie sich nicht hinter Furcht und Schutzgehabe verschanzt und das möglichst noch puritanisch verkauft oder religiös verbrämt, andererseits.

Sie lässt nicht locker. Und ja, es erinnert mich sehr an mich selbst und die Themen, die ich nicht locker nahm. Die mich bedrängten. Also gab ich es an meine Großmütter weiter. An wen denn sonst? Ich hatte keine Wahl. War das anders bei Luna? Ich wusste es nicht.

Eltern schieden aus. Peinlich! Es konnte mit Tanten sein, jedoch nicht, wenn diese sich zu nah und vertraut an den Eltern bewegten.

Freundinnen also. Die haben allerdings altersbedingt nicht so wirklich einen Vorsprung. Werden ihre Erfahrungen zu einer ähnlichen Zeit machen. Eignen sich also besser dazu, interessante Infos, die man zum Beispiel einer Oma aus den Rippen geleiert hat, miteinander abzugleichen, zu diskutieren, zu phantasieren und manchmal auch zu streiten. Auch das nur, wenn diese Halbkinder, Halbjugendlichen ein vertrautes, liebevolles Verhältnis zueinander überhaupt haben aufbauen können, statt sich im Sog von Werbung und sonstiger Gesellschaftspropaganda gleich auf die Konkurrenzschiene schieben zu lassen. Obendrein mehr wagen oder vorgeben, als zu ihnen passt. Der übergroße Wunsch, in einer bestimmten Liga mitzuspielen.

Ich glaube, dass ich ihr auch diesen Traum nicht präsentieren kann, zu erwachsen. Zu abstrakt. Oder? Offenbar versuchte ich, den Beweis dafür anzutreten, dass es die Liebe überhaupt gibt, denn er beginnt mit dem Satz: „Natürlich glaube ich an die Liebe! Um an meine Liebe zu kommen – denn meine Umwelt zweifelt sehr an mir –, muss ich mich auf einen langen Weg machen." Treffe unterwegs Adrian – alterslos –, den ich zeige, als „Kind der Liebe". Das ist denen da oben, so einer Art männlich-weiblichem Dreigestirn, nicht genug. Sie spotten, flüstern hämisch, Adrian ringe ja selbst darum, seine Liebe so zu leben, so auszudrücken, wie er denkt und fühlt ... Sie meinen, so ist es noch nicht erwiesen und vollbracht und schicken mich weiter nach Beweisen suchen für eine allumfassende Liebe, die mehr ist als bloß eine gute und nahe Phase zwischen zwei Menschen.

Unwirtlich ist die Gegend, in der ich suche. Über einen Weg mit viel Gestrüpp und Dornen erreiche ich eine Böschung – bis zu der gegenüberliegenden Hügelkuppe, die anscheinend ein Ziel kennzeichnet, sind vier Seile mit Wäsche gespannt. „Wenn du es schaffst, da anzukommen ..." Ich schwinge mich zur ersten Leine ... zur zweiten ... sage mir: „Keine Angst, zu meinen Füßen ist ja nur mein Zimmer, es kann nichts Schlimmes passieren!" Zum dritten Seil – ja! Aber weiter geht's nicht mehr, das schaff ich unmöglich! Zum vierten Seil ... fast, aber nicht ganz gefallen!!! Und nun ist es bloß noch ein ganz winziger Schwung und ich lande in einem Bett, in dem ich mich ausruhen darf, bei einem Wesen, das mich mit offenen Armen empfängt – vorübergehende Geborgenheit.

Unwillig, das Traumbuch kurz auf meinen Schoß sinken lassend, denke ich daran, wie sie mir vielleicht bis dahin ruhig zuhört, weil es ja schon etwas abenteuerlich ist, aber wie ich sie kenne, wird sie spätestens bei dem Wesen mit den offenen Armen darauf beharren zu wissen, was da war, und posaunen, da könne ja wohl nicht nichts gewesen sein. Tatsächlich war diesem Traum einzig und allein diese Geborgenheit! Ich befürchte, ich hätte eine solche Antwort mit zwölf auch eher uninteressant gefunden oder schlicht nicht geglaubt.

Mal sehen. Erst mal nehme ich das Lesen des Traumes wieder auf.

Nach dem Ruhen wird der Weg leichter. „Ich zeige dir was", höre ich von irgendwoher und folge: Eine Stadt, neue und alte Häuser, an jeder Haustür Skulpturen – das habe ich noch nie gesehen, ich finde es unglaublich schön. Das sind ja die Ahnen, die Lieben, die Menschen, die da leben und früher lebten. Später?

Es gibt genauso ein paar ungeheuerliche Gestalten, schimärenhaft, herausfordernd, lockend, falsch, unheimlich … In meinem Lachen eine kleine Bitternis versteckt, weil ich ja den Beweis der Liebe antreten soll und hier gerade etwas beobachte, das phantastisch aussieht und irgendwie wunderbar zusammenpasst, doch ist es eigentlich ein Abbild von den Widersprüchen, die wir auch in der heutigen Welt haben.

Ich komme in einem Haus an, wo ich spüre, dass ich selbst noch ein oder zwei solcher Wesen gebären muss, um das Wesen meiner Liebe, meines Lebens zu verstehen.

Wieder lasse ich das Traumbuch sinken. Okay, nichts für Luna. Wie sollte sie verstehen, dass frau etwas Neues gebären kann ohne eine leibliche Schwangerschaft. Und sich Omi schwanger vorzustellen, fände sie sicher zum Lachen.

Sollte sie Liebesgefühle in ihrem teils geschmähten, teils in der Logik der Warenwelt im Falle von Mithalten und Aktivität aufgewerteten Alter beschreiben?

Wie ein Jegliches zu tun hatte mit Fließen in dem Fluss? Nicht das abgeschmackte Dahinfließen in Liebe der jungen Jahre, das schwärmerische in Abhängigkeit von einer Liebe, die da kommt oder nicht. Ein erwachsenes Fließen, die schönen Gefühle, die ihr andere Menschen, Freundinnen und Freunde, Lieben bereiten mögen. Dass es aber nur dauerhaft geben konnte, wenn einmal entdeckt und geglaubt, nur in ihr ganz allein wohnte es. Ein Zusammensein, wie auch immer gestaltet, als Geschenk. Zusammen schwingen; Wahnsinn. Das Geschenk erwarten? Dann klappt es nicht.

Die Jahrzehnte, in denen sie viel mehr als heute abhängig war von dem, was andere Menschen ihr sagten, spiegelten, schenkten oder verwehrten. Noch heute schön, wenn sie mit Nettem, Angenehmem, Gewünschtem von ihnen gefüttert wurde. Und doch: Das Liebevolle aus diesen Verbindungen wirkte auch so.

Es gab Britta und Paul, Evalina, Bahaar und manche mehr, mit denen sie es gern hatte, eigene Gefühle zu teilen und aufmerksam ihren nachzuhören, nachzugehen.

Bei Cadmo glaubte sie, kein Geheimnis mehr hinter einem staubigen Vorhang zu verbergen. Er hatte gewonnen, sie gewonnen, spätestens seit er das ausdrückte, fühlte sie sich zuhaus.

Noch stärker in der Entdeckung eines gemeinsamen Ziels: diese Welt als einen besseren Ort gestalten.

Wie sie das beide mochten: geben ohne zu rechnen. „Ob sich das lohnt?" Sie hörte Lunas Frage, denn sie hätte sie früher vermutlich ebenso gestellt. Geben ohne sichtbare Gegenleistung? Absurd.

Dennoch bewegte es etwas in einem selbst, gut für unser Selbst, für die Seele, für den Planeten. Schimpf mich naiv. Es berührt mich nicht mehr.

„Wir halten uns an den Händen und teilen unser Licht mit der ganzen Welt." Hätte er oder wer auch immer ihr so einen Satz zwanzig Jahre früher geschenkt, sie würde ihm garantiert einen Vogel gezeigt haben und abwehrend vor so viel Heiteitei und harmoniesüchtigem Tralala gestanden, verächtlich schnaubend oder kopfschüttelnd. Das heißt, wenn sie es recht bedachte, hätte sie ihn vermutlich erst gar nicht wahrgenommen. Ohne bewussten Sichtkontakt aneinander vorbeigerauscht wie Raumsonden auf unterschiedlichen Umlaufbahnen.

Irgendetwas hatte sie damals wohl verwechselt, denn noch fühlte sie sich als eine, die – wo es ihr wichtig schien – keiner Auseinandersetzung und auch keinem Streit aus dem Weg ging.

Lediglich ihre Haltung war verändert. Sie dachte nicht mehr: „Gewinnen oder verlieren. Recht haben oder nicht. Ent oder weder. Gut oder böse. Schwarz oder weiß." Sie musste nicht bei jedem möglichen Aufreger schalten und reagieren, mehrheitliche Erwartungshaltungen zufriedenstellen. Erlaubte sich zu überlegen und zu erfühlen, was sie aufnahm, weiter in sich ließ, wozu sie etwas sagen mochte.

Das Einzige, worum es ihr inzwischen wirklich ging, war, möglichst viel gute, gelassene, positive, alles Schöne sehende und würdigende Energie in diese Welt zu schicken. Friedliche Energie. Nicht die kriegerische. Nicht die wettkämpfende Aggression.

Er war überzeugt von der Möglichkeit, ins Positive zu verändern, oft sogar zu heilen, was als nicht behandelbar, unumkehrbar krank galt.

Lange bevor sie Derartiges auch nur in Erwägung zog, hatte er schon daran geglaubt. Obwohl er doch damals zuschauen musste, als seine Frau ging. „Nicht vollbracht das Wunder", so kam es ihr lange vor. Er hielt dem entgegen, bei völliger Heilung handle es sich stets um eine Mischung aus Schicksal und Glauben.

Während all ihres eigenen inneren Widerstreits hatte Florah ihn nicht wankelmütig gesehen.

Verweigerung in ihr, über das eigene Los nachzudenken. Es war in ihren Augen in keinem Fall etwas, das man nur ergeben hinnehmen konnte. Eher eine enorme Knetmasse, die jeder Mensch zur Verfügung hatte, unglaubliche Kunstwerke in sich damit zu veranstalten. Um Spielräume ging es doch!

Im Lauf der Diskussion mit Cadmo konnte sie sehen, wieder war es nichts zum Streiten, sie lagen nicht eigentlich mit ihrer Meinung weit auseinander.

Anders in dem, was sich als Öffentlichkeit präsentierte: Zwischen all den Regelwerken, Richtlinien, publizierten Forschungsergebnissen, die sich „Wahrheit" nannten, sahen die meisten ihrer Mitmenschen für sich keine Spielräume mehr. Dafür war in allen Medien gern von den großen Freiheiten die Rede. Als rede man von unterschiedlichen Dingen. Vermutlich tat man das.

Gelegentlich Menschen, die Kranken erzählten, ihre Krankheit zu umarmen. Das beeindruckte sie zunächst. Schließlich erzeugten die meisten in ihr die Frage, ob sie wirklich wussten, was sie sagten. Florah konnte wenigen folgen. Auch Cadmo fand sie logisch in der Äußerung, eine Angst und bedrängende Erkrankung verlöre die Macht über uns, wenn es uns gelingt, sie in Besitz zu nehmen und sogar zu umarmen.

Es schien ihr logisch, eine Art von Kommunikation mit dem, das zuvor ausschließlich als „böses Biest" und Störfaktor gesehen worden war. Plötzlich gehörte es zum eigenen Leben und man versuchte wohl, möglichst gut miteinander auszukommen. Vielleicht bekam man so einen Schlüssel zur Veränderung in die Hand?

Träumst du manchmal, dass er bei dir ist? Als Mann, meine ich, ergänzte Luna, also im Bett. Sie erröteten alle beide. Florah dachte, blies Luft durch ihre Zähne, als sei ihr heiß. Als würde es etwas dabei nutzen, sich nun wieder von ihrem roten Dreieck, wie sie gerne sagte, wegzudenken. „Meine Enkelin", dachte sie nicht ohne Stolz. Nicht locker lassen, und in Momenten, wenn der andere nicht damit rechnet ... Sie erinnerte sich wohl.

Luna nahm vielleicht nicht den Kitzel und die keimenden Phantasien auf. Wohl die Hilfe suchenden großmütterlichen Augen. „Ich weiß schon", tat so, als verzage sie, und schaltete sich selbst in den Autokorrekturmodus, „wieder nicht jugendfrei."

Wie war das denn im Traum mit den zwei Wesen, die sie da sozusagen erst noch ausbrüten und dann auf diese Welt bringen sollte? Ihr war als Kind schleierhaft gewesen, wie man sowohl bei Büchern als auch bei Träumen mit Vorliebe das Ende vergaß. So kam es ihr vor mit den offenen Enden. Happy Ends waren gefragter. Auch bei ihr. Wie praktisch, damals noch nicht zu wissen, wie es sich bei dem ganzen Unterfangen des irdischen Lebens um eine Angelegenheit mit offenem Ende handelte.

„Moment!", forderte sie in diesen Gedankengängen die Ungeduldige auf. „Wie soll ich das überhaupt beurteilen, wenn so ein Quasselstrippchen mich davon abhält, mir einen Überblick zu verschaffen!?"

Sie atmete durch. Offenheit siegt, sagte sie sich dabei. Sie sei schüchtern gewesen, früher.

„Ja, lach du nur", wies sie Luna zurecht. „Bestimmt willst du doch nicht, dass ich weitererzähle." Das Mädchen protestierte. Rollte mit den Augen, gab unwirsche Laute von sich. Na gut, Florah tat, als müsste sie klein beigeben, überredet werden. Dabei war sie inzwischen selbst in Erzähllaune gekommen. Nahm den Traum. Das Kind war aufmerksam. Florah meinte: „Keine Ahnung hatte ich, wie ich das auch noch hinbekommen sollte, neue Wesen gebären. Und schließlich reicht das nicht, man muss auch noch mit ihnen umgehen. Jahre und Jahre. Lange Zeit. Zum Glück habe ich so eine Eigenschaft, tatsächlich und beim Träumen – eine Stimme hörte ich ganz deutlich: ,Stärker als die Angst sind Neugierde und Vorfreude'; als diese beiden sich vor die Angst stellen, sie fast verdecken, ist es plötzlich gar nicht mehr schwer, zwei Wesen auf die Welt zu bringen: Sie sind wie Erwachsene im Miniaturformat, wie die Statuen. Und sie sind jetzt gleichzeitig in meinem Leben und an meiner Tür.

,BEWEIS DER LEBENDIGEN UND IMMER PRÄSENTEN LIEBE' steht über ihrem Bogen in den Blaustein gemeißelt und ich bin glücklich. Es gibt sie, die Liebe. Sie umgibt mich. Drinnen in meinem Haus, draußen auch."

Das schlaue und ungeduldige Wesen fragte nun, ob Florah nicht mitunter befürchte, es könne sich auch alles ganz anders verhalten. Schon schwappten sie erneut in ihr hoch, die Zweifel. Sie reagieren schnell und gefräßig, hatten ihr Stunden, Tage verdüstert, wenn sie Macht über sie gewannen, zu einem unsicheren Gefühl des Alleinseins geführt. Etwas Unwirkliches. Als würde nicht wirken, was sie sonst als den Ausdruck ihres Lebens empfand …

Konnte es sein, dass alles Schöne nur eine Fata Morgana war, die zusammen mit Lunas Abgang zusammenbrach? Am Anfang und auch zwischendurch mitunter war da diese schneidende, drückende Traurigkeit, die sie überkommen konnte, bei der Idee, es verhielte sich womöglich alles nach der Wahrheit der materiellen Welt. So wahr wie Lunas kitzelige Haut. Die Umhüllung vom Gazellchen. Die bald weit wäre.

In den Tiefen der Wellentäler konnte sie es für zwangsläufig halten, denn da nagte es an ihr und sie mochte sich nicht. Umso weniger, wenn ihr in den Sinn kam, wie viel sie in den letzten Jahren geschafft hatte und all diese Arbeit des Verzeihens – das prekäre Sich-selbst-Verzeihen, aufs Spiel zu setzen.

Das Tal war noch nicht vorüber. Es zog Florah mehr hinunter, spülte nicht nah oben. Anscheinend betrog sie noch der luftige Wellenkamm mit netteren Bildern.

Schwer mit Offenheit anzuschauen, was gut geübt, wie ihre lebenslange Wahrheit wirkte: Schöne Talente und inneren Reichtum nutzten, um höhere Ausschläge in Dramen zu erreichen, tiefer zu stürzen. Mit hohem Krafteinsatz dann sich wieder auf die Beine bringen, um vielleicht ein neues Weilchen irgendwann in eine vergängliche Höhe ... „Verrückt", dachte sie, „das ist sehr alt, überkommen." Die Schimäre nahm erneut Anlauf, gab ihr ein, wenn es auch unwahrer und immer weniger wichtig schien, so gehe ihr doch die Möglichkeit einer sich früher oder später materialisierenden Liebesbeziehung zunehmend flöten. Schrecklich! Sie hielt in solch geschickter Bedrängnis ausgegorene wie unausgegorene Gedanken zu Sinnlichkeit und Erotik in der Liebe nicht leicht aus. Nicht ohne ein erdenhaftes sexuelles Ausleben. Es hatte möglicherweise mit dem ganz praktischen Sich-Festhalten zu tun. Florah seufzte sehr schwer.

Ihr fiel wieder ein, wie sie sich nach anfänglicher Euphorie verklemmte, wenn sie mit einem zusammen war. Ungenügend, dumm, widerstrebend sich gefühlt.

Nachdem sie nach diesem langen Zeitraum also mit Paul versucht hatte, auf einer ganz sachlichen Ebene zu diskutieren, wie gelebte Sexualität einer Freundschaft ihre „Unschuld" nehmen und sie damit zerstören konnte. In dieser altbekannten, dennoch nicht verflachenden, immer neue Dimensionen anleuchtenden Diskussion war es manchmal möglich für beide, sich zu einigen. Wenn er keine Beziehung hatte oder in Aussicht sah, folgte er ihr in dem Punkt, wie man alles und jedes fühlen, erleben konnte, eine erfüllende Liebe haben, ohne zusammen zu schlafen. Sie besaß die These ganz überwiegend, er schwankte. Bei ihm das Pendel, sobald eine

Gegebenheit sich um ihn änderte, eher in Richtung des physischen Erlebens ausschlagend.

Wie eine pure Theorie entsann sie sich der Gewissheit, schon damals mit Cadmo Spiralen, Himmel oder Sphären entfernt zu sein. Wie sie frühzeitig sehr klar von Liebe gesprochen hatten, und das aus einem tiefen Gefühl. „Natürlich", entgegnete sie, sei ihr die Unterscheidung zwischen Lieben und Mögen geläufig. Zwischen sinnlichem Knistern und jemanden einfach achten und ernst nehmen und gern haben. Ja, fühlbar, selbst wenn man dem ausverkaufsmäßigen Gebrauch des Wortes „Liebe" folgte.

Und warum musste es Florah unweigerlich schlecht gehen, nachdem es ihr an einem Tag so besonders gut gegangen war? Manche sagen, es liege daran, dass sie nur behaupte, an sich zu glauben, an ihre Lösungen, ihr Leben und daran, dass sie wirklich in Ordnung sei, so wie sie eben war. Dann plötzlich die Deckung verlassend, bedrohte sie der Gegenspieler, legte ihr bedrohlich nahe, sie nie und nimmer gewinnen zu lassen. „Das wollen wir mal sehen; deine ganze Sicherheit und deinen Glauben überprüfen wir doch peinlich genau. So einige wüste Herausforderungen, auf die du gerade weder gefasst noch scharf bist, werden da nicht schaden. Fangen wir mal bei deinen Glaubenssätzen an, da kriegen wir schon raus, was heute noch in dir wirkt und was du wirklich abgelegt hast." Dieses stimmgewaltige Luder hatte gehört, Luna geht. Triumphierend tönte er, schien von einem Blatt zu lesen, was sie behauptete.
Florah wollte sie wiederfinden, die Woge von Wohlgefallen und Erregung in ihrer ganzen Mitte ... Bitte. Ein Wohlgefühl, das sie umhüllte wie das Kaschmirtuch mit den Erdenfarben und dem Sonnenleuchten. Jetzt. Sofort! Bald. Bitte ... „Ich fluche auch nicht."

Als der Flunder am nächsten Morgen einfach so nochmals erscheint, ist ihr fast zum Weinen, denn es kommt
ihr vor wie sein Abschiedsbesuch nach einer großen
Metamorphose. Wie Phoenix aus der Asche ist er aufgestiegen. Da kam ihr auch der Vogel Greif wieder in den
Sinn. Sein Erstarken und ihre Unsicherheit, ihre Klein-
heit. Er kommt doch aus ihrem Innenleben, ihren Krea-
turen. Von ihr geschaffenen Wesen!
Übrigens hätte sie, nachdem sie schließlich den alten,
schwarz-grauen Flunder besser kennen lernen konnte,
wiederum dieses hüpfende regenbogenartige Fischlein
kaum erkannt, wäre er nicht so inständig um Aufmerksamkeit heischend vor ihrer Nase gehüpft. Ihre ohnehin
noch getrübte Stimmung färbte sich gleich in dunkleres
Grau, als sich der Verdacht anschlich, diese Erschei-
nung aus ihrem Unterbewusstsein vermochte viel intel-
ligenter zu sein als sie selbst, habe lang schon gewusst,
wie ihre Geschichte weitergehen würde. Florah tröstete
sich vorläufig damit, es handle sich schlicht um eine
andere Art der Intelligenz.

In einer der folgenden Nächte erlebte sie, wie ein wunderbarer Lichtstrahl ihr den Weg schön hätte ausleuchten können. Das Blöde war nur, auf diesem Weg stand
in großen Lettern das Wort „Zuversicht". Und sie ging
nicht los. Sie konnte es einfach nicht. Von irgendwoher
bekam sie einen leichten Schubser, fiel sofort hin. Das
Licht verschwand, Florah erwachte.
Obschon die Zeiten erneut äußerst schwierig schienen,
hatte sie eine zarte Erinnerung daran, diesen Lichtweg
mit anderen Worten durchaus schon gegangen zu sein.
Ihr erster Impuls war, wie früher, viel früher, sich selbst
dafür einzumachen, zu verdammen, dass sie also „offenbar immer noch zu dumm" war, mit dem einfachen
Begriff „Zuversicht" oder im Vertrauen ins Licht zu
gehen. Glücklicherweise kam ihr dann in den Sinn, dass
Selbstverachtung immer ungesund ist, und sie hörte sich

sagen: „Dann eben beim nächsten Mal oder auch noch ein Weilchen später; früher oder später ..."

Dieses klebrige Fehlen von Vertrauen, es war genau genommen ein Sich-selbst-etwas-Zutrauen, wollte anscheinend wie in einer neuen Prüfung sich verhalten. So unbedingt deutlicher bemerkt werden, als alles sonst – es versuchte dabei sogar noch, die kleinen früheren Erfolge vollkommen zu löschen, alles, bei dem Zuversicht sich in der Tat kraftvoller als jedwedes Manko oder Fehlen erwiesen hatte.

„Was da im Traum passierte, will mich offenbar in die Falle locken", dachte sie. Lass es nicht zu! Unbedingt möchte sie doch noch lernen, Irrlichter und wirkliches Licht klar voneinander zu unterscheiden; es machte sie kirre, immer wieder auf Irrlichter hereinzufallen. Wieso waren die wieder häufiger da und warum nur gelingt es ihr dermaßen schlecht, das schummrige Irrgelichter von dem klaren und wegweisenden Licht zu unterscheiden?

Manchmal träumte mir von seiner Umgebung. Anderntags etwa. Fühlte sich an wie ein Trösten. Es handelte von einem Bild, das Florah sich gemacht hatte. Sie konnte einen eher altertümlichen Schreibtisch und dessen sehr schöne hölzerne Maserung sehen. Eine von jenen, die einladen, immer neue Bilder zu entdecken.

Da standen einige Dinge auf dem Fensterbrett, in Regalen. Doch war es in ihren Augen nichts, das seine Aufmerksamkeit aufsaugen konnte wie ein Schwamm, ihn davon ablenken, was er vielleicht schrieb. Auf dem Tisch nur so etwas wie ein Holzkahn, vielleicht einst von einem Kind mit Werkmesserchen aus der Schule gearbeitet. Darin einige Stifte und Reißzwecken und ein ebenfalls hölzerner dunkler Brieföffner.

Auch gab es einen Bergkristall, einen der seltenen mit der weiblichen und der männlichen Kuppe. Entgegen all der sonstigen Ordnung zogen sich um den Computerbildschirm Schienen für eine elektrische Eisenbahn. Sie dachte an die versäumte Kindheit oder die immer noch vorhandenen Kinderträume, die früher nicht erfüllt worden waren.

Durch das Fenster konnte sie das ganze Panorama sehen. Wiesen mit kleinen Trampelpfaden und in der Ferne Schilfrohr, wohl schon an Tümpel, Teich oder See. Entfernter sanfte Hügel mit viel Grün. Hin und wieder stach aus ihnen besonders eine Pflanze in königlichem Blau hervor.

Sie war sehr froh, als Britta an diesem Wochenende kam. Zwei Übernachtungen. Einmal acht Stunden, dann ein voller Tag plus acht Stunden. Zwei Nächte dazwischen. Erzählen, horchen, wirken lassen. All die Zeit zwischendurch auch staunen. Die eine wie die andere, so also kann man es auch sehen und erleben.

Nicht neu, wieder bedrängend die Vermutung, lange schon, bevor sie selbst damit anfing, habe Britta es verstanden, sich besser um sich zu kümmern – sie mochte gegen ihre Migräne und sonstige Malaisen auch mitunter schießen und heftige Lieblingsmedizinen haben, doch schien sie auch auf ihre damals höher scheinende Körpersensibilität besser zu hören, konnte sich dann beispielsweise Ruhe und eine Wärmflasche gönnen, sich in Frieden lassen auf der Couch und ihre Befindlichkeit so ausstrahlen, dass auch die anderen das taten.

Vor allem: Sie wirkte so souverän, gelassen im Umgang mit körperlichen Beschwerden. Sicher und gewappnet, brachte es fertig, sogar Florah nach einigen Worten aus ihren selbstverständlichen Botschaften – warum nur war sie nicht allein draufgekommen – Beruhigung, höhere Gelassenheit einzuflößen. Ihre Freundin so zu hören konnte sein, wie Angstschweiß von sich wegwaschen.

„Hast du eine Ahnung!" Britta staunte, es fühle sich nicht immer so an, sei aber schön, dergleichen auszustrahlen. Bei anderen sei es ihr auch gar nicht schwer. „Aber frag mich mal, wie ich mich selbst gelegentlich mit meinen inneren Monstern herumschlage. Es nützt mir dabei oft wenig, was ich eigentlich weiß und anderen gebe."

Florah brauchte sie nur einmal zu fragen, wann sie lieber in Deckung ging und sich versteckte, statt genauer anzuschauen, was gerade rumorte. Dann flossen die Worte wie vordem aufgestaut, ein Dammbruch! Es sei wie eine ständige Brandung, die so einen Ton mit sich brachte. „Geh lieber andersherum, schau nicht, was noch alles angespült wird." Als sähe es gerade noch aus wie ein harmloser Strand, doch wer wusste schon, welche Gefahren lauerten und was da angespült werden könnte, worauf sie so gar keine Lust hatte?

Florah versuchte, bei dieser Schilderung nicht an Flüchtlingsschiffe und die vielen Leichen, die nicht ewig auf dem Grund liegen würden, zu denken. Britta hatte es schon gemerkt: Nein, das meine sie nicht, blödes Bild. „Bitte vergiss es!" Häufig gehe es um Belanglosigkeiten, kleine unangenehme Wahrheiten, über die sie im Alltag stolperte. Wenn beispielsweise ihr Lebensgefährte etwas anders gestalten wollte als sie. Oder wo Dinge ihm ganz wichtig waren, ihr eher schnuppe. Wo sie flexibel war und er eben nicht. Wie er gerne in einer geordneten, aufgeräumten Küche gekocht hätte und sie eben kein Problem hatte, sich ein Brot zu schmieren und etwas Tomate, ein Frühlingszwiebelchen dazu. Florah konnte regelrecht das Bild der beiden sehen, wie sie – vollkommen vergeblich in diesem Moment – immer noch versuchten, sich durch Reden und Argumentieren gegenseitig verständlich zu machen. Wie dummerweise eine inzwischen keine Lust mehr auf geschmiertes Brot im Stehen hatte. Dem anderen all seine schöne Lust am schönen Kochen vergangen war.

Gegenseitig warfen sie sich vor, sich zu lähmen, und wahrscheinlich lähmte sie die enge Falle nur umso schlimmer, je mehr sie das Gefühl gewonnen hatten, da doch seit Jahren schon drüberzustehen. Je weniger in der akuten Lage beide sich erinnern konnten, wie oft sie in der Tat anders und besser miteinander umgingen.

Beide Frauen einigten sich darauf, in jenem Lebensalter fühle sich vieles so schwer einschätzbar an. Immer deutlicher mit dem Alter. Als würden sie zunehmend selbst zu Wesen voll mit kreativen Überraschungen. „Von der Mehrzahl der Mitmenschen abgetan, nicht abgerufen", stellten sie fest. Vermuteten, der Glaube, es ginge nun alles nur noch unabänderlich schlechter, sei schuld daran.

„Wenn die wüssten", brachte Florah hervor. Sie lachten.

Beide konzentrierten sich erst einmal auf den Salat. Bestätigten sich die Frische und das Wohltun. Wie sich der Körper über die Vitamine freute. „Gut, dass wir ihn jetzt essen", meinte Florah, bevor die Ameisen die netten Lebensmittel auf dem Tisch entdeckten. Sie hätten vergangene Woche beschlossen, eine Straße über den Tisch zu legen. Einmal nicht abgeräumt und weggegangen. Ameisen waren schnell und hatten etwas sehr Entschlossenes.

Schön, dass es heute sonnig war. Im Halbschatten die Haut streicheln lassen.

Britta berichtete beim Frappé über ihre gerade nicht mögliche Befreiung von einer traurig-melancholischen Stimmung. Es war Florah nicht fremd. Ebenso wenig die große Frage: „Finde ich da heraus oder zieht es mich noch tiefer hinein?"

In diesem Moment schwieg sie. Vielleicht am nächsten Morgen. Oder an dem der Abreise könnte sie ihn dazu öffnen? Es gehörte zu ihren Spezialitäten, eingeleitet von „Ach, übrigens …" mit den Untiefen fünf vor zwölf herauszurücken.

Vor ihrem Spaziergang räumten sie den Tisch ab. Bisher waren nur vereinzelte Ameisen aufgetaucht.

Durch Wiesen und Auen. Einmal ein Drehkreuz und ein Pfad über eine Kuhwiese. Unter Gelächter schauten sie genau, ob es sich wirklich um Kühe handelte, gar nicht ganz einfach, denn sie waren ein ganzes Stück weg und offenbar gerade erst gemolken. Hätten sie etwas anderes gesehen und geschlussfolgert, es hier mit mindestens sieben Stierchen zu tun zu haben, wäre der Entschluss sicherlich gewesen, ein anderes Tempo bis zum zweiten Drehkreuz vorzulegen.
Sie tauschten sich darüber aus, wie sie beide empfindlich auf die Katastrophen der anderen reagierten. Pflückten Klee in verschiedenen Farben. „Aber nur den, der ein Stückchen von Kuhfladen entfernt ist", alberte Florah in mahnender Stimmlage. Beratschlagten, dass es in Ordnung wäre, Butterblumen in dem Strauß zu haben.
Ein Hauch davon, wie Lachen sein könnte, ohne Luna. Mit Luna weit weg. Sie sagte es nicht.

Britta kam zurück zu eigener Verletzlichkeit. Schien dankbar für die Erinnerung, denn selbst war es ihr in diesem Moment nicht eingefallen, wie sie in den letzten Jahren immer öfter und besser mit Timo über solcherlei Themen sprechen konnte. Aufmerksamkeit und Verständnis bekam. Ja, es konnte sein, dass diese Liebesbeziehung ein wichtiger Eckpfeiler war, sich mit dem eigenen Leben in Frieden zu fühlen. „Merken!", dachte sich Florah. „Meine Eckpfeiler für ein zufriedenes Leben." Fühlen! Dankbar sein. Immer wieder mich das spüren lassen, bis es in der Lage ist, den akuten Schmerz zu besiegen.
Hörte ihre Freundin sagen, wie ihr an empfindsamen, verstörten Tagen auch Tai-Chi nicht den erhofften Durchbruch bringt. Merken: womöglich normal, wenn es solche Tage gibt.

Wind kam auf, die weißen Schäfchenwolken hatten sich erneut verzogen, grauen mit Regenpotenzial Platz gemacht.

„Komm", sagte sie, „wir gehen einen anderen Weg zurück, da gibt es so ein nettes Kapellchen, und ich möcht noch eine Kerze anzünden."

Gut fand Britta, die ihre Windjacke am Reißverschluss schloss, um weiter alle Beweglichkeit ihrer Arme zu genießen, diese Idee. Fuhr fort, irgendwie stecke da in ihr nicht erst seit gestern und vermutlich, um ihr bis zum Sankt-Nimmerleins-Tag erhalten zu bleiben, diese seltsame Grundunruhe. Manchmal war sie innerlich ruhig, dann wieder spiele Unruhe unverhofft Streiche oder sei regelrecht quälend. „Mein treuester und verlässlichster Begleiter anscheinend", schloss sie.

Florah dachte, sie fände da doch ihre relative Stabilität netter. „Mag sein, ich hab doch nicht so schlecht gelernt die letzten zehn, fünfzehn Jahre", schlug sie zaghaft vor. Britta lachte. „Du untertreibst also immer noch gern", sagte sie. „Es ist nur immer eine Herausforderung zu kapieren, ob du dabei erwischt oder in Ruhe gelassen werden willst."

Nachdem sie beide in Gedanken und ohne diesbezügliche Wünsche oder Hoffnungen zu verraten, ihr ewiges Licht angezündet hatten, trabten sie eine Weile vor sich her, ohne sich zu unterhalten.

„Vielleicht kann man doch irgendwie selbst die Wirklichkeit gestalten", meinte Britta schließlich. „Irgendwie", pflichtete Florah bei, während sie kleine Steinchen kickte. Es hatte Jahre gegeben, in denen sie dieses kleine Spielchen nicht spielen konnte oder mochte. Beides wahrscheinlich. „Jedenfalls spielen unsere Gedanken eine große Rolle, schöne, hässliche, negative." Blöde fände sie nur, in einem Gefühlsschlamassel zu stecken, es nicht immer so hinzukriegen mit positivem Denken.

Britta wollte eine Einschätzung von ihr, ob aktuell löschbare Störfeuer in waren oder ob gerade ihr inneres Häuschen abbrannte, die letzten Jahre über schön und ziemlich neu eingerichtet.

„Weißt du, das, was ich früher Irrlichter genannt habe, taucht gerade an allen Ecken und Enden wieder auf", gab sie zur Antwort. „Ich kann gar nicht so schnell im Vertreiben sein, schon zeigt sich, hinterrücks erschienen, ein nächstes, und das erste versteckt sich, wer weiß wo." Es stimmte schon, es machte sie verrückt, die Angst, am Ende nicht damit fertig zu werden. Sie erzählte, wie sie dieser Tage oft an Lydia dachte und an die Mäuse, die bei ihr hinter den Küchenschränken wohnten, nagten, raschelten, Nachwuchs gebaren. Was sie auch tat, Lebendfallen, böse Fallen, die sie zum Heulen brachten, wenn sich eine Maus oder ein Mäuserich darin fing. Sie wurde alleine nicht damit fertig. Der Kammerjäger schließlich, die massive Keule. Die Mäuseschicksale raubten ihr den Schlaf. „So will ich es nicht!"

In der zweiten Nacht sprachen sie darüber, wie oft Florah die Vorstellung hatte, etwas müsse rascher vergehen, wenn man ordentlich weinen könne. Ein Metier, in dem sie keine Künstlerin war. Unvergleichlich besser als früher, aber da war noch was drin!

Ihr eigenes häufiges Verhaltensein schien dem zu widersprechen, was Britta nicht nur einmal geschrieben oder persönlich berichtet hatte, von flackernden, instabilen und sehr empfindlichen Gemütszuständen, die immer wieder auch in einen Tränensee überschwappen konnten. Ohne so recht ersichtlichen äußerlichen Anlass. Eine diffuse Gemengelage, die einherging mit Alleinsein-Wollen, weil es in diesen Momenten gefühlt sowieso keine Chance auf ein Verstandenwerden gab. Davon abgesehen, dass es ihr irgendwie auch nicht angemessen schien, andere Gereiztheit und unerklärliche

Traurigkeit spüren zu lassen. Sie beschrieb, wie Stress es mehr als sonst an die Oberfläche zu spülen schien.

„Oh weh", dachte Florah, die eine schwimmt in ihrem Tränensee und kommt schwer an Land; die andere hat es mit einem innerlichen Stauwerk zu tun, findet schwer die Hebel für ein Hinauslassen, eine kleine Flutung ins Freie.

In Decken gehüllt saßen sie in der Nacht. Keine dicken Wolken mehr. Sternenhimmel. Kälter als früher, meinte die eine. Eigentlich die Jahreszeiten bloß wie um einige Wochen nach hinten verschoben, die andere.

Beide hofften einig auf ein Tagsüber mit kühleren Temperaturen. Bloß keine Schwüle und sengende Hitze. Florah dachte an das fröhliche Gelobhudel im Radio, aus allen Kanälen schien es zu sprechen und zu singen: „Endlich Sommer!", und ach, all die feinen Ausflugstipps. Dabei schien sogar für die kleinen Kinder irgendetwas falsch. Sie zeigten zwar ein Drängen aus dem Haus, doch waren bei manchen Wetterlagen auch sie platt, greinten, quengelten, zeigten unausgeglichene Absonderlichkeiten.

So kurz vor dem Abflug mehrerer geliebter Menschen, oh Gott, hatte sie alle und besonders Luna genug gekost, ausreichend berührt, wirklich gegeben, so viel sie konnte? Besaßen sie überhaupt den Speicherplatz in sich, konnten sie es hervorholen, wenn ihnen kalt oder einsam war? Florah war darin die längste Zeit ihres Lebens keine Expertin gewesen. Manches war ihr erst so überdeutlich, seit die italienische Redewendung sich ihr in Erinnerung gerufen hatte, oft in Augenblicken, wenn sie ganz und gar nicht damit rechnete, spielte, tanzte, sang, sie aufforderte, das Meer zu überqueren. „Tra il dire ed il fare c'è di mezzo il mare."

Zwischen dem, was du sprichst, und deinem Tun liegt wohl das Meer.

Tausendmal wünschte sie Luna nun alles Gute. Hatte vergleichsweise leicht reden vom einfach nur Sein in jeder Situation. Erstarrte in ihrer Bewegung, im Tun. Ein langer Weg bis hin zum Sein-Lassen der kleinen Familie und selbst bitte ruhig schwingen in dem, was ist. Glauben, dass es gut sein wird, nährend und genug.

Sie dachte daran, was damals geschehen war: Immer mehr Schutz, der sich aufbaute in Form von Menschen, die sie in ihr Leben zog.
Freundschaften, egal ob enge Freundinnen oder Freunde, hatten etwas von Liebe. Sie waren zärtlicher geworden oder Florah spürte intensiver als früher diese zugewandte Wärme.
Hatte schon gar nicht, nie und nimmermehr, mit einer so speziellen Liebe gerechnet. Aus dem Nirgendwo Cadmo. Wie nur hatte er das herausgefunden? Wie konnte ihn finden, was er schrieb? Warum war er kein kleines glimmendes Lichtlein in ihr geblieben, sondern hatte sich bis zu diesem Schein gemausert?
Kein Erklimmen von Bestsellerlisten, das sie selten nur als Aufscheinen wahrnahm, vielmehr dieses Leuchten, das sie damals in der Bahnhofsbuchhandlung offenbar magisch angezogen hatte.
Früher war er andere Wege im Leben gegangen. Sie ebenfalls.
Träumte spät von einer neuen, anderen Welt. In der man intensiv spürte, wie wenig man brauchte, um endlich bei sich anzukommen, sich selbst zu gehören. Auf sich zu hören.
Soll die unsichtbare Liebe schon Teil einer neuen Welt sein, dann mochte wohl angehen, dass auch sie sich auf eine neue Weise erfinden will. Anders als in Widerstand und Kampf, anders als im Nestbautrieb.
Konnte es nicht sein, dass einen das höhere Alter freier machte?

Es kam ihr vor wie das Weben eines ganz neuen Stoffes. Mit bunten Fäden aus Liebe, Geduld, Offenheit, Achtsamkeit, Dankbarkeit, Courage und einer Neugierde ohne Erwartungshaltungen, gefärbt mit persönlicher Wirklichkeit und Liebe …

Vielleicht würde es ihr helfen, ihm zu schreiben. Mitunter konnte es sich doch anfühlen wie ein Flüstern in sein Ohr. Es kam ihr nur theoretisch vor wie eine gute Idee. Ihre Stimmung war heute zu angeschlagen. Nicht einfach zu drehen. So würde sie das richtige Gefühl dafür nicht herauslocken, anziehen können. Oder?

Schrieb einstweilen an Evalina: „Ich kann es anscheinend immer noch nicht fassen, auf absehbare Zeit nicht mit Adrian, Cara, Luna und Aron in die leicht abgewirtschaftete belgische Friterie einfallen zu können, aus puren Gelüsten, knusprige Fritten, bunte Saucen, süße Limonaden. Und essen mit den Fingern statt wie üblich ordentlich und sauber. Schon jetzt schmerzt mich der Gedanke. Bereits heute bin ich versucht, in dieses idiotische Spiel, das nie aufgeht und immer traurig macht, einzusteigen: „Nur noch einmal …", im Wissen, dann ist Luna weg.
Manchmal scheint mir, ich müsste es jetzt noch ganz anders machen, denn allein das Verlassen ausgetretener Pfade führt zu richtig tiefgehenden Veränderungen: mehr Mut, weniger Blockierendes.
Manche suchen keine solchen Pfade, weil sie von vornherein denken: „Gibt es nicht, jeden Weg ist eine schon mal gegangen, jede Idee hat einer bereits gehabt, jeder Versuch wurde von anderen früher unternommen." Und das stimmt und stimmt auch nicht.
Sag du es mir, Evalina. Ich denke und denke. Erreiche immer wieder den Punkt, an dem es nicht weiterzugehen scheint. Jede sehr spezielle Entscheidung, zu der ich später mindestens sagen kann: „Als ich es tat, war es

richtig für mich; ich weiß, warum ich es getan habe", macht doch die Persönlichkeit stärker! Schafft oder erhält eine gesunde Verbindung in all dem Getümmel, das mich ausmacht.

Wenn ich mich distanziere von dem oder jenem, was ich tat, spalte ich es von mir ab, verletze vermutlich meine eigene Integrität, mein Ganzsein. Wichtig, auch zu den Dingen zu stehen, die ich heute anders sehe oder anders machen würde.

Sag du es mir, liebe, kluge, junge Freundin. Muss ich da jetzt irgendwie durch oder soll ich etwas ganz anders tun? Ist da ein Saatkorn in meiner Erde, und wenn ich nur Ruhe bewahre, werde ich erleben, dass sich ein Schössling zeigt, etwas Neues, doch mir recht Kommendes wächst?"

Es macht frei, den eigenen Impulsen zu folgen. Und alles ist erlaubt, solange es niemandem schadet, keinen in seiner Autonomie einschränkt. Komisch mutet sie heute an, dass sie diesen Satz schon so viele Jahre kennt, aber immer nur auf Stückchen und Teile des Lebens bezog, nie auf das Ganze. Es gab den Satz mit Bezug auf Sexuelles: „Alles erlaubt, was beiden gefällt und niemanden unter Druck setzt." Oder Erziehung: „Alles erlaubt, was sowohl mir als auch Adrian Entfaltung ermöglicht und andere in ihrem Sein nicht stört." Oder soziale Belange, etwa wenn sie für andere da war: „Reize im Interesse derer, die etwas brauchen, alle Spielräume aus, aber schade niemanden, nimm keinem anderen was weg." Und immer so weiter ... Niemals hatte sie ihr ganzes Leben mit einem Satz in Augenschein genommen.

Mit vielen ihrer Träume verhielt es sich ähnlich. Sie pendelten in die Vergangenheit. Oder beleuchteten Zukunftsvisionen, ließen sie etwas voraussehen. Sowieso waren sie oft so beschaffen, dass sich andere fortdrehten. Ablenkten. Lachten. Kamen mit dem „Träume sind Schäume". Anders ihren Unwillen, Unverständnis ausdrückten, nicht darüber reden wollten. Besonders aus ihrer Kindheit kannte sie das bedrohliche: „Bilde dir bloß nicht ein, jemand nimmt dich ernst damit!" Bestenfalls hielte man sie für verrückt, also aufpassen, nicht weggeschlossen zu werden. Lieber heimlich die skurrilen Geschichten aufschreiben. Sie war meist ruhig, nicht länger mitteilsam damit, versuchte auch diese Dinge mit sich alleine auszumachen.

Möglicherweise war die alte und neuerdings wieder mehr gepriesene Weisheit richtig: „Alles kommt genau zur rechten Zeit." Und zwar auch dann, wenn es großen Schmerz bereitet. Wahrscheinlich früher kein demütiges, geschweige denn dankbares Umgehen damit. Null Bereitschaft, die Lernmöglichkeiten zu sehen. Man sagt, sie läge noch in den verstörendsten, am wenigsten willkommen geheißenen Herausforderungen.

Tatsächlich sparte der Himmel ebenfalls nicht mit schönen Veränderungen. Florah hätte sie zurückweisen oder übersehen können. Wandel war anstrengend, mit eigenen Risiken behaftet. Sicherer dabei zu bleiben, was man kannte, es zu tun, wie sie es schon immer getan hatten. Wohlig, mit den Spatzen in der Hand, da mochten die Tauben auf dem hohen Dach gurren, wie sie wollten.

Florah war allerdings zu neugierig: probieren, kosten, all dieses auf gut Glück. Spannend, schon im Tun. Ergebnisse konnten bestechend sein.

Ein Weilchen, nachdem sie Cadmo schon kannte, ihm traute, waren diese Hände aufgetaucht – meist überraschend. Hände, in die sie ihre Wangen hineinlegen durfte. Für eine Zärtlichkeit, Rückversicherung, Aufmunterung, einen Trost, zum Wärmen – aufgehoben sein ...

Gazellchen kam mit dem Rad zurück von einer ihrer letzten Touren. Bei einer Freundin vorbei, ihr und ihrer Familie „Tschüss" sagen und wie man natürlich in Verbindung ... alles kein Problem mehr heutzutage ...

Darüber schwatzte sie und es gab in ihrer Großmutter eine Erinnerung daran, wie wichtig es war, in jenen Augenblicken daran zu glauben. Sie würde dieses Erleben nicht verstören, nein, sogar bekräftigen.

Glück ist auch, liebe Luna, wenn es froh und warm und heiter macht, dem anderen Freude zu machen.

„Denk dran", flüsterte sie sich selbst zu, „nur weil erst mal wehtut, dass die kleine Familie sich auf der anderen Seite der Erde niederlassen will, stimmt es doch, was ich über das Glück sagte und dass Cadmo bei mir ist, egal wo er ist – ich bei ihm bin, unabhängig davon, wo ich bin."

Wahrscheinlich würde er ergänzen, dass man sich immer dran erinnern soll, wie das Leben inmitten einer Wechselbeziehung zwischen freiem Willen und Schicksal verläuft. Dinge existieren, die außerhalb unserer Macht oder Kontrolle sind und somit nur hingenommen werden können. Einzig wenn sie unsere Alltage streifen, gar machtvoll auf sie einwirken, besitzen wir eine Stellschraube, an der wir drehen können. Denn unser Jetzt, das, was wir im Augenblick leben und vor allem, wie es sich anfühlt, beeinflussen wir.

Grundsätzlich gehorchen weitaus größere Bereiche des Lebens unserem Geist: Wir können gute Gedanken denken, Friedliches und Optimistisches sprechen, Wünsche und Zielvorstellungen aussenden, daran glauben. Pusten wie bei einer Pusteblume. Loslassen. Unsinnig, dann noch zu versuchen, die kleinen weißgrauen Schirmchen einzufangen.

Und sowieso geht es mit diesen Wünschen nur, solange sie nicht in das Leben eines anderen eingreifen, manipulieren wollen.

Es gab einige wunderbare Quellen in ihrem Leben, diese Luna jedoch war ihr so besonders lieb, so besonders labend. Sie kaute auf ihren Fingerknöcheln, hörte sich dazu einen vorlauten Gazellchenkommentar an. Fühlte sich erwischt. Hätte heulen können, weil sie voraussah, selbst Besserwisserei und kleines Streitgehakel zu vermissen.

Besah sich dennoch die Gedankenschleife zu Ende, wie oft wir im Leben Bestimmtes, Vordefiniertes erwarteten und stattdessen etwas völlig anderes bekamen. Manch einer sagte, das geschehe überhaupt nur, damit wir lernen, stehen zu bleiben, und neue Kreativität entfalten. Es passiert, weil wir üben müssen, in dieser Welt nicht umzufallen, bei all jenem, was außen geschieht. Nur dann wirklich dauerhaft bestehen, wenn wir an unseren Selbstwert tatsächlich glauben, in uns gut zuhause sind. Nichts, aber auch gar nichts von Bestand können wir schaffen, ohne uns die Zeit dafür zu nehmen.

Zwischendurch ganz andere und schöne Sachen machen, ist das eine: Freundschaften pflegen, lesen, was nicht zu unserem alltäglichen Lesestoff gehört, Kino, Theater, die Natur, der Garten, was auch immer. Es beschwingt und füttert und hält jung – aber die ganze Ablenkung um der Ablenkung willen, das Tun, um nicht zu spüren … Zersplitterung und Abbringen davon, was in einem selbst, für die eigene Entwicklung wichtig wäre, sich sehen und spüren zu lassen. Unwillig seufzte sie und ließ ein Schnauben hören: „Es ist nicht immer möglich!" Fand sich in Verteidigungshaltung.

Florah raffte sich auf. „Komm, wir machen jetzt einen Luxussalat und bei der Sauce merkst du dir ein paar Tricks. Ich hab sie schlecht an deinen Vater weitergegeben, du kannst in Neuseeland noch Salatsaucenkönigin werden!" Damit ließ sich Luna ködern und ging zu den sonstigen Zutaten über: „Wir tun alles rein, was du hast. Zwiebeln, Knoblauch – egal –, Tomaten, gekochte Kar-

toffeln, Lollo rosso, Champignons, Papa, der Pilzver-
ächter, ist nicht da! Oh guck mal, Radicchio, eine kleine
Karotte ..."
Okay, sie würde heute schälen, waschen und schneiden,
das Mädchen bei der Sauce nur beraten. Halb hörte sie
der Aufzählung während Lunas Schaffen zu; halb blickte sie aus den Augenwinkeln nach den Mengen. Senf,
Balsamico Bianco, ein Prischen Salz, etwas Olivenöl.
„Ja, du kannst auch eine halbe Handvoll Maulbeeren
reinwerfen. Sesamsaat? Okay. Broccolisprossen? Immer
gut." Einzig bei dem Kürbiskernöl rief sie: „Halt, wenig!", und ergänzte: „Hol noch ein bisschen Schnitt-
lauch und schneid kleine Röhrchen... das gehört zu
deinem Job!"
Als sie wiederkam, hatte sie diese Worte in sich geformt
und bemerkte, sie würde wahrscheinlich sogar Omis, ihr
unbekannte, unsichtbare Liebe vermissen. Diesmal lachte Florah und nahm die kleine große Enkelin kurz in
den Arm. „Ach du ...", murmelte sie. Und Gazellchen
hielt sich heute fest, entwand sich nicht. Sagte nur nach
einer unbestimmten Zeit: „Gleich fällt mir der Schnitt-
lauch aus der Hand."

„Du darfst ruhig ein bisschen jammern", sagte Cadmo
am Telefon, und sie wusste nicht recht, ob sie darüber
weinen oder lachen, alternativ sich einfach gehört und
befreit fühlen sollte. Da hatte sie sich solche Mühe gegeben, gelassen und zuversichtlich zu klingen, war dennoch in ihrem Kern erwischt worden.
Sie versuche, zunächst ein paar Redeanteile zu ihm zu
schieben; Bedenkzeit für ihr eigenes Benehmen. Aber er
spielte nicht recht mit. Es gebe nichts Besonderes, er
werte Fachliteratur zum Thema „Licht" aus und wundere sich, wie viele Wissenschaftler Licht immer noch als
ein isolierbares Phänomen, das eben dies und das bewirkte, sehen wollten. Im Garten gebe es die ersten
Johannisbeeren, die einem glatt den Mund wässrig ma-

chen könnten, und der eigenartige Trompetenbaum, der wie auch immer da hingekommen sei, blühe in diesem Jahr besonders schön.

Er war es, der ihr sagte, es komme einem manchmal seltsam vor, der Mensch und seine Aufgabe, die er oft nicht versteht, nicht sehen kann oder will, wie herum auch immer. „Egal, was du jetzt tust", merkte er an, „ich werde an deiner Seite sein." Es floss, flossen ihre Tränen, ob sie wollte oder nicht. „Bring mich doch nicht zum Heulen", beschwerte sie sich, obwohl sie in Wirklichkeit froh darüber war, auf sich alleine angewiesen immer noch gern in das Geübte „Reiß dich doch zusammen!" ging. Nicht, dass sie sich absichtsvoll „am Riemen gerissen" hätte, es war ihr einfach aufgefallen, wie sie Stunden in düsterer Stimmung und Druck verbringen konnte, ohne zu weinen und etwas davon loszulassen.

Rasch sprach sie. Um Himmels willen nicht anhalten und genauer schauen, sonst bricht der Wall ganz zusammen.

„Ich frage mich bloß, wie du Verschiedenes, was in deinem Leben passiert ist, ertragen konntest. Wie du es überdauert hast und heute so schön mit mir lachen kannst."

„Vielleicht", gab er zurück, habe er einen Vorsprung.

„Super", hörte sie sich, „im Aushalten, Verlieren, Loslassen." Spürte, wie die Replik weder gefiel noch amüsierte.

„Hörst du auf, es als Verlieren zu sehen!", forderte er. Um dann allerdings zuzugeben, wie lange es sich bitter und hart und ungerecht angefühlt hatte, was ihm passierte. Ja, besonders als seine Frau starb. Dann habe er es verstanden: nicht auf den Verlust schauen, sehen und fühlen, wie lange er mit ihr sein durfte, was sie zusammen erlebt hatten und zwei Kinder zusammen bekommen… Irgendwann waren ihm viele Sachen dazu eingefallen. „Ich möchte bloß niemandem wünschen, sich derartige Einsichten so bitter alleine zu erarbeiten. Ich finde, durch die persönlichen Fegefeuer sollte niemand alleine gehen müssen."

„Die Laterne wieder hochheben, wenn ich grad gar kein Licht sehe", schlug sie vor. Lachend. Es war aus ihr herausgesprungen.

„Aha", kommentierte er, „die Frau kann ja lachen. Na, ein Glück!"

Sie erinnerte sich später daran, wie er früher einmal geschrieben hatte, das Schwierige sei wohl – und wer mag es wahrhaben in dieser schnelllebigen Zeit –, je weiter du mit dir selbst vorwärtskommst, desto mehr Prüfungen reibt dir das Leben unter die Nase. Es bleibt dir nichts anderes übrig, als die Türe aufzumachen und zu sagen: „Herein, komm rein, setz dich und sag, was du von mir willst, ich werd mein Bestes tun, um dann auf meinem Weg weiterzugehen." Mitfühlende und alles durchdringende Selbstgespräche sind es schließlich, die Sicherheit geben, wie auch immer auf dem persönlichen, dem richtigen Weg zu sein. Sie sind es, die Sinne und die Seele frei fliegen zu lassen.

Florah träumte von einer einschmeichelnden, tieftraurigen, bedauernden Stimme, die ihr sagte, wenn Luna geht, würde das Leben künftig traurig, langweilig, ereignislos, farblos sein. Und Herr Flunder kam nach oben geschwommen, ein wenig ungehalten, schimpfend, Reibeisernes lag auf der Stimme: „Ja glaubst du denn, ich hab nichts Besseres zu tun? Du weißt doch, dass es nicht stimmt!" Tat, was er zu seinen besten Zeiten nicht getan hatte, küsste sie feucht auf die Wangen, rechts und links – wisperte ihr in die Ohren, er müsse jetzt wirklich zurück zu seinen mehreren hundert Kindern, die auf eine Geschichte warteten. Als Anstoß, weiter Liebe und Frieden in diese Welt zu tragen.

Sogleich kam ihre falsche, einschmeichelnde Stimme aus der anderen Sphäre zurück. Erklärte mit falscher Bedauernis, dass es wirklich diesmal keinen Sinn machen würde zu kämpfen, denn wofür der Kampf? Besser, sie überließe sich anderen. Die würden schon mit ihr tun, sich kümmern.

Doch diesmal war die Stimme der Erfahrung tonangebend, deutlich und klug. Weise. „Du weißt es doch", sagte ich, „so ist es nicht, du hast es so nicht gelebt und erlebt! Es geht nicht um ein Ankämpfen oder dich willenlos überlassen. Blödsinn! Ruf Frau Angst, nimm sie in den Arm, sie wird dir das Tor der Erinnerung sperrangelweit aufmachen. Du hast auch damals, als sich deine Erkrankung deutlich zeigte, gedacht: ‚Die Welt wird nun kleiner, langweilig, ereignislos', und stattdessen, wie wurde sie? Bunt. Liebevoll. Spannend. Friedlich in dir. Erfüllt von einem Licht, das du vorher nicht kanntest. Zumindest nicht bewusst."

„Ich weiß", gab ich zurück, als ich losließ und die Tür zu diesem Raum für Neues und Wandel zu öffnen begann.

Frau Angst war sich nicht sicher, ob Florah heute schon beim Aufwachen den Zipfel dieses Traums greifen würde und die Botschaft in ihr Bewusstsein zog. „Wenn nicht heute, dann morgen", dachte sie sich. „Wenn nicht morgen, dann übermorgen. Bestimmt."

Und bevor sie einen Tanz begann in ihrem wallenden roten Kleid, sah sie dem geneigten Publikum tief in die Augen und knickste. Dann spielte die Musik auf.

www.ingramcontent.com/pod-product-compliance
Lightning Source LLC
Chambersburg PA
CBHW051550100726
47898CB00001B/38